Karl May · Old Surehand

KARL MAYs HAUPTWERKE

IN 33 BÄNDEN

»ZÜRCHER AUSGABE«

---

16. AMERIKA-BAND

KARL MAY

Old Surehand

DRITTER BAND

—

REISEERZÄHLUNG

ZÜRCHER AUSGABE

DER TEXT DIESER AUSGABE
FOLGT DEN ZEITSCHRIFTEN-ERSTDRUCKEN,
STUTTGART 1887 UND 1887/88.
DIE ORIGINALE ORTHOGRAPHIE UND INTERPUNKTION
WURDEN RESPEKTIERT.

UMSCHLAGBILD VON
KLAUS DILL
KONZEPTION UND GESTALTUNG VON
URS JAKOB

HERSTELLUNG: EBNER ULM
ISBN 3 251 20225 1

Inhalt

OLD SUREHAND

3. Band

Reiseerzählung

ERSTES KAPITEL

Schahko Matto

Wie oft sind mir von den Gefährten meiner Erlebnisse und später von den Lesern meiner Bücher Vorwürfe darüber gemacht worden, daß ich schlechte Menschen, welche uns nichts als Feindschaft erwiesen und nichts als Schaden bereiteten, dann, wenn sie in unsere Hände gerieten und wir uns also rächen konnten, zu mild und nachsichtig behandelt habe! Ich bin objektiv genug gewesen, diese Vorwürfe in jedem einzelnen Falle auch von der Seite aus zu betrachten, von welcher aus sie berechtigt zu sein schienen, habe aber stets gefunden und finde auch heute noch, daß mein Verhalten das richtige gewesen ist. Es ist ein großer Unterschied zwischen Rache und Strafe. Ein rachsüchtiger Mensch ist kein guter Mensch; er handelt nicht nur unedel, sondern verwerflich; er greift, ohne irgend ein Recht dazu zu besitzen, der göttlichen und der menschlichen Gerechtigkeit vor und läßt dadurch, daß er seinem Egoismus, seiner Leidenschaft die Zügel überwirft, nur merken, wie verächtlich schwach er ist. Ganz anders steht es um die Strafe. Sie ist eine ebenso natürliche wie unausbleibliche Folge jeder That, die von den Gesetzen und von der Stimme des Gewissens verurteilt wird. Nur darf nicht jedermann, auch nicht einmal derjenige, an dem sie begangen wurde, denken, daß er zum Richter berufen sei. Sie kann in dem einen Falle unerlaubt sein, in dem andern leicht den Charakter eines ebenso verwerflichen Racheaktes annehmen. Welcher Mensch ist so rein, so frei von Schuld und sittlich so erhaben, daß er sich, ohne von der Staatsgewalt dazu berufen zu sein, zum Richter über die Thaten seines Nächsten aufwerfen darf?

Dazu kommt, daß man sich wohl hüten soll, denjenigen, der einen Fehler, eine Sünde, ein Verbrechen begeht, für den allein Schuldigen zu halten. Man forsche nach der Vorgeschichte jeder solchen That! Sind nur körperliche und geistige Mängel angeboren? Können nicht auch sittliche es sein? Sodann bedenke man wohl, welche Macht in der Erziehung liegt! Ich meine da die Erziehung im weiteren Sinne, nicht bloß die Einwirkung der Eltern, Lehrer und Verwandten. Es sind die tausend und abertausend Verhältnisse des Lebens, welche oft tiefer und nachhaltiger auf den Menschen wirken als das Thun oder Lassen derjenigen Personen, welche nach landläufiger Ansicht seine Erzieher sind. Ein einziger Abend im Theater, das Lesen eines einzigen schlechten Buches, die Betrachtung eines einzigen unsittlichen Bildes kann alle Früchte einer guten, elterlichen Erziehung in Fäulnis übergehen lassen. Welche Menge, ja Masse von Sünden hat die millionenköpfige Hydra, welche wir Gesellschaft nennen, auf dem Gewissen! Und gerade diese Gesellschaft ist es, welche mit wahrer Wonne zu Gerichte sitzt, wenn der Krebs, an dem sie leidet, an einem einzelnen ihrer Glieder zum Ausbruche kommt! Mit welch' frommem Augenaufschlage, mit welchem abweisenden Nasenrümpfen, mit welcher Angst vor fernerer Berührung zieht man sich da von dem armen Teufel zurück, der das Unglück hatte, daß die allgemeine Blutentmischung grad an seinem Körper zur Entzündung und zur Eiterung führte!

Wenn ich da von den Verhältnissen der »civilisierten« Gesellschaft spreche, so muß meine Ansicht in Beziehung auf die sogenannten halb und ganz wilden Völker noch viel milder sein. Der wilde oder verwilderte Mensch, der nie einen rechten, sittlichen Maßstab für sein Thun besaß oder dem dieser Maßstab abhanden gekommen ist, kann für seine Gebrechen natürlich noch viel weniger verantwortlich gemacht werden als derjenige Sünder, welcher ins Straucheln kam und fiel, obgleich ihm alle moralischen Stützen unserer vielgerühmten Gesittung zur Verfügung standen. Ein von den Weißen abgehetzter Indianer, der zur Verteidigungswaffe greift, ist des Mitleides aber nicht der Peitsche wert. Ein wegen irgend eines Vergehens von der *very moral and virtuous society* für immer ausgestoßener Mensch, der nur im »wilden

Westen« Aufnahme findet und dort immer tiefer sinkt, weil es ihm da an allem Halt gebricht, steht als Westläufer zwar unter den strengen, blutigen Gesetzen der Prairie, ist aber in meinen Augen der Nachsicht und Entschuldigung bedürftig. Auch Winnetou, der stets groß- und edelmütige, versagte so einem Entarteten die Schonung nie, wenn ich ihn darum bat. Ja, es kam sogar vor, daß er sie aus eigenem Antriebe und Entschlusse übte, ohne meine Bitte erst abzuwarten.

Diese Milde hat uns zuweilen in spätere Verlegenheiten gebracht; das gebe ich wohl zu; aber die Vorteile, welche wir indirekt durch sie erreichten, wogen das reichlich wieder auf. Wäre es auch nur gewesen, um andern ein Beispiel zu geben, so hätten wir viele und erfreuliche Erfolge zu verzeichnen. Wer sich uns anschließen wollte, mußte auf die Grausamkeiten und Härten des Westens verzichten und wurde, ohne es eigentlich zu wissen und zu wollen, dann wenn nicht in Worten, so doch in Thaten ein Lehrer und Verbreiter der Humanität, welche er bei uns, sozusagen, eingeatmet hatte.

Old Wabble war auch einer jener Entarteten, dem wir mehr Nachsicht schenkten, als er an uns verdient hatte. Hieran war neben der von uns grundsätzlich und allgemein geübten Milde der erste Eindruck, den seine ungewöhnliche Persönlichkeit besonders auf mich gemacht hatte, schuld. Sein hohes Alter trug auch dazu bei, und zudem hatte ich in seiner Gegenwart stets ein ganz eigenartiges Gefühl, welches mich abhielt, ihn nach seinen Thaten und seiner so frech gezeigten Gottlosigkeit zu behandeln. Es war, als ob ich nach einem von mir unabhängigen und doch in mir wohnenden Willen handeln müsse, welcher mir verbot, mich an ihm zu vergreifen, weil er, wenn er sich nicht bekehre, für ein ganz besonderes göttliches Strafgericht aufgehoben sei. Darum hatte ich ihn auch am Morgen nach dem versuchten Morde und Pferdediebstahle auf Fenners Farm wieder freigelassen und damit, wie es schien, auch ganz nach dem Willen Winnetous gehandelt. Dick Hammerdull und Pitt Holbers waren freilich nicht damit einverstanden und Treskow als Polizist noch weniger als sie. Doch wurden mir von diesen dreien wenigstens nicht die Vorwürfe gemacht, welche ich von dem Besitzer der Farm zu hören bekam, der gar nicht begreifen konnte, daß ein Mensch, vor dessen Kugel mich nur die scharfen Augen des Apatschen errettet hatten, ohne alle Strafe von uns entlassen worden war. Eine solche Dummheit, wie er es nannte, war ihm in seinem ganzen Leben noch nicht vorgekommen, und er schwur, daß er die Rache in seine Hände nehmen und Old Wabble wie einen Hund niederschießen werde, wenn der Alte es wagen sollte, sich noch einmal auf der Farm sehen zu lassen. Im übrigen aber zeigte Fenner uns auch heut, wie willkommen ihm unser Besuch gewesen war; er versah uns so reichlich mit Proviant, daß wir, als wir von ihm Abschied nahmen, dies mit der Ueberzeugung thun konnten, daß wir wenigstens für fünf Tage zu essen hatten und also ebensolange davon befreit waren, unsere Zeit auf das Fleischmachen durch die Jagd zu verwenden. Was das zu bedeuten hat, merkt man erst dann, wenn man wegen der Nähe roter oder weißer Feinde nicht schießen darf und also entweder hungern muß oder Gefahr läuft, sich zu verraten. Der Umstand, daß wir mit Speisevorrat versehen waren, kam uns auch schon deshalb gelegen, weil wir, ohne uns aufhalten zu müssen, schnell reiten konnten, um Old Surehand einzuholen.

Eigentlich hätten wir gleich nach dem Aufbruche von der Farm nach der Spur Old Wabbles suchen müssen. Er hatte uns gezeigt, was von ihm für uns, besonders aber für mich, zu erwarten war, und wenn man einen Feind in der Nähe weiß, dem man den Kopf zum Ziele für seine Kugel bieten soll, so ist es immer vorteilhaft, zu wissen, wo man ihn zu suchen hat. Aber wir wollten Old Surehand so schnell wie möglich einholen, denn wir hatten den »General« und Toby Spencer vor uns, die mit ihren Leuten auch hinauf nach Colorado ritten, und so mußte uns der alte »König der Cowboys« jetzt eine Person untergeordneterer Bedeutung sein.

Da der Republikan-River hinter Fenners Farm einen großen Bogen beschreibt, den wir abschneiden wollten, verließen wir seine Nähe und ritten grad in die Rolling-Prairie hinein, um ihn später wieder zu erreichen. Wir sahen da die Spuren der Cow-boys, welche während der letzten Nacht nach Old Wabble und seinen Begleitern gesucht hatten, ohne sie zu finden. Später hörten diese Fährten auf, und wir fanden bis gegen Abend keine Spur eines menschlichen Wesens mehr.

Um diese Zeit mußten wir auf das andere Ufer des Flusses hinüber, und obgleich der Republikan-River, wie alle Flüsse von Kansas, breit und seicht ist und also fast überall unschwer übersetzt werden kann, so hatte uns Winnetou doch nach einer Furth gelenkt, welche er von früher her kannte. Sie war so seicht, daß ihr Wasser in seiner ganzen Breite den Pferden nicht bis an die Leiber reichte.

Am andern Ufer angekommen, durchquerten wir den Saum des Gebüsches, welches sich am Flusse hinzog, und gelangten dann wieder auf die offene Prairie. Kaum hatten wir das Gesträuch hinter uns, so erblickten wir eine Fährte, welche sich in einer Entfernung von vielleicht fünfhundert Schritten in zu dem Flusse paralleler Richtung hinzog. Dick Hammerdull deutete mit dem Finger auf sie hin und sagte zu seinem hagern Freunde:

»Siehst du den dunkeln Strich da drüben in dem Grase, Pitt Holbers, altes Coon? Was meinst du, was das ist? Bloß ein Gedankenstrich oder eine menschliche Fährte?«

»Wenn du meinst, daß es eine Fährte ist, so habe ich nichts dagegen, lieber Dick,« antwortete der Gefragte in seiner trockenen Weise.

»Ja, es ist eine Spur. Wir müssen hin, um zu sehen, aus welcher Richtung sie kommt und nach welcher sie führt.«

Er glaubte, daß wir derselben Ansicht seien und hinreiten würden; aber Winnetou lenkte, ohne ein Wort zu sagen, nach rechts und führte uns, ohne sich um die Spur zu kümmern, dem nahen Ufer entlang. Hammerdull konnte das nicht begreifen und wendete sich deshalb an mich:

»Warum wollt ihr denn nicht hin, Mr. Shatterhand? Wenn man im wilden Westen eine unbekannte Fährte sieht, muß man sie doch lesen; die Sicherheit gebietet das!«

»Allerdings,« nickte ich zustimmend.

»Also! Wir müssen unbedingt erfahren, welche Richtung sie hat!«

»Von Ost nach West natürlich.«

»Wieso von Ost nach West? Das kann kein Mensch wissen, bevor er sie genau untersucht hat. Sie kann auch von West nach Ost gehen.«

»Wenn kein Mensch das wissen kann, so sind wir beide, Winnetou und ich, keine Menschen, denn wir wissen es.«

»Unmöglich, Sir!«

»Pshaw! Wir haben jetzt einige Tage lang den Wind aus West gehabt, und ihr könnt euch überzeugen, daß infolgedessen alles Gras mit den Spitzen nach Osten liegt. Jeder gute Westmann weiß, daß eine Fährte mit diesem Striche nicht so deutlich ist als eine solche gegen denselben. Die Spur da drüben ist wenigstens fünfhundert Schritte entfernt; daß wir sie trotz dieser weiten Entfernung sehen, ist ein Beweis, daß sie gegen den Strich, also von Osten nach Westen geritten ist.«

»*All devils,* ist das scharf gedacht! Darauf wäre ich nicht gekommen! Meinst du nicht auch, Pitt Holbers, altes Coon?«

»Wenn du denkst, daß ich dich für dumm genug halte, nicht auf diesen pfiffigen Gedanken zu verfallen, so hast du recht,« nickte Holbers.

»Recht oder nicht, das bleibt sich gleich. Jedenfalls hast du die Klugheit auch nicht schockweise von den Bäumen geschüttelt; das merke dir! Aber, Mr. Shatterhand, wir müssen die Fährte dennoch untersuchen, denn es gilt, zu erfahren, von wem und von wie viel Personen sie kommt.«

»Warum deshalb fünfhundert Schritte weit aus unserer Richtung abweichen? Ihr seht doch, daß wir sehr bald mit ihr zusammentreffen werden!«

»Richtig! Auch daran habe ich nicht gedacht. Da hat man sich so viele Jahre lang für einen guten Westmann gehalten und muß nun hier am alten Republikan-River einsehen, daß man noch viel zu lernen hat! Ist das nicht wahr, Mr. Shatterhand?«

»Lobenswerte Selbsterkenntnis! Aber wer seine Fehler und Mängel erkennt, befindet sich schon auf dem Wege der Besserung; das ist ein Trost für jeden Menschen, der sich sagt, daß er noch fern vom Meister stehe.«

Wir hatten uns noch nicht weit von der Furt entfernt, so machte der Fluß einen scharfen Winkel nach Norden und gab die Prairie nach Westen frei. Ein grüner Streifen, welcher aus dieser letzteren Richtung kam und im Norden auf den Buschsaum des Republikan-River stieß, ließ einen kleinen Wasserlauf vermuten, der sich rechts, weit von uns, mit dem Flusse vereinigte. Dieser Bach wand sich in vielen Krümmungen seinem Ende zu. Der äußerste Punkt des letzten Bogens, den er schlug, war durch ein Wäldchen bezeichnet, welches, vielleicht eine englische Meile weit, uns gegenüber lag. Wir hielten an, denn die Fährte, von welcher wir gesprochen hatten, kam plötzlich von links herüber an die Ecke des Flusses, an welcher wir uns befanden. Es war die Spur eines einzelnen Reiters, welcher hier eine kurze Zeit gehalten hatte. Er war nicht abgestiegen. Die Stapfen der Vorderhufe seines Pferdes bildeten einen Halbkreis, auf dessen Mittelpunkte die Hinterhufe gestanden hatten. Daraus war zu schließen, daß der aus Osten gekommene Mann sich nach den drei andern Himmelsrichtungen umgesehen, also wohl irgend etwas gesucht hatte. Hierauf war er in schnurgeradem Galoppe nach dem vorhin erwähnten Wäldchen geritten. Folglich mußte dieses der Ort sein, den er gesucht hatte. Dieser Gedanke lenkte unsere Blicke in die angegebene Richtung. Wenn ich sage »unsere Blicke«, so meine ich Winnetou und mich, denn unsere drei Gefährten dachten nicht so scharf wie wir.

Eigentlich konnte es uns sehr gleichgültig sein, wer der Reiter gewesen war, und zunächst bot das Wäldchen auch gar keinen Grund zur besondern Aufmerksamkeit; aber die Fährte war kaum eine halbe Stunde alt, und das war für uns Grund genug, die gebotene Vor- oder vielmehr Umsicht walten zu lassen.

»Uff! Wo-uh-ke-za!« ließ sich da der Apatsche hören, indem er den Arm hob, um mir einen ganz bestimmten Punkt des Wäldchens zu bezeichnen.

»Wo-uh-ke-za« ist ein Dakota-Wort und bedeutet eine Lanze. Warum bediente sich Winnetou nicht des betreffenden Apatschenwortes? Ich sollte den Grund sehr bald erfahren und da wieder einmal, wie schon oft, bemerken, was für scharfe Augen er besaß. Der Richtung seines ausgestreckten Armes folgend, bemerkte ich am Rande des Wäldchens einen Baum, welcher einen seiner Aeste weit vorstreckte; auf diesen Ast war senkrecht eine Lanze befestigt; das sah auch ich, obgleich weder Hammerdull noch Holbers oder Treskow sie erkennen konnten. So weit von uns entfernt, glich sie einem Bleistiftstriche am von der untergehenden Sonne rot gefärbten Himmel. Wären wir nicht durch die Fährte auf das Wäldchen aufmerksam gemacht worden, so hätte keiner von uns diese Lanze bemerkt. Sie mußte jedem entgehen, der nicht ganz nahe am Wäldchen vorüberkam. Als Dick Hammerdull von ihr hörte, sagte er:

»Ich kann sie nicht sehen; aber wenn es wirklich so ein Spieß ist, wie ihr denkt, so weiß jedermann, daß Lanzen nicht auf Bäumen wachsen. Es muß also ein Zeichen sein!«

»Das Zeichen eines Dakota,« nickte Winnetou.

»So ist es eine Dakota-Lanze?« fragte der Dicke im höchsten Grade erstaunt.

»Ja; nur weiß ich noch nicht, von welchem Volke der Dakota.«

»Ob Volk oder nicht, das bleibt sich ganz egal! Es ist schon überhaupt ein staunenswertes Wunder, daß es Augen giebt, die auf eine Meile hin diese Lanze als Spieß erkennen können. Die Hauptsache ist die Frage, ob wir etwas mit ihr zu schaffen haben.«

Da diese Worte an mich gerichtet waren, so antwortete ich:

»Sie kann uns natürlich nicht gleichgültig sein. Es giebt außer den Osagen hier keine Dakota, und weil wir wissen, daß die Osagen jetzt die Kriegsbeile ausgegraben haben und diese Lanze ein Zeichen für irgend jemand bildet, so versteht es sich ganz von selbst, daß wir die Bedeutung dieses Zeichens kennen lernen müssen.«

»So reiten wir hinüber?«

»Ja.«

»So kommt!«

Er wollte seine alte Stute in Bewegung setzen; ich griff ihm aber in die Zügel und warnte:

»Wollt Ihr Eure Haut zu Markte tragen? Die Lanze hat als Zeichen sehr wahrscheinlich zu bedeuten, daß Osagen da drüben stecken und auf irgend jemand warten oder vielmehr gewartet haben, denn der Reiter, dessen Spuren wir hier sehen, ist zu ihnen hinübergeritten und scheint sich vorher nach der Lanze umgeschaut zu haben. Wenn wir ihm direkt auf seiner Fährte folgen, müssen wir gesehen werden. Hoffentlich seht Ihr das ein, Dick Hammerdull!«

»Hm! Ob ich es einsehe oder nicht, das bleibt sich gleich; aber richtig ists, was Ihr da sagt, Mr. Shatterhand. Meint Ihr denn, daß sie uns noch nicht gesehen haben?«

»Ja, das meine ich. Wir stechen von dem Gesträuch, an dem wir uns hier befinden, nicht im geringsten ab und können also noch nicht bemerkt worden sein. Dennoch müssen wir schleunigst von hier fort. Kommt also; Ihr seht, das Winnetou diese Stelle schon verlassen hat!«

Der Apatsche, wie stets ein Mann der That, hatte nicht auf unsere Rede geachtet und war, sich vorsichtigerweise nordwärts wendend, fortgeritten. Wir folgten ihm, bis wir das Wäldchen aus den Augen verloren hatten, und wendeten uns dann nach Westen, um den Bach zu erreichen. Als wir bei ihm angekommen waren, brauchten wir ihm nur aufwärts zu folgen, um im Schutze der Büsche von Norden her an das Wäldchen zu kommen. Da hielt Winnetou an, stieg vom Pferde, gab mir seine Silberbüchse aufzuheben und sagte:

»Meine Brüder werden hier warten, bis ich wiederkomme und ihnen sage, wen ich am Baume der Lanze gesehen habe!«

Er hatte also vor, als Kundschafter nach dem Wäldchen zu gehen, und kroch in das Gesträuch, um die Lösung seiner nicht leichten Aufgabe anzutreten. Er nahm dergleichen Obliegenheiten am liebsten in seine eigene Hand, und man hatte auch allen Grund, sie ihm zu überlassen, da er im Anschleichen und Kundschaften ein geradezu unerreichbarer Meister war. Wir trieben unsere Pferde, nachdem wir abgestiegen waren, in das Gebüsch bis an den Bach, wo sie trinken konnten, und setzten uns da nieder, um auf die Rückkehr des Apatschen zu warten. Seine Abwesenheit konnte, falls wirklich Osagen in dem Wäldchen waren, mehrere Stunden dauern; doch war höchstens eine halbe vergangen, als er wieder bei uns erschien und uns meldete:

»Ein Bleichgesicht sitzt unter dem Baume der Lanze und wartet auf die Rückkehr eines roten Kriegers, welcher einen halben Tag lang dort gewesen und dann fortgeritten ist, um Fleisch zu machen.«

Mir genügten diese Angaben, welche den großen Scharfsinn des Apatschen bestätigten, vollständig. Dick Hammerdull aber, dem sie nicht ausführlich genug erschienen, erkundigte sich:

»Ist der Häuptling der Apatschen mitten drin im Wäldchen gewesen?«

Winnetou nickte. Der Dicke fuhr fort:

»Er hat also keinen Indianer gesehen?«

Winnetou schüttelte den Kopf.

»Wer mag wohl der Weiße sein, welcher unter dem Baume sitzt?«

»Old Wabble,« antwortete der Apatsche kurz.

»Donner und Doria! Was mag der alte Cowboy dort wollen?«

Winnetou zuckte die Achsel; dann fragte Hammerdull weiter:

»Was für ein Indianer ist es wohl, auf den Old Wabble wartet?«

»Schahko Matto[1], der Kriegshäuptling der Osagen.«

»Schahko Matto? Kenne den Kerl nicht. Habe noch nie von ihm gehört. Kennt ihn der Häuptling der Apatschen?«

[1] »Sieben Bären«.

Winnetou nickte wieder. Er ließ sich nie gern in dieser Weise ausfragen, und ich wartete mit stillem Vergnügen auf den Zeitpunkt, an welchem seine Geduld zu Ende gehen würde. Der kleine Dicke aber setzte seine Erkundigungen neugierig fort:

»Ist der Rote ein tapferer oder feiger Kerl?«

Diese Frage war höchst überflüssig. Schahko Matto heißt »sieben Bären«; es sind da Grizzlies gemeint. Auch pflegt ein feiger Indianer nicht auf Kundschaft zu gehen. Wer sieben graue Bären erlegt hat und ohne alle Begleitung den Kriegspfad betritt, muß Mut besitzen. Darum beantwortete Winnetou diese Frage nicht, und dies war für Hammerdull Grund, sie zu wiederholen. Als er auch hierauf keine Antwort bekam, sagte er:

»Warum spricht Winnetou nicht weiter? Es ist doch höchst vorteilhaft, zu wissen, ob man es mit einem feigen oder tapfern Mann zu thun hat. Darum habe ich meine Frage zweimal ausgesprochen.«

Da wendete Winnetou, welcher bisher vor sich hingeblickt hatte, ihm sein Gesicht voll zu und entgegnete in jenem milden und doch so ungeheuer abweisenden Tone, den ich nur bei ihm gehört und gefunden habe:

»Warum hat mein Bruder Old Shatterhand mich nicht gefragt? Warum ist er still gewesen? Man soll erst denken und dann sprechen, denn es ist eine Verschwendung der Zeit, sich nach Dingen zu erkundigen, die man sich so leicht denken kann. Zum Denken gehört nur ein Mann, zum Sprechen aber sind wenigstens zwei nötig. Warum sollen sich zwei mit Sprechen befassen, wenn einer dieselbe Sache durch Nachdenken erledigen kann? Mein weißer Bruder Hammerdull muß sehr viel Gehirn besitzen und ein guter Denker sein; wenigstens ist er dick genug dazu!«

Ich sah, daß der Zurechtgewiesene zunächst zornig auffahren wollte; aber die Hochachtung, welche er Winnetou widmete, veranlaßte ihn, sich zu beherrschen, und so antwortete er in ruhigem Tone:

»Ob dick genug oder nicht, das bleibt sich nicht nur gleich, sondern das ist sogar ganz und gar egal; nur muß ich so frei sein, zu bemerken, daß ich nicht mit dem Bauche denken kann, weil das Gehirn bekanntlich nicht im Leibe, sondern im Kopfe zu suchen ist. Habe ich da nicht recht, Pitt Holbers, altes Coon? Sag mir das doch!«

»Nein,« antwortete der Gefragte in seiner kurzen Weise.

Es geschah nicht oft, daß der Dünne dem Dicken einmal unrecht gab; darum rief Dick Hammerdull sehr verwundert aus:

»Nicht? Ich habe nicht recht? Warum nicht?«

»Weil du Fragen ausgesprochen hast, welche vermuten lassen, daß du das Gehirn allerdings nicht im Kopfe, sondern in derjenigen Körpergegend hast, wo bei andern, richtig gebauten Leuten die Milz oder die Leber liegt.«

»Was? Du willst mich foppen? Höre, Pitt Holbers, altes Coon, wenn du dich auf diese schlechte Seite legst, so kann es leicht – – –«

Ich unterbrach ihn durch einen Wink meiner Hand, welcher ihm Schweigen gebot, denn Winnetou hatte seine Silberbüchse genommen und den Zügel seines Pferdes ergriffen, um die Stelle zu verlassen, an welcher wir uns befanden. Er sah es gar nicht ungern, wenn Dick und Pitt sich halb scherz- und halb ernsthaft miteinander stritten; aber jetzt gab es wichtigeres zu thun. Wir nahmen auch unsere Pferde und folgten ihm hinaus an den Rand des Gebüsches. Er führte uns, ohne in den Sattel zu steigen, lang an demselben hin, bis wir in die Nähe des Wäldchens gelangt waren, dort wieder in das Gesträuch hin und sagte, seine Stimme dämpfend:

»Old Shatterhand wird mit mir gehen. Die andern weißen Brüder bleiben hier, bis ein Pfiff dreimal erschallt. Dann kommen sie nach dem Baume der Lanze geritten, wo sie uns mit zwei Gefangenen finden werden, und bringen unsere Pferde mit!«

Das war mit solcher Bestimmtheit gesagt, als ob er allwissend sei und das, was geschehen würde, ganz genau vorher bestimmen könne. Er legte seine Büchse ab, ich meine beiden

Gewehre auch, und dann folgten wir, ohne das Buschwerk wieder zu verlassen, dem Bache, welcher uns, seinem Laufe aufwärts, nach dem Wäldchen führen sollte.

Die Dämmerung brach herein, und da wir uns im Dikkicht befanden, war es um uns dunkler als draußen auf der Prairie; dennoch braucht eigentlich gar nicht gesagt zu werden, daß unser Vordringen ohne das geringste Geräusch vor sich ging. Wir erreichten die Stelle, wo die Ufer des Baches sich nach rechts wendeten und wir das Wäldchen vor uns hatten, wo es kein Unterholz gab und das Anschleichen also bequemer war. Von Stamm zu Stamm schlüpfend, näherten wir uns dem Baume, auf dessen Ast wir die Lanze gesehen hatten. Da er am Rande des Gehölzes stand, wo es wieder Büsche gab, war es dort heller als bei uns unter dem dichten Wipfeldache, und so konnten wir, ohne selbst bemerkt zu werden, sehen, wer sich an dem oft erwähnten Signalbaume befand.

Dort gab es einen alten, verlassenen Kaninchenbau, welcher einen kleinen, aber doch über meterhohen Hügel bildete, an welchem der einstige »König der Cowboys« saß. Sein Pferd weidete draußen auf der Prairie, ein Beweis, daß Old Wabble sich hier an diesem Orte sicher fühlte, denn wäre dies nicht der Fall gewesen, so hätte er sein Tier innen im Gehölz versteckt, wo wir ein zweites Pferd erblickten, welches mit den Zügeln an einem Baume angebunden war. Es war indianisch aufgezäumt und, so viel wir bei der zunehmenden Dunkelheit sehen konnten, ein vorzüglich gebauter dunkelbrauner Hengst. Zwischen Haut und Sattel lag – eine Seltenheit für ein Indianerpferd – eine dunkle Lederdecke mit ausgeschnittenen Figuren, welche, durch untergelegtes weißes Leder hervorgehoben, sieben Bären darstellten. Das war der Grund, daß Winnetou mit solcher Bestimmtheit hatte sagen können, daß Old Wabble auf Schahko Matto warte, denn nur diesem, dessen Namen »sieben Bären« bedeutete, konnte der Hengst gehören.

Die gegenwärtigen Umstände machten es zweifellos, daß der Häuptling nur fortgegangen war, um irgend ein Wild zu beschleichen; der Proviant war ihm ausgegangen. Daß er das wertvolle Pferd zurückgelassen hatte, deutete darauf, daß auch er diese Gegend und das Wäldchen für vollständig sicher hielt. Bei Winnetou und mir aber wäre eine solche Sorglosigkeit vollständig unmöglich gewesen. Daß Old Wabble hierher gekommen war und nun so ruhig auf ihn wartete, ließ auf ein ganz besonderes Einvernehmen zwischen beiden schließen, und welcher Art dasselbe war, das läßt sich leicht erraten. Old Wabble hatte in früheren Zeiten den Beinamen »Indianerschinder« getragen und war als solcher von allen Roten gehaßt und gefürchtet worden; der Häuptling eines roten Stammes konnte trotz dieses Hasses nur dann mit ihm in Verbindung treten, wenn er große Vorteile davon erwartete, und da die Osagen sich jetzt auf dem Kriegsfuße befanden, so konnte es sich nur um irgend eine Teufelei handeln, welche sehr wahrscheinlich gegen Weiße gerichtet war. Es verstand sich dabei ganz von selbst, daß dies nicht das erste Zusammentreffen in dieser Angelegenheit zwischen Schahko Matto und dem Alten war, und ich hielt es für sehr wahrscheinlich, daß Old Wabble sich von den Osagen als Spion benutzen ließ. So eine Infamie war ihm schon zuzutrauen.

Wenn Winnetou mit solcher Bestimmtheit vorhergesagt hatte, daß unsere Gefährten zwei Gefangene bei uns finden würden, so war er überzeugt gewesen, daß der Osage uns nicht lange auf seine Rückkehr warten lassen werde. Dies war auch meine Ansicht, weil von der Erlegung eines Wildes nach eingebrochener Dunkelheit nicht mehr die Rede sein konnte. Als ob er die Richtigkeit dieser Ansicht zu beweisen habe, sahen wir, zwischen den Stämmen hindurch und hinaus auf die Prairie blickend, beim letzten Dämmerlichte einen Indianer, welcher so sorglos und grad auf das Wäldchen zugeschritten kam, daß er ganz gewiß nicht den Gedanken hegte, es könne sich ein ihm feindliches Wesen hier befinden.

Je mehr er sich in dem eigentümlichen Gange, welcher eine Folge der dünnen, absatzlosen Mokassins ist, uns näherte, desto deutlicher konnten wir ihn erkennen. Er war nicht groß, aber ungemein breit gebaut und machte trotz der ungewöhnlichen Krümmung seiner Beine und seines Alters – er mochte über fünfzig zählen – den Eindruck eines körperlich außerordentlich kräftigen Menschen. In der einen Hand trug er das Gewehr, in der andern ein erlegtes Prairiehuhn. Als er das Wäldchen fast erreicht hatte, mußte er trotz des jetzt herrschenden Dreiviertelдunkels die Fährte des Alten sehen. Er blieb stehen und rief, gegen das Gehölz gerichtet, in leidlich gutem Englisch:

»Wer ist der Mann, der diese Spur machte und sich jetzt unter den Bäumen befindet?«

Winnetou legte mir die Hand auf den Arm, ihn leise drükkend, ein Ersatz des mitleidigen Lächelns, welches ich nicht sehen konnte, ihm abgelockt durch das unbegreiflich thörichte Verhalten des Osagen, dessen Frage vollständig überflüssig war. Entweder befand sich sein Verbündeter im Wäldchen, welches er in diesem Falle getrost betreten konnte, oder es war ein Feind darin versteckt, vor dessen Anschlägen ihn die Frage unmöglich schützen konnte. Was er erwartet hatte, das geschah: der alte Cowboy antwortete mit lauter Stimme:

»Ich, Old Wabble, bin es; komm herein!«

»Sind noch andere Bleichgesichter bei dir?«

»Nein. Du mußt doch an meiner Spur sehen, daß ich allein gekommen bin!«

Das war nicht richtig. Er konnte auch Gefährten haben, die sich vorher von ihm getrennt und dann von einer entfernten Stelle aus, gerad so wie wir, nach dem Gehölz begeben hatten. Wir wußten, daß Old Wabble sich nicht allein am Republikan-River befand. Wo waren jetzt seine Begleiter? Durften sie von seiner Zusammenkunft mit dem Osagen nichts wissen, oder hatte er sie aus einem andern vielleicht uns betreffenden Grund zurückgelassen? Ich hoffte, das zu erfahren.

Schahko Matto kam herein, ging mit tastenden Schritten zu ihm hin, setzte sich bei ihm nieder und fragte:

»Wann ist Old Wabble hier angekommen?«

»Vor fast zwei Stunden,« antwortete der Alte.

»Hat er das Zeichen, welches wir verabredeten, sofort bemerkt?«

»Nicht gleich. Ich sah mich drüben an der Flußecke um und dachte, daß das Wäldchen hier ein guter Versteck sein müsse. Darum ritt ich her und sah, als ich näher gekommen war, dann auch die Lanze stecken. Du hast diesen Ort sehr gut gewählt.«

»Wir sind hier sicher, denn ich weiß, daß sich außer mir und dir kein Mensch im weiten Umkreis befindet. Ich bin schon seit gestern hier. Das war der Tag, an dem du kommen wolltest. Weil ich bis heut auf dich warten mußte, ist mein Fleisch zu Ende gegangen, und ich war gezwungen, fortzugehen, um diesen Vogel zu schießen.«

Das klang wie ein Vorwurf. Old Wabble antwortete:

»Der Häuptling der Osagen wird mir nicht zürnen, daß er warten mußte. Ich werde ihm dann sagen, weshalb ich später gekommen bin, und hege die Ueberzeugung, daß diese Nachricht ihm große Freude bereiten wird; *th'is clear.*«

»Ist Old Wabble auf Fenners Farm gewesen?«

»Ja. Wir kamen gestern kurz vor Mittag dort an. Der Besuch der andern drei Farmen, die ihr auch überfallen wollt, hat uns länger aufgehalten, als wir dachten. Du hättest trotzdem nur bis heute nacht auf uns zu warten gehabt. Daran, daß ich nun erst vorhin kommen konnte, trägt ein großer und sehr wichtiger Fang die Schuld, welchen du machen kannst, wenn du auf die Vorschläge eingehst, welche ich dir machen werden.«

»Was für einen Fang meint Old Wabble?«

»Davon später. Zunächst will ich dir berichten, wie ich die vier Farmen, auf welche ihr es abgesehen habt, gefunden habe.«

Wir hatten uns leise bis an die andere Seite des Kaninchenbaues vorgeschoben und hörten jedes Wort, zumal die beiden unvorsichtigen Männer gar nicht auf den Gedanken kamen, leise zu sprechen. Aus dem, was wir belauschten, bekam ich zunächst die Gewißheit, daß ich recht gehabt hatte, als ich annahm, daß Old Wabble den Spion der Osagen mache. Es handelte sich um den Ueberfall und die Beraubung von vier großen Farmen, Fenners Besitztum eingerechnet. Es war die alte leider immer wiederkehrende Geschichte: Die Osagen waren von den Weißen in Beziehung auf die ihnen zukommenden Lieferungen betrogen worden und hatten, um sich einigermaßen zu entschädigen und das nötige Fleisch zu haben, die Rinder einer Farm weggetrieben. Man hatte sie verfolgt und eine Anzahl ihrer Krieger getötet. Nach ihren Anschauungen forderte das ihre Rache heraus, und so wurde am Beratungsfeuer der Kampf gegen die Bleichgesichter beschlossen. Zunächst sollten die vier größten Farmen am Republikan-River überfallen werden. Da auf diesen aber eine ansehnliche Zahl von Cowboys bedienstet waren und die Roten diese halbwilden und verwegenen Kerls mehr als alle andern Gegner fürchten, mußten Kundschafter ausgesandt werden, die zu erfahren suchen sollten, mit wieviel Cowboys ungefähr man es zu thun haben werde. Die Klugheit verbot, Indianern, wenigstens Kriegern des eigenen Stammes, diese Aufgabe zu erteilen. Schon richtete Schahko Matto sein Augenmerk auf einige Mischlinge, von denen er wußte, daß sie in Beziehung auf den Unterschied zwischen gut und böse gar nicht wählerisch seien, wenn sie nur ihren Vorteil dabei fänden, da führte der Zufall ihm Old Wabble und seine Begleiter zu. Er schien mit ihm schon früher einmal in einer ähnlichen Verbindung gestanden zu haben; das Gespräch brachte zwar nichts Bestimmtes darüber, doch mußte es so sein, denn sonst hätte der Osage dem Alten einen solchen Vorschlag, auf den sofort eingegangen wurde, nicht gemacht. Das Uebereinkommen lautete sehr einfach dahin, daß die Osagen die Skalpe, Waffen und Herden der Ueberfallenen bekommen sollten, während Old Wabble für sich und seine Leute alles übrige in Anspruch nahm. Natürlich war es seinerseits nur auf Geld und sonstige Gegenstände abgesehen, welche leicht verkauft werden konnten. Wer von beiden, Schahko Matto oder Old Wabble, der eigentliche Halunke war, braucht wohl nicht erst gesagt zu werden. Wir bemerkten, daß der Häuptling den »König der Cowboys« nicht ein einziges Mal »mein weißer Bruder«, sondern stets nur bei seinem Namen nannte, ein Beweis, daß derartige Subjekte bei den Indsmen auch nicht mehr Achtung besitzen als bei den civilisierten Bleichgesichtern.

Als Old Wabble seinen Spionenritt begann, waren die Osagen noch nicht mit ihrer »Mobilmachung« zu Ende, und da die Erkundung der Verteidigungsverhältnisse der vier Farmen von größter Wichtigkeit für das Gelingen war, so hatte sich der Häuptling selbst und allein aufgemacht, um den Bericht des Alten an der Biegung des Republikan-River entgegenzunehmen. Die Lanze sollte die Stelle bezeichnen, an welcher Schahko Matto zu treffen sei.

Nun hatten sie sich hier im Wäldchen zusammengefunden, und Old Wabble erstattete seinen Bericht dahin, daß die Farmen mit nur geringem Verluste an roten Kriegern wegzunehmen seien. Er machte Vorschläge, welche ich übergehen kann, weil infolge unsers heutigen Einschreitens die geplanten Ueberfälle aufgegeben werden mußten. Der Häuptling ging teilweise auf dieselben ein und kam dann auf den »wichtigen Fang« zurück, den Old Wabble ihm beim Beginne des Gespräches in Aussicht gestellt hatte. Der alte Cowboy antwortete in seiner schlauen, wohlberechnenden Weise:

»Der Häuptling der Osagen muß mir einige Fragen beantworten, ehe ich ihm sagen kann, um was es sich handelt. Kennst du den Apatschenhäuptling Winnetou?«

»Diesen Hund? Ich kenne ihn.«

»Du nennst ihn einen Hund. Hat er sich dir gegenüber etwa einmal feindlich gezeigt?«

»Mehr als einmal! Wir hatten vor drei Sommern die Kriegsbeile gegen die Cheyennes ausgegraben und in mehreren Kämpfen schon viele ihrer Krieger getötet; da kam der Apatsche und stellte sich neben ihrem Häuptling an ihre Spitze. Er ist feig wie ein Coyote, aber schlau wie tausend alte Weiber. Er that, als ob er mit uns kämpfen wolle, zog sich aber zurück und war, als wir ihm folgten, plötzlich jenseits des Arkansas verschwunden. Während wir ihn und die entflohenen Kröten der Cheyennes dort suchten, ritt er mit größter Eile zu unsern Wigwams, nahm unsere Herden weg und alles, was daheim geblieben war, gefangen. Als wir dann ankamen, hatte er aus unsern Lagerplätzen Festungen gemacht, in denen unsere zurückgebliebenen Krieger, Greise, Frauen und Kinder steckten und in denen er mit den Cheyennes stand, uns zu einem Frieden zu zwingen, der ihm keinen Tropfen Blutes, uns aber allen Ruhm unserer Tapferkeit gekostet hat. Wolle doch der große Geist es geben, daß dieser räudige Pimo einmal in meine Hände gerät!«

Die Kriegsthat, von welcher der Häuptling jetzt erzählte, war ein wahres Meisterstück meines Winnetou gewesen. Ich hatte mich zu jener Zeit leider nicht bei ihm befunden, kannte aber aus seinem Munde alle Einzelheiten dieses hochinteressanten Schachzuges, durch welchen er die uns befreundeten Cheyennes nicht nur vom gewissen Untergange errettet, sondern sie, obgleich sie viel schwächer als ihre Feinde gewesen waren, zum vollständigen Siege über dieselben geführt hatte, und zwar ohne daß ein einziger Tropfen Blutes dabei vergossen worden war. Der Grimm, welchen Schahko Matto gegen ihn hegte, war wohl zu begreifen.

»Warum habt ihr euch noch nicht an ihm gerächt?« fragte Old Wabble. »Es ist doch so leicht, ihn zu ergreifen? Er befindet sich nur selten in den Wigwams seiner Apatschen, sondern wird vom bösen Geiste immer fortgetrieben, über die Savannen und Gebirge. Er liebt es nicht, Begleiter bei sich zu haben; also braucht man da bloß zuzugreifen, wenn man ihn haben will.«

»Du redest, ohne über deine Worte nachgedacht zu haben. Eben weil er sich unablässig unterwegs befindet, kann man ihn nicht fassen. Das Gerücht hat uns schon oft den Ort bezeichnet, an welchem er gesehen worden war; aber wenn wir dann hinkamen, war er stets schon wieder fort. Er gleicht dem Ringer, den man nicht fassen und nicht halten kann, weil er seinen Körper eingefettet hat. Und wenn man einmal glaubt, ihn ganz sicher zu haben, so befindet sich das Bleichgesicht, welches Old Shatterhand genannt wird, an seiner Seite. Dieser Weiße ist der größte Zauberer, den es giebt, und wenn er und der Apatsche bei einander sind, so besitzen hundert Osagen nicht Macht genug, sie anzugreifen oder gar sie festzunehmen.«

»Ich werde dir beweisen, daß dies ein Irrtum von dir ist. Du betrachtest diesen Old Shatterhand auch als euern Feind?«

»Uff! Wir hassen ihn noch viel, viel mehr als Winnetou. Der Häuptling der Apatschen ist doch wenigstens ein roter Krieger, der mit uns zur großen Nation der Indsmen gehört; Old Shatterhand aber ist ein Weißer, den wir schon deshalb hassen müssen. Er hat schon zweimal den Utahs gegen uns beigestanden; er ist der grimmigste Feind der Ogellallah, welche unsere Freunde und Brüder sind. Er hat mehrere unserer Krieger, als sie ihn festnehmen wollten, lahm geschossen, sodaß sie nun wie alte Weiber sind. Das ist schlimmer, als wenn er sie getötet hätte. Dieser Hund sagt nämlich, daß er seinen Feinden nur dann das Leben nehme, wenn er von ihnen dazu gezwungen werde; er giebt ihnen die Kugeln seines Zaubergewehres entweder in die Knie oder in die Hüfte und nimmt ihnen also für ihr ganzes Leben die Fähigkeit, zu den Männern, zu den Kriegern gerechnet zu werden. Das ist entsetzlicher als der langsamste Martertod. Wehe ihm, wenn er einmal in unsere Hände geraten sollte! Aber das wird wohl nie geschehen, denn er und Winnetou gleichen den großen Vögeln, die hoch über dem Meere schweben: sie kommen nie herunter, daß man sie fangen kann.«

»Du irrst abermals. Sie kommen sehr oft herunter; ich weiß sogar, daß sie grad jetzt wieder unten und leicht zu fassen sind.«

»Uff! Ist es die Wahrheit, die du sagst?«

»Ja.«

»Hast du sie gesehen?«

»Ich habe sogar mit ihnen gesprochen.«

»Wo, wo? Sag es mir schnell!«

Er stieß diese Aufforderung sehr rasch und eifrig hervor.

Wir hörten, wie begierig er darauf war, seinen heißen Wunsch, sich unser einmal bemächtigen zu können, in Erfüllung gehen zu sehen. Old Wabble antwortete um so ruhiger und bedächtiger:

»Ich kann dir behilflich sein, Winnetou, Old Shatterhand und noch drei andere Bleichgesichter zu ergreifen, denn ich weiß, wo sie zu finden sind; aber ich kann dir dieses Geheimnis nur unter einer Bedingung mitteilen.«

»So sag, was für eine Bedingung dies ist!«

»Wir nehmen sie alle fünf gefangen; Ihr bekommt die drei andern Weißen und überlaßt mir Old Shatterhand und den Häuptling der Apatschen.«

»Wer sind die drei andern Bleichgesichter?«

»Zwei Westmänner, welche Hammerdull und Holbers heißen, und ein Polizist, der sich Treskow nennt.«

»Die kenne ich nicht. Wir sollen diese fünf Männer fangen und nur die drei bekommen, die uns so gleichgültig sind, dir aber die zwei überlassen, an denen uns so viel gelegen ist? Wie kannst du das von mir verlangen!«

»Ich muß es fordern, weil ich gegen Winnetou und Old Shatterhand eine Rache habe, die so grimmig und unerbittlich ist, daß ich, um sie auszuführen, mein Leben geben würde!«

»Wir haben nicht geringeren Zorn gegen sie!«

»Das mag sein; aber ich bin es, der sie in der Falle hat, und so gebührt mir der Vorzug, die zu nehmen, die ich will.«

Der Häuptling dachte eine kleine Weile nach und sagte dann:

»Wo befinden sie sich?«

»Ganz in der Nähe; *th'is very clear.*«

»Uff, uff! Wer hätte das gedacht? Aber hast du sie schon sicher? Befinden sie sich schon in der Falle, von welcher du sprichst?«

»Ich brauche nur eine Anzahl deiner Krieger, um sie festzunehmen.«

»Krieger brauchst du von mir? Geht es nicht ohne das?«

»Nein.«

»So hast du sie auch noch nicht fest. Meine Krieger sollen dir zu der Falle behilflich sein, welche du diesen Hunden stellen willst; ohne meine Leute würde dir dieser Fang entgehen. Wie darfst du da eine so hohe Forderung stellen und grad diejenigen für dich verlangen, an denen uns am meisten gelegen ist!«

»Weil ihr gar nichts bekommt, wenn du mir nicht den Willen thust.«

»Uff! Und was bekommst denn du, wenn du keine Krieger der Osagen hast? Nichts, gar nichts! Du verlangst zu viel von mir!«

Sie stritten eine Weile hin und her. Schahko Matto war zu klug, sich übertölpeln zu lassen, und da Old Wabble einsah, daß er auf seine Rache sehr wahrscheinlich ganz verzichten müsse, wenn er nichts von seiner Forderung ablasse, so zog er es vor, in Beziehung auf eine Person zurückzutreten, um der andern desto sicherer zu sein, und erklärte:

»Nun gut! Damit du siehst, daß ich dir entgegenkomme, will ich euch zu den drei Weißen noch Winnetou überlassen; aber Old Shatterhand muß ich haben, unbedingt haben! Er ist es, dessen Rechnung bei mir höher, viel höher angelaufen ist als diejenige des Apatschen, und wenn du mir seine Person verweigerst, so lasse ich lieber alle fünf entkommen. Das ist mein letztes Wort. Nun thue, was du nicht lassen kannst!«

Der Osage zeigte keine große Lust, auf diese Forderung einzugehen; er wollte auch mich gern haben, sagte sich schließlich aber doch, daß es besser sei, sich mit dem, was ihm geboten wurde, zu begnügen, als die Gelegenheit, sich an Winnetou rächen zu können, unbenutzt vorübergehen zu lassen, und stimmte also mit den Worten bei:

»Old Wabble soll seinen Willen haben und Old Shatterhand bekommen. Nun will ich aber auch endlich wissen, wo die fünf Männer sich befinden und auf welche Weise wir sie fangen können.«

Der alte Cowboy sagte, daß er uns auf Fenners Farm

getroffen hatte, hütete sich aber, von der unrühmlichen Lage zu sprechen, in welche er dabei gekommen war. Als er seine Erzählung beendet hatte, fügte er hinzu:

»Du weißt nun, daß ich nicht zur rechten Zeit hier bei dir eintreffen konnte. Ich mußte alles erfahren, was diese fünf Kerls betrifft, und durfte nichts versäumen, was geschehen mußte, wenn dieser Fang uns gelingen soll. Die Cowboys auf der Farm wußten nicht, wie ich mit Winnetou und Old Shatterhand stehe. Einer von ihnen hatte in dem Gebäude erfahren, weshalb diese beiden an den Republikan-River gekommen sind, und es den andern gesagt. Ich habe sie ausgehorcht und mich dann, als es dunkel war, an das Fenster geschlichen. Fenner saß mit ihnen in der Stube. Sie erzählten verschiedene ihrer Erlebnisse. Dazwischen fiel zuweilen eine Bemerkung über die Absichten, die sie jetzt verfolgen. Sie wollen nach Colorado hinauf, wohin ihnen ein anderer Weißer, der stets auch ein unerbittlicher Feind der roten Männer war, vorangeritten ist. Sie werden, ich konnte nicht hören, wo, mit ihm zusammentreffen und dann einen Trupp von Bleichgesichtern überfallen, die---«

»Wer ist der Weiße, von dem du sprichst?« unterbrach ihn der Häuptling der Osagen.

»Er wird gewöhnlich Old Surehand genannt.«

»Old Surehand? Uff! Diesen Hund haben wir einmal drei Tage lang gejagt, ohne ihn erwischen zu können. Er hat uns dabei zwei Krieger und mehrere Pferde erschossen und ist seitdem nicht wieder in unser Gebiet gekommen. Er meidet diese Gegend, weil er Angst vor unserer Rache hat.«

»Da befindest du dich schon wieder im Irrtum. Er war vor einigen Tagen auf Fenners Farm, und weil er von da aus hinauf nach Colorado ist, muß er durch euer Gebiet geritten sein. Er scheint sich also nicht vor euch zu fürchten.«

»So muß er vom bösen Geiste die Gabe bekommen haben, sich unsichtbar zu machen! Dafür aber wird er, wenn er nicht über das große Gebirge geht, uns bei seiner Rückkehr in die Hände fallen. Er bleibt uns also sicher. Fr muß aus Furcht vor uns nur bei Nacht geritten sein, sonst hätten wir ihn gesehen.«

»Selbst wenn dies der Fall gewesen wäre, hättet ihr am Tage seine Spur sehen müssen. Furcht kennt dieser Kerl gar nicht. Wie wenig man sich überhaupt vor euch fürchtet, das könnt ihr wieder daraus erkennen, daß Winnetou und Old Shatterhand, eure Todfeinde, hierhergekommen sind, obgleich sie wissen müssen, daß ihr die Kriegsbeile ausgegraben habt.«

»Schweig! Das thun sie nicht aus Mangel an Furcht vor uns, sondern weil der große Geist sie verblendet hat, um sie uns in die Hände zu treiben. Die Hauptsache ist, zu wissen, wo sie sich befinden und welchen Weg sie einschlagen wollen.«

»Meinst du, daß ich zu dir komme, ohne dies erfahren zu haben? Ich habe meine Maßregeln so gut getroffen, daß sie uns nicht entgehen können. Wie lange sie auf Fenners Farm geblieben sind, das weiß ich allerdings nicht, denn ich mußte leider fort; sicher aber ist, daß sie heut dort aufgebrochen sind, weil sie Old Surehand einholen wollen. Sie werden selbstverständlich dem Flusse folgen, und weil sie an das andere Ufer übergehen müssen, habe ich an den Stellen, die sich besonders dazu eignen, einen meiner Begleiter als Wächter zurückgelassen. Dies ist auch der Grund, daß ich allein hier angekommen bin. Diese Wächter haben die Weisung, den Flußübergang der fünf Halunken abzuwarten, ihnen heimlich zu folgen und dann hierherzukommen, um uns zu melden, wohin die Kerls geritten sind. Sag, ob das nicht schlau von mir gewesen ist!«

»Old Wabble hat sehr klug gehandelt!« stimmte der Osage bei.

Wir beiden Lauscher waren da freilich anderer Meinung. Der alte »*King of the cowboys*« hatte ganz im Gegenteile, indem er annahm, daß wir dem Flusse folgen würden, einen großen Pudel geschossen. Wir hatten, wie bereits erwähnt, den Bogen, welchen der Republikan-River machte, in gerader Linie abgeschnitten und waren seinen Wächtern weit vorausgekommen. Jetzt konnten sie nun auf uns warten, so lange es ihnen beliebte, und an ihrer Stelle sollte Old Wabble uns zu sehen bekommen!

»Der Häuptling der Osagen,« fuhr er fort, »wird zugeben, daß ich alles gethan habe, was ich thun konnte. Nun ist nur noch nötig, daß deine Krieger zur Stelle sind, wenn sie gebraucht werden.«

»Ich werde sofort aufbrechen, sie zu holen,« sagte Schahko Matto.

»Wo befinden sie sich? Sind sie weit von hier?«

»Sie haben den Befehl, sich am Wara-tu[1] zu versammeln, welches am großen Pfade der Büffel liegt. Dieser Ort ist von den Flüssen, denen die Bleichgesichter gern folgen, so weit entfernt, daß alle meine Krieger dort zusammenkommen können, ohne von einem Weißen gesehen zu werden. Also können die Bleichgesichter, welche zwar wissen, daß wir die Beile des Krieges ausgegraben haben, nicht ahnen, von welcher Stelle aus und in welcher Richtung sie unsern Angriff zu erwarten haben.«

»Ich weiß nicht, wo das Wara-tu liegt. Wie lange mußt du reiten, um hinzukommen?«

»Mein Pferd hat sich ausgeruht und ist der beste Renner der Osagen. Ich kann lange vor Tagesanbruch dort sein und dir bis Mittag so viel Krieger bringen, wie zur Gefangennahme der vier Weißen und des Apatschen nötig sind.«

»Wie viel werden das wohl sein?«

»Zwanzig sind mehr als genug.«

»Das glaube ja nicht. Ja, wenn der verdammte Henrystutzen Old Shatterhands nicht wäre, der von euch für eine Zauberflinte gehalten wird! Ich weiß zwar, daß von einem Zauber da keine Rede ist, aber dieser Stutzen in den Händen seines Besitzers hat wenigstens ganz denselben Wert wie zwanzig oder dreißig gewöhnliche Gewehre in den Händen gewöhnlicher Westmänner. Dir kann ich es sagen, daß ich Old Shatterhand den Stutzen einmal gestohlen habe; es ist mir aber nicht gelungen, einen einzigen Schuß daraus zu

[1] Regenwasser.

thun. Die Konstruktion ist eine so geheimnisvolle, daß ich mir damals vergeblich den Kopf damit zerbrochen habe. Es war keine Feder, keine Schraube in Bewegung zu setzen.«

»Uff, uff! Du hast ihm das Gewehr gestohlen und es nicht behalten?«

»Ja. Du magst dich zwar mit Recht darüber wundern, daß ich mich zwingen ließ, es wieder herzugeben; aber es war damals grad so, als ob alle Teufel gegen mich wären; *th'is clear.* Ich hätte es zerschlagen und zerbrechen sollen. Ich habe diesen Gedanken auch wirklich gehabt, aber der General wollte nicht. Dieser Schuft hatte die Absicht, das Gewehr für sich zu behalten, und so gab er es nicht zu, daß ich – – –«

Er hielt mitten im Satze inne; es mochte ihm einfallen, daß es besser sei, von jener für ihn so schlecht abgelaufenen Begebenheit lieber zu schweigen. Darum fragte der Häuptling:

»Old Wabble spricht von einem Generale. Warum läßt er seine Rede so plötzlich zu Ende gehen?«

»Weil nichts dabei herauskommt. Es giebt Menschen, die man am liebsten gar nicht in den Mund nimmt; aber ich hoffe, daß dieser General mir vor meinem Tode noch einmal in die Hände läuft. Dann soll er zehnmal mehr Hiebe bekommen als damals in Helmers Home, wo er die Niederträchtigkeit beging, es zu verraten, daß ich – – – pshaw! Es wurmt mich noch heut so sehr, als ob es erst gestern geschehen wäre; aber was nützt es, so viele Worte darüber zu verlieren; wir haben jetzt anderes und nötigeres zu besprechen! Also der Häuptling der Osagen will jetzt fortreiten, um zwanzig Krieger zu holen? Die genügen nicht, es müssen wenigstens fünfzig sein; *th'is clear.*«

Der Häuptling hatte vorhin von bloß zwanzig gesprochen, wohl nur, um nicht den Schein der Furchtsamkeit auf sich zu laden; jetzt stimmte er schnell bei.

»Old Wabble muß wissen, was er sagt. Wenn er denkt, daß wir fünfzig Krieger haben müssen, so soll er seinen Willen haben. Ich werde fortreiten, um sie zu holen.«

»Und ich soll hier bleiben, bis du zurückkehrst?«

»Ja.«

»Wäre es nicht besser, wenn ich mit dir ritte?«

»Nein. Du mußt hier bleiben, um deine Leute zu empfangen. Sie kennen die Stelle, an welcher du dich befindest, nicht genau; darum ist es notwendig, daß du ein großes Feuer anzündest, welches weithin leuchtet.«

»Das darf ich nicht, denn Old Shatterhand und Winnetou würden es sehen, wenn sie kämen. Besser ist es, daß – – –«

Er konnte nicht weitersprechen, denn er wurde in diesem Augenblicke von Winnetou mit beiden Händen am Halse gepackt. Schahko Matto war nämlich aufgestanden und zu seinem Pferde getreten, um es loszubinden; darum war die Zeit zum Handeln für uns gekommen. Während der Apatsche Old Wabble auf sich nahm, huschte ich hinter dem Häuptling her, richtete mich in seinem Rücken auf, nahm ihn mit der linken Hand beim Genick und versetzte ihm mit der rechten Hand den bekannten Jagdhieb, so daß er zusammenknickte und zu Boden fiel. Ich trug ihn nach der Stelle, wo er gesessen hatte und wo Winnetou eben mit Old Wabble fertig geworden war. Es dauerte nicht zwei Minuten, so waren sie gefesselt, und Winnetou ließ drei scharfe Pfiffe als das verabredete Zeichen hören. In kurzer Zeit kamen unsere drei Kameraden mit unsern Pferden und Gewehren; die beiden Gefangenen, welche sich noch im Zustande der Betäubung befanden, wurden quer über ihre Tiere gelegt und dort wie Säcke festgebunden. Dann verließen wir das Wäldchen, wo wir wegen der Begleiter Old Wabbles nicht bleiben durften. Wenn diese oder auch nur einer von ihnen sich zum »Baum der Lanze« fand, ohne daß wir es bemerkten, so konnten oder vielmehr mußten wir in die größte Gefahr geraten. Darum ritten wir zunächst einige Zeit am Bache aufwärts, überschritten ihn dann und hielten grad in die Prairie hinein, bis wir eine kleine isolierte Buschinsel erreichten, wo wir Halt machten. Der Boden war hier feucht und von den Büffeln ziemlich tief ausgewälzt, sodaß wir es wagen konnten, zwischen den Sträuchern auf dem Grunde der Vertiefung ein kleines Feuer anzubrennen, dessen Schein nicht hinaus auf die Prairie drang.

Als wir die beiden Gefangenen von den Pferden gebunden hatten und neben dem Feuer niederlegten, war die Betäubung längst von ihnen gewichen. Sie hatten unterwegs geschwiegen; als sie jetzt unsere Gesichter sahen, sagte zwar der Häuptling auch jetzt kein Wort, aber Old Wabble rief erschrocken aus, indem er, allerdings vergeblich, an seinen Fesseln zerrte:

»Donnerwetter, das sind die frommen Hirten wieder, die dieses Mal nicht ein, sondern zwei Lämmlein auf die Weide führen! Was fällt euch denn ein, mich wieder festzunehmen! Haben euch die feurigen Kohlen doch gereut, die ihr euch einbildet, mir aufs alte, graue Haupt gelegt zu haben?«

Winnetou war zu stolz, eine Antwort zu geben; ich folgte seinem Beispiele. Aber Dick Hammerdull wußte, was der Alte gegen uns geplant hatte, denn ich hatte zu ihm und den beiden anderen unterwegs davon gesprochen; er war voller Zorn auf Old Wabble, hielt es für feig, die höhnenden Worte desselben ruhig hinzunehmen, und antwortete deshalb:

»Laßt es euch doch nicht einfallen, euch Schäflein zu nennen! Ihr seid ärger als die schlimmsten Raubtiere, die nur töten, weil sie leben müssen! Da ein Feuer brennt, habe ich große Lust, Euch wirkliche glühende Kohlen auf Eure alte Perücke zu legen. Ihr braucht gar nicht viele Worte zu machen, so thue ich es; darauf könnt Ihr Euch verlassen!«

»Das würde der fromme Shatterhand nicht dulden!« lachte der Cowboy.

»Ob er es duldet oder nicht, das ist ganz egal. Wenn gestern Euer Maß noch nicht voll war, so ist es heut am Ueberlaufen, und wenn Ihr meint, Eure Lage durch Frechheit verbessern zu können, so befindet Ihr Euch in einem Irrtum, den ich Euch sofort beweisen werde, wenn Ihr noch ein Wort sagt, welches mir nicht paßt!«

»Wirklich? So laßt Euch wenigstens fragen, mit welchem Rechte Ihr uns als Gefangene betrachtet und behandelt!«

»Fragt nicht so dumm, alter Sünder! Old Shatterhand und Winnetou haben im Wäldchen hinter Euch gelegen und jedes Eurer Worte gehört. Wir wissen also ganz genau, was Ihr mit uns vorhattet, und denken, daß wir allen Grund haben, Euch unschädlich zu machen!«

Diese Mitteilung ließ den Mut des alten Wabble sinken. Wenn wir wußten, daß man uns hatte gefangennehmen wollen, um uns zu töten, so reichte selbst seine Frechheit nicht aus, der Angst vor unserer Rache die Wage zu halten. Zwar hatte ich ihm seinen Mordanschlag auf mich verziehen, und es war ja immerhin möglich, daß ich, falls es sich nur um mich selbst handelte, mich noch einmal zur Verzeihung geneigt zeigte; aber der heutige Plan war gegen uns alle gerichtet gewesen, und so sah der Cowboy gar wohl ein, daß es unmöglich war, ferner durch Hohn etwas zu erreichen. Er sprach also nicht weiter, und so mußte auch Dick Hammerdull schweigen.

Nun geschah etwas, was mir abermals bewies, wie geistesverwandt mir der Häuptling der Apatschen war und mit welcher wunderbaren Uebereinstimmung sich unsere Gedanken zu begegnen pflegten. Gleich als wir das Wäldchen verließen, hatte ich an Fenner und an die andern Farmen gedacht, welche überfallen werden sollten. Die Besitzer waren ahnungslos; sie mußten gewarnt werden. Zwar war der Häuptling der Osagen in unsere Hände geraten, und wir konnten erwarten, daß dadurch die Ausführung seiner räuberischen Pläne einen Aufschub erleiden werde; aber wir waren so wenig Herren der gegenwärtigen Verhältnisse und auch unserer Zeit, daß allstündlich ein unvorhergesehenes Ereignis eintreten konnte, durch welches der Vorteil, den wir errungen hatten, uns wieder entrissen wurde. Der geplante Ueberfall war jetzt aufgeschoben, keineswegs aber ganz aufgehoben, und so mußte wenigstens Fenner, der die Warnung dann weiterschicken konnte, benachrichtigt werden. Aber durch wen? Durch Treskow keinesfalls. Hammerdull und Holbers waren zwar Westmänner, aber etwas so Wichtiges mochte ich doch keinem von ihnen anvertrauen; es handelte sich nicht nur um den glücklichen Hin-, sondern auch um den vielleicht noch schwierigern Wiederherritt. Also blieb nur Winnetou oder ich. Mir war es lieber, wenn der Apatsche die Botschaft übernahm, denn er paßte weniger als ich zu den drei Gefährten, mit denen ohne meine Vermittelung zusammen zu sein er gezwungen gewesen wäre, wenn ich den Ritt nach Fenners Farm unternommen hätte. Ich sah, daß er das Pferd Schahko Mattos mit scharfen Kennerblicken nicht nur betrachtete, sondern, sozusagen, abwog und taxierte. Nun stand er auf, ging zu dem Tiere hin, griff in die Satteltaschen, warf alles heraus, was sie enthielten, steckte mehrere Stücke Fleisch hinein, warf seine Silberbüchse über und wendete sich dann mit der Frage an mich:

»Was sagt mein Bruder zu diesem Osagenhengste?«

»Seine Lunge ist gesund,« antwortete ich; »seine Sehnen dauern aus, und seine Beine gleichen den Läufen der Antilope. Der Rappe meines roten Bruders mag sich für den Ritt nach Colorado Kräfte sammeln; ich werde ihn unter meine besondere Aufsicht nehmen, und so mag Winnetou diesen Dunkelbraunen besteigen, der ihn schnell hin- und wiederbringen wird.«

»Uff! Mein Bruder Shatterhand weiß, wohin ich will?«

»Ja. Wir werden hier liegen bleiben und warten. Du kommst morgen wieder, ehe die Sonne untergeht.«

»Howgh! Meine Brüder leben wohl!«

Er schwang sich in den Sattel und ritt von dannen. Er wußte, daß er mir nichts weiter zu sagen brauchte, am allerwenigsten aber Verhaltungsmaßregeln zu erteilen hatte. Anders freilich stand es mit meinen drei Kameraden, welche mich, kaum daß er den Rücken gewendet hatte, nach dem Zwecke und dem Ziele seines nächtlichen Rittes fragten. Ich teilte ihnen das Nötige leise mit, denn die Gefangenen brauchten nicht zu erfahren, daß die Besitzer der bedrohten Farmen gewarnt werden sollten. Hierauf aßen wir, und dann verteilte ich die Wachen, und zwar so, daß ich bis nach Mitternacht schlafen konnte. Die Zeit zwischen da und dem Morgen ist im Prairieleben stets die kritische; da wollte ich munter sein, weil ich mir mehr traute als den Kameraden.

Nachdem ich meinen drei Genossen die größte Aufmerksamkeit in Beziehung auf die Gefangenen und auf das Feuer eingeschärft hatte, legte ich mich nieder und schlief augenblicklich ein. Es gab ja keine Sorge, welche mir den Schlaf hätte verscheuchen können. Ich schlief so lange, bis mich Dick Hammerdull weckte, welcher die dritte Wache hatte. Ich fand alles in Ordnung und stieg, während mein Vormann sich niederlegte, aus der Vertiefung heraus, um außerhalb der Büsche auf und ab zu schreiten. Dabei überlegte ich mir, was mit den beiden Gefangenen zu geschehen habe.

An das Leben wollte ich ihnen nicht, obgleich wir durch die Gesetze der Savanne vollberechtigt waren, sie dadurch, daß wir sie töteten, für uns und andere unschädlich zu machen. Aber durfte ihr Mordanschlag ganz ohne Ahndung bleiben? Und wenn nicht, welche Strafe sollten wir für sie wählen? Es kam mir der Gedanke, sie soweit mit uns hinauf nach Colorado zu nehmen, daß inzwischen die geeignete Zeit zum Ueberfalle der Farmen verstreichen mußte; aber es gab gewichtige Bedenken dagegen. Die Gegenwart zweier gefesselter Menschen mußte uns sehr aufhalten und in vielen Beziehungen unbequem werden, ganz abgesehen davon, daß wir sie grad dahin schleppten, wohin sich ihre Rachsucht dann richten mußte. Am besten war es, ich ließ diese Gedanken für einstweilen fallen und wartete, was Winnetou für eine Meinung äußern werde.

Den Ort, wo sich die Osagen jetzt befanden, kannte ich ganz genau; ich war mit Winnetou schon wiederholt dort gewesen. Die im Herbst nach Süden und im Frühjahre wieder nach Norden ziehenden Büffelherden pflegten immer genau dieselben Wege einzuhalten, Wege, welche stellenweise tief ausgetreten wurden und während des ganzen Jahres kenntlich blieben. An einem solchen Büffelpfade lag das Wara-tu, zu deutsch »Regenwasser«. Es war eine Stelle, ähnlich derjenigen, an welcher wir uns jetzt befanden, nur daß sie weit mehr Gebüsch und Graswuchs hatte und viel tiefer lag, so daß sich das Regenwasser sammeln konnte, ohne selbst in der heißen Jahreszeit ganz zu verdunsten. Winnetou hatte uns absichtlich nach dem Orte geführt, an welchem wir lagerten, denn dieser lag genau in der Richtung, welche von dem Wäldchen, in dem wir die Gefangenen gemacht hatten, nach dem Wara-tu führte. Er schien gewillt zu sein, das »Regenwasser« nach seiner Rückkehr einmal, wenn auch nur von weitem, in das Auge zu nehmen.

Die Nacht verging, und der Morgen brach an; ich weckte dennoch die Gefährten nicht, sondern ließ sie weiterschlafen. Wir hatten ja nichts vor und konnten die Kräfte, welche der Schlaf uns brachte, später wahrscheinlich gut gebrauchen. Als sie später erwachten, aßen wir als Morgenbrot ein Stückchen Fleisch. Die Gefangenen bekamen nichts; eine Hungerkur von einigen Tagen konnte solchen Menschen gar nichts schaden; ich hatte oft genug gehungert, ohne andern nach dem Leben getrachtet zu haben. Dann legte ich mich wieder zum Schlafen nieder, und so verging uns der Vor- und auch der Nachmittag unter abwechselndem Schlafen und Wachen, bis gegen Abend, wie ich gestern vorausgesetzt hatte, Winnetou zurückkehrte. Er war gegen zwanzig Stunden unterwegs gewesen, hatte keinen Augenblick geschlafen und sah doch so frisch und munter aus, als ob er sich ebenso ausgeschlafen und ausgeruht hätte wie wir. Auch der Dunkelbraune, den er geritten hatte, schien gar nicht überanstrengt zu sein, und ich sah, mit welchem befriedigten, ja stolzen Blicke sein bisheriger Besitzer, der Häuptling der Osagen, dies bemerkte. Ich hatte mir vorgenommen, diesen seinen Stolz in Wut zu verwandeln. Nach den Gesetzen der Savanne gehört der Gefangene nebst allem, was er bei sich hat, demjenigen, in dessen Hände er gefallen ist. Wir brauchten gute Pferde. Winnetous und mein Rappen waren vorzüglich. Dick Hammerdulls Stute war zwar grundhäßlich, aber stark und ausdauernd; er wäre auch nicht dazu zu bewegen gewesen, sich von ihr zu trennen. Treskows Pferd war unter denen, die uns zur Verfügung gestanden hatten, das beste gewesen, hatte sich aber schon in der kurzen Zeit bis heut als ungenügend erwiesen. Ganz dasselbe war mit dem Gaule von Pitt Holbers der Fall. Wir hatten das zwar noch nicht zu beklagen gehabt; aber wenn einmal, was kaum zu vermeiden war, der Fall eintreten sollte, daß die Erreichung eines wichtigen Zweckes oder gar unsere Rettung von der Schnelligkeit unserer Pferde abhing, so hatten wir in den beiden genannten Pferden zwei Hemmschuhe, die uns verderblich werden konnten. Schahko Matto sollte seinen Dunkelbraunen nicht wiederbekommen; das war bei mir eine fest beschlossene Sache und zugleich eine Strafe für ihn, die er jedenfalls verdient hatte.

Winnetou sprang vom Pferde, nickte uns grüßend zu und setzte sich neben mich. Wir wechselten die Blicke und wußten nun ohne Worte, woran wir waren: er hatte seine Warnung glücklich nach Fenners Farm gebracht, und hier bei uns war nichts Erwähnenswertes vorgekommen; dies hatten wir uns durch diesen Wechselblick gesagt, und Worte waren also unnötig. Treskow, Hammerdull und Holbers freilich sahen ihn erwartungsvoll an; sie waren enttäuscht, daß er nichts sagte, wagten aber doch nicht, ihn mit Fragen zu belästigen.

Wenn er über seinen soeben beendeten Ritt jedes Wort für überflüssig hielt, so kannte ich ihn doch gut genug, um zu wissen, daß in anderer Beziehung sein Schweigen nicht lange dauern würde. Wir mußten wissen, wie es mit den am »Regenwasser« lagernden Osagen stand, doch lag dieser Ort nicht in der Richtung, welche wir auf dem Wege nach Colorado einzuschlagen hatten. Auch konnten wir, wenn wir die Osagen beschleichen wollten, die beiden Gefangenen nicht mit bis in die Nähe dieser Roten nehmen, wo wir mit der Möglichkeit zu rechnen hatten, daß sie uns wieder abgenommen wurden. Diese Angelegenheit mußte Winnetou ebenso beschäftigen wie mich, und so war ich überzeugt, recht bald darüber eine Aeußerung von ihm zu hören. Ich hatte mich da auch nicht geirrt, denn er saß noch keine fünf Minuten neben mir, so fragte er mich:

»Mein Bruder Scharlih hat gut ausgeruht. Ist er bereit, jetzt gleich nach dem Wara-tu zu reiten?«

»Ja,« antwortete ich natürlich.

»Wir nehmen die Gefangenen bis an die Grenze von Colorado mit, müssen aber wissen, wie es hinter uns mit den Kriegern der Osagen steht. Das wird mein Bruder zu erfahren wissen.«

»Reitet mein Bruder Winnetou mit ihnen von hier aus auf geradem Wege fort?«

»Ja.«

»Wann?«

»Sobald das hungrige Pferd des Osagen Gras gefressen hat.«

»Will Winnetou nicht lieber warten bis morgen früh? Er hat die ganze Nacht nicht schlafen können, und wir wissen nicht, ob die nächste Nacht uns Ruhe bringen wird.«

»Der Häuptling der Apatschen ist gewohnt, nur dann zu schlafen, wenn er Zeit hat. Mein Bruder Shatterhand hat auch so einen eisernen Körper; er weiß also, daß ich nicht müde bin.«

»Gut, wie du willst! Wo treffen wir uns?«

»Mein Bruder Scharlih kennt das große Loch, welches die Dakota Kih-pe-ta-kih[1] nennen?«

»Ja. Es wird so genannt, weil es die Gestalt eines sitzenden alten Weibes hat. Willst du mich dort erwarten?«

»Ja. Da du einen Umweg machen mußt und auch Zeit zur Beobachtung der Osagen brauchst, werden wir eher dort ankommen als du und Hammerdull.«

»Hammerdull? Der soll mit? Ich soll nicht allein reiten?«

»Nein.«

»Denkt mein Bruder, daß diese Begleitung für mich nötig ist?«

»Ja, doch nicht der Zahl der Osagen wegen. Old Shatterhand würde sich nicht vor ihnen fürchten, wenn ihre Zahl zehnmal größer wäre, als sie ist; aber es ist leicht möglich, daß er einen Gehilfen braucht, und wenn es auch nur wäre, um sein Pferd zu bewachen, welches er doch nicht so weit, wie er sich vorwagen muß, mitnehmen kann. Giebt mir mein Bruder Scharlih recht?«

»Ja, obgleich ich sehr wohl weiß, daß mehr deine Liebe als deine Sorge mir diesen Begleiter an die Seite stellt.«

Er sah sich durchschaut und nickte lächelnd. Dann wen-

[1] Alte Frau.

dete er sich an den gefangenen Häuptling der Osagen, mit dem er bis zu diesem Augenblicke noch kein Wort gesprochen hatte:

»Schahko Matto mag meine Frage beantworten: Ihr habt vier Farmen der Bleichgesichter überfallen wollen?«

Der Osage antwortete nicht, und so wiederholte Winnetou die Frage. Als er auch hierauf keine Antwort bekam, sagte er:

»Der Häuptling der Osagen hat solche Angst vor dem Häuptling der Apatschen, daß ihm die Worte im Munde stecken bleiben.«

Er erreichte den Zweck, den diese Worte hatten, denn Schahko Matto fuhr ihn zornig an:

»Ich, der oberste Häuptling der Osagen, habe sieben graue Bären mit dieser meiner Hand getötet; mein Name sagt es jedem, der es hören will. Wie kann ich mich da vor einem Coyoten fürchten, der zum Volke der Pimo gehört?«

Das Wort Pimo war hier als Schimpfwort für Winnetou gebraucht; er blieb trotzdem ruhig und fuhr fort:

»Schahko Matto wird nicht zugeben, daß er beabsichtigt hat, die Farmen zu überfallen?«

»Nein. Ich gebe es nicht zu; es ist nicht wahr.«

»Wir wissen dennoch, daß es so ist, denn wir haben hinter euch gelegen, ehe du mit dem Prairiehuhne kamst, und dann jedes Wort vernommen. Deine Lanze ist auf dem Aste stekken geblieben. Sie soll denen, die sie später sehen, verkünden, wie dumm ein Mensch sein kann, der sich einen Häuptling nennt. Winnetou hat noch nie gehört, daß ein Mensch, der sich verstecken will, sein Versteck mit einem Zeichen versieht, welches jedem Menschen sagt, daß sich jemand hier verborgen hat. Du brauchst den Ueberfall der Farmen nicht einzugestehen, denn er wird nicht stattfinden können. Ich bin gestern abend fortgeritten und habe die Bleichgesichter gewarnt. Sie würden die Hunde der Osagen, wenn sie ja noch kämen, mit Peitschen erschlagen. Ich habe auch gesagt, daß Old Wabble dein Spion gewesen ist. Wenn er sich noch einmal sehen läßt, bekommt er keine Kugel, sondern einen Strick um den Hals, wie es sich für einen Spion geziemt.«

Der Osage antwortete nicht, doch sah man es ihm an, wie grimmig er darüber war, daß Winnetou seine Pläne verraten hatte. Der alte König der Cowboys aber rief:

»Ich ein Spion? Das ist die größte Lüge, die es giebt! Wenn Winnetou mich als Spion bezeichnet hat, so ist er der größte Schuft, den man auf Erden finden kann!«

Der Geschmähte antwortete nicht. Mir aber, dem Freunde des unvergleichlichen Apatschen, war diese Frechheit denn doch zu groß, als daß ich sie ungestraft hätte hingehen lassen können. Dieser Kerl verdiente Hiebe, solche Hiebe, daß ihm die Haut zerplatzen mußte! Ich gab aber Holbers einen andern Befehl:

»Pitt, schnürt ihm die Fesseln so fest um die Gelenke, daß er schreien muß, und macht sie nicht eher wieder lockerer, als bis er um Gnade wimmert!«

Pitt Holbers wollte gehorchen, doch Winnetou, der Edle, verbot es ihm mit den Worten:

»Es soll nicht geschehen! Dieser Mann kann mich nicht beleidigen. Seine Tage sind ihm nur noch spärlich zugezählt; er steht der Grube, die ihn verschlingen wird, viel näher, als er denkt, und einen Sterbenden soll niemand quälen!«

»Ah!« lachte der Alte höhnisch. »Jetzt fängt sogar der Rote an, zu predigen! Und wenn die Grube sich jetzt hier vor mir öffnete, ich würde sie nicht fürchten, sondern lachen. Das Leben ist nichts; der Tod ist nichts, und euer Jenseits ist der größte Schwindel, von klugen Pfaffen für Kinder und für alte Weiber ausgedacht! Ich habe es euch schon einmal gesagt, und ich denke, daß ihr euch meiner Worte noch erinnern werdet: Ich bin ins Leben hereingehinkt, ohne um Erlaubnis gefragt zu werden, und der Teufel soll mich holen, wenn ich nun meinerseits beim Hinaushinken irgend wen um Erlaubnis frage! Ich brauche dazu weder Religion noch Gott!«

Ja, er hatte diese Worte, ganz dieselben Worte schon einmal gesagt; ich erinnerte mich genau an sie. Und wie es mir damals vor ihm förmlich gegraut hatte, so war es mir auch jetzt, wo ich sie wieder hören mußte, als ob mir mit einem Stücke Eis über den Rücken gestrichen würde. Konnte solche Lästerung ungeahndet bleiben? Nein, und abermals nein! Ich wendete mich ab und trat zu Dick Hammerdull, um ihm so leise, daß die Gefangenen es nicht hören konnten, mitzuteilen, daß er jetzt mit mir nach dem Wara-tu reiten solle. Er war sehr erfreut darüber, da er meine Aufforderung als ein Vertrauenszeugnis betrachtete. Wir versahen uns für einen Tag mit Fleisch und stiegen dann auf unsere Tiere, um, ohne daß wir es ahnten, einer Begegnung entgegenzureiten, die ich jetzt und hier in Kansas nicht für möglich gehalten hätte.

Als wir den Lagerplatz verließen, stand die Sonne bereits am Horizonte. In einer halben Stunde mußte es dunkel sein. Das konnte uns aber nicht stören; der Westmann ist es gewöhnt, keinen Unterschied zwischen Tag und Nacht zu machen, und wenn er die nötige Uebung besitzt, so dienen ihm selbst in mondloser Nacht die Sterne des Himmels als Wegweiser, die so untrüglich sind, daß er sich niemals irren kann. Wie der Mensch tausend und abertausend Gedanken denken könnte und denken sollte, die ihm niemals in den Sinn kommen, so habe ich niemals auch den Gedanken aussprechen hören, wie für uns wunderbar es ist, daß jene Millionen Himmelslichter, welche Körper bedeuten, gegen die unsere Erde nur ein winziges Stäublein ist, uns doch als nie irrende Führer durch die pfadlosesten Gegenden und durch die irdischen Nächte dienen. Genau so wahr und ohne Falschheit ist auch der Fingerzeig, mit welchem sie den Blick des Sterblichen nach dem Jenseits lenken und die große, angstvolle Frage nach dem spätern Leben mit einem Glück und Ruhe bringenden Ja beantworten.

Die Sonne sank; das Abendrot verglomm; die letzten matten Streifen der Dämmerung verschwanden wie sterbende Hoffnungen am Horizonte. Glücklicherweise giebt es einen Osten, der uns Licht und Hoffnung wiederbringt! Es trat die erste, tiefe Dunkelheit des Abends ein, welche, weil noch kein Stern am Himmel steht, finsterer als die Nacht selber ist. Ein Städtebewohner hätte vom Pferde steigen und auf die Sterne warten müssen, wollte er nicht den Hals riskieren. Wir aber flogen im Galopp über die hier nicht mehr »rollende«, sondern tischebene Prairie. Unsere geübten Augen waren scharf und diejenigen unserer Pferde noch schärfer. Einmal lief mein Rappe, ohne daß ich den Grund ersah, einen Bogen; ich ließ ihm den Willen, denn ich wußte wohl, daß er es nicht ohne Veranlassung that. Wahrscheinlich flogen wir an einer Kolonie von Prairiehunden vorüber. Diese Tiere wohnen oft zu Hunderten beisammen und unterhöhlen den Boden derart, daß jeder Reiter, welcher nicht will, daß sein Pferd die Beine bricht, einen Umweg machen muß. Der Klang der Hufe war ein harter; es gab kein Gras; wir befanden uns nun schon im westlichen Teile des Staates, welcher kahler, trockener und weniger fruchtbar als der östliche ist.

Es gab keinen Baum und keinen sonstigen Gegenstand, der als Merkmal dienen konnte, und wenn es so etwas gegeben hätte, wir hätten es in dieser Finsternis nicht sehen können. In solcher Lage muß man sich nach jenem Sinne richten, der nur Lieblingen der Wildnis angeboren ist und den noch kein Gelehrter zu definieren vermochte. »Ortssinn« ist nicht bezeichnend genug dafür; »Orientierungssinn« kommt dem Wesen vielleicht schon näher. Ist es Instinkt? Wohl jenes geheimnisvolle, innerliche Schauen, welches den Wandervogel den geradesten Weg von Schweden nach Aegypten finden läßt? Ich weiß es nicht; aber so oft ich mich auf dieses verborgene, unbegreifliche Auge verlassen habe, wurde ich von ihm genau an das Ziel geführt.

Dick Hammerdull verließ sich ganz auf mich. Er fragte mich einige Male, ob ich auch den richtigen Weg hier wisse; ich konnte ihm natürlich nichts anderes antworten, als daß es in dieser unbewohnten Gegend gar keine Wege gebe; also konnte ich weder auf dem richtigen, noch auf einem falschen sein. Er klagte in seiner drolligen Weise:

»Jagt doch nicht so, Mr. Shatterhand! Wollen langsamer reiten! Es ist doch grad, als ob wir durch eine umgestürzte, meilenlange Feueresse galoppierten. Mein Hals ist auch ’was wert, und wenn ich mit dem Pferde stürze und ihn mir zerbreche, so habe ich keinen zweiten. Haben wir denn gar so große Eile, Sir?«

»Allerdings.«

»Warum?«

»Weil wir noch lange vor dem Morgenlichte das Wara-tu erreichen müssen. Dieser Ort liegt nämlich in einer ziemlich weiten, offenen Ebene. Bei Tage würden die Osagen uns also kommen sehen.«

»Ob sie uns sehen oder nicht, das bleibt sich ganz egal; aber beeilen müssen wir uns da allerdings, denn wenn sie uns bemerken, so haben wir den weiten Ritt umsonst gemacht. Pitt Holbers, altes Coon, denkst du – –«

Ich lachte laut auf. Er hielt mitten in seinem Fragesatze inne und lachte mit. Er war es so gewöhnt, seinen alten Pitt zu Rate zu ziehen, daß er auch jetzt die bewußte Frage an den leider Abwesenden hatte richten wollen.

Später erschien ein Stern und noch einer; zu diesen zweien gesellten sich mehr und immer mehr, bis wir den schönsten Astralhimmel über uns hatten und also aus Dick Hammerdulls »meilenlanger Feueresse« herausgekommen waren. Nun ritt es sich freilich besser als vorher, und das war sehr gut, denn das Terrain war, ohne besondere Wellen zu zeigen, »faltig« geworden, wie der Militärausdruck lautet. Es gab zahlreiche Senkungen, welche so unregelmäßig verliefen, daß wir, immer die gerade Richtung einhaltend, ihnen bald folgen und bald sie durchqueren mußten. Das war natürlich anstrengend für unsere Tiere; aber sie hatten sich einen ganzen Tag lang ausgeruht; meinem Hatatitla war nichts anzumerken, und Hammerdulls Stute lief so beharrlich nebenher, als ob sie der Seitenschatten meines Hengstes sei. Natürlich ließen wir die Tiere auch zuweilen langsam gehen, und einmal, als wir an ein Wasser kamen, durften sie trinken, doch ritten wir durchschnittlich so schnell, daß Holbers und Treskows Pferde gewiß zurückgeblieben wären.

So ging Mitternacht vorüber, und die Sterne verschwanden, nicht weil es Zeit für sie gewesen wäre, unterzugehen, sondern weil sich der Himmel mit Wolken bedeckte, welche ihn ganz umzogen und immer dichter wurden. Es bereitete sich ein Gewitter vor.

»Das hat noch gefehlt!« zürnte Hammerdull. »Es wird wieder schwarz um uns, schwärzer als vorher. Ich schlage vor, hier anzuhalten und uns niederzusetzen!«

»Warum?«

»Nun, wird der Name Wara-tu nicht mit ›Regenwasser‹ übersetzt?«

»Allerdings.«

»Gut! Warum also weiterreiten? Wenn wir uns hier mitten in die alte Prairie setzen und einige Zeit warten, bekommen wir so viel Regenwasser, wie wir uns nur wünschen können.«

»Macht keine dummen Witze! Mögt Ihr über diesen Umschlag des Wetters raisonnieren, mir kommt er sehr gelegen.«

»Das begreife, wer da will!«

»Seht Ihr denn nicht ein, daß es uns bei dieser Finsternis viel leichter wird, an die Osagen zu kommen, als wenn es noch so sternenhell wie vorhin wäre?«

»Hm, ja; daran habe ich nicht gedacht. Ihr habt sehr recht, vorausgesetzt, daß Ihr Euch trotz der Dunkelheit zutraut, das Wara-tu überhaupt zu finden.«

»Noch eine gute halbe Stunde, so haben wir es.«

»Schon? Es muß doch weiter sein!«

»Warum?«

»Schahko Matto wollte doch am Abend fortreiten und seine Krieger erst am nächsten Mittag bringen.«

»Es stimmt dennoch. Die Stelle, wo wir lagerten, liegt von hier aus eine Stunde näher als der »Baum der Lanze«. Der Osage hätte nicht sofort nach seiner Ankunft bei dem Wara-tu wieder aufbrechen können; er mußte wenigstens eine halbe Stunde dort verweilen. Und sodann hätte er mit den schlechteren Pferden seiner Leute den Rückweg nicht so rasch zurücklegen können wie den Hinweg auf seinem schnellen Dunkelbraunen. Das alles hat er in Berechnung gezogen, als er Old Wabble sagte, wie lange er ausbleiben würde. Nehmt dazu, wie wir beide geritten oder vielmehr gejagt sind, so werdet Ihr Euch nicht wundern, wenn ich Euch sage, daß wir nur noch zwei Meilen[1] haben, bis wir am Ziele sind.«

»*Well* – wenn wir es finden und bei dieser ägyptischen Sonnen-, Mond- und Sternenfinsternis nicht darüber hinausreiten!«

»Habt keine Sorge, lieber Dick! Ich kenne mich hier aus.«

»Ob Ihr Euch auskennt oder nicht, das ist ganz einerlei, das ist sogar ganz egal, wenn Ihr Euch nur zurechtfindet!«

Ich sprach zu ihm mit großer Sicherheit; es mußte sich bald zeigen, ob ich mir nicht zu viel zugetraut hatte. Es galt, ein langgestrecktes, breites, muldenförmiges Thal zu durchqueren; wenn wir nicht auf dasselbe trafen, hatten wir uns verritten. Schon wollte ein Zweifel in mir aufsteigen, da begann der Boden sich ziemlich rasch zu senken. Wir stiegen ab und führten, der Senkung folgend, unsere Pferde. Unten angekommen, setzten wir uns wieder auf, ritten quer über die Mulde und dann drüben die Lehne hinauf. Nun konnte ich in frohem Tone sagen:

»Wir sind so genau und richtig geritten, als ob wir den hellsten Sonnenschein hätten. Jetzt noch fünf Minuten lang Galopp über eine glatte, ununterbrochene Ebene, und wir stoßen mit der Nase grad an das Wara-tu.«

»Bitte, nehmt die Eurige dazu, Sir! Ich habe meine Nase zu ganz andern Zwecken im Gesicht. Uebrigens freue auch ich mich unendlich, daß wir bei diesem Mangel aller Laternen nicht an den Nordpol geraten sind. Es giebt Gebüsch am Wara-tu?«

»Viel, und sogar einige Bäume.«

»Reiten wir ganz hinan?«

»Um diese Frage beantworten zu können, muß ich erst rekognoszieren. Wenn es nicht so finster wäre, hätte ich Euch

[1] Englische.

mit den Pferden da hinter uns in der Thalmulde lassen und mich allein mühsam anschleichen müssen. Ihr seht, wie gut für uns das Gewitter ist, welches den Himmel ganz bedeckt hat und nun bald losbrechen wird. Es ist, als ob es sich bloß wegen uns zusammengezogen hätte. Reiten wir jetzt langsamer; wir müssen nun sehr vorsichtig sein!«

Wir zügelten unsere Pferde und waren dann kaum noch eine Minute weitergeritten, so zuckte grad vor uns ein Wetterleuchten über den Horizont, bei welchem wir ein scheinbar lang gezogenes Buschwerk sahen, dem wir uns auf vielleicht fünfhundert Schritte genähert hatten.

»Wir sind am Ziele,« sagte ich, indem ich aus dem Sattel stieg. »Die Pferde mögen sich legen. Ihr bleibt bei ihnen zurück und nehmt hier meine Gewehre.«

»Wollen wir ein Zeichen verabreden, oder werdet Ihr mich sicher finden, Sir?« erkundigte sich Hammerdull.

»Habe ich das Wara-tu gefunden, so finde ich Euch auch. Ihr seid ja dick genug!«

»Jetzt macht Ihr die schlechten Witze, Mr. Shatterhand. Nun habt Ihr das schöne Wara-tu vor Euch. Stoßt mit der Nase an!«

Ich gab meinem Pferde mit der Hand das Zeichen, sich zu legen; es gehorchte, ebenso die Stute Hammerdulls. Dann schritt ich vorsichtig auf die Büsche zu.

Man denke sich eine schüsselförmige, mit Wasser ziemlich gefüllte Vertiefung von vielleicht fünfzig Meter Durchmesser, rings von teils dicht, teils einzeln stehenden Sträuchern umgeben, aber zwischen dem Wasser und dem Gesträuch einen ziemlich breiten, buschfreien Ring, der sich aus lauter muschelartigen Eindrücken zusammensetzte, welche durch das Wälzen wilder Büffel entstanden waren. Diese Tiere pflegen sich instinktmäßig im weichen Boden zu wälzen, um sich mit einer schlammigen Kruste zu bedecken, die ihnen Schutz vor mancherlei Insekten bietet. Das war das Wara-tu, welches ich jetzt zu umschleichen hatte. Umschleichen? Nein; dazu sollte es gar nicht kommen.

Ich erreichte die ersten Büsche mit Leichtigkeit und – –

roch und hörte zugleich links von mir Pferde. Mich niederduckend, wandte ich mich nach dieser Richtung, denn es ist in solchen Fällen stets geraten, sich auch um die Pferde der Feinde zu bekümmern. Sie waren alle angehobbelt, außer einem, welches an zwei in die Erde getriebenen Pflöcken hing. Hinter den Büschen brannten mehrere Feuer, deren Schein in der Weise durch eine Strauchöffnung drang, daß er dieses Pferd traf. Dies genügte, mir seinen Bau zu zeigen. Es war ein edler, sehr dunkler Rotschimmel, dessen prächtige Mähne so in Knoten und immer kleiner werdende Knötchen geknüpft war, wie ich es bei den Naiini-Komantschen gesehen hatte. Wie kamen die Osagen zu dieser Art und Weise einer Mähnenzierde? Doch war das jetzt Nebensache; wichtiger fand ich den Umstand, daß keine einzige Wache bei den Pferden war. Diese Indsmen mußten sich ungeheuer sicher fühlen! Ich kehrte, um dem Feuerscheine auszuweichen, einige Schritte zurück, legte mich auf die Erde nieder und schob mich dann in das Gebüsch hinein.

Es kommt zuweilen vor, daß einem etwas, was man für sehr schwierig gehalten hat und was auch wirklich schwierig ist, durch das Zusammentreffen günstiger Umstände sehr leicht gemacht wird. So war es heut hier am Wara-tu. Kaum in das Buschwerk eingedrungen, sah ich die ganze Scene bis auf das Kleinste deutlich vor mir liegen.

Von vier großen Feuern hell beleuchtet, hatten sich wohl über zweihundert Osagen auf dem erwähnten, freien Ring rund um das Wasser gelagert und sahen mit großer Spannung sechs Kriegern zu, welche soeben begonnen hatten, den Büffeltanz aufzuführen. Indem ich meine Augen rundum gleiten ließ, blieb es an einem der wenigen hier stehenden Bäume haften, an welchem ein nicht im Gesicht bemalter Indianer lehnte. Er war angebunden, also Gefangener. Sein Gesicht war hell beleuchtet; ich erschrak, als ich es sah, aber mehr in freudiger als in entgegengesetzter Weise. Dieses Gesicht kannte ich genau, sogar sehr genau; es war ein mir sehr lieb gewordenes. Und nun konnte ich mir auch die Anwesenheit des Pferdes mit der fremdgeknüpften

Mähne erklären: der Rotschimmel gehörte dem Gefangenen. Diese hohe, breite, volle Gestalt, dieser markige und doch so leichtbewegliche Gliederbau, dieses kaukasisch gemeißelte Gesicht mit der stolzen, selbstbewußten Ruhe in den Zügen, das konnte nur einer sein, den ich lange nicht gesehen, an den ich aber umso öfter gedacht hatte, nämlich Apanatschka, der junge, edle Häuptling der Naiini-Komantschen!

Was hatte ihn nach Kansas heraufgeführt? Wie war er in die Hände der Osagen gefallen? Osagen und Komantschen! Ich wußte, welche unerbittliche Feindschaft zwischen diesen beiden Völkern herrschte; er war verloren, wenn es mir nicht gelang, ihn zu retten! Retten? Pshaw, kinderleicht! Kein Mensch achtete jetzt auf ihn, denn aller Augen waren auf die Tänzer gerichtet. Zwei Büsche standen hinter dem Baum, an den er gebunden war, Deckung genug für mich, von hinten nahe an ihn zu kommen!

So schnell mir diese Gedanken kamen, so schnell wurden sie ausgeführt. Ich schob mich aus dem Gesträuch zurück, stand auf und eilte zu Hammerdull.

»Auf mit den Pferden!« gebot ich ihm. »Setzt Euch auf Eure Stute! Kommt!«

»Was ist los?« fragte er. »Müssen wir fort?«

»Die Osagen haben einen Gefangenen, den ich kenne und den ich befreien muß.«

»*Heavens!* Wer ist's, Mr. Shatterhand?«

»Das später; kommt nur, kommt!«

Mein Rappe sprang auf mein Zeichen auf; ich nahm ihn beim Zügel und zog ihn fort. Hammerdull hatte sich trotz seiner Dickheit schnell in den Sattel geschwungen und folgte mir. Ich führte ihn nicht dorthin, wo ich gewesen war, sondern genau nach dem Außenpunkte des Gebüsches, welcher hinter Apanatschkas Rücken lag.

»Wartet hier! Ich bringe noch ein Pferd.«

Mit diesen Worten schnellte ich mich wieder fort. Ich mußte mich beeilen, denn die Befreiung des Gefangenen hatte zu geschehen, noch ehe der Büffeltanz, welcher die ganze Aufmerksamkeit der Osagen in Anspruch nahm, zu Ende war. Ich lief nach der andern Seite zu dem Rotschimmel, löste ihn von den Pflöcken und wollte mit ihm fort. Er weigerte sich, blieb stehen und schnaubte laut. Das konnte mir und meinem Vorhaben gefährlich werden. Glücklicherweise wußte ich, was ich zu thun hatte, ihn mir willig zu machen.

»Eta, kavah, eta eta!« schmeichelte ich ihm, indem ich ihm den fischglatten Hals streichelte.

Als er die bekannten Laute hörte, gab er sofort den Widerstand auf und ging mit mir. Als ich mit ihm bei Hammerdull ankam, zuckte der erste Blitz über den Himmel und krachte der erste Donnerschlag. Nun aber schnell, sehr schnell, sonst wird der Tanz wegen des Gewitters eher beendet!

»Haltet auch dieses Pferd, welches der befreite Gefangene besteigen wird,« forderte ich den Dicken auf; »sobald ich komme, gebt Ihr mir meine Gewehre!«

»*Well!* Bringt ihn nur erst, und bleibt nicht selber stekken!« antwortete er.

Wieder leuchtete der Blitz, und wieder krachte der Donner. Ich drang so rasch und doch so leise wie möglich in das Gebüsch, warf mich zu Boden und schob mich unten an der Erde fort. Noch währte der Tanz, den jetzt alle Osagen mit einem lauten, in der Fistel gebildeten »Pe-teh, Pe-teh, Peteh!«[1] begleiteten, wobei sie taktmäßig in die Hände klatschten. Da konnten sie das Rauschen der Zweige nicht hören; ich kam also sehr rasch vorwärts und viel schneller hinter den Gefangenen, als ich es für möglich gehalten hatte. Ich sah kein einziges Auge auf ihn gerichtet; auch er sah wahrscheinlich dem Tanze zu. Um seine Aufmerksamkeit auf mich zu lenken, berührte ich zunächst seinen Unterschenkel. Er zuckte leicht zusammen, doch nur für einen Augenblick.

»Go-oksch!«[2] sagte ich so laut, daß er es trotz des Gesanges, sonst aber weiter niemand, hören konnte.

[1] »Büffel, Büffel, Büffel!«

[2] »Paß auf!«

Er senkte den Kopf - ein nur mir bemerkbares Nicken, zum Zeichen, daß er meine Hand gefühlt und mein Wort verstanden habe. Er war mit drei Riemen an den Baum gefesselt; einer war um seine Fußgelenke und den Stamm, ein zweiter um seinen Hals und den Stamm geschlungen, während man ihm mit dem dritten die nach rückwärts um den Baum gezogenen Hände zusammengebunden hatte. Grad so wie jetzt hinter Apanatschka, hatte ich einst hinter Winnetou und seinem Vater Intschu tschuna gesteckt, um sie von den Bäumen loszuschneiden, an die sie von den Kiowas gebunden worden waren[1]. Ich war überzeugt, daß Apanatschka sich nicht weniger klug verhalten werde wie damals die beiden Apatschen, und zog das Messer. Zwei Schnitte gnügten, den untern Riemen und dann auch die Handfessel zu durchschneiden; aber um an den Halsriemen zu kommen, mußte ich aufstehen, und das war gefährlich, weil ich da gesehen werden mußte, wenn in diesem Augenblicke auch nur ein einziger Osage nach dem Gefangenen schaute. Da kam mir der Zufall zu Hilfe. Einer der Tänzer war infolge seiner allzu lebhaften Bewegungen dem Wasser zu nahe gekommen; der weiche Uferrand wich unter seinem Fuße, und er fiel in den Tümpel. Ein allgemeines Gelächter erscholl, und alle Augen richteten sich auf den triefenden Büffelimitator. Das benutzte ich. Schnell in die Höhe - ein Schnitt - dann ebenso schnell wieder nieder! Niemand hatte mich gesehen.

»Beiteh, took ominu!«[2] forderte ich ihn in demselben Tone wie vorher auf und kroch einige Schritte zurück.

Ihn scharf im Auge behaltend, sah ich, daß er noch eine kleine Weile stehen blieb; dann duckte er sich plötzlich nieder und huschte zu mir ins Gesträuch. Nun konnte es mir sehr gleichgültig sein, was jetzt geschah; erwischen sollten sie uns nicht! Ich nahm ihn bei der Hand und zog ihn, jetzt noch in niedergeduckter, kauernder Haltung, mit mir fort. Da erleuchtete der Blitz das ganze Gebüsch; ein schrecklicher Donner erdröhnte, und mit einem Male klatschte wie

[1] Siehe »Winnetou« Band I pag. 218 etc.

[2] »Komm, folge mir!«

ein stürzender See der Regen vom Himmel herab. Mit dem Tanze war es aus; man mußte die Flucht des Komantschen bemerken. Ich richtete mich auf, riß ihn auch empor und zog ihn mit mir fort, durch die Büsche, hinaus zu Hammerdull. Hinter uns schrieen, riefen und brüllten hundert Stimmen. Der Dicke reichte mir meine Gewehre, die ich überhing. Apanatschka sah sein Pferd und sprang, ohne sich einen Augenblick darüber zu verwundern, sogleich in den Sattel. Ich war im Nu auch oben, und dann ritten wir fort, nicht etwa sehr eilig, denn das war nicht nötig, weil der laut aufschlagende Regen die Schritte unserer Pferde gar nicht vernehmlich werden ließ.

Wir ritten nicht nach der Richtung, aus welcher wir gekommen waren, sondern dahin, wo ich mit Winnetou zusammentreffen sollte, nämlich nach dem Kih-pe-ta-kih, bis wohin wir von dem Wara-tu ungefähr vier gute Reitstunden hatten. Wenn ich mir die Entfernungen genau berechnete und dabei in Betracht zog, daß Winnetou wohl keinen zwingenden Grund gehabt hatte, allzuzeitig von unserm gestrigen Lagerplatze aufzubrechen, erschien es mir als wahrscheinlich, daß wir eher als er an der »alten Frau« eintreffen würden. Er hatte angenommen, daß uns die Beschleichung der Osagen eine geraume Zeit kosten werde, und nun war alles so unerwartet schnell gegangen! Welchen Zweck hatte eigentlich unser Ritt nach dem Wara-tu gehabt? Zu erfahren, wie viel Osagen da versammelt waren, und wenn es ohne Gefahr für uns geschehen konnte, Fenners wegen sie wissen zu lassen, daß die Bleichgesichter vor dem Ueberfalle gewarnt worden seien. Und nun hatte sich uns ein Erfolg geboten, über den ich mich außerordentlich glücklich fühlte, und zwar nicht allein aus dem Grunde, daß ich Apanatschka da unten im Llano liebgewonnen hatte; es lag etwas in mir, eine Stimme oder eine Ahnung, welche mir einreden wollte, daß ich mich für diesen wackern, jungen Häuptling der Naiini-Komantschen noch mehr als bisher interessieren werde, daß mein Verhältnis zu ihm noch eine andere Gestalt anzunehmen habe. Solchen Stimmen pflege ich zu trauen; sie täuschen selten.

Er hatte mich nicht deutlich sehen können und wußte also noch nicht, wer sein Befreier war. Während ich jetzt mit Dick Hammerdull voranritt und er hinter uns her, strömte der Regen so dicht hernieder, daß er nur die Umrisse unserer Gestalten erkennen konnte und sich dicht hinter uns halten mußte, wenn er uns nicht verlieren wollte. Es machte mir Spaß, ihn auch jetzt noch über mich im unklaren zu lassen. Darum bog ich mich zu Hammerdull hinüber und sagte mit unterdrückter Stimme zu ihm:

»Wenn der Fremde fragt, so sagt ihm nicht, wer ich bin!«

»Wer ist er denn?«

»Ein Häuptling der Komantschen. Doch sagt ihm nicht, daß Ihr das wißt, sonst ahnt er, daß ich ihn kenne.«

»Darf er erfahren, daß wir zu Winnetou reiten?«

»Nein. Von dem Apatschen dürft Ihr gar nicht sprechen.«

»*Well!* Soll alles ganz richtig verschwiegen werden!«

Die Osagen hatten sich sehr wahrscheinlich schnell alle auf die Pferde geworfen und schwärmten nun trotz des Regens durch die ganze Umgegend des Wara-tu; eigentümlicherweise aber kam uns keiner von ihnen nahe, obgleich wir ziemlich langsam ritten. Es war in dieser geradezu vom Himmel stürzenden Wasserflut sehr schwer, nicht in eine falsche Richtung zu geraten. Die Finsternis war, wie man sich auszudrücken pflegt, mit den Händen zu greifen, und soviel und blendend hell es blitzte, war das für die Orientierung doch nicht günstig, sondern erschwerend, weil der plötzliche Wechsel zwischen tiefer Finsternis und grellem Lichte das Auge angreift und der Blitz dann die Gegenstände nicht wahr erscheinen läßt. Und dieser suppendicke Regen hielt über zwei Stunden an. Es war da ganz unmöglich, eine Unterhaltung zu führen; wir mußten uns auf die allernötigsten Zurufe beschränken.

Da brauchte ich freilich nicht zu befürchten, daß Apanatschka mich eher erkennen werde, als es in meiner Absicht lag, zumal ich einen ganz andern Anzug trug als zur Zeit, in welcher er mich kennen lernte, und die sehr breite Krempe meines Hutes so weit heruntergeschlagen hatte, daß ich ganz verstellt sein mußte.

Endlich, endlich hörte der Regen auf; aber die Wolken wichen noch nicht, und es blieb so dunkel wie vorher. Ich trieb mein Pferd an, um vorzeitigen Erkundigungen zu entgehen, und so kam es, daß Apanatschka sich an Dick Hammerdull machte. Sie unterhielten sich. Ich hatte nicht vor, auf ihre Reden zu achten, fing aber doch einige Ausdrücke des Dikken auf, welche mein Interesse erregten. Darum ließ ich meinen Schwarzen jetzt weniger ausgreifen und horchte hinter mich, doch ohne dies durch meine Haltung zu verraten. Apanatschka bediente sich des zwischen Weißen und Roten gebräuchlichen Idiomes, welches aus englischen, spanischen und indianischen Wörtern zusammengesetzt ist und von jedem guten Westmanne verstanden und gesprochen wird. Er schien eben erst gefragt zu haben, was ich sei, denn ich hörte den Dicken antworten:

»Ein Player[1] ist er, weiter nichts.«

»Was ist das, ein Player?«

»Ein Mann, der überall herumzieht und Bären- oder Büffeltänze tanzt, wie du vorhin von den Osagen gesehen hast.«

»Uff! Die Bleichgesichter sind doch sonderbare Leute. Die roten Männer sind zu stolz, für andere zu tanzen. Willst du mir sagen, wie sein Name ist?«

»Er heißt Kattapattamattafattagattalattarattascha.«

»Uff, uff, uff! Ich werde ihn sehr oft hören müssen, ehe ich ihn nachsprechen kann. Warum spricht das gute Bleichgesicht, welches mich gerettet hat, nicht mit uns?«

»Weil er nicht hören kann, was wir ihm sagen.«

»Ist er taub?«

»Vollständig taub!«

»Das thut meinem Herzen leid, weil er den Dank nicht hören kann, den Apanatschka ihm bringen möchte. Hat er eine Squaw, und hat er Kinder?«

»Er hat zwölf Squaws, denn jeder Player muß zwölf Frauen haben, und zweimal zwanzig Söhne und Töchter, die auch alle taub sind und nicht hören.«

[1] Schauspieler.

»Uff, uff! So kann er mit seinen Frauen und Kindern nur durch Zeichen sprechen?«

»Ja.«

»So muß er zehnmal zehn und noch viel mehr verschiedene Zeichen haben! Wer soll sich diese alle merken! Er muß ein sehr mutiger Mann sein, daß er sich in die Wildnis wagt, ohne hören zu können, denn die Gefahren, welche es hier giebt, werden doppelt groß, wenn man sich nur auf seine Augen verlassen muß.«

Ob Dick Hammerdull, indem er mich für taub ausgab, irgend eine bestimmte, lustige Absicht hegte, oder ob ihm diese Behauptung ohne bestimmten Grund auf die Lippen gekommen war, das »blieb sich ganz egal«, wie er sich auszudrücken pflegte, denn es trat jetzt ein Umstand ein, durch welchen seine Unwahrheit offenbar wurde. Es kam mir nämlich trotz des Geräusches, welches durch die Schritte unserer Pferde verursacht wurde, so vor, als ob ich vor uns Hufschlag hörte. Ich hielt sofort an und gebot dem Dicken und Apanatschka, natürlich mit leiser Stimme, ihre Pferde auch zu zügeln. Ja, ich hatte recht gehört: Es gab einen Reiter, welcher sich uns näherte, doch ohne gerade und direkt auf uns zuzukommen. Da entstand die Frage, ob wir ihn vorüberlassen sollten oder nicht. Ich war aus naheliegenden Gründen geneigt, anzunehmen, daß es ein Osage sei. Wenn ich mich da nicht täuschte, so konnte er uns als Bote zwischen uns und seinen Kriegern nützlich sein, da diese doch erfahren mußten, daß wir ihren Häuptling ergriffen hatten, und so beschloß ich, ihn gefangen zu nehmen.

»Bleibt hier, und haltet mein Pferd und meine Gewehre,« raunte ich den beiden zu, indem ich abstieg und Apanatschka meinen Schwarzen und Hammerdull die Gewehre gab. Dann eilte ich nach links hinüber, wo ich, wenn mich mein Gehör nicht täuschte, auf den Nahenden treffen mußte. Er kam; ich duckte mich nieder, ließ ihn so weit vorüber, daß ich einen Anlauf nehmen konnte, holte aus und sprang von hinten auf sein Pferd. Ich hatte, als er an mir vorbeikam, gesehen, daß er ein Indianer war. Der ahnungslose

Mann war, als er mich so plötzlich hinter sich fühlte, in der Weise überrascht, daß er nicht die geringste Bewegung zu seiner Verteidigung machte. Ich nahm ihn so fest bei der Kehle, daß er die Zügel fallen und die Arme sinken ließ. Leider verhielt sich sein Pferd weniger passiv als er. Es fühlte die plötzlich verdoppelte Last, stieg vorn empor und begann dann zu bocken und mit allen vieren auszuschlagen. Das war für mich keine Kleinigkeit. Ich saß hinter dem Sattel, hatte den Reiter festzuhalten und mußte versuchen, die Zügel zu erwischen. Am Tage wäre das leichter gewesen, aber in der jetzt herrschenden Dunkelheit konnte ich die Zügel nicht sehen und war nur darauf angewiesen, mich zu bemühen, ja nicht abgeworfen zu werden. Da tauchte an meiner Seite eine Gestalt auf, welche nach dem Maule des Indianerpferdes griff. Ich machte meine rechte Hand frei, langte mit derselben nach dem Revolver in meinem Gürtel und fragte:

»Wer ist das? Soll ich schießen?«

»Ich bin Apanatschka,« antwortete der Gefragte. »Old Shatterhand mag den Osagen herabwerfen!«

Er hatte aus dem Stampfen der Hufe gehört, in welcher Lage ich mich befand, war von seinem Pferde gesprungen, hatte Hammerdull die Zügel des meinigen gegeben und sich dann beeilt, mir zu Hilfe zu kommen. Es gelang ihm, den Zaum des Indianerpferdes zu erfassen und dieses zum Stehen zu bringen. Ich ließ den Gefangenen herabfallen und sprang nach, um ihn sofort wieder zu packen, da seine Bewegungslosigkeit nur eine Finte sein konnte, mit welcher er mich täuschen wollte. Er leistete aber auch jetzt keinen Widerstand. Er war nicht etwa besinnungslos; der Schreck schien ihm die Gewalt über sich genommen zu haben.

»Apanatschka hat mich erkannt?« fragte ich den Komantschen.

»Als du mir dein Pferd zum Halten gabst, glaubte ich, deinen Hatatitla zu sehen,« antwortete er. »Sodann bemerkte ich, daß dein Gefährte nicht ein sondern zwei Gewehre von dir empfing, und wenn ich dann noch im Zweifel war, so mußte ich, als ich dich hier hinter dem roten Krieger sitzen sah, endlich wissen, wer du bist. So einen Sprung pflegt, noch dazu des Nachts, nur Winnetou oder Old Shatterhand zu wagen, obgleich der letztere weiße Jäger leider nicht mehr hören kann! Was soll mit diesem Gefangenen, der jedenfalls ein Osage ist, geschehen?«

»Ich ahne, daß er ein Kundschafter ist, den wir mit uns nehmen müssen.«

Wir riefen Hammerdull herbei. Der Indianer bekam jetzt seine Beweglichkeit wieder; er versuchte, Widerstand zu leisten, der ganz unnütz war; er wurde auf sein Pferd gebunden, und dann setzten wir den unterbrochenen Ritt fort.

Man denke ja nicht, daß nun, wie es unter Weißen unvermeidlich gewesen wäre, zwischen mir und Apanatschka viel Worte gemacht wurden. Wenn sich zwei Freunde so lange nicht gesehen haben und unter Umständen, wie die heutigen, sich so unerwartet wiedersehen, so sollte man meinen, daß zunächst die Herzen in ihr Recht zu treten hätten. Das war ja auch der Fall, aber sie machten von diesem Rechte nicht durch überflüssige Worte Gebrauch. Als wir uns wieder in Bewegung gesetzt hatten, lenkte der Naiini-Komantsche sein Pferd dicht an das meinige heran, langte zu mir herüber, ergriff meine Hand und sagte im Tone innigster Freude:

»Apanatschka dankt dem großen, guten Manitou, daß er ihm erlaubt hat, den besten unter allen weißen Kriegern wiederzusehen. Old Shatterhand hat mich vom sichern Tode errettet!«

»Seit ich von meinem jungen Freunde, dem tapfern Häuptling der Naiini, scheiden mußte, hat meine Seele sich stets nach ihm gesehnt,« antwortete ich. »Der große Geist liebt seine Kinder und erfüllt ihre Wünsche grad dann, wenn sie es für unmöglich halten!«

Weiter wurde nichts gesprochen. Er hielt mich fest, und so ritten wir Hand in Hand eng nebeneinander, bis die Nacht dem grauenden Morgen wich und ich sehen konnte, daß ich auch auf diesem Ritte die rechte Richtung nicht verfehlt hatte. Das war mir sehr lieb, weil ich gern noch vor Winnetou am Ziele ankommen wollte.

Das Kih-pe-ta-kih liegt im Westen von Kansas, welcher bekanntlich zur Kreideformation gehört. Dort und im Südwesten wird in neuerer Zeit viel Salz gewonnen. Tritt an einer Stelle das Salz in größerer Menge auf und wird vom Regen- oder von irgend einem Quellwasser ausgelaugt, so können unterirdische Höhlungen entstehen, deren Decke nachstürzt, weil sie keinen festen Halt besitzt. Diese Einstürze haben gewöhnlich tiefe, senkrechte Wände und sehr scharfe Kanten; sind die Wände dicht, so bildet sich mit der Zeit ein See, welcher die ganze Vertiefung ausfüllt; sind sie aber porös, so sickert das Wasser durch, und nur der tief gelegene Boden hält eine Feuchtigkeit fest, welche das Entstehen und Gedeihen eines mehr oder minder kräftigen Pflanzenwuchses begünstigt. Hat diese Vegetation erst aus salzbegehrenden Pflanzen bestanden, so siedeln sich später in demselben Grade salzfeindliche Pflanzen an, als der Salzgehalt des Bodens verschwindet. Liegt eine solche Senkung in einer vollständig ebenen Gegend, so macht sie von weitem einen eigenartigen Eindruck, weil nur die Wipfel der Bäume zu sehen sind, welche unten im tief liegenden Grunde Wurzel geschlagen haben.

Eine solche Stelle war das Kih-pe-ta-kih, welcher Dakotaname ›alte Frau‹ bedeutet. Der von der unfruchtbaren Ebene scharf abgegrenzte, vegetationsreiche Ort zeigte nämlich in seinen Umrissen die Konturen einer am Boden hockenden Indianer-Squaw.

Die Sonne stieg eben hinter uns am Horizonte auf, als wir diese grüne Squaw vor uns erscheinen sahen. Wir erreichten die Stelle an der linken Hüfte der Figur, während Winnetou von rechts her zu erwarten war. Ich ließ aus Vorsicht halten und ging einmal um die ganze Frau herum. Es war keine Spur eines menschlichen Wesens zu sehen, und so führten wir unsere Pferde an einer weniger steilen Stelle auf den Grund hinab, wo wir den Gefangenen von seinem Gaule nahmen und an einen Stamm festbanden. Der Ausdruck Gaul war eigentlich eine Beleidigung für dieses Pferd, welches jedenfalls zu den besten der Osagen gehörte. Erwähnen muß ich, daß der Rote wirklich ein Osage war. Er hatte sich mit den Kriegsstreifen bemalt und ließ auf keine der an ihn gerichteten Fragen eine Antwort hören.

Ich hätte nun Zeit gehabt, Apanatschka nach seinen Erlebnissen zu fragen, welche zwischen unserer Trennung und dem jetzigen Wiedersehen lagen, zog es aber vor, lieber zu warten, bis er selbst anfangen würde, davon zu sprechen. Einem Charakter, wie er war, gegenüber durfte ich keine Neugierde verraten. Mein dicker Hammerdull war von weniger vornehmer Gesinnung. Er hatte sich kaum niedergesetzt, so wendete er sich mit der Frage an ihn:

»Ich höre, daß mein roter Bruder ein Häuptling der Komantschen ist. Wie konnte es geschehen, daß er in die Gefangenschaft der Osagen geriet?«

Der Gefragte deutete, indem ein leises Lächeln über sein Gesicht ging, mit der Hand nach seinen beiden Ohren.

»Hat ein Kampf zwischen dir und ihnen stattgefunden?« erkundigte sich der zudringliche Dick weiter.

Apanatschka antwortete mit derselben Gebärde. Da wendete sich Hammerdull an mich:

»Er scheint mir nicht antworten zu wollen; fragt Ihr ihn doch einmal, Mr. Shatterhand!«

»Das würde auch vergeblich sein,« erwiderte ich.

»Warum?«

»Versteht Ihr denn nicht, was er meint? Er kann nicht hören.«

Da ging dem Dicken ein Licht auf. Er zog den Mund breit, ließ ein lustiges Lachen hören und sagte:

»*Well!* So hat er wohl auch zwölf Frauen und zweimal zwanzig Söhne und Töchter wie Ihr?«

»Sehr wahrscheinlich!«

»Da will ich mich nur in acht nehmen, daß ich nicht auch noch taub werde, sonst hören wir alle drei nichts mehr! Es geht so schon still genug hier zu. Habt Ihr nichts für mich zu thun, Sir, damit mir die Zeit nicht gar so lange wird?«

»Doch. Steigt hinauf, und schaut nach Winnetou aus! Ich möchte es gern vorher wissen, wenn er kommt.«

»Ob Ihr es wißt oder nicht, das ist ganz egal; aber ich werde es Euch sagen.«

Er ging, und nun, als er sich entfernt hatte, schien Apanatschka wenigstens eine Bemerkung für nötig zu halten, um kein für ihn ungünstiges Urteil in mir aufkommen zu lassen. Er ließ einen verächtlichen Blick über den Gefangenen streifen und sagte:

»Die Söhne der Osagen sind keine Krieger; sie fürchten die Waffen tapferer Männer und fallen nur über wehrlose Leute her.«

»Ist mein Bruder wehrlos gewesen?« fragte ich.

»Ja. Ich hatte nur ein Messer bei mir, weil mir jede weitere Waffe verboten war.«

»Ah! Mein Bruder war unterwegs, um sich den heiligen Yatkuan[1] zu holen?«

»So ist es. Apanatschka wurde von dem Rate der Alten ausersehen, nach Norden zu reiten, um die heiligen Steinbrüche aufzusuchen. Mein Bruder Shatterhand weiß, daß, so lange es rote Männer giebt, kein Krieger, welcher von seinem Stamme nach dem Yatkuan ausgeschickt wird, eine andere Waffe als nur das Messer führen darf. Er hat keinen Pfeil und keinen Bogen, kein Gewehr und keinen Tomahawk nötig, weil er kein Fleisch, sondern nur Pflanzen essen darf und sich gegen keinen Feind zu verteidigen braucht, weil es verboten ist, einen Mann, der nach den heiligen Steinbrüchen reitet, unfriedlich zu behandeln. Apanatschka hat noch nie von einem Falle gehört, daß dieses Gesetz, welches bei allen Stämmen Geltung hat, übertreten worden ist. Die Hunde der Osagen aber haben die Schande auf sich geladen, mich zu überfallen, gefangen zu nehmen und zu fessseln, obgleich ich nur das Messer hatte und ihnen durch das Wampum des Kalumets bewies, daß ich mich auf dem Wege der großen Medizin befand.«

»Du hast ihnen das Wampum vorgezeigt?«

»Ja.«

[1] Roter Pfeifenthon.

»Ich sehe es nicht. Du hast es nicht mehr?«

»Nein. Sie haben es mir abgenommen und in das Feuer geworfen, von dem es verzehrt worden ist!«

»Unglaublich! So etwas ist allerdings noch niemals vorgekommen! Sie haben damit ihre Ehre in die Flammen geworfen und für alle Zeit vernichtet. Sie mußten dich, selbst wenn du ihr größter Feind gewesen wärst, als Gast behandeln!«

»Uff! Ich sollte sogar getötet werden!«

»Hast du dich gewehrt, als sie dich ergriffen?«

»Durfte ich das?«

»Nein.«

»Hätte ich mich gewehrt, so wäre das Blut vieler von ihnen geflossen; da ich mich aber auf mein Wampum und die uralten Gesetze verließ, die noch niemand zu übertreten wagte, bin ich ihnen willig wie ein Kind in ihr Lager gefolgt. Von nun an darf jedem Osagen, der einem ehrlichen Krieger begegnet, ins Gesicht gespieen werden und ---«

Er wurde unterbrochen, denn Dick Hammerdull kam und meldete, daß Winnetou zu sehen sei. Ich wollte den Apatschen mit dem Naiini-Komantschen überraschen, bat also Apanatschka, hier bei dem Gefangenen zu bleiben, und ging mit Dick Hammerdull nach der andern Seite des Kih-pe-ta-kih, wo die Angemeldeten erscheinen mußten. Ich hatte natürlich erwartet, fünf Personen zu sehen, nämlich Winnetou, Treskow, Holbers, Old Wabble und Schahko Matto, bemerkte aber zu meiner Verwunderung, daß sich noch ein Indianer bei ihnen befand. Als sie näher gekommen waren, sah ich, daß dieser auch auf das Pferd gebunden war. Winnetou hatte also noch einen Gefangenen gemacht; die Kriegsfarben in seinem Gesichte zeigten, daß er auch ein Osage war.

Ich trat, damit der Apatsche nicht erst rekognoszieren solle, soweit vor das Gesträuch, daß er mich erkennen mußte. Er lenkte also gerade auf mich zu, hielt bei uns an und fragte:

»Befindet sich mein Bruder schon vor mir hier, weil ihm etwas Böses begegnet ist?«

»Nein, sondern weil alles schneller und besser ging, als ich denken konnte.«

»So geleite er uns zu seinen Pferden! Ich habe ihm sehr Wichtiges zu berichten.«

Schahko Matto hatte diese Worte gehört; ich fing einen triumphierenden Blick auf, den er auf mich warf, und ließ infolgedessen die Bemerkung hören:

»Die Pferde befinden sich auf der andern Seite; wir werden aber gleich hier unten lagern.«

Der scharfsinnige Winnetou ahnte sofort, daß es sich um eine Heimlichkeit handle; er warf einen kurzen Blick in mein Gesicht und ließ dann ein befriedigtes Lächeln um seine Lippen spielen. Der Häuptling der Osagen aber machte mir in barschem Tone die Bemerkung:

»Old Shatterhand wird erfahren, was geschehen ist, und mich in kurzer Zeit freilassen müssen!«

Ich antwortete nicht und stieg in die Vertiefung hinab. Die andern folgten mir, indem Hammerdull und Holbers die Pferde der beiden Indianer führten. Dabei hörte ich, daß der Dicke zu seinem langen Busenfreunde sagte:

»Also bei euch ist etwas sehr Wichtiges passiert, Pitt Holbers, altes Coon?«

»Wenn du denkst, daß es wichtig ist, so hast du es erraten,« lautete die Antwort.

»Ob erraten oder nicht, das bleibt sich gleich. So wichtig ist es aber jedenfalls nicht wie das, was – –«

»Laßt das Plaudern!« unterbrach ich ihn. »Ehe die Reihe, zu reden, an Euch ist, sind vorher schon noch andere da!«

Er merkte, daß er im Begriffe gestanden hatte, einen Fehler zu begehen, und fuhr sich mit dem Handrücken über den Mund. Auf dem Grunde des Einsturzes angekommen, banden wir die Gefangenen von den Pferden, legten sie auf den Boden und setzten uns zu ihnen nieder. Winnetou, welcher nicht wissen konnte, womit ich hinter dem Berge hielt, warf mir heimlich einen fragenden Blick zu, worauf ich die Aufforderung an ihn richtete:

»Mein Bruder lasse mich das Wichtige wissen, was er mir mitzuteilen hat!«

»Soll ich mit offenem Munde sprechen?«

Er meinte damit, ob er ohne alle Rücksicht auf das, was ich noch zu verschweigen hatte, reden könne.

»Ja,« nickte ich. »Hoffentlich ist es nichts Unangenehmes, was geschehen ist!«

Was ich erwartet hatte, das geschah: Old Wabble fiel schnell und in höhnischem Tone ein:

»Sehr unangenehm sogar, höchst unangenehm für Euch! Wenn Ihr etwa glaubt, uns noch immer sehr fest und sicher in den Händen zu haben, so irrt Ihr Euch gewaltig!«

»Pshaw!« lachte ich. »Die Karten stehen für uns ja noch besser als vorher!«

»Wieso?«

»Wir haben heut einen Gefangenen mehr als gestern!«

»Und Ihr meint, das sei vorteilhaft für euch? Laßt Euch doch von Winnetou sagen, wie die Sachen stehen!«

Der Apatsche überwand in diesem Falle einmal seinen Stolz, indem er in wegwerfendem Tone sagte:

»Der alte Cowboy hat ein Gift auf seiner Zunge; ich will ihn nicht hindern, es über uns auszuspritzen.«

»Ja, es ist ein Gift, und zwar ein solches, an dem ihr alle zu Grunde gehen werdet, wenn ihr uns nicht sofort die Freiheit gebt; *th'is clear!*«

»Unnütze Redensart, um uns bange zu machen!« lachte ich.

»Lacht immerhin! Das Lachen wird euch gleich vergehen, wenn ihr hört, was während eurer glorreichen Abwesenheit geschehen ist.« Er deutete auf den neugefangenen Roten und fuhr fort: »Den Kriegern der Osagen dauerte die Rückkehr ihres Häuptlings zu lange; darum sandten sie diesen Mann zu ihm, um den Grund seines langen Bleibens zu erfahren. Er kam nach dem Wäldchen, wo ihr uns überfallen habt; wir waren fort; er folgte aber unserer Spur und entdeckte unsern gestrigen Lagerplatz. Merkt Ihr noch nichts?«

»Ich merke nur, daß er dabei ergriffen wurde.«

»Schön! Aber etwas wißt Ihr nicht, nämlich daß er nicht allein gewesen ist. Es war ein zweiter Osage bei ihm, welcher klüger und vorsichtiger war als er. Dieser entkam und ist nun zurückgeeilt, um einige hundert Verfolger zu holen, die Euch sicher jetzt schon auf den Fersen sind. Ich gebe Euch den Rat, uns augenblicklich freizulassen; das ist das beste, was Ihr thun könnt; denn wenn diese Menge von Osagen kommt und uns noch in euern Händen findet, so werden sie keine Schonung üben, sondern euch auslöschen, wie der Sturm schwache Zündhölzer auszublasen pflegt!«

»Ist das alles, was Ihr mir zu sagen habt?« fragte ich.

»Einstweilen ja; aber wenn Ihr so albern seid, meinen guten Rat nicht zu beachten, so kommt noch mehr!«

»Dann doch lieber gleich heraus mit diesem Mehr!«

»Nein. Erst will ich sehen, ob Old Shatterhand wenigstens einmal nur den hundertsten Teil der großen Klugheit besitzt, die man ihm irrtümlicherweise zuzuschreiben pflegt.«

»Soviel ist gar nicht notwendig, denn schon der zehntausendste Teil reicht für mich vollständig zu, Eure Drohung zu verlachen. Auch angenommen, daß alles ganz genau so ist, wie Ihr sagt, so befindet Ihr Euch noch in unserer Gewalt, und Eure Osagen sind noch nicht da. Was hindert uns, euch auszulöschen, so wie der Wind Zündhölzer ausbläst?«

»*Pshaw!* Das thut Ihr nicht, denn Ihr seid ein viel zu guter und viel zu liebevoller Christ dazu und sagt Euch ganz gewiß, daß die Osagen unsern Tod blutig rächen würden.«

»Diese paar Leute? Was sind die gegen Winnetou, von mir gar nicht zu reden!«

»Ja, Eure Einbildung ist groß genug; das weiß man schon! Aber ich ahne, was Euch solchen Mut einflößt!«

»Nun, was?«

»Ihr seid auch, wie Winnetou, auf Fenners Farm gewesen und habt dort um Hilfe gebeten. Wahrscheinlich sind nun einige arme Cow-boys unterwegs, mit denen Ihr uns schrecken wollt.«

»*Pshaw!* Wenn Ihr einigermaßen rechnen könntet, so müßtet Ihr wissen, daß ich von Fenners Farm jetzt noch nicht wieder hier sein könnte. Ich war an einem ganz, ganz anderen Orte und habe Euch zum Beweise, mit welcher Liebe ich dort an Euch dachte, jemand mitgebracht.«

»Möchte wissen, wer das ist. Laßt ihn doch sehen!«

»Sofort! Diese Freude kann ich Euch und Schahko Matto schon gern machen.«

Ich sagte Dick Hammerdull einige Worte in das Ohr. Er nickte lachend, stand auf und entfernte sich. Alle, selbst Winnetou, obgleich sich dieser gar nichts merken ließ, waren gespannt darauf, wen der Dicke bringen würde. Als er nach kurzer Zeit zurückkehrte, führte er unsern gefangenen Osagen am Arme.

»Uff!« rief Schahko Matto erschrocken.

»*All devils!*« schrie Old Wabble. »Das ist ja der – –«

Er hielt es für geraten, mitten im Satze abzubrechen. Ich winkte Hammerdull, den Roten wieder fortzuführen, weil dieser durch ein Wort die Anwesenheit Apanatschkas verraten konnte, und fragte den alten Cowboy:

»Das war der Rote, welcher die Hunderte von Osagen holen sollte. Denkt Ihr jetzt noch, daß sie kommen werden?«

»Der Teufel hole Euch!« zischte er mich an.

»Uff!« fiel Schahko Matto ein. »Old Wabble hat ja den Naiini ganz vergessen!«

»Das fällt mir gar nicht ein!« entgegnete dieser und fügte, zu mir gewendet, hinzu: »Ich habe schon bemerkt, daß ich noch eine Karte habe, die Ihr gewiß nicht übertrumpfen könnt, für so klug und weise Ihr Euch immer halten mögt!«

»Die möchte ich kennen lernen!«

»Werde Euch gleich behilflich dazu sein! Ihr werdet Euch sicher noch mit großem Vergnügen an den Llano erinnern, wo Ihr die Ehre hattet, von – – – «

»Von Euch bestohlen zu werden,« fiel ich ihm in die Rede.

»Auch richtig, doch wollte ich etwas anderes sagen,« lachte er. »Es gab dort einen jungen Naiini-Häuptling. Wie hieß er doch nur gleich?«

»Apanatschka,« antwortete ich, mich ganz ahnungslos stellend.

»*Yes*, Apanatschka! Ihr hattet ihn sehr lieb, nicht?«

»Ja.«

»Da Ihr Euch eines ausgezeichnet guten Herzens rühmt, vermute ich, daß diese Eure Liebe sich nicht verringert hat?«

»Sie ist im Gegenteile inzwischen noch gewachsen!«

Er sprach in überlegenem Tone, weil er glaubte, seiner Sache ganz sicher zu sein, und ich ging auf diesen Ton ein, weil ich bemerkte, daß Apanatschka mir in der Rolle, die ich ihm zugedacht hatte, entgegenkam. Hammerdull war, als er den Osagen fortgeführt hatte, nicht wiedergekommen; ich sah an seiner Stelle den Naiini-Häuptling im Gebüsch stehen. Er mochte vermutet haben, daß ich nun auch mit seiner Person eine Ueberraschung beabsichtige, und hatte sich herbeigeschlichen, ohne abzuwarten, bis ich ihn holen ließ. Ein Blick in Winnetous Gesicht verriet mir, daß die scharfen Augen des Apatschen ihn auch schon entdeckt hatten.

»Noch gewachsen?« wiederholte Old Wabble meine Worte. »Ihr wollt wahrscheinlich damit sagen, daß Ihr ihn noch heut wie damals als Euern Freund und Bruder betrachtet?«

»Ganz gewiß!«

»Für den Euch kein Opfer zu groß sein würde?«

»Ja. Ich will damit sagen, daß ich ihn in keiner Gefahr stekken lassen würde, und wenn ich mein Leben wagen sollte.«

»Schön! Ich kann Euch nun zufälligerweise sagen, daß er sich in der größten Gefahr befindet, die es für ihn geben kann.«

»Ah, wirklich?«

»Ja.«

»Welche wäre das?«

»Er ist Gefangener der Osagen.«

»Das glaube ich nicht.«

Old Wabble hatte mich angesehen, als ob er glaube, daß ich sehr erschrecken werde; als aber meine Antwort so schnell und in so gleichgültigem Tone erfolgte, versicherte er eifrig:

»Ihr denkt wahrscheinlich, ich mache Euch etwas vor; es ist aber wahr, wirklich wahr!«

»Unsinn!«

»Fragt den Osagen hier, den Winnetou gestern abend gefangen nahm! Er hat uns die Botschaft gebracht, über die wir uns grad so sehr gefreut haben, wie sie Euch ungelegen kommen muß.«

»Es ist dennoch Lüge, daß er gefangen ist!«

»Ich schwöre es Euch mit hundert Eiden zu!«

»*Pshaw!* Old Wabbles Eide gelten bei mir weniger als nichts! Aber sagt, ist die Gefangennahme Apanatschkas etwa die Karte, die ich nicht übertrumpfen kann?«

»Natürlich!«

»So ahne ich, was Ihr meint. Ihr seid der Ansicht, daß wir Euch gegen ihn auslösen werden?«

»Seht, wie klug Ihr werdet, wenn man Euch mit der Nase an die richtige Stelle stößt! Ihr habt es allerdings erraten.«

»So thut es mir um Euretwillen leid, daß es eine Stelle giebt, an welche ich nun Eure Nase stoßen muß.«

»Was für eine denn?«

»Der Busch, da rechts von Euch. Seid so gut, Eure Nase einmal dorthin zu richten!«

Er wendete den Kopf nach der angegebenen Seite. Apanatschka hatte jedes unserer Worte gehört und verstanden; er schob das Gezweig mit den Armen zur Seite und trat zu uns heraus. Wenn ein Blitz vor ihnen niedergefahren wäre, hätten Schahko Matto und Old Wabble nicht mehr erschrekken können, als sie jetzt beim Anblicke des Komantschenhäuptlings erschraken.

»Nun?« fragte ich. »Wer hat den größten Trumpf?«

Keiner antwortete. Da ertönte die Stimme eines, der nur dann zu sprechen pflegte, wenn sein Busenfreund Dick Hammerdull ihn fragte, nämlich die Stimme des langen Pitt Holbers:

»*Heigh-day*, ist das ein Gaudium! Niemand wird ein- und ausgelöst; Old Wabble hat verspielt!«

Der, dessen Name da genannt wurde, knirschte mit den Zähnen, daß wir es alle hörten, stieß einen gräßlichen Fluch aus und schrie mit vor Wut überschnappender Stimme zu mir herüber:

»Hund, tausendmal verfluchter, du stehst mit der Hölle und allen ihren Teufeln im Bunde! Du mußt ihr dein Leben und deine Seele verschrieben haben, sonst könnte dir nicht alles so nach Wunsch gelingen! Ich speie vor dir aus! Ich hasse dich mit einem Hasse, wie ihn noch nie ein Mensch empfunden hat, dich, hörst du, dich, verdammter Dutchman, du!«

»Und dich bedaure ich aus vollstem, tiefstem Herzen,« antwortete ich ruhig. »Ich habe viele, viele beklagenswerte Menschen kennen gelernt, der beklagenswerteste von allen diesen der bist du! Du ahnest und begreifst gar nicht, wie unbeschreiblich groß das Mitleid ist, welches du erwecken mußt. Möge Gott dereinst nur einen kleinen, kleinen Teil des Mitleids, des Erbarmens für dich haben, welches ich jetzt für dich hege! Das ist die Antwort, die ich dir auf deinen Fluch erteile, weil ein Fluch aus deinem Munde für jeden, gegen den du ihn richtest, zum Segen werden muß! Nun bin ich mit dir fertig. Du bist ein so armseliges Menschenkind, daß jedes Auge schmerzt, welches gezwungen ist, dich anzusehen. Mach dich aus dem Staube!«

Ich ging zu ihm hin, zerschnitt seine Fesseln und wendete mich ab. Wenn ich geglaubt hätte, daß er nun schnell aufspringen und davonlaufen werden, so wäre ich von einem Irrtume ergriffen gewesen; ich hörte nämlich, daß er sich langsam und gemächlich erhob; dann fühlte ich seine Hand auf meiner Schulter, und er sagte im Tone hellen Spottes:

»Also das Auge thut dir wehe, wenn du mich ansehen mußt? Darum giebst du mich frei? Bilde dir ja nur nicht ein, moralisch so unendlich hoch über mir zu stehen! Wenn der Gott wirklich lebt, an welchen du dich rühmst, so fest zu glauben, so stehe ich in seinen Augen ebenso hoch wie du, sonst wäre er ein noch schlechterer Kerl als so einer, für welchen du mich hältst! Er hat mich und dich geschaffen und in die Welt gesetzt, und wenn ich anders geraten bin als du, so bin nicht ich, sondern er ist schuld daran. An ihn hast du dich also mit deiner Entrüstung zu wenden, nicht an mich, und wenn es in Wirklichkeit ein ewiges Leben und ein jüngstes Gericht gäbe, über das ich aber lache, so hat, weil er mich mit meinen sogenannten Fehlern und Sünden ausstattete, nicht er über mich, sondern ich über ihn den Stab zu brechen. Du wirst also wohl endlich einsehen, was eure Frömmigkeit und Gottesfurcht für kindische, belachenswerte Dummheiten sind! Du glaubst wohl freilich, aus Güte zu handeln; im Grunde genommen aber treibt dich nichts als die Erkenntnis, die auch ich hege, nämlich daß kein Mensch gut und keiner böse ist, weil Gott, der Erfinder der Erbsünde, allein schuld daran wäre. Leb' also wohl, du Mann der Liebe und der Barmherzigkeit! Ich bin trotz deiner Albernheit heut wieder einmal sehr zufrieden mit dir. Aber denke deshalb ja nicht, daß ich, falls wir uns wiedersehen, anders als durch eine Kugel zu dir reden werde! Wir haben hier auf der Savanne nicht neben einander Platz; einer muß fort, und da du so große Scheu und Angst vor Menschenblut hast, so werde ich dir bei unserm nächsten Wiedersehen die Adern öffnen. Den andern gilt dasselbe Wort. Mesch'schurs, lebt wohl für nächste Tage! Ihr werdet bald von mir zu hören bekommen!«

Es waren den Gefangenen natürlich ihre Waffen abgenommen worden. Die Flinte Old Wabbles hing am Sattel seines Pferdes, und sein Messer hatte sich Dick Hammerdull in den Gürtel gesteckt. Der alte Cowboy trat zu dem Dicken und streckte die Hand aus, um sein Messer zu nehmen; dieser aber bog sich ab und fragte: »Was wollt Ihr da? In meinem Gürtel habt Ihr nichts zu suchen!«

»Ich will mein Messer haben!« erklärte Old Wabble trotzig.

»Das gehört jetzt uns, aber nicht mehr euch!«

»Oho! Ich habe es also mit Spitzbuben, mit Dieben zu thun?«

»Nimm dein loses Maul in acht, sonst springe ich dir ins Gesicht, alter Gauner! Du kennst die Gesetze der Prairie und weißt also, wem die Waffen eines Gefangenen gehören!«

»Ich bin jetzt nicht mehr Gefangener, sondern frei!«

»Ob frei oder nicht, das geht mich gar nichts an. Wenn

Old Shatterhand dir die Freiheit wiedergegeben hat, so ist damit noch nicht gesagt, daß du auch deine Waffen wiederbekommen mußt.«

»Behalte es, und sei verdammt, dicker Mops! Ich werde bei den Osagen ein anderes bekommen!«

Er ging zu seinem Pferde, nahm das Gewehr vom Sattel, hing es sich über und wollte aufsteigen. Da stand Winnetou auf, streckte die Hand gegen ihn aus und befahl:

»Halt! Das Gewehr wieder hin!«

Es lag in der Haltung und dem Gesichte des Apatschen etwas so Unwiderstehliches, daß Old Wabble, seinem sonstigen Wesen ganz entgegen, gehorchte. Er hing die Rifle wieder an den Sattel, wendete sich dann aber zu mir um und protestierte:

»Was soll das heißen? Pferd und Gewehr gehören doch mir!«

»Nein,« entgegnete Winnetou. »Indem mein Bruder Shatterhand dir die Freiheit wiedergab, hat er dir nur den Ekel zeigen wollen, den jeder Mensch vor dir empfinden muß. Wir stimmen ihm alle bei, denn es graut uns, dich mit der Hand, dem Messer oder einer Kugel zu berühren. Wir überlassen dich nicht unserer Rache, sondern der Gerechtigkeit des großen Manitou. Du würdest auch dein Pferd und deine Waffen erhalten, aber da du gedroht hast, uns zur Ader lassen zu wollen, so bekommst du nichts als nur die Freiheit wieder. Du wirst jetzt augenblicklich gehen; bist du aber nach zehn Minuten noch hier in der Nähe zu sehen, so wird ein Riemen dir um den Hals und dann um den Ast eines dieser Bäume gelegt. Ich habe gesprochen. Howgh! Nun augenblicklich fort!«

Old Wabble lachte laut auf, verbeugte sich tief und antwortete:

»Ganz wie ein König gesprochen; nur schade, daß es in meinen Ohren wie Hundebellen klingt! Ich gehe; wir sehen uns aber wieder!«

Er drehte sich um, stieg den an dieser Stelle eingefallenen Rand der Senkung hinauf und verschwand. Als ich ihm der

Vorsicht wegen in kurzer Zeit hinauffolgte, sah ich ihn in seiner schlotternden, wabbelnden Weise langsam über die Ebene schreiten. Ich hatte diesen Mann früher nicht nur wegen seines hohen Alters geachtet, sondern ihn dem Rufe gemäß, in dem er damals stand, auch für einen sehr tüchtigen Westmann gehalten; jetzt aber war meine Ansicht über ihn in beiden Beziehungen eine ganz andere geworden. Er wäre, selbst wenn man ihn für einen bessern Menschen hätte halten müssen, als »*man of the west*« doch für uns unbrauchbar gewesen. Daß ich ihn auch diesmal wieder straflos hatte gehen lassen, war weniger die Folge eines Ueberlegungsaktes als vielmehr einer augenblicklichen Regung oder Empfindung, eines Ekels gewesen, der es mir unmöglich gemacht hatte, noch ein Wort an ihn zu richten.

Winnetou hatte sich einverstanden mit diesem meinem Verhalten erklärt. Hammerdull und Holbers waren es nicht, das wußte ich; sie wagten nur nicht, mir Vorwürfe darüber zu machen. Treskow aber, dessen juristisches oder polizeiliches Fühlen durch meine wiederholte Milde beleidigt worden war, sagte, als ich wieder zu ihnen hinabgestiegen war, zu mir:

»Nehmt es mir nicht übel, Mr. Shatterhand, daß ich Euch unbedingt tadeln muß. Vom christlichen Standpunkte aus will ich gar nicht sprechen, obgleich Ihr auch da nicht korrekt gehandelt habt, denn auch das Christentum lehrt, daß jeder bösen That die Strafe zu folgen habe; aber versetzt Euch doch einmal an die Stelle eines Kriminalisten, eines Vertreters der weltlichen Gerechtigkeit! Was würde ein solcher sagen, daß Ihr einen Halunken von der Verdorbenheit und Unverbesserlichkeit dieses Fred Cutter immer und immer wieder entkommen laßt? Dieser Mensch hat in seinem Leben schon mehr als hundertmal den Tod verdient, auch selbst dann, wenn nur seine Thaten als »Indianertöter« in Betracht gezogen werden. Und wenn Ihr sagt, daß dies uns nichts angehe, so ist doch erwiesen, daß er Euch und uns wiederholt nach dem Leben getrachtet und auch jetzt wieder mit dem Tode bedroht hat. Was soll nun ein Jurist dazu sagen, daß Ihr Euch förmlich Mühe gebt, ihn der verdienten Strafe zu entziehen? Es ist mir ganz unmöglich, mich in die Gründe Eures Verhaltens hineinzudenken; ich kann Euch einfach nicht begreifen!«

»Bin ich Jurist, Mr. Treskow?« antwortete ich.

»Ich glaube nicht.«

»Oder gar Kriminalist?«

»Wahrscheinlich nicht.«

»Also! Es ist trotzdem gar nicht meine Absicht, ihn der wohlverdienten Strafe zu entziehen, nur will ich weder der Richter noch gar der Henker sein. Ich bin fest überzeugt, daß schon längst der verhängnisvolle, weiße Stab über seinem Haupte schwebt, um von einer ganz andern, mächtigern und höhern Hand gebrochen zu werden. Es hält mich ein Etwas in mir, dem ich nicht widerstehen kann, davon ab, dem gerechten Walten Gottes vorzugreifen, und wenn Ihr dieses mein Verhalten nicht verstehen könnt, so werdet Ihr doch wenigstens nicht bestreiten, daß es im Innern, in der Seele, im Herzen des Menschen Gesetze giebt, welche unübertretbarer, unerbittlicher und mächtiger als alle Eure geschriebenen Paragraphen sind.«

»Mag sein! Ich bin in dieser Beziehung nun einmal nicht so zartfühlend wie Ihr. Nur muß ich Euch auf die Präcedenzien aufmerksam machen, welche aus Eurem Gehorsam gegen diese geheimnisvollen und mir unverständlichen innerlichen Gesetze hervorgehen!«

»Wieso hervorgehen? Nennt mir einen solchen Fall!«

»Ihr habt Old Wabble begnadigt. Was thun wir nun mit dem Häuptling der Osagen, seinem Mitschuldigen? Soll der etwa auch ohne alle Strafe freigelassen werden?«

»Wenn es auf mich ankommt, ja.«

»Dann hole der Kuckuck alle eure sogenannten Gesetze der Savanne, die ihr nicht gelten laßt, obgleich ihr ihnen eine so beispiellose Strenge nachrühmt!«

»Ich bin erst in fünfter, sechster Stelle Westmann, in erster aber Christ. Die Osagen sind von den Weißen betrogen worden; sie haben sich durch den geplanten Ueberfall schadlos halten wollen; sie sind nach ihren Anschauungen vollständig berechtigt dazu. Sollen wir Schahko Matto nun für die bloße Absicht bestrafen, die noch gar nicht ausgeführt worden ist?«

»Gut, sehen wir von diesem Ueberfalle ab! Er hat uns aber nach dem Leben getrachtet, uns fangen und töten wollen!«

»Hat er diese Absicht ausgeführt?«

»Allerdings nicht; aber Ihr werdet wissen, daß schon der Versuch eines Verbrechens strafbar ist!«

»Hm, der Jurist, wie er im Buche steht!«

»Dazu bin ich berechtigt und verpflichtet, und ich bitte Euch, Euch auf denselben Standpunkt mit mir zu stellen!«

»Schön, das will ich thun! Also angenommen, daß schon der Versuch eines Verbrechens strafbar sei, ist die Absicht des Häuptlings der Osagen, die Farmen zu überfallen und uns zu töten, schon in das Stadium des Versuches getreten?«

Er zögerte mit der Antwort und brummte dann:

»Absicht - - Absicht - - Versuch - - - vielleicht wenigstens der sogenannte entfernte Versuch - - - hm, auch dieser nicht! Laßt mich doch mit solchen Haarspaltereien in Ruhe, Mr. Shatterhand!«

»Ah, Euer Standpunkt beginnt, zu wackeln! Sagt klar und bestimmt heraus: Ist die bloße Absicht strafbar?«

»Moralisch, ja, aber gerichtlich nicht.«

»*Well!* Ist also Schahko Matto zu bestrafen?«

Er wand sich hin und her und rief zornig aus:

»Ihr seid der schlimmste Advokat, mit dem es ein Richter zu thun haben kann! Ich mag von der Sache gar nichts mehr wissen!«

»Nur langsam, langsam, Mr. Treskow! Ich bin strenger, als Ihr glaubt. Wenn wir auch die Absicht nicht bestrafen können, so bin ich doch dafür, daß wir Präventivmaßregeln ergreifen, welche der Strafe geschwisterlich ähnlich sind.«

»Das läßt sich freilich hören! Was schlagt Ihr vor?«

»Jetzt noch nichts. Ich bin nicht der einzige, der da zu sprechen hat!«

»Sehr richtig!« stimmte da Dick Hammerdull schnell bei.

»Irgend eine Belohnung muß der Rote bekommen; das versteht sich doch ganz von selbst! Meinst du nicht auch, Pitt Holbers, altes Coon?«

»Hm, wenn du denkst, daß er einen tüchtigen Klapps verdient hat, so sollst du recht haben, lieber Dick,« antwortete der Lange.

»So laßt uns beraten, was wir mit ihm thun!« schlug Treskow vor, indem er, seine strengste Miene zeigend, sich niedersetzte.

Hochinteressant war das Spiel der Gesichtszüge, mit welchem Schahko Matto unsern Meinungsaustausch verfolgt hatte. Es war ihm kein Wort entgangen, und so wußte er, in welcher Weise ich mich seiner angenommen hatte. Sein erst so finster blickendes Auge ruhte jetzt mit einem ganz andern, fast freundlichen Ausdrucke auf mir; es war klar, daß er Dankbarkeit gegen mich empfand. Mir konnte das freilich gleich sein, denn persönliche Gefühle hatten mich nicht geleitet, als ich seinetwegen mit Treskow in Konflikt geraten war. Als dieser uns jetzt in so ernstem Tone zur Beratung aufforderte, brach der Häuptling der Osagen sein Schweigen, indem er sich an mich wendete:

»Wird, nachdem die Bleichgesichter gesprochen haben, Old Shatterhand vielleicht bereit sein, auch mich zu hören?«

»Sprich!« forderte ich ihn auf.

»Ich habe Worte vernommen, welche ich nicht verstehen kann, weil sie mir fremd sind; um so deutlicher aber hörte ich, daß Old Shatterhand für mich gewesen ist, während das andere Bleichgesicht gegen mich war. Da Winnetou, der Häuptling der Apatschen, zu dem Streite geschwiegen hat, denke ich, daß er seinem Freunde und Bruder recht giebt. Beide sind zwar die Feinde der Osagen, aber alle roten und weißen Männer wissen, wie gerecht diese beiden berühmten Krieger denken und wie gerecht sie handeln, und so fordere ich sie auf, auch heut gerecht zu sein!«

Weil er jetzt eine Pause eintreten ließ und mich ansah, als ob er eine Antwort von mir erwarte, erklärte ich ihm:

»Der Häuptling der Osagen täuscht sich nicht in uns; er

hat keine Ungerechtigkeit von uns zu erwarten. Ich mache ihn vor allen Dingen darauf aufmerksam, daß wir nicht Feinde der Osagen sind. Wir wünschen, mit allen roten und allen weißen Menschen in Frieden zu leben; wenn uns aber jemand in den Weg tritt, uns wohl gar nach dem Leben trachtet, sollen wir uns da nicht wehren? Und wenn wir dies thun und ihn besiegen, hat dieser Mann dann das Recht, zu behaupten, daß wir seine Feinde seien?«

»Mit diesem Manne hat Old Shatterhand wahrscheinlich mich gemeint. Wer aber ist es, der mit Recht von sich sagen kann, er sei angegriffen worden? Schahko Matto, der Häuptling der Osagen, möchte fragen, wozu die Bleichgesichter Richter und Gerichte haben?«

»Kurz gesagt, um Recht zu sprechen, um Gerechtigkeit zu üben.«

»Wird dieses Recht gesprochen, diese Gerechtigkeit geübt?«

»Ja.«

»Glaubt Old Shatterhand, was er da sagt?«

»Ja. Zwar sind die Richter auch nur Menschen, welche sich irren können, und darum – – –«

»Uff, uff!« fiel er mir schnell in die Rede – – »darum irren sich diese Richter stets dann, wenn es sich darum handelt, gegen die roten Männer gerecht zu sein! Old Shatterhand und Winnetou haben an tausend Lagerfeuern gesessen und zehnmal tausendmal die Klagen gehört, welche der rote gegen den weißen Mann zu erheben hat; ich will weder eine einzige dieser Klagen wiederholen, noch ihnen eine neue hinzufügen; aber ich bin der Häuptling meines Stammes und darf also davon sprechen, was das Volk der Osagen gelitten und auch jetzt wieder von neuem erfahren hat. Wie oft schon sind wir von den Bleichgesichtern betrogen worden, ohne einen Richter zu finden, der sich unsers guten Rechts erbarmte! Vor jetzt kaum einem Mond ist wieder ein großer Betrug an uns begangen worden, und als wir Gerechtigkeit verlangten, wurden wir verlacht. Was thut der weiße Mann, wenn ihm ein Richter die Hilfe versagt? Er wendet sich an ein höheres Gericht. Und wenn ihn auch dieses im Stiche läßt, so macht er seinen eigenen Richter, indem er seinen Gegner lyncht oder Vereinigungen von Leuten gründet, Komitees genannt, welche heimlich und gegen die Gesetze Hilfe schaffen, wenn öffentlich und durch die Gesetze keine zu finden ist. Warum soll nicht auch der rote Mann thun dürfen, was der weiße thut? Ihr sagt Lynch, wir sagen Rache; ihr sagt Komitee, wir sagen Beratung der Alten; es ist ganz dasselbe. Aber wenn ihr euch dann selbst geholfen habt, so nennt ihr das erzwungene Gerechtigkeit, und wenn wir uns selbst geholfen haben, so wird es von euch Raub und Plünderung genannt. Die richtige Wahrheit lautet folgendermaßen: Der Weiße ist der Ehrenmann, welcher den Roten unaufhörlich betrügt und bestiehlt, und der Rote ist der Dieb, der Räuber, welchem von dem Weißen stets das Fell über die Ohren gezogen wird. Dabei sprecht ihr ohne Unterlaß von Glaube und von Frömmigkeit, von Liebe und von Güte! Man hat uns kürzlich wieder um das Fleisch, das Pulver und um vieles andere betrogen, was wir zu bekommen hatten. Als wir zum Agenten kamen, ihn um seine Hilfe zu bitten, fanden wir nur höhnisch lachende Gesichter und drohend auf uns gerichtete Flintenläufe. Da holten wir uns Fleisch, Pulver und Blei, wo wir es fanden, denn wir brauchen es, wir können ohne es nicht leben. Man verfolgte uns und tötete viele unserer Krieger. Wenn wir nun jetzt ausgezogen sind, den Tod dieser Krieger zu rächen, wer ist schuld daran? Wer ist der Betrogene und wer der Betrüger? Wer ist der Beraubte und wer der Räuber? Wer ist der Angegriffene und wer der Feind? Old Shatterhand mag mir auf diese Fragen die richtige Antwort geben!«

Er richtete den Blick erwartungsvoll auf mich. Was sollte und was konnte ich ihm antworten, nämlich als ehrlicher Mann antworten? Winnetou entzog mich dieser heiklen Lage, indem er, der bis jetzt Schweigsame, das Wort ergriff:

»Winnetou ist der oberste Häuptling sämtlicher Stämme der Apatschen. Keinem Häuptlinge kann das Wohl seiner Leute mehr am Herzen liegen als mir das Glück meines Volkes. Was Schahko Matto jetzt sagte, ist mir nichts Neues; ich habe es selbst schon viele, viele Male gegen die Bleichgesichter vorgebracht - - ohne allen und jeden Erfolg! Aber muß denn jeder Fisch eines Gewässers, in dem es viele Raubfische giebt, vom Fleische anderer Fische leben? Muß jedes Tier eines Waldes, eines Gehölzes, in welchem Skunks hausen, notwendig auch ein Stinktier sein? Warum macht der Häuptling der Osagen keinen Unterschied? Er verlangt Gerechtigkeit und handelt doch selbst höchst ungerecht, indem er Personen befeindet, welche nicht die mindeste Schuld an der Ungerechtigkeit tragen, die an ihm und den Seinen verübt worden ist! Kann er uns nur einen Fall, einen einzigen Fall sagen, daß Old Shatterhand und ich die Gegner eines Menschen gewesen sind, ohne daß wir vorher von ihm angegriffen wurden? Hat er nicht im Gegenteile oft und oft erfahren und gehört, daß wir selbst unsere ärgsten Feinde so sehr und so viel schonen, wie uns irgend möglich ist? Und wenn er das bis heut noch nicht gewußt hätte, so wäre es ihm vorhin vor seinen Augen und Ohren gesagt und bewiesen worden, als mein Freund und Bruder Shatterhand für ihn sprach, obgleich er ihm nach dem Leben getrachtet hatte! Was uns der Häuptling der Osagen mitteilen will, das wissen wir schon längst und so gut, daß er kein Wort darüber zu verlieren braucht; aber was wir ihm zu sagen haben, das scheint er noch nicht zu wissen und noch nie gehört zu haben, nämlich daß man nicht Ungerechtigkeit geben darf, wenn man Gerechtigkeit haben will! Er hatte uns für den Marterpfahl bestimmt, und er weiß, daß wir ihm jetzt den Skalp und das Leben nehmen könnten; er soll beides behalten; er wird sogar seine Freiheit wiederbekommen, wenn auch nicht gleich am heutigen Tag. Wir werden seine Feindschaft mit Güte, seinen Blutdurst mit Schonung vergelten, und wenn er dann noch behauptet, daß wir Feinde der Osagen seien, so ist er nicht wert, daß sein Name von einem roten oder weißen Krieger jemals wieder auf die Lippen genommen wird. Schahko Matto hat vorhin eine lange Rede gehalten, und ich bin seinem Beispiele gefolgt, obgleich weder seine noch meine Worte nötig waren. Nun habe ich gesprochen. Howgh!«

Als er geendet hatte, trat eine lange, tiefe Stille ein. Nicht seine Rede allein, sondern noch vielmehr seine Person und seine Sprech- und Ausdrucksweise war es, welche diese Wirkung hervorbrachte. Ich war außer ihm wohl der einzige, welcher wußte, daß er nicht bloß zu dem Osagen gesprochen hatte. Seine Worte waren auch an die andern, besonders an Treskow gerichtet gewesen. Schahko Matto lag mit unbewegten Mienen da; ihm war nicht anzusehen, ob die Entgegnung des Apatschen überhaupt einen Eindruck auf ihn gemacht hatte. Treskow hielt die Augen niedergeschlagen und den Blick wie in Verlegenheit zur Seite gerichtet. Endlich hob er ihn zu mir empor und sagte:

»Es ist eine ganz eigene Sache um Euch und Winnetou, Mr. Shatterhand. Man mag wollen oder nicht, so muß man schließlich doch so denken, wie Ihr denkt. Wenn Ihr den Häuptling der Osagen mit seinen beiden Kerls jetzt ebenso laufen lassen wollt, wie Ihr Old Wabble freigegeben habt, so bin ich jetzt derjenige, der nichts dagegen hat! Ich befürchte nur, daß er uns dann mit seinem Volke nachgeritten kommt, um uns, falls er Glück hat, schließlich doch noch festzunehmen.«

»Warten wir das ab! Wenn ich Euch recht verstehe, so haltet Ihr eine Beratung jetzt nicht mehr für notwendig?« fragte ich.

»Ist nicht nötig. Thut, was Ihr wollt!«

»*Well;* so mache ich es kurz! Hört also, was ich im Einvernehmen mit Winnetou bestimme! Schahko Matto reitet mit uns, bis wir annehmen, ihn freigeben zu dürfen; er wird zwar gefesselt sein, doch mit der Rücksicht behandelt werden, welcher jeder brave Westmann dem Häuptlinge eines tapfern Volkes schuldig ist. Seine beiden Krieger sind frei; sie mögen nach dem Wara-tu zurückkehren, um den Osagen zu erzählen, was geschehen ist. Sie mögen dort sagen, daß die Bleichgesichter gewarnt worden sind und daß, wenn der Ueberfall der Farmen trotzdem versucht werden sollte, der Häuptling von uns erschossen wird. Macht ihnen die Riemen auf!«

Diese Aufforderung war an Hammerdull und Holbers gerichtet, welche ihr bereitwillig nachkamen. Als die beiden Osagen sich frei fühlten, sprangen sie auf und wollten schnell zu ihren Pferden; dem aber wehrte ich ebenso schnell ab:

»Halt! Ihr werdet nach dem Wara-tu nicht reiten, sondern gehen. Eure Pferde und Gewehre nehmen wir mit. Ob ihr sie wiederbekommt, das hängt ganz von dem Verhalten Schahko Mattos ab. Also geht, und verkündet euern Brüdern, daß Old Shatterhand es gewesen ist, welcher gestern Apanatschka, den Häuptling der Naiini-Komantschen, befreit hat!«

Es wurde ihnen schwer, diesem Befehle Gehorsam zu leisten. Sie sahen ihren Häuptling fragend an; er forderte sie auf:

»Thut, was Old Shatterhand euch gesagt hat! Sollten die Krieger der Osagen dann im Zweifel darüber sein, wie sie sich zu verhalten haben, so mögen sie Honskeh Nonpeh[1] fragen, dem ich den Befehl übergebe. Er wird das Richtige treffen!«

Als er diese Weisung erteilte, nahm ich sein Gesicht scharf in die Augen. Es war vollständig undurchdringlich; kein Zug desselben verriet, ob diese Abtretung des Kommandos an einen andern für uns später Kampf oder Frieden zu bedeuten haben werde. Die zwei Freigelassenen stiegen die Böschung hinan und entfernten sich in der Richtung, welche Old Wabble vorhin auch eingehalten hatte. Sie gingen auf seiner Spur, und es war vorauszusehen, daß sie ihn bald einholen würden.

Daß ich ihre Pferde zurückbehalten hatte, war nicht aus nur einem Grunde geschehen. Wären sie beritten gewesen, so hätten sie das Wara-tu viel schneller als zu Fuße erreicht, und die zu erwartende Verfolgung hätte einige Stunden eher beginnen können; wir gewannen also Zeit. Ferner waren sie als Boten, welche schnell und weit zu reiten hatten, mit sehr

[1] »Lange Hand«.

guten Pferden versehen gewesen, und grad solche Tiere konnten wir brauchen. Auch ihre Waffen konnten uns von Nutzen sein. Apanatschka, welcher, wie bereits erwähnt, nur mit einem Messer versehen gewesen war, bekam das Gewehr Schahko Mattos, welches mit nicht ganz schlechten Eigenschaften behaftet zu sein schien. Es verstand sich von selbst, daß er sein ursprüngliches Vorhaben, nach den heiligen Steinbrüchen zu reiten, einstweilen aufgab und sich dafür entschloß, uns hinauf nach Colorado zu begleiten. Da wir fast mit Sicherheit annehmen konnten, daß die Osagen, sobald die zwei Boten sie benachrichtigten, daß ihr Häuptling unser Gefangener sei, sofort nach dem Kih-pe-ta-kih kommen und uns von da aus folgen würden, um ihn zu befreien, konnte unsers Verweilens hier nicht länger sein. Schahko Matto wurde auf sein Pferd gebunden, doch in so schonender Weise, wie die Verhältnisse es uns erlaubten. Pitt Holbers und Treskow bestiegen die zwei Osagenpferde; die andern wurden als Packtiere benutzt, und so verließen wir die »alte Frau«, bei welcher uns nur eine so kurze Rast vergönnt war.

Der nun folgende Ritt mußte uns weit vom Republikan-River abbringen, weil dieser Fluß sich nun nordwärts nach Nebraska wendete. Wir hielten uns grad westlich, um den Salmon-River zu erreichen. Dabei befanden wir uns zwischen zwei Uebeln, von denen das eine vor und das andere hinter uns lag. Das vor uns liegende bestand aus der Truppe des »Generales«, von welcher wir bald eine Spur zu finden hofften, das hinter uns befindliche aus den Osagen, deren Kommen mehr als wahrscheinlich war. Keines von diesen beiden Uebeln aber war geeignet, uns in große Unruhe zu versetzen. Daß es noch ein drittes, uns viel näherliegendes, geben könne, das ahnten wir nicht, obgleich wir ihm grad und genau entgegenritten.

Wir hätten, um die Osagen irre zu führen, uns für einige Zeit südlich wenden können; aber einesteils hatten wir vor diesen Indsmen keine Angst, und andernteils wäre durch einen solchen Umweg die Zeit unsers Zusammentreffens mit Old Surehand weiter, als wir wünschen durften, hinausgeschoben worden. Darum behielten wir die westliche Richtung bis zum Nachmittage des nächsten Tages bei, wo wir eine Begegnung hatten, welche uns veranlaßte, unserer ursprünglichen Absicht entgegen doch nach Süden einzubiegen.

Wir trafen nämlich auf drei Reiter, von denen wir erfuhren, daß eine sehr zahlreiche Bande von Tramps durch die ganze vor uns liegende Gegend schwärme. Die Männer waren einem Teile dieser Bande in die Hände gefallen und nicht nur vollständig ausgeraubt worden, sondern der eine von ihnen zeigte mir auch eine nicht ungefährliche Schußwunde, welche er bei dieser Gelegenheit in den Oberschenkel erhalten hatte. Wer von den Tramps gehört oder gar sie persönlich kennen gelernt hat, der wird es begreiflich finden, daß wir gar keine Lust hatten, solchen zügel- und gewissenlosen Menschen zu begegnen, vor denen jeder brave Westmann sich wie vor Ungeziefer hütet, weil er es für eine Schande hält, seine Kraft mit der ihrigen zu messen. Wie der geübteste und eleganteste Florettfechter unmöglich gegen die Düngergabel eines rüden Stallknechtes aufkommen kann, so hütet sich jeder ehrliche Prairieläufer, mit diesen von der Gesellschaft für immer Ausgestoßenen in Berührung zu kommen, nicht etwa aus Furcht oder gar Angst, sondern aus Abscheu vor der Gemeinheit ihres Auftretens.

So auch wir. Wir schwenkten kurz entschlossen nach Süden ab und gingen schon gegen Abend über den Nordarm des Salmon-River, an dessen rechtem Ufer wir für die Nacht Lager machten.

Hier war es, wo Apanatschka sein bisheriges Schweigen brach und mir erzählte, was er nach unserer Trennung im Llano estacado erlebt hatte. Es war nichts besonders Erwähnenswertes. Sein Ritt mit Old Surehand nach Fort Terrel war, wie bereits erwähnt, ohne Erfolg gewesen, da sie den dort gesuchten Dan Etters nicht gefunden hatten; es war dort überhaupt kein Mensch gewesen, der diesen Namen einmal gehört oder den Träger desselben gar persönlich gesehen hatte. Als Apanatschka dies erzählte, sagte ich:

»So ist meine damalige Voraussage also eingetroffen. Ich traute dem sogenannten ›Generale‹ nicht; es kam mir gleich so vor, als ob er Old Surehand über diesen Etters täuschen wolle. Er hatte irgend eine bestimmte Absicht dabei, welche ich leider nicht erraten konnte. Es schien mir, als ob er das Verhältnis Old Surehands zu Etters genauer kenne, als er merken lassen wollte; ich machte unsern Freund darauf aufmerksam; er wollte es aber nicht glauben. Hat er mit meinem roten Bruder Apanatschka vertraulich darüber gesprochen?«

»Nein.«

»Er hat gar keine, keine einzige Aeußerung darüber fallen lassen, warum er so eifrig nach diesem Etters suchte?«

»Keine.«

»Und dann habt ihr euch am Rio Pecos getrennt und du bist zu deinem Stamme heimgekehrt?«

»Ja; ich bin nach dem Kaam-kulano geritten.«

»Wo deine Mutter dich gewiß mit Freude empfing?«

»Sie erkannte mich im ersten Augenblick und nahm mich liebreich auf; dann aber ging ihr Geist schnell wieder von ihr fort,« antwortete er, schnell trüb gestimmt, wie ich bemerkte.

Dennoch fragte ich, ohne auf diese seine Stimmung Rücksicht zu nehmen:

»Erinnerst du dich noch der Worte, die ich aus ihrem Munde gehört hatte?«

»Ich kenne sie. Sie sagt sie ja stets.«

»Und glaubst du noch heut so wie damals, daß diese Worte zur indianischen Medizin gehören?«

»Ja.«

»Ich habe es nie geglaubt und glaube es auch jetzt noch nicht. Es wohnen in ihrem Geiste Bilder von Personen und Ereignissen, welche nicht deutlich werden können. Hast du denn gar nicht einmal einen Augenblick bei ihr bemerkt, an welchem diese Bilder heller wurden?«

»Nie. Ich bin nicht oft mit ihr beisammen gewesen, denn ich mußte mich nach meiner Heimkehr bald von ihr trennen.«

»Warum?«

»Die Krieger der Naiini, und besonders Vupa Umugi, der Häuptling derselben, konnten es mir nicht verzeihen, daß mein weißer Bruder Shatterhand mich für würdig erachtet hatte, die Pfeife der Freundschaft und der Treue mit mir zu rauchen. Sie machten mit das Leben im ›Thal der Hasen‹ schwer, und so ging ich fort.«

»Wohin?«

»Zu dem Komantschenstamme der Kaneans.«

»Wurde mein Bruder sofort von ihnen aufgenommen?«

»Uff! Wenn es nicht Old Shatterhand wäre, der mich so fragt, so würde ich lachen! Ich war zwar der jüngste Häuptling der Naiini gewesen, aber es hatte keinen Krieger gegeben, der mich besiegen konnte. Darum sprach keine einzige Stimme gegen mich, als die Männer der Kaneans über meine Aufnahme berieten. Jetzt bin ich der oberste Häuptling dieses Stammes.«

»Das höre ich gern; das macht mir Freude, denn ich liebe dich. Konntest du deine Mutter nicht von den Naiini weg und zu dir nehmen?«

»Ich wollte es thun, aber der Mann, dessen Squaw sie ist, gab es nicht zu.«

»Der Medizinmann? Du nennst ihn nicht deinen Vater, sondern den Mann, dessen Squaw sie ist. Es ist mir schon damals aufgefallen, daß du ihn nicht lieben kannst.«

»Ich konnte ihm mein Herz nicht geben, jetzt aber hasse ich ihn, denn er verweigert mir die Squaw, welche mich geboren hat.«

»Weißt du genau, daß sie deine Mutter ist?«

Er warf mir einen Blick der Ueberraschung zu und sagte:

»Warum fragst du so? Ich bin überzeugt, daß mein Bruder Shatterhand nie ein Wort sagt, zu welchem er keinen Grund hat; alles, was er thut oder spricht, ist vorher von ihm reiflich überlegt worden; darum wird er auch ganz gewiß eine Ursache haben, mir diese sonderbare Frage vorzulegen.«

»Die habe ich allerdings; aber sie ist nicht eine Frucht der Ueberlegung, sondern die Folge einer Stimme, welche ich schon früher in meinem Innern gehört habe und auch noch heute höre. Will mein Bruder Apanatschka mir Antwort geben?«

»Wenn Old Shatterhand fragt, werde ich antworten, auch ohne zu begreifen, warum er gesprochen hat. Die Squaw, von welcher wir reden, ist meine Mutter; ich habe das nie anders gewußt, und ich liebe sie.«

»Und ist sie wirklich die Squaw des Medizinmannes?«

Er erwiderte abermals im Tone der Verwunderung:

»Auch diese Frage verstehe ich nicht. Man hat beide, so lange ich es weiß, für Mann und Weib gehalten.«

»Auch du?«

»Ja.«

»Und du liebst ihn nicht?«

»Ich habe dir bereits gesagt, daß ich ihn hasse.«

»Und bist doch überzeugt, daß er dein Vater ist?«

»Man hat ihn stets meinen Vater genannt.«

»Er selbst auch? Denk genau darüber nach!«

Er senkte den Kopf, schwieg eine Weile, hob ihn dann mit einer raschen Bewegung und sagte:

»Uff! Jetzt fällt es mir zum erstenmal auf, daß er mich niemals, kein einziges Mal Schi Yeh genannt hat.«

»Aber deine Mutter hat Se Tseh zu dir gesagt?«

»Auch nicht!«

Die Ausdrücke für »mein Sohn« sind nämlich bei den meisten Indianerstämmen verschieden, je ob sie von dem Vater oder der Mutter angewendet werden. In dem vorliegenden Falle wird Schi Yeh vom Vater, Se Tseh aber von der Mutter gebraucht. Apanatschka fuhr fort:

»Beide haben stets nur Omi[1] zu mir gesagt, und nur die Mutter nannte mich allerdings zuweilen Se Tseh, aber nur dann, wenn sie mit andern von mir sprach.«

»Sonderbar, höchst sonderbar! Nun möchte ich nur noch wissen, ob er sie Ivo Uschingwa[2] und sie ihn Iwuete[3] zu nennen pflegt.«

[1] »Du«.

[2] Meine Squaw.

[3] Mein Mann.

Er sann wieder eine Weile nach und antwortete dann:

»Es ist mir, als ob sie, als ich noch jung, noch sehr jung war, sich so genannt hätten; seit jener Zeit aber habe ich diese Worte nicht wieder von ihren Lippen gehört.«

»So hat sie also seit jener Zeit stets nur die Namen Tibo taka und Tibo wete gebraucht?«

»Ja.«

»Und du hältst diese Worte für Medizinausdrücke?«

»Ja.«

»Warum?«

»Weil der Vater stets sagte, daß sie Medizin seien. Sie müssen es auch sein, denn es giebt keinen einzigen roten oder weißen Mann, welcher weiß, was das Wort Tibo zu bedeuten hat. Oder sollte mein Bruder Shatterhand es wissen?«

Ich wußte es allerdings auch nicht. Zwar mußte ich an die französischen Namen Thibaut und Thibault denken, aber es schien mir doch zu gewagt, das freilich fast gleichklingende Wort Tibo damit in Beziehung zu bringen. Ich wollte eine dieses sagende Antwort geben, kam aber nicht dazu, weil mir, und zwar zu gleicher Zeit und mit gleicher Eile, zwei Personen zuvorkamen, welche dem ersten Teile unseres Zwiegespräches keine Aufmerksamkeit geschenkt hatten, dann aber, sobald sie von mir die Namen Tibo taka und Tibo wete hörten, sich uns mit um so größerem Interesse zuwendeten.

Es wird noch erinnerlich sein, daß ich damals im Llano estacado Apanatschka versprechen mußte, die geheimnisvollen Worte keinem Menschen mitzuteilen; ich hatte mein Versprechen so treu gehalten, daß ich sogar gegen Winnetou verschwiegen gewesen war. Darum erregte es meine Verwunderung, als er uns jetzt in die Rede fiel:

»Tibo taka und Tibo wete? Diese Worte kenne ich!«

Und noch hatte er nicht ganz ausgesprochen, so rief auch der Häuptling der Osagen: »Tibo taka und Tibo wete kenne ich! Sie sind im Lager der Osagen gewesen und haben uns viele Felle und die besten Pferde gestohlen.«

Apanatschka war natürlich ebenso erstaunt wie ich. Er wendete sich zunächst an Winnetou:

»Woher kennt der Häuptling der Apatschen diese Worte? Ist er, ohne daß ich es erfahren habe, im Lager der Naiini gewesen?«

»Nein; aber Intschu tschuna, mein Vater, hat einen Mann und ein Weib getroffen, welche Tibo taka und Tibo wete hießen. Er war ein Bleichgesicht, sie eine Indianerin.«

»Wo hat er sie getroffen? Wo ist das gewesen?«

»Am Rande des Estacado. Sie und ihre Pferde waren dem Tode des Verschmachtens nahe, und die Frau hatte einen kleinen Knaben in ihr Tuch gewickelt. Mein Vater, der Häuptling der Apatschen, hat sich ihrer angenommen und sie zum nächsten Wasser geführt, um sie zu speisen und zu tränken, bis sie sich erholten. Dann wollte er sie zur nächsten Ansiedelung der Bleichgesichter bringen; sie aber baten ihn, ihnen lieber zu sagen, wo die Komantschen zu finden seien. Er ritt mit ihnen zwei Tage weit, bis er die Spuren der Komantschen entdeckte. Da diese seine Todfeinde waren, mußte er umkehren, gab ihnen aber Fleisch und einen Kürbis voll Wasser mit und erteilte ihnen eine so genaue Anweisung, daß sie die Komantschen finden mußten.«

»Wann hat sich das ereignet?«

»Vor langer Zeit, als ich noch ein kleiner Knabe war.«

»Was hat mein Bruder sonst noch über diese beiden Personen und ihr Kind erfahren?«

»Daß die Frau ihre Seele verloren hatte. Ihre Reden sind verworren gewesen, und wo es ein Gebüsch gab, da nahm sie einen Zweig, um ihn sich um den Kopf zu winden.«

»Weiter weiß Winnetou nichts von ihnen?«

»Weiter nichts; es ist das alles, was mein Vater mir über diese Begegnung erzählt hat.«

Der Apatsche bekräftigte durch eine Handbewegung, daß er nichts mehr zu sagen habe, und fiel dann in seine frühere Schweigsamkeit zurück. Da ergriff Schahko Matto eifrig das Wort:

»Aber ich kann noch mehr sagen; ich weiß mehr von diesen Dieben, als Winnetou, der Häuptling der Apatschen, wissen kann!«

Apanatschka wollte weiter sprechen; ich winkte ihm aber, zu schweigen. Jedenfalls war er der kleine Knabe gewesen, und da der Mann und die Frau, welche als seine Eltern galten, von dem Osagen des Diebstahls geziehen wurden, wollte ich eine voraussichtliche direkte und große Beleidigung dadurch verhüten, daß ich an seiner Stelle das Wort ergriff:

»Schahko Matto, der Häuptling der Osagen, mag uns erzählen, was wir über die Personen, welche wir meinen, von ihm hören können! Es wird wahrscheinlich nicht viel Gutes sein.«

»Old Shatterhand hat recht; es ist nichts Gutes,« nickte er. »Hat er vielleicht einen Mann gekannt, welcher Raller hieß und bei den Bleichgesichtern das war, was sie einen Offizier nennen?«

»Es ist mir kein Offizier dieses Namens bekannt.«

»Dann ist es so, wie ich mir später gedacht habe: er hat uns damals einen falschen Namen genannt und ist nur in der Absicht, uns zu betrügen, zu uns gekommen. Wir haben überall nach ihm geforscht; ich bin sogar in den Forts und auch in den großen Städten der Weißen gewesen, mich nach ihm zu erkundigen, aber nirgends hat es einen Offizier gegeben, welcher Raller hieß.«

»Es sind da wahrscheinlich zwei Fälle möglich: Entweder war er Offizier und hieß nicht Raller, oder er hieß so und war nicht Offizier. Was wollte er bei den Kriegern der Osagen?«

»Er kam ganz allein zu uns; er trug die Kleidung der Offiziere und sagte, daß er der Bote des großen, weißen Vaters in Washington[1] sei. Es war ein neuer weißer Vater gewählt worden, der diesen Boten zu uns schickte, um uns sagen zu lassen, daß er die roten Männer liebe, daß er Frieden mit ihnen hegen und besser für sie sorgen wolle als die frühern weißen Väter, welche nicht gut und ehrlich gegen sie gewesen seien. Das gefiel den Kriegern der Osagen wohl, und sie nahmen

[1] Präsident der Vereinigten Staaten.

den Boten als Freund und Bruder auf und behandelten ihn mit größerer Ehrfurcht und Aufmerksamkeit, als sie selbst ihrem größten und ältesten Häuptling zu erweisen gewohnt waren. Er schloß einen Vertrag mit ihnen ab; sie sollten ihm Felle und Häute liefern, wofür er ihnen schöne Waffen, Pulver, Blei, Messer, Tomahawks, fertige Anzüge und auch prächtige Kleider und Schmucksachen für die Squaws versprach. Er gab ihnen zwei Wochen Zeit, diesen Vertrag zu überlegen, und ritt fort. Er kehrte schon vor dieser Frist zurück und brachte einen weißen Mann, eine sehr schöne, junge, rote Squaw und einen kleinen Knaben mit. Der Weiße trug den Arm in der Binde; er war durch einen Schuß verwundet worden, doch zeigte die Untersuchung, daß die Wunde in guter Heilung stand. Das junge Weib war seine Squaw und der Knabe sein Sohn. Der schöne Körper der Squaw war leer, denn der Geist hatte ihn verlassen. Sie sprach von Tibo taka, von Tibo wete und wand sich Zweige um den Kopf. Auch von einem Wawa Derrick redete sie zuweilen. Wir wußten nicht, was sie damit meinte, und auch der Weiße, dessen Squaw sie war, sagte, daß er ihre Reden nicht verstehe. Sie wurden bei uns aufgenommen, als ob sie Bruder und Schwester der Osagen seien; dann ging Raller wieder fort.«

Schahko Matto machte hier eine Pause, welche ich benutzte, ihn zu fragen:

»Wie war das Verhalten der beiden Weißen zueinander? Ließ es auf Freundschaft oder nur auf gewöhnliche Bekanntschaft schließen? Es kommt wahrscheinlich sehr viel darauf an.«

»Sie waren Freunde, so lange sie glaubten, beobachtet zu sein; hielten sie sich aber für unbemerkt, so zankten sie sich.«

»Hatte der Mann der Squaw vielleicht ein Merk- oder Kennzeichen an seinem Körper?«

»Nein, aber der Offizier, welcher sich Raller nannte, hatte eins; es fehlten ihm zwei Zähne.«

»Wo?« fragte ich rasch.

»Oben vorn, rechts und links einer.«

»Ah! Etters!« rief ich aus.

»Uff! Das war Dan Etters!« ließ sich auch der sonst so stille Winnetou schnell hören.

»Etters?« fragte der Häuptling der Osagen. »Ich glaube nicht, diesen Namen je gehört zu haben. Hat der Mann so geheißen?«

»Ursprünglich wohl nicht. Er war oder ist ein großer Verbrecher, welcher viele falsche Namen getragen hat. Wie wurde denn der andere, der verwundete Weiße von ihm genannt? Raller muß doch einen Namen genannt haben, wenn er mit ihm sprach oder ihn gar rief.«

»Wenn sie einig waren, nannte er ihn Lo-teh; aber wenn sie glaubten, allein zu sein, und sich zankten, sagte er sehr oft zornig E-ka-mo-teh zu ihm.«

»Ist das kein Irrtum? Hat der Häuptling der Osagen sich diese beiden Namen gut gemerkt? Haben sie sich während der langen Zeit, welche inzwischen vergangen ist, vielleicht in deinem Gedächtnisse verändert?«

»Uff!« rief er aus. »Schahko Matto pflegt sich die Namen von Menschen, welche er haßt, so zu merken, daß sie bis zu seinem Tode ihm unverändert im Kopfe bleiben.«

Ich stemmte unwillkürlich den Ellbogen auf das Knie und legte den Kopf in die Hand. Es war mir ein Gedanke gekommen, so kühn und doch so naheliegend; ich zögerte, ihn auszusprechen. Winnetou sah mich an, ließ ein Lächeln um seine Lippen gleiten und sagte:

»Meine Brüder mögen Old Shatterhand genau betrachten! Grad so wie jetzt pflegt er auszusehen, wenn er eine wichtige Fährte entdeckt hat. Ich kenne ihn.«

Ich war mir gar nicht bewußt, ein besonders geistreiches Gesicht gemacht zu haben; ich weiß vielmehr, daß ich, wenn sich die Seele zum Nachdenken zurückzieht, eigentlich eine recht dumme Physiognomie zu zeigen pflege. Dies mochte Dick Hammerdull auch finden, denn er sagte zu Winnetous Bemerkung:

»Es scheint grad das Gegenteil der Fall zu sein: Mr. Shatterhand sieht aus, als ob er eine wichtige Spur nicht gefunden, sondern sie soeben ganz und gar verloren hätte. Meinst du nicht auch, Pitt Holbers, altes Coon?«

»Hm!« brummte der Lange, indem er in seiner trockenen Weise meine Partei ergriff; »wenn du denkst, daß dein Gesicht gescheiter aussieht als das seinige, so bist du der leibhaftige Hornfrosch, der sich für ein lebendiges Götterbild hält!«

»Schweig!« fuhr ihn der Dicke an. »Was verstehst denn du von den Göttern und ihren Bildern? Mich mit einem Hornfrosch zu vergleichen! Das ist eine Majestätsbeleidigung, für welche du wenigstens zehn Jahre *Eastern penitentiary*[1] bekommen solltest!«

»Schweig du selbst!« entgegnete Pitt Holbers. »Die Majestätsbeleidigung wurde nicht von mir, sondern von dir begangen, indem du das Gesicht Old Shatterhands mit dem deinigen verwechseltest. Nicht er, sondern du siehst grad so aus, als ob du nicht nur eine Spur verloren, sondern überhaupt niemals eine gefunden hättest. Du bist zwar mein Freund, aber Mr. Shatterhand lasse ich auch von dir nicht ungestraft beleidigen!«

Es war ihm Ernst mit dieser Reprimande, sonst hätte er nicht ganz gegen seine Gewohnheit eine so lange Rede gehalten. Ich belohnte ihn mit einem dankenden Blicke, obgleich ich Dick Hammerdull nicht ernst genommen hatte, und sagte, zu Winnetou und Schahko Matto gewendet:

»Ich befinde mich wahrscheinlich im Irrtum, aber es ist mir ein Gedanke gekommen, den ich nicht so ohne alle Prüfung von mir weisen möchte. Ich glaube nämlich jetzt zu wissen, was das geheimnisvolle Wort Tibo bedeutet. Es kommt dabei nur darauf an, daß der Häuptling der Osagen die beiden Namen, welche er vorhin nannte, richtig behalten hat. Der erste hieß Lo-teh. Es ist eine Eigentümlichkeit der Sprache Schahko Mattos, daß er den ersten Laut dieses Wortes halb wie L und halb wie R aussprach. Wahrscheinlich hat er ›Lothaire‹ gemeint, ein Wort, welches ein französischer Vorname ist.«

[1] Sehr strenges Isoliergefängnis in Philadelphia.

»Ja, ja!« fiel der Osage ein. »So, grad so klang dieser Name, wenn er von Raller ausgesprochen wurde.«

»Gut! Dann bedeutet der zweite Name E-ka-mo-teh jedenfalls das auch französische Wort Escamoteur, welches einen Juggler, einen Taschenspieler bedeutet, der große Gewandheit darin besitzt, Gegenstände auf unbegreifliche Weise verschwinden und wieder erscheinen zu lassen.«

»Uff, uff, uff!« rief Schahko Matto aus. »Ich höre, daß Old Shatterhand sich auf der richtigen Spur befindet!«

»Wirklich?« fragte ich erfreut. »Hat der verwundete Weiße vielleicht die Dummheit begangen, damals die Osagen mit derartigen Künsten zu unterhalten?«

»Ja, das hat er gethan. Er ließ alles, alles kommen und verschwinden, wie es ihm gefiel. Wir haben ihn für einen so großen Zauberer gehalten, wie bei den roten Männern keiner gefunden werden konnte. Alle Männer und Frauen, alle Knaben und Mädchen haben ihm mit Erstaunen, oft mit Entsetzen zugesehen.«

»Gut! So will ich den Häuptling der Apatschen an einen Mann erinnern, von dem auch er erzählen hörte. Ich weiß, daß in seiner und meiner Gegenwart von einem einst hochberühmten und dann plötzlich verschollenen Escamoteur erzählt worden ist, von dessen Tricks man behauptete, daß sie nicht nur unvergleichlich, sondern geradezu unerreichbar seien. Er wurde, wie Winnetou sich erinnern wird, nicht anders als Mr. Lothaire, *the king of the conjurers* genannt.«

»Uff!« stimmte der Apatsche bei. »Von diesem haben wir wiederholt erzählen hören, in den Forts und an den Lagerfeuern.«

»Und weiß mein Bruder noch, weshalb dieser Mann verschwinden mußte?«

»Ja. Er hatte falsches Geld gemacht, sehr, sehr viel falsches Geld, und, als er arretiert werden sollte, zwei Polizisten niedergeschossen und einen verwundet.«

»Nicht bloß das!« fiel da Treskow ein. »Ich kenne, wenn auch nicht die Person, so doch den Fall genau; er wurde in Beamtenkreisen oft erwähnt, weil er höchst lehrreich für jeden Polizisten ist. Dieser Lothaire hat sich nämlich der Verfolgung wiederholt auf eine so raffinierte Weise entzogen und dabei noch weitere Mordthaten verübt, daß sein Fall uns als Unterrichtsgegenstand zur Belehrung dienen mußte. Er stammte, ich weiß nicht mehr, aus welcher französischen Kolonie, wo er sich auch nicht mehr sehen lassen durfte. Wenn ich mich nicht irre, war er ein Kreole aus Martinique und ist zuletzt in Bents Fort oben am Arkansas gesehen worden.«

»Das stimmt; das stimmt und wird noch besser stimmen lernen!« gab ich zu. »Lothaire war nur sein Vorname. Es kommt ja häufig vor, daß derartige Leute Ihren Vor- als Künstlernamen wählen. Sagt, Mr. Treskow, ist es Euch wohl möglich, Euch auf seinen vollständigen Namen zu besinnen?«

»Er hieß - - er hieß - - - hm, wie hieß er nur? Es war auch ein echt französischer Name, und wenn - - - ach, jetzt fällt er mir ein! Er hieß Lothaire Thibaut und - - - alle Wetter! Da haben wir ja das Tibo, welches, wie ich vorhin hörte, so lange vergeblich gesucht worden ist!«

»Ja, wir haben es; ganz sicher haben wir es! Taka ist der Mann und Wete die Frau; Thibaut Taka und Thibaut Wete sind Herr und Frau Thibaut. Die Frau des Medizinmannes sagte, wenn sie sich vollständig nannte: Tibo wete elen. Was hat dieses Elen zu bedeuten? Ich ahne es.«

»Sollte der Vorname Ellen gemeint sein?«

»Höchst wahrscheinlich. Wenn die Frau des Medizinmannes sich nicht in ihrem Wahnsinne mit einer andern verwechselt, sondern die wirkliche Thibaut Wete Ellen ist, so ist sie eine getaufte Indianerin vom Stamme der Moqui.«

»Warum der Moqui?«

»Weil sie auch von ihrem Wawa, d. i. Bruder Derrick spricht; Taka, Wete und Wawa aber sind Worte, welche der Moquisprache angehören. Thibaut Taka war ein berühmter Taschenspieler und verschwand bei den Indianern, weil er sich bei den Weißen nirgends mehr sehen lassen durfte. Ihm, dem geschickten Escamoteur, mußte es sehr leicht sein, Medizinmann der Roten zu werden und bei ihnen großes Ansehen zu gewinnen.«

»Aber die Farbe, die Indianerfarbe?«

»*Pshaw!* Für einen solchen Künstler eine Kleinigkeit! Ich bin jetzt beinahe überzeugt, daß Tibo taka und Tibo wete nicht Mann und Frau sind. Und sollten sie es dennoch sein, so möchte ich wenigstens behaupten, daß Apanatschka nicht der Sohn der beiden ist, wenigstens nicht der Sohn des Taschenspielers, von dem er auch nie als Sohn behandelt worden ist.«

Der, welcher jetzt genannt worden war, hatte unsern Folgerungen die größte Aufmerksamkeit geschenkt. Es verstand sich ganz von selbst, daß ihm jedes Wort vom höchsten Interesse war. In seinem Gesichte wechselten die Ausdrücke der widersprechendsten Gefühle. Daß der Medizinmann nicht sein Vater, ja, daß dieser ein Verbrecher sein sollte, berührte ihn jedenfalls weniger, als daß ich ihm auch die Mutter rauben wollte; ich sah, daß es ihn drängte, mir da zu widersprechen, gab ihm aber einen wohlgemeinten Wink, zu schweigen, und wendete mich wieder an Schahko Matto:

»Wir haben den Häuptling der Osagen in seiner Erzählung unterbrochen und bitten ihn, jetzt fortzufahren. Der Weiße, welcher sich Raller nannte, hat den Vertrag, den er mit euch abschloß, natürlich nicht gehalten?«

»Nein, denn er war ein Betrüger wie alle Bleichgesichter, Old Shatterhand und nur noch einige ausgenommen. Die Krieger der Osagen aber hielten ihm ihr Wort. Sie suchten die Jagdgruben auf, in denen sie ihre Felle und Pelze aufbewahrt hatten, und brachten sie ihm in das Lager,« antwortete Schahko Matto.

»Wo befand es sich zu jener Zeit?«

»Am Flusse, den die Weißen den Arkansas nennen.«

»Ah! Und am Arkansas ist Thibaut zuletzt gesehen worden. Das stimmt auffällig. Waren es viele Häute?«

»Viele, sehr viele Pakete! Ein ganzer großer Kahn wurde voll.«

»Was? Raller hat einen Kahn, ein Boot gehabt?«

»Ein sehr großes sogar. Wir haben es ihm aus Holzstangen und Fellen gebaut. Nur an Dickschwanzhäuten[1] waren es weit über zehnmal zehn Bündel, das Bündel zu zehn Dollars gerechnet, die andern Felle, welche zusammen noch viel mehr kosteten, gar nicht mit gezählt.«

»So eine Menge? Er hat sie doch unmöglich weit transportieren können, sondern bald verkaufen müssen. Wohin wollte er sie schaffen?«

»Nach Fort Mann.«

»Ah! Das lag am Arkansas, wo ihn die große und sehr belebte Cimarronstraße kreuzte. Da gab es reichen Verkehr, und es waren stets Pelzhändler mit bedeutenden Kapitalien da, welche solche Summen zu jeder Zeit bezahlen konnten. Aber es gab da auch eine zahlreiche Garnison. Daß er sich überhaupt und nun gar mit der Ausführung eines solchen Betruges dorthin wagte, war eine Frechheit, welche gradezu ihresgleichen sucht. Es war eine große Unvorsichtigkeit von euch, ihm diese Waren anzuvertrauen. Ich vermute, daß ihr ihn nicht fortgelassen habt, ohne ihm Begleitung mitzugeben?«

»Old Shatterhand hat es erraten. Da er ein Abgesandter des großen, weißen Vaters war, glaubten wir, nicht unvorsichtig zu sein, wenn wir ihm Vertrauen schenkten. Wir mußten ihm auch schon deshalb glauben und vertrauen, weil er uns selbst aufforderte, ihn nach Fort Mann zu begleiten, wo wir die Bezahlung in Waren ausgeliefert bekommen sollten.«

»Wieviel Osagen bekam er mit?«

»Sechs Mann; ich war selbst dabei.«

»Hatten soviel Personen in dem Boote Platz? Wohl schwerlich!«

»Er nahm zwei Mann zur Hilfe bei den Rudern mit in den Kahn. Die andern vier mußten zu Pferde dem Flusse folgen. Um gleichen Schritt mit dem schnellschwimmenden Fahrzeuge halten zu können, war es notwenig, die besten Pferde auszusuchen.«

[1] Dickschwanz-Biber.

»Wie gut, wie pfiffig ausgedacht! Ich bin nämlich überzeugt, daß er es auch auf diese eure Pferde abgesehen hatte.«

»Old Shatterhand hat auch hier das Richtige getroffen. Es war zur Zeit, in welcher der Fluß viel Wasser und gute Strömung hat; darum erreichte der Kahn das Fort einen Tag früher als wir mit den Pferden. Wir kamen abends so spät an, daß wir kurz vor Thorschluß das Fort betraten, nachdem wir zwei Männer bei den Pferden vor demselben gelassen hatten. Dann war das Thor zu, und wir durften nicht mehr heraus. Raller gab uns zu essen und dazu so viel Feuerwasser, wie wir haben wollten. Wir tranken, bis wir einschliefen. Als wir erwachten, war es schon Abend des nächsten Tages. Raller war fort; der andere Weiße mit seiner Squaw und dem Kinde war fort; unsere Pferde waren auch fort und mit ihnen die beiden Krieger, welche sie hatten bewachen sollen. Als wir uns erkundigten, hörten wir, daß Raller die Felle schon vor unserer Ankunft verkauft und bezahlt bekommen hatte. Sobald der Schlaf des Feuerwassers über uns gekommen war, hatte er für sich und das andere Bleichgesicht mit Squaw und Kind das Thor öffnen lassen und war dann nicht mehr gesehen worden. Nun war es wieder Nacht, so daß wir nicht nach seiner Fährte suchen konnten. Wir hatten bis zum Morgen zu warten. Wir waren sehr zornig und verlangten unsere Felle, welche sich noch in dem Kahne am Ufer befanden. Die Soldaten und andern Bleichgesichter lachten uns aus. Als wir hierauf noch mehr ergrimmten, wurden wir eingesperrt und erst nach drei Tagen, in denen wir weder Essen noch Wasser erhielten, wieder freigelassen. Die Spuren der Betrüger waren nun nicht mehr zu sehen. Wir suchten dennoch und fanden die Leichen der beiden Krieger, welche die Pferde beaufsichtigt hatten, im Gebüsch des Flusses liegen. Sie waren vor dem Fort erstochen und dann dorthin geschafft und versteckt worden.«

»Habt ihr diesen Mord im Fort gemeldet?«

»Wir thaten es, aber man ließ uns nicht hinein; man drohte, uns sofort wieder einzusperren, falls wir es wagen sollten, durch das Thor zu schreiten. Der Jagdertrag eines vollen Jahres und eines ganzen Stammes war verloren; wir hatten zwei Krieger und die Pferde eingebüßt. Anstatt uns die erbetene Hilfe zu leisten, wollte die Obrigkeit der Weißen uns gefangen nehmen. Raller, der Mörder und Betrüger, war kein Bote des weißen Vaters gewesen, und weil wir keine Pferde hatten und eingesperrt gewesen waren, konnten wir ihm nicht folgen, um ihn zu bestrafen. Das ist die Gerechtigkeit der Bleichgesichter, welche von Liebe, Güte, Frieden und Versöhnung reden und sich Christen, uns aber Heiden nennen! Jetzt weiß Old Shatterhand, was ich über Tibo taka und Tibo wete zu sagen habe. Ich will ihn nicht fragen, ob er auch jetzt noch denkt, daß die Weißen bessere Menschen als wir Roten sind.«

Ich mußte mich als Weißer natürlich und leider jeden Urteiles über das, was er erzählt hatte, enthalten und konnte ihm nur die allgemeine, nichtssagende Antwort geben:

»Der Häuptling der Osagen hat bereits gehört, daß ich keine Rasse für besser als die andere halte; es giebt bei allen Völkern und in allen Ländern gute und auch böse Menschen. Hat Schahko Matto vielleicht später wieder eine Begegnung mit einem von diesen beiden Bleichgesichtern gehabt?«

»Nein.«

»Auch nichts von ihnen gehört?«

»Auch nicht. Seit jener Zeit habe ich heut zum erstenmal die Namen Tibo taka und Tibo wete wieder vernommen. Wir haben nach dem Manne mit den zwei Zahnlücken überall und unablässig gehorcht, doch alle Nachfragen und Erkundigungen sind bisher vergeblich gewesen. Es sind inzwischen weit über zwanzig Sommer und Winter vergangen, und so haben wir angenommen, daß er nicht mehr lebt. Sollte ihn aber der Tod noch nicht ergriffen haben, so bitte ich den großen und gerechten Manitou, ihn in unsere Hände zu führen, denn der große Manitou ist gütig und gerecht; die Bleichgesichter aber sind es nicht, obgleich sie sich seine Lieblingskinder nennen.«

Es trat eine lange Pause ein, denn keiner von uns Weißen fühlte das unerläßliche Material in sich, die Anklage des

Osagen zu entkräften oder gar zu widerlegen. Habe ich mich jemals in Verlegenheit befunden, so war es dann, wenn ich gezwungen war, die Vorwürfe, welche der weißen Rasse von Angehörigen anderer Nationen gemacht wurden, schweigend hinzunehmen. Alles, was man dagegen sagen könnte, hat ja doch keinen Erfolg, wenigstens keinen augenblicklichen. Das Beste, was man dagegegen thun kann, ist, in eigener Person und durch den eigenen Lebenswandel den Beweis zu führen, daß derartige Anschuldigungen wenigstens mich nicht treffen. Wollte das ein jeder thun, so würden sie gewiß und bald zum Schweigen kommen.

Das jetzt beendete Gespräch mußte von uns allen natürlich Apanatschka am meisten berührt haben. Er hatte höchst wahrscheinlich viele Fragen und Entgegnungen vorzubringen, war aber infolge meines Winkes so klug, zu schweigen. Es war Schahko Matto gegenüber nicht geraten, sein nahes Verhältnis zu Tibo taka noch näher und ausführlicher in Erwähnung zu bringen, als es schon geschehen war. Ich fühlte so schon große Befriedigung darüber, daß der Osage nicht auf den Gedanken gekommen war, sich nach der Identität zwischen Tibo taka und dem Medizinmanne der Komantschen zu erkundigen.

Was Raller, den angeblichen Abgesandten des »großen, weißen Vaters« betraf, so wollte sich in mir eine Idee oder eine Ahnung geltend machen, deren Berechtigung mir außerordentlich zweifelhaft erschien. Ich hütete mich also, ein Wort über sie zu verlieren, obgleich ich die Erfahrung gemacht hatte, daß ich mit derartigen, scheinbar grundlosen Vermutungen und unwillkürlichen Gedankenverbindungen meist das Richtige traf. Aber wenn ich darüber auch schwieg, diese Stimme in mir auch zum Schweigen zu bringen, das wollte mir nicht gelingen. Und je länger ich sie hörte, desto wahrscheinlicher kam es mir vor, daß sie mir nichts Falsches sage.

Als Schahko Matto davon sprach, daß Raller sich für einen Offizier ausgegeben hatte, war mir nämlich Douglas, der »General«, eingefallen. Es gab keinen einzigen stichhaltigen Grund, diese beiden Personen in so nahe Beziehung zu einander zu bringen; sie waren Verbrecher; sie hatten sich unberechtigterweise einen militärischen Grad beigelegt; das war alles, und lange noch nicht genug, um annehmen zu können, daß sie eine und dieselbe Person seien, und doch wurden sie in meinem Innern, in meiner Vorstellung nach und nach so zusammengeschoben, daß sie schließlich nicht mehr zwei Figuren sondern eine einzige bildeten. Das Seelenleben des Menschen ist so reich an geheimnisvollen Gesetzen, Kräften und Erscheinungen, deren Wirkungen wir achtlos an uns vorübergehen lassen; aber wer so viel bei seinen Büchern gesessen und getüftelt hat wie ich, wer so viel Nächte unter dem Dache des Urwaldes oder unter dem Himmel der Wüste, der Savanne lag und tiefe Einkehr in sich hielt, der lernt, auf die Regungen und Stimmen seines Innern aufmerksam zu sein, und schenkt ihnen gern das Vertrauen, welches sie verdienen.

Daß ich mit allen diesen Personen und Verhältnissen Old Surehand in Beziehung, und zwar in die engste Beziehung brachte, versteht sich ganz von selbst. Jedenfalls war er es, der im Mittelpunkte des Geheimnisses stand und der den Schlüssel zu demselben, jetzt noch ohne es zu wissen, in den Händen hielt. Darum nahm ich mir vor, meine Ahnungen noch für mich zu behalten und sie erst nach unserm Zusammentreffen mit ihm in Worte zu kleiden. Wir waren ja hinter ihm her und mußten ihn wahrscheinlich bald einholen.

Diesen Gedanken hing ich, als wir uns zur Ruhe gelegt hatten, noch lange nach, ehe ich einschlief. Früh dann, beim Aufbruche, waren sie fest in mir geworden, und ich legte mir nur noch die eine Frage vor, wer unter Wawa Derrick gemeint sein könne. Erraten konnte ich das nicht, weil es höchst wahrscheinlich eine Person war, welche ich nicht kannte.

Es war eine vollständig baum- und strauchlose Gegend, durch welche wir nun kamen. Wir befanden uns zwischen dem Nord- und Südarm des Salmon-River auf einer nur mit Büffelgras bewachsenen Prairie. Am Nachmittage kamen wir dem Südarme näher und sahen einen einzelnen Reiter, welcher weit vor uns quer über unsere Richtung aus Norden kam. Wir hielten sofort an und stiegen ab, um uns nicht von ihm sehen zu lassen; aber er hatte uns schon bemerkt und richtete den Lauf seines Pferdes auf uns zu. Darum setzten wir uns wieder auf und ritten ihm entgegen.

Als wir uns ihm so weit genähert hatten, daß wir ihn deutlich erkennen konnten, stellte es sich heraus, daß er ein Weißer war. Er stutze und hielt an, als er entdeckte, daß unser Trupp aus Leuten von zweierlei Farben bestand, denn das ist stets geeignet, Verdacht zu erwecken. Das Gewehr schußfertig in den Händen, sah er uns entgegen. Als wir uns ihm bis auf ungefähr dreißig Pferdelängen genähert hatten, hob er das Gewehr und forderte uns auf, zu halten, widrigenfalls er schießen werde. Diese Drohung war etwas für unsern dicken Hammerdull; er trieb trotz ihr seine Stute weiter und rief dabei dem Fremden lachend zu:

»Macht keine dummen Witze, Sir! Oder solltet Ihr Euch wirklich einbilden, daß wir uns vor Eurer Gartenspritze fürchten werden? Thut sie weg, und seid gemütlich, denn wir sind es auch!«

Das volle Gesicht des Kleinen strahlte allerdings eine Freundlichkeit aus, welcher der Reiter nicht widerstehen konnte wie ebensowenig sein Pferd, denn dieses ließ ein vergnügtes Wiehern hören, und er antwortete, indem er sein Gewehr sinken ließ:

»Diesen Gefallen kann ich Euch schon thun. Uebrigens bilde ich mir über Euch vorläufig gar nichts ein, weder etwas Gutes noch etwas Böses, obgleich Ihr zugeben werdet, daß ich allen Grund habe, Verdacht gegen Euch zu hegen.«

»Verdacht? Warum?«

»Weiße und Rote gehören nicht zusammen, und wenn man sieht, daß diese zwei Farben sich einmal vertragen, hat man gewöhnlich die Kosten dieses Schauspieles zu bezahlen.«

»Vertragen? Seht Ihr denn nicht, daß einer der Indianer gefangen ist?«

»Um so schlimmer, daß Ihr dem andern nicht auch einige

Riemen angelegt habt. Der Gefangene scheint eine Leimrute zu sein, an der man kleben bleiben soll!«

»Ob Ihr kleben bleibt oder nicht, das ist uns ganz egal; aber los kommt Ihr nicht. Wir wollen wissen, wer Ihr seid, und zu welchem Zwecke Ihr Euer Pferd hier in dieser alten Prairie spazieren reitet.«

»Spazieren? Danke! Es war kein angenehmer Ritt, den ich hinter mir habe.«

»Warum?«

»Ehe ich antworte, will ich erst wissen, wer Ihr seid!«

»Ah so! Bin sofort bereit, Euch gehorsamst zu Diensten zu stehen!« Und mit der Hand der Reihe nach auf sich und uns zeigend, fuhr er fort:

»Ich bin der Kaiser von Brasilien, wie Ihr mir ja gleich angesehen haben werdet. Der ungefesselte Indianer hier ist einer von den heiligen drei Königen aus dem Morgenlande, von denen bekanntlich der erste weiß, der zweite rot und der dritte schwarz gewesen ist; dieser hier wird also wohl der zweite sein. Der Mann mit dem großen und dem kleinen Gewehre« – er deutete dabei auf mich – »ist Bileam, der Euch wohl bald zum Sprechen bringen wird. Der Weiße neben ihm« – er meinte Treskow – »ist ein verwunschener Prinz aus Marokko, an dessen Seite Ihr seinen Hofnarren seht – «

Da er bei dem Worte Hofnarr auf Pitt Holbers zeigte, fiel ihm dieser kräftig in die Rede:

»Halte den Schnabel, alte Spottdrossel! Du gebärdest dich doch, als ständest du vor einer Menagerie, deren Bestien du diesem Fremden zeigen müßtest!«

»Ob Bestien oder nicht Bestien, das bleibt sich ganz gleich. Meinst du etwa, Pitt Holbers, altes Coon, daß ich ihm eure Namen nenne soll? Da kennst du weder mich noch die Gesetze des Westens. Er ist allein; wir sind ein ganzer Trupp, also hat er zuerst zu antworten, aber nicht wir, und wenn er das nicht augenblicklich thut, renne ich ihm mein Gewehr in den Leib oder reite ihn einfach über den Haufen.«

Er meinte das natürlich nur im Scherze; mochte nun der Fremde dies so nehmen oder nicht, aber er warf einen verächtlichen Blick auf die alte, haarlose Stute Hammerdulls und rief, indem er ein lautes Lachen hören ließ, aus:

»*Lack-a-day!* Mit dieser Pfefferkuchenziege soll ich umgeritten werden? Die würde doch sofort aus allen Knochen fallen. Versucht es doch einmal! *Come on!*«

Der Dicke hielt so große Stücke auf sein Pferd, daß ihn nichts so schnell in Harnisch bringen konnte, als wenn man sich über das häßliche Aeußere desselben lustig machte. So auch hier. Seine gute Laune war wie weggeblasen, und kaum hatte der Fremde die Aufforderung ausgesprochen, so ertönte die zornige Antwort:

»Sogleich, sogleich! *Go on!*«

Die Stute hörte das bekannte Wort; sie fühlte den Schenkeldruck und die Zügelhilfe und gehorchte augenblicklich. Sie rannte mit einem Satze, den ihr jeder, der sie nicht kannte, nie zugetraut hätte, das Pferd des Fremden an, welches zunächst in das Straucheln kam und nach einem zweiten Angriffssprunge der Stute sich hinten niedersetzte. Das geschah so rasch und unerwartet für den Reiter, daß er, ohne Zeit zum Parieren zu finden, die Bügel verlor und aus dem Sattel flog. Nun war die Reihe, zu lachen, an Dick Hammerdull. Er warf seine kurzen, dicken Arme triumphierend in die Luft und rief:

»*Heigh-day!* Da fliegt er hin, der Pfefferkuchenmann! Wenn er nur nicht zerbrochen ist! Hat das die alte Ziege nicht gut gemacht, Pitt Holbers, altes Coon?«

Der Lange antwortete in seinem gewöhnlichen Gleichmute:

»Wenn du denkst, daß sie dafür einen Sack voll Hafer verdient hat, so magst du recht haben, lieber Dick.«

»Ob Hafer oder nicht, daß bleibt sich gleich; es giebt hier leider nur Gras zu fressen!«

Der Fremde rappelte sich empor, hob sein Gewehr auf, welches ihm entfallen war, und stieg mißmutig wieder in den Sattel. Um aus dem derben Scherze nicht völlig Ernst werden zu lassen, richtete nun ich selbst das Wort an ihn:

»Ihr seht, daß es selbst dem besten Cow-boy einmal geschehen kann, daß er ein fremdes Pferd unter- und das seinige überschätzt. Ganz ebenso scheint Ihr Euch auch in den Reitern geirrt zu haben. Daß ein Roter unser Gefangener ist, giebt für Euch keinen Grund, uns für Leute zu halten, denen Ihr nicht trauen dürft. Wir sind ehrliche Westmänner, und da wir wissen, daß dort oben im Norden, woher Ihr kommt, sich Tramps herumtreiben, die wir vermeiden wollen, so möchten wir so ungefähr wissen, wer und was Ihr seid.«

Daß er ein Cow-boy war, sagte mir seine Kleidung und Ausrüstung. Er antwortete jetzt bereitwillig:

»Diese Tramps sind es eben, wegen denen ich euch mißtraute und eigentlich noch jetzt mißtrauen muß.«

»Hm, mag sein! Ich hoffe, Euer Vertrauen sogleich zu erlangen, falls Euch nämlich der Name Winnetou nicht unbekannt ist.«

»Winnetou? Wer sollte diesen Namen nicht kennen!«

»Wißt Ihr, wie er gewöhnlich gekleidet und bewaffnet ist?«

»Ja. Er geht in Leder, mit einer Sandillodecke um die Hüften, das Haar lang herab und die Silberbüchse an – – –«

Er hielt inne, fixierte den Apatschen einen Augenblick, schlug sich dann mit der Hand an die Stirn und rief:

»Wo habe ich doch nur meine Augen gehabt! Das ist er ja selbst, der berühmte Häuptling der Apatschen! Da ist ja alles gut. Ihr andern mögt nun meinetwegen sein, wer ihr wollt. Wo Winnetou dabei ist, da giebt's nur Ehrlichkeit und keine Schelmerei. Jetzt weiß ich, daß ich Euch alles sagen darf, was Ihr wissen wollt.«

»*Well!* Ihr habt schon wiederholt gehört, daß wir erfahren möchten, wer Ihr seid.«

»Ich heiße Bell und bin bedienstet auf Harbours Farm.«

»Wo liegt diese Farm?«

»Zwei Meilen südwärts von hier am Flusse.«

»Die kann erst seit kurzem gegründet sein. Früher hat es keine da gegeben.«

»Das ist richtig. Harbour ist erst seit zwei Jahren hier.«

»Er muß ein mutiger Mann sein, daß er es gewagt hat, sich in dieser Einsamkeit niederzulassen.«

»Auch wieder richtig. Wir fürchten uns nicht. Mit den Indsmen sind wir bisher fertig geworden; die Tramps aber sind ernster zu nehmen. Als wir hörten, daß sich eine solche Schar oben am Nordfork herumtreibt, bin ich hingeritten, um zu erfahren, was sie vorhaben. Ich weiß jetzt, daß wir uns nicht zu sorgen brauchen, denn sie haben es auf Nebraska abgesehen. Wollt ihr heut noch weit, Mesch'schurs?«

»Wir reiten noch eine Stunde, ehe wir Lager machen.«

»Wo?«

»Wo wir eine passende Stelle dazu finden.«

»Darf ich da eine Frage aussprechen?«

»Welche?«

»Wollt Ihr nicht lieber auf unserer Farm einkehren, als daß Ihr im Freien bleibt?«

»Wir kennen den Besitzer nicht.«

»Ich sage Euch, der ist ein Gentleman durch und durch und dazu ein großer Verehrer von Winnetou, den er schon einigemal gesehen hat. Er erzählt oft von ihm und von Old Shatterhand, welche mit ihren beiden herrlichen Rappen – –«

Er hielt wieder inne, warf einen Blick auf mein Pferd, welches er noch gar nicht beachtet zu haben schien, und fuhr dann schnell und in freudigem Tone in seiner Rede fort:

»Da spreche ich von Old Shatterhand und sehe einen Rappen, der demjenigen von Winnetou wie ein Ei dem andern gleicht! Ihr habt zwei Gewehre, Sir. Ist das eine ein Bärentöter?«

»Ja.«

»Das andere ein Henrystutzen?«

»Ja.«

»*Thunder-storm!* So seid Ihr wohl gar Old Shatterhand?«

»Allerdings.«

»Dann, Sir, dann müßt Ihr meine Bitte erfüllen und mit mir zu Harbour kommen! Ihr glaubt gar nicht, was für eine große Freude Ihr ihm und seinen Leuten damit machen würdet! Ein Nachtlager in einer Farm ist doch jedenfalls angenehmer als eines auf offener Prairie und unter freiem Himmel. Eure Pferde finden ein gutes Futter, welches sie vielleicht nötig haben, und Ihr, na Ihr werdet auch ein besseres Essen haben, als Ihr da in der Savanne finden könnt.«

Der Mann bat so herzlich; seine Einladung war ehrlich gemeint. Er hatte recht. Unseren Pferden war ein kräftiges Körnerfutter zu gönnen, und uns bot die Farm Gelegenheit, unsern fast auf die Neige gegangenen Proviant zu erneuern. Konnten wir uns mit neuem Vorrate versehen, so war das, wie bereits einmal gesagt, besser, als wenn wir gezwungen waren, uns durch die Jagd zu ernähren und dabei eine Menge Zeit zu versäumen. Ich warf, um Winnetous Ansicht kennen zu lernen, diesem einen fragenden Blick zu; er antwortete mit einem Senken der Augenlider und indem er dann seinen Blick auf den Osagen richtete. Ich verstand diese stumme und doch so beredte Weisung und sagte zu dem Cow-boy:

»Ihr seht, daß wir einen Gefangenen haben. Es ist uns von großer Wichtigkeit, daß er uns nicht entkommt. Können wir darauf rechnen, daß man auf der Farm nichts unternehmen wird, ihn zu befreien?«

»Ich versichere Euch, Sir,« antwortete er, »daß er Euch bei uns grad so sicher ist wie im tiefsten Verließe einer alten Ritterburg!«

»*Well*, so sollt Ihr Euren Willen haben. Wir werden mit zu Harbour reiten. Hoffentlich sind wir ihm so willkommen, wie Ihr uns versprochen habt.«

»Keine Sorge, Mr. Shatterhand! Eure Ankunft wird den heutigen Tag zum Festtag für ihn machen. Darauf könnt Ihr Euch verlassen!«

Wir standen also im Begriff, die Stelle, an welcher wir gehalten hatten, wieder zu verlassen. Schahko Matto war mit den Füßen an sein Pferd gebunden, konnte es aber mit den Händen lenken, weil wir ihm die Arme freigelassen hatten. Er hielt es zurück und zögerte, uns zu folgen. Ueber den Grund zu diesem Verhalten befragt, erklärte er uns:

»Der Häuptling der Osagen wünscht, Old Shatterhand und Winnetou etwas zu sagen, bevor wir weiterreiten.«

»Er mag sprechen!« forderte ich ihn auf.

»Ich weiß, daß ihr mir nicht nach dem Leben trachtet, sondern mich freilassen werdet, sobald wir weit genug geritten sind, daß es mir unmöglich wird, schnell heimzukehren und euch mit meinen Kriegern zu verfolgen. Ich habe Honskeh Nonpeh den Befehl über die Söhne der Osagen erteilt, weil ich nicht wollte, daß sie euch folgen sollten. Er war gegen den Kampf und gegen den Ueberfall der Bleichgesichter, und daß ich grad ihm den Befehl überlassen habe und ihm dabei sagen ließ, er werde schon wissen, was er zu thun habe, wird ihm meinen Willen erraten lassen, daß er von allen Feindseligkeiten absehen soll. Werden Old Shatterhand und Winnetou mir diese meine Worte glauben?«

»Wir schenken dir weder Vertrauen noch Mißtrauen; wir werden dich prüfen. Ein Feind wird nicht so schnell zum Freunde!«

»So hört, was ich euch jetzt noch sage! Wenn ich jetzt die Freiheit von euch zurückerhielte, ich würde doch nicht von euch gehen.«

»Uff!« antwortete Winnetou.

»Der Häuptling der Apatschen mag sich wundern; es ist doch so, wie ich gesprochen habe: ich würde wirklich mit euch weiterreiten.«

»Aus welchem Grunde?« erkundigte ich mich.

»Wegen Tibo taka.«

»Wegen diesem? Diese Ursache will mir sehr unklar erscheinen.«

»Weil Old Shatterhand bisher angenommen hat, daß ich gestern abend etwas nicht beobachtet habe, was mir doch außerordentlich wichtig war.«

»Was meint der Häuptling der Osagen?«

»Es wurde gesagt, daß Tibo taka jetzt Medizinmann der Naiini sei. Ich habe dazu geschwiegen, um darüber nachzudenken. Heut bin ich zum Entschluß gekommen: Ich werde mit euch reiten, auch wenn ich frei geworden bin, denn ich will mir die Freundschaft von Apanatschka, dem Häuptling der Komantschen, erwerben.«

»Warum das?«

»Wenn er mein Freund geworden ist, wird er mir behilflich sein, den Medizinmann der Naiini-Komantschen in meine Hand zu bekommen.«

Da warf Apanatschka die Hand wie zum Schwure empor und rief aus:

»Nie werde ich das thun, niemals!«

Ich streckte meine Hand gegen ihn aus und rief in demselben Tone:

»Du wirst es thun!«

»Niemals!« behauptete er.

»Sehr gern sogar!« antwortete ich bestimmt.

»Lieber sterbe ich! Ich hasse ihn, aber er ist mein Vater!«

»Er ist es nicht.«

»So ist doch seine Squaw meine Mutter!«

»Auch sie ist das nicht!«

»Welch ein Wort Old Shatterhand da sagt! Kann er beweisen, was er jetzt behauptet hat?«

»Nein, aber ich fühle in meinem Innern, daß es die Wahrheit ist.«

»Hier bedarf es der Beweise, doch nicht der Gefühle!«

»Du bist ein geraubtes Kind. Tibo taka und Etters sind die Räuber; das steht bei mir fest. Tibo wete ist mitschuldig an dem Raube; das vermute ich jetzt nur; aber ich denke, es wird die Zeit kommen, in welcher du mir glauben wirst. Ich bin bereit, mit dir und dem Häuptling der Osagen zu den Naiini zu reiten, um den Medizinmann dieser Indianer zu entlarven. Jetzt wollen wir nicht mehr darüber sprechen, sondern lieber weiterreiten!«

Der Cow-boy setzte sich als Führer an unsere Spitze, und wir folgten ihm. Schon nach einer halben Stunde ersahen wir aus der kräftigeren Vegetation, daß wir uns dem Flusse näherten. Sträucher und Bäume traten auf, erst vereinzelt, dann in Gruppen, zwischen denen Rinder, Pferde und Schafe weideten. Wir erblickten sogar mehrere große Mais- und andere Felder, und dann lag das Gebäude vor uns, welches uns heut beherbergen sollte.

Als ich es sah, wäre ich, einer unbestimmten Regung folgend, am liebsten umgekehrt. Es lag da, ganz ähnlich wie Fenners Farm, nur sehr viel westlicher und an einem andern Flusse. In Fenners Farm hatte mir der Tod gedroht, und hier durchfuhr mich ein, ich möchte sagen, warnendes Empfinden, welches, wenn ich ihm gehorchen wollte, mich am Betreten des Hauses hindern mußte. Ich schrieb die Schuld der gleichen Lage der Farmen zu. Wenn man an einem Orte etwas Unangenehmes erlebt oder gar eine Gefahr bestanden hat und man kommt dann an einen andern Ort, welcher dem ersteren ähnlich liegt und sieht, so ist es freilich begreiflich, wenn da infolge der bösen Erinnerung ein Gefühl aufsteigt, welches zur Umkehr mahnt.

Ich konnte auf diese Empfindung natürlich keine Rücksicht nehmen; ich durfte nicht einmal von ihr sprechen, wenn ich mich nicht der Gefahr aussetzen wollte, ausgelacht oder wenigstens mit Kopfschütteln bedacht zu werden. Bell, der Cow-boy, war uns eine Strecke vorausgeritten, um unsere Ankunft anzumelden. Darum fanden wir den Besitzer der Farm zu unserm Empfang bereit. Seine Familie bestand außer ihm und seiner Frau aus drei Söhnen und zwei Töchtern, lauter kräftigen, sehnigen Hinterwaldsgestalten, denen man es ansah, daß sie sich vor einigen Indianern nicht fürchteten und wohl auch nicht zu fürchten brauchten. Wir merkten es diesen sieben Personen an, daß wir ihnen wirklich willkommen waren. Ihre Freude war eine aufrichtige und hatte sich auch den Hands[1] mitgeteilt, welche vor dem Hause standen, neugierig, den berühmten Häuptling der Apatschen kennen zu lernen. Er nickte ihnen stolz und leutselig wie ein König zu, der er ja auch in Beziehung auf seine Thaten und Gesinnungen war, wenigstens meiner Ansicht nach.

Die Farm glich mehr einer südlichen Hazienda, nur daß sie ganz aus Holzbau bestand, weil Steine am Salmon-River eine Seltenheit sind. Die weite, aus starken, hohen Planken bestehende Umzäunung schloß einen großen Raum ein, an

[1] Dienerschaft, Angestellte.

dessen Nordseite das Wohnhaus stand. Die Südseite war mit einem Dache zum Schutze für das Vieh versehen. An den beiden andern Seiten lagen die einfachen Wirtschaftsbauten und die Aufenthaltsräume für das Gesinde und die gewöhnlichen Gäste. Außerhalb der Umzäunung gab es einige Korrals für die Pferde, Rinder und Schafe, dabei ein besonderer für die Reitpferde Harbours und seiner Familienglieder. In dieser letzterwähnten Umfriedung wurden auch unsere Pferde untergebracht und auf Winnetous und meinen Wunsch von zwei Peons[1] bewacht. Wir wollten sie nicht der Gefahr, gestohlen zu werden, aussetzen, welcher sie auf Fenners Farm kaum entgangen waren. Das Wohnhaus bestand aus drei Räumen. Die eine, vordere Hälfte nahm, über die ganze Breite des Hauses, die Thür abgerechnet, gehend, das Wohnzimmer ein. Es hatte drei Fenster, welche mit Glasscheiben versehen waren. Das Meublement war mit eigener Hand einfach und durabel hergestellt. Jagdtrophäen und Waffen hingen rundum an den Wänden. Die hintere Breite des Hauses nahmen dann die Küche und die Schlafstube ein, welche an uns abgetreten werden sollte. Wir nahmen das aber nicht an und erklärten, uns später bei offenen Fenstern im Wohnzimmer niederlegen zu wollen.

Nachdem der herzliche Empfang vorüber war und die Peons unsere Pferde unter unsern Augen in dem erwähnten Korral untergebracht hatten, erforderte es unsere Sicherheit, zu fragen, ob außer den Bewohnern der Farm noch andere Leute anwesend seien. Der Besitzer gab die uns gar nicht beunruhigende Antwort:

»Es kam vor einer Stunde ein Arzt mit einer Kranken an, die er nach Fort Wallace zu begleiten hat.«

»Woher kommen sie?« erkundigte ich mich.

»Aus Cansas-City. Sie leidet an einem unheilbaren Uebel und will zu ihren Anverwandten zurück.«

»Alt oder jung?«

»Das konnte ich nicht sehen. Ihre Krankheit ist eine

[1] Pferdeknechte.

krebsartige und hat das Gesicht so zerstört, daß sie einen dichten Schleier tragen muß. Sie kamen auf zwei Pferden mit einem Packpferde an.«

»Mit Begleitung?«

»Nein, ohne.«

»So ist der Arzt entweder ein sehr kühner oder ein sehr unvorsichtiger Mann. Ich bedaure die Dame, eine so lange Reise im Sattel zurücklegen zu müssen. Es giebt doch andere Gelegenheiten.«

»Das sagte ich dem Arzte auch, aber er antwortete mir ganz richtig, daß die häßliche und jeden Mitreisenden abstoßende Krankheit seiner Pflegbefohlenen ihn leider zu diesem einsamen Ritt gezwungen habe.«

»Dagegen giebt es freilich nichts zu sagen. Wann wollen sie fort?«

»Morgen früh. Sie waren beide sehr ermüdet, haben schnell etwas gegessen und sich dann in das Seitenhaus führen lassen, um zu schlafen. Ihre Pferde sind hinten im Hofe untergebracht worden.«

Die Anwesenheit einer krebskranken Lady mit ihrem ärztlichen Begleiter konnte uns, wie schon gesagt, nicht beunruhigen, sondern höchstens unsere Teilnahme erwecken. Wir hatten gar keinen Grund, unsere Gedanken mit diesen beiden Personen mehr als gewöhnlich zu beschäftigen. Wenn sie nicht schon geschlafen hätten, wäre ich vielleicht einmal hinausgegangen, um sie zu sehen, so aber konnte dieser sonst so selbstverständliche Wunsch gar nicht in mir rege werden.

Da vor dem Hause keine Sitze angebracht waren, gingen wir in die Stube, wo uns gern und schnell ein tüchtiges Essen aufgetragen wurde. Der Wirt nebst Frau und Kindern mußten sich zu uns setzen, und während wir aßen, kam bald eine Unterhaltung von der Art zu stande, welche man mit dem Worte Lagerfeuergespräch zu bezeichnen pflegt. Der Häuptling der Osagen saß mit bei uns, zwischen Winnetou und mir, und zwar als einstweilen freier Mann, denn wir hatten ihm alle Fesseln abgenommen. Er nahm das mit stolzem

Danke als einen Beweis unseres Vertrauens hin, und ich war überzeugt, daß er uns keine Veranlassung geben werde, diese Maßregel, mit welcher wenigstens Treskow nicht einverstanden war, zu bereuen.

Als es draußen dunkel zu werden begann, wurde eine große Lampe angezündet, welche den ganzen, großen Raum erleuchtete. Und wie überall der trauliche Lampenschein die Lippen öffnet und die Zungen löst, so wurde auch unser Gespräch von Viertelstunde zu Viertelstunde immer animierter und interessanter. Es wurden Erlebnisse und Episoden erzählt, welche der geistreichste Schriftsteller sich nicht ersinnen könnte, denn das Leben ist und bleibt der phantasiereichste Litterat. Besonders war es wieder Dick Hammerdull, welcher durch seine drastische Darstellungsweise uns alle zum Lachen zwang; das konnte aber die eine, große Lücke nicht schließen, auf deren Ausfüllung der Farmer und seine Angehörigen vergeblich hofften: Sie wünschten, daß auch Winnetou aus seinem reichbewegten Leben etwas erzählen möge, doch wäre es dem schweigsamen Apatschen, selbst wenn er sich in einem viel, viel engern Bekanntenkreise befunden hätte, nicht eingefallen, zur bloßen Unterhaltung anderer die Rolle des Erzählers zu übernehmen. Er war ein Mann der That. Zwar war ihm auch die Gabe der Rede im höchsten Grade verliehen, aber er schöpfte nur dann aus diesem reichen Quell, wenn es die Notwendigkeit erforderte und es sich um eine Wirkung handelte, die außer ihm kein anderer zu erreichen vermochte. Dann war seine bilderreiche, gewaltige Rede mit einem mächtig dahinbrausenden Strome zu vergleichen, welcher jede andere Logik mit sich fortriß und endlich stets in segensreicher Weise die auf ihn wartenden Kanäle füllte, um die Dürre in Wachstum und die Oede in Fruchtbarkeit zu verwandeln.

Auch Harbour erzählte sehr interessant. Er war in früherer Zeit weit in den Staaten herumgekommen, hatte viel Seltsames erlebt und endlich nach langem Hoffen sein Glück durch eine gelungene und, wie ich besonders hinzufüge, ehrliche Spekulation gemacht. Hierauf war er so klug gewesen, das abenteuerliche Leben aufzugeben und sich zunächst versuchsweise anderwärts und vor zwei Jahren endgültig hier am Salmon-River ein festes Heim zu gründen.

Was mir am meisten an ihm gefiel, das war sein heiteres, festes Gottvertrauen, welches ihn überallhin begleitet hatte und nie von ihm gewichen war. Ebenso freute es mich von ihm, daß er nicht die hier landläufige Ansicht über die indianische Rasse hatte. Er brachte zahlreiche Beispiele von roten Männern, deren Charakter und Lebensführung jedem Weißen hätte als Muster dienen können. Und als Treskow dennoch behauptete, daß die Indianer unfähig zur Civilisation und zum Christentume seien, wurde er zornig und richtete die allerdings schwerwiegende Frage an ihn:

»Was versteht Ihr denn eigentlich unter Civilisation und Christentum? Kennt Ihr beide so genau, wie es den Anschein hat, so sagt mir doch einmal, was sie dem roten Manne gebracht haben! ›An ihren Früchten sollt Ihr sie erkennen‹, steht in der heiligen Schrift. Nun zeigt mir gefälligst die Früchte, welche die Indsmen von den so sehr civilisierten und christlichen weißen Gebern geschenkt bekommen haben! Geht mir mit einer Civilisation, die sich nur von Länderraub ernährt und nur im Blute watet! Wir wollen da gar nicht etwa nur von der roten Rasse reden, o nein. Schaut in alle Erdteile, mögen sie heißen, wie sie wollen! Wird da nicht überall und allerwärts grad von den Civilisiertesten der Civilisierten ein fortgesetzter Raub, ein gewaltthätiger Länderdiebstahl ausgeführt, durch welchen Reiche gestürzt, Nationen vernichtet und Millionen und Abermillionen von Menschen um ihre angestammten Rechte betrogen werden? Wenn Ihr ein guter Mensch seid, und der wollt Ihr doch gewiß wohl sein, so dürft Ihr Euer Urteil nicht nach der Ansicht der Eroberer richten, sondern nach den Meinungen und Gefühlen der Besiegten, der Unterdrückten, Unterjochten. Und wenn Ihr mir da entgegnet, daß es Eroberer und Gründer von neuen Reichen gegeben habe, so lange die Erde Menschen trägt, so antworte ich: Das waren Macedonier, Griechen, Römer, Perser, Mongolen, Hunnen, also Heiden, die keinen Christus kannten, welcher als zweites, höchstes Gebot von uns verlangt: ›Du sollst deinen Nebenmenschen lieben wie dich selbst!‹ Haben diese Heiden ihre blutigen Schwerter als mordgierige Menschenschnitter über den Erdkreis getragen, so giebt es für uns Christen eine ganz andere Art der Eroberung. ›Ich bringe Euch den Frieden; ich lasse Euch meinen Frieden!‹ hat der Weltheiland gesagt; nun tragt als Christen diesen Frieden hin in alle Lande und hin zu allen Völkern! Steckt, wie Petrus, Eure Schwerter in die Scheide; Eure einzige Waffe soll nur die Liebe sein, und auf Eurem Banner darf man nur das Wort Versöhnung lesen. Wie es einen Menschen gab, welcher die erste Mordwaffe erfand, so wird es dereinst, so wahr ein Himmel über uns ist, auch einen Menschen geben, der die letzte Waffe zwischen seinen Fäusten zerbricht. Wie lange aber soll es währen, bis dies geschieht? Den Befehl dazu hat Christus schon vor nun fast zweitausend Jahren gegeben; sollen noch Jahrtausende verstreichen, ehe er in Erfüllung geht? Ich wiederhole es noch einmal: Sprecht mir ja nicht von Eurer Civilisation und von Eurem Christentum, so lange noch ein Tropfen Menschenblut durch Stahl und Eisen, durch Pulver und Blei vergossen wird!«

Der wackere Farmer lehnte sich in seinen Stuhl zurück und schwieg. Niemand wagte es, auch nur eine Silbe der Entgegnung vorzubringen. Der erste, welcher die eingetretene Stille unterbrach, war mein sonst so zurückhaltender Winnetou. Er griff nach der Hand Harbours, um sie herzlich zu drücken, und sagte:

»Mein weißer Bruder hat genau die Worte gesprochen, welche in meiner Seele zu lesen sind. Seine Rede war wie die Rede eines wahren Priesters der Christen. Aus welcher Quelle hat er die Gedanken geschöpft, welche leider die Gedanken nur weniger Bleichgesichter sind? Ich bitte ihn, mir dies zu sagen!«

»Dieser Quell entsprang dem Herzen nicht eines weißen sondern eines roten Mannes, welcher allerdings ein Priester und Verkündiger des wahren Christentums war. Von allen weißen Lehrern und Rednern, die ich hörte, kann sich kein einziger mit ihm vergleichen. Ich traf ihn zum erstenmale jenseits der Mogollon-Berge am Rio Puerco. Die Navajos hatten mich gefangen genommen und für den Marterpfahl bestimmt; da erschien er unter ihnen und ergoß eine so gewaltige Rede über sie, daß sie mich freigaben, als seine letzten Worte noch kaum verklungen waren. Er war ein großer Geist und auch am Körper ein wahrer Goliath, der sich selbst vor dem grauen Bär nicht fürchtete.«

»Uff! Das ist kein anderer Mann als Ikwehtsi'pa gewesen!«

»Nein. Der Häuptling der Apatschen wird sich irren. Er wurde von den Navajos Sikis-sas genannt.«

»Das ist ganz derselbe Name. Er war ein Moqui, und die zwei Namen bedeuten in beiden Sprachen ganz dasselbe, nämlich ›Großer Freund‹. Von den Weißen in Neu-Mexiko und andern spanisch sprechenden Leuten wurde er Padre Diterico genannt.«

»Das stimmt; das stimmt! Also Winnetou hat ihn auch gekannt?«

»Ich habe ihn gesehen und ihn sprechen hören, als ich noch ein kleiner Knabe war. Seine Seele gehörte dem großen, guten Manitou, sein Herz der unterdrückten Menschheit und sein Arm jedem weißen oder roten Manne, der sich in Gefahr befand oder sonst der Hilfe bedurfte. Seine Augen strahlten nur Liebe; seinem Worte konnte kein Mensch widerstehen, und alle seine Gedanken waren nur darauf gerichtet, Glück und Heil um sich her zu verbreiten. Er war Christ geworden und hatte zwei Schwestern, die er auch zu Christinnen machte. Der gütige Manitou hatte diesen Schwestern große Schönheit verliehen, und viele, viele Krieger setzten ihr Leben daran, sich ihre Liebe zu erringen, doch war das stets vergeblich. Die ältere wurde Tehua[1] und die jüngere Tokbela[2] genannt. Sie waren einst, ohne daß jemand wußte, wohin, mit ihrem Bruder verschwunden, und kein Mensch hat sie jemals wieder gesehen.«

[1] Sonne.

[2] Himmel, beides Moquisprache.

»Kein Mensch, wirklich keiner?« fragte der Farmer.

»Keiner!« antwortete Winnetou. »Mit dem ›Himmel‹ und der ›Sonne‹ gingen die Hoffnungen der roten Krieger verloren, und in Ikwehtsi'pa ist dem Christentum ein Prediger verschwunden, wie es von einem Meere bis zum andern keinen je gegeben hat. Er war ein Freund und Bruder, ein treuer Berater von Intschu tschuna, meinem Vater. Dieser hatte ihn tief in sein Herz geschlossen und hätte viel, sehr viel darum gegeben und gewiß gern sein Leben dafür gewagt, zu erfahren, was für ein Unfall die drei Geschwister hinweggerafft hat, denn nichts anderes als ein Unglück kann schuld daran sein, daß sie verschwunden und nicht wiedergekehrt sind.«

Der Farmer war den Worten Winnetous mit großer, ja mit auffälliger Aufmerksamkeit gefolgt; jetzt fragte er:

»Wenn der frühere Häuptling der Apatschen so große Opfer dafür gebracht hätte, würde auch der jetzige dazu bereit sein?«

»Ja, ich bin bereit im Namen und im Geiste meines Vaters zu handeln, dessen Seele den ›Großen Freund‹ liebte.«

»So ist es ein wunderbarer, glücklicher Zufall, welcher Euch heut zu mir führte. Ich bin nämlich im stande, Euch Auskunft zu erteilen.«

Um die große Wirkung dieser Worte zu bezeichnen, brauche ich nur zu sagen, daß Winnetou, dieses Muster von Ruhe und Beherrschung aller seiner Regungen, von seinem Stuhle nicht etwa aufstand, sondern gradezu aufschnellte, wie von einer Spannfeder emporgetrieben, und wie atemlos ausrief:

»Auskunft geben? Ueber Ikwehtsi'pa, über Padre Diterico, den wir alle verloren glaubten? Ist das wahr? Ist das möglich? Das kann nur auf einem Irrtum, einer Täuschung beruhen!«

»Es ist keine Täuschung, sondern Wirklichkeit. Ich kann sichere Auskunft erteilen; aber leider ist es keine so erfreuliche, wie ich wohl wünschte. Er lebt nicht mehr.«

»Uff! Er ist tot?«

»Ja.«

»Und seine Schwestern?«

»Von denen weiß ich nichts.«

»Wirklich nichts?«

»Nein, gar nichts. Auch von ihm weiß ich nichts von allem, was zwischen seinem Verschwinden und seinem Tode geschehen ist; ich kann nicht einmal sagen, wie er ermordet wurde und wer sein Mörder ist.«

Da gab sich Winnetou einen Ruck, daß sein hinten lang herabfallendes, prächtiges Haar nach vorn über seine Achseln flog und ihm wie ein Schleier das Gesicht bedeckte.

»Uff, uff!« ertönte es aus diesem Schleier heraus. »Ermordet ist er worden, ermordet! Ein Mörder hat uns um das kostbare Leben Ikwehtsi'pas gebracht! Ist das wahr? Sag es schnell, sehr schnell!«

»Es ist wahr!«

»Beweise es!«

Der Apatsche warf sein Haar jetzt mit beiden Händen nach hinten zurück. Seine Augen sprühten Blitze, und sein Mund war geöffnet, als ob er die Antwort des Farmers förmlich trinken wolle.

»Ich habe sein Grab gesehen,« sagte dieser.

»Wo? Wann?«

»Ich werde es erzählen, und bitte den Häuptling der Apatschen, sich wieder niederzusetzen und mir ruhig zuzuhören.«

Winnetou sank langsam in den Sessel zurück, holte laut und tief Atem und sprach, indem er sich mit der Hand über die Stirne strich:

»Mein weißer Bruder hat recht. Es ziemt sich keines Kriegers, zumal wenn er ein Häuptling ist, sich von seinen Gefühlen überwältigen zu lassen. Ich bleibe ruhig, was ich auch hören werde.«

Harbour nahm einen Schluck aus der Theetasse, welche er vor sich stehen hatte, und erkundigte sich:

»Ist der Häuptling der Apatschen schon einmal oben in dem Park von San Louis gewesen?«

»Schon mehrere Male,« antwortete der Gefragte.

»Ist ihm die Gegend der Foam-Cascade bekannt?«

»Ja.«

»Kennt er den lebensgefährlichen Bergpfad, welcher von da aus nach dem Devils-Head führt?«

»Ich kenne weder den Weg noch den Devils-Head, werde aber beides gewiß finden. Howgh!«

»Dort oben war es, wo ich den Entschluß faßte, dem wilden Westen und dem wilden Leben zu entsagen. Ich war verheiratet und hatte schon meine beiden ältesten Boys hier, die damals freilich noch sehr unwichtig kleine Kerle waren. Auch hatten wir unser gutes Auskommen; aber wen das Leben des Westens einmal gepackt hat, den giebt es nicht leicht wieder her, und so kam es, daß ich Frau und Kinder verließ, Gott sei Dank, zum letztenmale! und mich einigen Männern anschloß, welche hinauf ins Colorado wollten, um dort nach Gold zu prospekten. Wir kamen auch glücklich hinauf, aber je weiter, desto mehr sehnte ich mich nach Weib und Kindern zurück. Ich sah jetzt ein, daß es nicht dasselbe ist, ob man als lediger oder als verheirateter Mann dort im Gebirge herumklettert und sich auf hundert Gefahren gefaßt machen muß. Wir waren ursprünglich vier Mann gewesen, aber nur zu dritt hinaufgekommen, weil uns einer schon am Fuße der Mountains aus Kleinmut verlassen hatte. Ich will keine lange Geschichte erzählen, sondern mich ganz kurz fassen. Wir suchten unter unbeschreiblichen Anstrengungen und Entbehrungen über zwei Monate lang, ohne eine Spur von Gold zu finden; da stürzte derjenige von uns, welcher sich am besten aufs Prospekten verstand, von einem Felsen und brach den Hals. Nun waren wir nur noch zwei und dazu überzeugt, daß wir nun noch weniger finden würden als vorher, das heißt: früher nichts und jetzt wahrscheinlich gar nichts. Das traf auch richtig ein. Wir hatten kein Glück in der Jagd und hungerten darum viel. Unsere Anzüge zerrissen, und die Stiefel fielen von den Füßen. Es war ein Elend, wie es gar nicht schöner im Buche stehen kann. Ich wurde schwach, mein Kamerad noch viel schwächer und schließlich gar krank. Das war sehr schlimm für ihn, denn es kostete ihn das Leben. Es hatte mehrere Tage lang geregnet, und wir mußten über ein Wildwasser, welches bedenklich angeschwollen war. Ich wollte warten, bis es sich verlaufen hatte; er aber glaubte, glücklich hinüberzukommen, und so mußte ich ihm den Willen thun. Er wurde mit fortgerissen. Nach langem Suchen fand ich ihn ertrunken und zerschmettert in tiefem Grunde unten. Ich begrub ihn, wie wir den andern auch begraben hatten: drei Fuß tief, mit kalter Erde und einem warmen, gut gemeinten Gebete bedeckt. Dann war ich ganz allein und hatte natürlich keine andere Wahl, als die halb nackten, wund gelaufenen und aufgerissenen Füße heimwärts zu lenken. Aber das ging nicht so schnell, wie ich gedacht hatte. Ich kam mit meinen geschwächten Kräften nur sehr langsam vorwärts und war zum Sterben matt, als ich nach einigen Tagen den Devils-Head erreichte. Ich war zwar noch nie dagewesen, wußte aber, daß er es war. Der Felsen ist nämlich in seiner Form einem Teufelskopf so ähnlich, als ob an dieser Stelle der Satan einem Bildhauer als Modell gesessen hätte. Ich warf mich in das feuchte Moos nieder und hätte am liebsten weinen mögen. Wasser gab es ja, aber zu essen hatte ich nichts, denn mein Gewehrschloß war kaput; es war mir unmöglich, ein Wild zu erlegen, und so hatte ich schon seit zwei Tagen keinen Bissen über die Lippen gebracht. Die Mattigkeit überwältigte mich, und ich schloß die Augen, um zu schlafen und vielleicht nicht wieder aufzuwachen. Aber ich öffnete sie noch einmal, ganz ohne daß ich es eigentlich wollte. Ich hatte mich inzwischen auf die Seite gedreht, und so fiel mein müder Blick auf eine andere Stelle des Felsens. Es gab da Buchstaben, welche mit dem Messer oder einem ähnlichen Instrumente eingegraben worden waren. Das regte mich an. Es war mir, als ob ich plötzlich wieder Kräfte bekommen hätte; ich stand auf und ging hin, die Schrift zu lesen. Nun sah ich, daß es nicht nur Buchstaben, sondern auch Figuren gab. Von einigen wußte ich nicht, was sie zu bedeuten hatten, doch waren es menschliche Figuren, die über und rechts und links von einem in den Fels gemeißelten Kreuze standen. Unter diesem Kreuze war deutlich zu lesen: »An dieser Stelle wurde der Padre Diterico von *J. B.* aus Rache an seinem Bruder *E. B.* ermordet.« Unter diesen Worten war eine Sonne zu sehen, von welcher links ein *E* und rechts ein *B* stand.«

Als der Erzähler bis hierher gekommen war, wurde er von Winnetou unterbrochen:

»Stand dieser Name wirklich am Fels zu lesen? Padre Diterico?«

»Ja.«

»Und der Mörder war mit *J. B.* bezeichnet?«

»Ja.«

»Kennt mein Bruder Harbour vielleicht einen Menschen, dessen Namen mit dem Buchstaben *J. B.* beginnt?«

»Solcher Leute wird es wahrscheinlich tausende geben; ich kenne keinen.«

»Und glaubt mein Bruder, daß dieses Grabmal keine Lüge sagt?«

»Ich bin überzeugt davon.«

»Es kann dennoch eine Lüge sein!«

»Wem sollte das einfallen, und welcher Grund könnte vorhanden sein, eine solche Unwahrheit in den Fels zu graben?«

»Wo war das Grab? Im harten Fels doch nicht?«

»Nein, sondern eng an demselben. Der Hügel war mit Moos bewachsen und schien gepflegt zu sein.«

»In der Einöde da oben? Uff!«

»Das ist noch gar nicht verwunderlich. Unbegreiflich aber ist, was mir dann passierte. Ihr könnt euch denken, Mesch'schurs, wie mir zu Mute wurde, als ich hier so unerwartet das Grab des Paters fand. Meine Schwäche kehrte verdoppelt zurück; ich stieß einen Schrei aus und fiel um. Als ich wieder erwachte, war fast ein ganzer Tag vergangen, denn es war der Vormittag des nächsten Tages. Ich konnte vor Mattigkeit und Hunger kaum aufstehen. Ich schleppte mich zur nahen Quelle und trank; dann kroch ich in das Gebüsch, wo ich zum Glück ein paar eßbare Mushrooms[1] fand, die ich so verzehrte, wie sie waren; dann schlief ich wieder ein. Als

[1] Pilze.

ich abermals erwachte, war der Abend nahe; neben mir lag ein halbes, gebratenes Bighorn[1]. Wer hatte es hingelegt? Das war gewiß eine nicht unwichtige Frage; aber ich legte sie mir nicht mehr als einmal vor, sondern griff zu und aß, aß, aß und aß, bis ich satt war und wieder ein- und bis zum nächsten Morgen schlief, wo ich gestärkt erwachte. Der Rest des Fleisches lag noch da. Ich versteckte es und machte mich auf, nach dem Geber zu suchen; aber ich fand keine Spur, und auch all mein Rufen war umsonst. Da kehrte ich zum Grab zurück, nahm das Fleisch aus dem Verstecke und machte mich auf den Weg, der hinunter nach der Foam-Cascade führt. Er ist sehr gefährlich; ich legte ihn aber glücklich zurück und fand am folgenden Tage, eben als mein Fleisch auf die Neige gegangen war, einen Jäger, der sich meiner annahm. Wie ich dann vom Park herunter und heim gekommen bin, das ist hier Nebensache. Die Hauptsache habe ich erzählt, und der Häuptling der Apatschen wird meiner Behauptung, daß der Padre Diterico ermordet worden ist und also nicht mehr lebt, Glauben schenken.«

Winnetou hielt den in die Hand gestützten Kopf tief gesenkt, so daß ich sein Gesicht nicht sehen konnte; als er ihn dann hob, sah ich noch immer den Ausdruck des Zweifels in seinen Zügen liegen. Er richtete einen fragenden Blick auf mich, und ich antwortete auf diese stille Aufforderung:

»Meines Dafürhaltens unterliegt es keinem Zweifel, daß der Mord wirklich geschehen ist.«

»So glaubt mein Bruder Shatterhand an das Grab und an die Schrift?« fragte der Apatsche.

»Ja.«

»Ist es nicht möglich, daß es noch einen andern Padre Diterico gegeben hat?«

»Ja, das ist möglich.«

»So ist die Schrift kein Beweiß, das Ikwehtsi'pa in diesem Grabe liegt; es kann ein Padre gleichen Namens sein.«

»Es ist der, den du meinst!«

[1] Dickhornschaf.

»So hat mein Bruder Shatterhand wohl noch andere Beweise?«

»Ja.«

»Winnetou sieht dir an, daß du wieder einmal nachdenkst und Berechnungen machst. Beziehen sie sich auf das Grab im Gebirge?«

»Ja. Unser gastfreundlicher Mr. Harbour hat mir mehr, weit mehr erzählt, als er ahnt. Ich habe endlich, endlich den so lange vergeblich gesuchten Wawa Derrick gefunden.«

»Uff, uff! Wer ist's?«

»Ikwehtsi'pa.«

»Uff!«

»Du wirst dich noch mehr wundern über das, was ich dir weiter sage. Tokbela, die jüngere Schwester des Padre, ist Tibo wete, die Squaw des Medizinmannes der Naiini-Komantschen.«

»Uff! Bist du allwissend?«

»Nein; ich denke nur nach. Infolge dieses Nachdenkens kann ich dir auch sagen, daß Tehua, die ältere Schwester des Padre, vielleicht auch noch lebt.«

»Deine Gedanken können Wunder thun; sie wecken Tote auf!«

»Du hast gehört, daß unter der Grabinschrift eine Sonne eingemeißelt war. Die ältere Schwester hieß Tehua, d. i. Sonne; sie hat das Grab errichtet und das Mal hergestellt, also noch gelebt, als er ermordet worden war.«

»Uff! Dieser Gedanke ist so einfach und richtig, daß ich mich wundere, nicht selbst daraufgekommen zu sein! Aber wenn Tehua wirklich noch leben sollte, wo werden wir sie zu suchen haben?«

»Das weiß nur sie allein. Sie hält sich im Verborgenen; sie läßt es niemanden wissen oder darf es niemanden wissen lassen.«

»Woraus schließest du das?«

»Das halb gebratene Bighorn war von ihr.«

»Uff!«

Der sonst so scharfsinnige Winnetou kam heut gar nicht

aus seinen Uffs der Verwunderung heraus; das war aber gar nicht etwa ein Beweis, daß ich ihm im folgerichtigen Denken und Schließen überlegen war, o nein! Ich hatte eben mehr Stoff zum Nachdenken über den vorliegenden Fall sammeln können als er. Hätte er an meiner Stelle diesen Stoff gehabt, so wäre er wahrscheinlich viel eher als ich zu meinem Resultate gekommen. Ich fuhr fort:

»Ich behaupte, daß das Fleisch von ihr war, und habe meine Gründe dazu, von denen ich heut und hier an dieser Stelle nur den einen sagen kann: Jeder Geber des Fleisches, welcher nicht zu dem Grabe, also zu dem Morde, in Beziehung steht, hätte sich unbedenklich zeigen dürfen; dieser aber hat sich nicht sehen lassen, folglich steht er in irgend einem Verhältnisse zu der verbrecherischen That.«

»Man könnte doch auch annehmen, daß der Mörder es gewesen sei, denn dieser ist es, der sich am allerwenigsten am Schauplatze des Verbrechens zeigen darf,« warf der Apatsche ein. »Man weiß, daß ein Mörder immer wieder nach dem Orte seiner That gezogen wird.«

»Das gebe ich zu; aber der Spender oder die Spenderin des Fleisches verrät ein barmherziges Gemüt, ein mildthätiges Herz. Wie stimmt das mit den Eigenschaften überein, die man einem Mörder zuschreiben muß und die ganz entgegengesetzter Art sind?«

»So meint Old Shatterhand wirklich, daß es Tehua gewesen ist?«

»Ja«

»Welchen Grund hätte sie, so im Verborgenen zu leben, da sie doch weiß, wie viele Freunde sich in der fernen Heimat um sie grämen?«

»Das ist vielleicht ein Geheimnis, welches ich jetzt noch nicht ergründen kann. Es braucht aber nicht notwendig eins zu sein. Grad weil ein Mörder gewöhnlich zum Schauplatze seiner That zurückgezogen wird, bleibt sie an Ort und Stelle, um ihn da zu erwarten! Vielleicht auch ist sie nicht in die Heimat zurückgekehrt, weil sie von ihrer Familie zurückgehalten wird.«

»Familie? Meint mein Bruder, daß sie verheiratet sein könnte?«

»Warum nicht? Wenn die jüngere Schwester die Squaw eines Mannes ist, kann die ältere doch noch viel eher geheiratet haben! Nicht?«

»Ja; aber es giebt einen Umstand, welcher die Berechnungen meines Bruders Shatterhand zu schanden macht, so scharfsinnig sie auch sind.«

»Welcher ist das?«

»Unser weißer Bruder Harbour ist ein Freund des Padre gewesen; er hat auch seine Schwestern gekannt und sie ihn ebenso. Nicht?«

»Ja.«

»Er ist am Grabe vor Hunger umgesunken und hat aus einer unbekannten Hand Fleisch bekommen. Wenn Tehua, die Schwester des Padre, es gewesen wäre, die es ihm gegeben hat, so hätte sie sich vor ihm, ihrem Freunde, ganz gewiß nicht versteckt, sondern ihn im Gegenteil ganz gewiß persönlich in Schutz genommen und verpflegt.«

»Wenn sie ihn erkannt hätte, ja; aber hat sie ihn erkannt? Es sind, seit sie verschwunden ist, weit über zwanzig Jahre vergangen; sein Aussehen hat sich überhaupt verändert, und die Anstrengungen und Entbehrungen hatten ihn dann vollends unkenntlich gemacht.«

»Aber eine schwache Squaw wird doch nicht ein so einsames, beschwerliches und verlassenes Leben da oben in den Rocky Mountains führen!«

»Ist sie allein oben? Ist nicht grad in dieser Beziehung ein großer Unterschied zwischen einer abgehärteten Indianerin und einer weißen Frau?«

»Uff! Es gelingt meinem Bruder Shatterhand, heut alle meine Einwürfe zu widerlegen. Er hat für alle meine Entgegnungen eine Antwort, die ich gelten lassen muß. Mein Auge scheint heut mit Blindheit geschlagen zu sein!«

»O nein! Ich spreche weniger Behauptungen als vielmehr Vermutungen aus. Unser Ziel ist ja bis heut die Foam-Cascade gewesen. Kommen wir hinauf, so besuchen wir das

Grab, und dann wird es sich höchst wahrscheinlich finden, welche meiner Gedanken richtig und welche falsch gewesen sind.«

»Ja, wir suchen das Grab auf. Wir müssen und werden Spuren des Mordes und des Mörders finden, selbst nach so langer Zeit. Wehe ihm, wenn wir ihn dann fassen! Ich habe meinem Bruder Shatterhand nie widersprochen, wenn er seinen milden Sinn walten ließ; hier aber kenne ich keine Gnade!«

Diese Worte zeigten wieder einmal, was für ein wunderbarer, unvergleichlicher Mensch Winnetou war. Er war überzeugt, noch nach mehr als zwanzig Jahren eine Spur des Mörders zu entdecken. Ich traute ihm das zu, obwohl tausend andere darüber lächeln mögen. Selbst wenn sich alle anderen Nachforschungen als vergeblich erwiesen, hätte man sich durch das Oeffnen des Grabes einen Fingerzeig verschaffen können. Glücklicherweise war es mir möglich, seine Absichten schon jetzt durch einige weitere Bemerkungen zu unterstützen, indem ich, ihm beistimmend, erklärte:

»Auch ich bin in diesem Falle bereit, die größte Strenge walten zu lassen, und hege übrigens die feste Ueberzeugung, daß wir das Grab nicht vergeblich besuchen werden.«

»Hat mein Bruder einen Grund zu dieser Ueberzeugung?«

»Ja.«

»Welchen?«

»Glaubt Winnetou, daß es einen oder mehrere Mörder gegeben hat?«

»Nicht bloß einen.«

»Nun gut! Einer von ihnen ist schon auf dem Wege hinauf.«

»Uff! Wer ist das?«

»Douglas, der sogenannte General.«

»Uff, uff! Dieser Mann, dieser Mensch soll auch am Morde da oben beteiligt gewesen sein? Wie kommt Old Shatterhand auf diese Idee?«

Es wird noch in Erinnerung sein, daß der ›General‹ damals auf Helmers Farm einen Ring verloren hatte, der mir übergeben worden war[1]. Ich hatte ihn an meinen Finger gesteckt und trug ihn noch heut daran. Jetzt zog ich ihn herunter und reichte ihn dem Apatschen mit den Worten hin:

»Mein Bruder wird diesen Ring noch von Helmers Home her kennen. Er mag die Buchstaben betrachten, welche auf der Innenseite desselben zu lesen sind.«

Er nahm den Ring in Augenschein und sah *E. B. 5. VIII. 1842.* Dann gab er ihn dem Farmer und sagte:

»Damit unser Bruder Harbour erfahre, daß wir schon jetzt auf der Fährte der Mörder sind, mag er einmal diese Schrift mit derjenigen am Felsen des Grabes vergleichen!«

Der Angeredete folgte dieser Aufforderung und rief aus:

»*All devils!* Das ist ja ganz dasselbe *E. B.*, welches ich dort an jenem Felsen sogar zweimal gefunden habe! Und der Name des Mörders hatte auch ein *B.*, welches zwar noch einen – – –«

Was er weiter sagte, hörte ich nicht; ich gab keine Achtung darauf, weil meine Aufmerksamkeit von etwas anderem in Anspruch genommen wurde. Der Farmer saß nämlich von mir aus grad gegen das eine Fenster; da meine Augen auf ihn gerichtet waren, kam auch dieses Fenster mit in meinen Gesichtskreis, und da erblickte ich das Gesicht eines Mannes, welcher draußen stand und hereinsah. Es war hell, wie das eines Weißen und wollte mir bekannt vorkommen. Diesen Mann hatte ich gewiß schon einmal gesehen, nur fiel mir nicht gleich ein, wo dies gewesen war. Eben wollte ich die Anwesenden auf den unberufenen Lauscher aufmerksam machen, als der neben mir sitzende Schahko Matto, der ihn in diesem Momente auch erblickte, in hastiger Eile den Arm ausstreckte und mit schallender Stimme schrie:

»Tibo taka! Da draußen am Fenster steht Tibo taka!«

Alle, welche diesen Namen kannten, sprangen auf. Ja, es war der Medizinmann der Naiini-Komantschen! Sein Ge-

[1] Siehe »Old Surehand« Bd. I pag. 555.

sicht sah heut nicht rotbraun sondern hell, wie das eines Weißen. Das war der Grund, daß ich ihn nicht sofort erkannt hatte. Ein solcher Feind am Fenster und wir hier in der Stube, alle hell beleuchtet! Der Schuß des alten Wabble auf Fenners Farm fiel mir ein, und ich rief:

»Das Licht schnell aus! Er könnte schießen!«

Noch hatte ich diese Warnung nicht ganz ausgesprochen, so klirrte die zerbrechende Fensterscheibe, und die Mündung eines Gewehres erschien. Mit einem Satze sprang ich nach der nächsten, mich schützenden Ecke an der Außenwand; da krachte aber auch schon der Schuß, der, wie alle Anwesenden später sagten und auch ich überzeugt war, mir gegolten hatte. Die Kugel schlug über meinen Stuhl hinweg in die Küchenwand. Das Gewehr war schnell wieder zurückgezogen worden; ich eilte zur Lampe und löschte sie aus, so daß die Thür ins Finstere zu liegen kam, schnellte mich zu ihr hin, öffnete sie, zog einen Revolver aus dem Gürtel und blickte hinaus. Es war zur Zeit noch kein Stern aufgegangen, draußen alles stockfinster und also niemand zu sehen. Hören konnte ich auch nichts, weil die Anwesenden einen unbeschreiblichen Lärm machten, den Winnetou vergeblich zum Schweigen bringen wollte. Er kam zu mir, warf einen einzigen, schnellen Blick in die dunkle Nacht hinaus und forderte mich dann auf:

»Nicht hier bleiben, sondern weiter, viel weiter hinaus!«

Wenn der Medizinmann ein gescheiter Kerl gewesen wäre, hätte er seinen Platz nicht verlassen sondern ruhig gewartet, bis ich an der Thür erschien, und dann den zweiten Schuß auf mich abgegeben. So aber war er gleich nach dem ersten vergeblichen Schusse ausgerissen. Als ich mit Winnetou mich in schnellstem Laufe so weit vom Hause entfernt hatte, daß uns der Lärm in demselben nicht mehr stören konnte, legten wir uns nieder, die Ohren auf die Erde, und horchten. Wir vernahmen ganz deutlich den schnellen Hufschlag dreier Pferde, welche sich von der Farm westwärts entfernten.

Drei Pferde? Der Medizinmann war also nicht allein hier

auf der Farm gewesen? Wie hatte er es überhaupt ermöglichen können, von so weit südlich her durch das Gebiet feindlicher Indianerstämme hier herauf nach Kansas zu kommen? Welchen Grund, welchen Zweck hatte dieser ebenso weite wie beschwerliche Ritt?

Gewohnt, jedes Vorkommnis mit einem schnellen aber trotzdem gründlichen und keine Kleinigkeit übersehenden Blicke in seinem ganzen Umfange zu umfassen, um danach ohne das geringste Zaudern meine Bestimmungen treffen und etwaigen Gefahren im voraus erfolgreich begegnen zu können, ließ ich diese und noch andere Fragen rasch prüfend an mir vorübergehen, und Winnetou schien dasselbe zu thun. Er war ebenso schnell fertig wie ich, denn die Hufschläge waren noch nicht verklungen, zwischen Beginn und Ende unseres Nachdenkens also nur wenige Augenblicke vergangen, so sagte er:

»Tibo taka ist ein Bleichgesicht geworden, ein weißer Arzt, der ein krankes Krebsgesicht hinauf nach Fort Wallace bringen will. Was sagt mein Bruder Shatterhand dazu?«

»Daß du richtig geraten hast. Die kranke Lady ist Tibo wete, seine wenigstens körperlich gesunde Frau, die er für krank ausgibt, um ihr Gesicht mit einem Schleier verhüllen zu können, damit man nicht sehe, daß ein Weißer mit einer Roten reitet. Sie wollen natürlich nicht nach Fort Wallace, sondern mit dem ›General‹ hinauf nach Colorado. Wir werden die Mörder am Grabe des Ermordeten treffen. Komm herein, den Farmer zu fragen!«

Wir gingen nach dem Hause zurück; da kamen nun endlich erst alle, die in der Stube gewesen waren, mit ihren Waffen in den Händen heraus. Dick Hammerdull, der zwar unsere Gespräche, soweit sie sich auf den Namen Tibo bezogen, gehört aber nicht alles begriffen und verdaut hatte, rief mit lauter Stimme:

»Wenn es wirklich Tibo taka gewesen ist, so sind die Komantschen da, um die Farm zu überfallen. Wir befinden uns also in größter Gefahr. Mr. Harbour, ruft alle Eure Leute zusammen, damit wir uns verteidigen können!«

Ich war, während der Dicke diesen berühmten und hochwichtigen Armee- oder Tagesbefehl ausgab, nach dem Hause zur Seite abgewichen, um nach unseren Pferden zu sehen. Sie waren alle da, und das beruhigte mich. Dann hörte ich die kommandierende Stimme des Farmers, und als ich um die vordere Ecke des Gebäudes bog, war die ganze Heeresmacht, Honved und Landsturm und sogar das ewig Weibliche mit inbegriffen, vollständig versammelt. Nur Winnetou war nicht da, sondern in die Stube gegangen, um in aller Gemächlichkeit die Lampe wieder anzubrennen und sich dann auf seinen Stuhl zu setzen. Es ließen sich alle Stimmen vernehmen; jeder wollte einen Vorschlag machen, einen Rat erteilen; ich machte diesem Wirrwarr ein Ende, indem ich ihn überschrie:

»Still doch, ihr Leute! Warum regt ihr euch so auf?«

»Warum wir uns aufregen? Welche Frage!« antwortete Hammerdull. »Die Komantschen sind ja da!«

»Wo denn?«

»Wo anders als hier? Ihr Medizinmann hat doch schon geschossen!«

»Euch wahrscheinlich in den Kopf, lieber Dick, denn es scheint mit Euerm Verstande keine rechte Ordnung zu haben. Wie sollen denn die Komantschen hierher an den Salmon kommen?«

»Auf ihren Pferden natürlich!«

»Wahrscheinlich auch auf Affen und Kamelen! Denkt doch nur, durch welche Völkerschaften sie sich winden müßten! Die Kiowas, Cherokees, Choctaws, Creeks, Seminolen, Chickesaws, Quapaws, Senekas, Wyandottes, Peorias, Ottawas, Modocs, Miamis, Shawnees, Kuchaties, Pawnees, Arrapahoes, Cheyennes, Osagen und noch mehr andere Stämme! Nur ganz verrückte Menschen könnten einen solchen Kriegszug wagen! Wie kann ein sonst so kluger Kerl das doch nur für möglich halten!«

»Ob es möglich oder unmöglich ist, das bleibt sich gleich, das ist sogar ganz und gar egal, wenn es nur nicht geschehen kann. Habe ich da nicht recht, Pitt Holbers, altes Coon?«

»Schafskopf!«

Der lange Pitt antwortete diesmal nur mit diesem einen, inhaltsschweren Worte; es genügte aber vollständig, seine Meinung in zarter Weise anzudeuten. Alles lachte; aber der Dicke fühlte sich durch diese zarte Anspielung an seiner Ehre benachteiligt und erwiderte zornig:

»Wirf nicht so mit Tierköpfen um dich, sonst mußt du deinen eigenen auch verschleudern! Ich habe euch vor den Komantschen warnen wollen und bin doch nicht schuld daran, daß sie nicht kommen können! Ist das nicht besser, als wenn ich nicht gewarnt hätte und sie kämen doch?«

Die beiden Toasts hatten sich also wieder einmal entzweit; wir wußten aber, daß sie bald wieder zusammenkommen würden.

Es erregte meine Befriedigung, daß Schahko Matto mit bei unserer Gruppe stand. Er hätte die Gelegenheit benutzen und entfliehen können; es hätte ihm sogar nicht schwer fallen können, sich von unseren Waffen die besten auszusuchen. Daß er das nicht gethan hatte, war ein sicherer Beweis, daß er es ernst mit seinem Vorhaben meine, mit uns freiwillig reiten zu wollen. Ich trat zu ihm und sagte:

»Von diesem Augenblicke an ist der Häuptling der Osagen frei; unsere Riemen werden seine Glieder nicht wieder berühren, und er kann nun gehen, wohin er will.«

»Ich bleibe bei euch!« antwortete er. »Apanatschka sollte mich zu Tibo taka führen; nun dieser selbst gekommen ist, kann er mir auf keinen Fall entgehen. Werdet Ihr ihm folgen?«

»Unbedingt! Du hast ihn sofort erkannt?«

»Ja. Ich würde ihn nach tausend Sonnen wieder erkennen. Was will er hier in Kansas? Warum kommt er des Nachts an diese Farm geschlichen?«

»Er ist nicht herangeschlichen, sondern er hat sich fortgeschlichen, allerdings mit einem lauten, glücklicherweise erfolglosen Knall. Ich werde dir das sofort beweisen.«

Um dies zu thun, wendete ich mich an den Farmer, welcher in meiner Nähe stand:

»Ist der Arzt mit dem kranken Weibe noch hier?«

»Nein,« antwortete er. »Bell, der Cow-boy, sagte, daß er fort sei.«

»Dieser Mann war kein Arzt, sondern ein Medizinmann der Naiini-Komantschen, und die Frau war seine Squaw. Hat jemand von euch mit diesem Weibe gesprochen?«

»Nein; aber ich habe sie sprechen hören.«

»Was?«

»Sie verlangte von dem angeblichen Arzte einen Myrtlewreath; da führte er sie schnell aus der Stube nach dem Hinterhaus.«

»Er hat doch erst morgen fortgewollt. Wie ist er auf den Gedanken gekommen, diesen Entschluß zu ändern?«

Da schob sich der Cow-boy herbei und sagte:

»Darüber kann ich Euch die beste Auskunft erteilen, Mr. Shatterhand. Der Fremde kam in den Hof, um nach seinen Pferden zu sehen. Er hörte das laute Lachen in der Stube, wo Mr. Hammerdull eben eine seiner lustigen Geschichten erzählte, und fragte mich, was für Leute sich drin befänden. Ich sagte es ihm natürlich und merkte trotz der Dunkelheit, daß er erschrak. Wir gingen miteinander nach der Vorderseite des Hauses, wo er von weitem durch das Fenster in die Stube sah. Dann teilte er mir, indem er mir einige Dollars schenkte, im Vertrauen mit, daß er hier nun sehr überflüssig sei, denn er habe Euch vor kurzem in Kansas-City einen schweren Geldprozeß abgewonnen, wegen dem von Euch ihm blutige Rache geschworen worden sei. Darum fühle er sich hier seines Lebens nicht sicher und wolle lieber heimlich fort. Ich solle Euch aber auch nach seiner Entfernung nicht sagen, daß er hier gewesen sei, weil Ihr Euch sonst auf seine Fährte setzen und ihn sicher einholen und erschießen würdet. Der arme Teufel hatte so große Angst; er that mir leid, und so half ich ihm dazu, heimlich aus dem Haus und Hof zu kommen. Ich öffnete ihm die hintere Fenz und ließ ihn und die Frau mit dem Packpferde hinaus. Er muß die drei Pferde dann in passender Entfernung angepflockt und sich zurückgeschlichen haben.«

»Anders nicht. Mr. Bell, Ihr habt einen großen Fehler begangen, könnt aber nichts dafür, denn Ihr wußtet nicht, daß er ein Schurke, ein großer Verbrecher ist. Hat er nur von mir gesprochen?«

»Ja.«

»Nicht auch von dem jungen, roten Krieger hier, den wir Apanatschka nennen?«

»Kein Wort!«

»*Well!* Ich möchte jetzt gern den Raum sehen, in welchem er sich mit der Frau aufgehalten hat.«

Der Cow-boy zündete eine Laterne an und führte mich durch den Hof in das betreffende, sehr niedrige Gebäude, welches nur aus den vier Mauern und dem platten Dache bestand, also ein einziges Gelaß enthielt. Ich glaubte nicht etwa, daß er in einer solchen Gefahr, wie ihm doch gedroht hatte, so unvorsichtig gewesen sei, etwas für uns Wichtiges liegen zu lassen oder zu verlieren; ich wollte nur in gewohnter Weise nichts von alledem unterlassen, was in solchen Fällen von der Vor- und Umsicht vorgeschrieben wird. Ein Schriftsteller, welcher nicht Erlebtes, sondern nur Romane schreibt, würde nun Old Shatterhand eine Tasche, einen Beutel, einen Brief oder sonst einen Gegenstand finden lassen, durch dessen Erlangung alles, was uns noch Geheimnis war, aufgeklärt wurde; ich kann aber leider meiner Feder nicht gestatten, mir eine solche Schicksalsgunst zu erweisen, und muß eingestehen, daß ich nichts, aber auch ganz und gar nichts fand. Doch hatte ich meine Schuldigkeit gethan und begab mich also befriedigt nach der Stube, in welcher die andern alle jetzt wieder, sich über das Intermezzo unterhaltend, beisammen saßen.

Wenn ich sage »befriedigt«, so hat das seinen guten Grund. Ich war, grad wie auf Fenners Farm, auch heut dem Tode wie durch ein Wunder entgangen. Die innere Stimme, welche mich bei unserer Ankunft hier gewarnt hatte, war ganz gewiß die Stimme meines Schutzengels gewesen. Ich hatte ihr nicht gefolgt und war dennoch von ihm gerettet worden, indem er im Augenblicke der Gefahr meinen Blick nach dem betreffenden Fenster lenkte. Die Aehnlichkeit des heutigen Ereignisses mit dem auf Fenners Farm war sonderbar. Nun fehlte nur noch ein Ueberfall auf unsere Pferde oder gar auf uns selbst; dann würden die beiden Abende einander ganz leidlich kongruent!

Schüttelt vielleicht jemand lächelnd den Kopf darüber, daß ich von meinem Schutzengel rede? Lieber Zweifler, ich schmeichle mir ganz und gar nicht, dich zu meiner Ansicht, zu meinem Glauben zu bekehren, aber du magst sagen, was du willst, den Schutzengel disputierst du mir doch nicht hinweg. Ich bin sogar felsenfest überzeugt, daß ich nicht nur einen, sondern mehrere habe, ja daß es Menschen giebt, welche sich im Schutze sehr vieler solcher himmlischer Hüter befinden. Der Zar von Rußland, dessen Thron auf Dynamitsäulen steht, die Beherrscher von Reichen und Völkern, von deren Entschließungen das Wohl von Millionen Menschen abhängt, der Seekapitän, bei dem die kleinste Nachlässigkeit, die geringste falsche Berechnung den Untergang des Schiffes und aller seiner Bewohner herbeiführen kann, der Diplomat, welcher mit Nationen spielt, der Feldherr, welcher Armeen bewegt, der Arzt, dem das Leben oder der Tod seiner Patienten aus der Feder fließt, sie alle bedürfen zu ihrem Schutze, ihrer Beratung, ihrer Warnung viel, viel mehr der Engel, als zum Beispiel ein fetter Rentner, welcher keine andere Arbeit kennt und keinen andern Beruf zu haben scheint, als Coupons abzuschneiden. Mag man mich immerhin auslachen; ich habe den Mut, es ruhig hinzunehmen; aber indem ich hier an meinem Tische sitze und diese Zeilen niederschreibe, bin ich vollständig überzeugt, daß meine Unsichtbaren mich umschweben und mir, schriftstellerisch ausgedrückt, die Feder in die Tinte tauchen. Und wenn, was sehr häufig der Fall ist, ein Leser, der in der Irre ging, durch eines meiner Bücher auf den richtigen Weg gewiesen wird, so kommt sein Schutzengel zu dem meinigen, und beide freuen sich über die glücklichen Erfolge ihres Einflusses, unter welchem ich schrieb und der andere las. Das sage ich nicht etwa in selbstgefälliger Ueberhebung, o nein! Wer da weiß, daß er sein Werk nur zum geringsten Teile sich selbst verdankt, der kann nicht anders als demütig und bescheiden sein, und ich trete mit dieser meiner Anschauung nur deshalb vor die Oeffentlichkeit, weil in unserer materiellen Zeit, in unserem ideals- und glaubenslosen *fin de siècle* nur selten jemand wagt, zu sagen, daß er mit diesem Leugnen und Verneinen nichts zu schaffen habe.

Wie tröstlich und beruhigend, wie ermunternd und anspornend ist es doch, zu wissen, daß Gottes Boten stetig um uns sind! Und welch große sittliche Macht liegt in diesem Glauben! Wer überzeugt ist, daß unsichtbare Wesen ihn umgeben, welche jeden seiner Gedanken kennen, jedes seiner Worte hören und alle seine Werke sehen, der wird sich gewiß hüten, so viel er kann, das Mißfallen dieser Gesandten des Richters aller Welt auf sich zu ziehen. Ich gebe diesen sogenannten, in Mißkredit geratenen Kinder-, Ammen- und Märchenglauben nicht für alle Schätze dieser Erde hin!

»Schutzengel? Lächerlich!« sagte einst ein sehr gelehrter und weit gereister Herr zu mir, dessen Namen man in einigen Erdteilen kannte und auch heut noch kennt. »Haben Sie einen? Haben Sie ihn gesehen, ihn gehört, mit ihm gesprochen? Zeigen Sie ihn mir, dann will ich glauben, daß er existiert!« Ein Jahr später traf ich ihn in Tirol. Nach der kurzen, herzlichen Begrüßung war sein erstes, wie mir schien, ganz unmotiviertes Wort: »Es giebt welche; ich weiß es jetzt; auch ich habe einen!« – »Was?« fragte ich erstaunt. – »Schutzengel meine ich. Sie besinnen sich wohl noch unsers letzten Gespräches?« – Er war in den Bergen gewesen und hatte sich, Steine klopfend und Pflanzen suchend, allzu eifrig bis an den höchsten und äußersten Rand eines tief und steil abfallenden Abhanges vorgewagt. Die dünne, lose Erdschicht war ins Gleiten gekommen und hatte ihn mit sich über die Kante gerissen. Mit der ganzen Wucht des hohen und jähen Falles an den Vorstößen, Rändern und Spitzen der Felsen aufschlagend, war er in die Tiefe gestürzt, dann aber plötzlich an dem Stumpfe einer Latsche hängen geblieben. Der Stumpf hatte sich nur in den Saum des Rockschoßes gebohrt; dieser dünne, schmale

Halt konnte jeden Moment reißen, ja, es war überhaupt ein Wunder, wenn er nicht zerriß. Und das Wunder geschah: Der Saum hielt fest, weit über eine halbe Stunde lang, in so lebensgefährlicher Situation eine wahre Ewigkeit. Der Verunglückte schrie um Hilfe, doch vergeblich; ihm schwindelte vor der Tiefe; vor seinen Augen wurde es schwarz, und in den Ohren klang es wie Paukentöne. Seine Pulse schlugen; alle seine Glieder zitterten im Fieber; die Todesangst trat ein, und er begann, zu beten. Zunächst brachte er es nur zu einem krampfhaften »Herr, in deine Hände befehle ich meinen Geist!« Dann zog sein ganzes Leben, schnell wie im Traum und doch mit greller Deutlichkeit, an ihm vorüber; er lernte sich in diesen kurzen Augenblicken zum erstenmal richtig kennen. Er sah seine Fehlgriffe wie scharfe, schroffe Gletscher ragen und seine Unterlassungen wie bodenlose, hohle Abgründe gähnen; sein Unglaube kam ihm wie ein Krater vor, der ihn verschlingen wollte. Da diktierte ihm die Angst seiner Seele das richtige Gebet: »Vergieb mir, Herr, denn ich glaube nun an dich!« Seine Verneinung der Schutzengel fiel ihm ein, und da klammerte er sich mit der Inbrunst der Todesnot an den Gedanken, daß es ja doch welche gebe. Gott allein konnte retten, retten durch seine Himmelsboten. Der über der Tiefe Hängende betete und betete, bis es ruhiger und immer ruhiger in ihm wurde; es war ihm, als ob er eine Hand auf seiner Stirne fühle; die Angst verschwand und gab der immer fester werdenden Zuversicht Raum, daß die Rettung schon unterwegs sei. Er wußte, daß es keine Hallucination war: durch das Kleidungsstück, an welchem er hing, überkam ihn das Gefühl, als ob ein unsichtbares Wesen sich über ihm befinde und den Saum des Gewandes an dem Stumpfe der Knieholzkiefer festhalte. Da wich auch der Schwindel von ihm; er konnte frei unter sich blicken. Als er das that, sah er den Wirt des Gasthofes, in dem er für einige Tage wohnte, mit seinem Sohne kommen; beide waren vorzügliche Bergsteiger. Als sie ihn wahrnahmen, riefen sie ihm Mut zu. Der Sohn eilte zurück, um noch mehr Leute und Stricke zu holen, und der Vater kam heraufgestiegen, langsam zwar, aber mit tröstlicher Stetigkeit. Endlich grad über dem Verunglückten angelangt, warf er diesem die Schlinge eines Strickes zu, durch welche er die Arme zu strecken hatte. Das gab nun einen zuverlässigen Halt, welcher die völlige Ausführung der Rettung garantierte, die nach kurzer Zeit auch glücklich zustande kam. Unbegreiflich war, daß der Körper trotz des öftern Aufschlagens während des tiefen Sturzes außer einigen blauen Hautstellen keine Verletzung zeigte. Wahrhaft wunderbar aber mußte man es nennen, welche Ursache den Wirt zur Hilfe herbeigetrieben hatte. Sein jüngstes Kind nämlich, ein Mädchen von acht Jahren, war aus dem Garten zu ihm hereingekommen und hatte ihm gesagt, der Mann, der immer Blumen suche, sei von dem Berg gefallen und in der Mitte hängen geblieben. Die betreffende Seite des Berges lag aber vom Dorfe ab, so daß sie von da und von dem Garten aus gar nicht gesehen werden konnte, und weiter als in den Garten war das Kind nicht gekommen. Auf Befragen des Vaters hatte es gesagt, daß es den Mann habe um Hilfe rufen hören; die Entfernung war aber so groß, daß Hilferufe unvernehmbar blieben. Als der Vater die Bitte des Kindes nicht hatte erfüllen wollen, war dieses in ein so jämmerliches Schluchzen und Wehklagen ausgebrochen und hatte so lange fortgeweint, bis er, nur um es zu beruhigen, mit dem Sohne nach der Unglücksstelle aufgebrochen war. Der Gerettete ist noch heut fest überzeugt, daß er sein Leben zwei Schutzengeln zu verdanken habe; er behauptet, der eine habe ihn festgehalten und der andere das Kind zum Wirt geschickt.

Die Frage, ob ich meinen Schutzengel gesehen und gehört habe, kann mich nicht in Verlegenheit bringen. Ja, ich habe ihn gesehen, mit dem geistigen Auge; ich habe ihn gehört, in meinem Innern; ich habe seinen Einfluß gefühlt, und zwar unzählige Male. Bin ich etwa besonders veranlagt dazu? Gewiß nicht! Es ist wohl jedem Menschen gegeben, das Walten seines Schutzengels zu bemerken; die einzige Erfordernis dazu ist, daß man sich selbst genau kennt und sich selbst unter steter Kontrolle hält. Nur wer die richtige Selbstkenntnis besitzt und auf sie acht hat, kann unterscheiden, ob ein Gedanke ihm eingegeben wurde oder aus seinem eigenen Kopfe stammt, ob eine Empfindung, ein Entschluß in ihm selbst oder außerhalb seines geistigen Ichs entstand. Wieviel Menschen aber besitzen diese genaue Kenntnis ihrer selbst?

Wie oft bin ich zu einer bestimmten Handlung fest und unerschütterlich entschlossen gewesen und habe sie dennoch ohne jeden sichtbaren oder in mir liegenden Grund unterlassen. Wie oft habe ich im Gegenteile etwas gethan, was nicht im entferntesten in meinem Wollen lag. Wie oft ist mein Verhalten ganz plötzlich und ohne alle Absicht ganz anders geworden, als es in der Logik meines Wesens begründet gewesen wäre. Das war das Ergebnis eines Einflusses von außer mir her, der stets die besten Folgen hatte, sobald und so oft er sich geltend machte. Wie oft habe ich nach einem von mir selbst herbeigeführten Ereignisse dennoch voller Verwunderung dagestanden, wie oft nach einem von mir angestrebten Erfolge dennoch sagen müssen: »das habe nicht ich, sondern das hat Gott gethan!« Wie oft hat eine mir ganz fremdartige Idee meine Gedankenfolge unterbrochen und sie in eine mir bisher ganz unbekannte Richtung gelenkt. Wie oft bin ich vor Personen, welche mir sympathisch waren, und vor Verhältnissen und Lagen, die ich geradezu herbeigesehnt hatte, durch einen – ich will mich ausdrücken: – geistigen Anhauch gewarnt worden, der sich dann, wenn ich mich von ihm leiten ließ, als nur zu begründet erwies. Wie oft habe ich Situationen, an welche nach menschlichem Ermessen in meinem ganzen Leben nicht zu denken war, voraus empfunden, voraus durchlebt und dann, wenn sie sich genau nach diesem Seelenbild einstellten, zu meinem dankbaren Erstaunen einsehen müssen, daß mit diesem Vorausgefühle mein Vorteil, ja mein Heil bezweckt gewesen war.

Was für eine von meiner Individualität vollständig getrennte Intelligenz, für eine außer mir liegende Macht kann es aber wohl gewesen sein, welche so in, mit und über mir waltete, mich mahnte, warnte und als sogenanntes böses Gewissen strafte, wenn sie mich unaufmerksam oder gar ungehorsam gefunden hatte? Weder Instinkt noch Zufall kann es sein, sondern Gottes Engel ist es, der mir vom Herrn der Heerscharen beigegeben wurde, mein Führer, Mahner und Berater zu sein. Als ich in meiner Schülerzeit durch den vielgenannten »Zufall«, den es für mich nicht giebt, aus einer großen Gefahr errettet worden war, schrieb ich einige Zeilen in mein Tagebuch, welche noch unter dem Eindrucke der Todesangst entstanden und nicht dichterisch abgefeilt worden sind. Sie haben also nicht den geringsten poetischen Wert; da ich mich aber noch heut, wo ich von meinem Schutzengel spreche, zu ihnen bekenne, so will ich mich erkühnen, ihnen hier einen Platz zu geben:

Es giebt so wunderliebliche Geschichten,
Die bald von Engeln, bald von Feen berichten,
In deren Schutz wir Menschenkinder stehn.
Man will so gern den Worten Glauben schenken
Und tief in ihren Zauber sich versenken,
Denn Gottes Odem fühlt man daraus wehn.

So ist's in meiner Kindheit mir ergangen,
In welcher oft ich mit erregten Wangen
Auf solcherlei Erzählungen gelauscht,
Dann hat der Traum die magischen Gestalten
In stiller Nacht mir lebend vorgehalten,
Und ihre Flügel haben mich umrauscht.

Fragt auch der Zweifler, ob's im Erdenleben
Wohl könne körperlose Wesen geben,
Die für die Sinne unerreichbar sind,
Ich will die Jugendbilder mir erhalten
Und glaub an Gottes unerforschlich Walten
Wie ich's vertrauensvoll geglaubt als Kind.

Ich weiß, daß ich als Schriftsteller mit diesen achtzehn Zeilen eine große litterarische Sünde begehen würde; aber ich meine, in der letzten Viertelstunde nicht geschriftstellert, sondern als Mensch, als wohlmeinender Freund zu meinen Lesern gesprochen zu haben, und Reime aus der Knabenzeit eines Freundes pflegt man doch überall mit kritikloser Güte und mild lächelnder Nachsicht aufzunehmen. Ich bitte auch für mich um diese Schonung!

Also mein Schutzgeist hatte mich bei Harbour grad so wie auf Fenners Farm vom Tode errettet, und ich saß nun wieder auf dem Stuhle, auf welchem mich die Kugel des Medizinmannes hatte treffen sollen. Die Gemüter hatten sich noch nicht beruhigt, und der Zwischenfall wurde mit, ich möchte sagen, urwüchsiger Lebhaftigkeit besprochen. Das größte Interesse für das unerwartete Auftreten von Tibo taka und Tibo wete mußte natürlich Apanatschka haben, der beide für seine Eltern gehalten hatte und trotz meiner Widerlegung wohl auch jetzt noch hielt. Außer Winnetou und mir sprach man von allen Seiten auf ihn ein, doch ohne eine andere Antwort als ein stilles Kopfschütteln von ihm zu hören. Mir und dem Häuptling der Apatschen war das sehr verständlich. Was hätte er auch antworten oder sagen sollen! Wir waren alle auf das Tibo-Paar nicht gut gesinnt; er konnte sie weder verteidigen, noch lagen für ihn die nötigen Beweise vor, sich von ihnen loszusagen; also konnte er nichts anderes und besseres thun als schweigen, und das that er denn auch gründlich.

Die andern ergingen sich in hunderterlei Vermutungen über den Ritt des Medizinmannes und seiner Frau hierher nach Kansas. Sie tauschten ihre Meinungen aus über den Grund, den Zweck und das Ziel dieses Rittes; natürlich traf niemand das Richtige. Es machte Winnetou und mir Spaß, zu sehen und zu hören, wie sie ihren Scharfsinn anstrengten und sich miteinander stritten und dabei einer den andern auf den Irrweg führen wollte, auf dem er sich selbst befand. Wir hielten es nicht für notwendig, sie so weit aufzuklären, wie wir selbst es waren, und so mußten sie sich endlich mit unserer Versicherung begnügen, daß wir morgen dem Medizinmanne folgen und also bald Aufklärung bekommen würden über alles, was uns heut noch unklar sei.

Da wir frühzeitig fort wollten, wurden in der Stube die Lager für uns bereitet. Ich traute Tibo taka doch nicht recht; es war immerhin möglich, daß er auf den Gedanken kam, während der Nacht zurückzukehren und irgend etwas für uns Schädliches auszuführen. Darum wollte ich den Postendienst unter uns heute in derselben Weise ausgeführt wissen, wie er gebräuchlich war, wenn wir des Nachts im Freien kampierten; Harbour aber sträubte sich dagegen und sagte:

»Nein, Sir, das dulde ich nicht. Ihr seid unterwegs und wißt nicht, was Euch begegnen kann. Es kann sein, daß Ihr eine ganze Reihe von Nächten nicht ruhig schlafen könnt; schlaft Euch also heut hier bei mir tüchtig aus! Ich habe Cow-boys und Peons, welche den Wachtdienst sehr gern für die große Ehre, Euch gesehen zu haben, übernehmen werden.«

»Wir sind Euch natürlich sehr dankbar für dieses Anerbieten, Mr. Harbour,« antwortete ich. »Wir nehmen es an, doch unter der Voraussetzung, daß diese Leute ihrer Aufgabe nicht lässig, sondern so obliegen, wie unsere Lage es erfordert.«

»Das ist doch ganz selbstverständlich. Wir wohnen und leben hier in einer Art von Halbwildnis und sind es also gewohnt, aufmerksam zu sein. Uebrigens handelt es sich ja nur um einen einzigen Menschen, der noch dazu aus Angst vor Euch heimlich ausgerissen ist; seine Squaw ist gar nicht zu rechnen; dem würden meine Leute, falls er so frech wäre, zurückzukehren, das Fell so aushauen, daß kein Gerber noch Arbeit daran finden würde. Ihr könnt Euch also ruhig schlafen legen.«

Das thaten wir denn auch; vorher aber ging ich noch einmal hinaus nach dem Korral, um nach den Pferden zu sehen.

Der Farmer hatte ja wohl nicht unrecht; es handelte sich nur um den Medizinmann, der übrigens auch schon durch die Anwesenheit seiner Frau verhindert wurde, etwas gegen uns auszuführen; aber es lag eine Unruhe in mir, die mich am Einschlafen hinderte. Es drängte sich mir wieder und immer wieder der Vergleich des heutigen Tages mit dem Tage auf Fenners Farm auf, und ich kam dabei wieder und immer wieder auf den Gedanken: nun fehlt bloß noch ein Ueberfall!

So kam es, daß ich spät einschlief und dann von einem quälenden Traume, dessen Inhalt mir heut nicht mehr erinnerlich ist, so beängstigt wurde, daß ich froh war, als ich bald wieder aufwachte. Ich stand auf und ging leise, um keinen der Schläfer zu wecken, hinaus. Die Sterne schienen; man konnte ziemlich weit sehen. Ich ging wieder nach dem Korral, in welchem zwei Peons die Wache hatten.

»Ist alles in Ordnung?« fragte ich, als ich die Gatterthür hinter mir wieder zugezogen hatte.

»Ja,« wurde mit geantwortet.

»Hm! Mein und Winnetous Rappe pflegen des Nachts zu liegen; jetzt stehen sie; das gefällt mir nicht.«

»Sie sind eben erst aufgestanden, wohl weil Ihr gekommen seid.«

»Deshalb gewiß nicht. Wollen einmal sehen!«

Ich ging zu den beiden Pferden. Sie hielten die Köpfe nach dem Hause gerichtet; ihre Augen leuchteten beunruhigend, und nun sie mich kommen sahen, schnaubten beide. Das war eine Wirkung ihrer sorgfältigen Erziehung. Sie waren gewöhnt, sich in Abwesenheit ihrer Herren selbst beim Nahen einer Gefahr lautlos zu verhalten, waren ihre Herren aber da, diese Gefahr ihnen durch Schnauben anzuzeigen. Sie hatten eine Gefahr gewittert und waren aufgestanden, aber still gewesen, weil ich mich nicht bei ihnen befand; nun ich aber da war, warnten sie mich. Ich ging zu den Wächtern zurück und sagte:

»Es liegt etwas in der Luft; was, das weiß ich nicht. Nehmt euch in acht! Es sind Menschen in der Nähe des Hauses, ob Freunde oder Feinde, das wird sich zeigen. Man sieht sie nicht; sie haben sich versteckt; Freunde aber brauchen sich nicht zu verbergen. Entweder stecken sie dort hinter den Büschen, oder sie liegen schon näher im hohen Grase.«

»Teufel! Es werden doch nicht etwa die Tramps sein, wegen denen Bell nach dem Nord-River geritten ist?«

»Das wird sich zeigen. Es ist besser, selbst die erste Note

zu spielen, anstatt zu warten, bis der Feind beginnt, den Bogen zu streichen. Ah, dort, grad der Hausthür gegenüber, hob sich jetzt etwas aus dem Grase; ich kann also nicht in die Stube, werde aber die Gefährten wecken. Habt ihr eure Gewehre?«

»Ja, dort lehnen sie.«

»Nehmt sie, um den Eingang zu verteidigen; schießt aber nicht eher, als bis ich es euch sage!«

Ich legte beide Hände hohl an den Mund und ließ dreimal den Schrei des Kriegsadlers erschallen, so laut, daß er gewiß eine halbe englische Meile weit zu hören war. Nur einige Sekunden später ertönte derselbe Schrei auch dreimal drin in der Stube. Das war die Antwort Winnetous, welcher die warnende Bedeutung meines Schreies sehr gut kannte. Ebenso kurze Zeit darauf sah ich viele, viele dunkle Gestalten aus dem Grase aufspringen, und die Luft erzitterte unter einem Geheul, in welchem ich das Angriffszeichen der Cheyenne-Indianer erkannte.

Was wollten diese hier? Warum waren sie aus dem Quellgebiet des Republican-River so weit herabgekommen? Sie wollten die Farm überfallen, hatten also ihre Kriegsbeile auch ausgegraben, grad wie die Osagen. Wir hatten sie nicht zu fürchten, denn wir standen nicht nur in Frieden mit ihnen, sondern waren sogar ihre Freunde. Man braucht sich nur daran zu erinnern, was Schahko Matto dem alten Wabble unter dem »Baume der Lanze« von Winnetou erzählte. Dieser hatte sich an die Spitze der Cheyennes gestellt und mit ihnen das Lager der Osagen erobert; sie waren ihm also großen Dank schuldig. Ich war zwar nicht mit dabei gewesen, aber es konnte doch kein Indianer Winnetous Freund und dabei der Feind Old Shatterhands sein. Also war ich sofort beruhigt, als ich aus dem Kriegsgeheul erkannte, daß die Angreifer Cheyennes seien.

Eigentümlich war es, daß sie nicht zunächst und vor allen Dingen nach Indianerart über die Pferde herfielen. Der Angriff schien einstweilen nur gegen das Haus gerichtet zu sein, was auf eine ganz besondere Ursache schließen ließ. Wir brauchten den Korral nicht zu verteidigen, denn kein einziger Roter kam herbei; ich sah sie alle vor dem Hause stehen. Sie hatten jedenfalls beabsichtigt, sich heimlich nach der Thür zu schleichen, diese einzuschlagen und dann in das Gebäude einzudringen, waren aber durch meinen Adlerschrei daran verhindert worden, weil die Bewohner durch denselben geweckt worden waren. Der Ueberfall war mißlungen.

Ich war höchst neugierig auf das, was nun geschehen würde. Sie konnten nicht in das Haus und waren so unvorsichtig, vor demselben stehen zu bleiben. Dachte denn keiner von ihnen daran, daß die drin befindlichen Männer durch das Fenster schießen würden? Sie bildeten, noch immer heulend und brüllend, vor der Front des Gebäudes einen Halbkreis, welcher von einer Ecke bis zur andern reichte. Als dies geschehen war, trat tiefe Stille ein. Wie ich meinen Winnetou kannte, war ich überzeugt, daß er jetzt sprechen würde. Und wirklich, es geschah. Er hatte die Thür geöffnet, war furchtlos in dieselbe getreten und rief mit seiner sonoren Stimme:

»Es ertönt das Kriegsgeschrei der Cheyennes. Hier steht Winnetou, der Häuptling der Apatschen, der die Pfeife der Freundschaft und des Friedens mit ihnen geraucht hat. Wie heißt der Anführer der Krieger, welche ich vor mir sehe?«

Vom Halbierungspunkte des Halbkreises her antwortete eine Stimme:

»Hier ist Witsch Panahka[1], der Anführer der Cheyennes.«

»Winnetou kennt alle hervorragenden Krieger der Cheyennes, doch befindet sich darunter keiner, der Witsch Panahka heißt. Seit wann ist der, welcher sich so nennt, ein Häuptling der Seinen?«

»Das braucht er nur dann zu sagen, wenn es ihm beliebt!«

»Beliebt es ihm jetzt?«

»Nein.«

»Warum nicht? Hat er sich seines Namens, oder hat dieser Name sich seiner zu schämen? Warum kommen die Cheyen-

[1] Eisernes Messer.

nes unter Kriegsgeschrei an dieses Haus? Was wollen sie hier?«

»Wir wollen Schahko Matto, den Häuptling der Osagen, haben.«

»Uff! Woher wissen sie, daß dieser sich hier befindet?«

»Auch das brauchen sie nicht zu sagen.«

»Uff, uff! Die Cheyennes scheinen nur brüllen aber nicht reden zu können! Winnetou ist gewöhnt, Antwort zu bekommen, wenn er fragt. Gebt ihr ihm keine, so tritt er in das Haus zurück und wartet ruhig ab, was dann geschieht.«

»Wir werden das Haus erstürmen!«

»Versucht es! Wir haben Gewehre.«

»Wir werden es verbrennen!«

»Seht zu, daß es euch nicht zu heiß wird dabei!«

»Wir verlangen Schahko Matto, den Osagen. Gebt ihn heraus, so ziehen wir weiter!«

»Es wird für die Cheyennes besser sein, wenn sie gleich weiterziehen, ohne abzuwarten, ob sie ihn bekommen!«

»Wir gehen nicht eher fort, als bis wir ihn haben. Wir wissen, daß Winnetou und Old Shatterhand sich in diesem Hause befinden; auch ist ein junger Krieger drin, welcher Apanatschka heißt; er soll uns ausgeliefert werden.«

»Wollt ihr Schahko Matto töten?«

»Ja.«

»Und Apanatschka auch?«

»Nein; es wird ihm nichts geschehen. Es ist jemand hier, der mit ihm reden will. Dann kann er dahin gehen, wohin es ihm beliebt.«

»Er wird nicht kommen und Schahko Matto auch nicht.«

»So müssen wir Winnetou und Old Shatterhand als unsere Feinde betrachten und sie töten!«

»Versucht, ob ihr das fertig bringt!«

»Winnetou ist mit Blindheit geschlagen. Sieht er nicht, daß hier über achtmal zehn Krieger stehen? Was können alle, die sich in dem Hause befinden, gegen uns machen, wenn wir es erstürmen? Sie werden alle miteinander des Todes sein. Wir geben dem Häuptling der Apatschen eine Stunde

Zeit, sich mit Old Shatterhand zu beraten; ist diese vergangen, ohne das Schahko Matto und Apanatschka uns ausgeliefert worden sind, so werdet ihr alle sterben müssen. Howgh!«

Ehe Winnetou hierauf antworten konnte, geschah etwas, was wohl weder er noch der Anführer der Cheyennes erwartet hatte, und das kam von mir. Die ganze Art und Weise der mißglückten Ueberrumpelung der Farm ließ erraten, daß wir es mit meist unerfahrenen Leuten zu thun hatten. Den Angriff nur gegen die Vorderfront des Hauses zu richten, ohne es ganz einzuschließen, sich dann in einem Bogen hinzustellen und unseren Kugeln auszusetzen, das waren Fehler, über welche man nur lächeln konnte. Daß diese achtzig Indianer auch dem Apatschen nicht imponierten, ersah ich daraus, daß er sie nur »Cheyennes«, nicht aber »Krieger der Cheyennes« nannte; ich kannte da meinen Winnetou nur zu gut. Sollten wir solche Leute so behandeln, wie man alte, erfahrene Krieger behandelt? Das fiel mir gar nicht ein. Es so kurz wie möglich machen, das war das beste; sie sollten sich nicht rühmen dürfen, von uns für vollgültig betrachtet und behandelt worden zu sein. Darum schlüpfte ich, von ihnen unbemerkt, aus der Pforte des Korrals, legte mich nieder und kroch im Rücken des Halbkreises so weit durch das Gras, bis ich mich hinter der Stelle befand, wo das »eiserne Messer« stand. Das konnte sehr schnell geschehen und wurde mir sehr leicht, weil die Roten jetzt alle nach dem Hause blickten und keine Obacht auf das hatten, was hinter ihnen vorging. Als der Anführer sein letztes Wort, das gebieterische »Howgh!« aussprach, stand ich auf, schnellte mich vorwärts, so daß ich den Halbkreis erreichte, brach durch die Reihe der Indianer und stand dann neben dem Anführer, ehe sie in ihrer Ueberraschung hatten daran denken können, es zu verhindern. Ehe Winnetou dort an der Thür das lächerliche Ultimatum verdientermaßen zurückweisen konnte, rief ich mit lauter Stimme:

»Zu hören, was wir beschließen, dazu bedarf es keiner Stunde Zeit; die Cheyennes sollen es gleich erfahren.«

Mein plötzliches Erscheinen im Innern des Halbkreises

mitten unter ihnen rief selbstverständlich eine große Aufregung hervor; mich gar nicht um dieselbe kümmernd, fuhr ich fort:

»Hier steht Old Shatterhand, dessen Namen die Cheyennes alle kennen werden. Ist einer unter ihnen, der es wagen will, die Hand gegen mich zu erheben, so trete er zu mir heran!«

Was ich beabsichtigt hatte, das geschah: die Aufregung machte einer vollständigen, lautlosen Stille Platz. Mein scheinbar kühnes, ja verwegenes Erscheinen hatte sie bloß überrascht; meine Herausforderung aber verblüffte sie, zumal ich dabei so ruhig stehen blieb, als ob sie alle »Wurst und Schnuppe« für mich seien, obgleich ich nicht einmal ein Gewehr in den Händen hatte. Ich nutzte diesen Eindruck ohne Zögern aus, erfaßte den Anführer bei der Hand und sagte:

»Witsch Panahka mag augenblicklich hören, was wir zu thun entschlossen sind; er komme mit!«

Seine Hand festhaltend, ging ich dem Hause zu. Das war schon nicht mehr Mut zu nennen, sondern eine Frechheit, die ihresgleichen suchte; aber sie that prompt ihre Wirkung: sie konsternierte ihn in der Weise, daß es ihm gar nicht einfiel, sich zu weigern oder gar mir Widerstand entgegenzusetzen. Er ging willig wie ein Kind mit mir bis hin zu Winnetou, der noch am offenen Eingange stand und den Cheyenne bei der andern Hand ergriff. Halb zogen und halb schoben wir ihn hinein und schlossen dann die Thür hinter uns zu.

»Schnell Licht, sehr schnell, Mr. Harbour!« rief ich in den dunklen Raum hinein. Ein Zündholz leuchtete auf; die Lampe wurde angesteckt, und nun konnten wir das Gesicht des »eisernen Messers« sehen. Es konnte uns, wie man mir glauben wird, in diesem Augenblicke nicht etwa durch einen sehr geistreichen Ausdruck imponieren.

Das war alles so schnell gegangen, daß die Cheyennes draußen erst jetzt einsahen, was für ein großer Fehler es von ihnen war, daß sie es hatten geschehen lassen. Wir hörten sie schreien und rufen, kümmerten uns aber nicht darum, denn so lange sich ihr Anführer bei uns befand, durften sie nicht daran denken, etwas Feindliches gegen uns vorzunehmen. Ich schob ihn zu einem Stuhle hin und forderte ihn auf:

»Witsch Panahka mag sich zu uns setzen! Wir sind Freunde der Cheyennes und freuen uns, ihn als Gast bei uns zu sehen.«

Auch das kam ihm so sonderbar vor, daß er sich ohne Weigern niedersetzte. Er, der mit achtzig Männern gekommen war, die Farm zu überfallen, befand sich zehn Minuten nach dem ersten Kriegsgeheul im Innern derselben, aber nicht als Sieger, sondern in unserer Gewalt, und mußte es sich gefallen lassen, ironisch als unser Gast bezeichnet zu werden. Ich hatte durch meine Unverfrorenheit, die eigentlich Ohrfeigen verdient hätte, alles Blutvergießen verhütet, den Ernst der Situation in das fast Lächerliche verwandelt und die Volte derart geschlagen, daß wir alle Trümpfe und Zähler, die Cheyennes aber nur leere Karten hatten.

Wie freute ich mich im stillen über die Anerkennung Winnetous! Er sprach sie nicht in Worten aus, aber sie war in seinem Gesichte und in dem Blicke zu lesen, den er mit inniger Wärme auf mich gerichtet hielt. Diese Wärme machte auch mir das Herz warm. Ich gab ihm die Hand und sagte:

»Ich lese in der Seele meines Bruders und will ihm nur das eine sagen, daß er mein Lehrer und ich sein Schüler war!«

Er drückte mir die Hand und schwieg. Es bedurfte aber auch keines Wortes, denn ich verstand ihn doch. Was war er doch für ein Mann, besonders wenn man ihn mit dem Cheyenne verglich, der so verlegen bei uns saß, daß er fast nicht wagte, die Augen aufzuschlagen! Schahko Matto hatte sich ihm gegenübergesetzt, hielt das Auge finster auf ihn gerichtet und fragte:

»Kennt mich der Anführer der Cheyenne? Ich bin Schahko Matto, der Häuptling der Osagen, dessen Auslieferung er gefordert hat. Was glaubt er wohl, daß wir mit ihm thun werden?«

Auf die versteckte Drohung, welche in diesen Worten lag, antwortete der Gefragte:

»Old Shatterhand hat mich Gast genannt!«

»Das hat er gethan, aber nicht ich! Du hattest mich für den Tod bestimmt; ich habe also das Recht, nun den deinigen zu fordern.«

»Old Shatterhand wird mich schützen!«

Das war eine indirekt an mich gerichtete Aufforderung, die ich in strengem Tone beantwortete:

»Das wird ganz darauf ankommen, wie du dich jetzt verhältst! Erteilst du mir die Auskunft, die ich von dir verlange, der Wahrheit gemäß, so bleibst du unter meinem Schutze, sonst aber nicht. Ihr habt heut einen weißen Mann mit einer roten Squaw getroffen?«

»Ja.«

»Dieser Mann hat euch mitgeteilt, daß wir uns hier befinden und daß Schahko Matto bei uns ist?«

»So ist es.«

»Er hat für diesen Dienst die Auslieferung Apanatschkas, welcher hier neben dir sitzt, verlangt?«

»Ja.«

»Was wollte er mit Apanatschka thun?«

»Das weiß ich nicht, denn ich habe ihn nicht gefragt, weil uns dieser fremde, rote Krieger gleichgültig ist.«

»Wo befindet sich der weiße Mann?«

»Ich weiß es nicht.«

»Belüge mich nicht! Er wollte Apanatschka haben, den du ihm bringen solltest. Also mußt du wissen, wo er ist. Wenn du mir noch eine einzige Unwahrheit sagst, liefere ich dich an Schahko Matto aus, dessen Todfeind du bist. Merke dir das! Also sag, wo der Weiße sich befindet?«

Diese Drohung verfehlte ihre Wirkung nicht; der Cheyenne antwortete:

»Er ist draußen bei meinen Kriegern.«

»Aber seine Squaw doch nicht mit?«

»Nein; sie ist da, wo wir die Pferde gelassen haben.«

Ehe ich weitersprechen konnte, ergriff Winnetou das Wort:

»Ich bin wiederholt bei den Cheyennes gewesen, habe aber Witsch Panahka nie gesehen. Wie kommt das?«

»Wir gehören dem Stamme der Nukweint-Cheyennes an, bei welchem der Häuptling der Apatschen noch nicht gewesen ist.«

»Ich weiß, was ich wissen wollte. Mein Bruder Shatterhand mag weitersprechen!«

Dieser Aufforderung folgend, legte ich dem Cheyenne jetzt die Frage vor:

»Ich sehe, daß ihr die Tomahawks des Krieges ergriffen habt. Gegen wen ist euer Zug gerichtet?«

Er zögerte mit der Antwort; aber als ich da eine drohende Bewegung zu Schahko Matto hin machte, gestand er:

»Gegen die Osagen.«

»Ah, ich errate! Ihr hattet gehört, daß die Osagen ihr Lager verlassen haben, um gegen die Bleichgesichter zu ziehen, und wolltet diese Gelegenheit benutzen, es zu überfallen?«

»Ja.«

»So seid froh, daß ihr uns hier getroffen habt! Die Osagen sind umgekehrt; sie befinden sich wieder daheim und hätten euch, da ihr nur achtzig Mann zählt, die Skalpe genommen. Die Begegnung mit uns ist ein großes Glück für euch; sie rettet euch oder doch vielen von euch das Leben. Ich hoffe, daß dies eine Mahnung zur friedlichen Gesinnung für euch ist. Was gedenkt ihr denn jetzt zu thun?«

»Wir nehmen Schahko Matto mit uns fort. Apanatschka könnt ihr meinetwegen behalten.«

»Laß dich nicht auslachen! Du bist mein Gefangener; das weißt du sehr wohl. Und glaubst du, daß wir uns vor deinen achtzig Leuten fürchten? Die Nukweint-Cheyenne sind als Leute bekannt, die nichts vom Kampfe verstehen.«

»Uff!« fuhr er zornig auf. »Wer hat dir diese Lüge gesagt?«

»Es ist keine Lüge; das habt ihr heut bewiesen. Euer Angriff war so dumm ausgeführt, daß man euch für kleine Knaben halten möchte. Und dann habe ich mitten unter euch gestanden, ohne daß es einen einzigen gab, der mich anzurühren wagte. Hierauf bist du an meiner Hand wie ein folgsames Kind mit in das Haus gegangen. Wenn wir das ruchbar machen, wird ein großes Gelächter über alle Höhen und alle

Savannen gehen, und die andern Stämme der Cheyennes werden sich von euch lossagen, weil sie sich eurer schämen müssen. Du hast zu wählen. Willst du Kampf, so erschießen wir dich hier, sobald draußen von deinen Leuten der erste Schuß fällt. Eure Kugeln thun uns nichts, weil uns die Wände schützen; sieh aber unsere Waffen an; du kennst jedenfalls – – «

»*Pshaw!*« unterbrach mich da Winnetou, indem er sich von seinem Sitze erhob und zu dem »eisernen Messer« hintrat. »Warum so lange Reden! Wir werden gleich mit den Cheyennes fertig sein!«

Er riß den Medizinbeutel, den Witsch Panahka auf der Brust hängen hatte, mit einem schnellen Griffe los. Der Cheyenne sprang mit einem Angstschrei auf, um ihm die Medizin wieder zu entreißen; ich sprang hinzu, drückte ihn auf den Stuhl nieder, hielt ihn dort fest und sagte:

»Bleib sitzen! Wenn du gehorchst, bekommst du deine Medizin wieder, sonst aber nicht!«

»Ja, nur wenn er gehorcht,« stimmte Winnetou bei. »Ich will, daß die Cheyennes friedlich heimkehren. Thun sie das, so soll ihnen nichts geschehen und niemand wird erfahren, daß sie sich hier wie kleine Kinder benommen haben. Geht Witsch Panahka aber nicht darauf ein, so werfe ich seine Medizin augenblicklich auf den Herd, um sie zu verbrennen, und dann werden unsere Gewehre zu sprechen beginnen. Howgh!«

Wer da weiß, was die Medizin für jeden Roten, zumal für einen Häuptling, zu bedeuten hat, und welche Schande es ist, sie zu verlieren, der wird sich kaum darüber wundern, daß der Cheyenne, wenn auch nach längerem Sträuben, sich in die Forderung des Apatschen fügte.

»Auch ich habe eine Bedingung zu stellen,« erklärte Treskow.

»Welche?« fragte ich.

»Die Cheyennes müssen Tibo taka und Tibo wete ausliefern!«

»Daran denkt kein Mensch! Das würde der größte Fehler

sein, den wir begehen könnten. Uebrigens bin ich überzeugt, daß der Medizinmann gar nicht mehr draußen ist. Er hat, sobald ich den Häuptling in Beschlag nahm, sofort gewußt, was nun die Glocke schlägt, und sich schnell aus dem Staub gemacht. Und das ist mir nur lieb; weshalb, das werdet ihr schon erfahren.«

Ueber den Friedensschluß mit den Cheyennes draußen zu erzählen, würde zu weit ab führen; es genügt, zu wissen, daß sie schließlich froh über das unblutige Ende ihres so fehlerhaften Ueberfalles der Farm waren. Sie ritten um die Mitte des Vormittages fort, und als darauf eine Stunde vergangen war, brachen auch wir auf, Schahko Matto, der seine Waffen wiederbekommen hatte, als freier Mann. Er war grimmig erzürnt darüber, daß der Medizinmann uns wieder entwischt war; Dick Hammerdull aber, der stets heitere, tröstete ihn:

»Der Häuptling der Osagen mag ihn immer laufen lassen; wir kriegen ihn schon wieder, denn wer gehängt werden soll, der wird gehängt; das ist ein wahres Sprichwort.«

»Er soll nicht gehängt werden sondern eines zehnfachen Todes sterben!« knurrte der Osage.

»Ob einfach sterben, ob doppelt oder sechsfach, das bleibt sich gleich; das ist auch ganz egal; er wird aber doch gehängt. Für so einen Kerl giebt es keinen schöneren Tod als den durch den Strick. Nicht wahr, Pitt Holbers, altes Coon?«

»*Yes,* lieber Dick,« antwortete der Lange. »Du hast doch immer recht!«

ZWEITES KAPITEL

Kolma Putschi

Einen Tag, nachdem wir Harbours Farm verlassen hatten, war uns das Unglück beschieden, daß Treskows Pferd stürzte und den Reiter abwarf. Es sprang rasch wieder auf, rannte fort und schleifte Treskow, welcher mit einem Fuße im Bügel hängen geblieben war, neben sich her. Zwar waren wir schnell zur Hand, das Tier zu halten, aber doch schon zu spät, um zu verhüten, daß er mit dem Hufe einen Schlag erhielt, der ihn glücklicherweise nicht am Kopfe sondern an der Schulter traf. Die Wirkung dieses Schlages äußerte sich, wie dies zwar selten aber doch zuweilen vorzukommen pflegt, nicht nur auf die getroffene Stelle sondern auch auf die ganze betreffende Seite des Körpers. Der Verletzte war auf derselben wie gelähmt; er konnte sogar das Bein kaum bewegen, und es zeigte sich als ganz unmöglich, ihn wieder auf das Pferd zu bringen. Wir konnten nicht weiterreiten.

Zum Glücke gab es in der Nähe ein Wasser, wohin wir ihn brachten und nun gezwungen waren, Lager zu machen, auf wie lange, das mußte abgewartet werden.

Winnetou untersuchte ihn. Weder das Schulterblatt noch irgend ein Knochen war verletzt, doch hatte die getroffene und sehr geschwollene Stelle ein dunkle Färbung angenommen. Wir konnten uns nur mit kalten Umschlägen und Massage behelfen, welche letztere sich außerordentlich schmerzhaft zeigte, zumal Treskow keine widerstandsfähige Natur besaß und nicht in die Klasse der Westmänner gerechnet werden konnte, welche in der Schule, die hinter ihnen liegt, gelernt haben, Schmerzen lautlos zu ertragen.

Er wimmerte bei jeder Berührung und Bewegung; wir kehrten uns aber nicht daran und hatten den Erfolg, daß die Lähmung wich und er schon am nächsten Tage den Arm und das Bein bewegen konnte. Nach weiteren zwei Tagen hatte sich die Geschwulst fast gesetzt, und die Schmerzen waren soweit gewichen, daß wir weiterreiten konnten.

Wir hatten durch diesen leidigen Fall drei volle Tage eingebüßt, eine Zeit, die wir unmöglich einbringen konnten. Old Surehand vor seiner Ankunft oben im Park noch einzuholen, was wir doch beabsichtigt hatten, das mußten wir nun aufgeben. Unter gewöhnlichen Verhältnissen hätte dies ja nichts zu sagen gehabt; aber er war ganz allein, was schon an und für sich seine große Bedenken hatte, und sodann befanden sich Leute hinter ihm, denen nicht zu trauen war. Ja, wenn ihm bekannt gewesen wäre, daß der »General« auch hinauf wollte und zwar zu derselben Zeit und nach demselben Parke, so hätte er sich vor ihm in acht nehmen können; aber er wußte das nicht. Auch dem alten Wabble traute ich nicht. Ich wußte freilich nicht, wohin der alte König der Cow-boys mit seinen Begleitern eigentlich gewollt hatte; ich konnte nur unbestimmte Ahnungen darüber hegen; aber nach dem, was geschehen war, mußte ich annehmen, daß er sich der Rache wegen an unsere Ferse geheftet hatte. Der Umstand, daß wir sein Pferd behalten hatten, konnte gar nichts daran ändern, sondern die Ausführung dieses Vorhabens höchstens verzögern, und diese Verzögerung konnten wir nicht mehr in Anschlag bringen, weil unsere dreitägige Versäumnis ihm Gelegenheit gegeben hatte, den ihm abgewonnen Vorsprung einzuholen. Ebenso mußte ich an Tibo taka denken. Das Ziel seines Rittes war uns eigentlich unbekannt; daß er nach Fort Wallace wollte, war jedenfalls eine Lüge gewesen. Ich nahm, grad so wie Winnetou, an, daß der weiße Medizinmann auf irgend einem, uns noch unbekannten Wege von dem »Generale« aufgefordert worden sei, nach Colorado zu kommen und dort an einem bestimmtem Punkte mit ihm zusammenzutreffen. Ein einzelner Mann, der noch dazu durch die Anwesenheit seiner Frau an jeder freien Bewegung gehindert wurde, war eigentlich gar nicht zu fürchten; aber dem Bösen ist das, was man Glück zu nennen pflegt, oft wenigstens scheinbar oder vorübergehend günstiger als dem Guten, und so schien es geraten, auch diesen Menschen mit in die Berechnung zu ziehen.

Wir waren also auf unserm weitern Ritte sehr vorsichtig und kamen über die Grenze hinüber und ein gutes Stück ins Colorado hinauf, ohne irgend welche Belästigung zu erfahren oder eine Spur der erwähnten Personen entdeckt zu haben.

Jetzt befanden wir uns in der Nähe des Rush-Creek, und Winnetou kannte da ein altes, längst verlassenes Camp[1], welches wir gegen Abend erreichen wollten. Dieser Platz hatte nach der Beschreibung des Apatschen einen nie versiechenden Quell und war mit einer Steinumwallung umgeben, welche guten Schutz gewährte, obgleich sie nicht eine Mauer bildete, sondern in der Weise aufgeschichtet war, wie die Landleute mancher Gegenden die in ihrem Acker gefundenen Steine rund um denselben aufeinanderlegen. Für den Westmann bietet ein solcher Wall, auch wenn er nicht hoch ist, eine stets willkommene Deckung gegen etwaige Angriffe.

Kurz nach Mittag entdeckten wir eine Fährte von gegen zwanzig Reitern, welche aus Nordost herüberkam und auch nach dem Rush-Creek zu gehen schien. Die Spuren zeigten, daß die Pferde beschlagen gewesen waren; dieser Umstand und die schlechte und oft unterbrochene Ordnung, welche die Männer eingehalten hatten, ließen vermuten, daß sie Weiße waren. Wir wären dieser Fährte gefolgt, auch wenn sie nicht so genau in unsere Richtung geführt hätte. Man muß im wilden Westen stets wissen, was für Menschen man vor sich hat. Daß sie hinauf in die Berge wollten, war für uns ganz selbstverständlich, zumal man grad damals von bedeutenden Gold- und noch größeren Silberfunden sprach, die in den Mountains gemacht worden seien. Wahrscheinlich hatten wir da die Fährte einer Gesellschaft jener Abenteurer, welche sich infolge solcher Gerüchte schnell zusammenfinden und dann ebenso rasch wieder auseinander gehen, verwegene und gewissenlose Gesellen, welche vom Leben alles

[1] Lagerplatz.

erwarten und sich doch sehr wenig daraus machen, wenn sie nichts bekommen.

Die Fährte war wenigstens fünf Stunden alt; wir hatten also Grund, anzunehmen, daß wir heut mit diesen Leuten nicht zusammentreffen würden. Wir folgten ihr also ohne alle Besorgnis, bis wir an eine Stelle kamen, wo sie angehalten hatten. Mehrere leere Konservenbüchsen, die man weggeworfen und dann unvorsichtig liegen lassen hatte, verrieten, daß an diesem Orte Mittag gehalten worden war. Auch eine leere Flasche lag da. Wir waren abgestiegen, um die Stelle genau zu untersuchen, fanden aber nichts, was uns zu ungewöhnlichen Befürchtungen Veranlassung geben konnte. Dick Hammerdull hob die Flasche auf, hielt sie gegen das Licht, sah, daß sich noch ein Schluck drin befand, setzte sie an den Mund und warf sie schnell wieder fort. Sprudelnd und Gesichter schneidend rief er aus:

»Pfui! Wasser, abgestandenes, altes, halbwarmes Wasser! Hatte mir eingebildet, einen Schluck guten Brandy zu finden! Das können keine Gentlemen sein! Wer eine Flasche bei sich hat und nur Wasser drin, der kann keine Ansprüche auf meine Achtung haben, der ist ein ordinärer Mensch! Meinst du nicht auch, Pitt Holbers, altes Coon?«

»Hm!« brummte der Lange. »Wenn du Schnaps erwartet hast, so kannst du mir in der Seele leid thun, lieber Dick. Denkst du denn, daß dir hier im Westen jemand eine volle Brandyflasche her vor die Nase legt?«

»Ob voll oder leer, das bleibt sich gleich, wenn nur etwas darinnen ist. Aber Wasser, das ist geradezu schändlich an mir gehandelt!«

Der klügste Mann begeht zuweilen eine Dummheit, und vielleicht grad dann, wenn er alle Veranlassung hat, klug zu sein. So auch wir! Von den andern will ich schweigen, aber daß wir beide, Winnetou und ich, diese Flasche unbeachtet ließen, das war eine geradezu unverzeihliche Nachlässigkeit von uns. Die leeren Konservenbüchsen hatten ja nichts zu sagen; aber die Flasche hätte unsere Aufmerksamkeit erregen müssen. Hätte sich Branntwein drin befunden gehabt, nun, so wäre er eben ausgetrunken und die Flasche dann fortgeworfen worden; aber es war Wasser drin gewesen, Wasser! Man hatte sie also nicht des Brandy wegens, sondern als Wasserflasche mitgenommen, sie als Feldflasche benutzt, welche man füllt und in die Satteltasche schiebt, um da, wo es kein Wasser giebt, seinen Durst löschen zu können. Im wilden Westen ist oder war wenigstens damals eine Flasche eine Seltenheit; sie wurde nicht weggeworfen, sondern aufgehoben. Auch diese hier war nicht weggeworfen, sondern vergessen worden; das hätte uns eigentlich unser kleiner Finger sagen müssen. Wenn der Besitzer, den Verlust bemerkend, umkehrte, um sie zu holen, so mußte er uns entdecken. Das war es, was wir uns hätten denken sollen und woran wir doch nicht dachten. Ich kann mich noch heut über meine damalige Unachtsamkeit ärgern. Die Folgen traten freilich sehr prompt ein!

Die Leute hatten an dieser Stelle über drei Stunden lang kampiert; die fortführende Fährte war nicht zwei Stunden alt; wir folgten ihr dennoch vielleicht eine halbe Stunde lang über eine grasige Savanne, bis wir am Horizonte und zu beiden Seiten Buschwerk sahen, hinter welchem rechter Hand eine bewaldete Höhe lag, ein Vorberg des Sandythales, über dessen Creek wir heut früh gekommen waren. Winnetou deutete nach dieser Höhe und sagte:

»Dort an dem Berge müssen wir vorüber, wenn wir nach dem Camp wollen. Meine Brüder mögen mir folgen!«

Er lenkte nach rechts ab.

»Und die Fährte hier?« fragte ich. Bleiben wir nicht auf ihr?«

»Heut nicht. Morgen werden wir sie wiedersehen.«

Seine Berechnung war ganz richtig; wir wären früh zu ihr zurückgekehrt, wenn wir nicht die Unterlassungssünde in Beziehung auf die Flasche begangen hätten. Wir folgten ihm ganz ahnungslos, der selbst nicht ahnte, wie verhängnisvoll das Camp uns werden sollte.

Immer durch Buschland reitend, kamen wir nach einer Stunde an dem erwähnten Berg vorüber, hinter welchem sich eine Höhe nach der andern aufbaute oder kulissenartig vorschob. Wir folgten dem Apatschen, uns seiner sichern Führung anvertrauend, zwischen sie hinein und kamen gegen Abend in ein breites, sanft ansteigendes Thal, aus dessen Mitte uns ein stiller Weiher entgegenglänzte, in dessen Abflusse zahllose kleine, silberhelle Fischchen spielten. Schattige Bäume standen, bald einzeln, bald in Gruppen, rings umher, und hinter dem Teiche sahen wir Steinanhäufungen, welche von weitem wie die Ruinen eines früher bewohnten Ortes erschienen.

»Das ist das Camp, welches ich meine,« erklärte Winnetou. »Hier sind wir sicher vor jedem Ueberfalle, wenn wir einen Posten an den Eingang zum Thale stellen.«

Er hatte recht. Es konnte kaum einen Ort geben, der sich besser zum sichern Lager eignete als dieses Camp. Wenn ich bis jetzt irgendwelche Sorge für uns gehabt hätte, sie wäre beim Anblicke dieser Stelle sofort verschwunden. Wir ritten, des weichen Bodens wegen beinahe unhörbar, einer hinter dem andern an dem Weiher hin; da hielt Winnetou, welcher voran war, plötzlich sein Pferd an, hob den Finger, um Schweigen zu gebieten, und lauschte.

Wir folgten seinem Beispiele. Jenseits der Steine erklangen Töne, die in der Entfernung, in welcher wir uns befanden, allerdings nur von einem scharfen Ohre gehört werden konnten. Der Apatsche stieg ab und gab mir das Zeichen, dies auch zu thun. Wir ließen unsere Pferde bei den Gefährten zurück und schlichen uns leise zu den Steinen hin. Je näher wir diesen kamen, desto deutlicher wurden die Klänge. Es war eine hohe männliche Bariton- oder eine sehr tiefe weibliche Altstimme, welche in Indianersprache langsam und klagend ein Lied sang. Das war nicht eine Indianerweise, aber auch keine Melodie nach unseren Begriffen; das lag vielmehr in der Mitte zwischen beiden, als hätte ein Roter sich der Sangesweise der Bleichgesichter anbequemt und in die Sprache und den eigenartigen Ausdruck der Indianer übertragen. Ich hätte sofort wetten mögen, daß derjenige oder diejenige, welcher oder welche da vor uns sang, das Lied und auch die Melodie selbst erfunden habe. Es war ein Sang, der sich, dem Sänger fast unbewußt, aus der Seele löst, um ebenso ins Geheimnisvolle zu verklingen, wie er aus dem Geheimnisvollen erklungen ist.

Wir schoben uns näher und näher, bis wir eine schmale Bresche im Steinwalle erreichten, durch welche wir sehen konnten.

»Uff, uff!« sagte Winnetou, vor Ueberraschung beinahe laut.

»Uff, uff!« sagte auch ich, mit ihm zu gleicher Zeit, denn ich war so erstaunt wie er selbst.

Die Steine bildeten eine von Bäumen beschattete und mit einigen Büschen besetzte Umwallung von vielleicht vierzig Meter Durchmesser, deren Boden von hohem fettem Grase bewachsen war. Am Rande dieser Umwallung, ganz nahe bei der Bresche, an welcher wir lagen, saß - Winnetou, der Häuptling der Apatschen!

Ja, gewiß, in etwas größerer Entfernung hätte man den Indianer da drin für Winnetou halten müssen. Sein Kopf war unbedeckt. Er hatte seine langen, dunkeln Haare in einen Schopf gebunden, von welchem sie ihm jetzt, da er saß, über den Rücken bis auf die Erde niederfielen. Sein Jagdrock und seine Leggins waren aus Leder gefertigt; dazu trug er Mocassins. Um die Hüften hatte er sich eine bunte Decke geschlungen, in welcher außer dem Messer keine andere Waffe steckte. Neben ihm lag ein Doppelgewehr. Am Halse hingen an Schnüren und Riemen verschiedene notwendige Gegenstände, doch darunter keiner, den man für eine Medizin hätte halten können.

War das nicht alles fast genau so wie bei Winnetou? Freilich war der Indianer da drin älter wie der Apatsche, aber man sah noch heut, daß er einst gewiß schön gewesen war. Seine Gesichtszüge waren ernst und streng, hatten aber doch etwas an sich, was mir frauenhaft weich vorkam. Alles in allem war ich im ersten Augenblicke erstaunt über diese Aehnlichkeit mit Winnetou gewesen, und nun dieses Erstaunen vorüber war, bemächtigte sich meiner ein Gefühl, welches ich nicht beschreiben kann. Ich befand mich vor etwas Rätselhaftem, vor einem verschleierten Bilde, dessen Schleier nicht zu sehen war.

Der Rote sang noch immer halblaut fort. Wie stimmte aber das weiche, tief empfundene Weh des Liedes mit dem kühnen, energischen Schnitte seines Gesichtes? Wie war der harte, unerbittliche Zug, der seine vollen Lippen umlagerte, mit dem wunderbaren, milden Glanze seiner Augen in Harmonie zu bringen, der Augen, von denen ich behaupten möchte, daß sie gewiß und wahrhaftig schwarz gewesen seien, während es sonst niemals wirklich schwarze Augen giebt? Dieser Rote war nicht das, was er schien, und schien nicht das, was er war. Hatte ich ihn schon gesehen? Entweder nirgends oder hundertmal! Er war mir ein Geheimnis, aber inwiefern und warum, das vermochte ich nicht zu sagen.

Winnetou hob die Hand in die Höhe und flüsterte:

»Kolma Puschi!«

Auch seine Augen hatten sich erweitert, um den fremden Indianer mit einem Blicke zu umfassen, wie ich selten einen Blick aus den Augen des Apatschen gesehen hatte.

Kolma Puschi! Also ich hatte richtig geahnt: Wir sahen eine rätselhafte, eine wirklich rätselhafte Persönlichkeit vor uns. Es gab oben in den hohen Parks einen Indianer, den kein Mensch näher kannte, der zu keinem Volke gehörte und der in stolzer Weise jeden Umgang von sich wies. Er jagte bald hier und bald dort, und wo man ihn sah, da verschwand er, wie Schillers »Mädchen aus der Fremde«, ebenso schnell, wie er gekommen war. Nie hatte er sich einem roten oder weißen Menschen feindlich gezeigt, aber es konnte sich auch niemand rühmen, ihn auch nur einen Tag lang zum Gefährten gehabt zu haben. Einige hatten ihn zu Pferde, einige nur zu Fuße gesehen, stets aber hatte er den Eindruck eines Mannes gemacht, der seine Waffen zu führen verstand und mit dem also nicht zu spaßen sei. Seine Person galt den Indianern und den Weißen als für alle Fälle neutral, als unverletzlich; ihn feindlich zu behandeln, hätte nichts anderes geheißen, als den großen Manitou in Zorn zu versetzen und seine

Rache heraufzubeschwören. Gab es doch Indianer, welche behaupteten, dieser rote Mann sei kein Mensch mehr, sondern der Geist eines berühmten Häuptlings, den Manitou aus den ewigen Jagdgefilden zurückgeschickt habe, um nachzuforschen, wie es seinen roten Kindern ergehe. Es gab keinen Menschen, der seinen Namen hatte erfahren können, und da man doch für jeden Gegenstand und für jede Person einen Namen haben muß, so hatte man ihn seiner nachtschwarzen, tiefdunkeln Augen wegen Kolma Puschi, d. i. Dunkelauge oder Schwarzauge, genannt. Wer aber ihm diesen Namen gegeben, ihn zum erstenmal ausgesprochen und weitergetragen hatte, das wußte freilich auch niemand.

Also diesen geheimnisvollen Indianer hatten wir jetzt vor uns. Winnetou kannte ihn auch nicht, hatte ihn auch noch nicht gesehen, behauptete aber doch sofort, daß es Kolma Puschi sei. Es fiel mir gar nicht ein, an der Wahrheit dieser Behauptung zu zweifeln, denn jeder, der diesen Roten vor die Augen bekam und vorher auch nur einmal von Kolma Puschi gehört hatte, mußte sich nach dem ersten Blicke sagen, daß er dieser und kein anderer sei.

Wir hatten keine Veranlassung, ihn lange zu belauschen, und da wir unsere Gefährten nicht lange warten lassen wollten, so erhoben wir uns von der Erde und machten dabei absichtlich ein Geräusch. Schnell wie ein Blitz griff er nach seinem Gewehre, richtete die Läufe auf uns, ließ die Hähne knacken und rief:

»Uff! Zwei Männer! Wer?«

Das war ebenso kurz, wie es gebieterisch klang. Winnetou öffnete schon den Mund, um zu antworten; da ging mit dem Fremden eine plötzliche Veränderung vor. Er ließ sein Gewehr, es mit der einen Hand am Oberlaufe haltend, mit dem Kolben zu Boden sinken, breitete den andern Arm wie bewillkommnend aus und rief:

»Intschu tschuna! Intschu tschuna, der Häuptling der Apa - - doch nein! Das ist nicht Intschu tschuna; das kann nur Winnetou sein, sein Sohn, sein noch viel größerer, noch berühmterer Sohn!«

»Du hast Intschu tschuna, meinen Vater, gekannt?« fragte Winnetou, indem wir durch die Bresche in den Kreis traten.

Es war, als besinne er sich, ob er es leugnen oder zugeben solle. Da das erstere aber nun nicht mehr möglich war, antwortete er: »Ja, ich habe ihn gekannt; ich habe ihn gesehen, einmal oder zweimal, und du bist sein Ebenbild.«

Seine Stimme hatte einen weichen und doch kräftigen, entschiedenen Ton; sie war fast noch sonorer, noch klangreicher als diejenige des Apatschen und hatte unbedingt eine höhere, beinahe weibliche Lage.

»Ja, ich bin Winnetou; du hast mich erkannt. Und du wirst Kolma Puschi genannt?«

»Kennt mich Winnetou?«

»Nein; ich habe dich noch nie gesehen; ich errate es. Erlaubt uns Kolma Puschi, von dem wir stets nur Gutes hörten, an seiner Seite Platz zu nehmen?«

Der Genannte richtete seine Augen nun auch auf mich. Nachdem er einen scharf forschenden Blick über mich hatte gleiten lassen, antwortete er:

»Auch ich habe nur Gutes von Winnetou gehört. Ich weiß, daß oft ein berühmtes Bleichgesicht bei ihm ist, welches noch nie eine böse That begangen hat und Old Shatterhand genannt wird. Ist das dieser Weiße?«

»Er ist's,« nickte Winnetou.

»So setzt euch nieder, und seid Kolma Puschi willkommen!«

Er gab uns seine Hand, die mir ungewöhnlich klein vorkam. Winnetou machte ihm die Mitteilung:

»Wir haben Gefährten bei uns, welche draußen am Wasser warten. Dürfen auch sie herbeikommen?«

»Der große Manitou hat die Erde für alle guten Menschen geschaffen; es ist hier Platz genug für alle, die euch begleiten.«

Ich ging, um sie zu holen. Die Umwallung hatte auf der andern Seite einen breitern Eingang als die Bresche, durch welche wir gestiegen waren; als wir durch ihn in den Kreis gelangten, saßen Winnetou und Kolma Puschi nebeneinander unter einem Baume. Der letztere sah uns erwartungsvoll entgegen. Sein Auge glitt über die Nahenden mit dem gewöhnlichen Interesse hinweg, welches man für Unbekannte zeigt, mit denen man für kurze Zeit zu verkehren hat; als es aber auf Apanatschka fiel, welcher zuletzt hereingeritten kam, blieb sein Blick wie festgebannt an diesem hangen. Es riß ihn - wie eine unsichtbare Gewalt - mit einem Rucke vom Boden auf; er that, den Blick keinen Moment von ihm wendend, mehrere Schritte auf Apanatschka zu, blieb dann stehen, verfolgte jede seiner Bewegungen mit unbeschreiblicher Spannung, trat dann sehr schnell auf ihn zu und fragte in fast stammelnder Weise:

»Wer - wer bist du? Sag - - sag es mir!«

Der Gefragte antwortete mit gleichgültiger Freundlichkeit: »Ich bin Apanatschka, der Häuptling der Kanean-Komantschen.«

»Und was - was willst du hier in Colorado?«

»Ich wollte nach Norden, um die heiligen Steinbrüche zu besuchen, und traf dabei auf Winnetou und Old Shatterhand, welche in die Berge wollten. Da habe ich meinen Pfad geändert und bin mit ihnen geritten.«

»Uff, uff! Häuptling der Komantschen! Es kann nicht sein; es kann nicht sein!«

Er starrte Apanatschka noch immer so forschend an, daß dieser fragte:

»Kennst du mich? Hast du mich schon einmal gesehen?«

»Ich muß, ich muß dich gesehen haben, doch wird es wohl im Traum gewesen sein, im Traume meiner Jugend, die schon längst vergangen ist.«

Er gab sich Mühe, seine Aufregung zu beherrschen, reichte ihm die Hand und fuhr fort:

»Sei auch du mir willkommen! Es ist heut ein Tag, wie wenig Tage sind!«

Er kehrte zu Winnetou zurück, bei dem ich inzwischen Platz genommen hatte, und ließ sich, Apanatschka immer noch betrachtend, in einer Weise auf seinen frühern Sitz nieder, als ob er sich noch heut im »Traume seiner Jugend« befinde. Ein solches Verhalten ist bei einem Indianer eine Seltenheit, welche nicht unbeachtet bleiben kann. Sie fiel Winnetou nicht weniger auf als mir, doch ließen wir uns nichts davon merken, so hochinteressant die Scene für uns beide gewesen war.

Die Pferde wurden zur Tränke geführt und dann mit grünem Laubwerk zum Fressen wohl versorgt. Zwei Mann sammelten Dürrholz zum Feuer, welches angesteckt wurde, sobald es dunkelte, und um dieselbe Zeit ging Pitt Holbers fort, um als der erste am Thaleingang Posten zu stehen. Er sollte von Treskow abgelöst werden, worauf wir nach der gewöhnlichen Reihe folgen wollten.

Wir saßen alle in einem weiten Kreise, in dem das Feuer brannte. Wir waren mit Proviant versehen und teilten Kolma Puschi davon mit, da wir glaubten, daß er nichts zu essen habe.

»Meine Brüder sind freundlich zu mir,« sagte er; »aber ich könnte ihnen auch Fleisch geben, daß sie alle satt würden.«

»Wo hast du es?« fragte ich.

»Bei meinem Pferde.«

»Warum hast du es nicht mit hierher genommen?«

»Weil ich nicht hier bleiben, sondern weiterreiten wollte. Es steht an einem Orte, wo es sicherer ist als hier.«

»Hältst du dieses Camp nicht für sicher?«

»Für einen einzelnen nicht; da ihr aber so zahlreich seid, daß ihr Wachen ausstellen könnt, habt ihr nichts zu befürchten.«

Ich hätte dieses Gespräch gern fortgesetzt; er verhielt sich aber so einsilbig, daß ich davon abließ, ihn zu animieren. Natürlich fragte er, wohin wir wollten. Als er erfuhr, daß der Park von San Louis unser Ziel sei, wurde er noch schweigsamer als vorher; das konnte uns weder auffallen noch beleidigen. Im wilden Westen ist der Mensch selbst gegen gute Bekannte vorsichtiger als anderswo. Nur Dick Hammerdull war unzufrieden, daß von diesem fremden Indianer so wenig zu erfahren war; er wollte mehr erfahren und fragte ihn in seiner vertraulichen Weise:

»Mein roter Bruder hat gehört, daß wir von Kansas heraufgekommen sind. Dürfen wir nun wissen, woher er gekommen ist?«

»Kolma Puschi kommt von daher und von dorther; er ist wie der Wind, der alle Wege hat,« lautete die unbestimmte Antwort.

»Und wohin wird er von hier aus gehen?«

»Dahin und dorthin, wohin sein Pferd die Schritte lenkt.«

»*Well!* Ob dahin oder ob dorthin, das ist ja ganz egal; das bleibt sich vollständig gleich; aber man muß doch wenigstens wissen, wohin das Pferd zu laufen hat! Oder nicht?«

»Wenn Kolma Puschi es weiß, ist es genug.«

»Oh! Ich brauch es also nicht zu wissen?«

»Nein.«

»Das ist sehr aufrichtig; das ist nicht nur aufrichtig, sondern sogar grob! Meinst du nicht auch, Pitt Holbers, altes ---«

Er bemerkte, daß Holbers jetzt nicht da war, und verschluckte also das letzte Wort seiner Frage. Kolma Puschi wendete sich vollständig zu ihm hin und sagte in ernstem Tone zu ihm:

»Das Bleichgesicht, welches Hammerdull genannt wird, nennt mich grob. War es vorher fein und höflich, mir den Mund öffnen zu wollen, wenn ich es liebe, daß er geschlossen bleibt? Der dicke Mann scheint den Westen nicht genau zu kennen. Es ist da stets gut, wenn niemand weiß, woher man kommt und wohin man will. Wer sein Ziel verschweigt, dem kann die Gefahr nicht vorauseilen, um ihn dort zu überfallen. Das mag Hammerdull sich merken!«

»Danke!« lachte der Zurechtgewiesene. »Schade, jammerschade, Mr. Kolma Puschi, daß Ihr kein Schulmeister geworden seid! Die Begabung hättet Ihr dazu! Uebrigens war es nicht bös von mir gemeint. Ihr gefallt mir außerordentlich, und ich würde mich freuen, wenn Euer Weg derselbe wie der unsere wäre. Darum habe ich gefragt.«

»Daß mein dicker, weißer Bruder es nicht bös gemeint hat, weiß ich, sonst hätte ich ihm überhaupt nicht geantwortet. Ob mein Weg derselbe ist, das wird sich finden; ich überlege es mir. Howgh!«

Damit war die Unterhaltung zu Ende. Weil wir am andern Morgen sehr zeitig aufbrechen wollten, legten wir uns bald schlafen; das war, als Pitt Holbers, welcher von Treskow abgelöst worden war, wieder in das Lager kam.

Wie lange ich geschlafen hatte, weiß ich nicht; ein vielstimmiges Brüllen weckte mich, und als ich die Augen öffnete, geschah es nur, um einen Augenblick lang einen vor mir stehenden Menschen zu sehen, welcher mit dem Gewehrkolben ausholte. Ehe ich eine Bewegung machen konnte, traf mich der Hieb, und es war aus mit mir - - - glücklicherweise nicht für immer.

Lieber Leser, bist du eine so empfindsame Natur, daß es dir möglich ist, mir nachzufühlen, wie es ist, wenn man aus einer tiefen Betäubung erwacht und dabei zu der freundlichen Erkenntnis kommt, daß man einen Dummkopf besitzt, der so unbedachtsam gewesen ist, einen niedersausenden Gewehrkolben aufzufangen? Ich sage mit Absicht, »einen Dummkopf«, denn dümmer als nach einem solchen Hiebe kann es keinem menschlichen Kopfe sein! Zunächst fühlt man ihn gar nicht; man lebt nur bis zum Hals herauf und kommt erst nach und nach durch ein gewisses Summen und Brummen zu der Einsicht, daß man nicht gänzlich geköpft, sondern nur an den obersten Teil des Körpers geschlagen worden ist. Daß dieser Teil der Kopf ist, wird einem nicht sogleich, sondern erst dann - - nicht klar, sondern einstweilen noch unklar, wenn das Brummen sich in ein Drücken und Schrauben verwandelt, als ob der in eine Weinpresse gespannte Schädel mit einem halben oder auch ganzen Gros Propfenzieher bearbeitet werde. Im nächsten Stadium bringt jeder Pulsschlag, welcher das Gehirn mit Blut versorgt, das Gefühl hervor, als ob man mit dem Kopfe unter den Stampfen einer Oelmühle oder eines Hammerwerkes liege, und dazwischen wühlen Löwenkrallen im Domizile des Verstands herum. Ich sehe ein, daß es eines intelligenten Menschen unwürdig ist, den Zustand zu beschreiben, in welchem man sich nach einem solchen Hiebe befindet; ich will nur sagen: dumm, im höchsten Grade dumm!

So erging es auch mir. Nachdem ich die oben beschriebenen Grade durchgemacht hatte, bekam ich alle möglichen Farben, vielleicht auch Röntgens Strahlen, vor die Augen, und die Brandung von hundert Meeresküsten tobte mir um die Ohren. Ich konnte weder sehen noch hören und that, was in diesem Falle des Beste und Allergescheiteste war; ich fiel in die Betäubung zurück.

Als ich dann, zum zweitenmal, wieder zu mir kam, fühlte ich mich zu meiner Freude im leidlichen Besitze meiner körperlichen und geistigen Fähigkeiten; nur daß ich noch nicht ganz genau zu unterscheiden vermochte, ob mir zwischen und aus den Schultern ein Kopf oder ein Gewehrkolben gewachsen war. Ich machte natürlich von diesen Fähigkeiten sofort Gebrauch, indem ich zunächst die Augen öffnete. Das, was ich sah, war nicht sehr tröstlich zu nennen. Ein großes, helles Feuer brannte, und vor mir saß Old Wabble, der seine haßerfüllten Augen auf mich gerichtet hielt.

»Ah, endlich, endlich!« rief er aus. »Habt Ihr ausgeschlafen, Mr. Shatterhand? Von mir geträumt, nicht wahr? Ich bin überzeugt, Euch im Traume als Engel erschienen zu sein, und bin gern bereit, diese Rolle jetzt weiter zu spielen; *th'is clear!* Als was für einen Engel werdet Ihr mich da wohl kennen lernen? Als Rache- oder Rettungsengel?«

»*Pshaw!*« antwortete ich. »Ihr habt zu keinem von beiden das Geschick.«

Es fuchste mich gewaltig, diesem Menschen antworten zu müssen; aber ein stolzes Schweigen wäre das Verkehrteste gewesen, was es geben konnte. Ich ließ natürlich meine Augen rundum schweifen. Wir waren alle gefangen, selbst Treskow, der Wache gestanden hatte. Wahrscheinlich war er nicht aufmerksam genug gewesen und hatte sich überrumpeln lassen. Wir waren alle gefesselt. Links von mir lag Winnetou, rechts der dicke Hammerdull. Die Waffen hatte man uns abgenommen und die Taschen alle geleert. Von den zwanzig Kerlen, die rund um uns saßen, kannte ich außer

Old Wabble keinen. Das waren die Leute, deren Fährte wir heut gesehen hatten. Wie kamen sie hierher nach diesem Camp? Sie waren uns doch voraus gewesen und hatten sich links gehalten, während wir rechts abgeritten waren! Da fiel mir die Wasserflasche ein, und es wurde mir mit einem Male klar, was wir in Beziehung auf sie für einen Fehler begangen hatten.

Der alte König der Cow-boys hatte sich grad vor mich hingesetzt. Die Freude, mich gefangen zu haben, lachte höhnisch aus jeder Runzel und Falte seines verwitterten Gesichtes. Das schlangengleich in einzelnen Strähnen von seinem Kopfe fallende lange, graue Haar verlieh ihm das Aussehen einer greisenhaften, männlichen Eumenide oder Gorgone, aus deren krakenähnlichen Fangarmen kein Entrinnen ist. Die oft wechselnde Beleuchtung des bald hoch aufflackernden und bald zusammensinkenden Feuers gab ihm etwas so grotesk Phantastisches und ließ seine langgliederige, wabbelnde Gestalt so wunderlich erscheinen, daß ich hätte glauben mögen, mich innerhalb einer Märchenscene zu befinden, wenn mir nicht so sehr bewußt gewesen wäre, daß ich es leider nur mit der nackten, unpoetischen Wirklichkeit zu thun hatte.

Ich hätte ihm auf seine Frage wohl keine bessere Antwort geben können als die, welche er bekommen hatte; er nahm sie als das, was sie war, nämlich eine Verhöhnung, und fuhr mich zornig an:

»Seid nicht so frech, sonst schnalle ich Euch die Fesseln so fest, daß Euch das Blut aus der Haut spritzt! Ich habe keine Lust, mich von Euch lächerlich machen und beleidigen zu lassen. Ich bin kein Indianer! Versteht Ihr, was ich damit sagen will?«

»Ja, daß Ihr überhaupt nicht zu den Wesen gehört, die man Menschen nennt!«

»Zu welchen denn?«

»Steigt so weit wie möglich im Tierreiche herunter und sucht Euch da das häßlichste, gemiedenste Geschöpf heraus, so habt Ihr, was Ihr seid!«

Er ließ ein heiseres Lachen hören und rief:

»Der Kerl ist wirklich so albern, daß er mich nicht verstanden hat! Ich habe gesagt, Ihr sollt bedenken, daß ich kein Indianer bin. Die Roten schleppen ihre Gefangenen lange Zeit mit sich herum, um sie nach ihren Weideplätzen zu bringen; sie füttern sie gut, um sie zum Aushalten vieler Qualen kräftig zu machen. Dadurch wird, wie ich in Eurer Gesellschaft selbst erfahren habe, den Gefangenen Gelegenheit geboten, einen zur Flucht günstigen Augenblick abzuwarten. Wer keine Hoffnung zum Entkommen hat und schnell und schmerzlos sterben will, der pflegt darum das alte, abgegriffene Mittel anzuwenden, die Indsmen, in deren Hände er geraten ist, so zu beleidigen, daß sie sich im Zorne darüber vergessen, ihn augenblicklich zu töten. Wenn Ihr etwa glaubt, zwischen diesem Entweder und diesem Oder wählen zu können, so befindet Ihr Euch im Irrtum. Ihr findet bei mir keine Gelegenheit zur Flucht, weil es mir gar nicht einfallen kann, Euch lange mit mir herumzuzerren; aber Ihr bringt mich auch nicht so weit, Euch rasch die Kugel oder das Messer zu geben und also auf den Genuß zu verzichten, den ich haben werde, wenn Ihr so recht hübsch langsam aus diesem Leben in Eure berühmte Seligkeit hinüberschmachtet. Ich habe es nämlich mit Euch so gut vor, daß es Euch selbst da drüben in der Seligkeit unmöglich sein wird, es mir genug zu danken. Könnt Ihr Euch noch besinnen, was Ihr mir während jenes nächtlichen Rittes durch den Llano estacado alles vom ewigen Leben vorgefaselt habt?«

Ich antwortete nicht, und er fuhr fort:

»Nach Eurer Ansicht muß es da drüben so wundervoll sein, daß es mich als Euern besten Freund, der ich doch jedenfalls bin, von Herzen jammert, Euch hier im Erdenleben schmachten zu sehen. Ich werde Euch also die Thüre Eures Paradieses öffnen und durch einige kleine Unbehaglichkeiten, die ich Euch dabei bereite, dafür sorgen, daß Euch die jenseitigen Herrlichkeiten um so vollkommener erscheinen.«

»Habe nichts dagegen,« bemerkte ich in möglichst gleichgültigem Tone.

»Das bin ich überzeugt! Darum hoffe ich, daß Ihr mir für die Liebe, welche ich Euch damit erweise, einen Gefallen thut. Ich möchte nämlich gar zu gern wissen, wie es da drüben ist. Wolltet Ihr mir nach Eurer seligen Abreise einmal als Geist oder Gespenst erscheinen, um mir Auskunft zu erteilen, so würde mich das zu großer Dankbarkeit verpflichten, und Ihr könntet meinerseits des herzlichsten Willkommens sicher sein. Wollt Ihr das thun, Mr. Shatterhand?«

»Gern! Ich werde sogar noch mehr thun, als Ihr verlangt; ich werde noch vor meinem Tode über Euch kommen, und zwar in einer Weise, daß Ihr tausend Gespenster anstatt nur eines sehen werdet!«

»*Well,* darüber sind wir also einig,« lachte er. »Ihr seid freilich ein Kerl, der nie den Mut verliert; aber wenn Ihr auch jetzt noch irgend welche Hoffnung hegt, so kennt Ihr Fred Cutter schlecht, den Ihr Old Wabble nennt. Ich habe mir vorgenommen, meine Rechnung mit Euch abzuschließen, und der Strich, den ich darunter mache, wird ein Strich durch Euer Leben sein. Davor wird Euch alle Eure eingebildete Klugheit nicht bewahren können, mit der es überhaupt nicht so weit her ist, wie Ihr denkt. Ihr habt gestern nachmittag einen Pudel geschossen, der seinesgleichen sucht. Jedenfalls aber fehlt es Euch an dem nötigen Hirn, zu begreifen, was Ihr unter diesem Pudel zu verstehen habt!«

»*Pshaw,* eine Flasche, weiter nichts!«

»Richtig! Ihr seid doch nicht ganz so albern, wie ich dachte, und wenn Ihr nicht schon vor der letzten Thüre ständet, könnte vielleicht ein ganz leidlicher Westmann aus Euch werden. Ja, die Flasche, die ist verhängnisvoll für Euch geworden! Es ist schon mancher an der Flasche, nämlich am Inhalte derselben, zu Grunde gegangen; aber daß jemand in einer leeren Flasche nach den ewigen Jagdgründen befördert wird, das ist wohl noch nicht dagewesen! Habt Ihr denn nicht daran gerochen?«

Da antwortete Dick Hammerdull an meiner Stelle:

»Ist uns nicht eingefallen. Denkt Ihr denn wirklich, daß wir etwas, was Ihr in den Händen gehabt habt, an unsere Nase bringen?«

»Sehr schön gesprochen, Dicker; aber die Lust zum Scherzen wird dir noch vergehen! Ihr habt die Bouteille für eine weggeworfene Schnapsflasche gehalten; sie war aber meine Wasserflasche, die ich vergessen hatte. Wenn Ihr wißt, was ein Schluck Wasser da, wo es keines giebt, zu bedeuten hat, so werdet Ihr Euch nicht darüber wundern, daß ich sofort halten ließ und zurückritt, als ich ihren Verlust bemerkte. Es giebt Gegenden, wo das Leben an einigen Tropfen Wasser hängt. Als ich den Rand der Prairie erreichte, auf welcher wir zu Mittag gelagert hatten, sah ich Euch und erkannte Euch nicht gleich. Ihr rittet aber weiter und kamt mir dadurch näher; da sah ich freilich zu meiner Freude, daß ich die Gentlemen vor mir hatte, welche ich suchte. Ich jagte also sofort zurück und holte meine Leute. Wir folgten Euch bis an dieses Thal, wo Euer Posten so entgegenkommend war, sich von uns überfallen zu lassen. Wir schlichen zu Fuß herein und umzingelten Euch. Ihr schlieft den Schlaf der Gerechten und träumtet von so vortrefflichen Dingen, daß es mir unendlich leid thut, Euch aufgeweckt zu haben. Wir bieten Euch auf Eurem weiteren Ritte unsere Gesellschaft an. Mr. Shatterhand wird sich leider nicht daran beteiligen können, da er im Begriffe steht, abzureisen. Er wird in diesem schönen Thale, sobald es Tag geworden ist, die Himmelsleiter besteigen und also verhindert sein, an unserer Seite zu - - -«

»Schwatzt nicht so lang und so unnützes Zeug!« fiel ihm da einer in die Rede, welcher mit übereinander geschlagenen Armen am Stamme eines Baumes lehnte. »Was geschehen soll, das kann geschehen, ohne daß man vorher darüber viele Worte macht. Was Ihr mit Old Shatterhand abzuschließen habt, geht uns nichts an; die Hauptsache ist für uns das Versprechen, welches Ihr uns gegeben habt.«

»Das werde ich halten!« antwortete Old Wabble.

»So macht, daß Ihr darauf zu sprechen kommt!«

»Das hat Zeit!«

»Nein. Wir wollen wissen, woran wir sind.«

»Das wißt ihr schon!«

»Nein. Bevor Ihr nicht mit Winnetou gesprochen habt, hat alles andere keinen Wert für uns. Ihr habt uns da unten in Kansas aus den besten Geschäften gerissen; nun da wir die Kerls gefangen haben, wollen wir vor allen Dingen erfahren, ob die Hoffnungen, welche Ihr uns gemacht habt, in Erfüllung gehen können.«

»Warum sollten sie das nicht können!«

»So wendet Euch an Winnetou, schwatzt aber nicht so lange mit Old Shatterhand! Der Apatsche ist doch wohl der Mann, den wir brauchen!«

»Nur langsam, Cox, langsam! Wir haben soviel Zeit, daß Ihr das wohl erwarten könnt.«

Also Cox hieß der Mann, welcher am Baume stand! Ich vermutete, da er von Kansas und den dortigen guten Geschäften gesprochen hatte, daß die Leute, welche uns überfallen hatten, zu den Tramps gehörten, denen wir da unten so geflissentlich ausgewichen waren. Cox war sehr wahrscheinlich der Anführer dieser Truppe und von Old Wabble veranlaßt worden, mit ihm zu reiten, um uns zu verfolgen - unter welchen Voraussetzungen und Bedingungen, das war noch zu erfahren. Ich hatte, wie sich später zeigte, mit diesen Vermutungen das Richtige getroffen.

Unsere Lage war eine schlimme. Die Kerls, in deren Händen wir uns befanden, waren mehr zu fürchten als die heruntergekommenste Indianerhorde. Und von uns allen war ich derjenige, welcher die schlechtesten Aussichten hatte. Ich sollte hier ermordet werden und war vollständig überzeugt, daß, wenn nicht ein für mich günstiger Umstand eintrat, Old Wabble seine Drohung ausführen werde. Mein Leben hing diesmal an einem Haare.

Cox näherte sich dem Apatschen und sagte zu ihm:

»Mr. Winnetou, die Sache ist nämlich die, daß wir ein Geschäft mit Euch haben. Hoffentlich weigert Ihr Euch nicht, darauf einzugehen!«

Winnetou sah ebenso wie ich ein, daß Schweigen nicht am

Platze sei. Wir mußten uns über die Absichten dieser Menschen klar werden und also mit ihnen reden. Darum antwortete der Apatsche:

»Was für ein Geschäft meint das Bleichgesicht?«

»Ich will es kurz machen und aufrichtig sein. Old Wabble hat eine Rache gegen Old Shatterhand, die er sich nicht getraute, allein auszuführen. Er kam zu uns und forderte uns auf, ihm zu helfen. Wir waren natürlich bereit dazu, doch nur unter der Bedingung, daß ein guter Lohn für uns abfällt. Er versprach uns Gold, viel Gold dafür. Hoffentlich habt Ihr mich verstanden?«

»Uff!«

»Ich weiß nicht, was Ihr mit diesem Uff sagen wollt, hoffe aber, daß es eine Zustimmung bedeutet. Es sind hier in Colorado sehr schöne Placers entdeckt worden. Wir wollten, wenn wir in Kansas fertig waren, auch herauf, um zu prospekten; das ist aber eine sehr trügerische Sache. Wer nichts findet, bekommt eben nichts und zieht mit langer Nase ab. Da hat uns aber Old Wabble auf einen kostbaren Gedanken gebracht: Ihr, Mr. Winnetou, wißt gewiß viele Stellen, wo Gold zu finden ist?«

Winnetou, dem es vor allen Dingen um meine Rettung zu thun war, bedachte sich keinen Augenblick, zu antworten:

»Es giebt rote Männer, welche Plätze kennen, an denen Gold in Menge liegt.«

»Auch Ihr?«

»Ja.«

»Ihr werdet uns einen solchen Platz zeigen!«

»Die Roten Männer pflegen solche Stellen nicht zu verraten.«

»Und wenn man sie aber zwingt?«

»So sterben sie lieber.«

»*Pshaw!* Es stirbt sich nicht so leicht!«

»Winnetou hat nie den Tod gefürchtet!«

»Nach allem, was ich von Euch gehört habe, glaube ich das. Aber es handelt sich dieses Mal nicht nur um Euch, sondern um alle Eure Begleiter. Old Shatterhand muß sterben;

das ist nicht zu ändern, weil wir es Old Wabble versprochen haben; aber Euch und die andern könnt Ihr dadurch retten, daß Ihr uns ein gutes Placer entdeckt.«

»Ist das fest bestimmt?«

»Ja.«

»Werdet Ihr uns Wort halten?«

»Ich gebe Euch mein Wort darauf!«

»Das Bleichgesicht mag warten; ich werde überlegen!«

Winnetou schloß zum Zeichen, daß er nachdenken wolle, die Augen. Es trat eine Pause ein. Er kannte Goldlager, ja; aber selbst die ärgste Drohung hätte ihn nicht vermocht, eines zu verraten. Er mußte die Tramps täuschen und sich willig zeigen. Es galt für ihn zweierlei: erstenss mich, dessen Tod eine fest beschlossene Sache war, zu retten und zweitens Zeit zu gewinnen, um einen für unsere Befreiung günstigen Umstand abzuwarten.

»Nun, wann bekomme ich Antwort?« fragte Cox, als ihm die Pause zu lang wurde.

»Die Bleichgesichter werden kein Gold bekommen,« sagte Winnetou, indem er die Augen wieder aufschlug.

»Warum? Du weigerst dich also, ein Placer zu verraten?«

»Nein.«

»Wie habe ich das zu verstehen? Du weigerst dich nicht, und doch werden wir nicht bekommen, was wir suchen! Das ist ein Widerspruch!«

»Es ist kein Widerspruch. Winnetou weiß nicht nur ein Placer, sondern eine große, reiche Bonanza; er würde sie nicht verraten, wenn es sich nur um ihn handelte; da es aber das Leben so vieler Männer gilt, würde er euch die Stelle sagen, wenn er sich getraute, sie zu finden.«

»Wie? Du weißt sie und kannst sie doch nicht finden? Sollte man so etwas für möglich halten!«

»Es ist möglich, weil Winnetou nicht nach dem Besitze des Goldes trachtet. Wenn er welches gefunden hat, denkt er sehr bald nicht mehr daran. In Colorado kenne ich nur einen einzigen Ort; das ist diese Bonanza; sie ist unermeßlich reich; aber ich habe den Weg, welcher zu ihr führt, vergessen.«

»*All devils!* Eine unermeßlich reiche Bonanza und den Weg zu ihr vergessen! Das ist noch gar nicht dagewesen! Das ist geradezu zum Tollwerden! Das kann nur einem Indianer passieren! Kannst du denn nicht wenigstens sagen, in welcher Gegend es ungefähr ist?«

»Das weiß ich wohl. Es ist am Squirrel-Creek. Ich ritt damals mit Old Shatterhand am Wasser hin; da sahen wir es unter dem Moose des Ufers glänzen. Wir stiegen ab und untersuchten den Ort. Da lag Gold, viel Gold, das Wasser hatte es an dieser Stelle zusammengeschwemmt. Es gab da kleine Nuggets und auch größere Stücke.«

»Wie groß – wie groß?« fragte Cox, und alle lauschten andächtig.

»Bis zur Größe einer großen Kartoffel. Manche waren auch noch größer.«

»Donnerwetter! Da liegen ja Millionen, viele Millionen dort beisammen! Und die habt ihr liegen lassen?!«

»Warum sollten wir das Gold mitnehmen?«

»Warum? Warum ihr es hättet mitnehmen sollen? Hört, ihr Männer, diese zwei Menschen finden eine riesenhafte Bonanza, und da fragt dieser Mann, warum sie das Gold hätten mitnehmen sollen! Und das ist Winnetou, der so viel gepriesene, wundergescheite Kerl!«

Ein allgemeines Murmeln des Erstaunens antwortete. Man kann sich überhaupt denken, mit welcher Aufmerksamkeit diese Leute den Worten des Apatschen folgten. Es fiel ihnen gar nicht ein, an der Wahrheit derselben zu zweifeln. Man wußte überall, daß Winnetou ein Freund der Wahrheit sei. Ich war überzeugt, daß er auch jetzt keine Lüge sagte; es gab jedenfalls eine solche reichhaltige Bonanza, doch lag sie sehr wahrscheinlich nicht am Squirrel-Creek, sondern ganz anderswo.

»Warum wundert sich der weiße Mann so sehr?« fragte der Apatsche. »Es sind überall Placers vorhanden, wo Winnetou und Old Shatterhand sich Gold holen können. Wenn sie welches brauchen, suchen sie dasjenige Placer auf, welches ihnen zu der betreffenden Zeit am nächsten liegt. Jetzt wollten wir hinauf nach dem Squirrel-Creek, um dort einige Taschen voll zu holen.«

»Ah! Ihr wolltet welches holen! Das haben wir uns doch gedacht, daß ihr nur aus diesem oder einem ähnlichen Grunde hinauf in die Berge wolltet! Aber – wie stimmt das? Du hast ja gesagt, daß du nicht mehr weißt, wo die Bonanza liegt!«

»So ist es. Ich habe es vergessen; aber Old Shatterhand, mein Bruder, hat sich die Stelle sehr gut gemerkt.«

Jetzt war es heraus, was er hatte sagen wollen und was mich vom Tode erretten sollte. Wenn sie die Bonanza haben wollten, deren Lage ich allein genau kannte, mußten sie mein Leben schonen. Er war natürlich so klug, diese Worte so wenig zu betonen, daß ihre Absichtlichkeit nicht erraten wurde. Daß er den gewollten Zweck erreichte, zeigte sich auf der Stelle, denn Cox rief schnell aus:

»Das ist gut, sehr gut! Das ist ja ganz dasselbe! Ob Winnetou oder Old Shatterhand diese Stelle genau kennt, das macht gar keinen Unterschied, da beide unsere Gefangenen sind. Kann Winnetou uns nicht hinführen, so wird Old Shatterhand unser Führer sein!«

»Das sagt Ihr, ohne mich zu fragen, Mr. Cox?« sagte Old Wabble.

»Warum sollte ich Euch fragen?«

»Weil Old Shatterhand mir gehört.«

»Das bestreitet Euch kein Mensch!«

»Oho! Ihr selbst bestreitet es.«

»Wie so?«

»Weil Ihr ihn mit nach dem Squirrel-Creek nehmen wollt. Er soll doch heut, und zwar hier in diesem Thale sterben!«

»Soll? Nein, sondern er sollte; nun aber ist nicht mehr daran zu denken. Er wird leben bleiben und uns zu der Bonanza führen.«

»Das gebe ich nicht zu; das verbitte ich mir!«

»Seid Ihr gescheit, oder seid Ihr verrückt! Ich glaube, Ihr habt den Verstand verloren, alter Wabble!«

»Grad weil ich mehr Verstand habe als Ihr, gebe ich es nicht zu!«

»Mehr Verstand? Oho! Wollt Ihr auf die Bonanza verzichten?«

»Ja.«

»*All devils!* Ihr seid wirklich wahnsinnig geworden!«

»Fällt mir nicht ein! Ich weiß, was ich thue. Ich habe Euch angeworben, mir Old Shatterhand zu fangen; dafür habe ich Euch den Rat gegeben, Winnetou zu zwingen, Euch ein Placer zu zeigen. Die Bonanza würde also Euch allein gehören und nicht mir auch mit. Wegen etwas aber, woran ich keinen Anteil habe, gebe ich Old Shatterhand, nachdem wir ihn so glücklich erwischt haben, nicht wieder her.«

»Ihr sollt ihn ja nicht hergeben!«

»Doch!«

»Nein!«

»Das denkt Ihr nur; ich aber verstehe mich besser darauf. Glaubt Ihr denn wirklich, ihn mit hinauf nach der Bonanza zu bringen?«

»Natürlich!«

»Fällt ihm nicht ein!«

»Möchte doch sehen, wie er es anfangen wollte, sich zu weigern!«

»Sich weigern? Daran denkt er mit keinem Atem. Aber fliehen wird er, ausreißen!«

Da schlug Cox ein lautes Gelächter auf und rief:

»Ausreißen, uns ausreißen! Habt ihr es gehört, ihr Leute, ein Mann, der unser Gefangener ist, soll uns entfliehen, soll ausreißen können!«

Sie stimmten alle in sein Lachen ein; Old Wabble aber schrie zornig:

»Wie dumm ihr seid, die ihr mich dumm genannt habt, das ist doch kaum zu sagen! Wenn ihr euch einbildet, diesen Kerl festhalten zu können, so könnt ihr mir unendlich leid thun! Der zersprengt mit seinen Fäusten eiserne Ketten, und wenn er mit Gewalt nichts ausrichtet, so legt er sich auf die List, in welcher er der größte Meister ist.«

»Eiserne Ketten haben wir nicht und brauchen wir nicht; lederne Riemen sind besser, viel besser! Und List! Ich möchte den Menschen sehen, der zwanzig solchen Männern, wie wir sind, durch List entkommt! Und wenn er es noch so pfiffig anfängt, vierzig Augen bewachen ihn; was da das eine nicht sieht, das sieht das andere. Der listigste Anschlag, den er versuchen könnte, würde von uns entdeckt werden.«

»Es ist wirklich lächerlich, großartig lächerlich, was manche Menschen sich einbilden! Habt Ihr denn nicht gehört, wie oft er bei den Indianern gefangen war und ihnen wieder und immer wieder entkommen ist?«

»Wir sind keine Indianer!«

»Aber Weißen ist es ebenso ergangen! Ich sage euch, dieser Schurke macht alles, alles möglich, was allen andern Menschen unmöglich wäre! Der ist nicht zu halten. Den muß man erschießen, gleich nachdem man ihn ergriffen hat. Wenn man das nicht thut, läuft er einem wie Wasser aus den Händen! Ich kenne das, denn ich bin lange Zeit mit ihm geritten!«

»Ihr macht aus der Mücke einen Elefanten. Ich wiederhole es noch einmal: Ich möchte den Menschen sehen, der mir entflieht, wenn ich ihn festhalten will! Es bleibt dabei; er führt uns nach der Bonanza!«

»Und ich gebe das nicht zu!«

Sie standen sich wie kampfgerüstet gegenüber, Old Wabble, der Spötter, der Leugner, der Lästerer, und Cox, der gewaltthätige Anführer der Tramps, der sich ohne Skrupel hatte dingen lassen, mich zu fangen und dem Mörder zu übergeben. Es war ein interessanter, ein hochinteressanter Augenblick, so interessant, daß ich vergaß, daß es mein Leben war, um welches sie sich stritten. Es kam aber nicht zu Thätlichkeiten. Cox legte dem alten Wabble die Hand auf die Achsel und sagte in drohendem Tone:

»Glaubt Ihr denn wirklich, daß ich danach frage, ob Ihr es zugeben werdet?«

»Ich hoffe es!«

»*Pshaw!* In dieser Beziehung habt Ihr leider gar nichts zu hoffen!«

»So wollt Ihr mich um Old Shatterhand betrügen, wollt wortbrüchig werden?«

»Nein. Wir halten Wort.«

»Es hat aber jetzt ganz anders geklungen!«

»Aber auch nur geklungen. Wir haben Euch versprochen, Old Shatterhand zu fangen und ihn Euch auszuliefern. Gefangen haben wir ihn, und Ihr könnt versichert sein, daß wir ihn Euch auch übergeben werden, aber nur nicht heut!«

»Hole Euch der Teufel mit diesem Eurem Versprechen! Ihr werdet es doch nicht halten können; das habe ich gesagt und sage es immer wieder!«

»Wir halten es. Und wenn Ihr es etwa verhindern wolltet, daß wir ihn mitnehmen, so schaut Euch hier im Kreise um! Wir sind zwanzig Mann!«

»Ja, darauf fußt Ihr freilich!« schrie er ergrimmt.

»Ihr seht also, daß Ihr Euch fügen müßt. Es ist ja nur für kurze Zeit!«

»Für kurze Zeit? Für immer wird es sein! Ich sage ja, daß er entfliehen wird! Es ist am besten, ich frage gar nicht viel, sondern schieße ihm eine Kugel in den Kopf. Da hat aller Streit ein Ende!«

»Das wagt ja nicht, Mr. Wabble! Wenn Ihr Old Shatterhand erschießt oder ihn nur im geringsten verletzt, so ist Euch im nächsten Augenblicke eine Kugel von mir sicher. Das mögt Ihr Euch wohl merken!«

»Ihr wagt es mir zu drohen?«

»Wagen? Dabei ist gar nichts gewagt! Wir sind mit Euch gezogen und wollen gute Kameradschaft mit Euch halten. Aber es handelt sich um eine Bonanza, welche wahrscheinlich Millionen wert ist. Da frage ich den Teufel nach Eurem Leben, wenn Ihr uns um diese Masse von Gold bringt! Also, daß Ihr es wißt: Old Shatterhand reitet mit uns, und wenn Ihr ihn auch nur so wenig verletzen solltet, daß ein Ritz in seiner Haut entsteht, lauft Ihr die Himmelsleiter hinan, auf die Ihr ihn stellen wolltet!«

»Ihr droht mir mit dem Tode! Ist das die Kameradschaft, von der Ihr redet?«

»Ja, das ist sie! Oder ist es kameradschaftlich von Euch, daß Ihr uns um die Bonanza bringen wollt?«

»Nun gut, so muß ich mich fügen, doch nicht, ohne daß ich eine Bedingung stelle.«

»Welche?«

»Ich will dann, wenn die Bonanza gefunden wird, auch an ihr Teil haben; *th'is clear!*«

»*Well!* Einverstanden! Ihr seht also, daß wir es gut mit Euch meinen!«

»Das könnt Ihr auch, denn wenn Ihr solche Klumpen Gold bekommt, so habt Ihr das niemand als nur mir zu verdanken. Uebrigens werde ich mich wegen Shatterhand nicht auf Euch, sondern auf mich selbst verlassen.«

Und sich zu mir wendend, fuhr er in sehr höhnischem Tone fort:

»Ich habe nämlich ein vortreffliches Mittel, Euch von der Flucht abzuhalten.«

Er deutete auf den Henrystutzen und den Bärentöter und fügte hinzu:

»Ohne diese Gewehre reißt Ihr uns sicherlich nicht aus! Ich kenne Euch und weiß, daß Ihr sie auf keinen Fall aufgebt. Ich habe sie ja schon einmal besessen, leider nur für kurze Zeit. Nun sind sie für immer mein!«

»Wie lange wird dieses ›immer‹ dauern?« fragte ich.

»So lange ich lebe, natürlich!«

»Das würde eine sehr kurze Zeit sein, denn ich nehme mit Sicherheit an, daß der Tod ganz nahe hinter Euch steht. Aber auch so lange braucht Ihr Euch mit den Gewehren gar nicht zu belästigen; das kann ich Euch schon jetzt sagen. Ich bin überzeugt, daß ich sie sehr bald zurückbekomme.«

»*Pshaw!* Rechnet dieses Mal ja nicht auf Euer gewöhnliches Glück!«

»Auf Glück und Zufall rechne ich niemals. Ich spreche nur darum so, weil ich weiß, daß meine Zeit, zu sterben, jetzt noch lange nicht gekommen ist.«

»So? Steht Ihr etwa mit dem Himmel in so gutem Einvernehmen, daß er Euch, wenn Ihr drüben gebraucht werdet, einen expressen Boten schickt, um Euch gehorsamst einzuladen, Euch an der Seligkeit zu beteiligen?«

»Lästert nicht! Ich bin zum Tode noch nicht reif, weil ich noch viel zu wirken habe.«

»Oh! Und da denkt Ihr, daß der liebe Gott wartet, bis Ihr fertig seid? Ein sehr gefälliger Gott; das muß ich sagen! Nicht?«

Er erhielt natürlich keine Antwort. Da stieß er mich mit dem Fuße an.

»Wollt Ihr wohl reden, wenn ich frage! Es ist eine große und ganz unverdiente Ehre für Euch, wenn Old Wabble mit Euch spricht! Als Ihr mich ohne Gewehr aus dem Kih-peta-kih fortschicktet, ohne Pferd und Gewehr sogar, dachtet Ihr wohl nicht, daß ich Euch so bald fassen würde? Ich ging zu den Osagen. Da bekam ich ein anderes Pferd und eine andere Flinte; aber die Kerls hatten keinen Unternehmungsgeist. Dieser Honskeh Nonpeh, dem der Befehl übergeben worden war, hatte keine Lust, Euch zu folgen; er stellte sogar lächerlicherweise alle Feindseligkeiten gegen die Bleichgesichter ein und zog mit seinen Kriegern heim. Eine Schande! Doch hat mich das nur kurze Zeit aufhalten können. Ich ritt zu den Tramps und engagierte, wie Ihr gehört habt, hier diese Gentlemen, natürlich auf Eure Kosten, die Ihr so gewiß bezahlen müßt, wie ich hier vor Euch stehe. Jetzt habe ich mein Pferd und Gewehr wieder und Eure Pferde und Gewehre dazu. Ihr seid nun nichts, gar nichts mehr in meinen Augen und nur noch diese Fußtritte wert!«

Er stieß mir und dann auch Winnetou den Fuß mit aller Kraft gegen den Leib. Schon hob er ihn, um auch Hammerdull einen Tritt zu versetzen, ließ ihn aber wieder sinken; der Dicke war ihm ja gleichgültiger als wir, sagte aber, als Old Wabble sich abwendete, in seiner drolligen Weise, die er auch in der schlimmsten Lage nicht aufgab:

»Das war Euer Glück, verehrtester Mr. Wabble!«

»Was?« fragte der Alte.

»Daß Ihr den Fuß zurückgezogen habt.«

»Warum?«

»Weil ich grad an dem Leib im höchsten Grade empfindlich bin.«

»Das wollen wir doch gleich einmal versuchen!«

Er gab ihm einen derben Tritt. Der Dicke war trotz seines Leibesumfanges ein sehr behendes und gewandtes Kerlchen. Ihm waren wie auch uns, die Füße zusammen- und die Hände auf den Rücken gebunden worden. Indem er die Kniee beugte und die Füße an den Leib zog und dabei die Hände unter dem Rücken gegen die Erde stemmte, schnellte er sich wie eine Feder auf und fuhr Old Wabble mit dem Kopfe an den Leib. Der Stoß war ein so kräftiger, daß Hammerdull auf seinen Platz zurückstürzte, der alte Cow-boy aber hintenüber und in das Feuer flog. Der letztere sprang zwar schnell wieder auf, aber der kurze Augenblick hatte doch genügt, ihm die Hälfte seiner langen, weißen Haarmähne weg- und die Bekleidung seines Oberkörpers anzusengen. Ein allgemeines Gelächter erscholl. Darüber ergrimmt, richtete Old Wabble seinen Zorn nicht gegen Hammerdull, sondern gegen die Tramps, die sich über ihn lustig machten. Während er eine geharnischte Stafpredigt gegen sie losdonnerte, wendete sich der Dicke an Pitt Holbers:

»War das nicht fein gemacht? Hast du nicht deine Freude drüber, alter Pitt?«

»Hm, wenn du denkst, daß es ein guter Coup war, so hast du recht!« antwortete sein langer Freund in seiner wohlbekannten, trockenen Weise.

»Glaubt dieser Mensch, mir einen Fußtritt versetzen zu können, ohne daß ich mich wehre! Was sagst du dazu?«

»Ich hätte ihn auch ins Feuer geworfen, grad wie du!«

»Ob ins Feuer oder nicht, das bleibt sich gleich, das ist übrigens ganz egal, denn hineingeflogen ist er doch; das hast du ja gesehen!«

Nun erst kam Old Wabble herbei, um sich an dem Dikken zu rächen, Cox aber hielt ihn davon ab, indem er sagte:

»Laßt die Leute in Ruhe, so wird Euch so etwas nicht wieder geschehen! Old Shatterhand gehört Euch; die andern aber sind unser, und ich will nicht, daß sie unnütz maltraitiert werden.«

»Ihr seid doch plötzlich recht human geworden!« knurrte der Alte.

»Nennt es, wie Ihr wollt. Diese Männer müssen mit uns reiten, und ich kann mich nicht mit verletzten und zerstoßenen Menschen schleppen. Wir haben übrigens mehr zu thun, als uns hier mit ihnen herumzuzanken. Wir wissen ja noch gar nicht, wo sie ihre Pferde haben. Sucht nach ihnen!«

Die Pferde waren aus der Umwallung in das Freie gebracht und dort angepflockt worden; sie wurden bald gefunden. Die Tramps hatten schon, während ich in der Betäubung lag, gegessen und wollten nun noch bis zum Morgen schlafen. Cox bestimmte zwei Männer zum Wachen, und dann legte man sich nieder. Old Wabble hatte den mir höchst unangenehmen Gedanken, sich zwischen mich und Winnetou hineinzuschieben und meinen Arm mit dem seinigen durch einen Extrariemen zu verbinden. Diese große Vorsicht des Alten war sehr geeignet, keinen Gedanken an Flucht in mir aufkommen zu lassen.

Und doch dachte ich an Flucht, und wie sehr!

Es giebt keine Lage, die so schlimm ist und den Menschen so fest umfängt, daß er nicht aus ihr befreit werden könnte, durch eigene Kraft oder, wo das nicht möglich ist, durch fremde Hilfe. Auch jetzt verzweifelte ich keineswegs. War doch schon der augenblickliche Tod, den Old Wabble für mich bestimmt hatte, an mir vorübergegangen! Bis zum Squirrel-Creek hatten wir einen weiten Ritt; warum sollte sich uns bis dorthin nicht eine Gelegenheit zum Entkommen bieten. Uebrigens richtete ich meinen Blick gar nicht so weit hinaus, sondern vielmehr ganz in die Nähe. Ich hegte eine Hoffnung, eine Hoffnung, deren Name ein indianischer war, nämlich der Name Kolma Puschi.

Wenn man mich fragt, warum dieser Name seit der Zeit, in welcher wir uns schlafen legten, nicht wieder genannt worden ist, so muß ich antworten: Dies hatte seinen Grund, und dieser Grund bestand in dem Umstande, daß Kolma Puschi nicht mehr da war. Als ich aus der Ohnmacht erwachte, war es natürlich mein erstes gewesen, mich umzusehen, und da hatte ich sogleich bemerkt, daß der rätselhafte Indianer nicht mehr anwesend war.

Wo befand er sich? Wo war er hin?

Zunächst wollte ein böser Verdacht in mir aufsteigen: Stand er vielleicht mit den Tramps in Verbindung? Dieses Mißtrauen mußte ich aber gleich wieder zurückweisen. Der Ruf, in welchem Kolma Puschi stand, ließ es als ganz unmöglich erscheinen, daß er sich mit derartigen Menschen in Beziehung setzte.

Da gab es eine zweite Frage: Hatte er die Tramps kommen hören und sich bei ihrer Annäherung schnell aus dem Staub gemacht? Auch das konnte ich ihm nicht zutrauen. Welchen Grund hätte er in diesem Falle haben können, uns nicht zu wecken und zu warnen? Nein, seine Entfernung mußte eine andre Ursache haben.

Er war von Dick Hammerdull gefragt worden, ob er mit uns reiten wolle, und hatte geantwortet, daß er sich dies erst überlegen werde. Er hatte sein Pferd nicht hier, sondern irgendwo anders stehen und sich, als wir eingeschlafen waren, heimlich entfernt, um entweder es zu holen oder überhaupt nicht wiederzukommen. Im letzteren Falle war seine Entfernung deshalb ohne Abschied geschehen, um allen zudringlichen Fragen und Erkundigungen aus dem Wege zu gehen; er hatte ja in der kurzen Zeit unsers Beisammenseins wiederholt gezeigt, daß dergleichen Forschungen ihm unangenehm seien.

In dem Falle, daß er fortgegangen war, um nicht wiederzukommen, hatten wir nichts von ihm zu erwarten; hatte er aber nur sein Pferd holen wollen, so war dies grad kurz vor der Zeit des Ueberfalles geschehen, und er hatte bei seiner Rückkehr infolge des Lärmes, den die Tramps machten, sich gleich denken müssen, daß etwas vorgekommen sein müsse, was ihn zur Vorsicht mahne. Dann hatte er sich höchst wahrscheinlich herbeigeschlichen, die Veränderung der Scene entdeckt und alles, was geschah und gesprochen wurde, belauscht. War er nun der Mann, für den ich ihn infolge seines Rufes hielt, so mußte er da unbedingt den Entschluß gefaßt haben, sich unser anzunehmen, und zwar dies um so mehr, als er nicht nur große Freude über seine Begegnung mit Winnetou, sondern auch ein noch viel regeres, wenn auch geheimnisvolles Interesse für Apanatschka gezeigt hatte. Personen, für welche man eine solche Teilnahme empfindet, läßt man nicht in einer Lage stecken, wie die unserige war; das versteht sich ganz von selbst.

Wenn diese meine Kombination die richtige war, steckte Kolma Puschi jetzt hier in der Nähe, und ich konnte, sobald die Tramps eingeschlafen waren, irgend ein Zeichen von ihm erwarten; es läßt sich also denken, daß ich mich in einer ziemlichen Spannung befand. Uebrigens stand bei mir vollständig fest, daß Winnetou, dessen Scharfsinn ja unvergleichlich war, genau dieselben Gedanken hegte und ebenso auf Kolma Puschi wartete wie ich.

Es widerfuhr mir die Freude, daß diese Erwartungen nicht getäuscht wurden. Die beiden Wächter saßen diesseits und jenseits des Feuers, welches sie unterhielten; der jenseitige legte sich später um; er mochte müde sein; der diesseitige kehrte mir den Rücken zu und deckte, da unsere drei Plätze in einer geraden Linie lagen, mich vor den Augen des andern. Das war ein günstiger Umstand, von dem ich hoffte, daß der Indianer ihn eintretenden Falles ausnutzen werde. Es strich jetzt ein Wind durch das Thal, welcher die Büsche und Bäume bewegte, daß sie rauschten. Dieses Rascheln mußte das Geräusch, welches ein heimlich herankriechender Mensch vielleicht verursachte, unhörbar machen.

Zuweilen den Kopf hebend, beobachtete ich den Kreis der Schläfer und war nach einer halben Stunde überzeugt, daß außer den Wächtern, Winnetou und mir kein Mensch mehr munter war. Ich muß erwähnen, daß mir zur Rechten Hammerdull und zur Linken der alte Wabble lag; dann kam Winnetou und neben diesem Pitt Holbers, auf welchen mehrere Tramps folgten.

Grad, als ich dachte: Jetzt wäre die beste Zeit, daß er käme, wenn er überhaupt kommen kann und will, bemerkte ich rechts hinter mir eine leise, langsame Bewegung, und es schob sich ein Kopf zu dem meinigen heran; es war der Erwartete.

»Old Shatterhand mag sich ja nicht bewegen!« flüsterte er mir zu. »Hat mein weißer Bruder an mich gedacht?«

»Ja,« antwortete ich ebenso leise.

»Und geglaubt, daß ich komme?«

»Ja.«

»Kolma Puschi wollte eigentlich hin zu Winnetou, hätte aber dort bei ihm keine Deckung gehabt. Darum kroch ich zu Old Shatterhand, wo wir uns im Rücken der Wache befinden. Mein weißer Bruder mag mir sagen, was er wünscht; ich bin bereit, es zu hören!«

»Willst du uns befreien?«

»Ja.«

»Wo?«

»Das mag Old Shatterhand bestimmen; er wird es am besten wissen.«

»Hier noch nicht. Es muß so passen, daß wir die Gefährten auch gleich losmachen können. Aber wird mein roter Bruder uns folgen wollen?«

»Gern.«

»Wie lange und wie weit?«

»So lange und so weit, bis ihr frei geworden seid.«

»Hast du vielleicht gehört, was gesprochen worden ist?«

»Ja. Kolma Puschi lag hinter den Steinen und hörte alles.«

»Auch daß wir nach dem Squirrel-Creek wollen?«

»Auch das. Die Weißen wollen die Bonanza haben, die sich nicht dort befindet.«

»Kennt mein roter Bruder den Squirrel-Creek?«

»Es sind mir hier und noch viel weiterhin alle Gegenden bekannt.«

»Giebt es auf dem Wege nach diesem Creek vielleicht einen passenden Ort zu unserer Befreiung heut abend? Es müssen da viel mehr Bäume und Büsche stehen als hier, wo wir nur schwer an die Wächter kommen können und ein einziger Blick von ihnen genügt, uns alle zu übersehen.«

»Kolma Puschi kennt einen solchen Ort, den ihr grad zur

passenden Zeit erreichen könnt, so daß es nicht auffällig ist, wenn ihr dort anhaltet. Aber werden die weißen Männer euch dorthin folgen?«

»Gewiß. Sie scheinen in dieser Gegend unbekannt zu sein, und wenn wir sie nach dem Squirrel-Creek bringen sollen, sind sie unbedingt gezwungen, sich unserer Führung anzuvertrauen.«

»So mag Old Shatterhand von hier aus genau nach Westsüdwest reiten und da, wo er auf ihn trifft, über den Rush-Creek gehen. Er hat dann diesem Flusse am andern Ufer so lange zu folgen, bis er die Stelle erreicht, wo der Nordfork und der Südfork dieses Creeks zusammenfließen. Von da aus geht es um den letzten Bogen des Südforks herum und hierauf genau Westnordwest über eine langsam ansteigende Prairie, auf welcher oft Gesträuch zu finden ist, nach einer schon von sehr weit zu sehenden Felsenhöhe, an deren Fuße mehrere Springs[1] aus der Erde fließen. Auf dem Felsen und um die Springs stehen viele Bäume, und die nördlichste dieser Quellen ist der Ort, an dem ihr lagern sollt.«

»Gut; ich werde diesen Spring finden.«

»Und Kolma Puschi wird auch hinkommen.«

»Aber ja nicht vor, sondern nach uns!«

»Denkt Old Shatterhand, daß ich das nicht weiß? Meine Fährte würde mich verraten. Was hat Old Shatterhand mir noch zu sagen?«

»Jetzt nichts, weil ich nicht weiß, wie sich die Einzelheiten unsers Lagers heut abend gestalten werden. Hoffentlich wirst du dich zu uns heranwagen können, dann aber nur zu Winnetou oder mir, weil keiner von den andern das nötige Geschick besitzt, die Hilfe, welche du uns leistest, augenblicklich und energisch auszunützen.«

»So kann ich jetzt verschwinden?«

»Ja. Ich danke meinem roten Bruder Kolma Puschi und bin, sobald wir freigeworden sind, bereit, für ihn in jeder Not mein Leben zu wagen.«

[1] Quellen.

»Der große Manitou lenkt die Schritte seiner Kinder wunderbar; darum ist es möglich, daß Kolma Puschi auch einmal der Hilfe Winnetous und Old Shatterhands bedarf. Ich bin euer Freund, und ihr mögt meine Brüder sein!«

Er schob sich so geräuschlos zurück, wie er gekommen war. Auf der andern Seite Old Wabbles ertönte jetzt das halblaute Räuspern des Apatschen; das galt mir. Er wollte mir damit sagen, daß er den Besuch Kolma Puschis beobachtet habe. Ihm, dessen Sinne von einer geradezu unvergleichlichen Schärfe waren, hatte das freilich nicht entgehen können.

Wir waren beide befriedigt und wußten, daß unsere jetzige Lage nicht von langer Dauer sein werde; wir konnten ruhig einschlafen. Vorher aber gingen mir allerlei Gedanken über Kolma Puschi im Kopfe herum. Er sprach ein fast geläufiges Englisch; er hatte sich der Ausdrücke Westsüdwest und Westnordwest bedient, was mir noch bei keinem Indianer vorgekommen war. Woher kam diese Geläufigkeit bei ihm, der mit niemanden verkehrte und ein so sehr einsames, abgeschlossenes Leben führte? Ließ das auf einen frühern, engern Umgang mit den Weißen schließen? Wenn ja, so war er jedenfalls durch schlimme Erfahrungen von ihnen zurück und in die Abgeschiedenheit gestoßen worden, in welcher er jetzt lebte.

Als ich am Morgen erwachte, waren die Tramps dabei, die bei uns gemachte Beute zu verteilen; sie betrachteten natürlich alles, was sie uns abgenommen hatten, als ihr gutes Eigentum. Old Wabble hatte alle meine Sachen; Cox nahm Winnetous Silberbüchse für sich, ohne daran zu denken, daß diese ihn später überall, wo man sie in seinen Händen sah, als Räuber und Mörder, wenigstens aber als Dieb verraten müsse. Auch den Hengst Iltschi des Apatschen bestimmte er für sich und gab Old Wabble den guten Rat:

»Den andern Rapphengst, den jedenfalls Old Shatterhand geritten hat, sollt Ihr bekommen, Mr. Cutter. Ihr könnt daraus ersehen, daß ich es gar nicht übel mit Euch meine.«

Old Wabble aber schüttelte den Kopf und antwortete:

»Danke sehr; ich mag ihn nicht!«

Er wußte wohl, warum. Er hatte meinen Hatatitla kennen gelernt.

»Warum nicht?« fragte Cox erstaunt. »Ihr seid doch ein besserer Pferdekenner und müßt wissen, daß kein andres Tier mit diesen beiden Rappen zu vergleichen ist.«

»Das weiß ich freilich, nehme aber doch lieber diesen hier.«

Er deutete dabei auf Schahko Mattos Pferd. Cox bestimmte also einen andern, der das meinige bekommen sollte. Ebenso ging es mit unsern andern Pferden, welche alle besser waren als diejenigen der Tramps, die alte Stute Dick Hammerdulls ausgenommen, die niemand haben wollte.

Ich freute mich schon auf die Scene, die daraus folgen mußte; unsere braven Hengste litten ja keinen fremden Menschen im Sattel.

Unser Proviant war uns auch abgenommen worden. Es wurde gegessen; auch wir bekamen ein freilich unzureichendes Frühstück; man tränkte die Pferde, und dann sollte aufgestiegen und fortgeritten werden. Wir wurden auf die Gäule gebunden, die Hände nach vorn, so daß wir die Zügel halten konnten; nun führte man die Beutepferde vor.

Die Osagenpferde machten denen, die sie reiten wollten, nicht viel zu schaffen; schlimmer schon war es mit Apanatschkas dunklem Rotschimmel; er ging, kaum daß der Reiter aufgestiegen war, sofort durch, und es dauerte lange, ehe Mann und Roß zurückkehrten. Jetzt stieg Cox auf Winnetous Iltschi. Dieser ließ das so ruhig geschehen, als ob er der allerfrömmste Rekruten- und Manegegaul sei. Schon wollte der Tramp es sich recht gemütlich im Sattel machen, da flog er in einem weiten Bogen durch die Luft, und gar nicht weit davon ertönte ein lauter Schrei: mein Hatatitla hatte seinen Kerl ganz ebenso prompt herabbefördert.

Die beiden Gestürzten standen fluchend auf und sahen zu ihrer Verwunderung die Rappen so unbeweglich dastehen, als ob gar nichts geschehen sei; sie schwangen sich also wieder auf, wurden aber zu ganz gleicher Zeit zum zweitenmal abgeworfen. Es wurde noch ein dritter Versuch gemacht, doch mit ganz demselben Mißerfolge. Old Wabble hatte heimlich kichernd zugesehen; jetzt brach er in ein lautes Lachen aus und rief dem Anführer zu:

»Nun wißt Ihr wohl, Mr. Cox, warum ich den schwarzen Teufel nicht haben wollte? Diese Rappen sind so dressiert, daß sich selbst der beste Reiter der Welt keine Minute auf ihnen halten kann.«

»Warum sagt Ihr mir das jetzt erst?!«

»Weil ich Euch das Vergnügen gönnen wollte, auch einmal mit dem Parterre Bekannschaft zu machen. Seid Ihr zufriedengestellt?«

»Der Teufel hole Euch! Lassen sie denn wirklich niemanden oben?«

»Keinen Menschen!«

»Fatal! Was ist da zu thun?«

»Wenn Ihr nicht unterwegs verschiedene Aergernisse haben wollt, so setzt einstweilen ihre früheren Besitzer darauf! Später kann man ja den Versuch machen, ob die Rakker gefüge zu machen sind.«

Dieser Rat wurde befolgt. Wir bekamen unsere Pferde, und dann wurde aufgebrochen. Als wir dem Thaleingange zuritten, kam Cox an meine Seite und sagte:

»Ich denke, daß es Euch nicht in den Sinn kommt, Euch durch Widersetzlichkeit Eure Lage zu erschweren! Kennt Ihr den richtigen Weg?«

»Ja.«

»Hoffentlich führt Ihr uns nicht irr!«

»Fällt mir nicht ein!«

»Wohin geht es heut?«

»Nach einem Spring jenseits des Rush-Creek.«

Mir war es außerordentlich lieb, daß er es für ganz selbstverständlich hielt, daß ich den Führer zu machen hatte, weil ich nach der Aussage des Apatschen mir die Lage der Bonanza gemerkt hatte. Um nun zu wissen, wie es mit den Ortskenntissen der Tramps stehe, erkundigte ich mich:

»Ihr kennt doch wohl die Gegend nach dem Squirrel-Creek hinauf?«

»Nein.«

»Oder einer Eurer Leute?«

»Auch nicht,« war er so dumm, zu antworten.

»So ist niemand von euch schon dort gewesen?«

»Keiner! Ihr werdet uns also den Weg zeigen.«

»Das mag Winnetou thun!«

»Der hat sich die Stelle nicht gemerkt, wo das Gold liegt.«

»Und Ihr seid der Ansicht, daß ich sie Euch wirklich zeigen werde?«

»Natürlich!«

»Sonderbarer Mensch, der Ihr seid!«

»Wieso?«

»Was habe ich davon, wenn ich Euch zu dem Gold verhelfe? Nichts, gar nichts! Der Tod ist mir zugesprochen; es geht mir an das Leben, ob Ihr die Bonanza bekommt oder nicht. Denkt Ihr da, daß es mir Vergnügen macht, euch alle dafür, daß ihr uns überfallen und ausgeraubt habt und daß ich ermordet werde, zu Millionären zu machen?«

»Hm!« brummte er, ohne weiter etwas zu sagen.

»Ihr scheint die Sache noch gar nicht von dieser Seite betrachtet zu haben?«

»Freilich nicht; aber Ihr habt Rücksicht auf Eure Kameraden zu nehmen.«

»Wieso?«

»Wenn wir die Bonanza nicht bekommen, müssen sie alle sterben!«

»Was geht das mich an, da ich sterben muß? Wer nimmt Rücksicht auf mich? Was habe ich, wenn ich tot bin, davon, daß die andern leben?«

»*Chimney corner!* Ihr werdet doch nicht so grausam mit ihnen sein!«

»Ich? Grausam? Ihr scheint ein sehr lustiger Kerl zu sein! Spricht der Mensch von Grausamkeit und ist es doch selbst, der sie ermorden will, falls er das Gold nicht bekommt! Ihr braucht uns ja nur freizugeben, so kann von Grausamkeit gar keine Rede sein!«

»Daß ich verrückt wäre!«

»So macht auch mir nicht die Vorwürfe, die nur Euch gehören!«

Er sah einige Zeit vor sich nieder und sagte dann:

»*Well,* wollen aufrichtig miteinander reden! Ist Euch wirklich der Gedanke gekommen, uns die Lage des Placers zu verheimlichen?«

»Ja, selbstverständlich!«

»Schlagt ihn Euch aus dem Kopfe! Es würde das unbedingt zum Tode Eurer Kameraden führen und außerdem auch Euer Schaden sein.«

»Wieso der meinige?«

»Weil es noch gar nicht sicher ist, daß ich Euch dem alten Wabble ausliefere.«

»Ah!« dehnte ich verwundert.

»Ja,« nickte er. »Zufällig reitet er da vorn und hört also nicht, was ich mit Euch spreche. Wenn Ihr uns die Bonanza zeigt, und wenn sie so reich ist, wie Winnetou sie beschrieben hat, bin ich im stande, nicht nur Eure Gefährten, sondern auch Euch freizulassen.«

»Wirklich?«

»Ja.«

»Wollt Ihr es mir versprechen?«

»Fest versprechen kann ich es leider nicht.«

»So nützt mir Eure ganze Rede nichts. Ich will wissen, woran ich bin!«

»Sie nützt Euch doch! Es kommt auf den Reichtum der Bonanza an. Sind wir in dieser Beziehung zufrieden, so werdet auch Ihr mit mir zufrieden sein. Ihr müßt ja am besten wissen, wie es steht.«

»Was das betrifft, so weiß ich freilich, daß es sich um Millionen handelt.«

»Nun, da ist es so gut, als ob Ihr jetzt schon frei wäret.«

»Was aber wird Old Wabble dazu sagen?«

»Das geht Euch nichts an; den überlaßt nur mir! Wenn es

ihm einfällt, mir Scherereien zu machen, so jage ich ihn einfach zum Teufel.«

»Das geht aber nicht an; er soll ja Teilnehmer der Bonanza sein.«

»Unsinn! Habt Ihr denn nicht gemerkt, daß ich ihm das nur weisgemacht habe? Ich bin nicht so dumm, ihm mein Wort zu halten!«

Er war dennoch dumm; er war sogar noch dümmer, als er mit diesen seinen Worten bezeichnen wollte. Wenn er dem alten Wabble sein Wort brach, wie konnte ich da annehmen, daß er das mir gegebene Versprechen halten werde! Es fiel ihm gar nicht ein, mich, wenn er die Bonanza hatte, freizulassen. Ja, noch mehr: da es keine Zeugen seiner an uns verübten Gewaltthat geben durfte, konnten auch meine Begleiter ihres Lebens nicht mehr sicher sein. Er wollte sich nur jetzt meiner Bereitwilligkeit versichern; hatte er dann das Placer, so kam es ihm auf einen Wortbruch und auf ein weiteres Verbrechen nicht an. Was mich dabei am meisten empörte, war, daß dieser freche Patron es wagte, gegen mich einen so vertraulichen Ton anzuschlagen. Ich hätte ihm am liebsten ins Gesicht gespien, mußte aber, die Verhältnisse berücksichtigend, ruhig dazu sein.

»Nun, habt Ihr es Euch überlegt?« erkundigte er sich nach einer Weile.

»Ja.«

»Was wollt Ihr thun?«

»Sehen, ob Ihr mir Wort halten werdet.«

»Mir das Placer also zeigen?«

»Ja.«

»*Well!* Ihr könnt ja gar nichts Klügeres thun. Uebrigens könnte es, selbst wenn ich mein Wort bräche, Euch dann, wenn Ihr tot seid, ganz gleich sein, ob wir das Gold haben oder ob es in der Erde liegen bleibt.«

Das war ein wunderbar befriedigender Abschluß dieses Gespräches! Ja, da konnte und mußte es mir allerdings gleichgültig sein! Glücklicherweise hatte ich dabei die eine große Genugthuung, daß es am Squirrel-Creek gar kein Placer gab und daß also nicht ich sondern er der Betrogene sein würde. Ich freute mich schon im voraus auf sein Gesicht!

Er hatte sich noch nicht lange von mir entfernt, so bekam ich Gelegenheit, ein beinahe ebenso interessantes Gespräch zu hören. Hinter mir ritten nämlich Dick Hammerdull und Pitt Holbers mit einem Tramp zwischen sich. Man nahm es mit der Reihenfolge und der Bewachung nicht so überaus streng; wir waren ja gefesselt und nach der Meinung der Tramps also nicht im stande, zu entfliehen; darum durften wir nach unserm Gusto reiten.

Die beiden Toasts unterhielten sich mit ihrem Begleiter; das heißt, Dick Hammerdull sprach mit ihm, und Pitt Holbers gab dann, wenn er gefragt wurde, eine trockene Antwort dazu. So lange sich Cox neben mir befand, hatte ich nicht auf das, was hinter mir gesprochen wurde, achtgeben können; jetzt hörte ich Dick sagen:

»Und so glaubt Ihr also wirklich, uns ganz fest zu haben?«

»Ja,« antwortete der Tramp.

»Hört, da bekennt Ihr Euch zu einer ganz falschen Konfession! Wir denken nicht daran, uns als Eure Gefangenen zu betrachten.«

»Ihr seid es aber doch!«

»Unsinn! Wir reiten ein bißchen mit Euch spazieren. Das ist alles.«

»Und seid gefesselt!«

»Zu unserm Vergnügen!«

»Danke für das Vergnügen! Und dazu ausgeraubt!«

»Ja, ausgeraubt! Es ist geradezu traurig!« lachte der Dicke. Er und Pitt hatten nämlich vor unserm Aufbruche nach dem Westen ihr Geld eingenäht; darum lachte er jetzt.

»Wenn Euch das so lächerlich vorkommt, ist's ja gut für Eure Laune,« sagte der Tramp ärgerlich. »Ich an Eurer Stelle würde viel ernster sein!«

»Ernst? Was für einen Grund hätten wir denn, die Köpfe hängen zu lassen? Gar keinen! Wir befinden uns heut so wohl wie stets und immer.«

Da stieß der Tramp einen Fluch aus und rief:

»Ihr wollt mich wohl foppen, ihr Kerls! Ihr müßt euch doch gewaltig darüber ärgern, daß ihr in unsere Hände verfallen seid!«

»Ob wir uns ärgern oder Ihr, das bleibt sich gleich; das ist uns ganz egal; jedenfalls aber seid Ihr es nicht, der sich nicht ärgert. Meinst du das nicht auch, Pitt Holbers, altes Coon?«

»Ja, ich denke ganz dasselbe, lieber Dick,« antwortete der Lange.

»Ich mich ärgern?« rief der Tramp. »Ihr seid ja ganz verkehrt!«

»O nein! Wir wissen sogar, daß Ihr Euch noch viel mehr ärgern werdet.«

»Wann und worüber?«

»Wann? Wenn wir uns von Euch verabschiedet haben. Und worüber? Darüber, daß Ihr nicht länger so gemütliche und fidele Leute bei Euch habt.«

»Das ist Galgenhumor, nichts als Galgenhumor! Ihr ahnt doch wohl, welchem Schicksale Ihr entgegengeht!«

»Nicht daß ich wüßte! Welches berühmte Schicksal ist es denn?«

»Ihr werdet ausgelöscht werden, alle ausgelöscht!«

»*Pshaw!* Das thut nichts; das thut sogar gar nichts, denn wenn wir ausgelöscht werden, so brennen wir uns ganz gemütlich wieder an!«

»Verrückt, geradezu verrückt!«

»Verrückt! Hört, wenn Ihr uns für verrückt haltet, da muß ich freilich einmal den Scherz beiseite lassen und Euch ein ernsthaftes Wort sagen! Wenn einer von uns dreien verrückt ist, so seid Ihr es; darauf kann ich schwören! Oder ist es etwa nicht der reine, unheilbare Wahnsinn, zu glauben, daß Ihr uns fest und sicher habt? Ich bin zwar ein dicker Kerl, dennoch aber schlüpfe ich Euch durch die kleinste Masche davon. Pitt Holbers hier, der Lange, ist gar nicht festzuhalten; er ragt mit seiner Nase hoch über Eure Schranken und Netze hinaus. Old Shatterhand und Winnetou, diese beiden erst! Wer sich einbildet, sie festzuhalten, der hat den Verstand bis auf den allerletzten Rest verloren. Ich erkläre Euch hiermit mit der größten Feierlichkeit, die Ihr von mir verlangen könnt, daß wir Euch davonfliegen werden, ehe Ihr es denkt. Dann steht Ihr da und sperrt die Mäuler auf. Oder wir fliegen nicht davon, sondern machen es noch besser, viel besser: Wir drehen den Spieß grad um und nehmen Euch gefangen. Dann klappen Euch die Mäuler wieder zu! Länger als höchstens einen Tag bei Euch zu sein, das wäre eine Schande, die ich bei meiner zarten Konstitution nicht überleben könnte. Wir brechen aus! Nicht wahr, Pitt Holbers, altes Coon?«

»Hm!« brummte der Lange. »Wenn du denkst, daß wir es thun werden, so hast du recht, lieber Dick. Wir werden ausbrechen!«

»Uns entfliehen, uns entkommen?« lachte der Tramp höhnisch. »Ich sage Euch, wir halten Euch so fest und so sicher, wie auch ich zufällig Holbers heiße!«

»Ah, auch Holbers? Schöner Name! Nicht? Heißt Ihr auch Pitt?«

»Nein. Mein Vorname ist Hosea. Interessiert Euch das vielleicht?«

»Hosea? Uff! Natürlich interessiert es uns!«

»Ihr schreit ›Uff!‹ Hat Euch mein Vorname etwa wehe gethan?«

Anstatt ihm diese Frage zu beantworten, wendete Dick sich an Holbers:

»Hast du es gehört, Pitt Holbers, altes Coon, daß dieser Mann den schönen, frommen und biblischen Namen Hosea hat?«

»Wenn du denkst, daß ich es gehört habe, so ist das richtig,« antwortete der Gefragte.

»Und was sagst du dazu?«

»Nichts.«

»Gar nichts?«

»Nein, gar nichts!«

»Also wirklich gar nichts! Eigentlich hast du da recht, lieber Pitt, denn wenn der Mann ein Tramp ist, halte ich das Schweigen auch für viel besser; aber ich bin nun einmal ein neugieriger Kerl, und ich gestehe dir aufrichtig, daß es mir schwer fällt, den Mund zu halten.«

»Was sind das für geheimnisvolle Redensarten?« fragte da der Tramp. »Stehen sie etwa mit mir, mit meinem Namen in Verbindung?«

»Wie es scheint, ja.«

»Wie so?«

»Sagt einmal, ob es in Eurer Familie noch ähnliche Bibelnamen giebt?«

»Es giebt noch einen.«

»Welchen?«

»Joel.«

»Uff! Wieder einer von den Propheten! Euer Vater scheint ein sehr frommer, bibelfester Mann gewesen zu sein! Oder etwa nicht?«

»Nicht daß ich wüßte. Er war ein sehr gescheiter Kerl, der sich von den Pfaffen nichts weismachen ließ, und ich bin nach ihm geraten.«

»So war aber wohl Eure Mutter eine gläubige Frau?«

»Leider ja.«

»Warum leider?«

»Weil sie mit ihrem Beten und Plärren dem Vater das Leben so verbittert hat, daß er sich gezwungen sah, es sich durch den Brandy zu versüßen. Es ist eben unmöglich, daß ein kluger Mann es bei einer Betschwester aushalten kann; er läßt sie daheim sitzen und geht in das Wirtshaus. Das ist ja das beste, was er thun kann!«

»Ah! Er hat es sich wohl so lange versüßt, bis es ihm zu süß wurde?«

»Ja; er bekam es überdrüssig, und als er eines schönen Tages sah, daß er einen Strick zu viel besaß, der zu nichts anderem zu gebrauchen war, hing er ihn an einen Nagel, machte eine Schlinge und steckte den Kopf hinein, und zwar so lange, bis er abgeschnitten wurde.«

Es zuckte mir in den leider gefesselten Händen, als ich diesen Kerl hinter mir in dieser cynischen Weise von dem Tode seines selbstmörderischen Vaters sprechen hörte. Hammerdull hütete sich, eine hier freilich sehr unnütze sittliche Entrüstung zu zeigen und etwa zu sagen, daß sich selbst der verkommenste Indianer schämen würde, derart von seinem toten Vater zu reden; er verfolgte den heimlichen Zweck dieses Gespräches weiter, indem er lachend fortfuhr:

»Ja, es giebt freilich nur ganz seltene Fälle, daß jemand, der die Angewohnheit hat, den Kopf in solche Schlingen zu stecken, sie sich wieder abgewöhnen kann. Aber, Mr. Holbers, wenn ich mich recht entsinne, so sagtet Ihr vorhin, daß Ihr nach Eurem Vater geraten seid?«

»Ja, das sagte ich.«

»So hütet Euch vor ähnlichen Stricken!«

»*Pshaw!* Wenn ich ihm in allem ähnlich bin, in dieser Beziehung sicher nicht. Das Leben ist so schön, daß ich es mir so lange wie möglich zu erhalten suchen werde. Wenigstens wird es mir nie einfallen, den Kopf in eine Schlinge zu stekken. Ich wüßte auch nicht, warum; ich hätte gar keine Veranlassung dazu, da ich nicht so dumm gewesen bin, mir ein immer betendes und ewig plärrendes Weib zu nehmen.«

»Ich bleibe trotzdem bei meiner Warnung! Es soll ja vorkommen, daß jemand an einem Stricke hängen bleibt, ohne daß er selbst auf den Gedanken gekommen ist, den Kopf hineinzustecken. Meinst du nicht auch, Pitt Holbers, altes Coon, daß dies vorgekommen ist und auch wieder vorkommen kann?«

»Hm! Wenn du denkst, daß es vorgekommen ist, so gebe ich das zu, wenn du aber meinst, daß es sich auch wieder ereignen kann, so gebe ich dir doppelt recht. Dieser Namensvetter von mir, der ein so kluger Mann wie sein Vater ist, wird mich wahrscheinlich verstehen.«

»*Zounds!*« rief da der Tramp. »Soll das etwa eine zarte Anspielung auf das Gehängtwerden sein?«

»Warum nicht?« fragte Hammerdull.

»Weil ich mir solche Scherze verbitte!«

»Ich sehe nicht ein, wie Ihr da gleich in Zorn geraten könnt. Wir haben doch nur im allgemeinen sagen wollen, daß es Stricke gegeben hat und auch jetzt noch giebt, an denen man, ohne es eigentlich zu wollen, ganz unerwartet hängen bleiben kann, und wenn ich Euch vor solchen Stricken gewarnt habe, so konnte das doch nur gut gemeint sein!«

»Danke sehr! Solche Warnungen sind bei mir nicht nötig!«

»*Well!* Um aber wieder auf Eure Mutter zu kommen, so möchte ich gerne wissen, ob sie außer ihrer Frömmigkeit nicht auch noch andere Eigenschaften besessen hat, die Euch im Gedächtnisse geblieben sind.«

»Andere Eigenschaften? Ich verstehe Euch nicht. Wie meint Ihr das?«

»Nun, so in erziehlicher Beziehung. Fromme Leute pflegen streng zu sein.«

»Ach so!« lachte der Tramp, der von dem Gedankengange Hammerdulls keine Ahnung hatte. »Leider ist das richtig, was Ihr sagt. Wenn sich alle braunen und blauen Flecke, die Euch dies beweisen könnten, noch auf meinem Rücken befänden, könnte ich mich vor Schmerz nicht hier auf meinem Pferde erhalten.«

»Ach, so war ihre Erziehungsweise also eine sehr eindringliche?«

»Ja, sie drang oftmals durch die Haut.«

»Auch bei Joel, Eurem Bruder?«

»Ja.«

»Lebt der noch?«

»Freilich; der denkt gar nicht daran, schon tot zu sein!«

»Wo befindet er sich gegenwärtig, mit den schönen Erinnerungen auf dem Rücken und höchstwahrscheinlich auch auf anderen Körperteilen?«

»Hier.«

»Was? Hier bei uns?«

»Gewiß. Seht nur nach vorn! Der, welcher neben Cox reitet, ist's.«

»*Good lack!* Es sind also beide Propheten da? Hosea und Joel, alle zwei? Was sagst du dazu, Pitt Holbers, altes Coon?«

»Nichts,« antwortete der Lange noch kürzer, als er gewöhnlich zu antworten pflegte.

»Was habt Ihr denn eigentlich mit mir und meinem Bruder?« erkundigte sich der Tramp, dem dieses Gespräch nun endlich doch auffiel.

»Das werdet Ihr wahrscheinlich bald erfahren. Sagt mir vorher nur erst, was Euer Vater gewesen ist!«

»Alles mögliche, was ein Mann sein kann, der sich so über sein Weib ärgern muß.«

»Das heißt wahrscheinlich: alles und nichts. Ich meine aber, was er war, als er eines Tages fand, daß er den betreffenden Strick übrig habe.«

»Da hatte er vor kurzem ein Heiratsbureau gegründet.«

»Sonderbar! Jedenfalls um andern auch eine Portion Aerger zukommen zu lassen? Das war für das Allgemeinwohl ja sehr hübsch von ihm!«

»Ja, die Absicht war gut, der Erfolg aber schlecht.«

»Ah! Es fand sich keine Menschenseele ein, die nach der Vereinigung mit einer andern schmachtete?«

»Keine, keine einzige!«

»Drum fand er wohl den Strick?«

»Ja; er wendete dem Leben, welches ihm nichts zu essen bot, den Rücken.«

»Feiner Kerl! Im höchsten Grade gentlemanlike! Wenn ich ihn hier hätte, könnte sein Rücken bald ganz in denselben Erinnerungen schwelgen wie der Eurige! Frau und Kinder feig zu verlassen! Pfui Teufel!«

»Schwatzt nicht so dummes Zeug! Als er fort war, ging es uns besser.«

»Richtig! Wenn der Mann das Geld nicht mehr vertrinken kann, welches die Frau verdient, geht es der Witwe und den Waisen besser!«

»Hört, wie kommt Ihr zu dieser Rede? Meine Mutter war allerdings die eigentliche Verdienerin.«

»Ja; sie arbeitete wie ein Pferd!«

»Woher wißt Ihr das?«

»Sie lebte und wohnte in dem kleinen Smithville, Tennessee, als ihr Mann, Euer lieber Vater, damals von sich selbst aufgehangen wurde?«

»Richtig! Aber sagt, woher Ihr das alles – – –«

»Und ist nachher mit ihren Kindern nach dem Osten gezogen,« unterbrach ihn Dick Hammerdull unbeirrt.

»Auch das stimmt! Nun teilt mir endlich – – – «

»Wartet nur! Sie hat so gearbeitet und so viel verdient, daß sie sogar einen kleinen, blutarmen Neffen zu sich nehmen und aufziehen konnte, der nachher, als ihm ihre strenge Erziehungsweise zu schmerzlich wurde, eines schönen Sommertags verschwand. Ist es so oder nicht?«

»Es ist so. Mir unbegreiflich, daß Ihr das alles wißt!«

»Ihr hattet auch eine Schwester?«

»Ja.«

»Wo ist sie?«

»Sie ist jetzt tot.«

»So seid Ihr und Euer honorabler Prophet Joel die einzigen Erben Eurer Mutter gewesen?«

»Natürlich!«

»Wo ist das Erbe?«

»Zum Teufel! Wo soll es anders sein? Was konnten wir mit den paar hundert Dollars anders machen, als sie vertrinken!«

»*Well;* Ihr scheint wirklich genau nach Eurem Vater geraten zu sein! Ich sage jetzt zum drittenmal: Hütet Euch vor dem Strick! Was meinst du, Pitt Holbers, altes Coon? Sollen sie es bekommen?«

»Hm,« brummte der Gefragte, im höchsten Grade verdrießlich, »ich thue, was du willst, lieber Dick.«

»*Well,* so bekommen sie es nicht! Bist du damit einverstanden?«

»*Yes;* sie sind es nicht wert.«

»Ob sie es wert sind oder nicht, das bleibt sich ganz gleich; aber es wäre geradezu eine Affenschande, wenn sie es bekämen!«

»Was habt Ihr nur für Heimlichkeiten? Von wem sprecht Ihr eigentlich?« erkundigte sich der Tramp.

»Von Hosea und Joel,« antwortete Hammerdull.

»Also von mir und meinem Bruder?«

»Ja.«

»Wir beide sind es, die etwas nicht bekommen sollen?«

»Ja.«

»Was?«

»Unser Geld.«

»Euer Geld? Der Teufel mag Euch begreifen! Wir haben Euch ja alle Eure Taschen leer gemacht!«

»*Pshaw!* Denkt Ihr, daß wir alles, was wir besitzen, mit hier herauf nach dem fernen Westen nehmen? Pitt hat ein Vermögen, und ich habe auch ein Vermögen; diese vielen, vielen Tausende von Dollars haben wir zusammengethan, um sie Euch und Euerm vortrefflichen Joel zu schenken; jetzt aber sind wir zu dem Entschluß gekommen, daß Ihr nichts, gar nichts, aber auch nicht einen einzigen Cent davon erhalten sollt.«

Ich sah mich nicht um, aber ich konnte mir das erstaunte Gesicht des Tramp vorstellen. Es verging eine ganze Weile, ehe ich ihn fragen hörte:

»Euer -- Vermögen sollten -- sollten wir --- bekommen?«

»Ja.«

»Ihr wollt Unsinn mit mir treiben!«

»Fällt mir gar nicht ein!«

Er schien in den Gesichtern der beiden Toasts zu forschen, denn es verging wieder eine lange Pause, ehe ich ihn in erstauntem Tone sagen hörte:

»Ich weiß wahrhaftig nicht, woran ich mit euch bin! Ihr macht so ernsthafte Gesichter, und doch kann es nichts als nur ein dummer Spaß sein!«

»Hört einmal, was ich Euch sage: Wenn Ihr Euch für einen Kerl haltet, zu dem wir uns gemütlich herablassen können, um mit ihm zu scherzen, so kennt Ihr weder Euch noch uns! Ihr seid teils Schafkopf, teils Halunke; wir aber sind kluge und achtbare Leute, welchen es nicht einfällt, sich mit Eseln und Schurken zu belustigen. Also daß wir uns ein Amusement mit Euch machen wollen, das liegt ganz außerhalb des Bereiches dessen, was auf dieser alten Erde möglich ist!«

»*Zounds!* Vergeßt ja nicht, daß ihr unsere Gefangene seid! Beleidigen lasse ich mich nicht. Wenn ihr so mit Schurken und Halunken um euch werft, kann euch diese Kühnheit schlecht bekommen!«

»*Pshaw!* Regt Euch ja nicht unsertwegen auf; wir haben keine Angst! So lange wir uns kennen, sind wir gewöhnt gewesen, alles beim richtigen Namen zu nennen. Es kann uns gar nicht einfallen, einen Schuft als Ehrenmann zu bezeichnen!«

»Und wenn ich Euch mit Strafen drohe?!«

»Unsinn! Seid Ihr etwa unser Schulmeister, und wir sind Eure Schuljungens? Was Ihr heut an uns verübt, das können wir morgen rächen, wenn wir wollen; darauf mögt Ihr Euch verlassen! Also der Schurke, der Halunke, der bleibt stehen! Und was den Schafskopf betrifft, so nehme ich auch ihn nicht zurück, denn Ihr seid einer, und zwar was für einer! Das habt Ihr bewiesen!«

»Wodurch bewiesen? Heraus damit!«

»Dadurch, daß Ihr noch immer nicht begreift, was es mit dem, was ich Euch gesagt habe, für eine Bewandtnis hat.«

»Der Teufel mag Euch verstehen und begreifen!«

»Der hat keine Zeit dazu. Ihr steht uns näher als er und seid auch nicht viel besser als er! Ihr habt uns doch Euern Familiennamen gesagt!«

»Ja, Holbers.«

»Und mein Freund heißt?«

»Auch so.«

»Und sein Vorname?«

»Pitt, wie ich gehört habe. Pitt Holbers. Das ist ganz – – – ah, ah!«

Er hielt inne. Ich hörte ihn halblaut durch die Zähne pfeifen, und dann fuhr er hastig fort:

»Pitt, Pitt, Pitt – – – so hieß doch auch der Junge, der Cousin, den die Mutter zu sich nahm und – – – *Thunder-storm!* Wär es denn möglich? Ist dieser ewig lange Mensch hier vielleicht jener kleine Pitt?«

»Er ist's! Endlich habt Ihr die Hand an der richtigen Thürklinke! Das hat viel, sehr viel Mühe und Arbeit gekostet, ehe Ihr darauf gekommen seid! Ihr dürft Euch auf Eure Klugheit nichts einbilden!«

Diese Beleidigung überhörend, rief der Tramp:

»Was? Wirklich? Du bist der dumme Pitt, der sich für uns alle immer so gutwillig von der Mutter prügeln ließ? Dem diese Stellvertretung endlich so wehe that, daß er die Flucht ergriff?«

Pitt mochte nur mit dem Kopfe nicken; ich hörte kein Wort.

»Das ist doch toll!« fuhr sein Vetter fort. »Und jetzt sehe ich dich als unsern Gefangenen wieder!«

»Den ihr ermorden wollt!« fügte Hammerdull hinzu.

»Ermorden? Hm! Davon wollen wir jetzt nicht reden. Erzähle mir jetzt lieber, Pitt, wo du damals hingelaufen bist und was du seit jener Zeit bis jetzt getrieben hast! Ich bin neugierig darauf!«

Pitt hustete einige Male und sagte dann, ganz und gar nicht in der trockenen Weise, in welcher er sonst zu sprechen pflegte:

»Ich begreife nicht, wie ich dazu komme, von Euch du genannt zu werden. Das duldet man doch nur von Gentlemen, nicht aber von Menschen, welche ihre Ehre, ihre Reputation so weit von sich geworfen haben, daß sie sich nicht schämen, unter die Tramps gegangen zu sein! Ich muß leider zugeben, daß ich der Sohn vom Bruder Eures Vaters bin, kann aber zu meiner Rechtfertigung sagen, daß nicht ich diese Verwandtschaft zu verantworten habe. Es macht mir große Freude, sagen zu können, daß ich gegen meinen Willen Euer Verwandter bin.«

»Oho!« fiel der Tramp zornig ein. »Du willst dich meiner schämen? Aber geschämt hast du dich nicht, dich von uns ernähren zu lassen?«

»Von Euch? Doch nur von Eurer Mutter. Und das, was sie mir gab, habe ich mir redlich abverdienen müssen. Während Ihr tolle Streiche verübtet, mußte ich arbeiten, daß mir die Schwarte knackte; nebenbei erhielt ich die Prügel für Euch, so ungefähr als das, was man das Dessert, den Nachtisch nennt. Zu danken habe ich Euch also nicht das geringste. Dennoch wollte ich Euch eine große Freude machen. Wir suchten Euch, um Euch unsere Ersparnisse zu schenken, denn wir sind Westmänner, welche kein Geld brauchen. Ihr wäret reich dadurch geworden. Nun wir Euch aber als Tramps, als elende, herabgekommene Subjekte finden, soll mich unser Herrgott behüten, dieses schöne und viele Geld, mit welchem wir bessere und würdigere Menschen glücklich machen können, in Eure Hände zu legen. Wir haben uns seit unserer Kindheit hier zum erstenmal wiedergesehen und sind aber auch sofort wieder geschiedene Leute. Ich wünsche von ganzem Herzen, daß ich niemals wieder den Aerger und die Kränkung haben möge, mit Euch zusammenzutreffen!«

Der sonst so wortkarge Pitt Holbers hatte diese lange Rede in einer so fließenden Weise gehalten, daß ich mich schier wunderte. Das Verhalten des feinsten Gentleman hätte nicht korrekter sein können als das seinige. Das erkannte Dick Hammerdull dadurch an, daß er ihm, ohne eine Pause eintreten zu lassen, eiligst zustimmte:

»Recht so, lieber Pitt, recht so! Du hast mir ganz aus der Seele gesprochen. Wir können bessere Menschen damit glücklich machen. Ich hätte dieselben Worte gesagt, wirklich ganz genau dieselben Worte!«

Einem Fremden hätte der Tramp jedenfalls in anderer Weise geantwortet, nun er aber wußte, daß Pitt sein Verwandter sei, zog er den Spott dem Zorne vor und sagte, indem er dabei höhnisch lachte:

»Wir sind gar nicht neidisch auf die guten, die bessern Menschen, die euer Geld bekommen sollen. Die paar Dollars, die ihr zusammengewürgt haben werdet, brauchen wir nicht. Wir werden ja Millionen besitzen, sobald wir die Bonanza gefunden haben!«

»Wenn ihr sie findet!« kicherte Hammerdull.

»Freilich nicht wir, sondern Old Shatterhand!«

»Und der zeigt sie euch!«

»Natürlich!«

»Ja, ja! Ich sehe schon, wie er mit dem Zeigefinger auf die Erde deutet und zu euch sagt: Da liegen sie, Klumpen über Klumpen, einer immer größer als der andere. Seid doch ja so gut und nehmt sie heraus! Einen größern Gefallen könnt ihr uns armen Gefangenen gar nicht thun! Dann schießt ihr uns alle über den Haufen, damit wir nichts verraten können, nehmt die Million heraus, kehrt nach dem Osten zurück, deponiert sie auf der Bank, lebt von den Zinsen herrlich und in Freuden wie der reiche Mann im Evangelium und laßt alle Tage Pflaumenkuchen für eure Schnäbel backen. So denke ich mir das, und so wird es auch geschehen. Meinst du nicht auch, Pitt Holbers, altes Coon?«

»Ja, besonders das mit dem Pflaumenkuchen wird seine Richtigkeit haben,« antwortete Pitt, jetzt wieder in seiner trockenen Weise.

»Redet nicht so dummes Zeug!« fuhr Hosea die beiden Freunde an. »Es ist doch nur der grimmige Aerger, der Neid, welcher aus euch spricht! Wie gern, wie sehr gern möchtet ihr doch die Bonanza für euch haben! Das ist so selbstverständlich wie nichts anderes in der Welt!«

»Diese Bonanza, grad diese? O, die gönnen wir euch von ganzem Herzen! Wir freuen uns schon auf die Augen, die ihr machen werdet, wenn wir an Ort und Stelle sind. Ich habe nur ein Bedenken, ein sehr großes Bedenken bei dieser ganzen Geschichte.«

»Welches?«

»Daß ihr vor lauter Wonne das Zugreifen vergessen werdet.«

»O, wenn es nur das ist, so zerbrecht Euch ja nicht den Kopf darüber. Wir lassen nichts liegen, denn das Zugreifen haben wir gelernt!«

»Sehr richtig; wir wissen es!«

»Nicht wahr? Also macht Euch keine Sorge! Jetzt aber muß ich hin zu meinem Bruder, um ihm zu sagen, daß ich den Pitt gefunden habe, den Vetter Pitt, der es nicht zugiebt, daß ich ihn du nenne!«

Er trieb sein Pferd vorwärts und ritt, an mir vorüber, nach der Spitze des Zuges, wo sich Joel, der brüderliche Schuft, befand.

»Hättest du das gedacht?« hörte ich Hammerdull hinter mir fragen.

»Nein!« antwortete Pitt kurz.

»Saubere Verwandtschaft!«

»Bin großartig stolz auf sie!«

»Höchst ärgerlich!«

»O nein! Ich ärgere mich nicht, weil sie mir höchst gleichgültig sind.«

»Ach, das meine ich nicht!«

»Was denn?«

»Unser Geld.«

»Wieso?«

»Wem schenken wir es nun? Ich mag nicht reich sein; ich mag nicht auf dem Geldsacke hocken und vor Angst darüber, daß er mir gestohlen werden könnte, den schönen, gesunden Schlaf einbüßen.«

»Ja, nun können wir uns wieder die Köpfe zerbrechen!«

»Wieder von vorn anfangen, darüber nachzudenken, wer uns das Geld abnehmen wird! Es ist eine dumme, eine ganz dumme Geschichte!«

Da wendete ich den Kopf und sagte:

»Macht Euch doch keine unnötigen Sorgen!«

Sie kamen sofort rechts und links zu mir heran, und der Dicke fragte:

»Keine Sorge? Wißt Ihr vielleicht jemand, den wir beschenken können?«

»Hunderte könnte ich Euch vorschlagen; das meine ich aber nicht. Habt Ihr denn das Geld?«

»Leider nicht. Der ›General‹ hat es; das wißt Ihr doch, Mr. Shatterhand.«

»Also grämt Euch jetzt noch nicht! Wer weiß, ob wir ihn fangen!«

»Oh, Ihr und Winnetou seid ja da! Da ist es so gut, als ob wir ihn schon hätten! Habt Ihr gehört, was wir jetzt gesprochen haben?«

»Ja.«

»Daß wir Pitts Vettern gefunden haben?«

»Ja.«

»Was sagt Ihr dazu, Sir?«

»Daß Ihr sehr unvorsichtig gewesen seid.«

»Inwiefern? Hätten wir verschweigen sollen, wer Pitt Holbers ist?«

»Nein. Aber Ihr habt gethan, als wißtet Ihr ganz genau, daß wir bald frei sein werden.«

»War das ein Fehler?«

»Ein sehr großer! Es wird dadurch leicht ein Verdacht erweckt, der uns sehr hinderlich werden, vielleicht alles verderben kann.«

»Hm! Das ist wahr. Aber soll ich diesen Kerls den Gefallen thun, vor Traurigkeit die Nase bis auf den Sattel herunterhängen zu lassen?«

»Wenn auch das nicht!«

»Ihr habt doch selbst sehr selbstbewußt zu Cox und Old Wabble gesprochen!«

»Aber nicht in so auffälliger Weise wir Ihr jetzt zu diesem Hosea Holbers, welcher glücklicherweise nicht pfiffig genug ist, mißtrauisch zu werden. Eure Ironie in Beziehung auf die großen Goldklumpen war höchst gefährlich für uns. Die Tramps müssen bis zum letzten Augenblicke glauben, daß ich die Bonanza kenne.«

»Ja, aber wann wird dieser letzte Augenblick kommen?«

»Vielleicht schon heut.«

»*Huzza!* Ist's wahr?«

»Ich denke!«

»In welcher Weise?«

»Das kann ich jetzt noch nicht genau wissen. Kolma Puschi, der Indianer, wird kommen und mich freimachen.«

»Der? Wer hätte das gedacht! Wißt Ihr das genau?«

»Ja; er hat es mir versprochen. Wie ich mich dann, wenn ich frei bin, verhalten werde, das wird sich nach den Umständen richten. Ihr dürft nicht einschlafen, müßt Euch aber schlafend stellen. Sagt das nach und nach den Kameraden! Ich will nicht mit ihnen sprechen, weil dies Verdacht erregen könnte. Also, Ihr braucht vor diesen Tramps nicht demütig zu thun, dürft Euch aber auch nicht zuversichtlich zeigen.«

Sie wußten nicht, daß Kolma Puschi heimlich bei mir gewesen war, und frugen mich, woher ich wisse, daß er kommen werde; ich forderte sie aber auf, wieder hinter mir zu reiten und die Sache ruhig abzuwarten. Es war besser, wenn die Tramps mich so wenig wie möglich mit meinen Gefährten sprechen sahen.

Die Brüder Holbers hielten jetzt ihre Pferde an, bis sie sich bei Dick und Pitt befanden. Da zeigte Hosea auf den letzteren und sagte:

»Das ist er, der Prügelvetter von damals, dem jetzt der Stolz verbietet, du zu mir zu sagen.«

Joel warf einen sehr geringschätzenden Blick auf Pitt und antwortete:

»Er wird noch froh sein, wenn wir ihm erlauben, überhaupt mit uns reden zu dürfen! Also Geld hat er uns schenken wollen?«

»Ja, ein ganzes Vermögen sogar!«

»Und das hast du geglaubt?«

»Fällt mir nicht ein!«

»Sieh ihn doch an! Der, und ein Vermögen! Die reine Dummpfiffigkeit! Er hat uns ködern wollen. Werden uns freilich sehr hüten, auf so einen kindischen Blödsinn hereinzufallen! Komm!«

Sie ritten wieder nach vorn. Dick Hammerdull scherzte:

»Also dummpfiffig sind wir, Pitt Holbers, altes Coon! Das sind zwei Eigenschaften, in welche wir uns teilen können. Wenn es dir recht ist, nehme ich die Pfiffigkeit für mich; du bekommst das übrige.«

»Bin einverstanden! So muß es unter Freunden sein! Dann hat einer dem andern sein Kapital geborgt!«

»Donner! Das war nicht übel geantwortet! Danke dir!«

»Bitte! Gern geschehen!«

Ich wurde jetzt nach vorn gerufen, um mich als Führer an die Spitze des Zuges zu setzen, denn ich hatte bisher nur hier und da durch ein lautes Wort angegeben, welche Richtung zu nehmen sei. Wir waren ziemlich scharf geritten und nun in die Nähe des Zusammenflusses der beiden Rush-Forks gekommen. Die Gegend war wasserreich, und darum wurde die Prairie sehr oft durch größere und kleinere Gruppen von Büschen und Bäumen unterbrochen. Es war also notwendig, daß ich voranritt. Damit mir das aber ja nicht eine Gelegenheit zur Flucht geben möge, nahmen Cox und Old Wabble mich eng in ihre Mitte. Wir hatten wieder einmal eine solche Bauminsel vor uns, als Old Wabble die Hand ausstreckte und rief:

»*All devils!* Wer kommt da? Männer, nehmt euch in acht! Haltet die Gefangenen eng zusammen, denn da kommt einer, der alles daran setzen wird, sie zu befreien!«

»Wer ist's?« fragte Cox.

»Ein guter Freund von Winnetou und Shatterhand. Old Surehand heißt er. Wenigstens möchte ich darauf schwören, daß er es ist.«

Es kam ein Reiter hinter dem Wäldchen hervor und in voller Carriere auf uns zugejagt. Er war noch weit von uns entfernt; wir konnten sein Gesicht nicht erkennen; aber wir sahen sein langes Haar wie einen hinter ihm wehenden Schleier fliegen. Das gab ihm freilich eine große Aehnlichkeit mit Old Surehand; aber ich sah sofort, daß er nicht die volle, kräftige Gestalt desselben hatte. Es war nicht Old Surehand, sondern Kolma Puschi, welcher uns entgegenkam. Er wollte uns zeigen, daß er auf dem Platze sei.

Er that zunächst, als sähe er uns nicht; dann stutzte er, hielt sein Pferd an und betrachtete uns. Hierauf stellte er sich, als ob er zur Seite ausweichen wolle, lenkte aber wieder zurück und wartete auf unsere Annäherung. Als wir so weit gekommen waren, daß wir sein Gesicht erkennen konnten, sagte Old Wabble, hörbar im Tone der Erleichterung:

»Es ist nicht Old Surehand, sondern ein Indianer. Das ist gut, sehr gut! Zu welcher Horde er wohl gehören mag?«

»Dumme Begegnung!« meinte Cox.

»Warum? Viel besser, als wenn es ein Weißer wäre. Braucht sich aber eigentlich auch nicht grad auf unserm Wege herumzutreiben; *th'is clear!* Wir müssen ihn etwas scharf drannehmen, daß es ihm nicht etwa einfällt, uns nachzuspionieren.«

Jetzt hatten wir ihn erreicht und hielten an. Er grüßte mit stolzer Senkung seiner Hand und fragte:

»Haben meine Brüder vielleicht einen roten Krieger gesehen, welcher einen Sattel trägt und sein Pferd sucht, welches ihm in dieser Nacht entflohen ist?«

Cox und Old Wabble schlugen ein helles Gelächter auf, und der erstere antwortete:

»Einen roten Krieger, der einen Sattel trägt! Schöner Krieger!«

»Warum lacht mein weißer Bruder?« fragte der den Tramps unbekannte Indianer ernst und erstaunt. »Wenn ein Pferd entwichen ist, hat man es doch zu suchen!«

»Sehr wahr! Aber wer seine Pferde ausreißen läßt und dann mit dem Sattel hinterher läuft, kann kein sehr berühmter Krieger sein! Ists etwa ein Kamerad von dir? «

»Ja.«

»Habt ihr noch mehr Kameraden?«

»Nein. Während wir in der Nacht schliefen, riß es sich los und war früh nicht mehr zu sehen. Wir brachen auf, nach ihm zu forschen; nun finde ich nicht sein Pferd und auch nicht ihn.«

»Nicht sein Pferd und auch nicht ihn! Lustige Geschichte! Ihr scheint ja zwei außerordentlich tüchtige Kerls zu sein! Da muß man wirklich Respekt bekommen. Zu welchem Stamme gehört ihr denn?«

»Zu keinem.«

»Also Ausgestoßene! Lumpengesindel! Na, ja, ich will menschlich und barmherzig sein und euch helfen. Ja, wir haben ihn gesehen.«

»Wo?«

»So ungefähr zwei Meilen hinter uns. Du brauchst nur auf unserer Fährte zurückzureiten. Er hat uns nach dir gefragt.«

»Welche Worte hat der Krieger da gesagt?«

»Sehr schöne, ehrenvolle Worte, auf welche du sehr stolz sein kannst. Er fragte, ob wir nicht den stinkigsten roten Hund gefunden hätten, den das Ungeziefer durch die Prairie treibt.«

»Mein weißer Bruder hat den Krieger falsch verstanden.«

»Ah? Wirklich? Wie sollte er anders gesagt haben?«

»Ob die Bleichgesichter nicht den Hund gesehen haben, welcher das stinkige Ungeziefer durch die Prairie treibt. So werden die Worte gewesen sein, und der Hund wird das Ungeziefer finden.«

Er nahm das Pferd vorn hoch - eine leise Bewegung der Schenkel - - es flog in einem weiten Bogen durch die Luft und trug ihn dann in schlankem Galoppe weiter, auf unserer Fährte hin, wie ihm gesagt worden war. Alle sahen ihm nach, während er sich nicht ein einziges Mal umblickte. Cox murrte:

»Verfluchter, roter Balg! Was mag er wohl gemeint haben? Habt Ihr diese Umdrehung meiner Worte verstanden, Mr. Cutter?«

»Nein,« antwortete der alte Wabble. »Indianerwort! Er hat nur etwas sagen wollen und sich selbst nichts dabei gedacht.«

»*Well!* So mag er die zwei Meilen reiten und dann weitersuchen. Ein roter ›Krieger‹ mit einem Sattel auf dem Rücken! Zwei feine Kerls! Diese armselige Bande kommt immer mehr herunter!«

Wir ritten nach diesem kurzen Intermezzo weiter. Diese Tramps waren keine Westmänner; aber daß auch Old Wabble die Worte des Roten für bedeutungslos gehalten hatte! Mir an seiner Stelle hätten sie ein solches Mißtrauen eingeflößt, daß ich dem Indsman ganz gewiß nachgeritten wäre, um ihn zu beobachten. Wer solche Antworten nicht als Warnungen oder Winke nimmt, der ist den Gefahren des wilden Westens nicht gewachsen.

Wir waren noch nicht weit geritten, als es wieder eine Begegnung gab, und zwar eine für uns sehr wichtige, auf welche, wenigstens heut, keiner von uns gefaßt war und die uns infolge dessen im höchsten Grade überraschend kam.

Wir ritten an einem schmalen Buschstreifen hin, welcher sich wie ein geschlängeltes Band über die Savanne zog, und hatten das Ende desselben erreicht, als wir zwei Reiter sahen, welche mit einem Packpferde, von rechts herüberkommend, auf uns stoßen mußten. Da sie uns auch schon gesehen hatten, gab es kein Verbergen, weder von ihrer noch von unserer Seite. Wir ritten also weiter und sahen, daß der eine Reiter sein Gewehr zur Hand nahm, wie es immer geschieht, wenn es sich um ein Zusammentreffen mit Fremden handelt.

Als wir ungefähr noch dreihundert Schritte entfernt von ihnen waren, hielten sie an, sichtlich in der Absicht, uns vorüber zu lassen, ohne von uns angeredet zu werden. Old Wabble aber sagte:

»Die wollen nichts von uns wissen, also reiten wir grad hin zu ihnen!«

Dies geschah. Wir waren nur eine kurze Strecke weiter geritten, so hörte ich hinter mir mehrere laute Ausrufe.

»Uff, uff!« ertönte Schahko Mattos Stimme.

»Uff!« rief nur einmal Apanatschka, aber um so ausdrucksvoller. Seine Ueberraschung mußte eine große sein.

Jetzt sah ich schärfer hin, als ich es bisher gethan hatte, und war ebenso erstaunt wie diese beiden. Der Reiter mit dem Gewehre in der Hand war nämlich der weiße Medizinmann der Naiini-Komantschen, unser vielbesprochener Tibo taka, und der andere konnte niemand als nur seine rote Squaw, die geheimnisvolle Tibo wete sein. Ein Packpferd hatten sie ja auf Harbours Farm auch bei sich gehabt.

Der Medizinmann wurde unruhig, als er sah, daß wir nicht grad weiterritten, sondern auf ihn zukamen, doch nur für einige Augenblicke; dann trieb er uns sein Pferd entgegen und rief, indem er die Hand durch die Luft schwenkte:

»Old Wabble, Old Wabble! *Welcome!* Wenn Ihr es seid, so habe ich nichts zu fürchten, Mr. Cutter!«

»Wer ist der Kerl?« fragte der alte Cow-boy. »Ich kenne ihn nicht.«

»Ich auch nicht,« antwortete Cox.

»Werden ja sehen, wenn wir bei ihm sind!«

Old Wabble war an seiner ungeheuer hagern und langen Gestalt und noch mehr an seinem weit herabhängenden weißen Haar, von welchem er freilich gestern die Hälfte durch das Feuer verloren hatte, schon von weitem zu erkennen. Als wir näher kamen, erkannte der Medizinmann auch uns. Er wußte zunächst nicht, ob er fliehen oder bleiben solle, als er aber sah, daß wir gefesselt waren, schrie er vor Freude förmlich auf:

»Old Shatterhand, Winnetou, Schahko Matto und - und - - und - - « er wollte den Namen seines angeblichen Sohnes doch nicht nennen - - »und ihre Kerls, alle gebunden! Das ist ja ein wunderbares, ein ganz wunderbares Ereignis, Mr. Cutter! Wie hat sich das zutragen können? - Wie habt Ihr das zustande gebracht?«

Jetzt hatten wir ihn erreicht, und da fragte Old Wabble:

»Wer seid Ihr denn eigentlich, Sir? Ihr kennt mich? Es ist mir zwar, als ob ich Euch auch kennen sollte, aber ich kann mich nicht besinnen.«

»Denkt doch an den Llano estacado!«

»Wo und wie und wann denn da?«

»Als wir Gefangene der Apatschen waren.«

»Wir! Wer ist da gemeint?«

»Wir Komantschen.«

»Was? Wie? Ihr zählt Euch zu den Komantschen?!«

»Damals, ja, aber jetzt nicht mehr.«

»Und sagtet soeben, daß Ihr jetzt nichts zu fürchten hättet?«

»Ganz recht! Ihr könnt ja unmöglich Freund meiner Feinde sein, denn Ihr habt damals Old Shatterhands Gewehre gestohlen und seid der Kamerad des Generales gewesen. Und auf Harbours Farm erfuhr ich von Bell, dem Cowboy, daß Ihr wieder einen bösen Zusammenstoß mit Winnetou und Old Shatterhand gehabt hättet. Darum bin ich so erfreut, Euch so unerwartet zu begegnen.«

»*Well!* Das ist ja alles gut, aber - - -«

»Besinnt Euch nur!« fiel ihm der gewesene Komantsche in die Rede. »Ich war damals als Indianer freilich rot gefärbt und so ist - - - «

»*All devils!* Rot gefärbt? Jetzt besinne ich mich! Ihr seid doch wohl nicht der damalige Medizinmann der Komantschen?«

»Der bin ich allerdings.«

»Ist das die Möglichkeit?! Ein Medizinmann, der, wie ich jetzt sehe, ursprünglich ein Bleichgesicht ist! Interessant, höchst interessant! Das müßt Ihr mir erzählen! Wir werden also hier einen Halt machen, denn das ist ein Abenteuer, wie man selten eins erlebt!«

»Danke, Mr. Cutter, danke sehr! Ich darf mich nicht aufhalten; ich muß weiter, doch hoffe ich, daß wir uns wiedersehen. Ich muß Euch sagen, daß der heutige Tag der glücklichste meines Lebens ist, denn ich sehe, daß Leute in Eure Hände geraten sind, die, wenn es auf mich ankäme, auf der Stelle ausgelöscht würden. Haltet sie fest; – haltet sie fest!«

Während des bisherigen Redewechsels hatte ich den zweiten Reiter betrachtet. Es war die Squaw, und zwar ohne den Schleier, hinter den auf Harbours Farm ihr Gesicht versteckt worden war. Sie trug zwar ein Männerhabit, aber sie war es doch. Das war dieselbe hohe, breitschulterige Gestalt wie damals im Kaam-kulano. Das war das tiefbraune, durchfurchte und schrecklich eingefallene, fast kaukasisch geschnittene Gesicht, und das waren dieselben trostlosen, starren und doch wild flackernden Augen, bei deren Blick ich sofort an das Irrenhaus gedacht hatte. Sie saß nach Männerart auf dem Pferde, fest und sicher, wie eine geübte Reiterin. Sie lenkte es heran zu uns. Wir hatten unwillkürlich einen Halbkreis um den Medizinmann gebildet, bei dessen einem Ende sie bei dem letzten Worte ihres Mannes angekommen war. Dort hielt sie an, sagte kein Wort und richtete den stieren Blick ins Leere. Ich sah zu Apanatschka hin. Er saß, vollständig unbeweglich, wie eine Statue auf dem Pferde. Für ihn schien niemand vorhanden zu sein als nur diejenige, welche er gewohnt war, seine Mutter zu nennen. Dennoch machte er nicht den leisesten Versuch, sich ihr zu nähern.

Der Medizinmann hatte mit bemerkbarem Unbehagen seine Squaw herankommen sehen; doch beruhigte ihn ihre vollständige Teilnahmlosigkeit; er wendete sich wieder an Old Wabble:

»Ich muß, wie ich schon sagte, fort; aber sobald wir uns

wiedersehen, werdet Ihr erfahren, warum ich mich so riesig darüber freue, daß Ihr diese Kerls gefangen habt. Was wird mit ihnen geschehen?«

»Das wird sich finden,« antwortete der Alte. »Ich kenne Euch zu wenig, als daß ich Euch diese Frage beantworten könnte.«

»*Well!* Ich bin auch schon so befriedigt, denn ich denke, daß Ihr nicht viele und große Komplimente mit ihnen machen werdet. Sie verdienen den Tod, nur den Tod; das sage ich Euch, und Ihr könnt keine größere Sünde begehen, als wenn Ihr ihnen das Leben laßt. Daß ich sie hier in Banden sehe, ist zehn Jahre meines Lebens wert. Welch eine Augenweide für mich! Darf ich sie einmal genau betrachten, Mr. Cutter?«

»Warum nicht? Seht sie Euch so lange an, wie es Euch gefällt!«

Der Medizinmann ritt nahe an den Osagen heran, lachte ihm in das Gesicht und sagte:

»Das ist Schahko Matto, der so viele Jahre lang vergeblich getrachtet hat, uns zu entdecken! Armer Wurm! Du, und solche Leute fangen, wie wir beide waren und noch heute sind! Dazu reicht ja doch dein armseliges bißchen Hirn nicht aus! Das war doch ein famoser Streich damals, nicht? So viele und dabei so billige Felle zu kaufen, das ist wohl nie wieder einem Menschen gelungen!«

»Mörder! Dieb!« knirschte ihn der Häuptling an. »Hätte ich meine Hände frei, so erwürgte ich dich!«

»Das glaube ich gern. Würge nur zu, und ersticke selbst daran!«

Nun wendete er sich an Treskow:

»Das ist wohl der famose Polizist, von dem mir der Cowboy sagte, daß er in der Stube sitze? Alberner Kerl! Wonach schnüffelst du denn eigentlich? Lächerliche und vergebliche Arbeit! Nur noch einige Wochen, und es ist alles verjährt. Darum kommen wir wieder. Merkst du das nicht?«

»Laßt diese Wochen vorübergehen!« antwortete Treskow. »Ihr taucht zu zeitig auf, Monsieur Thibaut.«

»Mille tonnerre! Ihr kennt meinen Namen? Ist die Polizei denn plötzlich allwissend geworden? Ich gratuliere, Sir!«

Er ritt zu Apanatschka hin, warf ihm ein kurzes »Ekkuehn!«[1] in das Gesicht und hielt dann bei Winnetou an.

»Das ist der Häuptling der Apatschen, überhaupt der berühmteste aller Häuptlinge!« sagte er höhnisch. »Man sieht es dem Bengel gar nicht an, was aus so einem Hunde werden kann! Wir kennen uns; nicht wahr? Ich hoffe, du bist dieses Mal auf dem Wege zu den ewigen Jagdgründen. Wenn nicht, so hüte dich, mir zu begegnen! Sonst schieße ich dir eine Kugel durch den Kopf, daß die Sonne Gelegenheit bekommt, dir von zwei Seiten ins Gehirn zu scheinen!«

Winnetou antwortete nicht; er hatte ihn gar nicht angesehen. Er hätte sich trotz der Fesseln die Beleidigung sicher nicht gefallen lassen, wenn dieser Mensch ihm nicht gar zu verächtlich gewesen wäre. Der Medizinmann nutzte die ihm gebotene Gelegenheit bis auf die Neige aus, indem er sein Pferd nun zu mir lenkte. Als Weißer war ich nicht verpflichtet, die stoische Unempfindlichkeit Winnetous zu zeigen, und was meinen Stolz betrifft, so hätte dieser mich wohl veranlassen können, hoch über den einstigen Escamoteur hinwegzusehen; aber die Klugheit drängte mir ein anderes Verhalten auf: ich mußte versuchen, ihn zu unvorsichtigen Aeußerungen zu bringen; darum wendete ich, als er kam, ihm mein Gesicht zu und sagte in belustigtem Tone:

»Nun wird die Reihe des berühmten Tibo taka wohl an mich kommen? Hier sitze ich, gefesselt wie ich bin. Ihr habt also Gelegenheit, Euer Herz einmal vollständig auszuschütten. Fangt also an!«

»Diable!« zischte er mich wütend an. »Dieser Kerl wartet gar nicht einmal, bis ich ihn anrede! So eine Frechheit findet doch nicht ihresgleichen! Ja, ich habe mit dir zu reden,

[1] »Hund!«

Halunke, und das werde ich freilich gründlich thun. Du sitzest mir ganz recht!«

»*Well!* Ich bin bereit, möchte Euch aber, ehe Ihr beginnt, um Euer selbst willen einen wohlgemeinten Rat erteilen.«

»Auch das? Welchen denn? Heraus damit!«

»Seid nicht ganz und gar unvorsichtig, wenn Ihr mit mir redet! Ihr werdet wahrscheinlich noch von früher wissen, daß ich meine Mucken habe!«

»Ja, die hast du; aber die werden dir bald ausgetrieben werden. Aergert es dich vielleicht, daß ich dich duze? Du kannst dich gegen mich auch des traulichen Du's bedienen!«

»Danke! Brüderschaft mache ich nie, am allerwenigsten aber mit stupiden, blödsinnigen Idioten, von denen ich mir das Du gefallen lasse, weil sie nicht anders lallen können.«

»Mir das, miserabler Wicht? Denkst du, weil meine Kugel dich einmal gefehlt hat, kann sie dich niemals treffen?«

Er richtete sein Gewehr auf mich und spannte den Hahn; da war Cox im Nu bei ihm, stieß ihm die Waffe weg und warnte:

»Thut die Flinte weg, Sir, sonst muß ich mich ins Mittel legen! Wer Old Shatterhand verletzt, bekommt von mir eine Kugel!«

»Von Euch? Ah! Wer seid Ihr denn?«

»Ich heiße Cox und bin der Anführer dieser Truppe.«

»Ihr? Ich denke, Old Wabble ist's?«

»Ich bins; das ist genug!«

»Dann entschuldigt, Sir! Ich habe es nicht gewußt. Aber soll man es sich gefallen lassen, wenn man in dieser Weise beleidigt wird?«

»Ich denke, ja! Mr. Cutter hat Euch ohne meine Erlaubnis gestattet, mit diesen Leuten nach Eurem Gutdünken zu reden, und ich habe das bisher geduldet. Wenn sie sich aber Eure Höflichkeiten nicht unerwidert gefallen lassen, so seid Ihr selber schuld. Berühren oder gar verletzen lasse ich sie nicht!«

»Aber reden kann ich mit diesem Manne weiter?«

»Ich habe nichts dagegen.«

»Und ich auch nicht,« fügte ich hinzu. »Eine Unterhaltung mit einem indianischen Possenreißer ist stets belustigend. Der alte Hanswurst macht mir ungeheuern Spaß!«

Er hob die Hand und ballte sie zur Faust, ließ sie aber wieder sinken und sagte in stolzem Tone:

»*Pshaw!* Du sollst mich doch nicht wieder ärgern! Wärest du doch nicht schon Gefangener und begegnetest mir auf der Prairie! Ich wollte dir für den damaligen Besuch im Kaamkulano einen Lohn auszahlen, der alle deine Begriffe übersteigen würde!«

»Ja; die Eurigen und alle Eure geistigen Mittel scheint er schon überstiegen zu haben! Hört, redet einmal aufrichtig! Würdet denn Ihr wohl so etwas fertig bringen, wie dieser Besuch war? Die Hand aufs Herz, Verehrtester! Ich will Euch nicht etwa kränken, denn wem nichts gegeben ist, dem ist eben nichts gegeben, aber ich denke, daß es bei Euch da oben unter dem Hute nicht dazu ausreichen würde!«

»Donnerrrrrr!« knirschte er. »Mir das so gefallen lassen zu müssen! Wenn ich doch nur könnte und dürfte, wie ich wollte - - - !«

»Ja, ja; es fehlt Euch überall! Nicht einmal den Wawa Derrick habt Ihr allein spedieren können; Ihr habt Euch helfen lassen müssen!«

Seine Augen wurden größer; er richtete sie starr auf mich. Er schien mir durch und durch blicken zu wollen, und als ich trotzdem mein unbefangen lächelndes Gesicht beibehielt, rief er aus:

»Was hat dir der verfluchte Kerl, der junge Bender, denn damals weisgemacht?«

Ach! Bender! Dieser Name fängt mit *B.* an. Ich dachte sofort an die Buchstaben *J. B.* und *E. B.* droben am Grabe des ermordeten Padre Diterico. Wer war aber unter dem Namen Bender gemeint? So freilich durfte ich nicht fragen; ich gab meiner Erkundigung also eine andere Fassung, indem ich sie so schnell aussprach, daß er keine Zeit zum vorsichtigen Ueberlegen fand:

»Damals? Wann denn?«

»Damals im Llano estacado, wo er bei dir war und mit seinem eigenen Bru - - - - «

Er hielt erschrocken inne. Mir ging im kürzesten Teile einer Sekunde, den das menschliche Gehirn noch zu empfinden oder zu messen vermag, ein blitzheller Gedanke auf, und ich setzte seinen unterbrochenen Satz ebenso schnell fort:

»- - - mit seinem eigenen Bruder kämpfte? *Pshaw!* Was er mir damals sagte, wußte ich schon längst, wußte es noch viel besser als er selbst! Ich hatte schon viel früher Gelegenheit gehabt, nach dem Padre Diterico zu forschen!«

»Di - te - - ri - - - - - ?!« dehnte er erschrocken.

»Ja. Solltet Ihr diesen Namen nicht gern aussprechen, so können wir auch Ikwehtsipa sagen, wie er in seiner Heimat bei den Moqui genannt wurde.«

Zunächst war er wortlos; aber es arbeitete in seinem Gesichte; er schluckte und druckte und druckte und schluckte wie einer, dem ein übergroßer Bissen im Schlunde steckengeblieben ist; dann stieß er einen lauten, heisern Schrei aus und brüllte:

»Hund, du hast mich jetzt wieder überlistet, wie du uns damals alle überlistet hast! Du mußt und mußt, und mußt unschädlich gemacht werden! Nimm das dafür!«

Er riß das Gewehr wieder empor; der Hahn knackte und - - - - -

Cox spornte sein Pferd wieder heran; er wäre aber doch zu spät gekommen, mich vor der Kugel des Wütenden zu retten, wenn ich mir nicht selbst geholfen hätte. Ich bog mich vor, um die Zügel mit gefesselten Händen ganz vorn und kurz fassen zu können, preßte die Füße in die Weichen des Pferdes und rief:

»Tschka, Hatatitla, tschka[1]!«

Dieser Zuruf, den der Rappe sehr wohl verstand, mußte die Nachteile, welche meine Fesseln mir als Reiter brachten, ausgleichen. Der Hengst zog den Körper wie eine Katze zusammen und brachte mich mit einem gewaltigen Satze so

[1] »Hoch, Blitz, hoch!«

eng, daß sich die Pferde streiften, an Thibaut vorüber. Mein Bein traf mit aller Kraft dieses Satzes das seinige und, mitten im Sprunge die Zügel fallen lassend, stieß ich ihm die zusammengebundenen Fäuste so in die Seite, daß er, grad als sein Schuß losging, halb abgestreift und halb abgeschleudert auf der andern Seite aus dem Sattel und in einem weiten Bogen auf die Erde flog.

Es gab in diesem Augenblicke unter den Anwesenden außer Winnetou und der Wahnsinnigen keinen, der nicht einen Schrei des Schreckes, der Ueberraschung, der Anerkennung ausgestoßen hätte. Mein prächtiger Hengst aber hatte nur diesen Satz gethan, keinen einzigen weitern Schritt, und stand dann so ruhig, wie aus Erz gegossen, da. Ich drehte mich nach dem Medizinmann um. Er raffte sich auf und holte sein Gewehr, welches ihm entfallen war. Seine Augen funkelten vor Wut. Cox nahm ihm das Gewehr aus der Hand und zürnte:

»Ich werde Euer Gewehr halten, bis Ihr fortreitet, Sir, sonst richtet Ihr noch Unheil an! Ich habe Euch gesagt, daß ich keine Feindseligkeit, wenigstens keine thätliche, gegen Old Shatterhand dulde!«

»Laßt ihn nur; laßt ihn immer!« sagte ich. »Wenn er sich wieder an mich wagt, kommt es noch besser! Ich habe ihn übrigens gewarnt, sich in acht zu nehmen. Der Mensch ist wirklich ganz unheilbar stupid!«

Da keuchte der vor Wut förmlich Zitternde:

»Tötet Ihr ihn, Mr. Cox! Werdet Ihr ihn töten?«

»Ja,« nickte der Gefragte. »Sein Leben ist Old Wabble zugesprochen.«

»Gott sei Dank! Sonst hätte ich ihn doch noch erschossen, sobald Ihr mir das Gewehr wiedergebt, auch auf die Gefahr hin, dann von Euch erschossen zu werden. Ihr glaubt gar nicht, was für ein oberster aller Teufel dieser Schurke ist! Da ist Winnetou doch der wahre, reine Engel dagegen! Also erschießt ihn; erschießt ihn ja!«

»Was das betrifft, so könnt Ihr sicher sein, daß Euer Wunsch in Erfüllung geht!« versicherte Old Wabble. »Er oder ich! Von uns zweien hat nur einer Platz auf der Erde, und da ich dieser eine bin, so ist er der andere, der weichen muß. Ich schwöre alle möglichen Eide darauf!«

»So machts nur bald und kurz mit ihm, sonst geht er Euch noch durch!«

Die Squaw war indessen, sich durch nichts, auch durch den Schuß nicht stören lassend, nach dem Busche geritten, hatte einige Zweige abgebrochen, sie kranzförmig zusammengewunden und sich um den Kopf gelegt. Jetzt kam sie zurück, lenkte ihr Pferd zum ersten, besten Tramp, der ihr der nächste war, und sagte, nach dem Kopfe deutend:

»Siehst du, das ist mein Myrtle-wreath! Dieses Myrtle-wreath hat mir mein Wawa Derrick aufgesetzt!«

Da vergaß der frühere Komantsche mich und eilte auf sie zu, aus Angst, daß sie durch ihre Reden eines seiner Geheimnisse verraten könne. Ihr mit der Faust drohend, rief er ihr zu:

»Schweig, Verrückte, mit deinem Unsinn!« Und sich an die Tramps wendend, erklärte er: »Das Weib ist nämlich wahnsinnig und redet Dinge, welche einem auch den Kopf verdrehen können.«

Er erreichte bei ihnen seinen Zweck, hatte seine Aufmerksamkeit aber dann gleich auf einen andern, nämlich auf Apanatschka zu wenden. Dieser hatte bis jetzt die schon beschriebene Ruhe und Unbeweglichkeit einer Bildsäule bewahrt; nun aber ritt er, als er die Squaw sprechen hörte, zu ihr hin und fragte sie:

»Kennt mich Pia[1] heut? Sind ihre Augen offen für ihren Sohn?«

Sie sah ihn traurig lächelnd an und schüttelte den Kopf. Dennoch fuhr Tibo taka sofort auf Apanatschka los und herrschte ihm zu:

»Was hast du mit ihr zu reden? Schweig!«

»Sie ist meine Mutter,« antwortete Apanatschka ruhig.

»Jetzt nicht mehr! Sie ist eine Naiini, und du hast den Stamm verlassen müssen. Ihr geht einander nichts mehr an!«

[1] Komantsche; »Meine Mutter«, vom Sohne angeredet.

»Ich bin Häuptling der Komantschen und laß mir von einem Weißen, der sie und mich betrogen hat, nichts befehlen. Ich werde mit ihr sprechen!«

»Und ich bin ihr Mann und verbiete es!«

»Verhindere es, wenn du kannst!«

Tibo taka wagte es nicht, sich an Apanatschka, obgleich dieser gefesselt war, zu vergreifen; er wendete sich an Old Wabble:

»Helft mir, Mr. Cutter! Ihr seid der Mann, dem ich Vertrauen schenke. Er, mein früherer Pflegesohn, ist es, wegen dem meine Frau wahnsinnig geworden ist. So oft sie ihn sieht, wird es mit ihr schlimmer. Er mag sie in Ruhe lassen. Also, helft mir, Sir!«

Old Wabble war wohl eifersüchtig darauf, daß Cox sich als Anführer bezeichnet hatte; jetzt bot sich ihm eine willkommene Gelegenheit, zu zeigen, daß er auch etwas zu sagen habe; er ergriff dieselbe und wies Apanatschka in befehlendem Tone zurück:

»Mach, daß du wegkommst von ihr, Roter! Du hast gehört, daß sie dich nichts angeht. Weg also; packe dich!«

In diesem Tone mit sich sprechen zu lassen, das lag Apanatschka freilich fern. Er maß den alten Cow-boy mit einem verächtlichen Blicke und fragte dann:

»Wer spricht da zu mir, dem obersten Häuptling der Komantschen vom Stamme der Kanean? Ist's ein Frosch, welcher quakt, oder eine Krähe, welche schreit? Ich sehe niemand, der mich hindern könnte, mit der Squaw zu sprechen, welche meine Mutter war!«

»Oho! Frosch! Krähe! Drücke dich höflicher aus, Bursche, sonst wirst du erfahren, wie man einen König der Cow-boys zu achten hat!«

Er drängte sich mit seinem Pferde zwischen Apanatschka und die Frau. Der Komantsche wich einige Schritte zurück und lenkte sein Pferd auf die andere Seite; der Alte folgte ihm auch dorthin. Apanatschka ritt weiter, Old Wabble auch. So bewegten sie sich in zwei Kreisen um die Frau, und zwar derart, daß sie den Mittelpunkt bildete, den Cutter stets gegen den Komantschen deckte. Dabei hielten sich die beiden fest in den Augen.

»Laßt das sein, Cutter!« rief Cox diesem zu. »Laßt das Vater und Sohn miteinander abmachen! Euch geht es doch gar nichts an!«

»Ich bin zur Hilfe aufgefordert worden!« antwortete der Alte.

»Seid Ihr der Anführer, oder bin ich es?«

»Ich bin es, denn ich habe Euch engagiert!«

»Und das glaubt Ihr durchzusetzen?«

»*Yes,* sehr! Einen Roten, der noch dazu gefesselt ist, werde ich schon im Zaum halten können!«

»Gefesselt? *Pshaw!* Denkt an Old Shatterhand und den Fremden! Der Rote ist ein ganz anderer Kerl, als Ihr seid.«

»Er mag's versuchen!«

»*Well!* Ganz, wie Ihr wollt! Mich soll es nichts mehr angehen!«

Nun waren alle Augen auf die beiden Gegner gerichtet, welche sich noch immer auf ihren Kreislinien bewegten, Old Wabble auf der innern und Apanatschka auf der äußern. Die Frau hielt ganz geistesabwesend in der Mitte. Tibo taka stand in der Nähe und war wohl am meisten auf den Ausgang dieser eigenartigen Scene gespannt. Nach Verlauf einiger Zeit fragte Apanatschka:

»Wird Old Wabble mich endlich zu der Squaw lassen?«

»Nein!« erklärte der Alte.

»So werde ich ihn zwingen!«

»Versuche es doch!«

»Und dabei den alten Indianermörder gar nicht schonen!«

»Ich dich auch nicht!«

»Uff! So behalte die Squaw für dich!«

Er wendete sein Pferd und that, als ob er seinen Kreis verlassen wolle. Wie ich Apanatschka kannte, war dies nur eine Finte; er wollte die Aufmerksamkeit des Alten, wenn auch nur für einen Augenblick, von sich ablenken. Die Entscheidung nahte, Old Wabble ließ sich auch wirklich täuschen. Er wendete auch nach dorthin, wo Cox hielt, und rief in selbstgefälligem Tone:

»Nun, wer hatte recht? Fred Cutter, und sich von einem Roten werfen lassen! Das ist ein Ding der Unmöglichkeit; *th'is clear!*«

»Paßt auf; paßt auf! er kommt!« ertönten da die warnenden Stimmen mehrerer Tramps.

Der Alte wendete sich selbst zurück, nicht aber das Pferd. Er sah ihn in gewaltigen Sprüngen auf sich zureiten und schrie vor Schreck laut auf, denn auszuweichen, das war für ihn schon zu spät. Es waren nur wenige Augenblicke, in denen sich dies und das Folgende abspielte, und die Seelen aller Zuschauer traten in die Augen. Mein und meines Hatatitla Sprung, vorhin gegen den Medizinmann gerichtet, war nur ein im Westen sogenannter *Force- and adroitness*-Sprung gewesen; Apanatschka hatte es viel anders, viel verwegener vor: Den gellenden Angriffsschrei der Komantschen ausstoßend, flog er auf den Alten zu und genau in querer Richtung so über dessen Pferd hinweg, als ob sich gar kein Reiter im Sattel befände. Er wagte sein Leben dabei, weil ihm die Hände zusammen- und die Füße an das Pferd gebunden waren und weil er an Old Wabble prallen mußte. Doch kam er glücklich hinüber. Als sein Pferd den Boden berührte, hätte es sich beinahe überschlagen, – er warf sich schnell nach hinten und riß es dabei vorn empor; es schoß noch eine kleine Strecke fort und wurde dann gehalten. Ich holte tief, tief Atem, denn es war mir um ihn sehr angst gewesen.

Und Old Wabble? Der war wie von einer Kanonenkugel aus dem Sattel geprellt und dabei sein Pferd mit umgerissen worden; es wälzte sich einige Male hin und her und stand dann unbeschädigt wieder auf; er aber blieb besinnungslos am Boden liegen. Es gab eine Aufregung, ein Durcheinander sondergleichen; wir hätten jetzt unschwer die Flucht ergreifen können und wären gewiß auch glücklich entkommen, doch ohne unser Eigentum; darum blieben wir.

Cox kniete bei dem Alten und bemühte sich um ihn. Er war nicht etwa tot und erwachte auch sehr bald aus seiner

Betäubung; aber als er dann aufstehen und sich dabei auf die Arme stützen wollte, konnte er dies nicht. Er mußte aufgerichtet werden, und als er nun bebend, schlotternd und wabbelnd dastand, fand es sich, daß er nur einen Arm bewegen konnte; der andere hing ihm am Leibe herab; er war gebrochen.

»Habe ich Euch nicht gewarnt!« wurde er von Cox angefahren, was freilich das Geschehene nicht ändern oder verbessern konnte. »Nun habt Ihr die Folgen! Was zählt euer Cow-boy-Königstitel, wenn Ihr gegen Euren alten, über neunzigjährigen Körper einen Gegner habt, wie dieser Apanatschka ist!«

»Schießt ihn über den Haufen, den verfluchten Kerl, der mich mit seiner Finte übertölpelt hat!« stieß der Alte grimmig hervor.

»Warum denn gleich erschießen?«

»Ich befehle es! Hört Ihr, ich befehle es! Nun, wird es bald?!«

Es gab natürlich keinen, der ihm gehorchte. Da schrie und tobte er eine Weile aus vollem Halse, bis er seinerseits von Cox angebrüllt wurde:

»Nun gebt einmal Ruhe, sonst lassen wir Euch stehen und reiten fort! So wie Ihr brüllen ja die wilden Tiere! Bekümmert Euch lieber um Euren Arm! Man muß sehen, wie da zu helfen ist!«

Er sah ein, daß dies das Richtige war, und ließ sich die alte Jacke vom Leibe ziehen, was aber nicht ohne große Schmerzen ging. Nun tasteten Cox und nach ihm andere Tramps an dem Arm herum, wobei der Alte vor Schmerzen bald brüllte und bald stöhnte. Keiner verstand etwas. Da wendete sich Cox an uns:

»Hört, Mesch'schurs, ist einer unter euch, der sich auf Wunden und dergleichen versteht?«

»Unser Haus- und Hofarzt ist stets Winnetou,« antwortete Dick Hammerdull. »Wenn Ihr an seiner Nachtklingel zieht, wird er sogleich erscheinen.«

Da irrte sich der Dicke, denn als der Apatsche aufgefordert wurde, den Arm zu untersuchen, erklärte er abweisend:

»Winnetou hat nicht gelernt, Mörder zu kurieren. Warum werden wir jetzt, da man unserer Hilfe bedarf, auf einmal Mesch'schurs genannt? Warum sind wir das nicht schon vorher gewesen? Hat der alte Cow-boy vorhin seinen Willen durchgesetzt, so mag er auch jetzt thun, was ihm beliebt. Winnetou hat gesprochen!«

»Er ist aber doch auch ein Mensch!«

Sonderbarer Einwurf, das! Vom Anführer dieser Menschen! Winnetou antwortete natürlich nicht. Wenn er einmal sagte, daß er gesprochen habe, so war er fest entschlossen und es gab für ihn kein weiteres Wort. Dick Hammerdull bemächtigte sich der Rede:

»Ihr findet auf einmal, daß ein Mensch unter euch ist? Ich denke, daß wir auch keine wilden Tiere, die man nach Belieben fangen oder wegschießen kann, sondern Menschen sind! Werden wir als solche behandelt?«

»Hm! Das ist eine ganz andere Sache!«

»Ob es eine andere oder keine andere ist, das bleibt sich gleich, wenn sie nur eben anders ist! Laßt uns frei, und gebt unsere Sachen alle heraus, so wollen wir den alten Kerl so zusammenkurieren, daß Ihr Eure Freude an ihm habt. Uebrigens ist kein Geschöpf auf Erden so leicht zu verbinden wie grad Cutter; er besteht ja nur aus Haut und Knochen. Zieht ihm das Fell herunter und wickelt es ihm um den Knochenbruch, so bleibt noch eine ganze Menge Haut für andere, ihm auch sehr anzuwünschende Brüche übrig! Meinst du nicht auch, Pitt Holbers, altes Coon?«

»Hm, ja,« nickte der Lange. »Und wenn es einige Hundert wären, ich würde ihm keinen einzigen mißgönnen, lieber Dick.«

Cutter stöhnte und wimmerte zum Erbarmen. Die Knochenspitzen stachen ihm, sobald der Arm berührt wurde, in das Fleisch; Cox ging zu ihm hin, kam aber sehr bald wieder und sagte zu mir:

»Ich höre von Old Wabble, daß Ihr auch so etwas wie Chirurgus seid. Nehmt Euch doch seiner an!«

»Ist das sein Wunsch?«

»Ja.«

»Und Ihr traut es mir auch wirklich zu, daß ich mich seiner erbarme?«

»Ja.«

»Obgleich ich ein von ihm dem Tode geweihter Mann bin?«

»Ja. Vielleicht besinnt er sich noch anders und läßt Euch laufen.«

»Schön! Ich höre, daß er der allervortrefflichste Mensch ist, den es nur geben kann. Mich vielleicht, nämlich »vielleicht« laufen lassen! Wißt Ihr denn nicht, was Ihr mit diesen Worten ausgesprochen habt! Eine Dummheit, die ihresgleichen sucht, eine Unverfrorenheit, die bis zum Himmel reicht! Eine so unverschämte, beispiellose Frechheit, daß einem die Gedanken darüber vergehen möchten! Habt Ihr denn gar nicht bemerkt, daß wir vorhin alle hätten davonreiten können, wenn es nur unser Wille gewesen wäre? Glaubt Ihr denn wirklich, in uns nur Schafe mit euch herumzuschleppen, die man führt, wohin man will, und schlachtet, wann es einem beliebt? Wenn ich nun sage, daß ich dem Alten nur dann helfen werde, wenn ihr uns freigebt?«

»Darauf gehen wir natürlich nicht ein!«

»Und wenn ich nur die Forderung stelle, daß ich nicht ermordet, sondern gleich meinen Gefährten hier behandelt werden soll?«

»Vielleicht läßt sich mit ihm darüber reden!«

»Vielleicht! Kann mir mit einem Vielleicht gedient sein?«

»*Well!* Soll ich hingehen und ihn fragen?«

»Ja.«

Er verhandelte längere Zeit mit Old Wabble, kam dann zurück und benachrichtigte mich:

»Er hat einen starren Kopf; er bleibt dabei, daß Ihr sterben müßt; lieber will er Schmerzen ertragen. Er hat einen zu großen Haß auf Euch geworfen.«

Das war meinen Gefährten doch zu stark; das hatten sie nicht für möglich gehalten; sie ergingen sich darüber in allen möglichen, nur aber keinen freundlichen Ausdrücken.

»Ich kann es nicht ändern!« meinte Cox. »Nun werdet Ihr Euch natürlich seiner nicht annehmen, Mr. Shatterhand?«

»Warum nicht? Ihr habt vorhin gesagt, er sei doch auch ein Mensch. Das war falsch. Das richtige ist, daß ich von mir sage: Ich bin auch ein Mensch und werde menschlich handeln. Ich will also über alles andere hinweg und in ihm nur den Leidenden sehen. Was Ihr dabei, von ihm ganz abgesehen, für eine unendlich traurige und doch zugleich lächerliche Rolle spielt, das wird Euch baldigst unter die Nase gerieben werden; darauf könnt Ihr Euch verlassen!«

»Etwa von Euch?«

»Ob von mir oder von anderer Seite, das bleibt sich gleich, wie unser Hammerdull zu sagen pflegt. Ich meine nur im allgemeinen, daß für jeden Menschen einmal die Stunde schlägt, in welcher mit ihm abgerechnet wird, für Euch und mit Euch also auch! Kommt!«

Meine Kameraden wollten mich zurückhalten; sie zankten sich geradezu mit mir, am meisten Treskow; ich ließ sie schließlich aber denken und sagen, was sie wollten, wurde vom Pferde gebunden und ging zu Cutter hin. Er machte die Augen zu, um mich nicht sehen zu müssen. Man hatte mir natürlich die Hände freigegeben. Der Armbruch war ein doppelter und bei seinem Alter fast unheilbarer und sehr gefährlicher.

»Wir müssen fort von hier,« entschied ich, »denn wir brauchen Wasser. Wir haben aber nicht weit zu reiten, denn der Fluß ist in der Nähe. Reiten wird er können; es ist ja bloß der Arm verletzt.«

Cutter ließ eine ganze Reihe von Flüchen hören und schwor Apanatschka die grauenhafteste Rache zu.

»Ihr seid wirklich nicht mehr unter die Menschen zu rechnen!« unterbrach ich ihn. »Reicht denn Euer Verstand wirklich nicht hin, um einzusehen, daß Ihr Euch alles selbst zuzuschreiben habt?«

»Nein; dazu reicht er wirklich nicht!« höhnte er.

»Hättet Ihr den Komantschen nicht herausgefordert, so wäret Ihr nicht von ihm vom Pferd geritten worden.«

»Aber mußte ich dabei den Arm brechen?!«

»Auch daran seid Ihr selber schuld.«

»Wieso denn? Ich bin begierig darauf, wie Eure große Weisheit mir das erklären wird.«

»Euer Arm wäre heil geblieben, wenn Ihr mir nicht meine Gewehre genommen hättet.«

»Wie kommen die Gewehre mit dem Armbruch in Verbindung?«

»Ich sah ganz deutlich, wie Ihr vom Pferde gerissen wurdes; Ihr hattet sie umhängen; beim Aufschlag auf die Erde kam Euer Arm zwischen sie, und da hatten sie die Wirkung zweier Brechstangen; daher auch der Doppelbruch. Hättet Ihr Euch nicht mit meinem Eigentum befaßt, so wäret Ihr heil vom Boden aufgestanden.«

»Das sagt Ihr nur, um mich zu ärgern. *Pshaw!*«

»Nein; es ist die Wahrheit, ganz gleich, ob Ihr es glaubt oder nicht.«

»Ich glaube, was ich will, und nicht, was Euch gefällt! Jetzt werdet Ihr wieder gebunden, und dann geht es nach dem Flusse. Verdammt sei dieser Fremde mit seinem Weibe! Wären sie nicht gekommen, so hätte das alles nicht geschehen können! Und da soll es eine Vorsehung, einen Gott geben, der nicht besser auf seine Menschen Achtung giebt!«

Also selbst jetzt konnte sich dieser schreckliche Mensch nicht enthalten, Gott zu leugnen oder vielmehr zu lästern! Ich ließ mich bereitwillig wieder anbinden, obgleich ich so schöne Gelegenheit gehabt hätte, zu entfliehen. Als ich beim alten Wabble stand, war ich vollständig frei gewesen. In der Nähe lagen meine Gewehre noch an der Erde, und mein Rappe wartete auf mich. Es wäre das Werk einer halben Minute gewesen, mit den Waffen auf das Pferd und dann fortzukommen. Aber was dann? Ich wäre natürlich dann dem Zuge gefolgt, um die Gefährten des Nachts zu befreien; aber die Tramps hätten das vorausgesehen und sie mit zehnfacher Aufmerksamkeit bewacht. Jetzt aber waren sie ahnungslos, und so mußte uns heut abend unsere Befreiung durch Kolma Puschi viel, viel leichter werden. Darum hatte ich diese Gelegenheit zur Flucht so unbenützt vorübergehen lassen.

Apanatschka befand sich neben der Squaw und sprach mit ihr, ohne allen Erfolg. In der Nähe hielt Thibaut und beobachtete sie mit verhaltenem Zorne; er getraute sich nicht, dem Komantschen hinderlich zu sein. Die ihm von mir erteilte Lehre hatte gewirkt. Selbst als ich jetzt zu ihnen hinritt, sagte er nichts, machte sich aber noch näher herbei.

Ich hörte zu; es waren die gewöhnlichen Worte, welche Apanatschka aus ihr herausbrachte, sonst nichts.

»Ihr Geist ist fort und will nicht wiederkommen!« klagte er. »Der Sohn kann nicht mit seiner Mutter sprechen; sie versteht ihn nicht!«

»Laß es mich einmal versuchen, ob ihre Seele zurückzurufen ist!« forderte ich ihn auf, indem ich auf ihre andere Seite ritt.

»Nein, nein!« rief Thibaut. »Old Shatterhand darf nicht mit ihr reden; ich dulde das nicht.«

»Ihr werdet es dulden!« fuhr ich ihn drohend an. »Apanatschka, bewache ihn, und wenn er die geringste drohende Bewegung macht, so reitest du ihn nieder, aber gleich so, daß er Arme und Beine bricht! Ich helfe mit!«

»Mein Bruder Shatterhand kann sich auf mich verlassen,« antwortete Apanatschka; »er mag mit der Squaw sprechen, und wenn der weiße Medizinmann nur eine Hand bewegt, wird er im nächsten Augenblicke eine unter den Pferdehufen zertretene Leiche sein!«

Er postierte sich ganz nahe an Thibaut hin, und da ich wußte, daß er seine Drohung wahr machen würde, so fühlte ich mich sicher.

»Bist du heut im Kaam-kulano gewesen?« fragte ich die Frau.

Sie schüttelte den Kopf und sah mich mit so geistesleeren Augen an, daß sie mir förmlich wehe thaten. Selbst die Leere kann aggressiv wirken.

»Hast du einen Nina Ta-a-upa[1]?« fragte ich weiter.

Sie schüttelte abermals den Kopf.

»Wo ist dein To-ats[2]?«

Abermaliges Schütteln.

»Hast du deine Kokheh[3] gesehen?«

Ganz dasselbe gedankenlose Schütteln wieder überzeugte mich, daß sie für Fragen, welche das Komantschenleben betrafen, jetzt unempfänglich sei. Ich machte einen andern Versuch.

»Hast du Wawa Ikwehtsi'pa gekannt?«

»Ik – – weh – – tsi'pa – – – « hauchte sie.

»Ja. Ik – – weh – – tsi – – 'pa – – « wiederholte ich jede Silbe mit Betonung.

Da antwortete sie, zwar wie im Traume, aber doch:

»Ikwehtsi'pa ist mein Wawa.«

Also hatte ich richtig vermutet: Sie war die Schwester des Padre.

»Kennst du Tehua? Te – – hu – – a!«

»Tehua war Ikokheh[4].«

»Wer ist Tokbela? Tok – – be – – la!«

»Tokbela ist nuuh[5].«

Sie war aufmerksam geworden. Die auf ihre Kindheit und Jugend bezüglichen Worte machten Eindruck auf sie. Ihr Geist kehrte in die vor ihrem Irrsinn liegende Zeit zurück und suchte vergeblich Licht in diesem Dunkel. Darin bestand ihr Wahnsinn. Wenn ein Klang aus jener Zeit an ihr Ohr tönte, war es leicht begreiflich, daß da ihr Geist aus der Tiefe des Vergessens stieg. Ihr Blick war nicht mehr leer; er begann, sich zu füllen. Da wir aufbrechen wollten und die Zeit also höchst kostbar war, brachte ich nun gleich die Frage, welche heut für mich die wichtigste war:

»Kennst du Mr. Bender?«

1 Gatte.
2 Sohn.
3 Aeltere Schwester.
4 Meine ältere Schwester.
5 bin ich.

»Bender - Bender - - - Bender - - -« sagte sie mir nach, indem ein freundliches Lächeln auf ihrem Gesicht erschien.

»Oder Mrs. Bender?«

»Bender - - Bender - -!« wiederholte sie, wobei ihr Auge immer heller, ihr Lächeln immer freundlicher und ihre Stimme immer klarer und bestimmter wurde.

»Vielleicht Tokbela Bender?«

»Tokbela - - Bender - - bin ich nicht!«

Jetzt sah sie mich voll und mit Bewußtsein an.

»Oder Tehua Bender?«

Da schlug sie die Hände froh zusammen, als ob sie etwas Längstgesuchtes jetzt gefunden hätte, und antwortete mit fast wonnigem Lächeln:

»Tehua ist Mrs. Bender, jawohl, Mrs. Bender!«

»Hat Mrs. Bender ein Baby?«

»Zwei Babies!«

»Mädchen?«

»Zwei Babies sind Knaben. Tokbela trägt sie auf den Armen.«

»Wie nennst du diese Babies? Die Babies haben Namen!«

»Babies sind Leo und sind Fred.«

»Wie groß?«

»Fred so und Leo so!«

Sie deutete mir mit den Händen an, wie hoch die Knaben, vom Sattel an gerechnet, gewesen waren. Der Erfolg meiner Fragen war über alles Erwarten günstig. Ich sah die Augen Thibauts, den Apanatschka noch immer in Schach hielt, mit mühsam verhaltener Wut auf mich gerichtet, wie diejenigen eines blutdürstigen Raubtieres, welches im Begriff steht, sich auf seine Beute zu stürzen; aber daraus durfte ich mir nichts machen. Die Erinnerung der Frau war zurückgekehrt, und wenn ich das klug und schnell ausnützte, konnte ich heut so ganz ohne Erwarten alles erfahren, was ich wissen mußte, um in das Leben Old Surehands und Apanatschkas Licht zu bringen. Es war ja, als ob grad ich dazu bestimmt sei, dies Licht zu schaffen. Schon neigte ich mich der Squaw wieder zu, um eine neue Frage auszusprechen, als ich zu meinem größten Leidwesen daran verhindert wurde. Zwei Tramps brachten mir den Bärentöter und den Henrystutzen, wobei der eine mir sagte:

»Old Wabble will, daß Ihr Eure Unglücksgewehre, welche den Leuten die Knochen zerschlagen, selber schleppen sollt. Wir werden sie Euch umhängen.«

»Das muß ich selber thun. Macht mir nur für einen Augenblick die Hände frei! Dann könnt ihr sie mir wieder zusammenbinden.«

Sie thaten dies, und daß ich nun wenigstens diese beiden Waffen wieder hatte, söhnte mich mit dem Umstande aus, daß mein Gespräch mit der Squaw ein Ende hatte nehmen müssen, denn die Tramps bestiegen ihre Pferde; es sollte aufgebrochen werden. Auch wenn dieser Aufbruch nicht gewesen wäre, hätte ich auf fernere Fragen verzichten müssen, denn in der kurzen Zeit, während ich mir die Gewehre umhing, hatte das Gesicht des armen Weibes schon wieder den trostlosen, geistesleeren Ausdruck angenommen wie vor meiner Unterredung mit ihr.

Ich wollte Apanatschka beobachten, wie er sich jetzt zu Tibo taka und Tibo wete verhalten werde; er kam aber zu mir und fragte mich:

»Der weiße Medizinmann wird sich nun von den Tramps trennen wollen?«

»Höchst wahrscheinlich.«

»Er nimmt die Squaw mit?«

»Ja, natürlich!«

»Uff! Kann sie nicht mit uns reiten?«

»Nein.«

»Warum sollte sie das nicht können?«

»Apanatschka mag mir erst vorher sagen, warum er den Wunsch hat, daß sie bei uns bleiben soll.«

»Weil sie meine Mutter ist.«

»Die ist sie nicht.«

»Wenn sie es wirklich nicht sein sollte, so hat sie mich doch lieb gehabt und mich so gehalten, als ob ich ihr Kind sei.«

»Gut! Aber pflegen die Krieger der Komantschen, auch wenn sie Häuptlinge sind, ihre Squaws oder Mütter mitzunehmen, wenn sie so viele, viele Tagesreisen weit reiten und schon vorher wissen, daß sie mancherlei Gefahren zu bestehen haben werden?«

»Nein.«

»Warum will Apanatschka diese Squaw bei sich haben? Ich vermute, daß es für ihn einen ganz besonderen Grund dazu giebt.«

»Es giebt einen Grund: Sie soll nicht bei dem Bleichgesichte bleiben, der sich für einen roten Mann ausgegeben und die Krieger der Naiini viele Jahre lang damit betrogen hat.«

»Er wird sie nicht hergeben.«

»So zwingen wir ihn!«

»Das ist unmöglich. Apanatschka vergißt, daß wir gefangen sind.«

»Wir werden es nicht lange sein!«

»Dürfen wir das den Tramps sagen? Und würden sie selbst für diese kurze Zeit eine Squaw bei sich dulden?«

»Nein. Aber wo will der weiße Medizinmann mit der Squaw hin? Was will er mit ihr thun? Wenn wir ihn mit ihr fortlassen, werde ich die niemals wiedersehen, welche ich für meine Mutter gehalten habe!«

»Apanatschka irrt; er wird sie wiedersehen.«

»Wann?«

»Vielleicht schon in sehr kurzer Zeit. Mein Bruder Apanatschka mag an alles denken! Der weiße Medizinmann giebt sie nicht her; die Tramps nehmen sie nicht mit, und uns würde sie nur stören, ganz abgesehen davon, daß wir heut gefangen und gar nicht unsere eigenen Herren sind. Wenn Tibo taka sie aber mit sich nimmt, fällt dies alles fort, und du wirst sie in kurzer Zeit wiedersehen.«

»Aber der weite Ritt ist zu schwer für sie!«

»Mit uns müßte sie vielleicht noch weiter reiten!«

»Und Tibo taka wird nicht gut und freundlich mit ihr sein!«

»Das war er auch am Kaam-kulano nicht; sie ist es also gewöhnt. Uebrigens ist ihr Geist nur selten bei ihr, und es wird ihr also nicht bewußt, wenn er nicht freundlich mit ihr ist. Und sodann scheint er die weite Reise zu einem Zwecke unternommen zu haben, der ihre Gegenwart erheischt; er wird folglich so aufmerksam und sorglich für sie sein, daß sie keinen Schaden nimmt. Mein Bruder Apanatschka mag sie also mit ihm reiten lassen! Das ist der beste Rat, den ich ihm geben kann.«

»Mein Bruder Old Shatterhand hat es gesagt, und so mag es geschehen; er weiß stets, was für seine Freunde nützlich ist.«

Jetzt war man endlich damit fertig geworden, Old Wabble die Jacke wieder anzuziehen und ihn auf das Pferd zu bringen; nun konnte man weiterreiten. Es war ein Unsinn, seinen Arm wieder in den Aermel zu zwingen. Wenn man ihm die Jacke einstweilen nur umhing, wurden ihm die großen Schmerzen erspart. Es konnte mir aber gar nicht einfallen, ein Wort dagegen zu sagen. Er hatte die Schmerzen mehr als reichlich verdient, und wenn er sie nun bis auf die Neige auskostete, so fühlte ich in mir keine Pflicht, etwas dagegen einzuwenden.

Tibo taka bestieg auch sein Pferd, auf welches er, seit ich ihn von demselben geworfen hatte, nicht wieder gekommen war. Er ritt zum alten Wabble hin, um Abschied zu nehmen.

»Nehmt meinen Dank, Mr. Cutter, daß Ihr Euch so kräftig meiner angenommen habt!« sagte er. »Wir werden uns wiedersehen, und dann sollt Ihr so vieles und verschiedenes – – – –«

»Seid so gut, und schweigt!« unterbrach ihn der Alte, »Euch hat mir der Teufel in den Weg geführt, wenn es überhaupt einen Teufel giebt, was ich gar nicht glaube. Euretwegen ist mir der Arm wie Glas zerschlagen worden, und wenn Euch dieser Teufel, den es für Euch dann hoffentlich giebt, so einige Jahrmillionen lang in der Hölle braten wollte, so würde ich ihn für den einsichtsvollsten Gentleman halten, den es unter allen guten und bösen Geistern giebt.«

»Euer Arm thut mir leid, Mr. Cutter. Hoffentlich heilt er

schnell und gut. Die schönsten Pflaster habt Ihr ja in den Händen.«

»Welche wären das?«

»Die Kerls, welche Eure Gefangenen sind. Legt täglich ein solches Pflaster auf, so werdet Ihr sehr bald wieder gesund sein.«

»Das soll wohl heißen, daß ich täglich einen erschießen soll?«

»Ja, nichts anderes.«

»*Well,* der Rat ist gut, und vielleicht befolge ich ihn; am meisten würde es mir Vergnügen gewähren, wenn Ihr die Gewogenheit hättet, das erste Pflaster sein zu wollen; aber auch nach dem wenigen, was ich hier von Euch gesehen und gehört habe, kann es mir nur lieb sein, Euch jetzt loszuwerden; *th'is clear.* Macht Euch also aus dem Staube, und laßt Euch nicht mehr vor meinen Augen sehen!«

Da ließ der Medizinmann ein höhnisches Gelächter hören und erwiderte:

»Das müssen wir abwarten, alter Wabble. Mir liegt auch nichts daran, mit so einem alten Schurken, wie Ihr seid, jemals wieder zusammenzutreffen; aber wenn es doch einmal, natürlich ganz gegen meinen Willen, geschehen sollte, so wird mein Willkommen nicht weniger freundlich sein, als es jetzt Euer Abschied ist. Reitet in die Hölle!«

»Verfluchter Kerl! Schickt ihm doch eine Kugel nach!« brüllte der Alte.

Es fiel niemandem ein. Thibaut ritt, von der Squaw gefolgt, unbelästigt von dannen, nach links hinüber, also in derselben Richtung, welche er eingehalten hatte, als er uns vorhin begegnet war.

»Ob wir ihn aber auch wiedersehen werden!« sagte Apanatschka halblaut vor sich hin.

»Sicher,« antwortete ich.

»Hat mein weißer Bruder wirklich so bestimmte Gründe, dies zu denken?«

»Ja.«

Winnetou, welcher sich jetzt neben uns befand und die

Frage des Komantschen und meine Antwort gehört hatte, fügte hinzu:

»Was Old Shatterhand gesagt hat, wird geschehen. Es giebt Dinge, die man nicht genau vorher wissen kann, aber um so bestimmter vorher fühlt. Dieses Vorgefühl hat er jetzt, und ich habe es auch; es wird zutreffen!«

Ich mußte mich wieder an die Spitze des Zuges setzen, und bald war der Fluß erreicht, wo wir abstiegen. Während einige Tramps nach einer bequemen Furt suchten, wurde ich wieder vom Pferde genommen, um den alten Wabble zu verbinden. Das nahm geraume Zeit in Anspruch, und ich kann mich nicht rühmen, mein Werk mit allzu großer Zartheit ausgeführt zu haben. Der alte Cow-boy heulte oft laut auf vor Schmerzen und bedachte mich mit Schimpfworten und Redensarten, welche man auf dem Papiere unmöglich wiedergeben kann.

Als ich mit ihm fertig war und wieder auf dem Pferde saß, war eine Furt gefunden worden. Wir setzten hinüber und folgten auf der andern Seite dem Wasser, bis wir den Zusammenfluß der beiden Arme erreichten. Wir umritten den Bogen des Südforks und dann westnordwestlich über die Prairie, von welcher Kolma Puschi gesprochen hatte.

Sie war nicht eben, sondern bildete eine langsam ansteigende, zuweilen mit Senkungen versehene Fläche, welche parkähnlich mit Gesträucheilanden bestanden war. Hier gab es eine Menge wilder Truthühner, von denen die Tramps nach und nach ein halbes Dutzend erlegten, aber wie! Es war die wahre Sauschießerei!

Am Spätnachmittag sahen wir grad vor uns eine Höhe aufsteigen, gewiß diejenige, an deren Fuße die Quellen lagen, deren nördlichste ich zu suchen hatte. Ich hielt mich jetzt also mehr rechts und erst dann wieder links, als der Berg genau im Süden vor uns lag. Auf diese Weise mußten wir den erwähnten Spring zuerst zu sehen bekommen. Ich war sehr neugierig darauf, ob der Scharfsinn Kolma Puschis sich bewahrheiten und die Lage und Umgebung der Quelle eine für unsern heutigen Zweck passende sein werde.

Je näher wir kamen, desto deutlicher sahen wir, daß der Berg bewaldet war und uns einige Ausläufer dieses Waldes entgegenschickte. Es begann schon zu dunkeln, als wir ein kleines Wasser erreichten, dem wir im Galoppe entgegenritten, um noch vor Einbruch der Finsternis bei seinem Ursprunge anzukommen. Wir langten bei diesem Ziele an, als eben die letzten Schimmer der Dämmerung zu erlöschen begannen. Das war mir lieb, denn nun konnten die Tramps, falls ihnen der Ort nicht gefiel, nicht daran denken, bei finsterer Nacht einen andern aufzusuchen.

Ob wir uns an dem Spring befanden, den Kolma Puschi gemeint hatte, das wußte ich nicht genau, dachte aber, daß er es sein werde. Er kam unter einem kleinen, mit Moos bedeckten Steingewirr hervor, und zwar an einem engen Grasplatze, welcher von den Bäumen und Sträuchern in drei Abteilungen geteilt wurde. Diese Abteilungen boten zusammen für uns und die Pferde grad Raum genug, mehr nicht, was unsere Bewachung ungemein erschwerte. Uns konnte dies sehr lieb sein; Old Wabble aber, dem dieser Uebelstand keineswegs entging, sagte, indem er abstieg, in mißmutigem Tone:

»Dieser Lagerplatz gefällt mir nicht. Wenn es nicht schon so finster wäre, würden wir weiterreiten, bis wir einen bessern fänden.«

»Warum sollte er uns nicht gefallen?« fragte Cox.

»Der Gefangenen wegen. Wer soll sie bewachen?«

»Wir natürlich!«

»Da brauchen wir drei Wächter auf einmal!«

»*Pshaw!* Wozu wären die Fesseln da? Macht, daß wir sie von den Pferden bringen! Sobald sie liegen, sind sie uns sicher und gewiß!«

»Aber wir müssen doch drei Abteilungen machen!«

»Wer sagt das?«

»Der Platz zerfällt ja in drei Teile! Wollt Ihr etwa die Bäume niederhauen?«

»Fällt mir nicht ein! Die Gefangenen kommen alle hier in die eine Abteilung; die beiden andern sind für uns.«

»Und die Pferde?«

»Die schaffen wir hinaus ins Freie, wo sie angehobbelt werden. Da genügt ein Wächter für sie und einer für die Gefangenen.«

»Ja, wenn wir zwei Feuer anbrennen!«

»Ist auch nicht nötig! Ihr werdet gleich sehen, daß ich recht habe.«

Wir wurden von den Pferden genommen, wieder gefesselt und nach der einen Abteilung gebracht; dann ließ Cox da, wo die Abteilungen zusammenstießen, ein großes Feuer anbrennen, welches allerdings alle drei Teile erleuchtete. Hierüber sehr befriedigt, fragte er den alten Wabble:

»Na, habe ich recht gehabt oder nicht? Es genügt, wie Ihr seht, ein einziger Mann, die Kerls zu bewachen. Das ist alles, was Ihr verlangen könnt.«

Der Alte brummte etwas Unverständliches in den Bart und gab sich zufrieden. Und ich? Nun, ich war auch zufrieden, zufriedener wohl als er, denn das Lager hätte für unsere Zwecke gar nicht besser passen können, zumal bei der Einrichtung, welche Cox demselben gegeben hatte.

Ich war in die Mitte der kleinen Lichtung gelegt worden, hatte mich aber sogleich nach dem Rande derselben gewälzt, ein Manöver, welches auch von Winnetou ausgeführt und zu unserer Freude von den Tramps gar nicht beachtet wurde. Wir lagen mit den Köpfen am Rande des Gebüsches, und zwar hatten wir uns eine Stelle gewählt, wo die Sträucher nicht eng nebeneinander standen und es Kolma Puschi wahrscheinlich möglich war, zwischen und unter ihnen bis zu uns hindurch zu kriechen. Der Platz war so klein, daß wir alle, die wir zusammengehörten, so eng beieinander lagen, daß wir uns nicht nur berühren, sondern auch durch leise Worte verständigen konnten.

Bald erfüllte der Duft des Truthahnbratens die Luft. Die Tramps aßen, soviel sie konnten; wir aber erhielten – – – nichts.

»Die Kerls liegen so eng beisammen, daß man gar nicht zwischen ihnen hindurchkommen kann, um sie zu füttern,«

sagte Old Wabble. »Sie mögen warten bis morgen früh, wenn es Tag geworden ist. Sie werden bis dahin nicht vor Durst und Hunger sterben; *th'is clear!*«

Was das Verhungern und Verdursten betrifft, so hatte ich keine Sorge, denn ich war überzeugt, daß wir noch während der Nacht uns satt essen und trinken würden. Dick Hammerdull, der wieder in meiner Nähe lag, nahm das aber nicht so leicht und sagte zornig:

»Ist das ein Benehmen! Nichts zu essen und kein Schluck Wasser! Wem da die Lust, Gefangener zu sein, nicht vergehen soll, den möchte ich kennen lernen! Meinst du nicht auch, Pitt Holbers, altes Coon?«

»Wenn ich nichts bekomme, so meine ich auch nichts,« antwortete der Lange. »Hoffentlich hört diese fatale Geschichte nun bald auf!«

»Ob sie aufhört oder nicht, das bleibt sich gleich, wenn sie nur ein Ende nimmt. Darf man wissen, was Ihr dazu sagt, Mr. Shatterhand?«

»Wir werden sehr wahrscheinlich noch in dieser Nacht ein gutes Truthahnessen haben,« antwortete ich. »Schlaft nur nicht ein, und vermeidet alles, was geeignet sein könnte, den Verdacht der Tramps zu erregen!«

»*Well!* So will ich mich ruhig fügen. Wo noch Hoffnung vorhanden ist, da ist weiter nichts nötig, als daß man diese Hoffnung gemacht bekommt.«

Da er sich mit dieser geistreichen Erwägung beruhigte, sagten auch die andern nichts, und wir hörten neidlos zu, wie gut es den Tramps schmeckte; sehen konnten wir es nicht, desto besser aber mit dem Gehör vernehmen.

Eine großartige Nachlässigkeit von ihnen war es, daß man mir meine Gewehre gelassen hatte. Die »Gewehre, welche andern die Knochen zerbrechen«, waren, als man mich vom Pferde band, gar nicht beachtet worden; ich hatte sie mit den gefesselten Händen mit nach unserm Platze genommen und dort neben mir hingelegt. Auf diesen Umstand hindeutend, flüsterte mir der Apatsche zu:

»Wenn nur mein Bruder Shatterhand allein loskommt, haben wir gewonnen, denn gegen deinen Stutzen können sie alle nichts machen.«

Als der erste Wächter, welcher am Feuer saß, das Turkeyfleisch in nicht sehr appetitlicher Weise mit den Zähnen von den Knochen gerissen und verzehrt hatte, waren auch seine Kameraden mit dem Essen fertig und rüsteten sich zum Schlafe. Der alte Cow-boy-König kam zu uns herübergewabbelt und brachte Cox mit; sie wollten noch unsere Fesseln sehen. Als sie sich überzeugt hatten, daß sich dieselben in dem von ihnen gewünschten Zustande befanden, sagte Cutter zu mir:

»Es ist alles in Ordnung, und ich denke, daß Ihr auch ohne Abendessen einen guten Schlaf thun werdet. Träumt recht angenehm von mir!«

»Danke!« antwortete ich. »Was ich träumen werde, kann ich Euch schon jetzt sagen, falls Ihr die Güte haben solltet, Euch dafür zu interessieren.«

»Ach? Wovon denn?«

»Davon, daß ich mich, nachdem ich Euch heut den einen Arm verbunden habe, auch noch mit dem andern sehr eingehend beschäftigen werde.«

»Ich verstehe Euch nicht. Wie meint Ihr das?«

»Denkt darüber nach!«

»*Pshaw!* Ueber etwas, was Old Shatterhand gesagt hat, nachzudenken, das fällt mir gar nicht ein! Ah, jetzt errate ich es doch!«

»Wirklich? Sollte mich wundern, denn zu den Leuten, welche durch Scharfsinn und Findigkeit Staunen erregen, habt Ihr ja nie gehört.«

»Du auch nicht, Halunke!« rief er zornig aus. »Wenn du von meinem Arme sprachst, hast du jedenfalls gemeint, daß ich das Wundfieber bekomme. Du würdest dich wohl sehr darüber freuen, wenn Fred Cutter rechte Schmerzen auszustehen hätte und nicht schlafen könnte?!«

»Denke nicht daran!«

»Doch, doch! Aber deine Vorausfreude wird in das Wasser fallen. Meine alte Konstitution ist besser und kräftiger, als du denkst. Ich habe eine Bärennatur und möchte das Fieber sehen, welches sich an mich wagen könnte. Jedenfalls werde ich viel besser schlafen als du!«

»*Well!* Dann gute Nacht, Mr. Cutter!«

»Gute Nacht, Schurke!«

»Und ein fröhliches Erwachen nach dem Schlafe!«

»Wünsche dir dieselbe Fröhlichkeit!«

»Danke, zumal ich weiß, daß dieser Wunsch in Erfüllung gehen wird!«

Er lachte hämisch auf und sagte zu dem zweiten Posten, welcher soeben den ersten abgelöst hatte, in streng warnendem Tone:

»Diesen Kerl da, der soeben gesprochen hat, scheint der Hafer zu stechen. Gieb auf ihn besonders acht, und falls er sich nur einmal falsch bewegen sollte, kommst du sofort zu mir, um mich zu wecken!«

Er entfernte sich mit Cox, und der Wächter setzte sich so, daß er mich grad in den Augen hatte, was mir freilich nicht willkommen sein konnte.

»Dumm wie ein Coyote!« flüsterte Winnetou mir zu.

Er hatte recht. Daß Old Wabble meine Worte weder als eine Drohung noch als ein Zeichen der Hoffnung auf Befreiung, sondern nur als eine leere, höhnische Redensart aufgefaßt hatte, ließ sein Divinations-Vermögen in keinem imponierenden Lichte erscheinen. Ein guter Westmann hätte unbedingt irgend einen Hintergedanken geahnt und seine Gegenmaßregeln darnach getroffen.

Man hatte einen großen Haufen Dürrholz gesammelt und neben dem Feuer aufgestapelt. Um davon zu nehmen und die Flammen zu nähren, mußte der Wächter sich umdrehen. Die kurzen Augenblicke, in denen er dies von Zeit zu Zeit that, waren die einzigen Pausen, in denen er uns nicht beobachtete, und mußten von uns benutzt werden, falls Kolma Puschi hatte Wort halten und nach dem Spring kommen können. Wenn ich über diesen Punkt besondere Sorge gehabt hätte, so wurde sie bald zerstreut; denn schon als der Posten zum zweitenmal Holz nachlegte, hörte ich hinter mir ein leises Geräusch, ein Mund legte sich nahe an mein Ohr und sagte:

»Kolma Puschi ist hier. Was soll ich thun?«

»Warten, bis ich mich auf die andere Seite lege,« antwortete ich ebenso leise. »Dann schneidest du mir die Hände frei und giebst mir dein Messer!«

Der Posten drehte sich uns wieder zu, und dasselbe fast unhörbare Rascheln sagte mir, daß Kolma Puschi zurückgekrochen sei.

Die Zeit des Handelns war noch nicht gekommen. Wir mußten warten, bis wir annehmen konnten, daß die Tramps alle schliefen. Ich ließ über eine Stunde vergehen, bis mehrfaches Schnarchen, Blasen und wohlbekannte Gaumentöne vermuten ließen, daß niemand außer Old Wabble munter sei. Wir wurden durch einen dünnen Buschstreifen von den Schläfern getrennt; ich konnte sie also nicht sehen. Es mischte sich in die beschriebenen Töne zuweilen ein kurzes Aechzen oder Stöhnen, welches jedenfalls von dem Cow-boy kam. Sein Arm schmerzte ihn. Sollte ich warten, bis auch er, wenigstens einmal für kurze Zeit, eingeschlafen war? Vielleicht fand er bis zum Morgen keinen Schlaf! Nein; wir durften diese Nacht nicht vorüberstreichen lassen. Glücklicherweise verriet mir sein Stöhnen, daß er jenseits der Sträucher an einer Stelle lag, von welcher aus er den Posten hüben bei uns nicht sehen konnte.

Ich legte mich also auf die andere Seite und hielt die Hände so, daß sie unserm Retter so bequem wie möglich lagen. Bald darauf wendete sich der Posten dem Feuer zu. Sofort fühlte ich, daß eine Messerklinge schneidend durch die Riemen ging und gleich darauf wurde mir das Heft in die Hand gedrückt. Mich rasch aufsetzend, zog ich die Füße an und schnitt dort auch die Riemen durch. Kaum hatte ich mich ebenso schnell wieder niedergelegt und ausgestreckt, so war der Posten mit dem Nachlegen fertig und drehte sich uns wieder zu. Es galt, zu warten; ich aber fühlte mich schon frei.

»Jetzt mich losschneiden!« flüsterte mir Winnetou zu, der

meine Bewegungen natürlich beobachtet und den Erfolg derselben gesehen hatte.

Er legte sich so, daß er mir die Hände zukehrte. Als der Posten das nächste Mal nach dem Dürrholz griff, bedurfte es nur zweier Sekunden, so war auch der Apatsche an den Händen und an den Füßen frei.

Jetzt war es grad, genau und ganz so gut, als ob wir alle schon auf unsern Pferden säßen und von hier weiter ritten! Ich hatte ja meine Gewehre! Aber ich wollte kein Blut vergießen, und so mußten wir uns noch eine Weile gedulden. Indem wir zwei so dalagen, als ob wir noch gefesselt seien, raunte ich dem Apatschen zu:

»Jetzt zunächst den Posten! Wer nimmt ihn?«

»Ich,« antwortete er.

Es galt, den Mann lautlos, ohne alles Geräusch, unschädlich zu machen. Unsere Kameraden lagen zwischen ihm und uns; man mußte über sie wegspringen. Wenn dabei das geringste Geräusch entstand und er sich umdrehte und um Hilfe schrie, wurde die Befreiung unserer Leute, wie ich sie ausführen wollte, unmöglich. Winnetou war der richtige und unter uns wohl auch der einzige Mann, diese Schwierigkeit zu überwinden. Ich fühlte mich außerordentlich gespannt auf diesen Augenblick.

Der Wächter ließ dieses Mal das Feuer weiter niedergehen als vorher. Endlich, endlich wendete er sich von uns ab und dem Holzhaufen wieder zu! Wie ein Blitz war Winnetou in der Höhe und mit einem wahren Panthersprunge über unsere Gefährten hinüber. Ihm das Knie in den Rücken legend, faßte er ihn mit beiden Händen um den Hals. Der Mann war vor Schreck steif; er machte keine Bewegung der Abwehr; es war kein Laut, nicht der geringste Seufzer zu hören. Jetzt sprang ich, weil Winnetou keine Hand frei hatte, hinüber und schlug dem Tramp die Faust zweimal an den Kopf. Der Apatsche öffnete langsam und versuchsweise seine Hände; der Kerl glitt mit dem Oberkörper nieder und blieb, lang ausgestreckt, wie eine Leiche liegen. Der erste Teil des Werkes war gelungen!

Unsere Kameraden waren wach geblieben; sie hatten die Ueberwältigung des Postens gesehen. Da ich nicht reden, auch nicht ganz leise, wollte, winkte ich ihnen mit den Händen Schweigen zu und machte mich dann mit Winnetou an das Lösen ihrer Fesseln, die ich nicht zerschneiden wollte, weil wir sie später mit brauchten, um die Tramps zu binden. Was mich während dieser kurzen Beschäftigung wunderte, war, daß sich Kolma Puschi nicht sehen ließ. War er, der Geheimnisvolle, etwa schon wieder fort? Das mußte sich ja zeigen!

Als alle Befreiten still bei einander standen, kroch ich mit dem Apatschen langsam um das Feuer, um nach den Tramps zu sehen. Sie schliefen alle. Auch Old Wabble lag lang ausgestreckt im Grase; er war gefesselt, hatte einen Knebel im Munde, und neben ihm saß -- Kolma Puschi, unser Erretter! Wir mußten über das Meisterstück, welches dieser Rote so geräuschlos vollbracht hatte, staunen.

Er hielt seine dunkeln Augen nach der Stelle, von welcher er wußte, daß wir von dort aus lauschen würden. Als er uns sah, nickte er uns lächelnd zu. Ich hätte ihn ob dieser Ruhe, Kaltblütigkeit und Sicherheit umarmen mögen!

Es galt natürlich zunächst, uns zu bewaffnen. Ich holte meinen Stutzen und machte ihn schußfertig. Da die Tramps auch eng bei einander lagen, hatten sie zur Vermeidung der Unbequemlichkeiten ihre Gewehre zusammengestellt; wir nahmen sie in der Zeit von einer Minute in unsern Besitz. Jeder von den Kameraden fand das seinige dabei; nur Winnetous Silberbüchse lag bei Cox, der sich nicht von ihr hatte trennen wollen. Der Apatsche kroch wie eine Schlange hin und holte sie sich; das war auch ein Bravourstück von ihm!

Nun wir alle bewaffnet waren, wurden die Schläfer so umstellt, daß uns keiner entwischen konnte. Dick Hammerdull warf neues Holz in das Feuer, daß es hoch aufleuchtete.

»Nun erst den Posten draußen bei den Pferden,« sagte ich leise zu Winnetou, indem ich durch die Büsche deutete.

Kolma Puschi sah diese meine Handbewegung, kam leise zu uns her und meldete:

»Das Bleichgesicht, welches Old Shatterhand meint, liegt

gebunden bei den Pferden. Kolma Puschi hat es mit dem Gewehre niedergeschlagen. Meine Brüder mögen einen Augenblick warten, bis ich wiederkomme!«

Er huschte fort. Als er nach wenigen Sekunden zurückkehrte, hatte er eine Menge Riemen in den Händen; er warf sie hin und sagte:

»Kolma Puschi hat unterwegs einen Bock erlegt und sein Fell zu Riemen zerschnitten, weil er glaubte, daß sie hier gebraucht würden.«

Ein außerordentlicher Mann! Winnetou reichte ihm schweigend die Hand, und ich that dann dasselbe. Dann konnten wir die nichtsahnenden Schläfer wecken. Dick Hammerdull war natürlich derjenige, welcher uns bat, dies thun zu dürfen. Wir nickten ihm zu. Er stieß ein Geheul aus, welches der Größe seines weit aufgerissenen Mundes entsprechend war. Die Kerls sprangen alle auf; sie sahen uns mit angeschlagenen Gewehren stehen und waren vor Schreck bewegungslos. Nur Old Wabble blieb liegen, weil er gefesselt und geknebelt war. Dieses erste Entsetzen benutzend, rief ich ihnen zu:

»*Hands up,* oder wir schießen! *All hands up!*«

»*Hands up,* die Hände in die Höhe!« ist ein sehr gefährlicher Befehl, zumal im wilden Westen. Wer diese Worte hört und nicht augenblicklich beide Hände hoch hält, bekommt die Kugel; das weiß jedermann. Es kommt vor, daß nur zwei oder drei verwegene Menschen einen Bahnzug überfallen. Wehe dem Passagier, welcher auf den Ruf »*Hands up!*« nicht unverweilt die Arme hebt! Er wird sofort erschossen. Während einer der Räuber auf diese Weise mit seinem Revolver alle Reisenden in Schach hält, werden diese von dem oder den andern ausgeplündert und müssen mit hochgehobenen Händen stehen bleiben, bis die Taschen auch des letzten untersucht und geleert worden sind. Dieses »*Hands up!*« trägt allein die Schuld daran, daß viele, wenn sie überrascht worden sind, gegen wenige gar nichts machen können. Selbst der sonst mutige Mann wird lieber die Arme heben als nach seiner Waffe greifen, denn ehe er sie erlangen kann, hat er die tödliche Kugel im Kopfe. Das weiß, wie gesagt, dort jedermann.

So auch hier! Ich hatte den Befehl kaum zum zweitenmal ausgesprochen, so fuhren alle Hände hoch empor.

»Schön, Mesch'schurs!« fuhr ich fort. »Nun laßt euch sagen: Bleibt genau so stehen wie jetzt! Denn wer nur eine seiner Hände sinken läßt, bis wir mit euch allen fertig sind, der sinkt auch ganz, nämlich tot ins Gras! Ihr wißt wieviel Schüsse hier mein Stutzen hat. Es kommt mehr als eine Kugel auf jeden von euch! Dick Hammerdull und Pitt Holbers werden euch binden. Es giebt da keine Gegenwehr. Dick, Pitt, fangt an!«

Es war eine ernste Situation, aber doch machte es mir, überhaupt uns allen, innerlich Spaß, diese Leute wie beim Freiturnen oder bei einem Gesellschaftsspiele mit hoch erhobenen Armen stehen zu sehen, um ohne alle Gegenwehr zu warten, bis einer nach dem andern von ihnen an den Händen und Füßen gebunden und in das Gras gelegt wurde. Da waren uns freilich die Riemen sehr willkommen, welche Kolma Puschi mitgebracht hatte.

Erst als der letzte niedergelegt wurde, ließen wir die Gewehre sinken. Unser Retter ging mit Schahko Matto fort, um auch den Posten bei den Pferden zu holen. Nachdem dieser gebracht worden war, nahmen wir Old Wabble und auch dem Wächter am Feuer den Knebel aus dem Munde, denn dem letzteren hatten wir aus Vorsicht auch einen geben müssen.

Jetzt waren nun nicht mehr sie, sondern wir die Herren der Situation. Sie fühlten sich so deprimiert, daß keiner von ihnen ein Wort hören ließ. Bloß Old Wabble stieß zuweilen einen Fluch aus; das war aber auch alles, was er that. Um Platz zu bekommen, schoben wir sie so eng wie möglich aneinander, wodurch wir einen für uns genügenden Raum am Feuer gewannen. Es waren noch zwei ganze Turkeys da, welche wir für uns zurichteten. Während dies geschah, konnte Dick Hammerdull es nicht über sich gewinnen, ruhig zu bleiben. Er hatte in berechnender Weise die Gebrüder Holbers nebeneinander gelegt und suchte sie jetzt auf.

»*Good evening*, ihr Onkels und Cousins!« grüßte er sie in

seiner gravitätisch drolligen Weise. »Ich gebe mir die Ehre, euch zu fragen, ob ihr noch wißt, was ich euch unterwegs gefragt habe?«

Er bekam keine Antwort.

»Richtig! Es stimmt!« nickte er. »Ich sagte, entweder flögen wir euch davon, und dann ständet ihr mit aufgesperrten Mäulern da; oder wir drehten den Spieß grad um und nähmen euch gefangen, und dann klappten euch die Mäuler wieder zu. Ist es nicht so, Pitt Holbers, altes Coon? Habe ich das gesagt oder nicht?«

Holbers saß, einen Puter rupfend, am Feuer und antwortete trocken:

»Ja, das hast du gesagt, lieber Dick.«

»Also richtig! Wir haben sie gefangen, und nun liegen sie mit zugeklappten Mäulern da und haben nicht den Mut, sie wieder aufzumachen. Die armen Teufel haben die Sprache verloren!«

»Fällt uns nicht ein!« fuhr ihn da Hosea an. »Wegen euch verlieren wir die Sprache noch lange nicht; aber laßt uns in Ruhe!«

»Ruhe? *Pshaw!* Ihr habt ja bis jetzt geschlafen! Das plötzliche Erwachen war freilich etwas sonderbar, nicht? Was wolltet ihr doch nur mit euern Händen so hoch droben in der Luft? Es sah aus, als ob ihr Sternschnuppen fangen wolltet. Ganz eigenartige Pose!«

»Die Eurige war nicht besser, als wir Euch gestern festgenommen hatten! Ihr konntet da nicht einmal die Hände heben!«

»Das thue ich auch sonst niemals, weil ich kein Schnuppenfänger bin. Uebrigens, wie habt ihr doch gelacht, als ich euch heut sagte, wir ritten nur zu unserm Vergnügen mit euch und würden auf keinen Fall länger als einen Tag eure Gefangenen sein! Hoffentlich kommt euch die Sache jetzt auch noch so lustig vor! Oder nicht?«

»Ich sage Euch noch einmal, daß Ihr uns in Ruhe lassen sollt!«

»Verehrtester Hosea, nicht so hitzig! Du siehst ja, wie gefaßt und still dein lieber Joel ist! Wenn ich ihn richtig beurteile, so denkt er über die Erbschaft meines alten Pitt Holbers nach.«

Da brach Joel sein Schweigen auch:

»Er mag behalten, was er hat! Wir brauchen nichts von ihm, dem Prügeljungen, denn wir werden reich sein; wir werden noch - - -«

Da er inne hielt, fuhr Dick Hammerdull, fröhlich lachend, fort:

»- - - noch nach dem Squirrel Creek reiten und die Bonanza holen? Nicht wahr, das wolltet Ihr sagen, Sir Joel, der Prophet?«

»Ja, das werden wir!« schrie der Geärgerte. »Es wird uns nichts auf Erden abhalten können, dies zu thun! Verstanden?«

»Ich denke, wir werden euch ein wenig davon abhalten!«

»Möchte wissen, auf welche Weise!«

»Indem wir euch erschießen.«

»Dann wäret ihr Mörder!«

»Thut nichts! Ihr sagtet mir ja auch, daß ihr uns auslöschen würdet. Ich war da freilich der Ansicht, daß wir uns wieder anzünden würden. Meinst du nicht auch, Pitt Holbers, altes Coon?«

»Ich meine nur, daß du den Schnabel halten sollst!« belehrte ihn der Gefragte vom Feuer her. »Diese Kerls sind es ja gar nicht wert, daß du mit ihnen sprichst. Komm lieber her, und rupfe mit!«

»Ob ich mit rupfe oder nicht, das ist ja ganz egal; aber ungerupft schmeckt mir der Puter nicht, und darum komme ich!«

Er setzte sich zu seinem Pitt ans Feuer und half ihm bei der Arbeit.

Kolma Puschi hatte sich inzwischen entfernt. Er war zu seinem irgendwo versteckten Pferde gegangen und brachte das Fleisch, welches er heut geschossen hatte, um es uns zu schenken. Dann trat er vor Cox hin und sagte zu ihm:

»Das Bleichgesicht hat heut von einem stinkigen Hunde

und von Ungeziefer gesprochen. Kolma Puschi antwortete, der Hund werde das stinkige Ungeziefer jagen, bis es gefangen wird. Nun liegt es vor ihm da, wie er es vorher verkündet hat!«

Cox knurrte etwas vor sich hin, was man nicht verstehen konnte. Der Indianer fuhr fort:

»Das Bleichgesicht nannte die roten Männer eine armselige Bande, welche immer mehr herunterkomme. Wer ist tiefer herabgekommen, und wer ist verachtenswerter, der Weiße, welcher wie ein räudiger, hungriger Hund als Tramp das Land durchstänkert, oder der Indianer, welcher als unausgesetzt Bestohlener und immerfort Vertriebener durch die Wildnis irrt und den Untergang seiner unschuldigen Nation beklagt? Du bist der Hund, und ich, ich bin der Gentleman. Das wollte ich dir sagen, obgleich ein roter Krieger sonst nicht mit Hunden spricht. Howgh!«

Er wendete sich, ohne eine Antwort zu bekommen, von ihm ab und setzte sich zu uns, die wir ihm von Herzen gern und vollständig recht geben mußten. Er hatte wenigstens Winnetou und mir ganz aus der Seele gesprochen. Die andern stimmten ihm bei für diesen einen vorliegenden Fall, im allgemeinen aber wohl kaum. Zu den Verhältnissen, die man aus der Ferne richtiger beurteilt als in der Nähe, gehört dasjenige zwischen der roten und der weißen Rasse. Der echte Yankee, der Native, wird nun und nimmermehr zugeben, daß er schuld am Untergange der Indsmen, am gewaltsamen Tode seines roten Bruders sei!

Während wir aßen, lagen die Gefangenen ruhig. Nur zuweilen klang eine leise Bemerkung, welche einer dem andern zuflüsterte, zu uns herüber, ohne daß wir sie verstanden. Es war uns vollständig gleichgültig, was sie miteinander sprachen. Old Wabble warf sich wiederholt von einer Seite auf die andere. Seine Seufzer verwandelten sich nach und nach in ein immer häufiger wiederkehrendes und immer lauter werdendes Stöhnen. Er fühlte Schmerzen, wohl durch die Riemen vermehrt, mit denen Hammerdull und Holbers ihn fester, als eigentlich nötig war, gebunden hatten, nachdem er schon vorher von Kolma Puschi auf leichtere Weise gefesselt worden war. Endlich rief er uns in ergrimmtem Tone zu:

»Hört ihr denn nicht, was ich für Schmerzen leide! Seid ihr Menschen, oder seid ihr Schinder, die kein Gefühl besitzen!«

Ich machte eine Bewegung, aufzustehen und nachzusehen, ob ich ihm seine Lage ohne Gefahr für uns erleichtern könne; da aber hielt mich Treskow zurück, indem er kopfschüttelnd sagte:

»Ich begreife Euch nicht, Mr. Shatterhand! Vermutlich wollt Ihr hin, um ihm die Hölle in ein Paradies zu verwandeln? Ich lasse jede Art erlaubter oder verständiger Humanität gelten; aber Euer Erbarmen für diesen Menschen ist geradezu eine Sünde!«

»Er ist schlecht, doch immerhin ein Mensch!« warf ich ein.

»Er? *Pshaw!* Denkt an das, was Ihr heut sagtet, als Ihr ihn verbinden wolltet: Ihr hieltet für maßgebend, nicht daß er ein Mensch sei, sondern daß Ihr einer seiet. Ja, Ihr seid ein Mensch, und zwar ein in Beziehung auf ihn sehr schwacher Mensch. Nehmt mir das nicht übel! Nun geht hin, und bindet ihn in der ganzen Menschheit Namen los, wenn ich unrecht habe!«

»Mein Arm, mein Arm!« wimmerte der Alte in kläglichem Tone.

Da rief Hammerdull ihm zu:

»Nun kannst du wohl klagen, alte Schleiereule! Wie steht es da mit deiner Konstitution, mit deiner großartigen Bärennatur, mit der du vorhin prahltest? Jetzt singst du schon nach Gnade!«

»Nicht nach Gnade!« antwortete Old Wabble. »Nur die Fesseln lockern sollt ihr mir!«

»Ob sie locker sind oder nicht, das bleibt sich gleich, wenn sie dir nur den Spaß so gründlich verderben, wie du es verdienst. Jede Sache hat einen Zweck, den sie erreichen muß; die Riemen haben ihn auch!«

Kolma Puschi aß natürlich auch mit, ohne dabei ein Wort zu sagen. Er verhielt sich fast noch schweigsamer als Winnetou, und nur einmal, als die Rede auf unser Zusammentreffen mit dem weißen Medizinmann und seiner Squaw kam, sagte er:

»Kolma Puschi ist, nachdem er von dem Bleichgesichte Cox beleidigt worden war, der Fährte seiner Brüder gefolgt, um sich zu überzeugen, daß sie den richtigen Weg geritten seien. Da kam er auf den Platz, wo sie gehalten haben. Er sah die Spur von drei Pferden, welche von rechts her auf ihre Fährte stieß und dann nach links weiterführte. War das der weiße Mann mit seiner roten Squaw, von welchem ihr jetzt gesprochen habt?«

»Ja,« antwortete ich.

»Dieser Weiße ist ein roter Komantsche gewesen?«

»Ja.«

»Uff! Was hat er als Komantsche hier im Norden zu thun?«

»Das wissen wir nicht.«

»Warum hat er die Farbe aus seinem Gesicht entfernt? Warum kommt er nicht als roter, sondern als weißer Mann?«

»Wohl seiner Sicherheit wegen. Als Komantsche würde er hier der Feind aller Bleichgesichter und noch mehr aller Indianer sein.«

»Diese Worte scheinen die Wahrheit zu treffen, doch hat Kolma Puschi auch noch andere Gedanken.«

»Dürfen wir sie erfahren?«

»Ein roter Krieger darf nur solche Gedanken aussprechen, von denen er weiß, daß sie richtig sind. Ich denke jetzt nach!«

Er zog sein Gewehr lang an sich und legte sich wie zum Schlafen nieder. Ich nahm das als Zeichen, daß er nicht weitersprechen wolle. Später sah ich freilich ein, daß es viel besser gewesen wäre, wenn ich dieses Gespräch mit ihm fortgesetzt hätte. Dabei wäre mir jedenfalls der Name Thibaut über die Lippen gekommen, ein Name, welcher eine von mir ungeahnte Wirkung auf ihn hervorgebracht hätte. Der sogenannte »Herr der Schöpfung« mag sich trotz des vielgerühmten Reichtums seiner geistigen Eigenschaften ja nicht vermessen, daß er von keiner andern Führung abhängig sei als nur von seinem Willen! Mag er es noch so sehr bezweifeln, es giebt einen Willen, der hoch über allem irdischen Wollen erhaben ist.

Nach dem Essen wurden die Taschen der Gefangenen geleert. Nachdem wir das uns geraubte Eigentum wieder genommen hatten, bekam jeder zurück, was uns nicht gehörte. Daß die Tramps dabei nicht überzart behandelt wurden, war nicht zu verhindern. Old Wabble hatte sich in den Besitz aller meiner Sachen gesetzt und war wütend darüber, daß er sie nun wieder hergeben mußte. Größer noch als dieser Zorn aber schienen die Schmerzen zu sein, welche er fühlte. Er bat mich wiederholt um Linderung derselben. Ich war schwach genug, die Vorwürfe Treskows zu scheuen, mochte das Jammern aber endlich doch nicht mehr hören und sagte zu ihm:

»Ich will mich erweichen lassen, wenn Ihr mir meine Fragen beantwortet.«

»Fragt, fragt; ich werde reden!« bat er.

»Ihr wolltet mich wirklich töten?«

»Ja.«

»Was seid Ihr doch für ein Mensch! Ich bin mir keines einzigen Unrechtes bewußt, welches ich Euch gethan hätte, und doch trachtet Ihr mir nach dem Leben! Noch heut wolltet Ihr lieber alle möglichen Schmerzen tragen, nur mich nicht freigeben. Wie stolz fühltet Ihr Euch im Besitze meiner Gewehre! Ihr meintet, sie nun ›für immer‹ zu besitzen, und ich sagte Euch voraus, daß ich sie sehr bald wieder haben würde. Schon heut nachmittag mußte ich sie tragen, und jetzt sind sie ganz wieder mein!«

»Ich wollte, sie lägen mit Euch in der Hölle! Ich habe die paar Stunden, in denen sie mir gehörten, mit einem gesunden Arm bezahlt!«

»Und mit vielen Schmerzen, die Ihr noch erleiden werdet. Denn Ihr dürft nicht etwa denken, daß Ihr schon am Ende derselben angekommen seid! Ihr fühltet Euch Eurer Sache so sicher, daß Ihr mich auffordertet, Euch nach meinem Tode als Gespenst zu erscheinen. Wißt Ihr noch, was ich Euch darauf geantwortet habe?«

»Mag es nicht hören!«

»Ihr müßt es hören! Ich sagte: ›Ich werde noch vor meinem Tode über Euch kommen.‹ Das ist jetzt eingetroffen. So wird der einfachste Mensch zum Propheten, wenn er nur weiß, daß das Gute dem Bösen stets überlegen ist! Gebt Ihr zu, schlecht an mir gehandelt zu haben?«

»Ja doch, ja!«

»Wollt Ihr den jetzigen Weg verlassen und einen bessern betreten?«

»Ja und ja und ja! Macht mir nur die Riemen locker, und laßt das verdammte Schulmeistern sein! Ich bin kein Kind!«

»Leider nein! Was Ihr für Schulmeisterei haltet, ist etwas ganz anderes. Auch müßt Ihr Euch hüten, meine Milde für Schwäche zu halten. Ich fühle Mitleid, nichts als Mitleid mit Euch. Ich gebe mich nicht der geringsten Hoffnung hin, durch Worte bessernd auf Euch einwirken zu können. Worte, und seien es die schönsten, ergreifendsten, prallen von Euch ab. Es wird ein ganz anderer, als ich bin, mit Euch reden, nicht durch Worte, sondern durch die That. Wenn Ihr dann unter der Wucht derselben zusammenbrecht, will ich mir sagen können, daß ich nichts, aber auch gar nichts versäumt habe, Euch zu retten. Das ist es, warum ich wieder und immer wieder mit Euch rede. Und nun kommt her! Es handelt sich nicht bloß um die Fesseln, sondern mehr noch um die Hitze, die Ihr im Arme habt!«

Ich übernahm, während die Gefährten sich schlafen legten, die Wache und benützte diese ganze Zeit, den Arm des Alten mit Wasser zu kühlen. Kolma Puschi hatte freiwillig die Wache nach mir übernommen. Als ich, um ihn zu wekken, von Old Wabble fortging, hörte ich ihn hinter mir her brummen:

»Heulmaier, alberner! Schäfleinshirte!«

Diese Art, mir zu danken, konnte mich nicht beleidigen. Ich hatte auf keinen Erfolg gehofft, und doch that es mir unendlich leid um den alten Mann, daß ich ihn für unrettbar verloren halten mußte.

Als ich geweckt wurde, war es schon eine Stunde Tag. Ein

kurzer Umblick genügte, mich zu überzeugen, daß alles in Ordnung sei, nur daß ich Kolma Puschi vermißte. Schahko Matto hatte nach ihm die Wache gehabt. Als ich diesen fragte, antwortete er:

»Kolma Puschi sagte mir, daß er nicht länger bleiben könne; der große Geist rufe ihn fort von hier. Ich soll Old Shatterhand, Winnetou und auch Apanatschka von ihm grüßen und ihnen sagen, daß er sie wiedersehen werde.«

»Hast du ihn fortreiten sehen?«

»Nein. Er ging fort. Ich wußte nicht, wo er sein Pferd hatte, und durfte diesen Platz nicht verlassen, weil ich Wächter war. Dann aber bin ich seiner Spur gefolgt. Sie führte mich in den Wald, nach der Stelle, an welcher sein Pferd versteckt gewesen ist. Wenn wir wissen wollen, wohin er geritten ist, werden wir leicht seine Fährte finden. Soll ich gehen, um sie aufzusuchen und Euch zu zeigen?«

»Nein. Wäre er unser Feind, müßten wir ihm folgen. Aber er ist unser Freund. Sollten wir das Ziel seines Rittes erfahren, würde er es uns freiwillig gesagt haben. Den Willen eines Freundes muß man achten.«

Bevor ich von dem Fleische frühstückte, welches Kolma Puschi zurückgelassen hatte, ging ich hinaus, wo die Pferde angehobbelt waren. Sie befanden sich auf einer Grasbucht zwischen den gestern erwähnten Ausläufern des Waldes, wohin sie bei Tagesanbruch geschafft worden waren. Von da aus konnte man weit nach Norden sehen, woher wir gekommen waren. Indem ich nach dieser Richtung blickte, sah ich drei Punkte, welche sich unserm Lager näherten. Sie wurden schnell größer, bis ich zwei Reiter und ein Packpferd erkannte. Sollte es Thibaut mit der Squaw sein, die gestern doch nach Südwest geritten waren? Und wenn diese Vermutung richtig war, welche Gründe konnten ihn wohl bewogen haben, umzukehren und unserer Spur zu folgen?

Ich ging natürlich nach dem Lager, um Winnetou zu benachrichtigen.

»Dieser Mann braucht keine andern Gründe als nur seinen Haß zu haben,« sagte er. »Tibo taka will wissen, ob Old

Shatterhand schon tot ist oder noch lebt. Wir werden uns verstecken.«

Wir krochen hinter die Büsche und warteten. Es dauerte nicht lange, so hörten wir die Schritte eines Pferdes. Thibaut hatte die Frau mit dem Packpferde eine kleine Strecke zurückgelassen und kam allein nach der Quelle, um zu rekognoszieren. Er sah Old Wabble und die Tramps gefesselt am Boden liegen und rief erstaunt aus:

»*Behold!* Sehe ich recht! Ihr seid gebunden? Wo sind denn die Kerls, welche gestern Eure Gefangenen waren?«

Old Wabble wußte nicht, daß wir auf das Kommen dieses Mannes vorbereitet waren und uns nur seinetwegen scheinbar entfernt hatten. Er rief ihm hastig und mit unterdrückter Stimme zu:

»Ihr seid hier? Ah, Ihr! Seit wann seid Ihr da?«

»Seit diesem Augenblicke. Ich komme eben erst.«

»Dann schnell herunter vom Pferde, und schneidet uns los!«

»Losschneiden? Ich denke, Ihr betrachtet mich als Euren Feind!«

»Unsinn! Das war gestern nur so eine Redensart. Macht rasch!«

»Wo sind denn Eure Gefangenen?«

»Sie haben sich in der Nacht befreit und uns überrumpelt. Zaudert doch nicht so ewig, sondern macht uns los, nur los!«

»Wo stecken sie denn? Wenn sie nun kommen und mich überraschen?«

»So sind wir, wenn Ihr schnell macht, frei und schlagen sie nieder!«

»*Well!* Dieser Old Shatterhand besonders ist mir im Wege. Er muß unbedingt ausgelöscht werden. Darum komme ich Euch nach. Es ahnte mir, daß Ihr Unglück mit ihm haben würdet. Der muß erschossen werden, sobald man ihn erwischt, keinen Augenblick später, sonst verschwindet er gewiß. Also rasch! Ihr sollt frei sein!«

Er war während dieser Worte vom Pferde gestiegen und zu Old Wabble getreten. Jetzt zog er sein Messer. Da steckte grad vor seinen Augen Dick Hammerdull den Gewehrlauf aus dem Busche heraus und rief:

»Mr. Tibo taka, wartet noch ein bißchen! Es wohnen gewisse Leute hier im Gebüsch!«

»Verdammt! Zu spät!« fluchte Old Wabble wütend.

Thibaut wich einige Schritte zurück und sagte:

»Wer steckt da im Gesträuch? Thut Eure Flinte weg!«

»Wer drin steckt, bleibt sich gleich. Und ob ich sie wegthue oder nicht, ist ganz egal; sie geht doch los, wenn Ihr nicht augenblicklich Euer Messer fallen laßt! Ich zähle nur bis drei. Also, eins - - zwei - - -«

Thibaut warf das Messer weg, retirierte so weit, bis er sein Pferd zwischen sich und dem gefährlichen Busche hatte, und rief:

»So thut das Gewehr doch weg! Ich mag mit Euch gar nichts zu schaffen haben. Ich reite augenblicklich fort!«

»Augenblicklich? Nein, lieber Freund; bleibt noch ein Weilchen da!«

»Wozu?«

»Es giebt Leute, welche Euch gern guten Morgen sagen wollen.«

»Wer denn? Und wo?«

»Gleich hinter Euch.«

Thibaut drehte sich schnell um und sah uns alle stehen, die wir, während er mit Hammerdull sprach, leise aus den Büschen getreten waren. Er erschrak. Ich ging bis hart zu ihm heran und sagte:

»Also ausgelöscht soll ich partout werden! Ihr scheint mich halb und halb zu kennen, aber ganz noch nicht. Wie wäre es wohl, Monsieur Thibaut, wenn wir die Rollen wechselten und ich Euch auslöschte?«

»*All devils!* Das werdet Ihr nicht! Ich habe Euch nichts gethan!«

»Ob Ihr mir schon etwas gethan habt, das ist Nebensache. Ihr wollt mir an das Leben; das genügt. Ihr kennt doch die Gesetze der Prairie!«

»Es war nur Scherz von mir, Mr. Shatterhand!«

»So mache auch ich Scherz mit Euch. Hier liegen noch einige Riemen. Gebt die Hände her! Ihr werdet gefesselt, ganz so, wie diese Tramps.«

»Unmöglich!«

»Das ist nicht nur möglich, sondern es wird gleich wirklich geschehen. Pitt Holbers und Dick Hammerdull, bindet ihn! Wenn er sich weigert, bekommt er meine Kugel. Muß ich erschossen werden, sobald man mich erwischt, so giebt es bei mir auch kein Federlesens. Also, rasch!«

Hammerdull war auch herbeigekommen; er und Holbers banden den Mann, der sich nicht getraute, Widerstand zu leisten, wenigstens durch die That, in Worten aber sich außerordentlich sträubte:

»Das ist eine Gewaltthat, die Ihr nicht verantworten könnt, Mesch'schurs! Das habe ich wahrlich nicht verdient!«

»Auch nicht damit, daß Ihr Old Wabble gestern den Rat gabt, jeden Tag einen von uns zu erschießen?«

»Das war ja aber auch nur Scherz!«

»Ihr scheint ein außerordentlicher Spaßvogel zu sein, was auf eine gute Unterhaltung mit Euch schließen läßt. Wir wollen Euch darum bei uns festhalten, und Ihr müßt einsehen, daß dies am besten mit Hilfe dieser Riemen geschieht. Scherz um Scherz; das ist ganz richtig!«

»Aber ich bin nicht allein!«

»Das wissen wir.«

»Nichts könnt Ihr wissen, nichts!«

»Wir sahen Euch kommen. Draußen wartet Eure Squaw.«

»Soll die etwa auch gebunden werden?«

»Nein. Mit Ladies treiben wir keine solchen Scherze. Wir werden sie vielmehr als sehr willkommenen Gast empfangen. Fügt Euch ruhig in unsern Willen! Es kommt ganz auf Euer Verhalten an, was wir über Euch bestimmen. Seid Ihr fügsam, habt Ihr vielleicht gar nichts zu befürchten. Legt ihn allein, nicht hin zu den Tramps!«

»*Well!* Gewalt geht vor Recht. Ich muß mich also fügen!«

Er wurde abseits der anderen Gefangenen hingelegt, daß er sich nicht mit ihnen unterhalten konnte. Dann verließ ich mit Winnetou das Lager, um die Squaw aufzusuchen. Sie hielt, noch im Sattel sitzend und den Zaum des Saumtieres in der Hand, draußen bei unsern Pferden. Unser Kommen machte nicht den geringsten Eindruck auf sie. Es war, als ob wir gar nicht vorhanden seien. Wir brachten sie nach der Quelle, wo sie unaufgefordert abstieg und sich neben Thibaut setzte. Daß er gefesselt war, schien sie gar nicht zu bemerken.

Das Packpferd hatten wir draußen gelassen; ich führte auch ihr und sein Reitpferd wieder hinaus. Er sollte nicht sehen, daß wir sein Gepäck untersuchten. Es war doch möglich, daß wir etwas fanden, was uns von Nutzen war. Als ich zur Quelle zurückkehrte, befand sich Cox mit Treskow in Verhandlung. Der letztere hatte wieder einmal seine juridische Anschauung vertreten und sich dabei aufgeregt, während die anderen ruhig wartend saßen. Er rief mir entgegen:

»Denkt Euch nur, Mr. Shatterhand, Cox verlangt, freigelassen zu werden!«

»Da braucht Ihr nicht zu sagen: Denkt Euch nur. Ich denke mir das ohnedies.«

»Aber was sagt Ihr dazu?«

»In diesem Augenblicke nichts.«

»Aber später?«

»Später werde ich mir denken, was Winnetou sich denkt.«

»Damit drehen wir uns im Kreise. Was denkt Winnetou?«

»Was recht ist.«

»Schön! Einverstanden! Das juridische Recht aber sagt, daß - - -«

»*Pshaw!*« unterbrach ich ihn. »Wir sind hier nicht Juristen, sondern zunächst und vor allen Dingen hungrige Leute. Laßt uns essen!«

»Ach, essen! Damit wollt Ihr mir nur ausweichen!«

»Gar nicht! Ich will Euch dabei nur zeigen, was nach meiner Ansicht juridisch ist.«

»Nun was?«

»Gestern abend aßen die Tramps, und wir bekamen nichts; jetzt essen wir, und sie bekommen nichts. Ist das nicht die allerjuridischste Rechtshandhabung, die sich denken läßt?«

»Hole Euch - - - - der Teufel, möchte ich auch bald sagen! Ich wette meinen Kopf, daß Ihr imstande seid, die Kerle laufen zu lassen!«

»Und ich wette nicht, weiß aber, daß geschehen wird, was richtig ist.«

Wir ließen es uns schmecken und teilten der Squaw das Beste mit, was wir hatten; sie nahm es aus den Händen Apanatschkas, ohne ihn zu kennen. Weiter erhielt niemand etwas. Als ich und Winnetou fertig waren, gingen wir beide hinaus, um das Gepäck Thibauts zu untersuchen. Das Packpferd hatte Eßwaren, einige Frauengewänder, wenig Wäsche und dergleichen getragen; etwas Besonderes fanden wir da nicht. Beim Pferde der Frau war auch nichts zu entdecken. Wir wendeten uns nun zu dem Pferde des Mannes.

Am Sattelknopfe hing sein Gewehr. In der rechten Satteltasche steckte eine geladene Doppelpistole und ein blechernes Kästchen mit verschiedenen Farben, zum Bemalen des Gesichts jedenfalls, weiter nichts. In der linken fanden wir Patronen, ein Rasierzeug mit Seife und wieder ein Blechkästchen, viel dünner als das vorige. Es enthielt ein langes, schmales, viereckiges, sehr gut gegerbtes, weißes Lederstück mit roten Strichen und Charakteren.

»Ah, ein ›sprechendes Leder‹, wie die Roten sagen!« meinte ich zu Winnetou. »Das bringt uns vielleicht eine Entdekkung.«

»Mein Bruder zeige es her!« sagte er.

Ich gab es ihm. Er betrachtete es lange und aufmerksam, schüttelte den Kopf, betrachtete es abermals, schüttelte wieder und sprach endlich: »Dies ist ein Brief, den ich nur halb verstehe. Er ist ganz nach der Weise der roten Männer mit der Messerspitze geschrieben und mit Zinnober gefärbt. Diese vielgewundenen Linien sollen Flüsse vorstellen; das Leder ist eine Landkarte. Hier ist der Republican-River, hier der doppelte Salmon; dann kommt der Arkansas mit dem Big Sandy-Creek und dem Rush-Creek, hierauf der Adobe – und der

Horse-Creek, südlich der Apishapa-River und der Huerfano-Fluß. So kommt ein Creek und ein Fluß nach dem andern bis hinauf zum Park von San Louis. Diese Wasser kenne ich alle; aber es giebt Zeichen dabei, welche ich nicht verstehe, Punkte, Kreuze verschiedener Gestalt, Ringel, Dreiecke, Vierecke und andere Figuren. Sie stehen auf der Karte da, wo sich in der Wirklichkeit keine Stadt, kein Ort, kein Haus befindet. Ich kann nicht entdecken, was alle diese vielen Zeichen zu bedeuten haben.«

Er gab mir das Leder zurück, welches mit wirklich großer Sorgfalt und Feinheit graviert und gefärbt worden war. Man konnte den kleinsten, feinsten Strich ganz deutlich sehen. Auch ich konnte mir die Zeichen nicht erklären, bis ich das Leder umwendete. Da waren sie wiederholt, untereinander aufgezählt, und daneben standen Namen, welche keine Orts- sondern Personennamen waren. Höchst sonderbar! Ich sann und sann, lange vergeblich, bis mir endlich auffiel, daß einige von ihnen Namen von Heiligen waren. Nun hatte ich es! Ich zog mein Taschenbuch heraus, welches ein Kalendarium enthielt, verglich die Namen mit den Entfernungen der Zeichen auf der Karte und konnte nun dem Apatschen erklären:

»Dieser Brief ist an den Medizinmann geschrieben worden und soll ihm sagen, wo und an welchem Tage er den Absender desselben treffen soll. Eine gewöhnliche Anführung der Monatstage würde alles verraten. Die Christen benennen, wie ich dir schon einigemal gesagt habe, alle Tage des Jahres mit den Namen frommer oder heiliger Männer und Frauen, welche längst gestorben sind. Diese Bezeichnung hat der Schreiber gewählt. Eine Enträtselung ist um so schwieriger, als und weil die Namen nicht auf der Karte, sondern auf der andern Seite stehen. Hier lese ich: Aegidius, Rosa, Regina, Protus, Eulogius, Josef und Thekla; das bedeutet den 1., 4., 7., 11., 13., 18. und 23. September. An diesen Tagen wird der Absender des Briefes da sein, wo die Zeichen, welche neben den Namen stehen, sich auf der Karte befinden. Wir haben also den ganzen Reiseplan des Absenders und des Empfängers mit Orts- und Zeitangabe hier in den Händen. Hast du mich verstanden?«

»Ich verstehe meinen Bruder genau, nur daß ich nicht weiß, auf welchen Tag des Jahres diese Männer- und Frauennamen fallen.«

»Das schadet nichts, wenn ich es nur weiß. Dieses Leder kann großen Wert für uns bekommen; behalten aber dürfen wir es nicht.«

»Warum?«

»Tibo taka soll nicht ahnen, daß wir seinen Weg kennen.«

»So muß mein weißer Bruder die Schrift des Leders abschreiben!«

»Ja, das werde ich sogleich thun.«

Winnetou mußte den Brief halten, und ich kopierte ihn in mein Notizbuch, indem ich den Pferdesattel als Unterlage nahm. Dann legten wir das Leder in den Blechkasten zurück, den wir in die Satteltasche steckten. Als dies geschehen war, gingen wir wieder nach dem Lagerplatze.

Eben als wir um die letzte Buschecke biegen wollten, kam uns die Squaw entgegen. Sie war drin aufgestanden und fortgegangen, ohne daß Thibaut sie hatte halten können, weil er gefesselt war; seine Zurufe hatte sie nicht beachtet. Wie sie so an uns vorüberschritt, hocherhobenen Kopfes, doch gesenkten Auges, ohne uns zu beachten, langsam und gemessen Fuß um Fuß weitersetzend, hatte sie das Aussehen einer Somnambule. Ich drehte mich wieder um und ging ihr nach. Sie blieb stehen, brach einen schwanken Zweig ab und wand ihn sich um den Kopf. Ich richtete einige Fragen an sie, ohne daß ich eine Antwort bekam; sie schien mich gar nicht zu hören. Ich mußte ein bekanntes Wort bringen und fragte:

»Ist das dein Myrtle-wreath?«

Da schlug sie die Augen zu mir auf und antwortete tonlos:

»Das ist mein Myrtle-wreath.«

»Wer hat dir dieses Myrtle-wreath geschenkt?«

»Mein Wawa Derrick.«

»Hatte Tehua Bender auch ein Myrtle-wreath?«

»Auch eins!« nickte sie lächelnd.

»An demselben Tage, als du eins hattest?«
»Nein.«
»Später?«
»Nein.«
»Also eher?«
»Viel, viel eher!«
»Sahst du sie mit ihrem Myrtle-wreath?«
»Ja. Sehr schön war Tehua, sehr schön!«
Meinen Gedankengang verfolgend, fragte ich, so seltsam dies hier vom Papiere klingen mag, weiter:
»Hast du einen Frack gesehen?«
»Frack – – – ja!« antwortete sie nach einigem Sinnen.
»Einen Hochzeitsfrack?«
Da schlug sie die Hände zusammen, lachte glücklich und rief:
»Hochzeitsfrack! Schön! Mit einer Blume!«
»Wer trug ihn? Wer hatte ihn angezogen?«
»Tibo taka.«
»Da standest du an seiner Seite?«
»Bei Tibo taka,« nickte sie. »Meine Hand in seiner Hand. Dann – – –«
Sie zuckte wie unter einem plötzlichen Schauder zusammen und sprach nicht weiter. Meine nächsten Fragen blieben ohne Antwort, bis mir einfiel, daß Schahko Matto erzählt hatte, Tibo taka habe, als er zu den Osagen kam, einen verbundenen Arm gehabt. Ich folgte dieser Association der Ideen und erkundigte mich:
»Der Frack wurde rot?«
»Rot,« nickte sie, wieder schaudernd.
»Vom Wein?«
»Nicht Wein, Blut!«
»Dein Blut?«
»Blut von Tibo taka.«
»Wurde er gestochen?«
»Kein Messer!«
»Also geschossen?«
»Mit Kugel.«

»Von wem?«

»Wawa Derrick. Oh, oh, oh! Blut, viel Blut, sehr viel Blut!«

Sie geriet in eine große Aufregung und rannte fort von mir. Ich ging ihr nach; sie wich mir aber, schreiend vor Angst, aus, und ich war gezwungen, es aufzugeben, weitere Antworten von ihr zu bekommen.

Ich war jetzt überzeugt, daß an ihrem Hochzeitstage ein Ereignis eingetreten sei, welches sie um ihren Verstand gebracht hatte. Ihr Bräutigam war Thibaut, ein Verbrecher. War er an diesem Tage entlarvt und von ihrem eigenen Bruder geschossen worden? Hatte Thibaut deshalb diesen Bruder später ermordet? Ich fühlte natürlich tiefes, tiefes Mitleid mit der Unglücklichen, deren Wahnsinn jedenfalls unheilbar war, zumal jener Tag um vielleicht dreißig Jahre zurückzuliegen schien. Der Frack ließ darauf schließen, daß die Hochzeit, obgleich sie selbst zur roten Rasse gehörte, in sehr anständiger Gesellschaft entweder gefeiert worden war oder gefeiert hatte werden sollen. Sie war ja Christin gewesen, die Schwester eines berühmten roten Predigers; das gab wohl eine hinreichende Erklärung.

Auch ihre Schwester Tehua schien gut verheiratet gewesen zu sein. Vielleicht hatte die Wahnsinnige ihren Bräutigam bei dieser Schwester kennen gelernt. Schade, daß ich heut weiter nichts erfahren konnte!

Ich ließ sie bei ihrem Pferde stehen, mit welchem sie wie ein Kind zu spielen begann, und ging nach dem Lager, wo Winnetou schon vor mir eingetroffen war. Als ich kam, waren alle Augen auf mich gerichtet; ich ersah daraus, daß man auf mich gewartet hatte.

»Endlich, endlich!« rief Cox mir zu. »Wo steckt Ihr nur? Es soll ja über unsere Freilassung gesprochen werden! Und da lauft Ihr fort!«

Da machte Treskow ihm sofort den Standpunkt klar:

»Ehe davon die Rede sein kann, wollen wir erst von eurer Bestrafung sprechen!«

»Bestrafung? Oho? Was haben wir Euch gethan?«

»Ueberfallen, gefangen genommen, ausgeraubt, gefesselt

und hierhergeschleppt! Ist das etwa nichts? Darauf steht Zuchthaus.«

»Das sagt Ihr als Jurist?«

»Ja.«

»Wollt Ihr uns nach Sing-Sing schleppen? Versucht das doch einmal!«

»Hier werden keine Versuche gemacht, sondern Urteile gesprochen und auch gleich ausgeführt. Die Jury wird sogleich beisammen sein!«

»Die erkennen wir nicht an!«

»Darüber lachen wir! Kommt, Mr. Shatterhand! Wir dürfen die Sache nicht aufschieben, und ich hoffe, daß Ihr uns dieses Mal nicht wieder mit einem humanen Streiche in die Quere kommt. Die Kerls sind es nicht wert!«

Da hatte er freilich recht. Strafe mußte hier sein; aber was für eine? Gefängnis? Gab es nicht. Geldstrafe? Diese Menschen hatten ja nichts. Ihnen die Pferde und Waffen nehmen? Da waren sie verloren, und wir standen in ihren Augen als Diebe da. Prügel? Hm, ja, eine sehr heilsame Arznei! Wie denke ich überhaupt über die Prügelstrafe? Sie ist für jeden Menschen, der noch einen moralischen Halt besitzt, fürchterlich; sie kann sogar diesen letzten Fall vollends zerstören. Aber der Vater straft sein Kind, der Lehrer seinen Schüler mit der Rute, um ihm grad diesen moralischen Halt beizubringen! Ist ein solches Kind etwa schlimmer, gefährlicher, ehrloser als der Verbrecher, welcher nicht geschlagen werden darf, obgleich er zwanzigmal rückfällig im Gefängnisse sitzt und sofort wieder »mausen« wird, sobald er entlassen ist? Wenn ein Rabenvater, wie es vorgekommen ist, sein vor Hunger abgeschwächtes Kind wochenlang an das Tischbein bindet und ohne allen Grund täglich wiederholt mit Stökken, Ofengabeln, Stiefelknechten und leeren Bierflaschen prügelt und dafür einige Monate Gefängnis bekommt, ist diese Strafe seiner Roheit oder vielmehr seiner Bestialität kongruent? Denn eine Bestie ist so ein Kerl! Er bekommt im Gefängnisse umsonst Wohnung, reichliche Nahrung, warme Kleidung, Ruhe, Ordnung, Reinlichkeit, Bücher zum

Lesen und noch anderes mehr. Er sitzt die paar Monate ab und lacht hernach darüber! Nein, so eine Bestie müßte als Bestie behandelt werden! Prügel, Prügel, aber auch tüchtige Prügel und womöglich täglich Prügel, das würde für ihn das einzig Richtige sein! Hier macht die Humanität das Uebel nur ärger. Oder wenn ein entmenschtes, schnapssüchtiges Weib ihre Kinder mit Absicht und teuflischer Ausdauer zu Krüppeln macht, um mit ihnen zu betteln oder sie gegen Geld an Bettler zu verborgen, was ist da wohl richtiger, eine zeitweilige Einsperrung nach allen Regeln und allen Errungenschaften des humanitären Strafvollzuges oder eine Gefängnispönitenz mit kräftigen Hieben rundum garniert? Wer als Mensch sündigt, mag human bestraft werden; für die Unmenschen aber müßte neben dem Kerker auch der Stock vorhanden sein! Das ist die Meinung eines Mannes, der jeden nützlichen Käfer von der Straße aufhebt und dahin setzt, wo er nicht zertreten wird, eines Weltläufers, der überall, wohin er seinen Fuß setzte, bedacht war für den Nachruf: »er war ein guter Mensch«, und endlich eines Schriftstellers, der seine Werke nur in der Absicht schreibt, ein Prediger der ewigen Liebe zu sein und das Ebenbild Gottes im Menschen nachzuweisen!

Also Prügel für die Tramps! Ich gestehe, daß es mir widerstrebte, zumal ich Partei war; aber es gab nichts anderes, und sie hatten sie verdient.

Winnetou mochte meine Gedanken und Bedenken erraten, denn er fragte mich, indem ein sehr energisches, fast hartes Lächeln um seine Lippen spielte:

»Will mein Bruder ihnen etwa verzeihen?«

»Nein,« antwortete ich. »Wir würden sie dadurch nur in ihrer Schlechtigkeit bestärken. Aber welche Strafe sollen sie bekommen?«

»Den Stock! Howgh!«

Wenn er Howgh sagte, war es abgemacht; da gab es keine Widerrede von Erfolg. Treskow fiel augenblicklich zustimmend ein:

»Ja, den Stock! Der ist es, den sie brauchen; alles andere

würde unnütz oder gar schädlich sein. Nicht wahr, Mr. Hammerdull?«

»Ja, hauen wir sie!« antwortete der Dicke. »Und Hosea und Joel, die Brüder mit den frommen Namen, die müssen zuerst darankommen. Sie sollen Hiebe anstatt des Geldes erhalten, über welches sie gelacht haben. Oder nimmst du dich deiner Vettern an, Pitt Holbers, altes Coon?«

»Fällt mir nicht ein!« antwortete der Lange.

»Ja, wir werden ihnen die Verwandtschaft mit dir in das Register schreiben, in dem es keine Blätter umzuwenden giebt, und zwar so dick und blau, daß sie es nicht etwa wegradieren können! Howgh!«

Wir mußten über seine Begeisterung ebenso wie über seine Ausdrucksweise lachen. Die andern waren auch einverstanden, und nur der Osage sagte:

»Schahko Matto bittet, schweigen zu dürfen.«

»Warum?« fragte ich.

»Weil er auch euer Feind gewesen ist und euch nach dem Leben getrachtet hat.«

»Aber jetzt bist du unser Freund und von den Tramps auch überfallen und beraubt worden. Deine Absicht, die du überhaupt nicht ausgeführt hast, faßtest du als Häuptling deines Stammes, als Krieger; sie aber sind ehrlose und verworfene, von der Gesellschaft ausgestoßene Subjekte, die nur noch ein einziges Gefühl besitzen, das für die Prügel nämlich.«

»Wenn Old Shatterhand in dieser Weise spricht, soll er auch meine Meinung hören: Man bereite ihnen dieses Gefühl vom Ersten bis zum Letzten!«

»Schön! Alle einverstanden!« rief Hammerdull. »Komm, lieber Pitt, wir wollen Flöten schneiden, damit die Musik beginnen kann!«

Die beiden standen auf und entfernten sich, um passende Schößlinge auszusuchen. Wir hatten nicht so laut gesprochen, daß die Tramps uns verstehen konnten; als sie jetzt merkten, daß unsere Beratung zu Ende sei, erkundigte sich Cox in keineswegs seiner Lage angemessener Weise:

»Nun, wie steht's? Wann bindet ihr uns los?«

»Wenn es uns beliebt,« anwortete Treskow. »Einstweilen aber beliebt es uns noch nicht.«

»Wie lange sollen wir da noch liegen bleiben? Wir wollen fort!«

»Was ihr wollt, geht uns nichts an. Heut geht es wohl nach unserm Willen!«

»Wir sind freie Westmänner; merkt euch das! Wenn ihr das etwa nicht berücksichtigen wolltet, bekommt ihr es noch einmal mit uns zu thun!«

»Schurke! Willst du dich heut noch lächerlicher als gestern machen, wo du dich aufspieltest, als ob wir Hunde seien, die du an der Leine nur so nach Belieben herumschleppen dürfest! Hat es dir in deinem Schädel denn nicht gedämmert, daß wir schon eine Stunde nach eurem Ueberfalle die Zeit und den Ort unserer Befreiung kannten? Hast du denn wirklich die lachende Ironie nicht herausgehört, mit welcher Old Shatterhand deine Frechheiten von oben herab beantwortete? Der ›stinkigste Hund‹, wie du Kolma Puschi nanntest, begegnete uns nur aus kluger Berechnung. Er wollte sich überzeugen, daß wir euch wirklich nach der Falle führten, in welcher wir euch Gimpel fangen wollten. Daß du das alles nicht bemerkt oder erraten hast, läßt dich als Ausbund der erbarmungswürdigsten Stupidität erscheinen. Und nun fällt es dir gar noch ein, uns zu drohen! Ihr armseligen Kreaturen! Die Pfeifen werden schon geschnitten, nach denen ihr bald tanzen oder singen sollt! Und da ihr jedenfalls in eurer Dummheit auch nicht wißt, was ich mit diesen Worten meine, so will ich es euch deutlicher und ohne Gleichnis sagen: Es werden Stöcke abgeschnitten, denn ihr sollt Prügel bekommen, köstliche Prügel, so lange Prügel, bis ihr aus eurer Blödsinnigkeit herausgehauen seid. So; nun wißt ihr, was geschehen soll!«

Diese lange Rede des zornbegeisterten Juristen brachte eine Wirkung hervor, welche jeder Beschreibung spottet; ich halte es überhaupt für gemütlicher, über die nächste, für die Tramps äußerst ungemütliche Stunde so schnell wie möglich hinwegzugehen. Dick Hammerdull nahm sich der Sache mit solcher Anstrengung und Hingebung an, daß er am Ende der geräuschvollen Motion wie ein angelaufenes Fenster im Schweiße stand, und auch Pitt Holbers entwickelte in der Handhabung der schmerzerweckenden »Pfeifen« eine Virtuosität, die er sich bisher wohl selbst nicht zugetraut hatte.

Der äußere Zustand der Tramps war infolge dieser großartigen Thätigkeit der beiden »verkehrten Toasts« ein etwas ramponierter, ihr innerer aber nur mit dem landläufigen Ausdrucke »Rache kochend« zu bezeichnen. Wir kehrten uns nicht daran. Old Wabble war von den Stöcken verschont geblieben, was er freilich nur mir allein zu verdanken hatte. Ich wollte den alten, schon so verletzten Mann nicht auch noch schlagen lassen. Er wußte es mir aber keinen Dank, sondern räsonnierte mit den Tramps um die Wette. Thibaut hatte den scheinbar unbeteiligten Zuschauer gemacht, doch hätte ihm eine Portion Prügel auch nichts schaden können. Ich hob mir diesen Mann für später auf. Er mußte mir ganz sicher kommen.

Als wir nun an den Aufbruch dachten, bat mich Apanatschka, die Squaw doch heute mitzunehmen, da wir nicht mehr gefangen seien und nur von Tibo taka eine Einrede zu erwarten hätten. Es gelang mir nur schwer, ihn von diesem Wunsche abzubringen; die Frau konnte uns nur hinderlich sein, und da wir die Reiseroute ihres Mannes besaßen, hatten wir die Gewißheit, ihr bald wieder zu begegnen.

Wir befanden uns vollständig wieder im Besitze unsers Eigentums. Keinem fehlte der geringste Gegenstand. Der Gerechtigkeit war, soweit die Umstände es gestatteten, Genüge geschehen, und so schieden wir befriedigt von dem Spring, der uns in ganz anderer Weise hatte kommen sehen. Weniger befriedigt waren die, welche wir da zurückließen. Wir ließen sie in ihren Fesseln liegen; sie mochten sich ihrer nach unserer Entfernung entledigen, wie sie konnten. Herzlich waren die Wünsche keineswegs, welche sie uns hören ließen. Old Wabble drohte mir trotz seines gebrochenen Armes noch zu allerletzt mit Rache und dem Tode. Wenn es mir nicht schon vorher bewußt gewesen wäre, hätte ich jetzt einsehen müssen, daß jede menschliche Regung für ihn Verschwendung sei. Er war so hart gesotten, daß er unmöglich, wenn auch nur für einen einzigen Augenblick, wieder weich werden konnte. Ich hätte nie geglaubt, daß es einen solchen Menschen geben könne!

Ehe wir aufstiegen, versuchte Apanatschka, von der Frau, welche draußen bei den Pferden stand, ein Wort des Abschiedes zu erlangen, doch vergeblich. Sie kannte ihn nicht und wich vor ihm zurück, als ob er ein ihr feindliches Wesen sei. Erst dann, als wir uns in Bewegung setzten, schien sie aufmerksam zu werden. Sie kam uns eine ganze Strecke nachgelaufen, nahm den grünen Zweig vom Kopfe und rief, ihn fortwährend schwenkend:

»Das ist mein Myrtle-wreath; das ist mein Myrtle wreath!« – – –

DRITTES KAPITEL

Im Kui-erant-yuaw

Wir waren durch den gestrigen Ritt von dem Camp nach dem Spring weit von unserer Richtung abgekommen und mußten, um diesen Umweg möglichst gut zu machen, jetzt dahin reiten, wohin wir sonst nicht gekommen wären und wohin wir die nur in unserer Phantasie existierende Bonanza verlegt hatten, nämlich nach dem Squirrel-Creek. Als Dick Hammerdull das hörte, zog er erst ein ernsthaftes Gedicht, lachte aber und sagte:

»Hoffentlich werden sie nicht so albern sein!«

»Wer?« fragte Treskow, der neben ihm ritt.

»Die Tramps.«

»Wieso albern?«

»Daß sie uns nach diesem Creek nachkommen!«

»Da verdienten sie noch mehr Prügel, als sie schon bekommen haben! Sie müssen doch einsehen, daß es diese Bonanza gar nicht giebt.«

»Einsehen? Ich sage Euch, Mr. Treskow, wer solche Pudel schießt, wie die geschossen haben, bei dem kann von Einsicht keine Rede sein. Ich wette, daß sie dieses unser falsches Geld noch jetzt für echte Münze nehmen!«

»Wenn Ihr da recht habt, werden sie uns freilich nachkommen, und da können wir uns nur in acht nehmen, daß sie uns nicht ausfindig machen.«

»Bin ganz und genau derselben Ansicht. Ihr jedenfalls auch, Mr. Shatterhand?«

»Nein,« anwortete ich.

»Ihr denkt, sie kommen nicht hinter uns her?«

»Oh doch! Sie haben zwei Gründe, uns zu folgen.«

»Zwei? Ich weiß nur einen, nämlich die Bonanza. Ihr nehmt wohl auch an, daß sie noch heut an die Existenz dieses Placer glauben?«

»Ja. Diese Menschen halten sich trotz aller ihrer Dummheit für sehr klug, und da wir sie nicht extra darüber ausgelacht haben, daß sie dieser Täuschung Glauben schenkten, sind sie noch vollständig überzeugt, daß die Bonanza wirklich existiert.«

»Aus diesem Grunde werden sie uns also folgen. Und der zweite Grund?«

»Die Rache natürlich.«

»Ja, richtig. Es wird in ihnen wie in Siedetöpfen kochen; daran hatte ich nicht gedacht. Sie werden sich darum mit aller Macht auf unsere Fährte legen und sich alle Mühe geben, uns einzuholen.«

»Was ihnen aber nicht gelingen wird!«

»Nicht? Wohl weil wir bessere Pferde haben als sie?«

»Erstens das. Und zweitens wird eine geraume Zeit vergehen, ehe sie vom Spring aufbrechen können. Das ist ja selbstverständlich.«

»Ja, es wird lange dauern, ehe es einem von ihnen gelingt, sich von den Riemen zu befreien und auch die andern loszumachen.«

»Auf die Squaw, welche allerdings nicht gefesselt ist, können sie sich da nicht verlassen. Wenn sie die auffordern, sie loszubinden, schüttelt sie den Kopf und geht weiter. Und dann, wenn sie frei sind und sich auf die Pferde setzen! Hm!«

Hammerdull verstand dieses Hm! Er ergänzte mich in ausführlicherer Weise:

»Dann geht es auch nicht so schnell, wie sie es wohl wünschen werden. Sie werden grad da, wo der Reiter es am wenigsten sein darf, durch die Prügel höchst empfindlich geworden sein. Wenigstens wünsche ich von Herzen, daß es so ist. Du nicht auch, Pitt Holbers, altes Coon?«

Der Gefragte antwortete:

»Wenn du denkst, lieber Dick, daß sie in der betreffenden Gegend gemütvoller geworden seien, so habe ich nichts dagegen. Ich denke, daß es dir auch nicht viel anders ergehen würde.«

»Pfui! Ich würde mich niemals prügeln lassen!«

»Wenn sie dich erwischten, so bin ich überzeugt, daß sie

dich ebenso durchhauen würden, wie sie von dir geprügelt worden sind.«

»Ob ich durchgehauen würde oder nicht, das bleibt sich gleich; das ist sogar ganz und gar egal, denn es versteht sich doch von selbst, daß sie es im Leben nicht fertig bringen, mich zu erwischen.«

»*Pshaw!* Sie hatten dich doch schon!«

»Halte den Schnabel, und ärgere mich nicht so unnötigerweise! Du weißt, daß ich in dieser Beziehung sehr schwache Nerven habe!«

»Ja; so dick wie Kabeltaue!«

»Haben sie etwa mich allein erwischt? Doch uns alle! Mußt du da mir die Vorwürfe machen, alter Griesgram, du? Das sollte ihnen noch einmal gelingen! Die reine, blaue Unmöglichkeit!«

»Nimm dich in acht! Der Frosch, der am lautesten quakt, wird zu allererst vom Storch gefressen. Das ist eine alte, wahre Geschichte.«

»Frosch! Ich etwa?«

»Ja!«

»Ich, ein Frosch! Hat es schon einmal so eine Majestätsbeleidigung gegeben?! Dick Hammerdull, der Inbegriff alles Erhabenen, alles Schönen und Schlanken, werde mit einem Frosch verglichen! Was giebt es nur gleich für ein Amphibium oder Insekt, mit dem du zu vergleichen bist, altes Heupferd? Ja, Heupferd; das ist das Richtige! Bist du nun zufrieden, lieber Pitt?«

»*Yes!* Ein Heupferd ist, gegen den Frosch gehalten, ein sehr edles Tier!«

»Möchte wissen, wo da der Adel stecken soll! Uebrigens ist weder von Fröschen noch von Heupferden, sondern von den Tramps die Rede gewesen, die auf der zoologischen Leiter allerdings auch keine höhere Sprosse inne haben. Sie werden, wie wir alle denken, hinter uns her nach dem Squirrel-Creek reiten wollen; aber ob sie ihn finden werden, Mr. Shatterhand?«

»Sicher.«

»Sie wissen aber doch nicht, wo er liegt!«

»Sie haben unsere Fährte.«

»Ich traue ihnen nicht zu, gute Fährtenleser zu sein.«

»Ich auch nicht; aber wir kommen heut den ganzen Tag nur über Prairieland und werden eine Fährte machen, welche man noch morgen deutlich sehen kann. Außerdem vermute ich, daß einer bei ihnen ist, welcher den Weg nach dem Squirrel-Creek kennt.«

»Wer ist das?«

»Der weiße Medizinmann.«

»Tibo taka? Woher sollte dieser imitierte Komantsche ihn kennen?«

»Er ist früher, ehe er zu den Komantschen kam, hier in dieser Gegend gewesen. Ob er sich speziell auf diesen Creek besinnen wird, das kann ich natürlich nicht wissen, aber es ist doch anzunehmen, daß er wenigstens die ungefähre Lage desselben kennt.«

»*Well!* Aber ob er sich den Tramps anschließen wird?«

»Gewiß!«

»Er hat sich doch mit Old Wabble entzweit, gestern auf der Prairie!«

»Aber heut wieder mit ihm vereinigt! Und wenn dies nicht so wäre, so betrachtet er uns genau ebenso als seine Feinde, wie die Tramps uns als die ihrigen ansehen; es liegt also nichts näher, als daß er sich mit ihnen vereinigt, uns zu folgen.«

»Aber ob sie ihn mitnehmen werden?«

»Ohne Zweifel! Uebrigens macht er keinen Umweg, wenn er mit ihnen reitet, weil er auch nach dem Park von San Louis will.«

»So bekommen wir ihn wohl da oben zu sehen?«

»Mehr, als ihm lieb sein wird!«

»*Well,* so bin ich befriedigt! Der Kerl hat ein solches Ohrfeigengesicht, daß ich mich auf dieses Wiedersehen herzlich freue. Ich werde ihm mit den Fäusten so in diesem Gesichte herumlaufen, daß meine Fährte noch jahrelang zu lesen sein wird!«

Unser Weg führte, wie schon gesagt, fortgesetzt über ein langsam aber stetig ansteigendes Savannenland. Während wir am Vormittage das Gebirge wie eine ununterbrochene, verschleierte Mauer in der Ferne liegen sahen, rückten wir demselben während unsers schnellen Rittes immer näher; die Schleier fielen, und am Nachmittage waren uns die den eigentlichen Rocky-Mountains vorgeschobenen Sandriesen so nahe gerückt, daß wir die zwischen den sie bedeckenden Wäldern lachsgelb hervorschimmernden nackten Felsenmassen klar und deutlich erkennen konnten.

Es dunkelte bereits, als wir den Squirrel-Creek erreichten, und zwar an einer Stelle, welche uns von früher her bekannt war, so daß wir nicht lange nach einer als Lagerplatz passenden Stelle zu suchen brauchten.

Ich hatte mit Winnetou schon zweimal je eine Nacht hier zugebracht, die Umgebung des Ortes war uns also wohlbekannt. Wir hätten sie zu unserer Sicherheit auch heut gern abgesucht, doch war es schon zu dunkel dazu. Wir ergaben uns dem Zwange zu dieser Unterlassungssünde ohne großes Widerstreben, denn wir hatten schon damals kein Zeichen davon entdeckt, daß jemals ein menschlicher Fuß hierhergekommen sei, und auch jetzt war der Lauf des Squirrel-Creek im allgemeinen noch so unbekannt, daß es keinen Grund gab, anzunehmen, daß sich grad heut und grad hier eine grad uns feindliche Person aufhalten könne.

Der Creek machte einen kurzen engen Bogen und schloß eine rings von Felsen umgebene Lichtung ein, auf welcher wir ein nach Indianerart mehr glimmendes als loderndes Feuer anzündeten. Das gegenüberliegende Ufer war mit dichtem Gebüsch bedeckt, welches sich jenseits wieder in eine Prairie verlor. Zu essen hatten wir genug, weil wir nicht nur unsern Proviant, sondern auch denjenigen der Tramps mitgenommen und ihnen gar nichts davon gelassen hatten. Sie sollten durch die Jagd aufgehalten werden.

Während des Essens lachte Hammerdull einmal laut auf und sagte dann: »Mesch'schurs, soeben kommt mir ein außerordentlich guter Gedanke!«

»Dir?« fragte Holbers. »Welche Seltenheit!«

»Hast du nicht gleich wieder deine Hand im Reispudding?! Wenn die guten Gedanken bei mir so selten wären, wie du glauben machen willst, würdest du doch selbst der Blamierte sein!«

»Wieso?«

»Wäre es etwa keine Blamage, daß du, der Ausbund aller Klugheit und Pfiffigkeit, mit einem so dummen Menschen reitest?«

»Ich thue das nur aus Mitleid; da blamiere ich mich nicht.«

»Höre, das Mitleid ist ganz nur auf meiner Seite! Wenn du das nicht anerkennst, so lasse ich dich einfach sitzen!«

»Ja; du lässest mich sitzen und setzest dich mit her zu mir! Aber sag', alter Dick, welchen Gedanken hast du denn gemeint?«

»Ich will die Tramps ärgern.«

»Das ist unnötig. Die ärgern sich schon jetzt mehr als genug.«

»Noch lange nicht genug! Meint Ihr nicht, Mesch'schurs, daß sie annehmen werden, wir seien gleich nach der Bonanza geritten?«

»Das ist möglich,« antwortete Treskow.

»Nicht nur möglich, sondern ganz sicher ist's! Sie werden denken, wir suchen die Stelle sofort auf, um den Fundort so zu verstecken und unkenntlich zu machen, daß er nicht zu entdecken ist. Da müssen wir uns einen großen Spaß mit ihnen machen.«

»Welchen?«

»Wir scharren hier irgend eine Stelle auf und decken sie dann in der Weise wieder zu, daß sie leicht zu erkennen ist und jedermann gleich sehen muß, daß wir hier gegraben haben. Sie werden die Stelle natürlich für die Bonanza halten und sich mit größtem Eifer daran machen, nachzuwühlen.«

»*Well!* Dann finden sie nichts!« nickte Treskow.

»So meine ich es nicht.«

»Wie denn?«

»Wenn sie bloß nichts finden, so ist auch das nichts anderes, als wenn sie sonst irgendwo am Creek vergeblich suchen. Sie würden nur enttäuscht sein; ich will sie aber ärgern, tüchtig ärgern.«

»So sagt, auf welche Weise!«

»Sie sollen etwas finden.«

»Etwa Gold?«

»*Pshaw!* Und wenn ich im Golde bis über die Ohren steckte, diese Kerls ließe ich kein Körnchen finden, selbst zum Spaße nicht. Sie sollen etwas anderes finden, nämlich einen Zettel, einen schönen Zettel.«

»Einen beschriebenen?«

»Natürlich! Eben das, was darauf steht, soll sie riesig ärgern.«

»Dieser Gedanke ist freilich gar nicht übel!«

»Ob er übel ist oder nicht, das bleibt sich ganz gleich, wenn es ihnen nur übel dabei wird. Was meinst du dazu, Pitt Holbers, altes Coon?«

»Hm, ich meine, daß die Sache ein ganz guter Spaß ist, den wir uns wohl machen können.«

»Nicht wahr, alter, lieber Freund!« sagte der Dicke in seinem süßesten Tone, weil diese Zustimmung ihn erfreute. »Du bist wirklich zuweilen nicht ganz und gar so dumm, wie du aussiehst!«

»Ja, das ist eben der große Unterschied zwischen mir und dir.«

»Unterschied? Wieso?«

»Ich bin nicht so dumm, wie ich aussehe, und du siehst gescheiter aus, als du bist.«

»Alle Wetter! Bring mich nicht schon wieder in Rage! Du bist nicht nur dümmer, als du aussiehst, sondern du bist sogar noch viel dümmer, als du bist! So, das ist die richtige Meinung, die ich von dir habe!«

»*Well!* Ueber die Dummheit streiten sich selbst die Götter mit Dick Hammerdull vergebens; das ist eine alte, überall bekannte Sache. Was aber den Zettel betrifft, den die Tramps finden sollen, wo willst du ihn hernehmen? In der Prairie wächst kein Papier.«

»Ich weiß, daß Mr. Shatterhand eine Brieftasche hat.«

»Die willst du wohl haben?«

»Oh, nur ein Blatt!«

»Er wird sich hüten!«

»Nein; er wird mir eins geben!«

»Wenn du das denkst, so weißt du nicht, was ein unbeschriebenes Blatt Papier hier im wilden Westen für einen Wert besitzt!«

»Das weiß ich wohl; aber mein Gedanke ist so köstlich, daß man gar wohl so ein Opfer bringen kann, um ihn auszuführen. Nicht wahr, Mr. Shatterhand?«

»Es fragt sich, ob ich diesen Gedanken auch für köstlich halte,« antwortete ich.

»Ist er es etwa nicht?«

»Nein.«

»Sprecht Ihr im Ernst?«

»Ja. Er ist weder köstlich noch auch nur drollig, höchstens kindlich.«

»Kindlich! Also ist Dick Hammerdull ein kindlicher Kerl?«

»Zuweilen, ja.«

»Oder meint Ihr etwa gar kindisch?!«

»Hm! Wollen nicht Worte klauben! Erstens ist es noch gar nicht so zweifellos sicher, daß die Tramps grad hierher kommen. Sie können durch irgend einen unvorhergesehenen Umstand abgelenkt werden.«

»Und zweitens?«

»Zweitens wären sie geradezu überdumm, wenn sie annähmen, daß wir direkt nach der Bonanza geritten seien. Wenn es hier wirklich eine gäbe, müßten wir sie eher meiden als aufsuchen.«

»Oh, sich das zu denken, dazu sind diese Kerls nicht klug genug.«

»Und wenn es so ist und so wird, wie Ihr denkt, was haben wir davon? Wir sind doch nicht dabei, wenn sie den Zettel finden.«

»Das ist auch nicht nötig. Ich male mir in Gedanken ihre

Gesichter so aus, daß ich sie genau so sehe, als ob ich dabei wäre.«

»Was soll dann auf dem Zettel stehen?«

»Das beraten wir. Es muß so sein, daß sie vor Aerger platzen!«

Er war für seine allerdings kindische Idee ganz Feuer und Flamme und bat mich so lange, bis ich ein Blatt aus meinem Notizbuche riß und es ihm mit dem Bleistifte gab. Nun sollte vor allen Dingen beraten werden, was darauf zu schreiben sei. Ich wurde um die Autorschaft angegangen, gab mich aber weder zu ihr noch zur Mitarbeiterschaft her; Treskow und die drei Häuptlinge folgten meinem Beispiele, und so blieben für die große litterarische Arbeit nur Hammerdull und Holbers übrig. Der letztere meinte:

»Du, schreiben kann ich nicht gut; das mußt du machen.«

»Hm!« brummte der Dicke. »Ich habe es gelernt, aber es hat einen großen Haken.«

»Welchen denn?«

»Ich kann nicht lesen, was ich geschrieben habe.«

»Aber andere können es?«

»Andere erst recht nicht!«

»Da sitzen wir freilich im Pfeffer! Na, wenn die Gentlemen hier die Schrift nicht mit aussinnen wollten, so wird wohl einer von ihnen wenigstens so gut sein, sie auf das Papier zu bringen?«

Nach einigen Fragen und Bitten gab sich Treskow dazu her.

»*Well*; so kann es losgehen!« sagte Hammerdull. »Fang an, Pitt!«

»Ja,« antwortete dieser; »die leichten Sachen übernimmst du stets; aber wenn es einmal etwas recht Schwieriges giebt, da bin allemal ich es, der anfangen soll! Fang lieber selber an!«

»Du wirst doch dichten können!«

»Na, was das betrifft, das kann ich schon! Du aber auch?«

»Mit Vergnügen! Im Dichten bin ich ein ausgezeichneter Kerl.«

Unter »dichten« verstanden sie nach Art vieler Analphabeten nur die Anfertigung eines Schreibens überhaupt. Treskow, der das wohl wußte und sich einen Spaß machen wollte, bemerkte:

»Dichten? Wißt ihr denn auch, daß sich die Zeilen da reimen müssen?«

»Reimen?« fragte Hammerdull, indem er vor Erstaunen den Mund weit öffnete. »Tausend Donner! Daran habe ich ja gar nicht gedacht. Also reimen, reimen muß sich die Geschichte?«

»Natürlich!«

»Wie denn zum Beispiel?«

»Schmerz und Herz, Meer und leer, Geld und Welt, so ungefähr.«

Es wurde englisch gesprochen; also entnahm er seine Reime nicht der deutschen, sondern der englischen Sprache. Ich muß, da ich deutsch schreibe, andere Worte angeben, bringe aber solche, welche ganz desselben Kalibers sind, wie diejenigen, welche Hammerdull nun wählte. Er nickte nämlich sehr eifrig mit dem Kopfe und sagte:

»Wenn es weiter nichts ist! Das kann ich auch! Da will ich zum Beispiel sagen: Hund und Schund, Klapps und Schnapps, Speck und Dreck, Pantoffel und Kartoffel. Das geht doch ganz famos! Wie steht es denn da mit dir, lieber Pitt? Kannst du das auch?«

»Warum nicht? So ein Kerl, wie ich bin!« antwortete der Lange.

»So sag auch 'mal 'was!«

»Sofort! Also, jetzt geht es los: Brei und Ei, Rumpf und Strumpf, Syrup und -- und -- Syrup und --- und --- und ---«

»Du, zum Syrup scheint es nichts zu geben; ich finde auch nichts. Sag da lieber etwas anderes!«

»Schön! Also: Paul und Maul, Knabe und Schwabe, Tinte und Flinte, Gustel und Pustel, Kuh und du --«

Da fiel der Dicke rasch ein:

»Hör auf; hör auf! Wenn du mich mit einer Kuh zusammendichtest, was soll da für ein Reim daraus werden! Aber ich höre schon, daß es gehen wird. Fangen wir also gleich miteinander an!«

»Gleich miteinander? Nein! Wer sich den Gedanken mit dem Zettel ausgesonnen hat, der muß anfangen, und das bist doch du!«

»*Well!* Da mag es losgehen!«

Er rückte höchst unternehmend hin und her und bemühte sich, seinem Gesichte einen möglichst geistreichen Ausdruck zu geben, erreichte aber gerade das Gegenteil davon. Die Arbeit begann, und was für eine!

Ich habe Holzhacker, Eisengießer, Lastträger, Schiffsfeuerleute, Kesselschmiede und dergleichen im Schweiße ihres Angesichtes arbeiten sehen; aber ihre Anstrengung war das reine Kinderspiel gegen das Aufgebot aller Geisteskräfte, unter welchem Hammerdull und Holbers sich würgten, einige sich reimende Zeilen zusammenzusetzen. Wir sahen und hörten still, aber innerlich lachend, zu. Treskow warf zuweilen einen hilfreichen Brocken in die sprachliche, dicke Suppe, und so kamen nach Verlauf von vielleicht einer Stunde unter Husten, Räuspern, großem Schweiß und Angstgestöhne sechs Zeilen zusammen, welche er auf das Blatt schrieb. Sie wörtlich wiederzugeben, ist rein unmöglich; ich will ihnen hier in deutscher Sprache eine möglichst lesbare Gewandung verleihen:

»Wie sind die Kerle doch so dumm!
Vergebens wühlen sie herum
Und können weder vorn noch hinten
Die goldene Bonanza finden,
Die wir uns doch nur ausgedacht,
Worüber alle Welt jetzt lacht!«
Dick Hammerdull. Pitt Holbers.

Also auch mit der Unterschrift der beiden Angst- und Qualpoeten mußte Treskow das Meisterwerk versehen, und dann machten sie sich an das Aufwühlen des Bodens, welches ihnen, obgleich derselbe sehr steinigt war, viel leichter als das »Dichten« wurde. Sie arbeiteten wohl zwei Stunden lang, bis sie meinten, daß das so entstandene Loch für ihre Zwecke tief genug sei. Das Schreiben wurde hineingelegt, nachdem es so umwickelt worden war, daß es die Feuchtigkeit der Erde nicht anzog, und dann füllten sie die Grube wieder zu. Sie stampften dabei die Steine und die Erde mit den Füßen so fest wie möglich, damit die Tramps sich sehr anzustrengen hätten, und dachten nicht daran, daß ihre eigene Anstrengung noch viel größer sei als die, welche sie diesen Leuten bereiteten.

Daß dieses Graben, Treten, Werfen und Stampfen nicht ohne Geräusch abging, läßt sich denken. Wäre die Gegend, in welcher wir uns befanden, nicht eine so abgelegene und überaus selten besuchte gewesen, so hätten wir den kindischen Scherz gar nicht geduldet. Die Genugthuung, welche Hammerdull schon im voraus empfand, sollte ihm gegönnt werden; aber es gab einen, der sie bezahlen mußte, und dieser eine war, leider nicht zu meinem Vergnügen, ich!

Das Loch war gefüllt; wir saßen rund um das Feuer und unterhielten uns nach alter Gewohnheit nur in halblautem Tone miteinander. Da sah ich, daß Winnetou seine Silberbüchse beim Schloß ergriff und langsam und möglichst unauffällig an sich zog. Zugleich zog er den rechten Fuß an, so daß sich das Knie hob. Es war kein Zweifel, er wollte schießen, und zwar galt es einen Knieschuß, den schwersten, den es giebt; ich habe ihn schon oft beschrieben. Sein Gesicht war nach dem Wasser gerichtet. Er mußte jenseits desselben einen Menschen im Gebüsch entdeckt haben, den er mit seiner Kugel treffen wollte.

Der Knieschuß wird nur in ganz bestimmten Fällen angewendet. Man entdeckt einen Feind, von welchem man aus einem Verstecke heraus beobachtet wird; man muß, um sich selbst zu retten, ihn töten. Nimmt man das Gewehr hoch, um zu zielen, so sieht er das, ist gewarnt und verschwindet. Um dies zu vermeiden, wird der Knieschuß gewählt, so genannt, weil dabei das Knie den Zielpunkt angiebt. Man zieht nämlich den Unterschenkel so weit an sich, bis der Oberschenkel genau so liegt, daß seine Verlängerungslinie über das Knie hinaus die Stelle berühren würde, welche man treffen will. Dann greift man zum Gewehre, was nicht auffallen kann, weil jeder gute und erfahrene Westmann es stets neben sich liegen hat. Jeden Anschein vermeidend, als ob man schießen wolle, spannt man mit dem rechten Daumen den Hahn, legt den Zeigefinger an den Drücker und hebt, natürlich immer nur mit der einen, rechten Hand, den Lauf empor und legt ihn fest an den Oberschenkel, genau in die beschriebene Richtungslinie. Der Lauscher darf, obgleich die Mündung nun auf ihn gerichtet ist, auch jetzt noch nicht ahnen, daß man auf ihn schießen will; er muß durch Finten getäuscht werden: Man senkt die Augenlider, so daß er nicht merkt, wohin man sieht; das Zielen ist dabei freilich schwer, weil es nicht mit offenem Blicke, sondern durch die Wimperhaare hindurch geschieht, und weil man das andere Auge nicht schließen darf, um keinen Verdacht zu erwecken; man gestikuliert mit dem rechten Arme; man dreht den Kopf hin und her; man unterhält sich lebhaft mit den Kameraden; kurz, man thut alles, um bei dem Lauscher die Erkenntnis zu vermeiden, daß man ihn entdeckt habe und auf ihn schießen wolle. Hat nun der Lauf die richtige Lage, so drückt man los.

Das ist der Knieschuß! Er wird die Kameraden auf alle Fälle erschrecken, weil man ihnen nicht hat sagen dürfen, was man vorhat; sie würden durch ihr Verhalten, ihre Gesichter, ihre Blicke, durch das plötzlich eintretende Schweigen den Feind mißtrauisch machen und ihm verraten, daß er gesehen worden ist. Es ist, wie gesagt, der schwerste Schuß, den es giebt. Wenn tausend Meisterschützen sich im Knieschusse üben, so kann es vorkommen, daß nicht ein einziger von ihnen es soweit bringt, daß er, besonders des Abends, seines Zieles sicher ist. Man muß jahrelang unausgesetzt üben, und doch thut es diese Uebung, diese Ausdauer nicht allein, man muß auch dazu geboren sein. Ich habe den Knieschuß von Winnetou gelernt und außer uns beiden kaum zwei oder drei gekannt, denen von ihm eine gute Censur gegeben wurde. Auch sie schossen zuweilen fehl; er aber, der unübertreffliche Meister in allen Waffen des wilden Westens, hat niemals, selbst in der stockdunkelsten Nacht, einen Fehlknieschuß gethan. Ich habe überhaupt nicht ein einziges Mal erlebt, daß eine seiner Kugeln am Ziele vorübergegangen ist.

Ich halte noch heut meine Waffen hoch. Mein Henrystutzen und mein Bärentöter sind noch jetzt meine wertvollsten Besitztümer. Kostbarer aber noch als sie ist mir Winnetous Silberbüchse, die ich schon, als er noch lebte, stets mit einer gewissen heiligen Scheu betrachtet oder in die Hand genommen habe. Als er erschossen worden war, haben wir ihn hoch zu Roß und mit allen seinen Waffen, also auch mit ihr begraben. Einige Jahre später kam ich mit meinen damaligen Gefährten bei der Verfolgung eines Truppes Ogellallah-Indianer grad dazu, daß die Sioux sein Grab öffneten und berauben wollten. Wir vertrieben sie nach hartem Kampfe. Sie hatten es auf die Silberbüchse abgesehen. Ich konnte natürlich nicht als Hüter seines Grabes stets im Thale des Metsurflusses bleiben, und da zu erwarten war, daß sich die Entweihung des Grabes wiederholen werde, nahm ich die Silberbüchse heraus und sorgte dafür, daß dies überall bekannt wurde. Die Sioux erfuhren, daß die Büchse nicht mehr zu haben sei, und ließen infolgedessen das Grab nun unversehrt. Jetzt hängt dieses herrliche Gewehr neben meinem Schreibtische, und während ich jetzt von ihm erzähle, habe ich es vor meinen Augen und gedenke in tiefer Wehmut dessen, den es nicht ein einziges Mal im Stich gelassen hat und der mein bester, vielleicht mein einziger Freund gewesen ist, das Wort Freund in seiner wahren, edelsten und höchsten Bedeutung genommen!

Ich habe dieser Bemerkung hier mitten in meiner Erzählung eine Stelle gegeben, um einen scheinbaren Widerspruch schon jetzt aufzulösen. Meine Leser wissen, daß Winnetou mit der Silberbüchse begraben wurde; jetzt kaufen sie sich Bilder von mir, unter denen es welche mit der Bezeichnung »Old Shatterhand« mit »Winnetous Silberbüchse« giebt; oder die wißbegierigen Besucher, welche fast täglich mit oft wunderbarer Harmlosigkeit von »Villa Shatterhand« und meiner kostbaren Zeit Besitz ergreifen, sehen dieses Gewehr zwischen Sam Hawkens' alter »Gun« und meinem Bärentöter hängen; da giebt es der brieflichen und mündlichen Fragen kein Ende. Man will nicht warten, bis ich in einem spätern Bande erzähle, wie die begrabene Silberbüchse wieder auferstanden ist, und so habe ich denn jetzt den schriftstellerischen Fehler begangen, eine hochgespannte Handlung durch eine nicht hineingehörige Auskunft zu unterbrechen. –

Also Winnetous Gesicht war nach dem Wasser gerichtet und der Lauf des Gewehres nach dem Gebüsche jenseits desselben. Dort steckte jemand, der die Kugel bekommen sollte. Ich legte mich sofort lang, griff nach dem Stutzen und hob mein rechtes Knie auch in die Höhe. Sofort mit Hammerdull ein Gespräch anknüpfend und mich stellend, als ob meine Aufmerksamkeit nur auf diesen gerichtet sei, senkte ich die Augenlider halb und richtete den Blick durch die Wimpern hinüber nach dem Gesträuch. Eben als ich dies that, kam unter einem Alderbusche ein Gewehrlauf zum Vorscheine, der auf mich gerichtet war, und ehe ich die kurze Zeit fand, den Stutzen nach diesem Punkte zu richten, krachte der Schuß, in demselben Augenblicke aber auch Winnetous Silberbüchse. Drüben erscholl ein Schrei; Winnetou hatte getroffen, und ich bekam einen Schlag, der mir das Bein streckte, auf oder an den Oberschenkel.

Die ganz ahnungslos gewesenen Kameraden sprangen auf; ich schnellte auch empor und stieß, während sie eine Menge Fragen hervorhasteten, mit den Füßen das brennende Holz auseinander, so daß das Feuer verlöschte. Das that ich, damit wir für weitere Schüsse keine Ziele böten. Kaum war es dunkel, so sagte der Apatsche:

»Meine Brüder mögen ganz ruhig sein und warten!«

Einen Augenblick später gab es drüben im Gebüsch einen prasselnden Krach, welchem sofort die tiefste Stille folgte. Der Creek war hier an dieser Stelle gewiß zwölf Fuß breit, trotzdem war Winnetou mit einem seiner unvergleichlichen Sätze hinüber- und mitten ins Gesträuch hineingesprungen. Wir lauschten.

Es verging eine lange, lange Zeit, wohl eine halbe Stunde. Mein Bein schmerzte mich, und als ich nach der betreffenden Stelle griff, fühlte ich, daß sie stark blutete. Ich war verwundet. Da ertönte von drüben herüber Winnetous laute Stimme:

»Laßt das Feuer wieder brennen!«

Ich schob die noch glimmenden Reste wieder zusammen, brachte sie durch Anblasen zum Brennen und legte Dürrholz zu. Nun sahen wir ihn drüben am Rande des Wassers stehen. Er hatte das eine Ende seines Lasso in der Hand; das andere war an einem neben ihm liegenden Menschenkörper befestigt. Ohne daß er vorher einen Anlauf nehmen konnte, sprang er, den Lasso festhaltend, wieder zu uns herüber und zog dann den bewegungslosen Körper, der dabei natürlich in das Wasser fiel, nach. Ich half ihm dabei. Während dies geschah, erklärte er uns:

»Ich sah da drüben ein Gesicht und schoß darauf; es war noch ein zweiter Mann dort, den ich nicht sah; der hat auch geschossen. Ich sprang hinüber, um zu erfahren, ob noch mehr Menschen da seien. Ich hörte einen fliehen und huschte ihm nach. Jenseits der Büsche waren fünf Reiter, aber sieben Pferde; der Fliehende eilte hin zu ihnen und sagte, daß er Old Shatterhand erschossen habe, daß aber sein Gefährte von Winnetou getötet worden sei. Es waren Bleichgesichter, ohne einen roten Mann dabei, denn derjenige, welcher nun auf das eine ledige Pferd stieg, sprach ein reines Englisch. Sie warteten noch eine Zeitlang, und als der nicht kam, den Winnetou erschossen hat, sagte der Entflohene: ›Er ist tot, sonst würde er kommen oder um Hilfe rufen. Wir müssen fort, denn man wird nach uns suchen; aber mein Wunsch ist erfüllt und meine Rache gestillt, denn Old Shatterhand ist tot!‹ Winnetou erschrak über den Tod seines Freundes, kroch zurück, dahin, wohin er gezielt hatte und fand die Leiche des Getroffenen. Er band ihn an den Lasso und gebot, wieder Feuer zu machen. Wie freute er sich, als er sah, daß sein Bruder Shatterhand noch lebt!«

»Wer mögen die Weißen gewesen sein?« fragte Treskow.

»Die Tramps keinesfalls, denn die können noch nicht hier sein.«

Ich bog mich zu dem Toten nieder. Die unfehlbare Kugel des Apatschen war ihm in die Stirn gegangen. Ich erkannte ihn sofort: es war einer von Toby Spencers Rowdies. Treskow bestätigte dies, nachdem er ihn auch betrachtet hatte; er hatte ihn ja auch bei Mutter Thick in Jefferson-City gesehen. Man hatte jetzt nur auf diese Leiche und auf Winnetou geachtet; jetzt sah dieser dunkelnasse Stellen im Grase, folgte ihnen mit den Augen bis zu mir und rief dann erschrocken aus: »Uff! Mein Bruder ist verwundet, also doch getroffen worden! Das Blut läuft stark. Ist es gefährlich?«

»Ich glaube nicht,« antwortete ich.

»Ist der Knochen verletzt?«

»Nein, denn ich kann stehen.«

»Aber es ist eine seltsame Wunde. In der Lage, welche mein Bruder hier am Boden hatte, konnte er gar nicht an dieser Stelle getroffen werden!«

»Das habe ich mir auch schon gesagt. Es war ein Fehlschuß. Die Kugel hat hier den Felsen getroffen und ist, von ihm abprallend, mir in den Schenkel gedrungen.«

»Das ist nicht gut. Prallschüsse verursachen Schmerzen. Ich werde sofort nach der Wunde sehen!«

»Lieber jetzt nicht gleich. Wir müssen fort!«

»Wegen der sechs Bleichgesichter da drüben?«

»Ja. Unser Feuer brennt wieder. Wenn sie umkehren, können sie uns mit der größten Bequemlichkeit auslöschen.«

»Sie kommen nicht, denn die Stimme dessen, welcher sprach, klang sehr ängstlich. Die Vorsicht treibt uns dennoch fort, vorher aber muß ich die Wunde untersuchen; sie steht schon lange offen; mein Bruder muß schon sehr viel Blut verloren haben; darum können wir es nicht länger hinausschieben, ihn zu verbinden.«

»So mag Hammerdull recht viel Holz in das Feuer werfen, daß es eine hell hinüberleuchtende Flamme giebt, und die andern mögen mit schußfertigen Gewehren das Ufer drüben bewachen und sofort schießen, wenn ein Zweig sich regt!«

Diese Untersuchung der Wunde ergab ein günstig-ungünstiges Resultat, günstig, weil das Oberschenkelbein unverletzt war, und ungünstig, weil die Wunde eine Eiterwunde zu werden versprach. Die Kugel war bis auf den Knochen durch die Weichteile gedrungen und wurde von Winnetou mit dem Messer herausgeholt. Sie war einseitig plattgedrückt und hatte mit der dadurch entstandenen Kante, zumal sie matt geworden war, keine glatte Wunde geschlagen, sondern das Fleisch zerfetzt. Das verhieß Wundfieber, heftige Schmerzen und eine langsame Heilung, vielleicht gar mit zurückbleibender Hyperostose. Fatal! Grad jetzt, wo jede Verzögerung unsers Rittes so bedenklich war!

Glücklicherweise führte ich einige reine Tücher in der Satteltasche mit. Indem mir Winnetou den einstweiligen Verband anlegte, sagte er: »Es ist sehr gut, daß mein Bruder gelernt hat, Schmerzen nach der Art der roten Krieger zu ertragen. Wenn wir nicht in kurzer Zeit genug Tschitutlischi[1] finden, wird eine böse Entzündung eintreten; finden wir aber genug davon und vorher auch eine Dentschu-tatah[2], so hoffe ich, weil du eine so kräftige Natur und sehr gesundes Blut besitzest, daß du diese Verwundung nicht schwer überwinden wirst. Hoffentlich kannst du jetzt reiten?«

»Natürlich! Ich habe keine Lust, den schwachen Patienten zu spielen.«

»So wollen wir unserer Sicherheit wegen diesen Ort verlassen und einen andern suchen. Doch nimm dich in acht, daß keine neue Blutung entsteht!«

Wir verließen die für mich so unangenehm gewordene Stelle und folgten dem Creek fast eine Stunde lang abwärts, wo wir abstiegen und wieder ein Feuer anzündeten. Es wurden einige harzreiche Aeste gesammelt, welche als Leuchten beim Pflanzensuchen dienen sollten; die drei Indianerhäuptlinge zündeten sie an und entfernten sich, um für ihren angeschossenen Freund und Bruder Shatterhand botanisieren zu gehen.

[1] Apatschensprache: Wundkraut.

[2] Beizkraut.

Dick Hammerdull hatte sich neben mich gesetzt. Er hielt seine alten, guten Augen zärtlich auf mich gerichtet, strich mir plötzlich einmal mit überquellender, besorgter Zärtlichkeit über die Wange und knurrte dabei:

»Verteufelte Erfindung, diese Schießgewehre! Besonders dann, wenn die Kugeln treffen. Habt Ihr große Schmerzen, Mr. Shatterhand?«

»Gar keine jetzt,« antwortete ich.

»So wollen wir hoffen, daß es bei dieser Handschuhnummer bleibt!«

»Das steht leider nicht zu erwarten. Jede Verletzung will sich ausschmerzen; eher heilt sie nicht.«

»Schmerz! Ein ganz miserables Wort! Und dennoch möchte ich, daß ich den Eurigen auf mich nehmen könnte! Ich bin da wohl nicht der einzige, der so denkt. Nicht wahr, Pitt Holbers, altes Coon?«

»Hm,« antwortete der Lange, »ich wollte lieber, ich wäre getroffen worden!«

»So! Warum hast du dich da denn nicht dorthin gesetzt, wohin der Kerl geschossen hat? Hinterher kannst du gut aufopfernd sein!«

»Bin ich allwissend, dicker Grobian?«

»Das nicht; aber wenn ich schon sage, daß lieber ich die Schmerzen haben möchte, brauchst du doch nicht auch welche zu verlangen!«

»Du hast mich doch gefragt! Und ich habe Mr. Shatterhand wenigstens ebenso lieb wie du!«

»Ob ich ihn lieb habe, oder ob du ihn lieb hast, das bleibt sich gleich, das ist ganz und gar egal, wenn wir ihn nur beide lieb haben; verstanden?! Wenn ich den Kerl erwische, der da so unvorsichtig geschossen hat, daß die dumme Kugel zurückfliegen mußte, so mag er seine zwölf Knochen nur zusammennehmen!«

»Zweihundertfünfundvierzig, lieber Dick!« verbesserte ich ihn.

»Warum so viel?«

»Weil jeder Mensch so viel hat.«

»Desto besser, denn desto länger wird er zu suchen haben, ehe er sie zusammenfindet! Aber zweihundertfünfundvierzig Knochen? Ich habe die meinigen zwar noch nicht gezählt, jedoch daß unter meiner Haut so viele Knochen stekken, das habe ich bisher nicht geahnt!«

»Knochen und Knochen ist ein Unterschied; es sind da auch die kleinen Gehör- und Sesamknöchelchen mitgezählt.«

»Sesamknöchelchen? Sesam? Ich will auf der Stelle gelyncht, geteert und gefedert werden, wenn ich solche Sesambeine schon einmal gesehen habe! Pitt Holbers, du bist doch an Knochen viel stärker und reicher als ich, aber sind dir deine Sesamknöchelchen bekannt?«

»*Never mind!* Glaubst du, ich habe mich schon einmal umgestülpt, wie man einen Handschuh umwendet, um die Sesams zu zählen, die in mir stecken? Daß ich sie habe, ist vollständig genügend; zu sehen und zu zählen brauche ich sie nicht.«

»Aber der Mensch, welcher geschossen hat, soll die seinigen zählen, wenn ich ihn erwische! Möchte wissen, wer er ist!«

»Wahrscheinlich Toby Spencer selbst.«

»Schöner Schütze!«

»Er hat früher jedenfalls besser geschossen, von mir aber bei Mutter Thick eine Revolverkugel in die Hand bekommen und zwar zu meinem Glücke, denn wenn das nicht wäre, lebte ich jetzt nicht mehr; gezielt war's gut, aber zitterig abgedrückt. Da war doch Winnetous Schuß ein anderer! Ein Knieschuß in die Dunkelheit hinein, und doch grad in die Stirn! Uebrigens werden die Tramps morgen große Augen machen, wenn sie den Toten an unserm Lagerplatze finden!«

»*Well!* Sie werden da erst recht denken, daß sich die Bonanza dort befindet, denn sie müssen doch annehmen, daß wir den Mann erschossen haben, weil er das Placer entdeckt hat.«

»Möglich, daß sie das denken! Aber Eure Bonanzageschichte ist schuld, daß ich verwundet worden bin.«

»Ah, wirklich? – Wieso denn?«

»Der Lärm, den Ihr mit Eurem Loche gemacht habt, hat die Leute herbeigezogen; sie haben ihn gehört.«

»Hm! Ich kann nicht widersprechen. Ihr macht mir also Vorwürfe?«

»Nein. Was geschehen ist, ist vorüber; niemand kann es ändern. Doch hört, da kommen die Häuptlinge!«

Ja, sie kamen. Winnetou teilte mir in erfreutem Tone mit:

»Mein Bruder Shatterhand mag froh sein, denn wir haben viel Tschitutlischi und auch mehrere Dentschu-tatah gefunden; er wird also die Verwundung leichter, wenn auch nicht ohne Schmerzen, überstehen.«

Wenn ich auch nicht an ein »leichtes Ueberstehen« dachte, so war es mir doch außerordentlich lieb, diese Worte von ihm zu hören. Bei einem Verbande, wie ich ihn jetzt trug, waren die Folgen gar nicht abzusehen. Ich hätte vielleicht auf den Weiterritt verzichten müssen, wenn nicht gar noch Schlimmeres eingetreten wäre. Ich kannte die außerordentliche Heilkraft seiner Wundpflanzen und war nun überzeugt, daß ich die Blessur ohne schweren Nachteil überwinden würde.

Der Verband wurde wieder abgenommen und die Wunde ausgewaschen; dann fertigte Winnetou aus einem weichen Blatte einen passenden Pfropf, den er mit dem beizenden Safte des Dentschu-tatah tränkte. Diese Pflanze gehört wie unser Chelidonium in die Familie der Papaveraceen, unterscheidet sich aber von diesem dadurch, daß sie keinen rotgelben Milch-, sondern einen weißen, dünnflüssigeren Saft hat. Als mir der Pfropfen in die Wunde gedreht wurde, war es, als ob ich ein glühendes Eisen hineinbekäme. Ich bin gewohnt, Schmerzen zu verbeißen, mußte mich jetzt aber doch zusammennehmen, um ein unverändertes, ja lächelndes Gesicht zu zeigen. Winnetou sah mich an und sagte, mit dem Kopfe nikkend:

»Ich weiß, daß Old Shatterhand jetzt am Marterpfahle hängt; da er diesen Schmerz mit Lächeln übersteht, würde er auch an einem wirklichen Pfahle lachen. Howgh!«

Die höchst schmerzhafte Prozedur wurde noch zweimal wiederholt, wobei jedesmal die Empfindung weniger peinigend war. Dann träufelte mir der Apatsche den wasserhellen Saft der Tschitutlischi ein, legte das Kraut auf die Wunde und verband sie fest. Dieses Kraut gehört in die Familie der Plantagineen, ist aber keineswegs unser Wegebreit. Ich habe beide Pflanzen, welche wahrhaft Wunder wirken, nicht in Deutschland, auch nicht im Osten der Vereinigten Staaten gefunden. Die Apatschen nennen, außer den zwei schon angeführten Namen, das eine wie das andere Kraut Schis-inteh-tsi, zu deutsch »Indianerpflanze« und behaupten, daß es ein Geschenk des großen Geistes für seine roten Söhne sei, nur da wachse, wo sie wohnen, sich mit ihnen aus dem Osten nach dem fernen Westen zurückgezogen habe und mit ihnen einst aussterben werde. Selbst Winnetou, der stets so vorurteilslose, behauptete einst in vollstem Ernst zu mir:

»Wenn der letzte Indianer stirbt, wird auch das letzte Blatt Schis-inteh-tsi verwelken und nie wieder grünen. Es blüht mit der roten Nation in jenem Leben wieder auf!«

Es war doch möglich, daß die sechs Weißen, welche Winnetou gesehen hatte, wieder zurückgekehrt waren und uns beobachtet hatten. Wir trafen die gebotenen Vorsichtsmaßregeln und losten die Wachen aus, wovon indessen ich als Verwundeter entbunden wurde. Ich schlief trotz der Verletzung bis zum frühen Morgen fest, wo ich aber von einem Gefühle des Zerrens und der Trockenheit aufgeweckt wurde. Winnetou lag seinen chirurgischen Pflichten wieder ob, wobei heut nur der zweite Saft in Anwendung kam; dann aßen wir und brachen nachher auf.

Es galt natürlich zunächst, zu erfahren, wer die sechs Weißen gewesen waren. Wir setzten über den Creek und ritten, um mich zu schonen, langsam weiter, während der Apatsche fortgaloppierte, um die gesuchte Fährte zu entdecken. Es dauerte gar nicht lange, bis er kam und uns zu ihr führte. Sie lief in unserer Richtung über die Prairie, was wir uns gleich gedacht hatten. Wir wußten ja, daß Toby

Spencer auch hinauf nach dem Park von San Louis wollte. Natürlich folgten wir ihr.

Diese Prairie war nicht groß; es hörten jetzt überhaupt die Ebenen auf, die oft so langweilig sind und doch den erhabenen Eindruck des Oceans machen. Wir kamen, um mich so auszudrücken, an die Vorhöhen der Vorberge und mußten von jetzt an auf einen geradlinigen Ritt verzichten. Gut war es, daß wir die Wege und Pässe, welche wir aufzusuchen hatten, kannten. Zunächst galt es, den alten, sogenannten Kontinentalpfad zu erreichen, einen früher vielbelebten Westmannsweg, welcher in unzähligen Windungen über die Mountains führt, zur jetzigen Zeit aber vergessen worden zu sein scheint.

Da wir den grasigen Boden verlassen hatten, war die Fährte, welcher wir folgten, nicht leicht zu lesen. Oft verschwand sie für längere Zeit ganz; wir trafen aber immer wieder auf sie, ohne uns große Mühe gegeben zu haben sie zu finden, und so nahmen wir an, daß die uns Vorausreitenden auch nach dem Kontinentalpfade wollten.

Erwähnen muß ich, daß ich bei jedem Wasser, an welches wir kamen, abstieg, um meine Wunde zu kühlen, was so, wie ich es machte, freilich nicht viel Zeit in Anspruch nahm. Ich hatte mir nämlich über dem Knie einen Riemen so fest um den hohen Stiefel gebunden, daß das untere Bein luftdicht abgeschlossen war; dann schöpfte ich mir den oberen Teil des Schaftes mit den Händen voll Wasser, und dieses reichte fast stets so weit, bis es wieder frisches gab. Zuweilen stieg ich gar nicht ab und ließ mir von einem der Gefährten »den Stiefel füllen«.

Man glaubt nicht, welchen Eindruck die Rocky-Mountains machen, wenn man so lange Zeit von Tag zu Tag vergeblich nach dem Horizonte der weiten, unendlich scheinenden Ebene gejagt hat. Auf der Savanne flieht er fort und fort ins Weite, in die Endlosigkeit; das Auge bittet förmlich um einen festen Halt, doch ohne ihn zu finden; es ermüdet und blickt doch immer wieder sehnend auf – – vergeblich, vergeblich! Der wie ein Halm im grenzenlosen Grasmeere sich fühlende

Mensch wird zum Ahasver, der nach Ruhe schreit und doch keine findet. Da endlich tauchen nach langem Sehnen und Wünschen in der Ferne die grauen Schleier auf, hinter denen das Kanaan des Auges seine Berge gen Himmel streckt. Sie bilden nicht einen Horizont, welcher, unerbittlich zurückweichend, immer treulos flieht; nein, dieser Vorhang ist treu, hält Wort! Ja, er scheint nicht nur auf unser Nahen zu warten, sondern uns entgegenzukommen. Und je mehr wir uns ihm nähern, desto mehr gewinnt er an Durchsichtigkeit; oder er hebt sich allmählich höher und höher und läßt uns nach und nach die Herrlichkeiten sehen, viel schöner noch, als er sie uns von weitem schon versprochen hat. Nun gewinnt das Auge Halt und das Leben Farbe und Gestalt. Glich die Savanne einer keinen Anfang und kein Ende bietenden Tafel, auf welcher die große, erhabene Rune »Ich, der Herr, bin das Alpha und das Omega!« zu lesen war, so steigen jetzt die in Stein erklingenden Hymnen von der Erde auf und jubilieren: »Die Himmel erzählen die Ehre Gottes, und die Berge verkündigen seiner Hände Werk; ein Tag sagt es dem andern, und eine Nacht thut es der andern kund!« Und dieser steinerne Jubel ruft den Widerklang der Seele wach; es falten sich die Hände, und die Lippen öffnen sich zum Gebete: »Herr, wie sind deine Werke so groß und viel! Deine Weisheit hat sie geordnet, und die Erde ist voll von deiner Liebe und Güte!«

So, grad so habe ich stets empfunden, wenn ich aus diesen Ebenen nach diesen Bergen kam. Tausende stiegen hinauf, mit tödlichen Waffen in den Händen, um schonungslos die Geschöpfe Gottes niederzumetzeln; Tausende stiegen und steigen noch heut hinauf, vom trügerischen Glanze des Goldes und des Silbers geblendet, um das ihnen von Gott geliehene Leben an den verderblichen Mammon zu wagen; wie viele waren unter ihnen, welche, wenn sie das Bibelwort kannten: »Ich hebe meine Augen auf zu den Bergen, auf denen mein Heil und meine Hilfe wohnt,« dabei an ihr wahres Heil und an den allein rechten Helfer dachten?

Ich ritt auch heut hinter den Gefährten her, um nicht gestört zu sein, und ließ die Farben und Lichter, welche von oben glänzten, mir in die Seele leuchten; denn die Felsenberge sind reicher an Farben und zeigen erhabenere Lichter als jedes andere Gebirge der Erde. Es ist nicht die massigstolze Erhabenheit der Alpen, nicht die epische der Pyrenäen und nicht die unnahbare, niederdrückende des Himalaja, sondern es ist eine Hoheit, welche zwar mit ernster Würde doch mild lächelnd niederschaut. Wenn die alten Griechen ihren Göttern den Olymp zur Wohnung gaben, so hatte und hat der Indianer weit größere Berechtigung zu dem Glauben, daß auf diesen Bergen sein großer, guter Manitou wohne.

Wir ritten heut noch lange nicht im Gebirge, sondern erst unten, zwischen den weit ausgreifenden Zehen der Bergesfüße dahin, und doch schon welche Herrlichkeit rings um uns her! Bei jeder Wendung ging ein neuer Vorhang auf und bot ein andres, schönes Bild. Es war ein unvergleichliches Wandelpanorama, nur wandelten wir, und Gottes Berge standen. Schon sandte uns der hohe Wald seine Ausläufer grüßend entgegen: »Willkommen! Mein Dom ist ein Tempel, von keines Menschen Hand gemacht!« Das waren nicht die trüben, trägen Wasser der Savanne, welche uns klar und hell mit fleißigen Sprüngen ereilten und uns mahnend zuplätscherten: »Wie du da oben meine Quelle suchst, so strebe immer nach dem Urgrund aller Dinge!« Und die Winde, welche uns bei jeder Biegung des Weges entgegenwehten und die Wangen kühlten, sie säuselten uns zu: »Du weißt nicht, von woher wir kommen und wohin wir gehen; uns leitet der Herrscher aller Dinge. So ist auch das Leben des Menschen; du kennst weder seinen Beginn noch seinen Verlauf; der Herr allein weiß es und leitet es!«

Nicht wahr, lieber Leser, ich bin doch ein ganz übermäßig frommer Mensch? So wirst du vielleicht denken; aber du wirst dich da wohl irren. Uebermäßig? Nein! Die wahre Frömmigkeit kennt kein Uebermaß; sie kann überhaupt gar nicht gemessen werden. Ich bin ein stets gern seelenvergnügter, heiterer Gesell und weiß gar wohl, wem ich diese

Heiterkeit verdanke. Du darfst es mir wirklich nicht übelnehmen, daß ich das, was ich drüben im wilden Westen dachte und fühlte, hier in der von der »Civilisation« gebändigten Heimat niederschreibe. Was ich da drüben gethan und erlebt habe, das waren doch Ergebnisse meiner Gedanken und Gefühle, und wenn ich dir die Folgen erzähle, darf ich doch die Ursachen nicht verschweigen! Ueberdies hat jeder Leser das Recht, seinem Autor in das Herz zu blikken, und dieser ist verpflichtet, es ihm stets offen zu halten. So gebe ich dir das meine. Ist es dir recht, so soll mich's freuen; magst du es nicht, so wird es dir dennoch stets geöffnet bleiben. Soll ein Buch seinen Zweck erreichen, so muß es eine Seele haben, nämlich die Seele des Verfassers. Ist es bei zugeknöpftem Rock geschrieben, so mag ich es nicht lesen. –

Es war schon Nachmittag, als wir kurz vor einem Walde den Kontinentalweg erreichten. Wir kannten die sehr charakteristische Stelle, waren sicher, daß wir uns nicht irrten, und lenkten auf ihn ein. Bald befanden wir uns im hohen Walde, herrliche Tannen hüben und drüben, vor und hinter uns. Wir mochten uns wohl eine Viertelstunde in seinem Schatten befunden haben, als uns ein Reiter entgegenkam, ganz in leichtes Leinen gekleidet und mit einem sehr breitrandigen Sombrero auf dem Kopfe. Der Sombrero ist überhaupt in Colorado sehr beliebt.

Der Mann war jung, wohl nicht viel über zwanzig Jahre alt. Als er uns erblickte, hielt er sein Pferd an; sein scharfer Blick schien uns taxieren zu wollen. Bewaffnet war er nur mit einem Messer im Gürtel. Kurz ehe wir ihn erreichten, grüßte er uns:

»*Good day,* Gents! Möchte fragen, wohin ihr wollt?«

»Bergauf,« antwortete ich.

»Wie weit?«

»Wissen es nicht genau. Wohl bis es dunkel wird und wir einen guten Platz zum Lagern finden.«

»Ihr seid Weiße und Rote. Darf ich eure Namen wissen?«

»Warum?«

»Weil ich Hilfe suche und sie nur bei Gentlemen finden kann.«

»So seid Ihr bei den richtigen Leuten. Ich heiße Old Shatterhand, und – – –«

»Old Shatterhand?« unterbrach er mich schnell. »Ich denke, Ihr seid tot!«

»Tot? Wer sagt das?«

»Der, welcher Euch gestern abend erschossen hat.«

»Ah! Wo ist der Kerl?«

»Bei uns.«

»Ja, wo ist denn nun das?«

»Sollt es gleich erfahren, Sir. Wenn Ihr der seid, auf den diese Leute geschossen haben, so kann ich mich auf Euch verlassen. Vater ist Black-smith[1]. Wir haben uns vor einiger Zeit hierher gemacht, weil jetzt an diesem alten Wege ein gutes Geld zu verdienen ist. Es sind da oben in den Bergen neue Gold- und Silberfunde gemacht worden, und es kommen täglich Leute vorüber, welche hinauf wollen und einen Schmied brauchen. Es ist uns ganz gut gegangen bisher; wir sind zufrieden, nur daß manchmal Menschen bei uns anhalten, welche alles sind, nur keine Gentlemen. So schlimm aber wie heut diese sechs Kerls, hat es noch niemand getrieben. Sie kamen vor vier Stunden an, haben für sich arbeiten lassen und wollen nicht bezahlen. Die Schwester hat sich verstecken müssen, warum, das brauche ich nicht zu sagen. Den Vater haben sie eingesperrt, und ich habe alles herschaffen müssen, was zu essen und zu trinken im Hause war. Fleisch, Mehl, Brot werfen sie einfach auf dem Fußboden herum, und die Flaschen fliegen, noch ehe sie ausgetrunken worden sind, nur so durch die Luft. Es gelang mir endlich, zu fliehen, und nun wollte ich in das Deep[2] hinab, um meinen Bruder zu holen, welcher dorthin nach Fischen gegangen ist.«

»Wißt Ihr vielleicht, wie die Kerls heißen?«

»Einer heißt Spencer; ein anderer wird General genannt.«

[1] Hufschmied.

[2] Schlucht, Thal.

»*Well!* Ihr seid hier an die richtigen Leute gekommen und braucht nicht ins Deep zu reiten. Wir werden Euch helfen. Kommt!«

Er kehrte um, und wir ritten weiter. Nach einiger Zeit ging zu unserer rechten Hand der Wald zu Ende; linker Hand lief er noch weiter, indem er eine Krümmung machte und dann auch aufhörte. Wir hielten unter den letzten Bäumen an, weil einen guten, halben Büchsenschuß von uns ein Haus am Wege lag, dem man es gleich ansah, daß es eine Schmiede war. Es stieß eine Fenz daran, in welcher Pferde standen, wieviel, das konnten wir nicht sehen.

Winnetou sah mich fragend an. Es war kein Mensch außerhalb des Hauses; die Rowdies mußten also noch in der Stube sein; darum sagte ich:

»Das beste ist, wir überraschen sie. Also im Galopp hin, von den Pferden herunter, in das Haus hinein, und ihre Flinten weg, dann *hands up!* Vorwärts! Mr. Treskow bleibt vor der Thür bei den Pferden!«

Diese letztere Bestimmung traf ich, weil er kein Westmann war und bei dem *hands up* leicht einen Fehler machen konnte; auch mußte jemand die Pferde bewachen. Wir jagten vorwärts. Bei dem Hause angekommen, waren die andern im Nu aus dem Sattel; mit mir ging es etwas langsamer. Ich folgte ihnen. Das Innere bestand aus zwei Räumen, nämlich aus der Schmiedewerkstatt und der Stube; um in die letztere zu kommen, mußte man durch die erstere gehen. Als ich in die offene Stubenthür trat, standen die Kerls schon mit hochgehobenen Händen da; ich sah nur die Hände, nicht sie selbst, denn der Raum war klein; ich mußte unter der Thür stehen bleiben und hatte die Gefährten vor mir. Winnetou kommandierte eben:

»Wer den Arm sinken läßt, wird erschossen! Schahko Matto mag ihnen die Gewehre wegnehmen!«

Als dies geschehen war, gebot er weiter:

»Hammerdull nimmt ihnen die andern Waffen aus den Gürteln!«

Auch das wurde ausgeführt; dann befahl der Apatsche:

»Setzt euch längs der Wand nebeneinander nieder! Jetzt könnt ihr die Hände niederthun; aber wer aufsteht, bekommt die Kugel!«

Jetzt schob ich Apanatschka und Holbers, welche mir im Wege standen, auf die Seite und trat vor. Da ertönte der Schreckensruf:

»Alle Teufel! Old Shatterhand!«

Es war Spencer. Er hatte mich bei Mutter Thick nicht gekannt, gestern aber, als er auf mich geschossen hatte, seinen Gefährten meinen Namen genannt; jetzt nannte er ihn wieder. Woher wußte er ihn? Diese Frage war jetzt nebensächlich; die Hauptsache war der Mann selbst. Ich sagte in strengem Tone zu ihm:

»Ja, die Toten stehen auf. Ihr hattet schlecht gezielt.«

»Gezielt - - -? Ich - - - -?« fragte er.

»Versucht nicht, zu leugnen; es hilft Euch nichts! Könnt Ihr Euch besinnen, mit welchen Worten Ihr bei Mutter Thick in Jefferson City Abschied von mir nahmt?«

»Ich - - weiß - - - nicht - - - - mehr,« stammelte er.

»So will ich Eurem Gedächtnisse zu Hilfe kommen. Ihr sagtet: ›Auf Wiedersehen! Dann aber hebst du die Arme in die Höhe, Hund!‹ Heut ist das Wiedersehen; wer aber hat sie hochgehalten, Ihr oder ich?«

Er antwortete nicht und sah vor sich nieder. Sein Gesicht sah aus wie dasjenige einer Bulldogge, welche Prügel bekommen hat.

»Heut rechnen wir freilich ganz anders ab als damals, wo Ihr nur die Zeche und ein zerbrochenes Glas zu berichtigen hattet,« fuhr ich fort. »Ihr habt mich verwundet; das kostet Blut.«

»Ich hab nicht auf Euch geschossen,« behauptete er.

Da zog ich den Revolver, richtete ihn auf ihn und sagte:

»Heraus mit dem Geständnisse! Wenn Ihr noch einmal lügt, so schieße ich. Seid Ihr es gewesen?«

»Nein - - ja - - nein - - - ja, ja, ja, ja, ja!« schrie er um so ängstlicher, je näher ich ihm den Lauf an den Kopf hielt.

»Euer hinterlistiges Verhalten hat Euer Kamerad gestern

mit dem Leben bezahlt. Womit werdet Ihr mir die Wunde wohl bezahlen, die ich Euch zu verdanken habe?«

»Wir sind quitt!« antwortete er trotzig.

»Wieso quitt?«

»Ihr habt mir die Hand zerschossen!«

Er hielt die verbundene rechte Hand empor.

»Wer war schuld daran?«

»Ihr! Wer sonst?«

»Ihr wolltet auf mich schießen, und ich kam Euch zuvor; das ist die Sache. Es war Notwehr von mir; ich hätte Euch erschießen anstatt bloß verwunden können. Wer und was hat Euch aber gestern zum Schuß gezwungen?«

Er schwieg.

»Wo ist der General?«

Douglas war nämlich nicht in der Stube; darum fragte ich nach ihm.

»Das weiß ich nicht,« antwortete er.

»Ihr müßt es wissen!«

»Er hat nichts gesagt, als er ging.«

»Also hinaus, fort ist er doch?«

»Ja.«

»Wann?«

»Kurz, ehe Ihr kamt.«

»Kerl, Ihr wißt, wohin er ist! Da Ihr leugnet, mache ich kurzen Prozess und gebe Euch die Kugel.«

Er sah den Revolver wieder auf sich gerichtet. Solche rohe, gewaltthätige Menschen besitzen gewöhnlich nicht den wahren Mut. Er hätte sich denken können, daß ich nicht schießen würde, selbst wenn er leugnete; aber die Feigheit preßte ihm das Geständnis aus:

»Er wollte dem Sohne des Schmiedes nach.«

»Warum?«

»Weil er glaubte, dieser werde Leute holen.«

»So ist er auch nicht fort, kurz ehe wir kamen?«

»Nein.«

»Sondern wann?«

»Gleich, als der Boy weg war.«

»Zu Fuße?«

»Nein; er holte sein Pferd, weil der Boy auch nicht zu Fuße fort war.«

»Nach welcher Richtung ist er fort?«

»Wir haben nicht aufgepaßt.«

»*Well;* die Sache wird sich bald aufklären, denke ich.«

Ich ging hinaus, um Treskow zu instruieren, für den Fall, daß der »General« zurückkommen sollte. Bei ihm stand der Schmiedssohn, der aus Vorsicht nicht mit hineingegangen war. Von links her kam ein Mädchen gegangen. Auf sie zeigend, fragte ich den Boy:

»Wer ist das?«

»Meine Schwester,« antwortete er.

»Welche sich vor diesen Rowdies versteckt hatte?«

»Ja.«

»Die muß ich fragen.«

Als sie herangekommen war, sagte ihr der Bruder, daß sie sich nun, weil wir da seien, nicht mehr zu fürchten brauche, und ich erkundigte mich:

»Wo habt Ihr gesteckt, Miß?«

»Drüben im Walde,« antwortete sie.

»Während der ganzen Zeit?«

»Nein.«

»Wo sonst?«

»Ich sah meinen Bruder fortreiten und wollte ihm nach. Da kam der Mann, welcher General genannt wurde, aus dem Hause und holte sein Pferd aus der Fenz. Als er aufgestiegen war, sah er mich und ritt auf mich zu. Ich floh zurück; er holte mich aber ein, als ich den Wald grad erreicht hatte.«

»Und dann?« erkundigte ich mich, da sie eine Pause machte.

»Dann kamen Reiter nach dem Hause.«

»Das waren wir. Hat er uns gesehen?«

»Ja. Er schien heftig zu erschrecken und stieß einen greulichen Fluch aus.«

»Erkannte er uns vielleicht?«

»Es schien so.«

»Hat er vielleicht in seiner Ueberraschung einen oder mehrere Namen genannt?«

»Ja. Ich glaube, er sprach von Old Shatterhand und einem gewissen Winnetou.«

»So hat er uns wirklich erkannt. Das ist unangenehm! Was that er dann?«

»Er ritt fort.«

»Ohne ein weiteres Wort zu sagen?«

»Er gab mir noch einen Auftrag.«

»An wen?«

»An Old Shatterhand.«

»Der bin ich. Was sollt Ihr mir sagen?«

»Das ist - - das ist - - - es würde Euch wahrscheinlich beleidigen, Sir.«

»Nein, gar nicht. Ich bitte Euch, mir jedes Wort genau zu sagen!«

»Er nannte Euch den größten Schuft auf Gottes Erdboden; er habe gar nichts dawider, falls es Euch beliebte, seine Begleiter aufzuhängen oder sonstwie zu töten, er aber werde mit Euch Abrechnung halten.«

»Das ist alles?«

»Weiter sagte er nichts. Aber daß er Euch so einen Schuft nannte, machte mir Angst auch vor Euch, und wenn ich nicht gesehen hätte, daß mein Bruder so lange und so ruhig vor der Thür stand, ohne daß ihm ein Leid geschah, wäre ich jetzt noch nicht gekommen.«

»Ihr könnt ruhig sein; man wird Euch nichts mehr thun.«

Ich ging wieder hinein, und der Sohn folgte mir.

»Nun, wißt Ihr, wo der General ist?« rief mir Toby Spencer entgegen.

»Ja,« antwortete ich.

»Wo?«

»Entflohen.«

»Ah! Wirklich entflohen?« fragte er in frohem Tone.

»Ja. Ich mache es nicht wie Ihr; ich sage die Wahrheit gleich beim erstenmal.«

»Gott sei Dank; so bekommt Ihr ihn also nicht!«

»Heut nicht, später aber um so sicherer. Euch aber habe ich fest.«

»*Pshaw!* Ihr werdet uns gern loslassen!«

»Warum?«

»Aus Angst vor ihm.«

»Vor diesem Feigling, der ausgerissen ist, sobald er uns gesehen hat?«

»Ja. Er würde uns an Euch rächen!«

»Fällt ihm gar nicht ein! Er ist froh, daß er Euch los ist.«

»Das ist eine Lüge!«

»*Pshaw!* Er hat mir durch die Tochter des Schmieds sagen lassen, daß er sich gar nichts daraus mache, wenn ich Euch aufhänge oder Euch sonstwie an das Leben gehe.«

»Das glaube ich nicht!«

»Ob Ihr es glaubt oder bezweifelt, ist mir sehr gleichgültig. Jetzt zu einer andern Angelegenheit! Wo ist der Wirt dieses Hauses?«

»Da unten im Keller,« antwortete sein Sohn, indem er auf eine hölzerne Fallthüre zeigte, welche im Fußboden angebracht war.

»Ist er da eingesperrt worden?«

»Ja.«

»Mit Gewalt?«

»Ja. Sie haben ihn überwältigt und da hinabgeworfen.«

»Laßt ihn heraus!«

Es fehlte der Schlüssel. Spencer leugnete, daß er ihn eingesteckt hatte, gab ihn aber aus Angst vor meinem Revolver doch heraus.

In der Stube lagen Scherben von Flaschen, Gläsern, Töpfen und anderem Geschirr herum. Es war sehr wüst zugegangen. Als die Fallthür geöffnet worden war, kam der Schmied heraus, eine lange, starke, knochige Gestalt. Es hatte jedenfalls Anstrengungen gekostet, diesen Mann in das Verlies zu bringen, und er hatte sich gewehrt. Sein Gesicht war zerschlagen und zerkratzt; es blutete noch jetzt; er sah schrecklich aus. Nachdem er einen Blick um sich geworfen hatte und mir ansehen mochte, daß ich hier der Wortführer sei, wendete er sich an mich:

»Wer hat mich aus dem Keller gelassen?«

»Wir,« antwortete ich.

»Wie heißt Ihr?«

»Old Shatterhand.«

»Ist das nicht der Name eines bekannten Westmannes?«

»Ja.«

»Aber die Roten hier! Ist denen zu trauen?«

»Sie sind berühmte Häuptlinge ihrer Nation und gewohnt, jeden Bedrängten zu beschützen.«

»*Well,* so seid ihr zur rechten Zeit und an den rechten Ort gekommen, Mesch'schurs! Ist das nicht entsetzlich, daß rote kommen müssen, um einen ehrlichen Menschen gegen weiße Schurken zu beschützen? Ihr glaubt nicht, was das für armselige, niederträchtige Halunken sind!«

»Ich glaube es, denn wir kennen sie.«

»Ah?!«

»Ja. Wir haben auch eine Rechnung mit ihnen.«

»Ist sie groß?«

»Ziemlich. Der Kerl dort mit dem verbissenen Bulldoggengesicht hat gestern abend auf mich geschossen, um mich zu töten.«

»Gott sei Dank!«

»Wie? Ihr dankt Gott, daß er auf mich einen Mordanschlag verübt hat?«

»Ja. Warum sollte ich nicht?«

»Na! Nehmt es mir nicht übel, aber das ist ja sehr freundlich von Euch!«

»Ganz und gar nicht! Das werden diese Kerle bald erkennen. Ich danke Gott zweimal, nämlich das erste Mal dafür, daß Ihr nicht getötet worden seid, denn da habt Ihr kommen und mich hier herauslassen können, und das zweite Mal allerdings dafür, daß auf Euch geschossen worden ist, denn da habt Ihr das Recht, kurzen Prozeß mit dem Meuchelmörder zu machen, obgleich er Euch nicht getroffen hat.«

»Er hat mich getroffen!«

»Ah! Wirklich? Ist das wahr?«

»Ja.«

»Man sieht Euch aber nichts an!«

»Die Kugel traf mich hier in den Oberschenkel. Ich habe eine schwere Beinwunde davongetragen. Hier seht Ihr doch das Blut!«

»Gott sei Dank!«

»Schon wieder solch ein Dank?!«

»Ja, nun zum drittenmal!«

»Wofür?«

»Daß Ihr verwundet worden seid.«

»Hört, jetzt werdet Ihr wirklich ganz außerordentlich liebenswürdig!«

»Wie man es nimmt! Wenn er Euch wirklich getroffen hat, so geht es ihm an das Leben, und das freut mich natürlich ungemein!«

»Was habe ich davon?«

»Das Bewußtsein, daß ein Schurke weniger auf dem Erdboden ist.«

»Lindert das meinen Schmerz? Heilt das meine Wunde?«

»Hört, wollt Ihr ihn etwa laufen lassen?«

»Fällt mir nicht ein!«

»So sagt, was mit ihm geschehen soll!«

»Wir werden eine Savannenjury einsetzen, welche darüber zu entscheiden hat.«

»Das ist recht. Darf ich mit dazu gehören?«

»Dürfen? Ihr müßt sogar mit dabei sein. An Euch haben sie sich doch auch vergangen.«

»Und wie! Wenn es auf mich ankommt, wird ihnen ihr letzter Nagel eingeschlagen. Wann denkt Ihr, daß diese Jury zusammentritt?«

»Möglichst bald.«

»Am besten gleich jetzt!«

»Ist mir recht.«

»Wo?«

»Draußen vor dem Hause. Ein Savannengericht muß bekanntlich möglichst unter freiem Himmel stattfinden, wie Ihr gehört haben werdet.«

»Da reißen uns die Kerle aus!«

»Das sollten sie versuchen! Uebrigens können wir sie ja binden.«

»*Well!* Das kann mir gefallen. Riemen und Leinen habe ich genug.«

»Soll ich sie holen?« fragte sein Sohn mit großer Bereitwilligkeit.

»Ja, hole sie! Sie hängen draußen.«

Da ergriff Toby Spencer das Wort:

»Thut nur nicht, als ob ihr unsere Richter sein und über uns aburteilen wollt! Ihr seid die Kerle nicht dazu. Binden lassen wir uns nicht!«

Da trat der Schmied zu ihm hin, hielt ihm die knochige Faust vor das Gesicht und sagte:

»Schweig, Kanaille! Wenn du etwa noch groß aufbegehren willst, mache ich außer der Jury noch einen Extratanz mit dir! Verstanden?«

Der Sohn brachte die Stricke und Riemen. Ich gab den Befehl:

»Bindet sie der Reihe nach, wie sie dasitzen! Wer sich wehrt, bekommt Hiebe!«

»Ja, hauen wir sie!« jubelte der Schmied. »Ich habe so mehrere schwanke Stöcke draußen; die mag der Boy auch hereinholen!«

Sein Sohn ging und brachte sie.

Das half. Sie schimpften zwar gewaltig, leisteten aber keinen thätlichen Widerstand; bald lagen sie, lang ausgestreckt, nach Westmannsart gebunden da. Der Schmiedeboy bekam den Auftrag, sie streng zu bewachen; dann gingen wir hinaus. Ich hatte die Absicht gehabt, die Rowdies mit hinauszunehmen; da dies aber zu umständlich gewesen wäre, unterließen wir es.

Nun traten wieder die alten Fragen und die schon wiederholten Gegensätze der Ansichten an uns heran. Ich hatte, zumal ich selbst verwundet worden war, keineswegs die Absicht, übermäßig human zu verfahren, aber sie verlangten alle, mit Ausnahme Winnetous, den Tod wenigstens Toby Spencers, und dazu konnte und wollte ich nicht ja sagen. Es gab eine lange und sehr erregte Debatte, bis endlich der Schmied, welcher sich wie ein »grimmer Hagen« gebärdete, aufsprang und rief:

»Ich sehe, daß wir noch morgen dasitzen werden, ohne einig geworden zu sein. Diese Menschen gehören zunächst mir, denn sie sind bei mir hereingefallen wie die Wilden und haben alles demoliert und mich verwundet. Ihr seht, daß mein Gesicht noch jetzt blutig ist. Ihr, Mr. Shatterhand, seid ein mir viel zu milder Herr; ich will Eurer Meinung aber Rechnung tragen und den Tod dieses Spencer nicht verlangen. Dafür aber erwarte ich, daß die Vorschläge, welche ich jetzt mache, angenommen werden.«

»Welche Vorschläge sind das?« fragte ich.

»Zunächst daß ich mich an ihrem Eigentum für alles schadlos halten darf, was sie mir vernichtet haben. Seid Ihr einverstanden, Sir?«

»Ja. Es versteht sich ganz von selbst, daß sie Euch entschädigen müssen.«

»*Well!* Nun kommt Spencer, der schuld an allem ist. Ihr wollt ihn nicht töten lassen, weil er Euch nicht ermordet, sondern nur verwundet hat. Ich halte das für eine Schwachheit von Euch, denn der wilde Westen kennt für Mörder keine Schonung, gleichviel, ob der Mord gelungen ist oder nicht. Wir wollen trotzdem eine Art von Gnade walten lassen. Er hat den Tod verdient, soll aber nicht direkt hingerichtet werden, sondern sich verteidigen dürfen.«

»Wie meint Ihr das?«

»Laßt ihn um sein Leben kämpfen!«

»Mit wem?«

»Mit mir.«

»Darauf werden wir wohl kaum eingehen können.«

»Warum nicht?«

»Er ist ein riesenstarker Mann.«

»*Pshaw!* Ich bin auch kein Kind! Oder meint Ihr, weil ich

mich habe in den Keller stecken lassen? Sie überrumpelten mich und waren sechs Personen!«

»Mag sein! Ich sehe, daß Ihr gute Knochen habt. Der Kampf ist trotzdem ungleich.«

»Wieso?«

»Er ist ein Schurke, um den es nicht schade sein würde, und Ihr seid ein Ehrenmann, der Kinder hat, Ihr dürft Euer Leben nicht gegen das seinige einsetzen.«

»Das thue ich auch nicht. Die Ungleichheit, von welcher Ihr redet, wird durch die Waffen ausgeglichen, mit denen wir kämpfen werden.«

»Welche Waffen?«

»Schmiedehämmer.«

Schmiedehämmer! Welch ein Gedanke! Also um einen Cyklopenkampf sollte es sich handeln!

Ich gestehe aufrichtig, daß dieser Kampf dem Westmanne in mir sehr interessant vorkam, während ich als Mensch glaubte, ihn verwerfen zu müssen; aber dieser Zwiespalt in mir fand gar keine Zeit, zur Geltung zu kommen, denn meine Gefährten gingen mit großer Bereitwilligkeit auf den Vorschlag des Schmiedes ein. Ein Zweikampf, und noch dazu ein solcher, durfte nach dem Savannenbrauche nicht zurückgewiesen werden. Welch ein Schauspiel, diesen fest gefügten Grobschmied und Toby Spencer, welcher die Kräfte von drei, vier Menschen besaß, mit eisernen Hämmern gegeneinander losgehen zu sehen! Das hatte man noch nicht erlebt; das war noch nicht dagewesen! Man war sofort Feuer und Flamme. Hammerdull rief:

»Wunderbar großartiger Gedanke! Was für Schädel gehören dazu, solche Hiebe auszuhalten! Ich stimme bei! Du nicht auch, Pitt Holbers, altes Coon?«

»Hm! Wenn du denkst, daß so ein Hammerwerk schönere Wirkungen hat, als wenn man mit wattierten Paradieshandschuhen abgesäuselt wird, so muß ich dir vollständig recht geben, lieber Dick,« antwortete der Lange.

Auch die andern waren einverstanden. Selbst der Häuptling der Apatschen sagte:

»Ja, sie mögen miteinander kämpfen. Winnetou wird nichts dagegen haben.«

So gab es für mich also kein Widerstreben; ich erteilte meine Einwilligung.

Da das eigenartige Duell nur im Freien stattfinden konnte, wurden die Rowdies herausgeholt. Als sie erfuhren, was beschlossen worden war, wollten sie zunächst nicht daran glauben; es wurde ihnen aber ihr Zweifel derart benommen, daß sie den Ernst unseres Vorhabens schnell erkennen mußten. Natürlich war es Spencer, welcher den lautesten Einspruch dagegen erhob. Er erklärte, daß er dagegen protestiere und auf keinen Fall mitkämpfen werde; da aber sagte ihm der Schmied:

»Ob du mitthun willst oder nicht, das geht mich gar nichts an. Sobald das Zeichen gegeben wird, schlage ich zu, und wenn du dich nicht verteidigest, bist du im nächsten Augenblicke eine Leiche. Mit so einem Halunken, wie du bist, wird kurzer Prozeß gemacht. Du wirst dich aber schon wehren.«

»Das ist aber doch der reine Mord!«

»Was war es anderes, als du gestern auf Old Shatterhand schossest?«

»Das geht doch Euch nichts an!«

»Sehr viel sogar, denn ich kämpfe an Stelle dieses Gentleman mit dir.«

»Warum da nicht lieber er selbst?«

»Weil du geschont werden sollst, was du freilich nicht verdienst. Wenn er sich herablassen wollte, mit dir zu kämpfen, wäre dein Tod gewiß. Bei mir aber giebt es für dich doch die Möglichkeit, mich zu überwinden.«

Der Rowdy maß die Gestalt des Schmiedes mit forschendem Auge und fragte dann:

»Was aber wird mit mir geschehen, wenn ich Euch totschlage?«

»Nichts. Der Sieger bleibt unbelästigt.«

»Ich kann dann gehen, wohin ich will?«

»Gehen, ja, aber nicht reiten.«

»Warum das?«

»Weil alles, was Ihr bei Euch habt, von jetzt an mir gehört.«

»Alle Teufel! Warum das?«

»Als Entschädigung für mein Eigentum, welches Ihr zu Grunde gerichtet habt.«

»Alles? Die Pferde und auch alles andere?«

»Ja.«

»Das ist Diebstahl! Das ist Betrug! Das ist ja der reine Raub!«

»*Pshaw!* Der Schaden, den Ihr angerichtet habt, muß bezahlt werden. Geld habt Ihr nicht; das weiß ich, denn Ihr habt vorhin wiederholt damit geprahlt, daß Ihr bei mir alles Vorhandene verzehrtet, ohne bezahlen zu können; da muß ich mich also an die Sachen halten, die Ihr mithabt.«

»Das ist aber viel, viel mehr, als der Betrag, der Euch gebührt!«

»Oh, das nehme ich nicht so genau! Ihr habt Euch in Beziehung auf Recht und Billigkeit ja auch nicht sehr hervorgethan. Jetzt kommen die Folgen!«

»Und das ist Euer Ernst? Das wollt Ihr wirklich, wirklich thun?«

»Mensch, frag doch nicht so dumm! Es fällt uns nicht ein, mit Euch zu scherzen!«

Da wendete sich Spencer an mich, den er für den humansten von uns hielt:

»Und auch Ihr seid im stande, eine so ungeheure Ungerechtigkeit zuzugeben?«

»Wollt Ihr etwa an mich appellieren?« antwortete ich in erstauntem Tone.

»Natürlich!«

»An mich, auf den Ihr geschossen habt?«

»Ja, trotzdem! Der Raub an uns hat gar nichts mit diesem Schuß zu thun!«

»Und ich habe nichts mehr mit Euch zu thun. Das könnt Ihr Euch wohl denken!«

»So hole euch alle der Teufel, alle, vom ersten bis zum letzten! Wenn ihr es in dieser Weise bis zum Aeußersten treibt, so glaubt nur ja nicht, daß ich sanft mit diesem Schmiedeskelett verfahren werde! Es ist schon so gut, als ob sein Schädel in Stücken sei. Laßt uns anfangen! Laßt den Tanz beginnen!«

Sein Bulldoggengesicht war vor Wut tiefrot geworden, und er knirrschte so laut mit den Zähnen, daß wir es hörten. Der Schmied stimmte bei:

»Ja, ich will die Hämmer holen, dann werde ich ihn schmieden, ohne daß er glüht!«

Er ging in die Schmiede, und ich folgte ihm, um ihm einen guten Rat zu erteilen:

»Nehmt Euch in acht, Sir! Dieser Spencer ist ein starker und gefährlicher Kerl!«

»*Pshaw!* Ich fürchte mich nicht; ich weiß, daß er mir nichts anhaben kann!«

»Seid nicht so zuversichtlich! Ich denke, daß Ihr nur zuschlagen wollt?«

»Ja. Was sonst?«

»Ihr müßt gewärtig sein, daß er nicht nur zuschlägt, sondern den Hammer schleudert!«

»Das darf er nicht; das wird ausgemacht!«

»Wenn es auch untersagt wird, er thut es doch! Und wenn es geschehen ist, kann man es nicht mehr ändern. Würde es Euch hindern, wenn der Hammer angebunden wäre?«

»Woran gebunden?«

»An die Hand, an den Arm, am besten an das Handgelenk, mit einem Riemen.«

»Das würde mich gar nicht hindern, ganz und gar nicht. Aber warum das?«

»Damit der Unehrliche nicht dem Ehrlichen einen Vorteil dadurch abgewinnt, daß er den Hammer wirft, anstatt nur zuzuschlagen. Ist es Euch recht?«

»Natürlich, ja! Wenn man nur Flucht behält, den Stiel bewegen zu können.«

»Dafür werde ich schon sorgen, denn ich werde binden. Also kommt!«

Als wir auf den Platz kamen, hatte man Toby Spencer

schon losgebunden. Winnetou stand, einen Revolver in jeder Hand, vor ihm und drohte:

»Wenn das Bleichgesicht etwa eine Bewegung zur Flucht macht, schieße ich sofort!«

Ich band den beiden Duellanten die Hämmer so an die Handgelenke, daß sie mit ihnen zwar zuschlagen, sie aber nicht schleudern konnten. Dann zog ich auch einen Revolver und wiederholte die Drohung des Häuptlings der Apatschen.

Es war eine erwartungsvolle, hochgespannte Situation. Wir bildeten einen Kreis, in welchem die Zwei sich nahe gegenüberstanden, die großen, gleichschweren Hämmer in den Händen. Sie maßen sich gegenseitig mit den Augen; der Schmied war ruhig und kalt, Spencer dagegen in hohem Grade aufgeregt.

»Man soll nicht eher beginnen, als bis ich es sage!« befahl Winnetou. »Es sollen alle Vorteile gelten, und die Kämpfenden können auch die freien Hände gebrauchen!«

»Das ist gut; das ist sehr gut!« jubelte Spencer. »Nun ist mir der Kerl sicher!«

»Ja,« rief einer seiner Leute. »Wenn du auch mit der andern Hand zugreifen darfst, ist er geliefert. Nimm ihn nur bei der Gurgel; da geht ihm der Atem aus!«

»Halte den Schnabel!« fuhr ihn Dick Hammerdull an. »Wer hat dich denn nach deinem Senf gefragt? Du hast ruhig zuzusehen und gar nichts drein zu reden!«

»Oho! Man wird doch noch reden dürfen! Wozu hat man denn den Mund?!«

»Ob du einen hast oder nicht, das ist ganz egal, aber halten sollst du ihn, sonst stecke ich dir einen Knebel zwischen die Zähne; das merke dir!«

Ich war natürlich nicht weniger gespannt als die andern. Wer würde wohl Sieger sein? Toby Spencer hatte wohl die größere Körperstärke für sich, während der Schmied im Gebrauche der ungewöhnlichen Waffe geübter war; zudem zeigte der letztere eine Kaltblütigkeit, welche Vertrauen erweckte, während der Rowdy sich je länger desto aufgeregter zeigte.

Der Schmiedeboy stand mit seiner Schwester auch in unserm Kreise. Auf ihren Gesichtern war nicht die geringste Besorgnis um ihren Vater zu entdecken; das war auch ein Umstand, welcher mich für ihn beruhigte.

»Jetzt kann es beginnen!« sagte Winnetou.

Toby Spencer holte sofort zum Schlage aus und wollte zugleich mit der linken Hand nach der Kehle des Schmiedes greifen. Er hatte nicht in Betracht gezogen, daß sich dadurch die Kraft des Hiebes vermindern mußte. Der Schmied parierte durch einen Gegenschlag, so daß die Waffen zusammenprallten; sein Hammer fuhr nieder und traf Spencers linken Arm, der mit einem Ruf des Schmerzes zurückgezogen wurde.

»Hund!« brüllte dann der Getroffene, »war's nicht sofort, aber jetzt nun gleich!«

Er holte mit aller Gewalt aus, sprang vor und schlug zu; der Schmied wich zur Seite, so daß der ihm bestimmte Hieb fehlging; die Wucht desselben zog den Rowdy halb nieder, sodaß er seinen Rücken bog.

»Jetzt schnell, Vater!« rief der Boy.

Es bedurfte dieser Aufforderung gar nicht, denn der Schmied machte mit hoch erhobenem Hammer eine Viertelwendung nach seinem Gegner hin und schmetterte ihn mit einem einzigen Schlage zu Boden. Den Arm zum sofortigen zweiten Hiebe erhebend, stand er da, das Auge auf den an der Erde liegenden Feind gerichtet, welcher krampfhaft mit den Armen und Beinen zuckte und ein ängstliches, röchelndes Stöhnen hören ließ, da senkte er den Arm wieder, lachte kurz und verächtlich und sagte: »Da liegt der Kerl! Ich könnte ihm den Schädel zerschlagen, thue es aber nicht, weil er sich nicht mehr wehren kann. Er hat schon so genug!«

Ja, Spencer hatte genug! Er war weder betäubt noch gar tot; aber er schien die Macht über seine Glieder verloren zu haben. Er bekam die Fähigkeit zu willkürlichen Bewegungen erst nach einiger Zeit zurück und richtete sich langsam auf, indem er sich dabei mit dem einen Arme stützte; der andere war unfähig, dabei gebraucht zu werden.

»Verdamm - - - -!« gurgelte er dabei, indem er nur diese beiden Silben zwischen den Zähnen hervorbrachte. Seine Augen waren mit Blut unterlaufen, und sein Gesicht zeigte den Ausdruck eines so tierischen Grimmes, wie ihn selbst ein zähnefletschender Coyote kaum hat.

»Ich habe ihm das Schulterblatt zerbocht,« meinte der Sieger. »Wenn er nicht daran zu Grunde gehen sollte, wird er wenigstens niemals wieder friedliche Menschen vergewaltigen können. Macht mir den Hammer ab!«

Er hielt mir die Hand hin, und ich band ihm das schwere Werkzeug los.

Jetzt stand der Rowdy aufrecht da, doch wankte er hin und her. Es schien alle Kraft aus seinem Körper gewichen zu sein; dafür kam ihm die Sprache zurück, und er machte von ihr in Flüchen und Verwünschungen einen solchen Gebrauch, daß ich ihm den Revolver an den Kopf hielt und drohte:

»Schweig augenblicklich, sonst jage ich dir eine Kugel in den Schädel!«

Er sah mir grinsend ins Gesicht, spie vor mir aus, wendete sich ab und wankte zu seinen Genossen hin, wo er haltlos zusammenknickte. Dick Hammerdull band ihn, ohne den geringsten Widerstand zu finden.

»*Fiat justitia!*« sagte Treskow. »Er hat, was er verdient, wenn auch nicht den Tod. Was thun wir nun mit ihm? Soll er verbunden werden?«

Er sah dabei Winnetou an. Dieser antwortete:

»Der Häuptling der Apatschen berührt diesen Menschen nicht!«

»Von mir hat er auch keine Hilfe zu erwarten,« erklärte ich.

»*Well!* Mag er sehen, wo er einen Arzt für seine Schulter findet!«

Da sahen wir vier Männer vom Walde her geritten kommen, einen jungen und drei ältere; sie hielten auf uns zu. Der Schmied sagte:

»Da kommt mein zweiter Sohn, welcher fischen gegangen

ist, und die andern sind drei gute Bekannte, die nächsten Nachbarn von mir, was hier freilich etwas weitläufig gemeint ist. Die kommen mir eben recht, denn sie werden, wenn sie morgen von hier fortreiten, mich von diesen Gästen hier befreien, welche sich, ohne mich zu fragen, so ohne alle Zeremonien bei mir eingeladen haben.«

Der Sohn schien einen guten Fang gemacht zu haben, denn er hatte ein mit Fischen gefülltes Netz quer vor sich liegen. Er und seine Begleiter waren natürlich erstaunt darüber, gefesselte Menschen hier liegen zu sehen. Der Schmied erzählte ihnen in kurzen Worten, was geschehen war, und teilte ihnen dann auch den Wunsch mit, den er an sie hatte. Es traf sich sehr gut, daß die drei Männer nicht in der Schmiede bleiben, sondern weiter wollten. Sie hatten irgend einen Rechtshandel vor und wollten nach der Stadt, das heißt, was man dort und damals Stadt zu nennen beliebte. Sie mußten die ganze Nacht durch reiten, um am Morgen hinzukommen, und erboten sich, die Rowdies mitzunehmen, aber nicht etwa nach der Stadt, sondern sich ihrer unterwegs in der Weise zu entledigen, daß in verschiedenen Zwischenräumen einer nach dem andern freigelassen wurde. Auf diese Weise wurde verhütet, daß sich die Kerls so leicht und so bald wieder zusammenfinden und etwas gegen die Familie des Schmiedes unternehmen konnten. Die Söhne des letzteren sollten, weil der Transport der Gefangenen zu Pferde geschehen mußte, mitreiten, um dann die ledigen Tiere heimzubringen.

Es gab noch eine sehr bewegte und geräuschvolle Scene, als die Taschen der Rowdies geleert und sie selbst auf die Pferde gebunden wurden. Daß sie in dieser Weise und schon heut fortgeschafft werden konnten, war auch deshalb ein günstiger Umstand, weil zu erwarten war, daß die Tramps, welche jedenfalls unserer Fährte folgten, nach der Schmiede kommen würden. Diese sollten die Rowdies nicht finden und etwa gemeinschaftliche Sache mit ihnen machen.

Es waren keine Segenswünsche, die wir von den Gefangenen hörten, als sie unter Begleitung der fünf Männer den Ort verließen, an welchem es ihnen erst so sehr und dann so wenig gefallen hatte. Noch besser freilich wäre es gewesen, wenn ihr eigentlicher Anführer, der »General«, nicht das Glück gehabt hätte, uns zu entkommen.

Dieser letztere war eine für uns so wichtige Person, daß sich Winnetou aufmachte, nach seiner Spur zu sehen. Es war schon dunkel, als er zurückkehrte. Er hatte die Ueberzeugung gewonnen, daß Douglas nicht die Absicht habe, sich in der Nähe der Schmiede herumzutreiben, denn seine Fährte hatte ununterbrochen geradeaus geführt. Dieser Mann fürchtete uns viel zu sehr, als daß es ihm hätte beikommen können, uns heimlich zu umschleichen, um zu sehen, was wir mit seinen Gefährten wohl beginnen würden. Er gab sie lieber preis, um nur so weit wie möglich von uns fortzukommen.

Winnetou brachte Wundkraut mit, welches er auf seinem Ritte gefunden hatte, und das war mir sehr lieb. Ich hatte, so lange die Rowdies bei uns waren, mehr auf sie als auf mich selbst geachtet; dann, als Ruhe eintrat, fühlte ich die Schmerzen meiner Wunde und jene mir nur zu bekannte Leere im Kopfe und im ganzen Körper, welche, wenigstens bei mir, dem Fieber voranzugehen pflegt.

Ich wurde wieder verbunden; das Wundfieber stellte sich aber doch in der Nacht ein; ich schlief viertelstundenlang, um dann immer wieder zu erwachen, und als ich am Morgen vom Weiterreiten sprach, schüttelte Winnetou, welcher bei mir gewacht hatte, den Kopf und sagte:

»Mein Bruder darf sich nicht zu viel zutrauen. Wir werden bleiben.«

»Aber wir haben keine Zeit.«

»Wenn es sich um die Gesundheit Old Shatterhands handelt, haben wir immer Zeit! Es ist besser, wir bleiben einen Tag hier und lassen die Kräuter wirken, als daß du später in den Bergen liegen bleibst.«

Er hatte recht, und so blieben wir bei dem Schmiede, der sich, natürlich nicht der Veranlassung wegen, herzlich darüber freute.

Seine Söhne kamen mit den Pferden zurück und erzählten, wie die Rowdies sich gesträubt hatten, mitten in der finstern Nacht so einer nach dem andern abgesetzt zu werden. Am weitesten hatten sie Toby Spencer fortgeschafft. Ich an ihrer Stelle hätte ihm wohl einen Gefährten zur Pflege gelassen; sie aber hatten nicht die Rücksicht gehabt, so menschlich gegen ihn zu sein, zumal sein Verhalten unterwegs nicht ein solches gewesen war, welches sie hätte zur Milde stimmen können.

Als die Kameraden drin in der Stube beim Mittagsessen saßen, welches aus Fisch und Wildbret bestand, lag ich vor dem Hause im Grase, denn ich hatte keinen Appetit, und im Freien war es mir lieber als zwischen den engen Wänden. Unsere Pferde standen innerhalb der schon erwähnten Fenz, wo sie reichliches Grünfutter bekommen hatten; sie konnten also von weitem nicht gesehen, wenigstens nicht als die unserigen erkannt werden, und so kam es, daß der Reitertrupp, welcher jetzt unter den letzten Bäumen des Waldes erschien, keine Veranlassung fand, die Schmiede, vor der ich lag, zu meiden. Es waren die Tramps. Cox und Old Wabble ritten voran, und der einstige Medizinmann folgte mit seiner Squaw hinterher.

Um nicht gesehen zu werden, stand ich nicht auf, sondern kroch in die Schmiede und ging von da in die Stube, um die Ankunft dieser lieben Freunde dort zu melden. Wir hatten dem Schmiede von unserm Zusammentreffen mit ihnen erzählt; darum sagte er jetzt:

»Bleibt hier, Gentlemen! Ich gehe allein hinaus. Was werden sie für Gesichter machen, wenn sie erfahren, wer sich bei mir befindet!«

Die Tramps hatten inzwischen das Haus erreicht. Sie riefen nach dem Besitzer und stiegen von den Pferden. Ihre Haltung dabei war keine sehr elegante. Dick Hammerdull kicherte in sich hinein und sagte:

»Sie fühlen noch die süße Erinnerung an unsere Stöcke. Es wäre ihnen jedenfalls lieber, hier eine Apotheke als eine Schmiede zu finden!«

Old Wabble sah, auch abgesehen von seinem halbversengten Kopfe, sehr leidend aus. Er war, außer der Squaw, allein noch nicht abgestiegen und saß matt vornübergebeugt im Sattel; er hatte das Fieber in noch höherem Grade als ich in der vergangenen Nacht. Als der Schmied hinaus zu ihnen kam, wurde er von Cox gefragt:

»Hört, Mann, ist gestern vielleicht ein Trupp von sieben Reitern hier bei Euch vorübergekommen?«

»Ja,« antwortete der Gefragte.

»Es waren drei Redmen dabei?«

»Stimmt!«

»Zwei tiefschwarze Rappen unter den Pferden?«

»Auch das ist richtig.«

»Ihr habt sie jedenfalls beobachtet und wißt, ob sie es sehr eilig hatten?«

»Nicht eiliger als Ihr.«

»Gut! Habt Ihr vielleicht ein Mittel gegen das Fieber im Hause?«

»Nein. Wir pflegen uns hier mit dem Fieber gar nicht abzugeben.«

»Aber Proviant ist bei Euch zu haben?«

»Leider nicht. Ich bin von einer Horde Rowdies vollständig ausgeplündert worden.«

»Das macht Ihr uns nicht weis. Wir werden selbst nachsehen, was zu finden ist.«

»Das muß ich mir verbitten. Dieses Haus gehört nicht jedem Fremden, sondern mir!«

»Laßt Euch nicht auslachen! Ihr werdet doch nicht denken, daß sich zwanzig Männer vor Euch fürchten! Wir wollen essen, und Ihr habt zu schaffen, was wir brauchen!«

»Ihr seid ja ungeheuer kurz! Wie steht's mit der Bezahlung? Habt Ihr Geld?«

»Geld?« lachte Cox. »Wenn Ihr Hiebe haben wollt, die sind da, Geld aber nicht!«

»Hm, daß Hiebe da sind, merke ich; ich sehe sie noch deutlich sitzen!«

»Mann, wie meint Ihr das?«

»Genau so, wie ich es sage.«

»Ich will wissen, wie Ihr dazu kommt, von Hieben zu reden!«

»Wer hat angefangen, von ihnen zu sprechen? Doch ich wohl nicht, sondern Ihr!«

»Ach so! Ich dachte – – –! Jetzt macht einmal Platz da an der Thür!«

»Der Platz an meiner Thür gehört mir und keinem andern!«

»Redet nicht dummes Zeug! Wir brauchen Fleisch und Mehl und andere Sachen, und Ihr werdet uns nicht verbieten, nach ihnen zu suchen!«

»*Well*, ganz wie Ihr wollt! Verbieten werde ich es Euch freilich nicht; ich denke nur, daß Ihr Euch über das Fleisch, welches Ihr findet, wundern werdet!«

»Keine Redensarten, sondern Platz gemacht!«

Der Schmied ließ sich vorwärts schieben; die Tramps drängten sich hinter Cox her. Als der Schmied zur Thüre hereingeschoben wurde, sagte er:

»Hier seht Ihr mein Fleisch. Es ist Menschenfleisch, lebendiges Menschenfleisch.«

Unsere Gewehre waren alle nach der Thür gerichtet. Cox sah uns und erschrak:

»Zurück, zurück!« rief er. »Macht doch zurück, ihr Kerls! Hier sind sie in der Stube, Old Shatterhand und Winnetou und alle andern auch!«

Die hinter ihm kamen, sahen uns auch; sie wendeten sich schleunigst um. Es gab ein Stoßen, Schieben und Drängen, zurück, wieder zum Hause hinaus; unser Lachen schallte hinter ihnen her. Draußen sprangen sie auf die Pferde und ritten schleunigst davon, schneller, als sie gekommen waren. Der letzte war wieder der Medizinmann, welcher das Pferd seiner Squaw am Zügel zog. Der dicke Hammerdull konnte es nicht unterlassen, ihnen durch das Fenster einen Schuß nachzusenden, indem er rief:

»Da machen sie sich fort, ohne Fleisch und ohne Mehl! Die Suppe ist ihnen versalzen! Habe ich da nicht recht, Pitt Holbers, altes Coon?«

»Hm, bloß auf eine Suppe hatten die es gar nicht abgesehen! Die hätten es heut grad so wie gestern die Rowdies hier gemacht. Es ist ein wahres Glück für den Schmied, daß wir nicht fortgeritten, sondern hiergeblieben sind!«

»Ob ein Glück oder ein Unglück, das ist ganz egal, das bleibt sich sogar gleich, wenn nur sie kein Glück dabei gehabt haben!«

Winnetou war schnell hinaus und zu den Pferden; eine Minute später sahen wir ihn fortreiten, um den Tramps zu folgen. Ich wußte, warum er das so rasch that: sie sollten ihn sehen; sie sollten wissen, daß er hinter ihnen war und sie beobachtete. Dadurch benahm er ihnen die Lust, etwa heimlich umzukehren und uns zu belauern. Als er nach vielleicht zwei Stunden wiederkam, konnte er uns versichern, daß sie sich aus dem Staube gemacht und wir wenigstens in der nächsten Zeit nichts Feindliches von ihnen zu erwarten hätten.

Da wir uns nun sicher fühlen konnten und nicht zur gegenseitigen Hilfe bei einander zu bleiben brauchten, gingen Schahko Matto und Apanatschka fort, um »Fleisch zu machen«; sie hatten guten Erfolg. Winnetou blieb daheim, um sich nur mit meiner Blessur zu beschäftigen.

Erwähnen muß ich, daß schon seit dem Morgen das Feuer brannte, denn der Schmied hatte für unsere Pferde zu arbeiten, wobei ihm dann auch seine Söhne halfen. Wir befanden uns nicht mehr auf dem weichen Boden der Prairie und wollten hinauf in die Felsenberge, wo wenigstens für die Pferde der Bleichgesichter ein guter Hufbeschlag sehr nötig war. Unsere beiden Rappen bekamen stets, sobald es nötig wurde, die Eisenschuhe angeschraubt, welche eine Erfindung des Apatschen waren; sie und das dazu nötige Werkzeug befanden sich stets in unsern Satteltaschen. Wir hatten uns für den Fall, daß Späher irre zu führen waren, sogar Hufeisen mit Vexierstollen machen lassen, die uns schon sehr oft von Nutzen gewesen waren.

So verging die Zeit bis zum Abend, wo ich wieder das Fieber bekam, doch gelinder als früher und nur für kurze Zeit. Die Nacht durchschlief ich ganz, und auch Winnetou schlief bis früh. Als er dann die Wunde untersucht hatte, sagte er befriedigt:

»Die kräftige Natur meines Bruders und die Wundkräuter haben meine Erwartungen übertroffen. Dein Hatatitla hat einen sanften Gang, und so wie du zu reiten verstehst, können wir es wagen, aufzubrechen, ohne daß es dir Schaden macht, wenn wir nicht gezwungen sein sollten, auf ein Terrain zu gehen, wo der Ritt zu anstrengend wird. Wir werden öfter ausruhen als sonst.«

Er nahm einige Nuggets aus seiner verborgenen Gürteltasche, um den Schmied zu bezahlen. Dieser meinte, es sei zu viel, er wolle sich nur seine Arbeit, nicht aber seine Gastfreundlichkeit bezahlen lassen; der Apatsche aber nahm nichts zurück; seine Noblesse gab dies nicht zu. Mit den herzlichen Wünschen der vier braven Menschen versehen, setzten wir uns auf und ritten fort, dem Gebirge zu.

Es liegt nicht in der Absicht dieser Zeilen, malerische Schilderungen unsers Weges zu geben, der uns von jetzt an stets aufwärts führte. Wir kamen am Abende jenseits der vorlagernden Sandsteinberge an und befanden uns nun vor den eigentlichen Felsenbergen.

Es war uns nicht eingefallen, uns sehr darum zu kümmern, wohin die Tramps geritten seien. Es galt für uns, so bald wie möglich den Park von San Louis zu erreichen, und wir wußten oder ahnten vielmehr, daß wir Thibaut und die Squaw dort wiedersehen würden; die andern Personen konnten uns, Old Wabble ausgenommen, gleichgültig sein.

Nun mußten wir den alten Kontinentalpfad verlassen und uns seitwärts wenden; die Scenerie des Gebirges entfaltete sich in ihrer ganzen imponierenden Herrlichkeit um uns. Wir befanden uns in der Region der Taxodieenwälder und staunten oft über die außerordentliche Höhe der Bäume, obgleich dieselben noch lange nicht mit den riesigen Sequoias der Sierra Nevada zu vergleichen waren, unter denen es Giganten giebt, welche mehr als hundert Fuß im Umfang haben. Im Visalia-Distrikte steht eine Sequoia, welche einen Durchmesser von fünfunddreißig Fuß besitzt.

Wir ritten jetzt auf einer schräg hinaufziehenden, mehrere englische Meilen breiten Ebene, welche wie ein Dach zur Höhe stieg und vollständig von Wald bedeckt war. Das war nicht der in den Wipfeln dicht verschlungene, grüne überdachte Urwald des Nordens, sondern die riesigen Koniferen standen einzeln, weit auseinander, sich kaum mit den Wipfelrändern berührend; ihr Streben ging nur in die Höhe, nicht nach Vereinigung. Die Sonnenstrahlen fanden den Weg zwischen sie herein und ließen nicht jenes Dunkel aufkommen, welches den nördlichen Wäldern eigen ist. Wir ritten langsam und stetig diese schiefe Ebene hinan, die ich noch nicht kannte. Winnetou aber war schon dagewesen und verkündigte uns: »Jenseits dieser Höhe liegt das Kui-erant-yuaw[1], in welchem man zu jeder Zeit den Grizzly trifft. Kein roter Mann schlägt da gern über Nacht sein Lager auf, denn der graue Bär der Felsenberge mag nicht gern ein Feuer dulden und greift den Menschen an, ohne erst von ihm belästigt worden zu sein.«

»Werden wir da übernachten?« fragte Hammerdull.

»Nein.«

»Warum nicht? Ich hätte gar zu gern einen Grizzly geschossen.«

»Wir sind sieben Personen und müßten der Grizzlys wegen vier Wächter haben; da könnten nur drei von uns schlafen; wenn aber von sieben Männern, welche der Ruhe bedürfen, viere wachen müssen und nur drei schlafen dürfen, so ist das kein gutes Lager zu nennen.«

»Ob ich den Grizzly im Schlafe oder im Wachen schieße, das ist ja ganz egal, wenn ich ihn nur so treffe, daß er liegen bleibt.«

»Hat mein kleiner, dicker Bruder schon einmal ein Wild im Schlafe erlegt?«

»Hunderttausende! Wie oft habe ich geträumt, daß ich Büffels und andres Viehzeug gleich herdenweise geschossen habe! Nicht wahr, Pitt Holbers, altes Coon?«

[1] Bärenthal.

»Ja,« nickte der Lange. »Du hast die Heldenthaten alle im Traume zu verrichten, und wenn du dann aufwachst, ist es mit dem Heldentum vorbei.«

»Blamiere mich nicht! Ich versuche wenigstens im Schlafe ein tüchtiger Kerl zu sein; du aber bleibst im Wachen und Schlafen das alte, ungeschickte Coon.«

»Ungeschickt? Bring mir den größten Grizzly her, den es auf Erden geben kann, so sollst du erfahren, wer geschickter ist, du oder ich!«

Die Art und Weise, in welcher Winnetou von den grauen Bären dieses Kui-erant-yuaw gesprochen hatte, interessierte mich in hohem Grade. Der Grizzly pflegt ja nicht in Gesellschaften beisammen zu leben; aus den Worten des Apatschen aber war zu entnehmen, daß man da schon mehrere zugleich getroffen hatte. Darum erkundigte ich mich bei ihm:

»Leben die Bären dieses Thales nicht so einsam wie diejenigen anderer Gegenden?«

»Kein Grizzly ist gesellig,« antwortete er. »Es zieht sich sogar seine Frau von ihm zurück, sobald sie Junge hat, weil er ein sehr liebloser Vater ist und seine Kinder gern verzehrt. Aber wenn mein Bruder dieses Thal zu sehen bekommt, wird er sich nicht darüber wundern, daß die grauen Bären dort häufiger als sonst irgendwo anzutreffen sind. Wenn die Büffel der Felsenparks sich auf der Wanderung befinden, müssen sie durch das Kui-erant-yuaw ziehen; das lockt die Bären herbei und hält sie fest. Die Gegend ist so abgelegen und zugleich auch so verrufen, daß selten ein Jäger sie aufsucht; es giebt Beeren in großer Menge, welche der Grizzly liebt, und in den wilden Seitenschluchten des Thales kann er wohnen, ohne von seinesgleichen belästigt zu werden. Dennoch kommen, besonders zur Paarungszeit, furchtbare Kämpfe zwischen ihnen vor, denn man hat die Ueberreste der Besiegten gefunden, denen es anzusehen war, daß sie von keinem Jäger erlegt worden waren. Wenn wir Zeit hätten, würden wir da bleiben, um zu jagen.«

Ja, wir hatten leider keine Zeit, und dennoch war es uns

vorbehalten, eine längere Dauer, als wir jetzt ahnten, in dem verrufenen Thal auszuhalten.

Wie hoch die schräg ansteigende Felsenwand war, welche unsere Pferde zu erklimmen hatten, läßt sich daraus ersehen, daß wir über eine Stunde brauchten, ehe wir die Höhe erreichten. Droben gab es ein lang gestrecktes, auch bewaldetes Plateau, welches von zahlreichen Klüften zerrissen wurde und sich jenseits sehr steil abwärts senkte.

Unten lag das »Bärenthal«, auf welches wir aber des Waldes wegen jetzt noch keine Aussicht hatten. Winnetou leitete uns nach einer der Klüfte, welche durch ein rauschendes Gebirgswasser gerissen worden war; sie fiel so schnell in die Tiefe, daß wir absteigen und die Pferde führen mußten. Erwähnen muß ich, daß der Ritt von der Schmiede bis hierher mich nicht sehr angestrengt und das Fieber sich nicht wiederholt hatte. Schmerzen, und zwar nicht unbedeutende, verursachte mir die Wunde freilich, aber das war doch kein Grund, etwa anzuhalten oder gar auf dem Faulpelze liegen zu bleiben.

Unten angekommen, konnten wir einen Teil des »Bärenthales« überblicken. Es war da, wo wir uns befanden, wenigstens eine englische Meile breit. Auf seiner Sohle floß ein Creek, welcher von den rechts und links herbeirauschenden Bergwassern gespeist wurde. Zahlreiche von oben herabgestürzte Felsblöcke lagen zerstreut umher und boten mit dem sie umgebenden Strauchwerke den Tieren dieser Wildnis willkommene Verstecke. Zu beiden Seiten gab es Schluchten wie diejenige, in welcher wir herabgekommen waren. Einzelne breitwipfelige Riesenbäume ragten gen Himmel, und an den Thalwänden stieg der mit dornigem Gestrüpp unterholzte Wald zu den Höhen auf. Es konnte gar keinen bessern Aufenthalt für graue Bären geben, und daß diesen Tieren, falls sich jetzt welche hier befanden, reichlich Nahrung geboten war, das ersahen wir aus den Büffelfährten, welche zahlreich zu erkennen waren.

Die eigentliche Zeit der großen Büffelwanderung war noch nicht gekommen, aber die Bisons, welche sich während des Sommers auf den hochgelegenen und also kälteren Gebirgswiesen aufgehalten hatten, waren doch schon herniedergestiegen und durch das Thal gekommen. Der Buffalo, besonders in seinen älteren, starken Exemplaren, ist das einzige Tier, welches es mit dem Grizzly aufzunehmen wagt; der graue Bär erreicht eine Schwere bis zu zehn und der Bison eine solche bis über zwanzig Zentner; was für gewaltige Kämpfe mußte dieses stille, weit abgelegene Kui-erant-yuaw wohl schon gesehen haben!

Wir durchquerten es, ohne uns um die Büffelspuren zu kümmern, und hielten auf eine Seitenschlucht zu, welche, wie Winnetou wußte, jenseits mit verhältnismäßiger Bequemlichkeit zur Höhe führte.

Auch sie hatte einen, allerdings kleinen, schmalen Spring, welcher sich in zahlreichen dünnen Kaskaden abwärts stürzte und uns den nötigen Raum zum Aufstieg ließ. Wir mochten die halbe Höhe erreicht haben, als der Apatsche, welcher voranritt, anhielt und vom Pferde sprang. Er untersuchte den vielfach zerrissenen, oft mit Gras und Moos bedeckten Boden mit ungewöhnlicher Sorgfalt und sagte dann:

»Wenn wir Zeit hätten, könnten wir uns jetzt das Fell eines grauen Bären holen. Er ist hier von rechts her quer über die Schlucht gewechselt und wird sein Lager wahrscheinlich da links drin in den Felsen haben.«

Wir waren natürlich alle auch schnell von den Pferden herunter, um die Spur anzusprechen. Winnetou wies die Gefährten mit den Worten zurück:

»Meine Brüder mögen stehen bleiben, um die Fährte nicht zu verderben! Nur Old Shatterhand mag her zu mir kommen!«

Ich ging hin. Es hatten die scharfen Augen des Apatschen dazu gehört, sie zu entdecken. Wir beide folgten ihr über den Spring hinüber, wo sie deutlicher wurde. Es mußte ein alter, sehr starker »Vater Ephraim« sein, von dem sie stammte. – Der Westmann nennt den Grizzly nämlich »Vater Ephraim«. – Die Spuren der gewaltigen Tatzen waren hier ganz deutlich zu sehen, und als wir ein Stück weitergeklettert waren, zeigten die von den Seiten herankommenden Gänge, daß wir wirklich das Lager des Bären vor uns hatten.

Ich fühlte große Lust, diesem Ephraim einen Besuch abzustatten, und sah Winnetou fragend an. Er schüttelte den Kopf und kletterte zurück. Wir mußten freilich annehmen, keine Zeit zu haben, und uns mit dem schweren Pelz des Bären zu schleppen, war auch nicht grad bequem. Als wir drüben wieder ankamen, sah ich die Augen Schahko Mattos und Apanatschkas leuchten; sie sagten aber nichts, doch Hammerdull fragte: »Liegt einer drüben?«

»Ja,« nickte ich.

»*Well;* den holen wir uns!«

»Nein; wir lassen ihn in Ruhe.«

»Aber warum? Ein Bärenlager zu finden, ohne das Nest auszunehmen, ist doch grad so, wie eine Bonanza zu entdekken und das Gold liegen zu lassen! Ich kann das wirklich nicht begreifen!«

»Wir müssen fort.«

»Ja, aber erst dann, wenn wir dem Kerl eins auf den Pelz gebrannt haben!«

»Das ist nicht so leicht und geht nicht so schnell, wie Ihr denkt, lieber Hammerdull. Ihr müßt in Betracht ziehen, daß wir dabei das Leben riskieren.«

»Ob wir es riskieren oder nicht, das bleibt sich gleich, wenn er es uns nur nicht nimmt. Ich schlage also vor, daß wir uns jetzt mit – – –«

»Mein Bruder Hammerdull mag uns folgen, ohne etwas vorzuschlagen,« unterbrach ihn Winnetou, indem er aufstieg und weiterritt.

»Welch ein großer Fehler!« brummte der Kleine mißmutig, indem er sich auf seine alte Stute schwang. »Haben das Nest so schön vor uns liegen und lassen die Eier drin! Was sagst du dazu, Pitt Holbers, altes Coon?«

»Daß das gefährliche Eier sind, lieber Dick. Lassen wir sie drin!« antwortete der Lange.

»Gefährlich? Möchte wissen! Ein Grizzly ist ein Grizzly, weiter nichts!«

Mir that es auch leid, dieses »Nest« liegen lassen zu müssen, ohne die Eier, wie er sich ausdrückte, ausnehmen zu dürfen; aber Winnetou hatte recht. Wenn wir auch nicht grad das Leben gewagt hätten, so muß man bei einer Begegnung mit dem grauen Bären auf einen Unfall doch immer gefaßt sein, und ich hatte an meiner Wunde schon genug!

Kurz, nachdem wir die jenseitige Höhe erreicht hatten, gelangten wir an den Rand einer jener Lichtungen, welche in den Rocky-Mountains »Parks« genannt werden. Dieser Park lief wohl zwei englische Meilen lang auf der Höhe hin und war durchschnittlich eine halbe Meile breit. Einzelne schattige Bäume oder Baumgruppen und boskettartig verteiltes Strauchwerk gaben ihm das Aussehen eines künstlich angelegten Geheges. Vom jenseitigen Rande an senkte sich der Wald allmählich wieder in ein breites Thal hinab.

Der Park war fast genau von Süd nach Nord gerichtet, und wir befanden uns in der nach Südost gelegenen Ecke desselben, von wo aus wir am südlichen Rande weiterritten, um noch vor Abend in das nächste Thal hinabzukommen und dort Halt zu machen. Indem wir dies thaten, sah ich im Nordwesten eine Krähenschar, welche, von Zeit zu Zeit über dem Walde in die Luft steigend, sich immer wieder niedersenkte, und zwar nicht an einer und derselben Stelle, sondern in fortlaufender Weise. Das mußte mir auffallen. Auch Winnetou hielt den Blick nach der betreffenden Gegend gerichtet, um die Krähen zu beobachten. Die andern wurden auch aufmerksam, und Schahko Matto sagte:

»Uff! Dort kommen Leute aus dem Thale herauf. Die Krähen fliegen von Zeit zu Zeit auf, weil sie von diesen Leuten gestört werden.«

»Die Vermutung des Häuptlings der Osagen wird wohl richtig sein,« antwortete ich. »Auch ich nehme an, daß dort Menschen kommen, und zwar nicht wenige, weil die Vögel sich vor zwei oder drei Personen nicht so sehr scheuen würden, wie es dort geschieht.«

»Müssen wir nicht zu erfahren suchen, wer es denn ist?«

»Eigentlich haben wir keine Zeit dazu. Wenn wir uns hier verweilen, kommen wir nicht vor Abend in das Thal hinab. Winnetou mag bestimmen, ob das Erscheinen so vieler Leute wichtig genug für uns ist, hier zu bleiben und sie zu beobachten.«

»Es müssen Indianer sein,« erklärte der Apatsche.

»Das ist für uns bedenklich! Was wollen sie auf dieser Seite des Gebirges? Wenn es wirklich Indianer sind, so können sie nur dem Volke der Utahs angehören, deren Paßpfade weiter nördlich liegen.«

»Mein Bruder Shatterhand hat recht. Was wollen sie hier? Wir müssen das zu erfahren suchen. Da wir aber nicht wissen, welche Richtung sie nehmen werden, wenn sie diesen Park erreicht haben, so müssen wir in den Wald zurück und da warten, bis sie kommen.«

Ich war, ein höchst seltener Fall, diesmal nicht mit Winnetou einverstanden; darum sagte ich in dem höflichen Tone, der unter Freunden erst recht geboten ist:

»Mein Bruder möge es verzeihen, daß ich lieber nicht hier warten möchte!«

»Warum nicht?« fragte er.

»Wenn wir hier warten und sie dann sehen wollen, müssen wir ihnen nachreiten, sobald sie den nördlichen Rand des Parks erreicht haben. Das giebt bis dorthin einen Weg von zwei Meilen. Da sie nicht halten, sondern weiterreiten werden, müssen wir ihrer Spur folgen, was sehr schwer sein wird, weil es inzwischen dunkel geworden ist.«

»Mein Bruder hat recht,« stimmte er bei.

»Ich möchte sie im Vorbeireiten beobachten!«

»Dazu ist die Zeit zu kurz. Ja, wir beide kämen noch hin, weil wir die besten Pferde haben, aber unsere Gefährten nicht.«

»So reiten wir allein, und die Kameraden mögen uns langsamer nachkommen. Da wir auf dem offenen Parke keine Spuren machen dürfen, haben sie sich längs dieses Waldrandes unter den Bäumen zu halten und sich drüben bei der andern Ecke, auch immer am Rande hin, nordwärts zu wenden. Sie sehen die hohe Baumgruppe, welche da oben hoch über den Wipfeln emporragt; dort mögen sie uns erwarten.«

»Winnetou stimmt seinem Bruder bei; sie mögen dort auf uns warten, aber ja kein Feuer anzünden, durch welches sie sich verraten würden!«

Wir trennten uns also von ihnen und jagten unter den Bäumen des Waldrandes erst west- und dann, als wir die südwestliche Ecke erreicht hatten, nordwärts. Das wurde uns nur dadurch möglich, daß die Bäume nicht dicht beisammenstanden; dennoch mußten wir gut aufpassen, denn es gab hervorragende Wurzeln und maskierte Löcher genug, welche uns zu Falle bringen konnten.

Unser jetziger Weg war, da er eine Ecke bildete, fast drei Meilen lang, während es von da aus, wo wir die Krähen über dem Walde gesehen hatten, bis zum Parke nur wenig über eine halbe Meile war; aber die Ankömmlinge ritten bergauf, also wahrscheinlich langsam, und wir flogen in schlankem, wenn auch vorsichtigem Galoppe hin, so daß wir hoffen durften, noch vor ihnen an der nordwestlichen Ecke des Parks anzukommen.

Bevor wir diese erreicht hatten, hielten wir an, um unsere Pferde zurückzulassen. Wir banden sie an einer dazu geeigneten Stelle an und gingen dann zu Fuße weiter, bis wir an den obern Rand einer Vertiefung gelangten, welche hinunter in das Thal zu führen schien. Dies war jedenfalls der Weg, auf welchem die Erwarteten heraufgeritten kamen. Sie waren noch nicht vorüber, denn als wir uns zwischen den Sträuchern so weit vorschoben, wie es möglich war, und hinunter in die Vertiefung blickten, war keine Spur, weder eines Menschen noch eines Pferdes, zu sehen.

Erfreut darüber, daß wir noch zur rechten Zeit gekommen waren, lauschten wir gespannt nach unten. Es dauerte nicht lange, so hörten wir die nahenden Schritte eines Pferdes. Sollten wir uns geirrt haben? Sollte es ein einzelner Reiter anstatt einer ganzen Schar sein? Höchst unwahrscheinlich! Jedenfalls ritt einer als Späher voran.

Jetzt erschien er. Wir sahen erst seinen Kopf über das Gesträuch ragen, und dann erblickten wir ihn und sein Pferd in voller Gestalt. Es war ein Utah-Indianer, und zwar ein Häuptling; er hatte zwei Adlerfedern in dem Haarschopfe stecken. Sein Pferd – – –

Mein Himmel! Sein Pferd – – –! Ja, sah ich denn recht? Das war ja ganz genau, Haar für Haar, das Pferd, welches ich damals dem Häuptling der Komantschen aus dem Kaam-kulano entführt und später Old Surehand geschenkt hatte! Winnetou stieß mich an und sagte leise:

»Uff! Dein Komantschenpferd! Das Pferd unsers Bruders Surehand!«

»Ja, es ist es; es ist es ganz gewiß!« antwortete ich ebenso leise.

»Wenn sie ihn gefangen und getötet hätten!«

»Dann wehe ihnen! Kennst du diesen Roten?«

»Ich kenne ihn. Es ist Tusahga Saritsch[1], der Häuptling der Utahs vom Capote-Stamme. Ich habe ihn schon mehrmals gesehen.«

»Was für ein Krieger?«

»Nicht tapfer, sondern falsch und voller Hinterlist.«

»Wollen warten und seine Krieger sehen!«

Der Häuptling war vorüber. Nun kamen seine Leute, nach Indianerart, einer hinter dem andern. Wir zählten zweiundfünfzig Mann. In ihrer Mitte ritt auf einem alten Klepper – – – Old Surehand, an den Händen gefesselt und mit den Füßen an das Pferd gebunden.

Wie war er in die Hände der Utahs gefallen? Das fragten wir uns natürlich. Er sah leidend, aber keineswegs niedergeschlagen aus. Es war anzunehmen, daß er sich schon einige Tage bei diesen Roten befand, die ihn wahrscheinlich schlecht behandelt und ihm keine Nahrung gegeben hatten.

Es war jetzt nichts, gar nichts für ihn zu thun. Wir mußten sie vorüberreiten lassen, doch stand fest, daß wir alles zu seiner Befreiung aufzuwenden und zu wagen hatten. Als wir

[1] Utahsprache: Schwarzer Hund.

die Schritte ihrer Pferde nicht mehr hörten, krochen wir aus dem Gebüsch, um ihnen vorsichtig zu folgen. Es verstand sich natürlich ganz von selbst, daß wir erfahren mußten, wo sie ihr Lager aufschlagen würden.

Als sie den Park erreicht hatten, ritten sie am nördlichen Rande desselben hin, doch gar nicht weit; dann stiegen sie von den Pferden. Wir sahen bald, daß sie an dieser Stelle bleiben wollten, und kehrten darum zu unsern Pferden zurück, um nach der hohen Baumgruppe zu reiten, wohin wir unsere Gefährten bestellt hatten.

Sie waren schon dort angekommen und warteten auf uns. Es läßt sich denken, welchen Eindruck das, was wir ihnen erzählten, auf sie machte. Sie wollten wissen, was wir zu thun beschlossen hatten, doch konnten wir es ihnen nicht sagen, weil wir es selbst noch nicht wußten. Es kam ja alles darauf an, in welcher Absicht die Utahs hierhergekommen waren, was sie mit Old Surehand vorhatten und welcher Art Gelegenheit sich uns bot, ihm zu Hilfe zu kommen.

Zunächst mußten wir das nächtliche Dunkel erwarten, um sie ungesehen beschleichen zu können. Die Dämmerung war zwar schon nahe, doch mußte es für unser Vorhaben vollständig finster sein. Inzwischen sah Winnetou nach meiner Wunde, die er in zufriedenstellendem Zustande fand.

Als dann das erste, tiefe Dunkel des Abends hereingebrochen war, machten wir uns nach dem Lagerplatze der Utahs auf.

Wir gingen natürlich nicht über den offenen Park hinüber, sondern wieder am Rande desselben hin und bogen an der Ecke rechts ab. Nicht lange, so sahen wir mehrere Feuer brennen, deren Rauch wir schon vorher gerochen hatten. Daß sie nicht unter freiem Himmel, sondern unter den Bäumen angezündet worden waren, konnte uns nur lieb sein, weil uns eben diese Bäume Deckung gaben. Nur die Pferde waren draußen angehobbelt und wurden von zwei Roten bewacht, welche gelangweilt auf und ab spazierten.

Wir drangen links in den Wald ein, um von hinten an die Roten zu kommen, was uns ganz vortrefflich gelang. Es gab da hohe, kräftige Farnpflanzen, durch die wir uns bis fast ganz an sie heranschieben konnten. Freilich gehörte große Geschicklichkeit und viel Zeit dazu, dies zu thun, denn die geringste Berührung an den untern Teilen der Wedel hatte oben eine sehr auffällige Bewegung derselben zur Folge. Wir vereinfachten das, indem der Apatsche vorankroch und ich ihm folgte und wir uns erst dann trennten, als wir möglichst weit gekommen waren. Auf diese Weise hatten wir uns nicht zwei Wege, sondern nur einen zu bahnen und ersparten die Hälfte der Arbeit, welche auf unserm Rückzuge vorzunehmen war.

Mit dieser Arbeit meine ich die Vertilgung unserer Spuren. Die Indsmen durften morgen früh, wenn es hell geworden war, natürlich nicht sehen, daß sich jemand in den Farn befunden hatte. Wie schwer und zeitraubend eine solche Arbeit ist, brauche ich wohl nicht zu sagen. Es muß, indem man sich rückwärts bewegt, jede einzelne Pflanze, ja jeder einzelne Wedel gerichtet und auch der Boden von jedem Eindrucke der Hände und der Füße gesäubert werden.

Tusahga Saritsch saß, mit dem Rücken an einem Stamme lehnend und uns sein linkes Profil zukehrend, an einem Feuer, welches fast seine Füße berührte. Jenseits dieses Feuers war Old Surehand ihm gegenüber an einen Baum gebunden; außerdem hatte man ihm die Hände und die Füße gefesselt. Seine lange, braune Haarmähne hing ihm wirr und ungeordnet bis auf den Waldboden herab. Das gab ihm eine Aehnlichkeit mit Winnetou, noch größere aber - - - mit Kolma Puschi, dem geheimnisvollen Indianer, eine Aehnlichkeit, welche mir jetzt, da ich ihn vor mir hatte, geradezu auffallend vorkam.

Wir sahen an den herumliegenden Resten, daß die Utahs gegessen hatten. Wahrscheinlich hatte Old Surehand nichts bekommen. Es war für ihn ganz unmöglich, unsere Gegenwart zu ahnen; er wußte ja nicht, daß ich in Jefferson-City gewesen, dort von seinem Vorhaben gehört hatte und ihm nachgeritten war. Ich hätte ihm jetzt wohl ein Zeichen geben können, welches er von früher her kannte, war aber so vorsichtig, dies nicht zu thun, da ich die Größe seiner Ueberraschung in Berechnung ziehen mußte. Es war anzunehmen, daß er uns durch sie verraten würde.

Wir lagen über eine halbe Stunde lang, ohne etwas Wichtiges zu hören. Die Indianer sprachen miteinander, doch nichts, was uns interessieren konnte. Vom Zwecke ihres jetzigen Rittes war kein Wort dabei. Der Häuptling verhielt sich vollständig schweigend; er bewegte sich kaum einmal leise. Sein Gesicht und seine Gestalt schienen aus Holz geschnitzt zu sein. Nur in seinen Augen war Leben; sie blickten wieder und immer wieder mit dem Ausdrucke befriedigten Hasses zu dem Gefangenen hinüber. Dieser saß auch fast unbeweglich. Die Augenlider stets niedergeschlagen, hatte er das Aussehen, als ob er sich in einer so verächtlichen, ihm so gleichgültigen Umgebung befinde, daß es sich gar nicht verlohne, auch nur mit der Wimper zu zucken. Gab es ein bezeichnendes Wort für seine Haltung, so war es nur das eine: der personifizierte Stolz!

Nach der angegebenen Zeit war in der Ferne die Stimme eines Bergwolfes zu hören, worauf eine zweite, dann eine dritte und vierte Stimme antwortete. Dies gab dem Häuptling Veranlassung, sein Schweigen zu brechen:

»Hört das Bleichgesicht die Wölfe? Sie streiten sich um die Knochen, welche ihnen der Kui-erant[1] von seiner Mahlzeit übrig gelassen hat.«

Old Surehand antwortete nicht. Der Häuptling der Utahs fuhr fort: »So werden sie sich morgen abend auch um deine Gebeine streiten!«

Da der Gefangene auch jetzt schwieg, fuhr ihn Tusahga Saritsch zornig an:

»Warum redest du nicht? Weißt du nicht, daß man zu antworten hat, wenn ein berühmter Häuptling den Mund öffnet, eine Frage auszusprechen?«

»Berühmt? *Pshaw!*« ließ sich Old Surehand jetzt verächtlich hören.

[1] Grauer Bär.

»Zweifelst du daran?«

»Ja.«

»So kennst du mich nicht!«

»Das ist es ja! Ich habe dich nicht gekannt, bis ich dich sah; ich hatte noch nicht ein einziges Mal deinen Namen gehört. Kannst du da berühmt sein?«

»Ist nur der berühmt, dessen Namen grad deine Ohren gehört haben?«

»Wer den Westen so kennt wie ich, kennt auch den Namen jedes berühmten Mannes!«

»Uff! Du willst mich beleidigen, nur damit ich dich schnell töte! Das wird aber nicht geschehen. Du sollst dem grauen Bären gegenüberstehen!«

»Damit du dich dann mit seinem Felle, seinen Ohren, seinen Krallen und seinen Zähnen schmücken und die Lüge sagen kannst, du habest ihn erlegt!«

»Schweig! Es sind über fünfzig Krieger hier, welche wissen werden, daß ich ihn nicht getötet habe. Wie kann ich da so sagen, wie du sprichst?!«

»Wer feig ist, ist zu jeder Lüge fähig. Warum schickt ihr mich in das ›Thal der Bären‹? Warum wollt ihr nicht selbst hinunterreiten?«

»Wer uns Feiglinge nennt, ist ein Coyote, dessen Stimme wir verachten!«

»Wenn du von Verachtung redest, so verachte dich nur selbst!«

»Hund! Hast du nicht bei der Beratung gesessen und jedes Wort vernommen, als wir über dich beschlossen haben? Du hast unsere beiden Krieger ermordet, welche Vater und Sohn waren, der ›alte Bär‹ und der ›junge Bär‹ genannt. Beide trugen ihre Namen davon, daß sie den mächtigen grauen Bären des Felsengebirges erlegt hatten; sie waren sehr berühmte Krieger – – –«

»Feiglinge waren sie!« fiel Old Surehand ihm in die Rede. »Feiglinge, die mich von rückwärts überfielen! Ich tötete sie, indem ich mich gegen sie wehrte, im offenen, ehrlichen Kampfe. Wäret ihr nicht so viele über mich gekommen, fünfzig gegen einen, und wäre ich auf diesen Kampf vorbereitet gewesen und nicht hinterrücks angegriffen worden, so hättet ihr mich anders kennen gelernt, als es geschehen ist!«

»Jeder rote Mann kennt die Bleichgesichter; sie sind blutdürstig und räuberisch wie die wilden Tiere und müssen als solche behandelt werden. Wer da glaubt, sie seien eines ehrlichen Kampfes wert, der wird von ihnen ausgelöscht. Du bist ein Bleichgesicht, doch vermute ich, daß du rotes Blut in den Adern hast; das aber sind die Schlimmsten, die es giebt.«

Diese Worte des Häuptlings frappierten mich. Old Surehand rotes Blut in den Adern! Er hatte nicht das Aeußere und noch viel weniger den Charakter eines Mestizen; aber es hatte mir doch schon oft, wenn ich still und ihn beobachtend bei ihm saß, geschienen, als ob etwas Indianisches an ihm sei; ich hatte nur nicht finden können, worin das eigentlich lag. Nun sprach der Utah diesen Gedanken offen aus, und als ihm hierauf die Augen Old Surehands in tiefer, aber verhaltener Glut entgegenleuchteten, wurde mir wenigstens soviel klar: das waren Indianeraugen! Der Utah fuhr fort:

»Der Tod des ›jungen‹ und des ›alten‹ Bären muß gerächt werden. Wir können dich nicht mit nach dem Lager unsers Volkes nehmen, um dich dort am Marterpfahle sterben zu lassen, denn das liegt zu fern von hier; darum haben wir einen andern Tod für dich beschlossen: Du hast die beiden ›Bären‹ getötet und sollst nun dafür auch von den Bären getötet werden. Liegt darin etwa eine Feigheit von unserer Seite?«

»Darin nicht, aber in der Weise, in welcher ihr es ausführen wollt.«

»Das ist keine Feigheit, sondern eine Milde gegen dich!«

»*Pshaw!* Ihr getraut euch nicht in das ›Thal der Bären‹ hinunter!«

»Wahre deine Zunge, Hund! Ist es nicht ein großes Vertrauen, welches wir dir erweisen, indem wir dich zwei Tage lang früh allein fortgehen lassen und deinem Worte glauben, daß du abends wiederkommst?«

»Wie verhält sich dieses Vertrauen zu den Worten, welche du vorhin über die Bleichgesichter gesprochen hast? Warum schenkt ihr mir diesen Glauben?«

»Weil wir wissen, daß Old Surehand hält, was er versprochen hat. Er ist in dieser Beziehung ganz wie Old Firehand und Old Shatterhand.«

»Kennst du diese beiden weißen Jäger?«

»Ich habe keinen von ihnen gesehen; aber ich weiß, daß sie nie ihr Wort brechen würden. Ganz dasselbe weiß ich auch von dir. Ihr seid die einzigen Bleichgesichter, denen man Glauben und Vertrauen schenken kann, obgleich ihr wie alle Bleichgesichter doch Feinde der roten Männer seid. Glaubst du etwa, durch deine Reden unser Urteil über dich abändern zu können?«

»Dies zu glauben, fällt mir gar nicht ein. Ich kenne euch nur zu genau!«

»Du willst damit sagen, daß auch wir Wort zu halten verstehen. Es bleibt bei dem, was über dich beschlossen worden ist. Wir geben dich morgen früh, sobald es Tag geworden ist, frei, um in das ›Thal der Bären‹ hinabzusteigen. Du bekommst dein Messer und dein Gewehr. Am Abend kommst du zurück und darfst am nächsten Morgen wieder gehen, um am Abend abermals hier einzutreffen. Hast du in diesen zwei Tagen vier Bären erlegt, deren Felle du bringst, so ist dir das Leben geschenkt.«

»Das Leben, aber nicht die Freiheit?«

»Nein. Die Freiheit bekommst du erst dann, wenn du mit uns reitest und eine unserer Töchter zur Squaw nimmst. Wir haben durch dich zwei tapfere Krieger verloren, und dafür sollst du ein Krieger unsers Stammes werden, wenn du nicht von den Bären aufgefressen wirst.«

»Darauf gehe ich nicht ein; das habe ich euch schon wiederholt gesagt.«

»Das wird sich finden. Wir werden dich zu zwingen wissen!«

»*Pshaw!* Old Surehand läßt sich nicht zwingen!«

»Diesmal doch! Ich gebe dir mein Wort. Du wärst nur

dann nicht zu zwingen, wenn du dein Versprechen brächest und nicht wiederkämst. Wir wissen aber, daß dies nicht geschehen wird. Du wirst nur dann nicht zu uns zurückkehren, wenn die Tatzen und die Zähne der Bären dich zerrissen haben.«

»*Well!* Ich werde nicht zerrissen und komme auf alle Fälle wieder. Hier grad am Waldesrande hin führt eine Schlucht in das ›Bärenthal‹ hinunter; da werde ich meinen Weg hinab nehmen und auf demselben auch zurückkehren. Sollte ich aber doch nicht wiederkommen, werdet ihr da nach mir suchen?«

»Nein. Kommst du nicht, so bist du tot und aufgefressen worden.«

»Ich könnte aber doch auch nur verwundet sein!«

»Nein. Ein Mensch, der so verwundet ist, daß er nicht gehen kann, muß unbedingt ein Fraß der wilden Tiere werden. Wir suchen also nicht!«

»Sag doch die Wahrheit ehrlich heraus: Ihr fürchtet Euch vor den grauen Bären!«

»Schweig! Sind wir nicht über fünfzig Krieger?! Es giebt keinen unter uns, der sich scheuen würde, den Grizzly allein anzugreifen. Woher soll die Furcht kommen, wenn wir so viele sind? Wir warten hier, ob du vier Felle bringst, für den ›jungen Bären‹ zwei und für den ›alten Bären‹ zwei. Kommst du lebend, ohne sie zu bringen, so wirst du erschossen; kommst du nicht, so bist du tot, und die beiden ›Bären‹ sind gerächt. So wurde es beschlossen, und dabei wird es bleiben. Ich habe gesprochen. Howgh!«

Er machte mit den Händen ein Zeichen, daß er nichts mehr hören wolle, und lehnte sich wieder an den Baum. Wir warteten noch über eine Viertelstunde, und als bis dahin keiner von ihnen den Mund wieder geöffnet hatte, wußten wir, daß nun nichts mehr zu erfahren sei und verließen in der vorhin angegebenen Weise unsern Lauscherposten.

Das Auslöschen unserer Spuren war nur dadurch möglich, daß die Utahs Feuer brennen hatten. Indem wir, tief am Boden liegend, gegen diese Feuer blickten, erhielten wir das dazu nötige Licht, und doch dauerte es wohl eine Stunde lang, ehe wir uns sagen konnten, daß am nächsten Morgen nichts mehr von unserer Anwesenheit zu sehen sein werde.

Wir hatten eben das Farngestrüpp verlassen und wollten noch eine Strecke weiter zurückkriechen, bis wo wir uns aufrichten konnten, als der Häuptling sich am Feuer emporrichtete und seine Befehle für die Nacht erteilte. Wir hörten, daß alle Feuer bis auf eines ausgelöscht werden und die Roten sich um dieses und den Gefangenen in einem Doppelkreise lagern sollten. Außerdem sollten zwei Wachen unausgesetzt um das Lager patrouillieren, weil die Nähe des »Bärenthales« die Möglichkeit zuließ, daß sich ein Grizzly hierher verirren könne.

Diese Vorsicht war allerdings geboten, zumal ein großer Teil der Utahs nur Lanzen, Bogen und Pfeile besaß, uns aber kam sie äußerst ungelegen. Nahmen wir uns vor, Old Surehand heut während der Nacht zu befreien, so wurde dies durch den Doppelkreis außerordentlich erschwert und durch die Posten, wenn wir nicht Blut vergießen wollten, fast unmöglich gemacht. Diese waren gewiß aus Angst vor den Bären doppelt aufmerksam, und wenn Winnetou und ich uns auch vorgenommen hätten, sie in unserer gewöhnlichen Weise zu überraschen, so mußten wir uns außerdem sagen, daß die anderen alle nur mit Sorgen, also leise schlafen würden. Die Art und Weise, in welcher ich Apanatschka aus der Hand der Osagen und Kolma Puschi uns aus der Gefangenschaft der Tramps befreit hatte, war hier unmöglich anzuwenden.

Während die Utahs die Befehle ihres Häuptlings ausführten, verursachten sie so viel Geräusch, daß wir uns leicht und unbemerkt entfernen konnten. Winnetou ging dann neben mir her, ohne ein Wort zu sagen. Er überlegte, doch wie ich ihn kannte, wußte ich, daß er nicht zu den Gefährten treten werde, ohne einen Entschluß gefaßt zu haben.

Ich hatte mich nicht geirrt. Wir waren noch ziemlich weit von ihnen entfernt, da blieb er stehen und sagte in seiner bestimmten Weise:

»Mein Bruder Shatterhand ist überzeugt, daß wir heut nichts thun können?«

»Leider, ja,« antwortete ich.

»Die Ueberwältigung der Posten würde uns wohl gelingen; aber es sind auch noch zwei bei den Pferden, und die Utahs schlafen leise.«

»Es würde dennoch gehen, wenn wir es auf einen Kampf ankommen ließen und bei demselben unser Leben wagten. Ich bin aber nicht dafür.«

»Winnetou auch nicht. Was man ohne Wagnis bekommen kann, das soll man ohne Wagnis nehmen. Wir werden also warten bis morgen früh.«

»Da reiten wir in das ›Bärenthal‹ zurück?«

»Ja, um mit Old Surehand zu sprechen.«

»Welche Ueberraschung und welche Freude für ihn, wenn er uns sieht!«

»Sein Herz wird voller Wonne sein! Mit uns reiten aber wird er nicht.«

»Nein; er hält unbedingt sein Wort.«

»Uff! Von einem Grizzly wissen wir, wo er sein Lager hat. Man sagt, es seien im ›Bärenthale‹ stets mehrere zu finden. Wenn das wahr wäre!«

»Das ist eine außerordentliche, meines roten Bruders würdige Idee!«

»Dann könnte Old Surehand die Felle bringen!«

»Seine Lage würde aber dadurch auch nicht sehr geändert sein. Er soll in diesem Falle ja nur das Leben, nicht aber die Freiheit geschenkt erhalten.«

»Mein Bruder hat recht; wir sind auf alle Fälle gezwungen, ihn zu befreien. Aber wenn er die Felle erbeutet hat, kann er mit uns gehen, sonst nicht. Er hat nicht versprochen, mit zu den Utahs zu gehen und sich dort eine Squaw zu nehmen.«

»Gut, suchen wir morgen nach Bärenfährten! Aber da denke ich an unsere eigenen Spuren. Die Utahs werden morgen den ganzen Tag durch den Park schwärmen und den Ort entdecken, wo wir heut lagern.«

»Uff! Wir dürfen nicht da liegen bleiben. Wo aber gehen wir hin?«

»Wir müssen den Park und auch die Umgebung desselben vermeiden, weil unsere Spuren da unbedingt gefunden werden. Es giebt da nur zweierlei: Entweder reiten wir weiter, in das Thal hier hinab, aus welchem die Utah gekommen sind. Das geht nicht, wegen der Dunkelheit und weil wir morgen früh doch zurück müßten. Oder wir begeben uns wieder in das ›Bärenthal‹ hinab, wo wir morgen gleich an Ort und Stelle wären. Es ist das bei der jetzigen Finsternis freilich eine böse Sache, aber wir kennen die Schlucht noch von heut, und wenn wir die Pferde führen und recht langsam gehen, wird es sich vielleicht ermöglichen lassen. Freilich müssen wir dabei bedenken, daß der Grizzly sein Lager so nahe an unserm Wege hat. Ich meinerseits fürchte mich nicht.«

»Auch Winnetou läßt sich dadurch nicht abhalten, und wenn wir beide vorangehen, sind die andern sicher. Unsere Pferde würden die Nähe des Bären verkünden. Und gegen die Finsternis giebt es ein Mittel. Winnetou hat im obern Teile der Schlucht einen ganz dürren Tago-tsi[1] stehen sehen, der uns Fackeln geben wird.«

»Schön! Also wieder in das ›Bärenthal‹ hinab?«

»Ja. Was den Bär betrifft, so würden wir sein Nahen wegen dem Geräusch des Springs nicht hören können, doch werden unsere Augen desto offener sein.«

»Und die Fährte, welche wir jetzt über den Park machen? Denn wir können uns nicht wieder an seinem Rande halten, sondern müssen ihn durchqueren.«

»Winnetou wird sie mit seiner Decke auslöschen. Howgh!«

Dieses Howgh besagte, daß wir mit unserer Beratung zu Ende seien, und wir gingen nun zu den Gefährten, um ihnen zu sagen, wen wir gesehen und was wir erfahren und hernach beschlossen hatten. Unsere Mitteilung brachte die von uns vorhergewußte Wirkung hervor, besonders bei denen, wel-

[1] Harzbaum.

che Old Surehand schon kannten, nämlich Apanatschka, Hammerdull und Holbers. Unser Bericht war ganz kurz gewesen; sie wollten ihn ausführlich haben; Winnetou wies sie mit den Worten zurück:

»Meine Brüder mögen warten, bis wir mehr Zeit haben als jetzt. Es gilt vor allen Dingen, unsere Spuren hier an diesem Orte zu vernichten, und das erfordert eine lange Zeit.«

Er machte sich mit Schahko Matto und Apanatschka an diese schwierige Arbeit, weil mir das Bücken Schmerzen bereitete; dann stiegen wir auf und ritten quer über den Park hinüber und auf die Mündung der Schlucht zu, aus welcher wir heut gekommen waren. Wir ritten in Indianerreihe, und Winnetou machte den letzten, um mit seiner am Lasso hinter dem Pferde herschleifenden Decke die niedergetretenen Gräser wieder aufzurichten. An der Schlucht angelangt, stiegen wir ab, weil die Pferde nun geführt werden mußten.

Winnetou ging jetzt voran, und ich machte den zweiten; die anderen folgten hinter uns. Des Bären wegen hielten wir die Gewehre schußfertig in den Händen. Oben auf der Höhe des Parkes war es der aufgegangenen Sterne wegen etwas heller als vorher; in der tief einschneidenden Schlucht aber herrschte eine Finsternis, daß ich Winnetous Pferd kaum sah, obgleich ich so nahe hinter demselben ging, daß ich seinen Schwanz fassen konnte. Hier bewährte sich der unvergleichliche Orts- und Spürsinn des Apatschen wieder einmal glänzend, leider ohne daß dieser Glanz uns leuchtete.

Es war trotz unserer an die Dunkelheit gewöhnten Augen ein sehr beschwerlicher Weg, der uns nur dadurch erleichtert wurde, daß wir, wie wir noch wußten, nicht zuweilen den Spring zu passieren hatten; sein Plätschern konnte uns stellenweise sogar als Führer dienen. Endlich, nach ziemlich langer Zeit, blieb Winnetou vorn halten und sagte:

»Hier steht zu meiner linken Hand der dürre Tago-tsi. Meine Brüder mögen die Aeste befühlen und diejenigen, welche viel Harz haben, zu Fackeln abschneiden! Ich werde indessen wegen des Grizzlybären wachsam sein.«

Da ich dem Baume am nächsten stand, fand ich zuerst

einen kienreichen Ast und schnitt ihn los. Als ich ihn angezündet hatte, ging das weitere leichter von statten. Bald war jeder mit einigen Fackeln versehen, und nun gingen wir weiter, die Zügel über den Arm gehängt, die Leuchte in der einen Hand und das Gewehr in der andern.

Natürlich brachten wir abwärts viel, viel länger zu, als wir aufwärts gebraucht hatten. Es war eine außerordentlich phantastische Scene. Wir kamen an die Stelle, wo Winnetou die Bärenspur entdeckt hatte. Er leuchtete nieder; es waren keine neuen Eindrücke zu sehen. Wahrscheinlich behagte es dem alten Ephraim noch gut in seinem Lager, oder war dieses doch so weit entfernt, daß er uns weder sehen noch hören konnte; wir gelangten in das Thal hinab, ohne von ihm der geringsten Beachtung gewürdigt zu werden. Damit waren aber die Schwierigkeiten noch nicht überwunden, denn es mußte ein passender Lagerplatz für uns gefunden werden.

Die Aeste waren verbrannt, und wir befanden uns wieder ohne Leuchten; aber das Thal war ja breit, und so genügte uns der Schein der Sterne, uns zurecht zu finden. Wir konnten annehmen, daß wir die einzigen Menschen hier im Kuierant-yuaw seien, und durften folglich auf die Vorsichtsmaßregeln verzichten, welche in der Nähe von Feinden geboten sind. Wir suchten also einen Lagerplatz nicht unter den Bäumen auf der Seite des Thales, sondern unter freiem Himmel in der Mitte desselben und fanden endlich eine Stelle, welche wir für passend hielten.

Es lagen da mehrere große Felsstücke so beisammen, daß sie zwischen sich einen von drei Seiten eingeschlossenen Platz bildeten, welcher Raum genug für uns und unsere Pferde bot. Es war also nur die freie, vierte Seite zu bewachen. Die Lücken zwischen den Felsen waren mit Brombeerstauden ausgefüllt, zwischen denen es eine Menge vertrockneten Grases gab. Da dergleichen Orte von Schlangen aufgesucht zu werden pflegen, steckten wir das Gras in Brand, welcher sich schnell über das ganze Gedorn verbreitete und uns erlaubte, unsern heutigen Aufenthalt auf das genauste zu untersuchen. Es waren wirklich mehrere Schlangen dagewesen; wir sahen sie vor dem Feuer fliehen und erschlugen sie. Jetzt hatten wir reines Lager und konnten uns sorglos niederlassen. Zwei mußten wachen. Ich sollte meiner Wunde wegen wieder davon ausgenommen werden, gab dies aber nicht zu und übernahm mit Hammerdull die erste Wache, welche zwei Stunden zu dauern hatte.

Wir setzten uns miteinander an die offene Seite der Felsen und legten die Gewehre griffbereit neben uns. Während die Gefährten sich nur kurze Zeit unterhielten und dann einschliefen, erzählte ich dem Dicken, was wir bei den Utahs belauscht hatten. Dann ging ich nach einem nahen Gebüsch, um die jungen Zweige desselben den Pferden als Futter zu holen. Darüber verging die Zeit, und als unsere zwei Stunden um waren, weckten wir Apanatschka und Holbers, welche nach uns kamen. Die nächste Wache sollte Schahko Matto mit Treskow übernehmen, während die vierte den Apatschen allein traf. Winnetou war mehr als genug, für unsere Sicherheit zu sorgen.

Ich wäre sehr gern eingeschlafen, brachte es aber nicht fertig. Nicht daß ich das Wundfieber wieder gehabt hätte, nein, aber mein Puls ging doch schneller als gewöhnlich, warum, das konnte ich nicht sagen. Es mußte doch an der Wunde liegen. Die beiden Wächter saßen grad da, wo ich mit Hammerdull gesessen hatte, und sprachen leise miteinander. Das Knuspern der Pferde an den Zweigen und zuweilen ein Stampfen der Hufe waren die einzigen Geräusche, welche die nächtliche Stille unterbrachen. Ueber uns glänzten die Sterne noch heller als vorher; die Felsen und die zwischen ihnen befindlichen Personen und Pferde waren deutlich zu erkennen.

Da sah ich, daß Winnetous Rappen seinen auf das Futter niedergesenkten Kopf mit einer raschen, auffälligen Bewegung in die Höhe hob. Gleich darauf bemerkte ich bei dem meinigen genau dieselbe Bewegung. Beide Pferde ließen ein ängstliches Schnauben hören und stellten sich so, daß ihre Hinterbeine mir zugerichtet waren. Sie witterten eine Gefahr, und zwar nahte sich dieselbe von daher, wo ich lag. Ein

Mensch konnte es nicht sein, denn da wäre das Schnauben der Pferde ein leiseres, warnendes und nicht ein so ängstliches gewesen. Ich horchte.

Ich lag an einer Lücke zwischen den Felsen, die erst mit Dornen ausgefüllt gewesen, seit dem Brande aber offen war; sie hatte glücklicherweise nur eine so geringe Breite, daß man mit dem Arme hindurchlangen konnte. An dieser Lücke begann es jetzt draußen zu kratzen und zu scharren, so laut und kräftig, wie kein Mensch es vermocht hätte, und zugleich war jenes fauchende Schnüffeln zu hören, welches ich so gut kannte, daß ich augenblicklich aufsprang, nach dem Bärentöter griff und dem Häuptling der Komantschen leise zuraunte:

»Apanatschka, ein Bär! Aber seid still, ganz still, und kommt näher heran!«

Der feinhörige Winnetou hatte im Schlafe mein Aufspringen bemerkt. Schon stand er neben mir, die Silberbüchse in der Hand.

»Ein Bär am Felsen hinter uns!« unterrichtete ich ihn.

Die andern schliefen weiter; sie hatten nichts gehört, und wir hielten es für besser, sie nicht zu wecken, da sie vielleicht Lärm gemacht hätten, wenigstens von Treskow war dies zu erwarten.

Apanatschka war mit Holbers zu uns herangekommen; sie hatten die Hähne gespannt. Winnetou gab ihnen die Weisung:

»Ihr dürft nur im Notfalle schießen. Für den Grizzly ist das Gewehr Old Shatterhands das beste; er hat also die zwei ersten Schüsse; dann erst komme ich daran. Ihr schießt nur, wenn ich es euch sage!«

Holbers zitterte vor Aufregung. Seine Stimme bebte, als er fragte:

»Wird er etwa über den Felsen geklettert kommen?«

»Nein,« antwortete ich. »Er wird ganz gewiß - - ah, da ist er schon! Seid still! Laßt mich machen!«

An der offenen Seite unsers Lagerplatzes kam eine dunkle, schwere Masse langsam um die Ecke getrollt; es war der Bär;

er hielt den Kopf schnüffelnd zu Boden gerichtet. Unsere Pferde schnaubten laut vor Angst. Die beiden Rappen drehten sich um, die Hinterhufe zur Verteidigung ihm zugerichtet. Ich durfte noch nicht schießen; die Kugel mußte ihn zwischen die Rippen hindurch ins Herz treffen; dazu war notwendig, daß er sich aufrichtete. Ich that also einen Sprung auf ihn zu, um ihn auf mich aufmerksam zu machen, wich aber auch rasch wieder zurück, denn der Grizzly ist trotz seiner scheinbaren Plumpheit ein außerordentlich schnelles Tier.

Meine Absicht wurde erreicht: Kaum hatte er mich gesehen, so stand er aufrecht da, nicht weiter als sechs Schritte von mir entfernt. Da krachte auch schon mein Schuß. Es war, als ob der Bär einen Schlag von vorn bekäme und hintenüberstürzen wolle; er stürzte aber nicht, sondern wankte hin und her und that dabei zwei Schritte vorwärts. Da gab ich ihm die zweite Kugel, die ihn niederwarf. Er zog, am Boden liegend, die Pranken an sich, als ob er jemanden umarmen und erdrücken wolle, wälzte sich auf die andere Seite, hierauf wieder herum, öffnete die Pranken und blieb dann liegen. Hierbei hatte er keinen Laut, nicht einmal einen Atemzug hören lassen. Der graue Bär hat keine eigentliche Stimme; der Kampf mit ihm ist meist ein stiller, stummer, doch grad das ist es, was diesen Kampf so »Rückenmark angreifend« macht, wie mein alter Sam Hawkens sich auszudrücken pflegte. Beim Donnergebrüll des Löwen schießt sich's besser!

»Er ist ausgelöscht!« sagte Winnetou. »Die Kugeln gingen ihm beide in das Leben. Doch nähert euch ihm noch nicht! Der Grizzly hat ein zähes Leben; es kehrt zuweilen auf Augenblicke wieder.«

Die Schläfer waren natürlich bei meinem ersten Schusse aufgesprungen. Schahko Matto war still, ganz nach stolzer Indianerart. Treskow, obgleich kein Feigling, hatte sich nach ganz hinten zurückgezogen. Hammerdull drängte sich zwischen die Pferde hindurch bis her zu mir und rief:

»Ein Bär! Alle Teufel, wirklich ein Bär! Und diesen Kerl

hab ich verschlafen! Ich kann doch nur eine Minute weggewesen sein, als er kam. Ich war so müde! Ich bin zornig auf mich; ich bin wütend! Ich könnte mir mit beiden Händen Ohrfeigen geben!«

»Thue das, lieber Dick, thue das gleich!« ermahnte ihn Holbers.

»Schweig, altes Heupferd! Sich selbst zu ohrfeigen, dazu gehört weit mehr Geschick, als du zum Beispiel hast! Nein, daß grad mir so was passieren muß! Ich bin außer mir, ganz und gar außer mir!«

»So geh in dich, daß du wieder zu dir kommst!«

»Ob ich in mich oder zu mir gehe, das bleibt sich gleich, wenn nur diese Bestie nicht so dumm gewesen wäre, erst dann zu kommen, als ich grad wieder eingeschlafen war! Wenn so ein Bär nicht mehr Verstand hat, wer soll ihn dann haben, frage ich dich?!«

So drollig er seinen Aerger ausdrückte, er meinte es doch ernst. Der kleine, dicke Kerl hätte sich gewiß nicht gefürchtet; er wäre sicher auf den Bären losgegangen! Damit ist freilich nicht gesagt, daß er ihn auch glücklich erlegt hätte. Unbedachtsamer Mut kann leicht gefährlich werden. Da Hammerdull dem lebenden Grizzly nicht hatte entgegentreten können, so ging er jetzt, trotz der Warnung des Apatschen, zu dem Toten hin, um uns zu zeigen, daß er sich nicht fürchte. Er drehte ihn, allerdings mit großer Kraftaufbietung, auf die andere Seite, zog ihm die Pranke hin und her und sagte:

»Er ist tot, Mesch'schurs, vollständig tot, sonst würde er sich das nicht gefallen lassen. Ich schlage vor, wir ziehen ihm die Handschuhe und die Stiefel samt seinem ganzen Fell vom Leibe herunter. Vom Schlafen ist doch jedenfalls nun keine Rede mehr!«

Da hatte er recht. Neben einem frisch erlegten Grizzly würde kein Jäger schlafen können. Wir mußten ein Feuer haben und gingen darum fast alle fort, um dürres Holz zu suchen. Als dieses dann brannte, sahen wir, daß es eine Bärin im Gewicht von gegen sieben Zentnern war, ein ausgezeichnet schönes Tier.

»Sie wird es sein, deren Fährte wir gesehen haben,« meinte Treskow.

»Nein,« antwortete Winnetou. »Die Spur war von einem viel schwereren Tier. Das ist nicht die Squaw des Bären, sondern er selbst. Wir werden ihn uns holen, wenn Surehand gekommen ist.«

Nun wurden die Messer gezogen, um der Bärensquaw die Handschuhe und die Stiefel samt dem Jagdrocke auszuziehen. Alle machten sich daran, nur Winnetou und ich nicht; wir sahen zu.

»Uff!« rief der Apatsche nach einer Weile, indem er aufsprang und hinaus in das Freie deutete. »Das Baby steht dort!«

Das Feuer leuchtete weit zwischen den Felsen hinaus, und sein Schein zeigte uns einen jungen Bären, welcher bei den Büschen stand, von denen ich das Futter für die Pferde geholt hatte. Er hatte die Größe eines mittleren Kalbes, nur daß er dicker war.

»Hurra, das Baby von dieser Lady!« schrie Dick Hammerdull, indem er aufsprang und hinausrannte, auf den Bären zu.

»Dick, Dick!« rief ich ihm nach. »Faßt ihn nicht; faßt ihn nicht an! Das Tier ist viel gefährlicher, als Ihr denkt!«

»Unsinn, Unsinn! Ich hab ihn schon; ich hab ihn schon!« schrie er zurück.

Ja, er hatte ihn schon, der Bär aber auch ihn! Erst wollte er ihn nicht loslassen, und dann konnte er es nicht. Wie sie einander gepackt hatten, das sah man nicht; sie wälzten sich im Grase, und dabei brüllte der Dicke:

»*Woe to me! Help, Help!* Das Vieh läßt mich nicht los!«

Apanatschka flog, das Messer in der Hand, hinaus und auf die beiden wohlbeleibten Helden zu. Mit der linken Hand zwischen Mensch und Tier hineingreifend, holte er mit der rechten zum tödlichen Stiche aus. Er mußte gut getroffen haben, denn wir sahen, daß der Bär liegen blieb, Hammerdull aber sich aufraffte, um ergrimmt zu rufen:

»So eine Bestie! So ein unkultiviertes Viehzeug! Wollte es

lebendig fangen, und richtet mich auf diese Weise zu! Habe meine ganze Kraft anwenden müssen, um nur seine Zähne von mir fernzuhalten! Dafür aber wird's gebraten und gegessen, ob's auch noch leibt und lebt!«

Er brachte das »Baby« an einem Beine herbeigeschleppt. Apanatschkas Messer hatte gut getroffen, grad in das Herz. Hammerdull sah nicht zum besten aus. Sein Anzug war vielfach zerfetzt und sein Gesicht zerkratzt; er blutete an den Händen, und auch von den Beinen liefen die roten Tropfen. Dieser Anblick brachte seinen Busenfreund, den langen Holbers, ganz aus der Fassung. Anstatt in mitleidigen Ausdrücken, machte sich seine Liebe in zornigen Vorwürfen Luft:

»Was hast du nur gemacht! Wie siehst du jetzt nur aus! Rennt der Kerl von hier fort, um einen Grizzly lebendig zu fangen! Solche Dummheit hat noch nie ein Mensch erlebt! Was mach ich nur mit dir? Du mußt doch den Verstand und noch viel mehr verloren haben! Denkst du denn nicht an deinen alten Holbers, der kein Blut von dir ersehen kann! Ist das deine Liebe zu mir, die du mir so oft gestanden hast? Machst du nicht durch solche Albernheiten dich und mich unglücklich durch und durch? Ist dir deine Haut dazu gewachsen, daß sie dir durch Bärenkrallen verschimpfiert werden soll? Was stehst du da und guckst mich an? Sprich! Rede! Gieb Antwort, Menschenkind!«

Hammerdull stand allerdings mit offenem Munde da und starrte seinem Liebling verwundert ins Gesicht. So eine lange Rede! Die Worte waren förmlich aus dem Munde heraus- und übereinander weggeflogen! Das konnte doch unmöglich der stille, ruhige, trockene Pitt Holbers sein! Hammerdull schüttelte den Kopf und antwortete:

»Pitt, alter Pitt, bist du's denn wirklich noch? Ich kenne dich doch gar nicht wieder! Du bist doch auf einmal ein Redner geworden, wie er im besten Buche nicht zu finden ist! Du bist ganz aus- und umgewechselt! Man hält es nicht für möglich! Hast du mich denn gar so lieb?«

»Natürlich hab ich dich so lieb, Dummkopf! Was denn?!

Mußt du mir denn das anthun, daß du dich so zerkratzen lässest! Wie siehst du aus! Guck dich nur im Spiegel an! Ach so, es ist keiner da! Mit dir hat man nichts als Kummer, Sorge und Herzeleid! Und Freude? *Pshaw!* Freude kann man an dir gar nicht mehr erleben!«

»Schimpf nicht so! Ob du Freude oder Herzeleid an mir erlebst, das bleibt sich gleich, das ist ganz egal, wenn du nur überhaupt etwas an mir erlebst! Wer denkt denn, daß ein solches Hündchen solche Kräfte hat!«

»Hündchen! Ein Grizzly soll ein Hündchen sein! So, wie du hier stehst, kann ich dich nicht länger sehen. Die Augen thun mir weh vor lauter Gram und Kummer über dich! So ein altes, liebes, zerschundenes Gesicht! Komm, Dick, geh mit zum Wasser! Ich wasch dich ab!«

Er faßte ihn am Arme und zog ihn fort, zum Creek, der gar nicht weit von uns vorüberfloß. Als sie wiederkamen, war der liebe Dicke abgespült; die Krallenrisse aber hatten nicht fortgewaschen werden können; auch war sein Anzug dadurch nicht ganz geworden.

»Sieht dieser Mensch nicht wie ein Landstreicher aus?« fragte Pitt. »Ich bitte Euch, Mr. Shatterhand, mir einen großen Gefallen zu thun!«

»Welchen?«

»Ihr habt Nähzeug dort im Sattelkissen. Bitte, es mir zu borgen, denn ich muß ihm natürlich seine zerrissenen Siebensachen zusammenflicken!«

»Gern; holt es Euch, Pitt Holbers!«

Er folgte dieser Aufforderung. Dann konnte man sehen, wie einer einfädeln wollte und doch eine halbe Stunde lang das Oer nicht fand. Hernach machte der liebe Mensch Stiche! Stiche, so weit auseinander wie die Straßenbäume! Nach dem zweiten Einfädeln hatte er keinen Knoten gemacht und nähte und nähte, ohne vorwärts zu kommen, bis ich ihn darauf aufmerksam machte, daß er den Faden immer wieder herauszog. Später belehrte ich ihn noch darüber, daß diese Stelle zu wibbeln, eine andere mit Hinterstichen und eine dritte überwendig zu nähen sei. Da warf er den Zwirnknäuel zornig fort, schob mir das Bein des Dicken hin und rief, mir die Nadel, die er mir nur reichen wollte, in den Finger stechend:

»Da habt Ihr Eure ganze Flickerei, Sir! Macht's selber, wenn Ihr's besser könnt! Wibbeln! Hinterstiche! Hat man schon so was gehört! Was giebt es denn wohl noch für Stiche, Mr. Shatterhand?«

»Kettenstiche, einfache und doppelte Steppstiche, Messer- und auch Säbelstiche.«

»Die Messerstiche lasse ich mir gefallen; mit den andern aber könnt Ihr mir vom Leibe bleiben! Flickt den Kerl zusammen! Ich habe das Nähen satt!«

Was war die Folge? Ich saß fast bis zum frühen Morgen da und besserte die Jacke, Hose und Weste des dicken Bärenbabyjägers aus! Dazwischen wurde Bärenbraten gegessen. Die Tatzen, bekanntlich das beste von dem Bären, wurden eingewickelt, um aufgehoben zu werden, denn sie haben erst dann den höchsten Grad von Delikatesse erreicht, wenn die Würmer darin zu »wibbeln« beginnen. Ob jedermanns Geschmack?

Als der Tag graute, stiegen Winnetou und ich zu Pferde, um, den Rotschimmel Apanatschkas am Zügel führend, thalaufwärts zu reiten und die Ankunft Old Surehands zu erwarten. Wir hatten wohl zwei englische Meilen zurückgelegt, als wir links den Thalschnitt sahen, aus welchem er nach dem, was wir gestern erlauscht hatten, kommen mußte. Wir blieben in einiger Entfernung davon bei einem Gesträuch halten, hinter welchem wir uns und die Pferde versteckten, doch so, daß er unsern Augen nicht entgehen konnte.

Es lag ja die Möglichkeit vor, daß sich oben bei den Utahs irgend etwas Unvorhergesehenes ereignet oder der Häuptling seinen Plan geändert hatte; darum waren wir überaus gespannt darauf, ob der Erwartete kommen werde oder nicht. Es verging eine Stunde und darüber; da sahen wir endlich einen Menschen drüben unter den Bäumen gehen. Er kam nicht heraus ins Freie, und so konnten wir nicht deutlich erkennen, wer es war. Ich wagte dennoch laut zu rufen:

»Mr. Surehand! Mr. Surehand!«

Der Mann blieb stehen, aber nur einen Augenblick. Wenn er es war, so kam er sicher schnell herbei. Als Gefangener der Indianer mußte er ja froh sein, andere Menschen hier zu finden, zumal sie ihn kannten. Diese Annahme täuschte mich nicht. Als ich seinen Namen noch einmal, zum drittenmal rief, kam er eiligst unter den Bäumen hervorgesprungen und auf uns zugeschritten. Da wir uns nicht sehen ließen, blieb er auf halbem Wege stehen und rief uns zu:

»Wer ist da im Gebüsch? Wer hat meinen Namen genannt?«

»Ein Freund,« antwortete ich.

»Kommt heraus! Im wilden Westen muß man vorsichtig sein.«

»Hier bin ich!«

Bei diesen Worten ließ ich mich von ihm sehen; Winnetou aber blieb noch versteckt. Old Surehand erkannte mich sofort.

»Old Shatterhand! Old Shatterhand!«

Meinen Namen nennend, ließ er vor freudigem Schreck sein Gewehr fallen, kam mit ausgebreiteten Armen auf mich zugerannt und zog, nein, riß mich förmlich an sein Herz.

»Welch eine Wonne, welch eine Freude, welch ein Glück! Mein Freund, Old Shatterhand, mein Retter früher und mein Retter nun auch jetzt!«

Bei jedem Worte schob er mich von sich ab und drückte mich wieder an sich. Seine Augen leuchteten; seine Wangen glühten. Er befand sich in dem Zustande allerglücklichster Aufregung und fuhr fort:

»Wer sollte es für möglich halten, daß Ihr jetzt, grad jetzt in den Rocky-Mountains seid, grad hier im ›Bärenthale‹! Wie freue ich mich, wie glücklich bin ich darüber! Habt Ihr einen besondern Grund zu diesem Ritte?«

»Ja.«
»Welchen? Bitte, sagt es mir!«
»Ich komme von Jefferson-City herauf.«
»Ah! Seid Ihr bei dem Bankier gewesen?«
»Ja.«
»Er sagte Euch, daß ich hier herauf bin?«
»Ja.«
»Und Ihr seid mir nach?«
»Natürlich! Jefferson-City, Lebruns Weinstube in Topeka, Fenners Farm und so weiter! Ihr seht, daß ich genau unterrichtet bin.«
»Gott sei Dank! Gott sei Dank! Nun bin ich gerettet! Ihr ahnt natürlich nicht, was ich meine. Ihr müßt wissen, daß ich Gefangener bin!«
»Des Häuptlings Tusahga Saritsch!«
»Wie? Ihr wißt – – –?« fragte er erstaunt.
»Heut und morgen entlassen auf Ehrenwort!« fuhr ich lachend fort.
»Er weiß es wirklich, wirklich!« rief er aus.
»Um vier Bärenfelle zu holen!«
»Aber – – aber, Sir – – – sagt mir doch, wie Ihr das so wissen könnt!«
»Als Ihr gestern oben im Park bei dem Häuptling am Feuer saßet, haben wir drei Schritte von Euch in den Farn gesteckt und Euch belauscht!«
»Mein Himmel! Hätte ich das gewußt!«
»Wir haben jedes Wort gehört. Es war unmöglich, Euch schon diese Nacht loszumachen; darum sind wir noch gestern abend trotz der Finsternis wieder in dieses Thal herab, um Euch hier zu erwarten. Wie freuen wir uns darüber, daß Ihr gekommen seid!«
»Ihr sagt ›wir‹! Ihr sprecht nicht von Euch allein! Ist noch jemand da?«
»Ja.«
»Wer?«
»Kommt, ihn zu sehen!«
Ich führte ihn hinter die Sträucher. Als er Winnetou er-

blickte, stieß er einen Jauchzer aus und streckte ihm beide Hände entgegen. Der Apatsche drückte sie ihm in herzlichster Weise und bewillkommnete ihn:

»Winnetou ist froh in seiner Seele, seinen Bruder Old Surehand wiederzusehen. Wir glaubten, ihn erst droben im Parke von San Louis erreichen zu können, freuen uns nun aber um so mehr, dem Häuptling der Capote-Utahs zeigen zu dürfen, daß fünfzig von seinen Kriegern nicht genügen, Old Surehand festzuhalten!«

»Ich habe mein Wort gegeben, wiederzukommen!« warf Old Surehand vorsichtig ein. »Sie hätten mich ohne dasselbe nicht fortgelassen.«

»Wir wissen es. Old Surehand soll sein Wort nicht brechen, sondern zu ihnen zurückkehren. Dann aber werden Old Shatterhand und Winnetou auch zu den Utahs kommen und ihnen ein Wort sagen!«

»Ich muß bis morgen abend vier Grizzlyfelle bringen, sonst ist mein Leben verwirkt. Weiß das der Häuptling der Apatschen auch?«

»Wir wissen es. Old Surehand wird die Felle bringen. Damit dies möglich werde, mag er mir erlauben, mich jetzt einstweilen zu entfernen!«

Er bestieg sein Pferd und ritt davon, ohne zu sagen, warum und wohin. Ich wußte es trotzdem: Er wollte nach Grizzlyspuren suchen.

»Wohin reitet er?« fragte Old Surehand.

»Es gilt wahrscheinlich eine Ueberraschung für Euch, Mr. Surehand.«

»Welche?«

»Wenn ich es Euch sagte, würde es doch wohl keine Ueberraschung sein.«

»*Well*. Müssen wir hier auf ihn warten?«

»Nein. Wir reiten auch fort. Er wird uns später wiederfinden.«

»Ich gehe natürlich von Herzen gern mit Euch, darf aber dabei nicht vergessen, daß meine Zeit sehr kostbar ist, ungeheuer kostbar.«

»Wegen der Bärenfelle?«

»Ja.«

»Das hat noch Zeit, viel Zeit. Bitte, Euch auf diesen Rotschimmel zu setzen!«

»Ihr habt drei Pferde. Ihr seid nicht allein? Ist noch jemand bei Euch?«

»Ja.«

»Wer?«

»Wartet noch eine Meile! Ich denke, daß Ihr Euch freuen werdet, wenn Ihr den Besitzer dieses Pferdes seht. Es ist auch ein Bekannter von Euch.«

Während Winnetou thalaufwärts geritten war, wendeten wir uns wieder thalab. Natürlich hatte Old Surehand sein Gewehr vorher von da geholt, wo es ihm vor Ueberraschung vorhin entfallen war. Er merkte, daß ihn noch eine solche erwartete, und unterließ es darum, Fragen auszusprechen, welche ich ihm doch nicht beantwortet hätte. Als wir uns dem Lagerplatze näherten, sah ich Hammerdull in der Nähe desselben stehen. Old Surehand bemerkte ihn auch, erkannte ihn und fragt mich:

»Ist das nicht der alte Dick Hammerdull, Mr. Shatterhand?«

»Ja,« antwortete ich.

»Da ist höchst wahrscheinlich auch sein zweites Ich Pitt Holbers bei Euch?«

»Natürlich! Diese beiden Toasts sind ja unzertrennlich voneinander.«

»Ah, so ist das die Ueberraschung, die ich haben sollte! Ich danke Euch!«

Ich ließ ihn bei dieser Meinung. Hammerdull kam uns entgegengelaufen, hielt das Pferd Old Surehands an, reichte ihm die Hand empor und rief:

»*Welcome,* Mr. Surehand, *welcome* in diesen alten Bergen! Hoffentlich habt Ihr Euern Dick nicht vergessen, seit wir uns nicht sahen!«

»O nein, lieber Hammerdull. Ich habe stets mit Vergnügen an Euch gedacht.«

»Ob mit Vergnügen oder ohne Vergnügen, das bleibt sich gleich, das ist übrigens ganz egal, wenn nur dabei Pitt Holbers auch in Euerm Herzen lebt!«

»Natürlich lebt er drin!«

»Wirklich?«

»Ja.«

»Also wir alle beide?«

»Gewiß! Er, so lang wie er ist, und Ihr, so dick wie Ihr seid. Ist es so richtig?«

»Vollständig richtig! Kommt, und seht Euch den alten, guten Kerl 'mal an!«

Wir ritten vollends bis zum Lager und stiegen da von den Pferden. Hammerdull führte Old Surehand zwischen die Felsen hinein und rief triumphierend:

»Pitt Holbers, hier hast du ihn, altes Coon! Ich bringe ihn dir gebracht. Gieb ihm die Hand; aber falle ihm ja nicht um den Hals; denn von dir kommt man nicht wieder los; deine Arme reichen zweimal um jeden Menschen herum!«

Old Surehand hatte zunächst nur Holbers im Auge; als aber dann sein Blick auch auf Apanatschka fiel, gab ihm das Erstaunen einen Ruck.

»Apanatschka! Mein roter Bruder Apanatschka!« rief er aus. »Das - das - das hätte ich mir freilich nicht gedacht! Nun weiß ich freilich besser als vorhin, Mr. Shatterhand, was für eine Ueberraschung Ihr meintet! Mein roter Bruder mag mir erlauben, ihn zu umarmen!«

Die Augen des Komantschen strahlten vor Freude. Er öffnete die Arme, ohne ein Wort zu sagen. Sie hatten sich auf ihrem gemeinschaftlichen Ritte nach Fort Terrel liebgewonnen und drückten jetzt einander an die Herzen, ohne zu wissen, daß diese Herzen auch noch in anderer Beziehung zusammengehörten. Jetzt wurde natürlich auch Treskow begrüßt; dann stellte ich den Häuptling der Osagen vor. Dieser reichte ihm mit gewohnter Würde die Hand, nickte ihm freundlich zu und sagte, indem er mit der Hand auf die Bärenfelle zeigte:

»Mein Bruder Old Surehand soll den Utahs vier Häute bringen?«

»Ja,« antwortete der Gefragte.

»Hier liegen schon zwei davon.«

»Wer hat die Bären erlegt?«

»Old Shatterhand den großen und Apanatschka den kleinen.«

»Die gelten nichts; ich selbst muß sie töten.«

Da fragte ich ihn:

»Hat das der Häuptling der Utahs ausdrücklich von Euch verlangt?«

»Nein, ausdrücklich nicht.«

»So braucht Ihr Euch keine Skrupel zu machen.«

»Oh doch! Der Häuptling konnte nicht wissen, daß ich solche Helfer hier treffen würde. Er hat jedenfalls angenommen und auch gemeint, daß ich nur Felle von Bären bringen kann, die ich selbst getötet habe.«

»Was er im stillen gemeint oder angenommen hat, geht uns nichts an. Ihr habt Euch nach dem zu halten, was gesprochen worden ist.«

»Gesagt wurde allerdings bloß, daß ich vier Felle zu bringen habe.«

»So bringt sie ihm! Zwei werden sich wohl noch finden, denke ich.«

»Dieses kleine wird Tusahga Saritsch wohl nicht gelten lassen!«

»Warum?«

»Weil es von einem jungen Bären ist.«

»Es ist ein Fell, ein ganzes, ungeteiltes Fell, an welchem nichts fehlt, was dazu gehört. Er wird es gelten lassen müssen.«

»Und wenn er es doch nicht thut?«

»So werden wir ihn zwingen. Haltet Ihr es für ein Bärenfell?«

»Natürlich!«

»So ist's ja gut! Es handelt sich um Euer Wort, und bei der Einlösung desselben kommt es nicht darauf an, was die

Utahs denken, sondern darauf, ob Ihr selbst der Ansicht seid, Euer Wort gehalten zu haben.«

»Das habe ich, wenn ich vier Felle bringe, gleichviel, wer die Tiere erlegt hat. Ich gebe Euch recht, daß ich mich nur nach dem Wortlaut zu richten habe.«

»Und nicht einmal das! Es giebt noch eine andere Anschauung der Sache.«

»Welche?«

»Daß Ihr gar keine Pelze zu bringen braucht.«

»Hm!«

»Ja; das ist doch leicht einzusehen. Was soll geschehen, wenn Ihr kein Fell bringt?«

»Ich soll erschossen werden.«

»So bringt doch keins! Wir werden dafür sorgen, daß man Euch nicht erschießt.«

»Das ist freilich richtig. Aber wenn Ihr in dem betreffenden Augenblicke nicht zur Hand seid, so bin ich verloren, Mr. Shatterhand!«

»Wir werden schon dafür sorgen, daß wir zur Hand sind. Ihr braucht nur nicht eher zurückzukehren, als bis wir bereitstehen. Gebt Euch diesen Roten gegenüber nur nicht mit überflüssigen Bedenklichkeiten ab! Was haben sie denn Euch versprochen? Wenn Ihr Euer Leben viermal wagt und vier Grizzlys tötet, erhaltet Ihr nur das Leben, die Freiheit aber nicht. Ist das gerecht?«

»Allerdings nicht!«

»Ihr habt weiter nichts versprochen, als zurückzukehren. Dieses Wort müßt Ihr halten, wie auch ich es halten würde. Mehr verlangen kann man und könnt auch Ihr selbst von Euch nicht. Es ist überhaupt jetzt nicht Zeit, uns mit diesen überflüssigen Dingen abzugeben. Ich bin überzeugt, daß es etwas giebt, was viel nötiger für Euch ist.«

»Was?«

»Das Essen.«

»Da habt Ihr freilich recht,« antwortete er lächelnd. »Die Roten haben mich sehr kurz gehalten und mir in drei Tagen keinen Bissen gegeben.«

»So eßt Euch zunächst tüchtig satt! Das Weitere wird sich finden.«

Er bekam vorgelegt und aß mit einem Appetite, welcher allerdings auf ein dreitägiges Fasten schließen ließ. Ich hatte ihn dabei absichtlich so plaziert, daß ich den Gefährten, ohne daß er es hörte, eine Bemerkung zuflüstern konnte, die ich ihnen eigentlich schon hätte machen müssen, ehe ich fortritt, ihn zu holen. Ich sagte ihnen nämlich, daß sie die Worte Tibo taka, Tibo wete, Wawa Derrick und Myrtle-wreath ja nicht gegen ihn aussprechen sollten. Ich hatte meine Gründe dazu. Als ich diese Aufforderung auch an Apanatschka richtete, sah er mir mit einem ganz eigentümlichen, träumerisch forschenden Blicke in das Gesicht, sagte aber nichts. Ging ihm jetzt vielleicht eine Ahnung dessen auf, was ich ganz allein zu wissen glaubte? Unmöglich war dies ja nicht!

Wir hatten die Pferde jetzt freigelassen. Sie grasten am Wasser, und wir lagerten uns draußen vor den Felsen, um sie im Auge zu haben und vorkommenden Falles mit unsern Gewehren beschützen zu können. Nun wurde erzählt, persönliche Erlebnisse von den Anwesenden und Ereignisse, die uns alle interessierten, aber nichts, was für die Entwickelung der gegenwärtigen Verhältnisse von Bedeutung war, ausgenommen den Bericht Old Surehands, wie er in die Hände der Utahs gefallen war.

Er hatte den ganzen, weiten Ritt allein gemacht und heut vor vier Tagen an einer Quelle gelagert, in deren Umgebung keine Menschenspur zu finden gewesen war. Sich darum sicher fühlend, war er eingeschlummert, aber plötzlich von zwei Roten, einem alten und einem jungen, die mit gezückten Messern neben ihm knieten, aufgeweckt worden. Er hatte, sie auf die Seiten werfend, sich emporgeschnellt und den Revolver gezogen; sie waren trotzdem wieder mit den Messern auf ihn eingedrungen, und so hatte er, um sich zu retten, sie niederschießen müssen. Im nächsten Augenblicke aber war er von fünfzig weiteren Roten umgeben gewesen, welche ihn so umdrängten, daß er sich trotz seiner bedeutenden Körperkraft nicht wehren konnte. Der Revolver war ihm entrissen und er selbst dann niedergerungen und gebunden worden. Das weitere zu erzählen, war nicht notwendig; wir hatten es gestern droben im Lager der Utahs belauscht.

Während dieser Unterhaltung verging die Zeit. Es wurde Mittag, und kurze Zeit darauf kam der Apatsche geritten. Er sprang vom Pferde und fragte mich:

»Hat unser Bruder Surehand alles erfahren, was er für jetzt wissen muß?«

»Ja alles,« antwortete ich.

»Will er diese zwei Bärenfelle nehmen?«

»Ja.«

»Wir werden noch zwei andere holen. Jetzt mögen mich meine Brüder Old Shatterhand und Apanatschka begleiten.«

»Wohin?«

»Das Lager des Bären zu finden, dessen Spur wir gestern gesehen haben.«

Da fragte Dick Hammerdull schnell:

»Und ich soll nicht mit?«

»Nein.«

»Warum?«

»Die Schlucht ist eng, und überflüssige Männer würden nur im Wege sein.«

»Dick Hammerdull ist niemals im Wege! Haltet Ihr mich für einen unnützen Kerl oder für einen Feigling, welcher die Flucht ergreift, sobald er nur die Nase eines Bären zu sehen bekommt?«

»Nein; aber Dick Hammerdull besitzt zuviel Mut; er kann uns durch seine übergroße Tapferkeit leicht viel Schaden machen. Das Baby der alten Bärin hat ihm eine sehr gute Lehre gegeben.«

»Ob Lehre oder ob nicht Lehre, das bleibt sich gleich, das ist sogar ganz egal; ich verspreche aber, daß ich sie sehr beherzigen werde!«

Der kleine Kerl bat so eindringlich, daß Winnetou sich zu der Entscheidung erweichen ließ:

»So mag mein dicker Bruder mitgehen; aber wenn er einen

Fehler macht oder mir nicht gehorcht, nehme ich ihn nie wieder mit!«

Holbers und Treskow fühlten sich dadurch, daß sie bleiben sollten, nicht beleidigt. Schahko Matto aber fragte mißmutig:

»Glaubt Winnetou, daß der Häuptling der Osagen ganz plötzlich ein unbrauchbarer Krieger geworden ist?«

»Nein. Weiß Schahko Matto nicht, warum ich ihn hier lasse? Wer schützt unsere Pferde, wenn während unserer Abwesenheit ein Bär erscheint oder vielleicht menschliche Feinde kommen?«

Auf Holbers oder gar Treskow war da allerdings kein Verlaß. Der Osage fühlte sich gehoben und antwortete in stolzem Tone:

»Den Pferden wird nichts geschehen. Meine Brüder können ohne Sorge sein!«

Wir fünf nahmen also unsere Gewehre und gingen. Nach vielleicht zehn Minuten erreichten wir die Schlucht und drangen in dieselbe ein. Aufwärts steigend, suchten wir jedes Geräusch zu vermeiden, und waren um so vorsichtiger, je höher wir kamen. Der kleine Dick ging als der zweite gleich hinter Winnetou; er zeigte ein höchst zuversichtliches Gesicht. Wenn es auf dieses Gesicht ankam, so rissen alle grauen, schwarzen, braunen und sonstigen Bären aus!

Bei der gestrigen Stelle angelangt, wurde unser Weg eine Strecke auf- und eine Strecke abwärts sehr genau untersucht. Es war nichts zu sehen; der Bär war nicht herübergewechselt. Nun ging es über den Spring und die felsige Steilung hinauf, Winnetou voran und Hammerdull noch immer als der zweite hinter ihm her. Wir trafen auf die Gänge, welche wir schon gestern gesehen hatten. Diese Gänge vereinigten sich zu einem ausgetretenen Bärenpfade, welcher um eine scharfe Felsenecke führte. Winnetou passierte sie nicht sofort. Er schob den Kopf nur so weit vor, daß er mit einem Auge nach jenseits schauen konnte. Er blieb unbeweglich stehen und winkte mit zurückgestreckter Hand uns tiefste Geräuschlosigkeit zu. Ich war überzeugt, daß er den Bären sah. Als er sich dann wieder zu uns wendete, strahlte sein ganzes Angesicht.

Er nahm Hammerdull bei den Schultern und schob ihn, ohne ein Wort zu sagen, ganz leise, leise, langsam an die Ecke und ließ ihn vorsichtig um dieselbe schauen. Der Kleine zog schon im nächsten Augenblicke den Kopf zurück und schob sich rasch an mir und den andern vorüber, bis er an letzte Stelle kam. Er war leichenblaß geworden! Nun lugte auch ich um die Kante. Da sah ich freilich, daß es keine Schande für Hammerdull war, blaß geworden zu sein! Zwischen dem Felsen und dichtem Gedorn führte ein hartgetretener Sohlengang nach einer Stelle, wo das Gestein eine massive Hinterwand und ein weit überhängendes Dach bildete. Dort lag, vor Wind und Regen geschützt, auf zusammengescharrter Erde, Gras und Zweiggehäuf der König der grauen Bären. Ja, diesen Namen verdiente er, denn von dieser Größe hatte ich noch keinen je gesehen. Dieser alte Vater Ephraim war sicherlich seine vierzig Jahre alt; das bezeugte der Pelz, der ein noch viel älteres Aussehen hatte. Dieser Leib, dieser Kopf und diese Glieder! Wenn ich der stärkste Büffel gewesen wäre, ich hätte vor ihm die Flucht ergriffen. Er schlief. Wie mußte dieser Koloß erst aussehen, wenn er sich aufrichtete! Es war gewiß zum Zittern!

Ich trat wieder zurück und ließ auch die andern sich an der männlichen Schönheit und dem herrlichen Profile dieses sohlengängerischen Adonis ergötzen. Dann traten wir zusammen, um zu beraten. Old Surehand und Apanatschka machten ihre Vorschläge; Hammerdull hüllte sich in mutiges Schweigen. Winnetou senkte seinen Blick mit jenem unbeschreiblichen Ausdrucke, der mir unvergeßlich ist, in meine Augen und fragte mich:

»Hat mein Bruder Shatterhand noch das alte Vertrauen zu mir?«

Ich nickte, obgleich ich nun wußte, was er vorhatte.

»Zu mir, zu meiner Hand und meinem Messer?« fragte er wieder.

»Ja.«

»Will er mir sein Leben anvertrauen?«

»Ja.«

Ich hätte nicht Nein gesagt, auch wenn mir bange gewesen wäre, denn Winnetou hätte sich mir auch unbedenklich anvertraut.

»Meine Brüder mögen kommen!«

Er führte uns zurück nach einem dichten Busche. Dort blieb er stehen und sagte:

»Hinter diesem Strauch verstecke ich mich. Old Shatterhand wird mir den Bären bringen und ihn hier vorüberführen. Meine andern Brüder mögen sich da drüben hinter jene Steine niederkauern und aufpassen, was dann geschieht! Old Shatterhand und Winnetou sind eins. Beide haben einen Leib, eine Seele und auch nur ein Leben. Das seinige gehört mir und das meinige ihm. Howgh!«

»Was wollt Ihr thun?« fragte Old Surehand besorgt.

»Nichts, was Euch erschrecken könnte,« antwortete ich ihm.

»Ich ahne, daß Ihr Euch in eine große Gefahr begeben wollt!«

»Es ist keine, denn ich kenne meinen Winnetou. Thut also getrost, was er Euch geboten hat, und nehmt meine Gewehre mit!«

»Was? Wie? Ihr wollt Euch wehrlos machen?!«

»Nein. Wehrlos werde ich ganz und gar nicht sein. Geht nur – geht!«

Sie begaben sich nach den Steinen und duckten sich dort nieder. Winnetou nahm sein Messer in die linke Hand und kroch hinter den Busch, so daß er nicht zu sehen war. Er flüsterte mir, falls ich ja noch bedenklich sein sollte, beruhigend zu:

»Der Wind ist unser Verbündeter, und wenn der Bär mich ja entdecken sollte, hast du den ersten Stich!«

Mir war gar nicht bange. Eine unbekannte Gefahr kann einen beunruhigen; sobald man sie aber kennt und nahe vor sich sieht, ist diese Unruhe vorüber. Ich zog mein Messer auch mit der linken Hand und huschte an die Felsenkante zurück. Als ich um dieselbe blickte, lag der Bär noch genau so wie vorher. Wahrscheinlich hatte er in der Nacht reichlich gefressen und schlief nun um so besser. Ich wußte, daß dies vor seinem Tode der letzte Schlaf sein werde, hob einen Stein auf, trat um die Ecke und warf nach ihm. Er wurde getroffen und hob den Kopf. Die kleinen, giftigen Augen erfaßten mich, und er stand, ohne sich einmal zu dehnen und zu strecken, mit einer Schnelligkeit auf, in welcher ihn gewiß kein Tiger oder Panther übertroffen hätte. Ich huschte um die Ecke zurück und schritt, den Blick auf sie gerichtet, rückwärts dem Busche zu, hinter welchem der Apatsche steckte. Jetzt erschien der Bär, und nun galt es freilich das Leben. Wenn ich strauchelte und stürzte, war ich sicher verloren.

Das Kunststück bestand darin, den Bären an Winnetou vorüber zu locken und ihn dann zum Stehen zu bringen, um dem Apatschen einen sichern Stoß zu bieten. Mit jener schwerfällig erscheinenden Leichtigkeit, welche außer dem Bären noch dem Elefanten eigen ist, folgte er mir, langsam und überlegend, wie es schien, in Wahrheit aber sehr schnell und entschlossen. Er sah niemanden als mich und kam mir immer näher. Das wollte ich. Als ich den Busch erreichte, war er nur noch acht Schritte entfernt. Ich retirierte schneller; jetzt war er am Busche. Noch einen Schritt weiter, und wenn ich ihn nun nicht zum Stehen brachte, war es mit mir aus! Den riesigen Tatzen dieses Ungeheuers konnte kein Geschöpf der Erde widerstehen. An Stärke übertraf es sicher weit den Löwen.

Also entweder - oder! Ich sprang zwei Schritte vor und hob den Arm. Schon war Winnetou hinter dem Busche hervorgetreten und stand mit gezücktem Messer hinter dem Bären. Dieser hielt bei meiner scheinbaren Angriffsbewegung inne und richtete sich auf, kopfshöher noch als ich. In diesem Augenblicke stieß der Apatsche zu, nicht hastig schnell, sondern mit der raschen Bedächtigkeit, welche geboten war, wenn er richtig treffen wollte, nämlich zwischen die zwei bekannten Rippen in das Herz. Die Klinge war bis an das Heft hineingefahren; er ließ sie nicht stecken, sondern zog sie schnell wieder heraus, um nicht ohne Waffe zu sein.

Das Ungetüm wankte, als ob es stürzen wolle, drehte sich aber ganz unerwartet im Nu um und streckte die Pranken nach Winnetou aus, der kaum Zeit fand, zurückzuspringen. Jetzt war sein Leben in Gefahr, nicht mehr das meinige. Ich stand sofort hinter dem Bären, holte aus und stach zu, sprang aber augenblicklich, das Messer stecken lassend, wieder zurück. Jetzt gab es kein Biegen und kein Wanken; der alte »Ephraim« stand unbeweglich still; nicht einmal der Kopf veränderte seine Stellung. Das dauerte zehn, zwanzig, dreißig, vierzig Sekunden; dann brach er, wie von einem unsichtbaren Eisenhammer getroffen, genau auf derselben Stelle zusammen und rührte sich nicht mehr.

»Uff! Das war gut getroffen!« sagte der Apatsche, indem er mir die Hand entgegenstreckte. »Der steht gewiß nicht wieder auf!«

»Ich habe nur nachgeholfen,« antwortete ich. »Das Herz dieses Riesen muß in einem zehnfachen Beutel stecken. Es gehörte Kraft dazu, die Klinge hineinzubringen. Fast hätte er dich gehabt!«

Da lag nun die Masse Fleisch, gewiß zehn Zentner schwer! Der Kerl verbreitete einen Geruch, der jeden Appetit auf seine Tatzen vergehen ließ. Gewöhnlich riechen die katzenartigen Raubtiere viel penetranter als der Bär; dieser machte eine Ausnahme.

Jetzt kamen die Gefährten herbei. Wir streckten den Körper des Grizzly aus und konnten nun erst die erschrecklichen Formen desselben anstaunen und daran denken, was aus uns geworden wäre, wenn wir uns auf unsere Klingen nicht hätten verlassen können.

»So hatte ich mir das nicht gedacht,« sagte Old Surehand. »Bloß mit dem Messer auf so ein Untier loszugehen, heißt wirklich, Gott versuchen. Ich bin kein Schwächling und kein feiger Mensch; dies aber würde ich nicht wagen!«

»Mein Bruder irrt,« antwortete Winnetou. »Ein gutes Messer und eine sichere Hand, die sind oft besser als eine nicht ganz genau gezielte Kugel. Nicht jeder Bär ist so stark wie dieser hier!«

Apanatschka sagte nichts; er zog nur mein Messer heraus und mußte dabei solche Kraft anwenden, daß er still den Kopf schüttelte. Um so lauter war Dick Hammerdull. Er sah die Wunden an und sagte:

»Ganz eng nebeneinander! Wie weiß man denn eigentlich die Stelle, in welche man stechen muß, Mesch'schurs?«

»Das sagt keine bestimmte Regel, sondern nur das Augenmaß,« antwortete ich. »Es ist nicht ein Bär so wie der andere gebaut, und auch die Beschaffenheit des Pelzes kann leicht verhängnisvoll werden.«

»Hm! Wenn man nun die Rippe trifft?«

»So rutscht man ab und wird dafür wahrscheinlich rasch skalpiert.«

»Danke! Da lobe ich mir doch mein Gewehr! Ja, wenn man mit der einen Hand gemächlich nach der Stelle suchen könnte, um dann mit der andern zuzustoßen! Dann möchte ich es auch versuchen.«

»Der Kampf mit einem Grizzly ist kein Schweineschlachten!«

»Das habe ich gesehen! Jetzt aber sagt, was mit diesem lieben Vater Ephraim geschehen soll?«

»Wir nehmen ihm den Pelz und lassen ihn dann liegen.«

»Kein Fleisch?«

»Danke!«

»Warum nicht?«

»Das würde sich grade wie Sohlenleder kauen. Wir wollen uns beeilen, denn Winnetou scheint noch weitere Arbeit für uns zu haben!«

»Mein Bruder Shatterhand hat es erraten,« nickte der Apatsche.

»Giebt es noch eine Grizzlyspur?«

»Ja; aber sehr weit von hier, ganz am oberen Ende des Thales.«

»Das läßt sich denken. Die Grizzlys können doch nicht so

eng beisammen wohnen wie die Biber oder Prairiehunde. Meint mein Bruder Winnetou, daß wir heut vor Nacht noch fertig werden?«

»Ich denke es; die Pferde werden uns ja rasch hinbringen.«

»Darf ich da auch wieder mit?« fragte Hammerdull.

»Nein,« antwortete ich.

»Warum nicht? Habe ich mich hier nicht gut benommen, Sir?«

»Es gab für Euch überhaupt gar nichts zu benehmen. Uebrigens war Euch, wie mir schien, der Kerl etwas zu groß gewachsen?«

»Das will ich allerdings nicht falsch ableugnen. Man läßt sich wohl einen Bären gefallen, aber so einen doch nicht! Ich habe mich auch, als ich ihn sah, sofort ins hinterste Glied gemacht. Grad und genau so bescheiden würde ich sein, wenn ich noch einmal mitthun dürfte!«

»Das geht nicht. Schahko Matto muß berücksichtigt werden. Er würde es als eine Beleidigung auffassen, wenn wir ihn wieder ausschließen wollten.«

»Ob Ihr ihn ausschließt oder nicht, das bleibt sich gleich, wenn er nur mit dabei sein darf. Ich trete also gern zurück.«

»Gern oder nicht, das bleibt sich gleich, wenn Ihr nur müssen müßt!« persiflierte ich ihn. »Jetzt lauft einmal zum Lager, um ein Pferd zu holen, damit nicht wir das schwere Fell zu tragen haben!«

Er folgte dieser Weisung. Als er wiederkam, brachte er seine alte Stute und auch noch Pitt Holbers mit. Weil ich ihn nicht fragte, weshalb, gab er mir selber die Erklärung:

»Hier ist das Pferd, welches Ihr haben wollt, Mr. Shatterhand!«

Pitt Holbers war nämlich mit zu uns auf den Felsen gekommen; die Stute aber stand drunten am Wege neben dem Spring. Wir waren fertig mit der Arbeit geworden, auch diesem Bären die Handschuhe, Stiefel und den Rock zu nehmen; darum gebot ich:

»Da, schafft das Fell hinüber zu dem Pferde!«

»Wie? Zu meiner Stute?« fragte Hammerdull schmunzelnd. »Die habe ich nur für mich geholt, nicht aber für das Fell.«

»Und wer soll dieses tragen?«

»Das Pferd, welches Ihr verlangt habt, Mr. Shatterhand, nämlich dieses Heupferd hier, Pitt Holbers, das alte Coon.«

Jetzt ging dem guten Pitt erst ein Licht auf, weshalb sein dicker Freund ihn mitgenommen hatte. Er fuhr ihn zornig an:

»Was fällt dir ein! Ich denke, ich soll die Ehre haben, der erste von uns sein zu dürfen, der diesen Bär zu sehen bekommt! Statt dessen spielst du schon wieder mit mir Schabernack!«

»Ereifre dich doch nicht so, lieber Pitt! Bist du denn von euch nicht der erste, der den Bär zu sehen bekommt?«

»Aber den Pelz schleppe ich nicht!«

»Gut, so will ich ein Einsehen haben, denn du hast an deiner Haut genug zu tragen. Also nur hinüber bis zum Pferd. Fass' an!«

Während sie sich mit der schweren Haut schleppten, gingen wir andern rascher fort. Nun erst, da sie vorüber war, stellte sich die überstandene Gefahr in ihrer ganzen Größe vor mein Auge. Ein solches Wagnis war mit keinem andern als nur mit Winnetou allein zu unternehmen. Wenn man ein solches Ungetüm in dieser Weise erlegen will, kann der geringste Mangel an Geschick und Geistesgegenwart verderblich werden; auf den Apatschen aber konnte ich mich verlassen.

Im Lager angekommen, erklärten wir Schahko Matto, daß er nun mit uns reiten solle; er fand das für ganz selbstverständlich. Treskow, Hammerdull, Holbers und Apanatschka sollten bei den Fellen bleiben. Der letzte hätte sich uns sehr gern angeschlossen, wußte aber gar wohl, warum wir ihn nicht mitnahmen; auf ihn konnten wir uns mehr verlassen als auf die andern drei zusammen.

Wir ritten also jetzt thalauf, an der Stelle vorüber, wo wir die Begegnung mit Old Surehand gehabt hatten. Winnetou hatte uns außer der Entfernung, welche wir zurücklegen sollten, keine Andeutung über das Abenteuer gegeben, welchem wir entgegengingen.

Das Thal war außerordentlich lang und wurde, je höher wir in demselben aufwärts kamen, um so schmäler. Es begegneten uns zuweilen Büffel, teils einzeln, teils in Familien, aber nicht in größern Trupps, weil die Zeit der eigentlichen Herbstwanderung noch nicht da war. Diese Tiere waren so wenig menschenscheu, daß sie nicht etwa vor uns flohen, sondern nur zur Seite wichen. Wir schlossen daraus, daß sie während des Sommers von keinem Jäger gestört worden waren. Es gab sogar alte Stiere, welche nicht einmal zur Seite gingen, sondern uns verwundert anglotzten und höchstens herausfordernd den großen Kopf mit den starken Hörnern senkten, bis wir vorüber waren. Natürlich regte sich die Jagdlust in uns allen; wir durften ihr aber nicht folgen, weil wir keine Zeit dazu hatten und von den Bären mehr als genug Fleisch besaßen.

Der Westmann tötet eben nie ein Tier, wenn er dessen Fleisch nicht braucht. Auch ist es nicht wahr, daß die Indianer zur Zeit der beiden Büffelwanderungen große, ganz unnötige Metzeleien unter den Bisons angestellt hätten. Der Rote wußte nur zu gut, daß er ohne diese Herden nicht leben könne, sondern zu Grunde gehen müsse, und hütete sich infolgedessen stets, mehr Fleisch zu machen, als er brauchte. Wenn der Buffalo jetzt ausgestorben ist, so trägt nur der Weiße allein die Schuld daran. Es haben sich da zum Beispiele ganze Gesellschaften von »Sauschützen« zusammengethan und Bahnzüge gemietet, welche da halten mußten, wo man in der Prairie eine Büffelherde traf. Von dem Zuge aus wurde dann aus reiner Mordlust unter die Tiere hineingeschossen, bis man die Kracherei satt bekam. Dann fuhr man weiter, um bei der nächsten Herde wieder anzuhalten. Ob die getroffenen Büffel tot oder nur verwundet waren, darnach wurde nicht gefragt. Die angeschossenen Tiere schleppten sich fort, so weit sie konnten, und brachen dann zusammen, um von den Geiern und Wölfen zerrissen zu werden. So sind Tausende und Abertausende von Bisons nur aus Blutgier niedergepafft oder todkrank geschossen worden und Millionen von Zentnern Fleisch verfaulten, ohne daß ein Mensch den geringsten Nutzen davon hatte. Ich selbst bin nicht selten an Stellen gekommen, wo solche Massakres stattgefunden hatten, und habe die bleichenden Knochen in großen Haufen beisammenliegen sehen. Nicht einmal die Felle und Hörner waren mitgenommen worden.

Beim Anblicke solcher Büffelleichenfelder mußte sich das Herz jedes echten Westmannes gradezu umdrehen, und was nun erst die Indianer dabei dachten und dazu sagten, das läßt sich wohl unschwer denken! Sie waren selbstverständlich der Ansicht, daß die Regierung diese niederträchtigen Metzeleien nicht nur dulde, sondern sogar begünstige, um die Ausrottung der nun dem Hunger preisgegebenen roten Rasse zu beschleunigen. Und wenn der Redman sich gegen diese Sauschießereien zu wehren versuchte, wurde er ebenso schonungslos wie die Büffel niedergeknallt.

Wo sind nun die Bisons und wo die stolzen, ritterlichen roten und weißen Jäger hin? Ich behaupte, daß es nicht einen, aber auch nicht einen einzigen jener Westmänner mehr giebt, von deren Thaten und Erlebnissen an jedem Lagerfeuer erzählt wurde. Ihre Gebeine sind zerstreut, und wenn die Hacke oder der Pflug jetzt einen halb vermoderten Schädel aus der Erde hebt, ist dieser Ort wahrscheinlich der Schauplatz eines heimtückischen Ueberfalles oder eines verzweifelten Kampfes gewesen, bei welchem, wie überall hier im blutgetränkten Westen, die erbarmungslose Gewalt das Recht vernichtete. –

Wir waren über eine Stunde, und zwar nicht langsam, geritten und hatten doch das Ende des Kui-erant-yuaw noch nicht erreicht; da hielt Winnetou sein Pferd endlich an und sagte:

»Nun nur noch zwei Minuten, so kommen wir an eine Stelle, an welcher Winnetou einen niedergeschlagenen Büffel fand. Er war von einem Grizzly geworfen worden, denn der Sieger hatte nur wenig Fleisch gefressen, sondern die Markknochen zerbrochen und ausgesaugt; das thut nur der graue Bär. Seine Spur führte nach dem Rande des Thales und ein Stück den Berg hinauf.«

»Hat Winnetou sein Lager dort entdeckt?« erkundigte sich Old Surehand.

»Nein. Ich wollte nur seine Fährte ausmachen, ihn aber nicht aufstören, damit meine Brüder auch sagen können, daß sie einen Grizzly erlegt haben. Ich denke, daß ich da richtig gehandelt habe!«

»Ja, das ist recht! Wenn ich die Felle vorzeige, will ich mir sagen dürfen, daß ich wenigstens eins davon erbeutet habe.«

»Wünscht Old Surehand vielleicht, daß wir ihm diesen Grizzly überlassen?«

»Ja; ich bitte darum!«

»So soll er ihn haben! Will er sich dazu den Bärentöter Old Shatterhands leihen?«

»Nein; ich kann mich auf mein Gewehr verlassen.«

»Und was thue ich dabei?« fragte der Häuptling der Osagen. »Soll man von Schahko Matto erzählen, daß in seiner Gegenwart vier Bären erlegt worden seien, ohne daß er eine Hand dazu gerührt habe?«

»Mein roter Bruder wird, wenn er das will, wohl auch zu thun bekommen; in welcher Weise, das wird sich zeigen, wenn wir den Grizzly finden. Wir halten in der Nähe an und - - - uff, uff!«

Wir waren während des letzten Teiles dieses Gespräches weiter geritten; jetzt parierte Winnetou sein Pferd wieder und streckte den Arm aus, um vorwärts zu deuten. Da sahen wir vielleicht tausend Schritte von uns einen Grizzly an der linken Seite des Thales unter den Bäumen hervorkommen und in gerader Richtung quer über den offenen Plan trollen. Er hielt den Kopf tief an den Boden gesenkt und sah weder rechts noch links. Wenn er ihn nur ein wenig nach unserer Seite gerichtet hätte, wären wir unbedingt von ihm bemerkt worden. Winden konnte er uns freilich nicht, weil die Luft thalabwärts wehte.

»Jetzt, am hellen Tage!« sagte Old Surehand. »Der Kerl muß Hunger haben!«

»Ja,« nickte Winnetou. »Daß er jetzt sein Lager verläßt, ist ein Zeichen davon, daß er Appetit bekommen hat, aber auch davon, daß diese Gegend seit langer Zeit von keinem Jäger besucht worden ist.«

»Wo liegt der Büffel?« erkundigte ich mich.

»Mein Bruder kann ihn von hier aus nicht sehen, weil das kleine Gebüsch da vorn dazwischen liegt,« antwortete der Apatsche.

»Daß der Bär ganz gegen seine sonstige Gewohnheit jetzt kommt, erspart uns Zeit. Wir brauchen ihn nicht zu suchen. Steigen wir hier ab und hobbeln wir die Pferde an! Das Gebüsch, von welchem Winnetou sprach, erlaubt uns die Annäherung, ohne daß er es bemerkt.«

»Meine Brüder mögen noch einen Augenblick warten; ich habe ihnen einen Vorschlag zu machen,« sagte der Osage, indem wir abstiegen.

»Welchen?« fragte Old Surehand.

»Ich habe nichts dagegen, daß mein Bruder Surehand diesen Grizzly erlegt; aber es mag mir erlaubt sein, mich dabei zu beteiligen!«

»In welcher Weise?«

»In der Weise, wie Old Shatterhand und Winnetou den ihrigen getötet haben.«

»Das ist zu gewagt!«

»Nein.«

»Oh doch! Ich bin nicht sicher, ihn mit dem Messer gleich so zu treffen, daß er fallen muß. Ist Schahko Matto vielleicht sicher?«

»Auch ich habe noch keinen grauen Bären nur mit dem Messer erlegt. Ich meine auch nicht, daß wir die Messer nehmen, was allerdings gefährlich sein würde. Aber kann Old Surehand sich auf sein Gewehr verlassen?«

»Ja.«

»So wird es leicht sein, ihn zu töten. Mein Bruder versteckt sich mit seinem Gewehre, und ich bringe ihm den Bären grad so, wie Old Shatterhand es vorhin mit dem seinigen gethan hat.«

»Wenn Schahko Matto das wagen will, habe ich nichts dagegen.«

»Es ist kein Wagnis, wenn nur die Kugel dahin trifft, wo sie zu sitzen hat.«

»*Pshaw!* Ich werde doch keinen Fehlschuß thun!«

»Sind Winnetou und Old Shatterhand einverstanden?«

Natürlich waren wir es. Wir hobbelten die Pferde eng und gingen im Gänsemarsche auf das betreffende Gebüsch zu. Dort angekommen, sahen wir, vielleicht hundert Schritte von uns entfernt, den Grizzly bei dem Büffel. Er wendete uns den Rücken zu und grub mit den Tatzen in das Fleisch hinein, um die Röhren bloßzulegen. Nächst dem Gehirn ist das Knochenmark die größte Delikatesse für den grauen Bären. Ungefähr dreißig Schritte von uns lag ein Felsstück von der Größe, daß ein Mann sich hinter ihm verbergen konnte. Der Osage deutete auf dasselbe und sagte:

»Mein Bruder Surehand legt sich an diesen Stein; ich gehe zum Bären und hole ihn; das wird so leicht wie ein Spiel der Knaben sein.«

Ich war ebensowenig wie Winnetou dieser Meinung Schahko Mattos. Die Entfernung von dem Bären bis zum Felsen war zu groß; aber um den Stolz des Osagen nicht zu verletzen, schwiegen wir.

Er ließ sein Gewehr bei uns zurück, legte sich auf die Erde und kroch auf den Felsen zu, diesen natürlich als Deckung gegen den Bären nehmend. Old Surehand folgte ihm, selbstverständlich mit dem Gewehre, in derselben Weise. Bei dem Steine angekommen, blieb Old Surehand dort liegen, während der Osage weiter kroch.

Der Bär merkte noch immer nichts von dem, was gegen ihn im Werke war. Wir hörten trotz der weiten Entfernung die Knochen zwischen seinen Zähnen krachen. Schahko Matto schob sich vorwärts, weiter, immer weiter; das war mehr unvorsichtig als mutig.

»Uff!« sagte der Apatsche. »Wir wollen unsere Gewehre bereit halten. Der Häuptling der Osagen weiß den Weg nicht einzuteilen!«

Ich konnte Schahko Matto auch nicht begreifen; er zog die Schnelligkeit eines Grizzly gar nicht mit in Berechnung. Er durfte sich nur so weit von Old Surehand entfernen, daß er auf dem Rückwege nicht von dem Bären eingeholt werden konnte. Anstatt aber den Grizzly so aufmerksam zu machen, daß er, von ihm verfolgt, noch vor ihm bei Old Surehand ankam, kroch er weiter, immer weiter! Da legte Winnetou beide Hände an den Mund und rief:

»Anhalten, Schahko Matto! Anhalten und aufstehen!«

Der Osage hörte es und erhob sich. Der Bär hatte es auch gehört und drehte sich nach der Gegend um, aus welcher die Stimme kam. Er sah den Indianer und trabte augenblicklich auf ihn zu. Was das zu bedeuten hatte, wird daraus klar, daß der Trab eines Grizzly gleich dem Galoppe eines Pferdes ist. Schahko Matto war ihm auf zwanzig Schritte nahe gekommen, hatte also bis zu Old Surehand fünfzig zurückzulegen; er mußte vor der Zeit von dem Bären eingeholt werden! Dazu kam, daß Old Surehand, wenn er den Petz wirklich nicht nur verwunden, sondern erlegen wollte, nicht eher schießen durfte, als bis dieser sich aufrichtete und dabei die Brust zum Ziele bot. Ich rief ihm also hastig zu:

»Jetzt ja nicht schießen, Mr. Surehand! Ich werde den Osagen beschützen!«

Ich legte also meinen Bärentöter an und wartete. Schahko Matto hatte wohl noch nie in seinem Leben solche Sprünge gemacht wie jetzt; es war aber vergeblich; der Grizzly kam ihm rapid näher.

»Schahko Matto, eine Wendung zur Seite machen!« schrie ich ihm zu.

Er und der Bär kamen nämlich in einer geraden Linie auf uns zu; es konnte also niemand auf das Tier schießen, ohne den Menschen zu treffen. Er achtete aber nicht auf meinen Ruf und rannte geradeaus weiter. Da sprang ich hinter dem Busche weit hervor und schrie ihm die Warnung wieder zu; der Bär war nur drei Schritte hinter ihm. Jetzt verstand er mich und bog rasch seitwärts ab; nun hatte ich freies Ziel und der Bär bekam meine Kugel, noch ehe er ihm folgen konnte. Es war natürlich kein Schuß auf den Tod; ich wollte dem Grizzly nur einen Halt gebieten, und das gelang; er ließ den Osagen laufen und blieb stehen. Den Kopf hin und her bewegend, sah er sein Blut laufen und hob die Tatze nach der Wunde, welche meine Kugel ihm unterhalb des Halses geschlagen hatte. Diesen Augenblick ergriff Old Surehand, indem er sich hinter dem Felsen aufrichtete und kühn auf den Bären zuschritt; die Entfernung betrug ungefähr dreißig Fuß. Der Grizzly sah ihn kommen und richtete sich auf. Old Surehand ging unentwegt weiter und gab ihm die erste und nach einigen Schritten die zweite Kugel in die Brust. Dann warf er das Gewehr weg und zog das Messer. Diese Vorsicht war aber glücklicherweise überflüssig; auch dieser »Vater Ephraim« hatte genug; er fiel um, wälzte sich einigemal hin und her, zuckte konvulsivisch mit den Pranken und ließ dann seine Seele nach den ewigen Jagdgründen wandern, seinen Leib aber mit dem Felle hier bei uns zurück.

Von dem Warnungsruf Winnetous an bis jetzt war nicht eine Minute vergangen, so schnell hatte sich die Scene abgespielt. Schahko Matto stand mit tief arbeitender Brust und ohne Atem bei uns.

»Das – das – – ging mir an das Leben!« keuchte er.

»Warum war mein Bruder so unvorsichtig!« antwortete der Apatsche.

»Unvorsichtig? Ich?«

»Ja! Wer sonst?«

»Du! Winnetou!«

»Uff! Ich soll unvorsichtig gewesen sein?«

»Ja. Hättest du mir nicht vor der Zeit zugerufen, so wäre der Bär nicht auf mich aufmerksam geworden! Das ist doch richtig!«

Winnetou sah ihm einen Augenblick lang lächelnd in das Gesicht, sagte kein Wort und wendete sich dann stolz von ihm ab.

»Er dreht sich um! Habe ich nicht recht?« fragte der Osage nun mich.

»Der Häuptling der Osagen hat unrecht,« antwortete ich.

»Old Shatterhand irrt sich!«

»Beweise es!«

»Mußte Winnetou den Bären auf mich aufmerksam machen?«

»Ja. Du krochst doch zu dem Tiere hin, damit es aufmerksam werden solle.«

»Aber doch nicht so zeitig!«

»Nicht so zeitig? Früher, viel, viel früher hätte es geschehen sollen! Du hättest viel eher aufstehen und den Bären anrufen sollen; dann wäre er dir nicht vor der Zeit nachgekommen, und du hättest Old Surehand auch nicht die ganze Freude verdorben.«

»Die Freude habe ich ihm verdorben? Womit?«

»Durch den Schuß, den ich abgeben mußte, um dir das Leben zu retten.«

»Und der hat Old Surehand um die Freude gebracht?«

»Natürlich!«

»Ich verstehe Old Shatterhand nicht!«

»Das ist mir unbegreiflich. Das Tier hat, ehe Old Surehand es erlegte, schon eine Kugel von mir bekommen. Muß ihn das nicht ärgern?«

»Uff, uff! Ja; daran habe ich nicht gedacht.«

»So denke nun auch daran, daß du dich bei Winnetou hättest bedanken sollen, anstatt ihm Vorwürfe zu machen! Hätte er dir nicht zugerufen, und wärest du dem Bären noch näher gekommen, so lebtest du wahrscheinlich jetzt nicht mehr. Das gebe ich dir zu bedenken!«

Jetzt ließ auch ich ihn stehen und ging zu dem Grizzly hin, bei welchem Winnetou und Old Surehand schon damit beschäftigt waren, ihm »den Pelzrock auszuziehen«. Dieser Vater Ephraim stand, um mich dieses Ausdrucks zu bedienen, in dem besten Mannesalter, und so nahmen wir seine Tatzen mit. Schahko Matto erwirkte es dann, daß wir uns auch einen der beiden Hinterschinken herausschälten, da es geraten erschien, uns so viel wie möglich mit Fleisch zu versehen, von dem allerdings zu erwarten war, daß es sich oben im kühlen Gebirge gut halten werde.

Jetzt hatten wir auch den vierten Pelz und konnten nach dem Lager zurückkehren. Vier Bären im Laufe eines Tages! Das war, obgleich sich ein junger darunter befand, ein höchst seltenes Jagdergebnis, zumal niemand dabei eine Verletzung davongetragen hatte, ein Ergebnis, welches kaum irgendwo anders als in diesem abgelegenen, kaum von einem Weißen besuchten Kui-erant-yuaw hatte stattfinden können! Wir andern waren ebenso erfreut darüber wie Old Surehand, der nun die Erwartung der Utahs, daß die Bären ihn zerreißen würden, ihnen als nichtig beweisen konnte.

Als wir das Lager erreichten, war es schon spät am Nachmittage, und es galt nun, für den Abend unsere Beschlüsse zu fassen. Old Surehand hatte zwar eine zweitägige Frist bekommen; es fiel uns aber gar nicht ein, einen Tag unnötig zu verschwenden. Was zu seiner Befreiung geschehen konnte, das mußte schon heut geschehen, aber was und wie, das waren die wichtigen Fragen.

Old Surehand konnte die Felle unmöglich allein hinauf nach dem Park schleppen; wir mußten sie unsern Pferden zu tragen geben. Aber da, wo er heruntergekommen war, durften wir nicht hinauf, denn da wären die Utahs uns gewahr geworden. Wir machten also mit ihm aus, daß er allein hinaufsteigen solle, und zwar noch während es hell war. Er sollte sich dann um das Lager der Roten herumschleichen, sich aber ja nicht sehen lassen, und nach der nordwestlichen Ecke des Parkes kommen, wo er uns entweder schon antreffen würde oder auf uns warten müsse. Wir aber wollten in unserer Schlucht, wo wir den großen, alten Vater Ephraim erlegt hatten, wieder hinauf und auf demselben Wege wie gestern, also am südlichen und westlichen Rande des Parkes unter den Bäumen hin, unbemerkt das genannte Rendezvous zu erreichen suchen. Er ging auf diesen Vorschlag ein und machte sich, um das Tageslicht ausnutzen zu können, gleich jetzt schon auf den Weg. Dick Hammerdull warf eine Kußhand hinter ihm her und rief ihm nach:

»Leb wohl, herzlieber Schatz! Komm ja heut abend zum Tanze!«

Und sich an seinen Busenfreund wendend, fügte er lustig hinzu: »Du wirst dazu aufspielen. Welches Instrument kannst du denn blasen, alter Pitt?«

»Die längste Posaune von Jericho,« antwortete dieser.

»Ja, das stimmt. Alles, was lang ist, kannst du blasen, nur dich selber nicht! Möchte auch die Töne hören, die aus dieser alten Oboe kämen!«

»Zupf dich an deinen eigenen Saiten, alte Guitarre! Du bist verstimmt!«

»Ob ich verstimmt bin oder nicht, das bleibt sich gleich; heut aber möchte ich mich hören lassen. Drei Riesenbären und ein Baby dazu! Das ist noch gar nicht dagewesen; so etwas hat es gar noch nie gegeben!«

»Ja, und alle vier hast du allein erlegt!«

»Spotte nicht! Hast etwa du ihren Tod auf deinem Herzen?«

»Nein. Ich thu aber auch nicht so dick wie du damit. Verstanden?«

»Vom Dickthun kann keine Rede sein. Ich habe nur die Ereignisse und Ergebnisse der heutigen Weltgeschichte aufgezählt, welche übrigens noch gar nicht abgeschlossen ist. Es kommt ja nun erst noch der gewaltige Schreck, den wir da oben den Utahs einjagen werden.«

»Uff! Die werden sich wohl ganz besonders vor dir entsetzen?«

»Jedenfalls mehr als vor dir! Doch schau, die andern Gentlemen sind schon fertig. Steig auf, altes Coon, zu neuen großen Heldenthaten!«

Wir verließen das Lager und traten den Weg nach oben an.

Es war trotz der Angst, welche die Utahs vor den Grizzlys hatten, möglich, daß sie wenigstens eine Strecke in die Schlucht herabgekommen waren; der Bär ist ja bei Tage nicht so wie in der Nacht zu fürchten. Darum mußten wir vorsichtig sein und schickten Winnetou voraus, um uns zu warnen, falls dies nötig werden sollte. Er fand aber keine Veranlassung, dies zu thun, denn er hatte niemand gesehen.

Als wir oben ankamen, war es dunkel geworden, so daß

wir keine Spur entdecken konnten, ob die Utahs ihre Streifereien bis hierher ausgedehnt hatten. Wir kannten den Weg von gestern, und da wir nicht ritten, sondern die Pferde führten, kamen wir ganz leidlich bis zu der hohen Baumgruppe, bei welcher die Kameraden gestern auf mich und Winnetou, während wir die Utahs belauschten, gewartet hatten.

Hier mußten wir die Pferde lassen, durch welche wir leicht hätten verraten werden können, wenn wir sie näher zu den Utahs mitgenommen hätten.

Die Felle tragend, gingen wir dann weiter bis zu der Ecke, zu welcher wir Old Surehand bestellt hatten. Er war noch nicht da. Das war leicht erklärlich: Er kannte das Terrain nicht so wie wir und mußte sich vorsichtig um die Indianer schleichen; dazu war mehr Zeit erforderlich, als wir für uns nötig gehabt hatten.

Endlich kam er. Er war natürlich sehr erfreut darüber, daß weder ihm noch uns etwas begegnet war, was unser Zusammentreffen verhindert hätte, und teilte uns mit, daß die Roten schon ihre Lagerfeuer brennen hätten. Wir hatten das schon gerochen, wenn es auch nicht möglich gewesen war, sie zu sehen.

Ueber das, was nun geschehen sollte, waren wir einig. Die Felle mußten in die Nähe des Lagers geschafft werden, und zwar nach der Seite desselben, von welcher Old Surehand aus dem Thale heraufzukommen hatte. Da dies die von uns abgewendete war, mußten wir einen Umweg machen, einen nach dem offenen Parke gerichteten Bogen schlagen, was nicht schwer war, weil wir dabei nicht durch Bäume gehindert wurden. Wir langten glücklich jenseits der Utahs an und legten die Felle in so geringer Entfernung vor dem Lager nieder, daß es eine Schande für die Roten war, uns nicht bemerkt zu haben.

Jetzt galt es nun zuletzt, uns ebenso unbemerkt hinter sie zu schleichen. Um uns dies zu erleichtern, mußte ihre Aufmerksamkeit von uns abgelenkt werden, und dies konnte am sichersten durch Old Surehand geschehen. Wenn er am Lager ankam, waren jedenfalls alle Augen und Ohren auf ihn gerichtet, und so bekam er die Weisung, sich ungefähr zehn Minuten nach unserer Entfernung bei den Feuern sehen zu lassen.

Wir drangen also, einer hinter dem andern und uns an den Händen führend, in den Wald ein. Die Feuer zu unserer Linken erleichterten uns das Vorwärtsdringen. Dennoch war die angegebene Zeit schon fast vorüber, als wir hinter den Roten unter den Bäumen kauerten. Wir hatten uns ihnen noch mehr zu nähern, und um das zu können, mußten wir auf die Ankunft Old Surehands warten.

Da ertönten laute, verwunderte Rufe. Er war gekommen, und nun schoben wir uns, am Boden kriechend, in das schon gestern erwähnte Farngestrüpp hinein. Heut war dabei die gestrige große Vorsicht nicht nötig, weil kein Mensch nach dieser Seite blickte.

Das Aufsehen, welches die Rückkehr Old Surehands erregt hatte, war noch nicht vorüber, als wir es uns in den Farn schon so bequem wie möglich gemacht hatten. Bemerken muß ich, daß der Häuptling Tusahga Saritsch genau an demselben Platze wie gestern saß, doch heut allein. Er war der einzige, welcher nicht aufgestanden war; die andern alle umdrängten Old Surehand und riefen ihm ihre Fragen zu, von denen er, still um sich sehend, keine beantwortete.

Erst als er annehmen zu dürfen glaubte, daß wir die von uns beabsichtigten Plätze eingenommen hatten, sagte er mit lauter Stimme: »Die Krieger der Utahs umdrängen mich mit Fragen, ohne zu bedenken, daß nur ihr Häuptling es ist, dem ich Rede stehen werde!«

»Uff! Das Bleichgesicht hat recht,« stimmte Tusahga Saritsch bei. »Old Surehand mag kommen und sich zu mir setzen!«

Der Genannte folgte dieser Aufforderung, ohne vorher entwaffnet und gebunden zu werden, was doch wohl das erste war, was die Utahs hätten thun müssen. Sie glaubten, seiner auf alle Fälle sicher zu sein.

»Old Surehand mag sagen, ob er unten im ›Thale der Bären‹ gewesen ist!«

Der Jäger antwortete auf diese Frage des Häuptlings:

»Ich war unten.«

»Hast du die Spuren des Grizzly gesehen?«

»Sogar mehrerer Grizzlies!«

»Auch die Bären selber?«

»Ja.«

»Doch ohne mit ihnen zu kämpfen?«

»Ich kenne keinen Grizzly, welcher nicht sein Leben lassen mußte, nachdem er so unvorsichtig gewesen war, sich von mir sehen zu lassen!«

»Du bist aber nicht verwundet!«

»Ich habe noch nie einem Bären erlaubt, mich zu berühren. Wozu habe ich mein Gewehr?«

»So bist du Sieger gewesen?«

»Ja.«

»Aber ich sehe kein Fell!«

»Fell? Du sprichst nur von einem! Hast du vergessen, was mir aufgetragen worden ist! Habe ich nicht vier Felle bringen sollen?«

»Uff! Du redest sehr stolz!«

»Ich rede nur so, wie ich darf!«

»Hast du denn vier Felle?«

»Ja.«

»Das ist nicht wahr; das ist nicht möglich; das kann man nicht glauben!«

»Was Old Surehand sagt, ist immer wahr!«

»Wie hättest du die Felle tragen können! Vier Felle von grauen Bären sind so schwer, daß kein einzelner Mann sie schleppen kann!«

»Die Söhne der Utahs scheinen sehr schwache Leute zu sein.«

»Uff! Du hast kein einziges Fell. Du weißt, daß du verloren bist, und willst uns in Zorn und Aerger versetzen!«

»Schicke vier Krieger vierzig Schritte weit hier an dem Rande des Waldes hin; sie mögen bringen, was sie dort finden werden!«

»Uff, uff! Meinst du, daß wir mit uns scherzen lassen?«

»Ich spreche im Ernste!«

»Wirklich?«

»Ja.«

»Uff! Ich sage dir: Ich habe dir zwei Tage Zeit gegeben, heut und morgen. Wenn du glaubst, scherzen zu können, strafe ich dich dadurch, daß ich aus den zwei Tagen nur einen mache; du mußt also heute noch sterben!«

»Mach nicht so viel Worte, sondern sende hin!«

»Uff! Dieses Bleichgesicht muß während dieses Tages wahnsinnig geworden sein!«

Er konnte den Worten Old Surehands absolut keinen Glauben schenken und fragte ihn noch einmal, erhielt aber die bestimmte Antwort:

»Ihr sollt mich sofort töten, wenn ich mit euch im Scherz gesprochen habe!«

Nun endlich schickte er vier Männer fort. Er und die andern warteten mit größter Spannung; keiner sprach ein Wort. Da erklangen laute Ausrufe der Verwunderung, ein sicheres Zeichen, daß die Roten ihren Weg nicht umsonst gemacht hatten. Die Utahs, welche sich vorhin alle niedergesetzt hatten, sprangen jetzt abermals auf und blickten erwartungsvoll nach der Gegend hin, aus welcher ihre vier Kameraden kommen mußten. Sie kamen, und jeder von ihnen brachte ein Grizzlyfell getragen, welches er am Feuer niederlegte.

Jetzt hatten wir das Vergnügen, eine sich vor Erstaunen fast wie toll gebärdende Indianerschar zu sehen und zu hören. Das von ihnen für vollständig unmöglich Gehaltene war nicht nur möglich, sondern wirklich geworden. Die Felle wurden hin und her gezerrt und sehr eingehend betrachtet. Die größte Bewunderung erregte der Pelz des alten Vater Ephraim, den wir in der Schlucht erlegt hatten. Man suchte vergeblich nach dem Kugelloche, und als man schließlich die zwei hart aneinander liegenden Stiche sah und zur Erkenntnis kam, daß er nicht erschossen, sondern erstochen worden war, legte sich der vielstimmige Lärm, und es trat eine um so auffälligere Stille ein, während welcher alle Augen groß und staunend auf den weißen Jäger gerichtet waren.

Bei den Indianern gilt die Erlegung eines grauen Bären für die größte Heldenthat. Wer einen Grizzly ohne Hilfe anderer getötet hat, wird bis an seinen Tod und noch darüber hinaus gefeiert und hat nach dem Häuptlinge die erste Stimme in der Versammlung der alten Krieger, mag er auch noch so jung sein. Da die Capote-Utahs bekanntlich sich nicht durch hervorragend kriegerische Eigenschaften auszeichnen, mußte der Sieg über einen Grizzly bei ihnen noch viel höher geschätzt werden als bei andern, sich durch größere Tapferkeit auszeichnenden Stämmen. Und nun lagen gar vier Felle hier anstatt eines einzelnen! Und unter diesen gab es die Haut eines wahrhaft riesigen Tieres, welches mit dem Messer erlegt worden war! Kein einziger der Capote-Utahs hätte gewagt, mit dem bloßen Messer auf einen viel, viel kleineren grauen Bären loszugehen! Daher die plötzlich eingetretene Stille, während welcher aller dreiundfünfzig Augen auf Old Surehand gerichtet waren.

Dieser that, als sehe er das gar nicht, zog ein Stück gebratenes Fleisch aus der Tasche und begann, es zu verzehren. Da fragte der Häuptling:

»Ist dieses Fleisch von einem dieser Bären?«

»Ja,« antwortete der Gefragte.

»Zum Braten muß man Feuer haben!«

»Natürlich!«

»Wir haben alle Taschen Old Surehands leer gemacht; er hat weder Punks[1] noch etwas anderes, womit man ein Feuer anzünden kann!«

»Auch das ist richtig!«

»Und doch hat er ein Feuer gehabt?«

»Ja.«

»Wie hat er es anbrennen können?«

Tusahga Saritsch war mißtrauisch geworden. Old Surehand antwortete:

[1] Prairiefeuerzeug.

»Die roten Männer kennen nicht die Wissenschaften der Bleichgesichter. Der Weiße braucht weder Punks noch Hölzer mit Schwefel. Hat Tusahga Saritsch noch nicht gehört, daß man mit Stahl und Stein Feuer machen kann?«

»Das weiß ich.«

»Nun, Stahl ist meine Messerklinge, und Feuerstein habe ich unten bei den Felsen gefunden. Zunder steckt in jedem hohlen Baume genug.«

»Uff! Das ist wahr! Schon dachte ich, Old Surehand habe andere Leute gefunden, Bleichgesichter, welche ihm Feuer gegeben haben. Aber die Bleichgesichter haben nicht den Mut, das ›Bärenthal‹ zu betreten!«

»Das ist eine Unwahrheit. Den Indianern aber fehlt dieser Mut!«

»Willst du mich wieder beleidigen?!«

»*Pshaw!* Bin ich unten gewesen, oder habt ihr es gewagt, hinabzusteigen? Bin ich ein Indianer, und seid ihr Weiße? Wer hat den Mut besessen, ich oder ihr, die ihr über fünfzig seid, und ich bin allein?«

»Schweig! Das Urteil, hinunter zu gehen, hat dich getroffen, aber nicht uns. Wir haben keinen Grund, dahin zu gehen, wohin wir nicht zu gehen brauchen. Wie hast du es angefangen, vier Bären zu finden?«

»Ich habe Augen!«

»Und sie zu erlegen?«

»Ich habe ein Gewehr und ein Messer!«

»Und die schweren Felle hier heraufzutragen?«

»Ich habe Schultern und Arme!«

»Aber kein Mensch kann diese vier schweren Felle tragen.«

»Auf einmal nicht. Wer hat denn behauptet, daß ich das gethan habe?«

»Konntest du es anders machen?«

»Natürlich! Kann ich sie nicht einzeln heraufschaffen?«

»Uff! Das ist wahr. Wir werden sehen, ob du morgen noch einen Bär erlegst!«

»Noch einen? Wer verlangt das?«

»Ich.«

»Warum?«

»Es ist ein sehr kleiner dabei; der gilt nichts!«

»Desto größer ist der alte Grizzly gewesen.«

»Das gilt nichts, daß er größer ist. Bär ist Bär!«

»Da bin ich einverstanden. Bär ist Bär; auch der kleine war ein Bär und hat also als ein Bär zu gelten. Ich habe vier Felle gebracht!«

»Darüber habe ich allein zu bestimmen, nicht aber du! Schweig also!«

Mit diesen Worten leitete er, ohne zu ahnen, eine Entscheidung ein, die ihn noch mehr in Aufregung bringen mußte, als der Anblick der Bärenfelle. Old Surehand antwortete ihm im ruhigsten Tone:

»Meinst du wirklich, daß Old Surehand der Mann ist, welchem du Schweigen gebieten darfst, wenn er sprechen will? Ich rede, wenn ich will, und ich thue, was ich will. Du hast mir nichts zu befehlen!«

»Nicht? Bist du nicht mein Gefangener?«

»Nein!«

»Uff! Du denkst, weil du dein Gewehr und dein Messer noch hast!«

»*Pshaw!*«

»Grad daß ich dir beides noch nicht habe nehmen lassen, muß dir sagen, daß wir dich fest in den Händen haben. Ich werde dich wieder binden lassen.«

»Das wirst du nicht thun!«

»Wer soll mich hindern?«

»Ich! Ich habe gethan, was du von mir gefordert hast, und bin nun frei!«

»Noch lange nicht! Dieser kleine Bär gilt nichts. Und wenn ich ihn gelten lassen wollte, hättest du doch nur dein Leben gerettet!«

»Auch die Freiheit!«

»Nein! Willst du mit uns ziehen und dir eine Squaw bei uns nehmen?«

»Nein!«

»So bleibst du gefangen!«

»Es wundert mich, daß du in dieser Weise mit mir zu sprechen wagst. Wer furchtlos in das Kui-erant-yuaw hinabgestiegen ist und vier graue Bärenfelle mitgebracht hat, fürchtet sich vor keinem roten Manne!«

»Ich werde dir beweisen, daß du dich dennoch vor mir fürchtest!«

»Möchte wissen, wie du das anfangen wolltest! Ihr habt mir für die Felle zwar nur das Leben versprochen; das ist wahr; aber ich habe mir mit ihnen auch die Freiheit mit aus dem Thale heraufgeholt.«

»Sprich deutlicher, wenn mein Ohr deine Worte verstehen soll.«

»Gut, ich will deutlich sprechen! Ich gebe euch die Wahl, Old Surehand entweder als Freund oder als Feind zu haben. Du sollst darüber entscheiden.«

»Wir fürchten deine Feindschaft nicht!«

»Warte nur noch kurze Zeit, so wirst du anders reden! Mein Leben habe ich mir erkauft; ich brauch nun meine Freiheit dazu. Giebst du sie mir jetzt freiwillig, so werde ich stets der Freund deines Stammes sein; verweigerst du sie mir aber, so wirst du es bitter bereuen!«

»Ich verweigere sie! Das ist meine Antwort. Poche nicht auf dein Messer und auf dein Gewehr! Es ist nicht die Zauberflinte Old Shatterhands, der immerfort schießen kann, ohne laden zu müssen, und gegen den darum fünfzig und hundert Krieger nicht aufkommen können.«

»So glaubst du also doch, daß dieses Gewehr euern Waffen überlegen ist?«

»Ich glaube es, und jeder Krieger muß es glauben.«

»Hast du dieses Gewehr einmal gesehen?«

»Nein.«

»So wünsche auch nicht, es zu sehen.«

»Warum nicht?«

»Weil seine Mündung auf dich und deine Krieger gerichtet sein und jedem von euch den augenblicklichen Tod geben würde, der es wagte, dem Willen Old Shatterhands zu widerstehen.«

»Uff! Was weißt du von diesem seinem Willen!«

»Ich kenne ihn. Old Shatterhand will, daß ich frei sei!«

»Hat er dir das gesagt?«

»Ja. Er und Winnetou wissen, daß ihr mich durch einen hinterlistigen Ueberfall gefangen habt; sie werden dir gebieten, mich freizugeben.«

»Du sprichst im Traume!«

»Ich rede von der Wirklichkeit. Wende den Kopf nach deiner linken Seite.«

Wir hatten Old Surehand keine speziellen Verhaltungsmaßregeln erteilt und mit ihm nicht verabredet, was er thun und sprechen solle. Sein und unser Verhalten mußte, sozusagen, extemporiert werden. Ich und Winnetou ließen uns seine an den Häuptling gerichtete Aufforderung als Stichwort dienen und richteten uns empor. Indem ich den Stutzen auf Tusahga Saritsch anlegte, trat Winnetou furchtlos, als ob er sich bei den besten Freunden befinde, zu ihm hin, hielt ihm sein silberbeschlagenes Gewehr vor das Gesicht und fragte:

»Du wirst mir sagen können, was dies für eine Büchse ist. Wie nennt man sie?«

Jetzt zeigte es sich wieder einmal, welchen Eindruck die herrliche Erscheinung und das stolze, selbstbewußte Auftreten des Apatschen hervorzubringen pflegte. Aller Augen waren auf ihn gerichtet. Niemand wagte es, nach den Waffen zu greifen. So überrascht, ja erschrocken die Utahs über unser plötzliches Erscheinen waren, sie vergaßen es ganz, demselben Ausdruck zu verleihen. Auch ihr Häuptling vergaß, vom Boden aufzuspringen. Die Augen auf das Gewehr gerichtet, antwortete er beinahe stotternd:

»Das – – das – – uff – – das ist die Silberbüchse Winnetous!«

»Ja, ich bin Winnetou, der Häuptling der Apatschen. Und da steht mein weißer Bruder Old Shatterhand mit seiner Zauberflinte, und hinter ihm erblickst du noch mehrere Häuptlinge roter Stämme und tapfere Krieger der Bleichgesichter, welche ihre Gewehre alle auf euch richten. Sag deinen Kriegern, daß sie ja keine Hand und keinen Fuß bewegen sollen, denn wer es wagt, dies zu thun, der bekommt augenblicklich eine Kugel in den Kopf!«

Es war für uns eine wahre Wonne, die Wirkung dieser Worte zu beobachten. Kein Indianer machte die geringste Bewegung; sie standen wie die Statuen. Ihr Häuptling betrachtete mich mit angstvollen Augen und antwortete dem Apatschen in bittendem Tone:

»Ich sehe, daß du Winnetou bist, und glaube auch, daß das Bleichgesicht dort Old Shatterhand ist. Ich mag sein Zaubergewehr nicht auf mich gerichtet haben. Sag ihm, daß er es senken möge!«

»Old Shatterhand thut, was er will; er nimmt keinen Befehl eines andern an, auch nicht von mir, der ich sein Freund und Bruder bin.«

»So bitte ihn!«

»Auch darauf hört er nicht. Er ist nur dann bereit, eine Bitte zu erfüllen, wenn sie aus dem Munde seines Bruders Old Surehand kommt.«

Da wendete sich Tusahga Saritsch an seinen bisherigen Gefangenen:

»So bitte du Old Shatterhand, das Zaubergewehr nicht länger auf mich zu richten.«

Jetzt fühlte sich Old Surehand im richtigen Fahrwasser; er antwortete:

»Ich werde diese Bitte nur dann aussprechen, wenn du meine Wünsche schnell und ohne allen Widerspruch erfüllst!«

»Was wünschest du?«

»Bin ich frei?«

»Nein!«

»*Pshaw!* Old Shatterhand braucht nur den Drücker zu bewegen, so bist zu eine Leiche. Ich bin schon frei. Niemand kann mich festhalten. Dennoch frage ich, um dir Gelegenheit zu geben, deinen guten Willen zu zeigen. Also sag: Bin ich frei?«

»Wie kann ich dich freigeben? Du hast zwei unserer Krieger getötet!«

Da sagte Winnetou:

»Der Häuptling der Capote-Utahs will nicht einsehen, wer hier zu befehlen und wer zu gehorchen hat. Was sind das für Riemen, welche ich hier zu den Füßen meines Bruders Surehand liegen sehe?«

»Es sind die, mit denen ich bis heut früh gefesselt war,« antwortete der Genannte.

»Heb sie auf und binde damit Tusahga Saritsch die Arme und die Füße!«

Der Häuptling wollte aufspringen; da ließ ich den noch unaufgezogenen Hahn knacken.

»Halt! Still!« warnte ihn Winnetou. »Noch eine solche Bewegung, so trifft dich die Kugel! Hört, alle ihr Männer vom Stamme der Utah: Von den Worten, die ich euch jetzt sage, geht kein Laut und keine Silbe ab. Ihr seid unsere Gefangenen, legt eure Waffen ab und laßt euch von uns binden. Morgen früh erhaltet ihr die Waffen und die Freiheit wieder und könnt gehen, wohin ihr wollt. Wer sich das nicht gefallen lassen will, der hebe seine Hand empor; aber wer sie emporhebt, der bekommt sofort die Kugel in den Kopf!«

Es gab natürlich keine Hand, welche in die Höhe gehalten wurde.

»Ihr habt unsern Freund und Bruder Surehand gebunden mit euch herumgeschleppt; ihr habt ihm die Wahl zwischen dem Tode und dem Kampfe mit den Bären gelassen; das muß gesühnt werden. Wir legen euch eine milde, eine geringe Sühne auf; ihr sollt dafür eine Nacht gefangen sein. Morgen früh seid ihr alle wieder frei. Wer darauf eingeht, der handelt klug; wer unsere Güte von sich weist, dem kostet es das Leben. Winnetou hat gesprochen. Howgh!«

Es ließ sich nicht ein einziges Wort des Widerspruches hören, und so sagte ich:

»Auch ich, Old Shatterhand, gebe den Kriegern der Capote-Utah mein Wort, daß sie morgen früh wieder frei sein werden, wenn sie sich jetzt binden lassen. Der Häuptling soll der erste sein, der die Riemen bekommt. Dick Hammerdull und Pitt Holbers, ihr beide versteht euch auf dieses Geschäft! Auch ich habe jetzt gesprochen. Howgh!«

Es ist etwas ganz eigenes um die fast unausbleibliche Wirkung, welche so ein ruhiges, festes und selbstbewußtes Auftreten auf Leute, wie die Utahs waren, hervorbringt. Der Ruf, in welchem wir standen und die Furcht vor meinem vermeintlichen Zaubergewehre hatten wohl auch ihren Anteil daran, aber das Aeußere besonders des Apatschen und die Art und Weise, wie er sich gab und wie er sprach, brachten auch hier das hervor, was er beabsichtigte: Der Häuptling wehrte sich nicht, als ihm die Riemen angelegt wurden, und seine Untergebenen konnten nicht anders, als diesem Beispiele folgen. Erst als der letzte gefesselt war, ließ ich den Stutzen sinken. Die Arme thaten mir weh.

Das nächste war, daß sich Old Surehand in den Wiederbesitz seines Eigentumes setzte; es war nichts davon abhanden gekommen, ein Umstand, der ihn versöhnlich stimmte. Er erklärte uns also:

»Eigentlich haben diese Indianer einen Denkzettel verdient, denn es ist nicht angenehm, mehrere Tage lang als Gefangener umhergeschleppt zu werden. Daß ich ihnen zwei Leute erschossen habe, dürfen sie mir nicht anrechnen, weil ich mich meines Lebens wehren mußte; also wäre ich jetzt eigentlich noch nicht quitt mit ihnen, sondern hätte einen Betrag heraus zu bekommen; aber da sie die Ursache sind, daß ich euch hier getroffen habe, will ich meine Rechnung durchstreichen und dareinstimmen, daß sie morgen ihre Wege ziehen können. Die Bärenfelle aber bekommen sie natürlich nicht!«

»Das fehlte noch!« stimmte Dick Hammerdull bei. »Wer einen Bärenpelz haben will, mag mit dem Kerl, welcher naturgemäß hineingewachsen ist, selber reden. Nicht wahr, Pitt Holbers, altes Coon?«

»Hm!« brummte der Lange. »In was für ein Fell bist denn du eigentlich hineingewachsen, lieber Dick?«

»In das deinige natürlich nicht! Fang nicht etwa schon wieder an, mich zu molestieren! Seit Mr. Shatterhand heut nacht mein Leibschneider geworden ist, halte ich auf Reputation und Ehre und laß mich von dir nicht schikanieren. Aber, Mesch'schurs, wer soll die schweren Felle bis so weit hinauf in das Gebirge schleppen? Das ist doch eine unbequeme Plackerei!«

»Meine Brüder werden auf die Felle verzichten und nur die Trophäen behalten,« antwortete Winnetou. »Das ist genug.«

Er meinte die Zähne, Krallen und Ohren der Bären, welche der Jäger als Siegeszeichen um den Hals oder am Hute zu tragen pflegt. Ich muß erwähnen, daß wir den Tieren die Zähne mit Hilfe der Tomahawks und Messer ausgebrochen hatten. Nun fragte es sich, wer diese Trophäen bekommen sollte. Old Surehand hatte den vierten Bären erlegt, weigerte sich aber, etwas von ihm anzunehmen, und begründete diese Weigerung mit den Worten:

»Die zwei Kugeln, welche er von mir bekommen hat, zählen nicht. Old Shatterhand hat ihm den ersten Schuß gegeben; dieser gilt!«

Natürlich ging ich nicht auf diesen Verzicht ein, und er mußte sich in meinen Willen fügen. Dieser Bär gehörte ihm. Dann handelte es sich um die Bärin, deren Fell und Zähne mir zugesprochen wurden. In Beziehung auf den alten starken Vater Ephraim wollte Winnetou geltend machen, daß er durch den zweiten, also durch meinen Messerstich erlegt worden sei; es entspann sich also ein Wettstreit zwischen ihm und mir, aus welchem ich als Sieger hervorging; der Grizzly wurde als von ihm getötet betrachtet; er fügte sich mit den Worten:

»Old Shatterhand und Winnetou sind nicht zwei Personen, sondern eine; es ist also gleich, wer die Trophäen erhält.«

»Und nun das Baby!« sagte Dick Hammerdull. »Wer hat die Ehrenzeichen von diesem zu erhalten?«

»Apanatschka,« antwortete ich.

»Wie? Warum der?«

»Weil er den jungen Bären erstochen hat.«

»Ach so! Und warum hat er ihn erstechen können, Mr. Shatterhand?«

»Weil er ein Messer in den Händen hatte, natürlich.«

»Fehlgeschossen! Weil ich das Baby festgehalten habe. Wäre es nicht von mir so fest umklammert worden, hätte es nicht erstochen werden können.«

»Es ist wohl etwas umgekehrt gewesen!«

»Wie denn?«

»Nicht Ihr hattet es, sondern es hatte Euch umklammert!«

»Ob es mich hatte oder ob ich es hatte, das bleibt sich gleich, das ist ganz und gar egal; wir hatten einander fest, und darum habe ich nicht eher losgelassen, als bis es von Apanatschka erstochen worden war. Wenn der berühmte Häuptling der Komantschen nur eine Spur von menschlicher Gerechtigkeit im Herzen hat, muß er zugeben, daß ich allein und unbedingt derjenige bin, welcher!«

Da sagte Apanatschka lächelnd:

»Mein Bruder Hammerdull trägt die Spuren des Baby am Leibe!«

»Das ist wahr. Seine Mutter war eine Rabenmutter, die ihm auch nicht ein einziges Mal die Fingernägel abgeschnitten hat! Eine so krallige Kindererziehung ist mir noch gar nicht vorgekommen!«

»Und weil mein Bruder die Zeichen des Baby besitzt, mag er auch das Fell behalten!«

»Wirklich, bester Freund und Bruder Apanatschka?«

»Ja. Weil das Baby meinen Bruder Hammerdull so festgehalten hat, verzichtet Apanatschka auf den Rock, der ihm von seiner Mutter angezogen worden war.«

»Er ist ihm von uns wieder ausgezogen worden und gehört nun mir! Hast du das vernommen und gehört, Pitt Holbers, altes Coon?«

»*Yes!*« nickte der Lange.

»Was hast denn aber du?«

»Nichts! Ich laß mir nichts schenken!«

»Ist das Fell etwa ein Geschenk für mich?«

»*Yes*, weiter nichts!«

»Oho! Ich habe es mir redlich verdient. Der Kaufkontrakt steht mit deutlichen Buchstaben auf meiner Haut geschrieben!«

»Und zwar so fest, daß ich ihn nicht herunterwaschen konnte!«

»Du willst mich wieder ärgern! Aber das thut nichts; ich bin und bleibe dein bester, treuster Freund. Wir werden teilen!«

»Was? Das Baby?«

»Nein, sondern nur die Andenken an das liebe Kind. Sag, alter Pitt, willst du die Hälfte davon haben?«

Da zog Holbers seine süßesten Lächelfalten zusammen und rief aus:

»Du wirst doch nicht, liebster Dick!«

»Warum nicht? Weißt du noch, was Winnetou vorhin sagte?«

»Nun, was?«

»Old Shatterhand und Winnetou sind nicht zwei Personen, sondern eine; es ist also ganz gleich, wer die Trophäen bekommt. So ist es auch mit uns beiden: Dick Hammerdull und Pitt Holbers sind ein Leib und eine Seele; nämlich der Leib bist du und die Seele bin ich. Geben wir also dem Leib die eine Hälfte und der Seele die andre Hälfte von den hübschen Babysachen! Einverstanden?«

Er streckte ihm die Hand hin. Holbers schlug ein und antwortete:

»*Yes,* einverstanden! Du bist doch ein guter Kerl, alter Dick!«

»Du bist auch nicht ohne! Leib und Seele müssen zusammenhalten; also ärgere mich nicht mehr; dann bleib ich dir bis in den Tod getreu!«

Man wußte wirklich nicht, ob man sich gerührt fühlen, oder über die beiden sonderbaren Kerle lachen sollte. Die dicke Seele in dem langen, dünnen Leibe war ein köstliches Bild der unzertrennlichen aber so oft uneinigen Zweieinigkeit.

Natürlich war diese Besprechung über die Preisverteilung

so unter uns vorgenommen worden, daß die Utahs nichts davon hörten. Sie mochten auch ferner überzeugt sein und es weiter erzählen, daß Old Surehand an einem Tage vier graue Bären erlegt habe. Sie verhielten sich, seit wir sie gebunden hatten, außerordentlich schweigsam; sie sprachen weder miteinander, noch kam es ihrem Häuptling bei, ein Wort an uns zu richten. Das war uns übrigens ganz lieb, denn wir hatten während der vergangenen Nacht nur wenig geschlafen und bedurften der Ruhe. Es wurde, um die Beleuchtung des Lagers zu vereinfachen, ein einziges großes Feuer angezündet, an welchem wir uns unser Abendessen, bestehend aus gebratenem Bärenfleisch, bereiteten, und während wir aßen, teilten wir die Wachen aus. Die erste erbat ich für mich, weil ich mich doch etwas überanstrengt hatte und mich die Wunde heute mehr als gestern schmerzte, was ich aber nicht sagte. Ich wollte dann versuchen, in einem fort zu schlafen.

Was die Wachen betrifft, so versuchten wir ein Arrangement, welches im wilden Westen wohl noch niemals vorgekommen war: die Gefangenen mußten sich daran beteiligen. Wir hatten zusammen rund sechzig Pferde, welche während der Nacht zusammenzuhalten waren; das konnten die Utahs übernehmen, von denen von Stunde zu Stunde zwei losgebunden und dann wieder gefesselt wurden. Eine Gefahr für uns gab es nicht dabei; sie hatten ja keine Waffen, und da sie wußten, daß sie früh schon wieder frei sein würden, hatten wir von ihnen keine Unannehmlichkeiten zu erwarten.

Als sich die andern Gefährten zur Ruhe gelegt hatten, setzte sich Old Surehand zu mir und sagte:

»Erlaubt, daß ich mich an Eurer Wache beteilige! Ich habe die ganze Nacht geschlafen und bin noch munter wie ein Fisch im Creek. Die Freude über unser Zusammentreffen hält mich wach. Wir haben uns zwar schon heut vormittag gar manches erzählt, aber mit Euch allein ist's doch eine andre Sache. Ihr seid bei Wallace in Jefferson-City gewesen. Hattet Ihr noch jemand mit bei ihm?«

»Nein; ich war natürlich allein,« antwortete ich.

»Ihr seid sein Gast gewesen?«

»Ich sollte, habe es ihm aber abgeschlagen.«

»Warum?«

»Weil wir da doch von Euch mehr gesprochen hätten, als grad notwendig war. Ich wollte von ihm nichts weiter wissen, als Euer gegenwärtiges Ziel und Eure Reiseroute.«

»Und es ist auch bloß davon gesprochen worden?«

»Ja.«

»Ich danke Euch, Sir!«

»Bitte! Ah, hättet Ihr mir zutrauen können, daß ich Fragen ausgesprochen habe, die mir nur im Falle Eures Todes erlaubt gewesen wären?«

»Nein, auf keinen Fall! Aber Wallace könnte Euch gegenüber mitteilsam geworden sein. Wer mit Euch spricht, dem geht das Herz leicht auf; das habe ich ja an mir selbst erfahren.«

»Ich versichere Euch, daß nicht ein Wort gefallen ist, welches auch nur im entferntesten auf ein Geheimnis angespielt hätte!«

»Ich glaube Euch, Mr. Shatterhand. Glaubt mir, wenn ich reden dürfte, so würdet grad Ihr der erste sein, dem ich mich mitteilte; es giebt aber Verhältnisse, welche mich zum Schweigen zwingen.«

»Ich weiß, daß Ihr Vertrauen zu mir habt; darum möchte ich mir dennoch und trotzdem eine Frage erlauben.«

»Sprecht sie aus!«

»Müßt Ihr wirklich und unter allen Umständen schweigen?«

»Jetzt ist mir das Reden noch verboten, doch können allerdings Umstände eintreten, welche es mir erlauben.«

»Hm! Ich bin älter und vielleicht auch erfahrener als Ihr und fühle mich zu einer Bemerkung fast verpflichtet: Ich habe Fälle erlebt, in denen ein erzwungenes Schweigen, ja ein Schweigen auf Ehrenwort, eine Sünde, ein Verbrechen war. Hoffentlich gehört Eure Verschwiegenheit nicht in diese Kategorie der Diskretionen?«

»Nein; ich bin rein und frei von aller Schuld.«

»Steht Euer jetziger Ritt mit dem Geheimnisse in Beziehung?«

»Alle meine Wanderungen beziehen sich darauf.«

»Ich vermute: Ihr sucht etwas; Ihr sucht jemand; Ihr wollt Helligkeit in irgend ein Dunkel bringen. Denkt, wie weit ich in den Staaten und im wilden Westen herumgekommen bin! Wäre es denn gar nicht möglich, daß grad ich etwas für Euch Wichtiges erfahren hätte, daß grad ich Euch einen Fingerzeig geben könnte, wenn ich nur eine Andeutung von Euch bekäme?«

»Nein; das ist nicht denkbar, Mr. Shatterhand. Das, was mir am Herzen liegt, steht Euch so fern, kann Euch gar nie berühren.«

»Kann mich gar nie berühren? *Well!* Aber wenn es nun umgekehrt wäre, wenn ich es berührt hätte, zufälligerweise berührt hätte?!«

»Das ist nicht der Fall. Glaubt mir, das ist nicht der Fall!«

»Und doch möchte ich Euch so gern helfen, die Last, welche auf Euch liegt, von Euch zu werfen!«

Da rückte er schnell von mir ab und sagte in beinahe schroffem Tone:

»Last? Mr. Shatterhand, ich trage keine Last! Ich bitte Euch, dringt nicht in mich; es gelingt Euch doch nicht, mich zum Reden zu bringen!«

»Ah, welche Worte, lieber Freund! Es fällt mir nicht im geringsten ein, etwas aus Euch herauszulocken, hört Ihr, zu locken, was Ihr für Euch behalten wollt und müßt! Ich habe aus reiner, herzlicher Teilnahme, nicht aber aus Neugierde gesprochen. Diese Versicherung gebe ich Euch, und ich denke, daß Ihr mir das glauben könnt.«

»Ich glaube es. Nun bin ich aber doch müde geworden und will mich niederlegen. Ich wünsche Euch gute Nacht, Mr. Shatterhand!«

»Gute Nacht!«

Er suchte sich einen bequemen Platz und legte sich dort nieder. So plötzlich fühlte er sich ermüdet? Er war verstimmt. Wie konnte er, der mich doch kennen mußte, mein aufrichtiges Mitgefühl für Auf- und Zudringlichkeit halten, wie sich durch meine gut gemeinte Hilfsbereitschaft von mir abstoßen lassen! Der Mann, der Charakter in mir, wollte beleidigt thun, der Mensch in mir aber, das alte, gute, deutsche Gemüt, überwand die aufsteigende Bitterkeit. Wer an Geheimnissen zu tragen, vielleicht schwer zu tragen hat, ist nicht glücklich zu nennen, und jeder Unglückliche hat Anspruch auf Schonung und Entschuldigung. Die schroffe Zurückweisung des Freundes war verziehen.

Als meine Wache zu Ende ging, sorgte ich für die Ablösung der beiden Utahwachen und weckte dann Apanatschka als den mir nachfolgenden auf. Ich war müde, sehr müde; aber ich grübelte trotzdem noch lange an der Enthüllung des Geheimnisses, welche mir verboten war, und noch im Einschlafen dachte ich an ein Felsengrab im Hochgebirge und hörte an demselben eine klagende Frauenstimme nach ihrem Wawa Derrick rufen. Ich träumte auch von diesem Grabe, um welches sich kämpfende Gestalten bewegten, doch als ich früh erwachte, konnte ich mich keiner derselben entsinnen. – – –

VIERTES KAPITEL

Am Devils-head

Nun befanden wir uns hoch oben in den eigentlichen Rocky-Mountains und ritten an der östlichen Seite des Pah-sawehre-payew[1] hinan. Das Riesenpanorama, in welchem wir Zwerggeschöpfe uns bewegten, war ein überwältigend großartiges. Hier wirkte die ungeheure Massigkeit der Gebirgsstöcke im Vereine mit dem Farbenreichtum der unbekleideten Felsen. Das waren himmelhohe und meilenlange Granitmauern mit wunderbar gestalteten Bastionen, über welche es kein Hinüberkommen zu geben schien. Wenn wir, uns umwendend, rückwärts blickten, lag im Osten die weite Prairie wie ein endloser, flimmernder See tief, tief zu unsern Füßen. Die Bäche rauschten um uns wie zu Schaum gewordenes, flüssiges Silber dahin; Frau Flora stieg, gekleidet in ihr reich nuanciertes, grünes Sammetgewand und ihr Haupt mit Gold gekrönt, stolzen Schrittes zu den erhabenen Scheiden und Kuppen des Gebirges empor. Hier bauen sich gigantische Felsenstufen, eine über die andere, auf, mächtige Balsamtannen tragend und den Geistern des Gebirges als Treppe dienend, wenn sie nächtlicherweise niedersteigen, »eine Wildschur um die Lenden, eine Kiefer in der Faust«. Hier wieder haben sich zu Füßen eines einzeln thronenden Bergtitanen ganze Reihen kolossaler Säulen herausgebildet, hinter deren Waldkulissen die wunderbaren Geheimnisse der Hochwelt träumen. Hinter den scharfgezeichneten, dunklen Kanten der scheinbar höchsten Höhen flimmern silberne und goldene Punkte und strahlen diamantene Linien und Streifen aus blaugrauen Schleiern hervor. Sind das die Grüße einer für den Sterblichen unerreichbaren Märchenwelt, eines jenseits der Erde befindlichen Zauber-

[1] Berg des grünen Wassers.

landes, oder sind es die Sonnenreflexe von fernen Gebirgshäuptern, mit deren Höhe diejenige der uns umgebenden Felsenriesen nicht zu wetteifern vermag?

Wir ritten durch all diese Pracht und Herrlichkeit empor. Unser heutiges Ziel war der Pahsawehre, jener einsam liegende, hellgrüne See, von welchem die Sagen der Indianer so viel Wunderbares zu erzählen wissen. Dort wollten wir übernachten, um am andern Morgen in den Park von San Louis hinabzusteigen, in welchem ich die Aufklärung so vieler Rätsel erwartete.

Wir hatten am Morgen nach den Erlebnissen im »Bärenthale« die dreiundfünfzig Capote-Utahs dem ihnen gegebenen Worte gemäß freigelassen. Nun wir Old Surehand bei uns hatten, gab es für uns keinen Grund mehr, uns zu beeilen, um ihn einzuholen, und so zogen wir nicht vor den Utahs aus dem dortigen Parke fort, sondern ließen sie vor uns abziehen; weil es stets vorteilhafter ist, feindlich gesinnte Menschen vor, als hinter sich zu haben.

Und feindlich gesinnt waren sie uns, obgleich sie über die Behandlung, welche sie bei uns gefunden hatten, nicht klagen konnten. Wir hatten keinem von ihnen ein Haar gekrümmt und keinen von ihnen mit Worten beleidigt; dennoch sagte der Häuptling, als er früh losgebunden wurde:

»Old Surehand sagte gestern abend, daß er eigentlich noch nicht quitt mit uns sei; er hat sich verkehrt ausgedrückt, denn wir sind noch nicht quitt mit ihm. Er hat zwei Krieger getötet.«

»Dafür hat er euch vier Felle gebracht,« antwortete Winnetou.

»Die haben wir nicht bekommen!«

»Ihr könnt sie nehmen!«

»Nachdem ihr die Ohren und Krallen abgeschnitten habt? Nein! Und wenn wir sie bekommen hätten, wäre ihm doch nur das Leben, aber nicht die Freiheit geschenkt. Wir müssen ihn haben!«

»Und wenn ihr ihn bekämt, so würdet ihr ihn töten?«

»Ja, denn wir haben das Lösegeld für sein Leben, die Felle,

nicht erhalten. Zwischen uns ist wieder Blut; wir werden das seinige fordern.«

»Uff! Old Shatterhand und Winnetou sind stets die Freunde aller roten Männer gewesen; wir haben auch euch nichts gethan, obgleich ihr unsere Gefangenen waret, und wollten die Pfeife des Friedens mit euch rauchen, ehe wir an diesem Tage von euch scheiden.«

»Wir mögen euer Kalumet nicht sehen!«

»So werdet ihr nicht nur Old Surehands, sondern auch unsere Feinde sein?«

»Ja.«

»Ohne allen Grund?!«

»Sollte der Häuptling der Apatschen wirklich glauben, daß wir keinen Grund dazu haben? Hat er uns nicht überfallen und gefangen genommen, ohne daß ihm das Geringste von uns geschehen war?«

»Das war keine Gefangenschaft zu nennen. Wir banden euch nur für eine Nacht zu unserer Sicherheit und haben euch jetzt freigelassen.«

»Gefangen ist gefangen! Zwischen uns und euch bleibt Feindschaft fort und fort!«

»Tusahga Saritsch, der Häuptling der Capote-Utahs, soll seinen Willen haben. Winnetou, der Häuptling der Apatschen, zwingt keinem Menschen seine Freundschaft auf, weil es nicht seine Gewohnheit ist, sich vor einem Feinde zu fürchten. Die Utahs mögen fortreiten!«

»Ja, sie mögen fortreiten, die Dummköpfe!« rief Hammerdull. »Für ihre Freundschaft danke ich überhaupt, denn bei ihnen kommt die Brüderschaft sogleich dahinter, und ich habe stets die Erfahrung gemacht, daß derjenige, der einem die Freundschaft und dann die Brüderschaft anträgt, gewöhnlich die Absicht hat, einen anzupumpen. Das ist stets und unumstößlich wahr. Nicht wahr, Pitt Holbers, altes Coon?«

»Nein,« antwortete der Lange.

»Was? Du giebst mir nicht recht?«

»Nein!«

»Kennst du denn einen, der nicht sofort angepumpt hat?«

»Ja.«

»Wer ist's?«

»Ich bin es!«

»Ja, richtig; das ist wahr! Du bist aber auch der einzige von ihnen, wirklich der allereinzige, denn die andern haben es alle, alle, alle gethan!«

Der alte, dicke Spaßvogel hatte wirklich nicht unrecht. Ich habe dieselbe Erfahrung ja auch gemacht, natürlich nur unter den »Bleichgesichtern«. Wie viele, viele Male hat sich mir jemand mit dem Worte Freund genähert, und dann folgte gleich die sehr einseitig beliebte Prozedur, welche Hammerdull so unästhetisch mit dem plumpen Worte »anpumpen« bezeichnete. Der Indianer bringt das nicht fertig; dem Durchschnitts-»Bleichgesichte« aber scheint es sehr leicht zu fallen; ich weiß als Verfasser meiner Werke leider nicht nur ein Wort, sondern tausend Worte davon zu sprechen. Howgh!

Die Utahs zogen also ab. Es war eigentlich jammerschade um die schönen Bärenfelle, daß wir sie liegen und verderben lassen mußten; aber wir konnten sie nicht mitnehmen, und da wir nicht wußten, welchen Rückweg wir einschlagen würden, wäre es überflüssige Arbeit gewesen, sie zuzurichten und dann einzugraben, um sie später mitzunehmen. Wer wohl sagen könnte, welche Massen von Fellen und Pelzen auf diese Weise im wilden Westen zu Grunde gegangen sind!

Wir folgten den Utahs nicht auf dem Fuße, denn das wäre ein Fehler gewesen, sondern warteten bis zum Mittag, bis sie einen Vorsprung vor uns hatten. Da sahen wir denn, daß sie sich außerordentlich beeilt und ganz die Richtung genommen hatten, welche auch wir einschlagen mußten. Das war kein gutes Zeichen für uns.

»Meint Ihr, daß sie die Absicht haben, sich an uns zu rächen, Mr. Shatterhand?« fragte mich Apanatschka.

»Ich denke es,« antwortete ich.

»Dann dürften sie aber nicht vor uns bleiben, sondern müßten uns folgen!«

»Das werden sie auch bald thun. Ich wette, daß sie die nächste Gelegenheit ergreifen werden, ihre Fährte unsichtbar zu machen.«

Ich hatte recht. In der nächsten Nacht gab es ein Gewitter, welches bis zum Morgen dauerte, und als wir dann nach den Spuren der Utahs suchten, waren sie vom Regen fortgewaschen worden.

Old Surehand war während der beiden nächsten Tage außerordentlich schweigsam und zog sich besonders von mir zurück, nicht aber in unfreundlicher Weise. Es war nicht ein gegen mich gerichtetes Gefühl, welchem er dabei folgte, sondern ich ahnte, daß er mit sich kämpfte, ob er aufrichtig mit mir sein oder seine Verschwiegenheit beibehalten sollte. Ich that gar nichts dazu, diesen inneren Kampf nach der einen oder andern Seite zu beendigen; er war ein Mann und mußte selbst mit sich fertig werden können. Schließlich merkte ich, daß die Stimme der Verschwiegenheit gesiegt hatte. Er glaubte aber doch, mir wegen unserer letzten Unterhaltung eine Bemerkung machen zu müssen, ritt kurze Zeit neben mir her und sagte:

»Habe ich Euch bei unserm Gespräch im Park beleidigt, Mr. Shatterhand?«

»Nein, Mr. Surehand,« antwortete ich.

»Ich denke, daß ich etwas zu kurz gewesen bin?«

»Nein. Wenn man ermüdet ist, pflegt man nicht viel Worte zu machen.«

»So ist es. Ich war ganz plötzlich sehr müde geworden. Aber, bitte, könnt Ihr Euch auf unser Gespräch damals im Llano estacado erinnern?«

»Ja.«

»Ihr hattet mit Old Wabble vorher über Gott und Religion gesprochen?«

»Ich weiß es.«

»Seid Ihr heut noch derselben Meinung wie in jener Nacht?«

»Vollständig!«

»Ihr glaubt also wirklich, daß es einen Gott giebt?«

»Ich glaube es nicht nur, sondern ich weiß es.«

»So haltet Ihr wohl jeden Menschen für dumm, der diesen Glauben nicht besitzt?«

»Dumm? Wie könnte mir das einfallen! Das würde eine Ueberhebung von mir sein, welche erst recht dumm wäre. Es giebt tausend und abertausend Menschen, welche nicht an Gott glauben und denen ich in Beziehung auf ihre materiellen und formalen Kenntnisse nicht wert bin, das Wasser zu reichen. Und wieder giebt es Menschen, welche fest an Gott halten, aber in Beziehung auf die irdische Klugheit nicht auf einer hohen Stufe stehen. Es giebt zwar auch eine – wie soll ich mich ausdrücken? – eine biblische, eine religiöse Klugheit, doch die habt Ihr ja nicht gemeint.«

»Nun, so sagt ein anderes Wort, mit welchem Ihr die Leute bezeichnet, welche nicht glauben, daß es einen Gott giebt!«

»Ich kann Euch keines sagen.«

»Warum nicht?«

»Genügt Euch das Wort ungläubig?«

»Nein.«

»Weiter habe ich keins. Ich verstehe gar wohl, was Ihr meint; aber es giebt so viele Arten der Ungläubigen, daß man wohl zu unterscheiden hat. Der eine ist zu gleichgültig, der andere zu faul, der dritte zu stolz, nach Gott zu suchen; der vierte will sein eigener Herr sein und keinen Gebieter über sich haben; der fünfte glaubt nur an sich, der sechste nur an die Macht des Geldes, der siebente an das große Nichts, der achte an den Urstoff und der neunte, zehnte, elfte und die folgenden alle jeder an sein besonderes Steckenpferd. Ich habe weder die Lust noch das Recht, sie zu klassifizieren und ein Urteil über sie zu fällen. Ich habe meinen Gott, und der ist kein Steckenpferd.«

»Könnt Ihr Euch auf alles besinnen, was wir damals sprachen?«

»Ja.«

»Ich bat Euch, mir meinen verlorenen Glauben wiederzubringen.«

»Und ich sagte Euch: Ich bin zu schwach dazu; die wahre Hilfe liegt bei Gott.«

»Und Ihr sagtet noch mehr; ich weiß nur heut die Worte nicht mehr.«

»Meine Worte waren ungefähr: Ich weise Euch an denjenigen, welcher die Gefühle des Herzens wie Wasserbäche lenkt und welcher sagt: ›Ich bin die Wahrheit und das Leben!‹ Ihr strebt und ringt nach der Wahrheit; kein Nachdenken und kein Studieren kann sie Euch bringen; aber seid getrost; sie wird Euch ganz plötzlich und ganz unerwartet aufgehen wie einst den Weisen aus dem Morgenlande jener Stern, der sie nach Bethlehem führte.«

»Ja, so sagtet Ihr, Mr. Shatterhand. Ihr habt mir sogar diesen Stern für bald verheißen!«

»Ich erinnere mich, allerdings gesagt zu haben: Euer Bethlehem liegt gar nicht weit von heut und hier – ich ahne es!«

»Ich habe es aber leider noch nicht gefunden!«

»Ihr werdet es finden. Ich sage genau wie damals: Ich ahne es! Es liegt Euch heut vielleicht näher, als Ihr denkt.«

Er sah mir forschend in das Gesicht und fragte:

»Habt Ihr einen Grund zu dieser Ahnung?«

»Ich gebe eine Gegenfrage: Giebt es grundlose Ahnungen?«

»Ich weiß es nicht.«

»Oder begründete? – Kann es die geben?«

»Ich bin ein ungelehrter Mensch. Diese Fragen liegen mir zu hoch.«

»So mag es dabei bleiben, daß ich es ahne. Betet Ihr täglich?«

»Beten? – Seit langer Zeit nicht mehr.«

»So beginnt es wieder! Das Gebet des Gläubigen vermag viel, wenn es ernstlich ist. Und Christus sagt: ›Bittet, so wird euch gegeben; suchet, so werdet ihr finden; klopfet an, so wird euch aufgethan.‹ Glaubt mir, ein inbrünstiges, gläubiges Gebet gleicht einer Hand, welche die Hilfe, die Erhörung aus dem Himmel holt! Ich habe das oft an mir selbst erfahren.«

»So betet Ihr täglich?«

»Täglich? Glaubt Ihr etwa, es sei ein Verdienst für den Menschen, täglich oder gar stündlich zu beten? Dann wäre es ja auch ein Verdienst für das Kind, wenn es sich herbeilassen wollte, mit seinem Vater zu sprechen! Ich sage Euch: das ganze Leben des Menschen soll ein Gebet zum Himmel sein! Jeder Gedanke, jedes Wort, jede That, all Euer Schaffen und Wirken soll ein Gebet, ein Opfer sein, auf der köstlichen Schale des Glaubens zu Gott emporgetragen! Glaubt ja nicht, daß Ihr mit einem einmaligen Gebete große Wirkungen erzielt. Denkt nicht, daß, da Ihr jahrelang nicht gebetet habt und nun plötzlich einmal beten wollt, Euch der Herrgott auch sofort zur Verfügung stehen und Euern Wunsch erfüllen muß! Der Lenker aller Welten ist keineswegs Euer Lakai; dem Ihr nur zu klopfen oder zu klingeln braucht! Auch ist der Himmel kein Krämerladen, in welchem der Herrgott vorschlägt und mit sich handeln läßt. Was giebt es doch in dieser Beziehung für sonderbare Menschen! Da fährt sich der Herr Müller oder Maier Sonntags mit dem Waschlappen über das von den sieben Wochentagen her schmutzige Gesicht, bindet ein frischgewaschenes Vorhemdchen um, nimmt das Gesangbuch in die Hand und geht in die Kirche, natürlich auf seinen ›Stammplatz‹ Nummer fünfzehn oder achtundsechzig. Da singt er einige Lieder, hört die Predigt an, wirft einen Pfennig, zwölf Stück auf den Groschen, die jetzt nicht mehr gelten, in den Klingelbeutel und geht dann hoch erhobenen Hauptes und sehr befriedigten Herzens nach Hause. In seinem Gesichte ist deutlich die Ueberzeugung zu lesen, die er im Herzen trägt: ›Ich habe für eine ganze, volle Woche meine Pflicht gethan; nun, du Gott, der alles geben kann, thue du auch die deine; dann gehe ich nächsten Sonntag wieder in die Kirche! Wenn nicht, so werde ich mir die Sache überlegen!‹ – Glaubt Ihr, Mr. Surehand, daß es so sonderbare Menschen giebt?«

»Da Ihr es sagt, muß es wohl so sein.«

»O, es giebt solche Maiers und Müllers zu hunderttausenden. Diese Christen sind die größten Feinde des wahren

Christentums. Sie stellen sich zu Gott auf denselben Fuß, auf welchem ein Fuhrherr zu seinem Kutscher steht, der Woche für Woche seinen Lohn ausgezahlt bekommt. Aber geht nun einmal zur armen Witwe, welche von früh bis abends und auch Nächte lang am heißen Waschkessel oder am kalten Wasser des Flusses schafft und arbeitet, um sich und ihre Kinder ehrlich durch das Leben zu bringen! Sie hat sich die Gicht angewaschen; sie spart sich den Bissen vom Munde ab, um ihn den Kindern zu geben; sie hat kein Sonntags- und kein Kirchenkleid; sie sinkt nach vollbrachtem Tagewerk todmüde auf ihr Lager und schläft ein, ohne eine bestimmte Anzahl von Gebetsworten gedankenlos heruntergeleiert zu haben; aber ich sage Euch! ihr ununterbrochenes Sorgen und Schaffen ist ein immerwährendes Gebet, welches die Engel zum Himmel tragen, und wenn die Not, der Hunger ihr ein »Du mein Herr und Gott!« aus dem gepeinigten Herzen über die Lippen treibt, so ist dieser Seufzer ein vor Gott schwerer wiegendes Gebet als alle die Gesangbuchslieder, welche Herr Maier oder Herr Müller während seines ganzen Lebens gesungen hat! Also betet, Mr. Surehand, betet! Aber denkt ja nicht, daß es sofort helfen muß! Betet in Gedanken, in allen Euren Worten und in allen Euren Thaten! Hättet Ihr mehr gebetet, so wäre Euch der Helfer längst erschienen!«

»Das ist viel, sehr viel gesagt, Mr. Shatterhand!«

»Jawohl; aber ich weiß, was ich sage. Ein altes Kirchenlied sagt:

»Mit Sorgen und mit Grämen
Und selbstgemachter Pein
Läßt er sich gar nichts nehmen;
Es muß erbeten sein!«

Jedes Kind sagt dem Vater seine Wünsche; hat nicht auch das Erdenkind dem himmlischen Vater seine Liebe und sein Vertrauen dadurch zu beweisen, daß es von Herzen zu ihm spricht? Wird ein Vater seinem Sohne eine gerechte Bitte abschlagen, die er erfüllen kann? Und steht die Liebe und die

Allmacht Gottes nicht unendlich höher als die Liebe und Macht eines Menschen? Glaubt es mir: Wenn der große Wunsch, den Ihr im Herzen tragt, überhaupt zu erfüllen ist, so wäre er schon längst erfüllt, wenn Ihr an Gott geglaubt und zu ihm gebetet hättet!«

»Was wißt Ihr von der Größe meines Wunsches?«

»Ich ahne es.«

»Wieder Ahnung!«

»*Pshaw!* Ahnungen sind innere Stimmen, auf die ich immer achte. Ihr habt mir damals im Llano estacado gesagt, daß Euch der Glaube an Gott durch unglückliche Ereignisse verloren gegangen sei. Soll ich da nicht ahnen, daß Ihr Euch nach dem Ende dieses Unglücks sehnt?«

»Richtig! Ich dachte, Ihr quältet Euch als Freund in Gedanken damit ab, mir die Ruhe wiederzugeben, welche ich verloren habe!«

»Was würden Euch meine Gedanken helfen? Die wahre Freundschaft bewährt sich durch die That, und wenn Ihr mich in dieser Beziehung einmal braucht, so habt Ihr gar nicht nötig, mich erst darum zu fragen.«

Was ich ihm vorhin in Beziehung auf die Gebetserhörung sagte, war nicht bloß Redensart. Ich hatte damals die Squaw des Medizinmannes im Kaam-kulano getroffen und dann Old Surehand nichts von dieser Begegnung gesagt; das war nicht infolge einer Ueberlegung, also nicht aus einem besondern Grunde unterlassen worden, sondern es hatte sich keine Gelegenheit geboten, diese Frau besonders gegen ihn zu erwähnen. Wäre er aber ein gläubiger Christ, und gewohnt gewesen, seine Herzenswünsche dem Gebete anzuvertrauen, so hätte ich ihm ganz gewiß von dieser Frau erzählt. Das ist meine Ueberzeugung, denn ich weiß, daß es Eingebungen giebt, und habe das auch schon erwähnt.

Unser Gespräch wurde dadurch unterbrochen, daß wir über ein querüberfließendes Wasser mußten, welches nicht tief und so hell war, daß wir den Grund deutlich sahen. Wir bemerkten Eindrücke von Pferdehufen, konnten aber nicht herausbekommen, wieviel Pferde es gewesen waren, vier oder fünf aber jedenfalls nicht. Ebenso war es unmöglich, die Zeit zu bestimmen, in welcher diese Eindrücke entstanden waren, denn das Wasser hatte ein unbedeutendes Gefäll und also nicht die Kraft, sie binnen kurzer Zeit zu zerstören. Es konnten Stunden oder Tage, aber auch Wochen vergangen sein, seit diese Spuren entstanden waren. Aber eine Wirkung hatten sie doch: Wir schenkten in Beziehung auf Fährten dem Wege mehr Aufmerksamkeit, als wir es in letzter Zeit gethan hatten.

Wir konnten aber nichts entdecken, denn wir hatten den Paß und die ihm folgenden Engen hinter uns, und ritten in den Hochwald ein, der solche Gelegenheit, sich auszubreiten, bot, daß wir, um eine Spur zu finden, ihn hätten tagelang absuchen müssen.

Es war die Kuppe des Pah-sawehre-payew, welche wir jetzt erreicht hatten. Sie war mit Hochwald bedeckt, unter welchem wir wie in einem Dome ritten, durch dessen dichtes Laubdach nur zuweilen ein Sonnenstrahl zu dringen vermochte. Das war der Urwald des Nordens, welcher in dieser Höhenlage gedeihen konnte.

Wir ritten stunden- und stundenlang unter diesem Dache immer bergauf. Es wurde unter demselben dunkel, weil die Sonne jenseits niedersank, und wir mußten die Pferde antreiben, um noch vor der Nacht den See des »grünen Wassers« zu erreichen.

Endlich waren wir oben! Die Sonne hatte sich von dieser Seite des Gebirges schon verabschiedet, aber es war noch licht genug, den See, so weit das Auge reichte, überblicken zu können. Ich sage, so weit das Auge reichte, denn das gegenseitige Ufer konnten wir nicht sehen; dazu war er zu groß. Von der hellgrünen Färbung, welche sein Name andeutete, denn Pah heißt in der Utahsprache »Wasser« und sawehre »hellgrün«, bemerkten wir jetzt, da es schon zu dunkeln begann, nichts. Er war, so weit wir ihn überblicken konnten, vom Walde umgeben. Wir befanden uns an seinem östlichen Ende. Sein südliches Ufer bildete eine von keiner Bucht unterbrochene Bogenlinie, während an seinem nördlichen eine breite, auch dicht bewaldete Halbinsel hervortrat. Um diese Halbinsel zu erreichen, hätten wir noch eine Viertelstunde weiterreiten müssen; es gab aber für uns keinen Grund, dort Lager zu machen, und so blieben wir da, wo wir uns befanden.

Hammerdull und Holbers liefen umher, um, so lange man noch sehen konnte, dürres Holz zusammenzusuchen. Als sie so viel gesammelt hatten, wie wir für die Nacht brauchten, wollten sie Feuer anzünden. Der Apatsche aber untersagte es ihnen:

»Jetzt noch nicht! Ein Feuer glänzt weit in den See hinaus, und wir haben heute Pferdespuren gesehen. Es können Menschen am Wasser sein, die von uns nichts wissen dürfen. Wir wollen warten, bis es dunkel geworden ist; dann wird es sich finden, ob wir uns erlauben können, hier zu bleiben und ein Feuer anzubrennen.«

Wir gaben die Pferde frei und streckten uns nieder. Es wurde schnell dunkel, und da zeigte es sich auch sofort, daß die Vorsicht Winnetous wohlbegründet gewesen war, denn an dem nach uns gerichteten Ufer der Halbinsel leuchtete ein Feuer auf. Es waren also Menschen dort! Und wenige Minuten später sahen wir an derselben Seite des Sees, aber weit, weit unten, ein zweites erscheinen, welches allerdings nur einem guten Auge sichtbar war, denn es bildete für uns nur einen kleinen Punkt von der Größe eines Zehnpfennigstükkes ungefähr. Die Leute auf der Halbinsel konnten weder dieses zweite Feuer sehen, noch von dort aus gesehen werden; nur von uns aus waren beide zu erkennen.

Damit waren wir für heut auf kaltes Fleisch angewiesen. Wir hätten uns zwar wieder in den Wald zurückziehen und ein Feuer anzünden können, aber dort gab es kein Futter für die Pferde. Wir entschädigten uns für die Unbenutzbarkeit des einen Elementes dadurch, daß wir uns dem andern in die Arme, nämlich in das Wasser warfen. Nach diesem Bade galt es, zu erfahren, wer die Leute waren, welche sich an den beiden Feuern befanden. Daß Winnetou dazu ausersehen wurde, verstand sich ganz von selbst, und daß er meine Begleitung annahm, erreichte ich nur durch die Versicherung, daß mir meine Wunde keine Belästigung verursache, sonst hätte er Old Surehand mitgenommen.

Wir übergaben den Gefährten unsere Gewehre und machten uns auf den bei Nacht nicht sehr bequemen Weg. Wir mußten zunächst soweit in den Wald hinein, wie der Saum des Unterholzes reichte; dann ging es, beide Hände zum Tasten ausgestreckt, rund um die Uferbiegung nach der nördlichen Seite des Sees. Ich möchte fast behaupten, daß ein Kurierzug schneller fährt, als wir hier gehen konnten, denn es war gewiß eine volle Stunde vergangen, als wir die Halbinsel erreichten. Wir bogen also links ab und auf dieselbe zu. Bald spürten wir den Geruch des Rauches, und dann dauerte es nicht lange, bis wir das Feuer sahen.

Nun legten wir uns nieder und krochen am Boden weiter. Die Halbinsel hatte einen Einschnitt, eine kleine Bucht, an deren Innenseite das Feuer brannte. Wenn wir den Rand dieser Bucht weiter außen erreichten, kamen wir von vorn anstatt von rückwärts an das Feuer und die an demselben Lagernden. Wir versuchten das, und es gelang vortrefflich. Es gab eine Menge Binsen hier, in denen wir nicht bloß Dekkung, sondern ein auch allerdings weiches, weil mooriges Lager fanden.

Nun hatten wir das Lager ganz nahe vor unsern Augen. Und wen sahen wir da? Old Wabble mit den Tramps!

Ihre Anwesenheit an diesem Orte war nicht etwa ein Wunder, aber wir fühlten uns doch überrascht. War denn jemand bei ihnen, der den Weg nach hier kannte? Unser Aufenthalt in der Schmiede und im Bärenthale hatte diesen Leuten zu einem mehrtägigen Vorsprunge verholfen. Sie schienen sich ganz wohl zu befinden, wenigstens ging es sehr lebhaft bei ihnen her. Sie saßen alle, wie wir sie kannten, und nicht einer fehlte, am Feuer, und nur einer stand, hochaufgerichtet an einen Baum gelehnt – der alte Wabble.

Er trug den Arm in einer aus einem Fellstücke gemachten Binde und bot einen Anblick, welcher zum Erschrecken war. Sein langer, hagerer Körper war noch viel dürrer geworden und sein Gesicht, schon vorher fast fleischlos, so eingefallen, daß es der vordern Seite eines Totenkopfes glich. Die sonst so rein gehaltene weiße Haarmähne, jetzt freilich nur noch halb vorhanden, »kleckte«, um mich eines vulgären Ausdruckes zu bedienen, vor Schmutz. Er bildete nur noch ein Gerippe, und sein fast ganz abgerissener Anzug hing an ihm wie zusammengeraffte Fetzen an einem Rechenstiel. An Nahrung hatte es ihm jedenfalls nicht gefehlt; der Armbruch war der Grund zu diesen ihn nichts weniger als verschönernden Folgen. Er schien sehr geschwächt zu sein und sich kaum aufrecht halten zu können. Auch seine Stimme war nicht mehr die frühere. Sie klang hohl, wie durch ein Ofenrohr gesprochen, und zitterig, als ob ihn das Fieber schüttele.

Er sprach nämlich gerad jetzt, als wir in unserem Verstecke Platz genommen hatten. Wir lagen nahe genug, um alles hören zu können, mußten aber sehr aufmerken, um ihn zu verstehen.

»Weißt du noch, du Hund, was du mir damals auf Helmers Home zugeschworen hast?« hörten wir ihn fragen.

Der Blick seiner tief in den Höhlen liegenden glanzlosen Augen war auf eine Stelle gerichtet, wo wir etwas, wie ein langes, zusammengeschnürtes Paket, liegen sahen. War das ein Mensch? Und wenn, wer konnte es sein? Auf Helmers Home? Betraf das etwa unser damaliges Erlebnis an diesem Orte? Er erhielt keine Antwort und fuhr fort:

»Ich habe mir deine Drohung Wort für Wort gemerkt. Sie lautete: ›Nimm dich vor mir in acht, du Hund! Sobald ich dich treffe, bezahlst du mir diese Schläge mit dem Leben. Ich schwöre es dir mit allen Eiden zu, die man nur schwören kann!‹ Hoffentlich hast auch du diese Worte nicht vergessen!«

Ah, das konnte nur zu dem »General« gesprochen sein! Er war also gefangen, hier gefangen, von Old Wabble gefangen! Er hatte den Weg hierher allein machen müssen, weil ihm seine Rowdies nicht hatten folgen können, und war in die Hände des alten »Königs der Cow-boys« gefallen. Das war interessant, höchst interessant, auch für Winnetou, der mir dieses durch ein dreimaliges »Uff, uff, uff!« zu erkennen gab.

»Ich habe sie nicht vergessen!« antwortete jetzt der General in zornigem Tone: »Du hattest mich geschlagen!«

»Ja, fünfzig gute, prächtige Hiebe! Ich gönne sie dir noch heut, denn du hattest mich gegen Old Shatterhand und Winnetou verraten und ihnen gesagt, daß auch ich der Dieb ihrer Gewehre sei. Also dich rächen willst du, Hund, mir an das Leben gehen?«

»Ja, ja, das werde ich!«

»Aber nicht so schnell, wie du denkst! Erst komme ich daran! Da du mir so aufrichtig sagst, was ich von dir zu erwarten hätte, will ich dir mit derselben Offenheit dienen, denn eine Liebe ist der andern wert; *th'is clear!* Ich werde dich auch ein wenig um das Leben bringen. Hörst du, um das Leben!«

»Wage es!«

»*Pshaw!* Was ist da zu wagen!«

»Ich bin nicht allein!«

»Das machst du mir nicht weiß!«

»Ich habe Helfer, viele Helfer mit, die mich an dir rächen würden.«

»Wen denn?«

»Das ist meine Sache!«

»Ah, also die deinige, nicht auch die meinige? Nun, so brauche ich mich auch nicht daran zu kehren! Uebrigens sagst du das nur, um mir angst zu machen und dich dadurch zu retten. Aber Old Wabble, *the king of cow-boys*, ist nicht der Mann, der sich von dir ins Bockshorn jagen läßt! Wir wissen genau, wie es mit deinen Helfern steht und wieviel ihrer sind.«

»Nichts weißt du, nichts!«

»Oho! Ja, wenn Shelley nicht hier bei uns wäre! Dem habt ihr ja in Topeka alles gesagt und ihn mitnehmen wollen, ihn aber sitzen lassen, nachdem ihr ihm im Spiele alles abgenommen habt! Sechs Kerls hast du bei dir. Vor denen sollen wir uns fürchten? Sie stecken jedenfalls droben bei der Foam-Cascade, und du gehst hier allein prospekten, um sie zu betrügen. Nein, uns machst du keine blauen Mücken vor. Du bist allein und kein Mensch wird dir helfen!«

»Du irrst dich, alter Schuft! Nimm dich in acht! Du wirst alles, was du mir thust, zehnfach bezahlen müssen!«

»Schuft nennst du mich, du, welcher der größte Schurke dieses Erdteiles ist?« stieß der Alte grimmig hervor. »Gut, du sollst gleich jetzt, ehe wir morgen früh mit dir ans Werk gehen, eine kleine Einleitung erleben. Ich will dir für diesen ›Schuft‹ eine Erinnerung an Helmers Home beibringen. Du sollst gehauen werden. Fünfzig Hiebe sollst du grad wie damals haben, nur etwas kräftiger noch, denn ich that leider nur so, als ob ich weit ausholte. Seid ihr alle einverstanden, Boys, daß er sie bekommt, und zwar gleich jetzt?«

»Ja, Hiebe, fünfzig Hiebe, aber tüchtig gepfefferte!« rief zunächst der Shelley Genannte. »Warum hat er mich in Topeka so gerupft!«

Die andern fielen, jubelnd beistimmend, ein, und einer schrie überlaut:

»Dabei üben wir uns auf Winnetou und Old Shatterhand und ihre Leute ein, die zehnmal soviel Hiebe bekommen sollen, wie sie uns – – – ah so! Das braucht dieser Kerl ja nicht zu wissen! – – – die uns in der Bonanza den verdammten Zettel anstatt des Goldes finden ließen. Schneiden wir auch Pfeifen ab, schöne Pfeifen, wie dort am Spring der dicke Hammerdull!«

Ich will über die nun folgende Scene weggehen. Der General drohte und fluchte; die Tramps lachten, und Old Wabble warf seine gottlosen Bemerkungen in den Lärm. Als die ersten Hiebe fielen, stieß Winnetou mich an, und wir krochen zurück, von der Halbinsel fort und wieder in den Wald hinein. Es galt ja, uns noch hinunter nach dem zweiten Feuer zu schleichen. Vorher aber fragte mich der Apatsche:

»Was schlägt mein Bruder wegen dem Bleichgesichte vor, welches sich General nennen läßt?«

»Den müssen wir haben.«

»So werden ihn die Tramps hergeben müssen. Er soll erst am Morgen ermordet werden; wir holen ihn in dieser Nacht.«

Nun gingen wir fort, von Baum zu Baum. Der Weg, den

wir jetzt zurückzulegen hatten, war doppelt so lang wie der vorige. Wir waren noch keine Viertelstunde gegangen, so hörten wir vor uns ein Geräusch, wie wenn jemand an einen dürren Ast stößt und ihn abbricht. Das klingt nicht wie das Zerbrechen eines ledigen Astes, sondern das Abbrechen eines noch am Baume befindlichen giebt einen Schall, welcher eine am Baume hinauflaufende Resonanz findet. Wir zwei faßten uns schnell bei den Händen und huschten weit auf die Seite. Dort legten wir uns nieder und hielten das Ohr an die Erde. Es kamen Leute, mehrere, ja viele, langsam mit leisen Schritten, aber so nahe an uns vorüber, daß wir das Geräusch hörten. Sie kamen von da her, wo wir hin wollten.

»Uff!« meinte Winnetou, als sie vorüber waren. »Ob diese Männer bei dem untern Feuer gesessen haben?«

»Den Schritten nach müssen es Indianer sein!«

»Ja, es sind rote Männer. Woher kommen sie, und wohin wollen sie? Kommen sie von dem einen Feuer, und wollen sie zum andern? Oder kommen sie von einem andern Orte? Wollen sie etwa gar nach der Seite des Sees, wo wir lagern?«

»Wir müssen das wissen, Winnetou!«

»Wir müssen es sogar schnell erfahren, denn unsere Gefährten befinden sich vielleicht in Gefahr. Diese Gefahr wird augenblicklich beendet sein, sobald Old Shatterhand zu ihnen kommt.«

»Ich soll also nach unserm Lager zurück?«

»Ja, so schnell wie möglich, und dich nicht bei den Tramps aufhalten.«

»Und du?«

»Ich gehe weiter, hinunter nach dem zweiten Feuer.«

»Da bekommst du die Indianer zwischen dich und uns, begehst also ein Wagnis, welches schlecht ablaufen kann.«

»*Pshaw!* In einer bekannten Gefahr kommt Winnetou nicht um! Meine Brüder mögen nicht schlafen, bis ich wiederkomme.«

Er huschte fort, und ich kehrte um.

Mein Weg war jetzt gefährlicher als bisher, weil ich die Indianer vor mir hatte. Ich nahm an, daß ihr Ziel die Halbinsel sei, ging aber dennoch tiefer in den Wald hinein, um auf keinen Fall mit ihnen zusammenzutreffen. Die landschaftlichen Schönheiten, welche ich unterwegs zu bewundern hatte, will ich nicht beschreiben. Nie in meinem Leben habe ich mich so anstößig benommen wie in dieser Stunde. Die Bäume dort am See wissen ein Wort davon zu reden! An der Vorderseite voller Harz und an Gesicht und Händen zerstoßen und zerschunden, kam ich nach der angegebenen Zeit in unserm Lager an, wo man mich fragte, wo Winnetou sei. Ich erzählte, was wir gesehen und gehört hatten und ließ die Gefährten vom Seeufer bis ein Stück in den Wald hinein eine geradlinige Postenkette bilden. Das war das beste, weil einzige, was wir unter diesen Umständen thun konnten.

Wir saßen alle an der Erde, die Gewehre in den Händen. Es verging eine Viertelstunde; da drang von der Halbinsel ein plötzliches, markerschütterndes Geheul zu uns herauf. Die Indianer, welche an uns vorübergekommen waren, hatten die Tramps überfallen. Dabei war kein Schuß zu hören. Die Weißen hatten sich also von den Roten ohne Gegenwehr überwältigen lassen. Nun herrschte wieder tiefe Stille.

Ein einziger Augenblick im nächtlichen Leben der Urwaldswildnis, ein einziger! Und doch, was mochte er verändert und gekostet haben und vielleicht noch kosten! Das ist der blutige Westen!

Es mochte wieder eine Stunde vergangen sein, da erlosch auf der Halbinsel das Feuer. Das zweite weiter unten brannte fort. Nach abermals zwei Stunden hörte ich laute Schritte. Das konnte nur Winnetou sein, denn ein anderer Mensch hätte sich herangeschlichen. Ja, er war es, ebenso zerschunden und zerkratzt wie ich, wie wir am nächsten Morgen sahen. Er, der stets Umsichtige, beruhigte uns zunächst:

»Meine Brüder mögen ruhig beisammen bleiben; sie haben nichts zu befürchten. Es wird bis früh kein Feind kommen!«

Ich zog also die Postenkette ein und richtete, als wir uns wieder zusammengesetzt hatten, an den Apatschen die Frage:

»Mein roter Bruder ist unten beim letzten Feuer gewesen?«

»Ja,« antwortete er.

»Hatten die Indianer dort gelagert, welche uns begegneten?«

»Ja.«

»Konntest du erfahren, welchem Stamme sie angehören?«

»Ich erfuhr es. Zwei von ihnen waren zurückgelassen worden, um die Pferde zu bewachen. Old Shatterhand wird sich wundern, sehr wundern!«

»Es sind doch nicht etwa die Capote-Utahs?«

»Sie sind es, mit ihrem Häuptling Tusahga-Saritsch!«

»Das ist freilich überraschend! Sie müssen mit dem ›General‹ zusammengetroffen sein, der es verstanden hat, sie zu gewinnen. Ich vermute, daß er diese Gegend von früher her genau kennt, und so war es möglich, daß sie uns vorausgekommen sind.«

»So ist es. Mein Bruder hat es erraten. Die beiden Wachen, welche ich belauschte, sprachen davon, und ich hörte es. Der ›General‹ ist nach der Halbinsel gegangen und nicht wiedergekommen; da haben sie sich aufgemacht, ihn zu suchen.«

»Was hat er dort gewollt?«

»Das hat er nicht gesagt. Er hat niemand mitnehmen wollen. Es muß ein Geheimnis gewesen sein. Darum sind sie mißtrauisch geworden und ihm, nachdem es dunkel geworden war, gefolgt. Da sie dort sahen, daß er von den Tramps gefangen genommen worden war, sind sie über diese hergefallen und haben ihn befreit.«

»War mein Bruder Winnetou noch einmal dort?«

»Ja; aber die Utahs hatten das Feuer verlöscht.«

»Weshalb?«

»Das weiß Winnetou nicht.«

»So hast du nichts sehen können?«

»Weder etwas gesehen noch gehört.«

»Hm! Was ist zu thun? Den General müssen wir unbedingt haben!«

»Wenn kein Feuer brennt, ist es unmöglich, ihn zu bekommen.«

»Leider hast du da recht. Wir müssen entweder bis sie wieder eines anzünden oder bis zum Anbruch des Tages warten. Weiter bleibt uns nichts übrig. Oder hast du einen andern, bessern Gedanken?«

»Die Gedanken Old Shatterhands sind stets gut.«

»So wollen wir schlafen, aber Doppelwachen auslosen!«

»Winnetou ist einverstanden. Wir befinden uns an einem gefährlichen Orte, wo wir nicht vorsichtig genug sein können. Wir werden auch nicht hier am See, sondern ein Stück drin im Walde schlafen, wohin die letzten Posten, ehe es Tag wird, auch die Pferde schaffen müssen, damit die Capote-Utahs uns ja nicht etwa beim ersten Tageslicht zu zeitig zu sehen bekommen.«

Wir zogen uns also von dem Wasser in den Wald zurück, ließen die Pferde aber jetzt noch weitergrasen. Von den beiden Wächtern mußte einer bei ihnen und der andere bei uns sein. Mich traf wieder die erste Wache. Diese dauerte anderthalb Stunden; sie verging ohne Störung, und dann legte ich mich nieder, nachdem unsere Nachfolger geweckt worden waren.

Als ich früh aufstand, war der Tag schon seit zwei Stunden da. Ich wollte zürnen, daß man mich so lange hatte schlafen lassen, doch Winnetou beruhigte mich mit der Versicherung:

»Mein Bruder hat nichts versäumt. Ich hatte die letzte Wache und bin, sobald es hell wurde, spähen gegangen. Es ist für uns unmöglich, die Utahs auf der Halbinsel zu überfallen und ihnen ihre Gefangenen abzunehmen. Wir müssen wissen, wohin sie reiten, und ihnen dann vorauseilen, um uns eine passende Stelle zum Angriffe auswählen zu können. Mein Bruder Shatterhand weiß, daß derjenige schon halb gesiegt hat, welcher den Vorteil zu erlangen weiß, den Ort des Kampfes schon vorher bestimmen zu können. Diesen Vorteil müssen wir haben.«

Was er da sagte, war vollständig richtig, und so blieben wir da, wo wir geschlafen hatten, liegen, um den Abzug der Indianer zu erwarten. Winnetou entfernte sich in der Absicht, sie zu beobachten, was jetzt am hellen Tage eine ebenso schwierige wie gefährliche Aufgabe war. Die Pferde befanden sich natürlich nicht mehr am Seeufer, sondern bei uns im Walde.

Wir warteten Stunde um Stunde. Die Halbinsel lag zu fern, als daß wir hätten sehen können, was dort vorging. Nur dem Scheine des Feuers war es gestern möglich gewesen, bis zu uns heraufzudringen. Winnetou kam einigemal, um uns wenigstens über sich zu beruhigen; melden konnte er uns weiter nichts, als daß die Indianer noch nicht fort seien. Dann benachrichtigte er uns davon, daß er laute Beilschläge gehört habe; die Utahs schienen mit ihren Tomahawks einen Baum zu fällen, weshalb, das konnten wir natürlich nicht erraten. Endlich, endlich, als es schon über Mittag geworden war, kam er, um uns zu sagen, daß die Roten nun fort seien. Er hatte, vielleicht hundert Schritte entfernt und hinter einem Baume stehend, sie fortreiten sehen.

»So müssen ihre Pferde von da, wo das zweite Feuer brannte, heraufgeholt worden sein?« fragte ich.

»So ist es,« nickte er. »Ich sah, daß sie gebracht wurden.«

»Konntest du sie alle sehen, als sie fortritten?«

»Nein. Es waren zu viele Bäume zwischen ihnen und mir.«

»Natürlich waren die Gefangenen bei ihnen?«

»Ich war so fern von ihnen, daß ich die roten Männer nicht von den weißen unterscheiden konnte, und weiter durfte ich mich nicht an die Halbinsel wagen.«

»Nach welcher Richtung sind sie geritten?«

»Nach Nordwest. Dies ist der Weg, den auch wir einschlagen werden.«

»Hm! Wir müssen natürlich nach der Halbinsel. Reiten wir gleich hin, oder müssen wir erst spähen, ob wir dort sicher sind?«

»Wir sind sicher. Winnetou ist natürlich erst hingegangen, um nachzusehen, ob die Utahs sich auch wirklich entfernt haben.«

Da wir uns auf den Apatschen verlassen konnten, stiegen wir auf, um nach der Halbinsel zu reiten. In der Nähe derselben angekommen, suchten wir zunächst die Fährte der

Utahs auf. Ja, sie waren fort; wir brauchten nicht zu befürchten, überrascht zu werden. Wir ritten also ohne Sorge nach dem Orte zu, wo Old Wabble und die Tramps und dann die Indianer gelagert hatten. Dort stiegen wir von den Pferden.

Das Gras und Moos war weit umher niedergetreten, wie es bei einem verlassenen Lagerplatze zu sein pflegt. Wir hatten keinen Grund, anzunehmen, daß wir einen Fund hier machen würden, dennoch ließen wir aus alter Gewohnheit unsere Blicke umherschweifen. Die Roten hatten sich nicht auf den eigentlichen Lagerplatz beschränkt; ihre Spuren führten nach mehreren Seiten von demselben fort. Wir trennten uns, um den verschiedenen Fährten nachzugehen, und hörten schon nach ganz kurzer Zeit Old Surehand rufen:

»Kommt her; kommt her; kommt alle her! Hier liegen sie! Schnell, schnell!«

Ich eilte nach der Richtung, aus welcher seine Stimme erklungen war. Welch ein Anblick erwartete mich da! Hier lagen sie unter den Bäumen, die Tramps, alle mit einander; es fehlte keiner! Ihren blutigroten Köpfen fehlten die Häute. Sie waren skalpiert worden. Man hatte sie, sogar nach ihrer Körperlänge, in einer Reihe neben einander gelegt, und ein weiterer Blick zeigte, daß sie vorher erstochen worden waren.

Uns grauste! Sie hatten einer moralisch sehr tief stehenden Menschensorte angehört und waren vor keinem Verbrechen zurückgebebt, aber sie in dieser Weise und so zugerichtet hier vor uns liegen zu sehen, das war entsetzlich!

Um zwanzig Menschen so schnell und sicher überwältigen zu können, hatte jeder Rote vorher genau wissen müssen, auf welchen Weißen er sich werfen müsse. Fünfzig Indianer auf zwanzig Weiße. Die Toten waren steif. Man hatte sie also nicht erst heut früh, sondern schon gestern abend erstochen. Warum aber waren die Indianer dann hiergeblieben? Warum hatten sie sogar ihre Pferde holen lassen? Es mußte irgend etwas gegeben haben, was auf heut früh verschoben worden war und bis Mittag gedauert hatte. Was konnte das sein? Mir fiel Old Wabble ein. Dessen Leiche fehlte. Jedenfalls hatte der »General« ihn mitgenommen, um eine ganz besondere Rache an ihm auszuüben.

Hatten wir in den ersten Augenblicken wortlos vor den Leichen gestanden, so waren dann der Interjektionen desto mehr zu hören. Hätten wir jetzt die Roten hier vor unsern Gewehren gehabt, ich glaube, sie wären alle erschossen worden; auch ich hätte nichts dagegen gehabt! Aber wie das größte Unheil doch nicht ohne ein kleines Lächeln ist, das zeigte sich auch hier. Hammerdull deutete auf eine der Leichen und sagte zu Holbers:

»Pitt, das ist Hosea, der uns an das Leben wollte!«

»*Yes!* Und das Joel, der nicht auf unser Geld hereinfallen wollte!« antwortete der Lange, indem er auf einen andern Toten zeigte.

»Sie sind dennoch deine Vettern. Meinst du nicht auch, altes Coon?«

»Ja, sie sind es.«

»Willst du sie so hier liegen lassen?«

»Das möchte ich ihrer Mutter denn doch nicht anthun, obgleich sie mir so manchen gefühlvollen Augenblick bereitet hat.«

»Das ist brav von dir, alter Pitt! Was schlägst du also vor?«

»Daß wir sie begraben. Meinst du nicht auch, lieber Dick?«

»Ob wir sie begraben oder nicht, das bleibt sich gleich; aber wir werden ihnen, wenn wir Zeit dazu bekommen, einen kleinen Gottesacker herrichten und es ihnen darin so bequem machen, wie die Umstände es erlauben. Das ist Christenpflicht, zumal es deine Cousins und Vettern sind. Ist's so richtig, altes Coon?«

»Hm! Wenn du denkst, daß du das an mir und meinen Verwandten thun willst, so bist du ein braver Kerl, lieber Dick!«

Sie reichten sich die Hände, und ich muß gestehen, daß nichts den Anblick dieser grausigen Scene so hätte mildern können wie grad die eigenartige Weise dieser beiden guten Menschen. Wir hatten keine Zeit übrig, wir mußten den

Utahs nach und den »General« fassen, welcher gewiß die Schuld an dem Tode der zwanzig Tramps trug; aber wenn die Brüder begraben werden sollten, so durften wir auch die andern nicht so liegen lassen, und darum entfernte ich mich, um nach einer passenden Stelle zu suchen. Ich traf dabei auf eine breite Fährte, welcher ich folgte; sie führte nach einer Fichte, welche etwas freier stand als die Bäume ihrer Umgebung, und als ich sie ---

Hier sträubt sich die Feder, fortzufahren! Was ich sah, war so gräßlich, daß ich einen Schrei ausstieß, wie ich wohl noch nie geschrieen habe. Die Kameraden kamen infolgedessen alle spornstreichs herbeigerannt und waren bei dem Anblicke, welcher sich ihnen bot, nicht weniger entsetzt als ich.

Man hatte die Fichte, welche die Stärke eines achtjährigen Kindes besaß, in Schulterhöhe gespalten. Das waren die Tomahawkhiebe gewesen, welche Winnetou gehört hatte. Durch in den Riß getriebene Holzkeile war nachgeholfen worden, weil die Tomahawks zu schwach gewesen waren, einen durchgehenden Spalt fertig zu bringen. Durch das Nachtreiben immer größerer und stärkerer Keile, auch mehrere nebeneinander, hatte man den Riß so erweitert, daß er mehr als den Durchmesser eines Männerleibes bekam, und dann den gefesselten alten Wabble hineingeschoben. Hierauf waren die stärkern Keile wieder herausgeschlagen worden; sie lagen unten am Boden; und nun steckte der unglückliche Alte in horizontaler Lage und mit entsetzlich zusammengepreßtem Unterleibe, hüben die Beine und drüben den Oberleib hervorragend, in dem Spalt. Hätte man ihn mit der Brust hineingelegt, so wäre sie ihm eingedrückt worden und er folglich gestorben; so aber hatte man ihn in teuflisch raffinierter Weise nur mit dem Unterleib hineingeschoben. Er lebte noch; sein gesunder Arm und die Beine bewegten sich, doch konnte er trotz der unbeschreiblichen Schmerzen, welche er auszustehen hatte, nicht schreien, weil man ihm einen Knebel in den Mund gesteckt und den letzteren noch extra zugebunden hatte. Die Augen waren zu; aus der Nase rann das Blut in schweren, dunklen Tropfen; der Atem ging scharf pfeifend und ließ die Blutstropfen zischen. Da konnte es kein Wort weder der Empörung noch des Mitleides geben; da mußte nur schnell, schnell geholfen werden, ohne einen einzigen Augenblick zu zaudern.

»Die starken Keile hinein!« gebot ich. »Und zwar oben und auch unten! Macht rasch; macht rasch! Wir brauchen noch mehr Keile als hier liegen. Heraus mit den Messern und Tomahawks!«

Während ich dies rief, hatte ich auch schon einen Keil in den Spalt gesteckt und trieb ihn durch Hiebe mit dem eisenbeschlagenen Kolben meines Bärentöters ein. Jetzt konnte man die Kameraden schaffen sehen! Tomahawks hatten bloß Winnetou und Schahko Matto; das war aber genug. Abgestorbene Bäume standen einige in der Nähe. Die Spähne flogen; es wurden wie im Handumdrehen neue, stärkere Keile fertig. Mein Bärentöter und Hammerdulls alte Gun, deren Kolben stark mit Bandeisen umwunden war, wurden als Schlägel gebraucht. Kurz und gut, es waren kaum zwei Minuten vergangen, so hatten wir den Spalt so weit erweitert, daß wir Old Wabble herausziehen konnten. Wir legten ihn auf die Erde und befreiten ihn von dem Knebel, was wir eigentlich schon früher hätten thun sollen, in der Aufregung aber vergessen hatten.

Er blieb zunächst ohne Bewegung liegen und stieß einen Schwall geronnenen Blutes aus dem Munde; dann folgte ein heller, dünner Blutstrahl nach. Die Brust erweiterte sich; wir hörten einen tiefen, tiefen Atemzug. Hierauf öffneten sich die Augen; sie waren dunkelrot gefärbt. Und nun, nun kam etwas, was ich in meinem ganzen Leben nicht vergessen werde, nämlich ein Schrei, aber was für ein Schrei! Ich habe Löwen und Tiger brüllen hören; ich kenne die Trompetentöne des Elefanten, ich habe den entsetzlichen, gar nicht zu beschreibenden Todesschrei von Pferden gehört; aber nichts von dem allem ist mit dem fürchterlichen, langgezogenen, kein Ende nehmenden Schrei zu vergleichen, welcher jetzt, die Schmerzen einer ganzen Welt herausbrüllend, aus Old Wabbles Mund kam und drüben vom jenseitigen Seeufer und hüben aus der Waldestiefe vom mitleidlosen Echo zurückgeschickt wurde. Es schüttelte uns!

Hierauf war es wieder eine Weile still. Mit den widerstreitendsten Gefühlen in unsern Herzen standen wir um ihn herum; das Mitleid hatte aber doch die Oberhand. Jetzt begann er zu stöhnen, lauter, immer lauter; dann folgte ein plötzliches Gebrüll, wie von einer Schar wilder Tiere. Ich hielt mir die Hände an die Ohren; wieder das leisere Stöhnen und Jammern, und dann abermals ein eruptives Geheul, von welchem wir förmlich zurückgeworfen wurden. So ging es fort und fort, dieses Wimmern und Stöhnen, von heulenden Stößen unterbrochen; es wollte kein Ende nehmen. Er schien weder sehen noch hören, auch nicht sprechen zu können. Was konnten wir thun? Holbers blieb bei ihm, um ihm Wasser einzuflößen; wir aber entfernten uns, um ein Grab für die Tramps herzustellen. Gesprochen wurde kein Wort über den Unglücklichen. Ein heiliges Grauen hatte uns gepackt. Wir fühlten uns im Bereiche der Allgerechtigkeit, welche nach so erfolgloser Langmut jetzt endlich mit dem alten Gotteslästerer abzurechnen begann.

Wir fanden endlich an dem Westufer der Halbinsel, was wir suchten, nämlich eine ganze Menge ab-, an- und herausgespülter Steine, welche zur Herstellung selbst einer so großen Begräbnisstelle ausreichten. Zum Graben einer Vertiefung, wie sie für so viele Leichen nötig gewesen wäre, fehlten uns die Werkzeuge. Wir begannen, die Steine nach der Mitte der Halbinsel zu schleppen, wo es eine natürliche, fast metertiefe Senkung gab. Dorthin sollte das Grab kommen.

Das war eine Arbeit, welche viel Zeit in Anspruch nahm und während welcher wir immer das Gebrüll des Königs der Cow-boys hörten, bis er nach vielleicht einer Stunde stiller wurde. Später kam Holbers zu mir und sagte, daß der Alte jetzt sehen könne und zu sprechen beginne. Ich ging zu ihm hin. Er lag lang ausgestreckt da, holte leise und unregelmäßig Atem und starrte mich an. Seine Augen hatten sich ziemlich entrötet.

»Old - Shat - - ter - - - hand,« flüsterte er. Dann hob er

den Oberkörper ein wenig und schrie mich an: »Hund, verfluchter, fort, fort, fort mit dir!«

»Mr. Cutter, Ihr steht vor der Ewigkeit!« antwortete ich. »Niemand kann Euch helfen! In kurzer Zeit, vielleicht schon in einer Stunde, giebt es für Euch den letzten Atemzug. Macht Eure Rechnung hier mit Gott; im Jenseits ist's zum Bitten vielleicht nicht mehr Zeit!«

»Schäfchenhirt! Packe dich von hier! Ich will sterben ohne dich und ohne ihn! Geh mir aus den Augen!«

Ich ging natürlich nicht, sondern fuhr fort:

»Erinnert Euch, was ich auf Fenners Farm gesagt habe! Ihr sollt um eine einzige Minute der Verlängerung Eures Lebens zu Gott wimmern; Eure Seele soll zetern aus Angst vor der göttlichen Gerechtigkeit, und wenn die Faust des Todes Euren Körper krümmt, sollt Ihr nach Vergebung Eurer Sünden heulen!«

»Fort, fort, sage ich!« heulte er wütend. »Gebt mir ein Messer, ein Messer, sage ich, daß ich diesen Kerl, noch ehe ich sterbe, erstechen kann!«

Old Surehand war herbeigekommen; er hörte das und sagte:

»Den macht Ihr nun im letzten Augenblicke auch nicht erst noch anders. Oder wollt Ihr es einmal mit dem Gebet versuchen?«

Ich sah ihn an. Es war ihm wirklich ernst mit diesen Worten; dennoch fragte ich:

»Warum gebt Ihr mir diesen guten Rat?«

»Weil wir gestern vom Gebet gesprochen haben. Ihr glaubt ja doch so fest und unerschütterlich an seine Macht!«

»*Well!* Wenn es Gott gefällt, so werdet Ihr einen Beweis von dieser Macht erhalten, doch jetzt, in diesem Augenblick noch nicht!«

Old Wabble war nämlich jetzt nicht mehr bei sich. Er fiel in seinen früheren Zustand zurück und wechselte, wie vorhin, mit Wimmern und tierischem Brüllen ab. Ich entfernte mich. Als er nach einer halben Stunde ruhig geworden war, ging ich wieder hin zu ihm. Er kannte mich und zischte mich an:

»Kennst du noch den Fact, und wieder den Fact, und zum drittenmal den Fact, damals im Llano estacado? Bring mir nun von deinem Gotte einen Fact, du Himmelsschaf!«

Sollte ich ihm, der jetzt noch spottete, in meiner vorigen Weise antworten? Nein. Ich konnte nichts mehr für diese verlorene Seele thun. Es gab nur eine Macht, die helfen konnte, und das war nicht die meinige. Old Surehand hatte gemerkt, wohin ich wieder gegangen war, und war mir wieder nachgekommen; wir befanden uns allein bei dem Alten. Ich kniete nieder und betete, nicht leise, sondern laut, daß Old Surehand und Old Wabble es hörten. Was ich betete? Ich weiß es nicht mehr, und wenn ich es noch wüßte, würde ich es hier nicht wiederholen. Als ich fertig war und aufstand, waren Old Surehands Augen feucht. Er drückte mir die Hand und sagte leise:

»Jetzt weiß ich, was richtig beten heißt! Wenn das nicht hilft, so will ihm Gott nicht helfen!«

Old Wabble hatte mich, ganz gegen meine Erwartung, nicht ein einziges Mal unterbrochen. Sein Auge sah mich spöttisch an; aber aus seinem vor Schmerz verzerrten Munde war auch jetzt keine Silbe zu hören. Sollte er sich jetzt doch scheuen, mich zu verhöhnen? Das würde ein gutes Zeichen sein. Ich durfte diese Wirkung nicht stören und ging, indem ich Old Surehand mit mir fortzog.

Nach einiger Zeit waren wir so weit, daß wir die Leichen in die Bodensenkung legen konnten, um sie dann erst mit Gezweig und dann mit Steinen zu bedecken. Da kam mir ein Gedanke, nein, kein Gedanke, sondern eine Eingebung; es war eine, das fühlte ich: Ich ließ den alten Wabble holen und nach dem Grabe bringen. Das verursachte ihm große Schmerzen; er schrie in einem fort und fragte dann, warum er nicht habe liegen bleiben dürfen.

»Ihr sollt sehen, wohin wir Eure skalpierten Kameraden legen,« antwortete ich. »Wir lassen einen Platz für Euch, denn ehe die heutige Sonne untergeht, liegt Ihr bei ihnen hier unter diesen Steinen. Ihr habt nur noch Zeit zur Reue und zum Sterben, weiter keine!«

Ich hatte erwartet, daß er mich wütend anschreien werde; er aber war still, ganz still. Er sah zu, daß wir einen Tramp nach dem andern in die Vertiefung legten und dann mit Aesten und Zweigen bedeckten; er sah auch, daß wir Steine darüber aufhäuften und eine Lücke für seinen eigenen Körper ließen. Sein Auge folgte jeder unserer Bewegungen; er sagte immer noch nichts. Aber in seinem Blicke lag eine immer größer werdende Angst; das bemerkte ich wohl. Nun waren wir endlich mit dem Grabe, bis auf ihn -- die letzte Leiche, fertig und gingen fort, scheinbar ohne uns um ihn zu kümmern. Ich fühlte aber eine Spannung, die gar nicht größer sein konnte.

Da plötzlich erzitterte die Luft von einem Schrei, nicht anders, als wie sein erster Schrei gewesen war. Ich suchte ihn wieder auf. Die Schmerzen hatten ihn wieder gepackt, doch ohne ihm die Besinnung zu rauben. Er wand sich wie ein Wurm; er schlug und stampfte um sich, doch kam kein Fluch und keine Verwünschung mehr aus seinem Munde. Dann lag er wieder still, wimmernd und stöhnend zwar, doch sonst bewegungslos. Seine Zähne knirschten, und der Schweiß trat in schweren, dicken Tropfen auf seine Stirn und sein Gesicht. Ich wischte sie wiederholt ab; sie kamen immer wieder. So verging eine lange Zeit. Da hörte ich ihn halblaut sagen:

»Mr. Shatterhand!«

Ich bog mich über ihn, und nun fragte er langsam und mit öfteren Unterbrechungen:

»Ihr wißt alles -- alles --. Kennt Ihr das alte, alte --- Lied -- Lied -- von der -- Ewigkeit ----?«

»Welches Lied? Wie ist der Anfang?«

»*E -- ter -- nity -- oh -- thunder -- word ---.*«

»Ich kann es auswendig.«

»Betet -- be -- tet es!«

Ich blickte Old Surehand, der mit mir zu ihm gekommen war, bedeutungsvoll an, setzte mich neben den Alten hin und begann, natürlich in der englischen Uebersetzung:

»O Ewigkeit, du Donnerwort,
Du Schwert, das durch die Seele bohrt,
O Anfang sonder Ende!
O Ewigkeit, Zeit ohne Zeit,
Vielleicht schon morgen oder heut
Fall ich in deine Hände.
Mein ganz erschrocknes Herz erbebt,
Daß mir die Zung' am Gaumen klebt!«

Hier hielt ich inne. Er war still. Seine Brust bewegte sich schwer. Es arbeitete in ihm. Dann bat er:

»Weiter – – weiter – – Mr. Shatter – – hand – -!«

Ich that ihm den Willen und fuhr fort:

»O Gott, wie bist du so gerecht!
Wie strafst du mich, den bösen Knecht,
Mit wohlverdienten Schmerzen!
Schon hier erfaßt mich deine Faust,
Daß es mich würgt, daß es mich graust
In meinem tiefsten Herzen.
Die Zähne klappern mir vor Pein;
Wie muß es erst da drüben sein!«

Die Strophen dieses alten, kraftvollen Kirchenliedes sind, wenn sie richtig gelesen oder gesprochen werden, allerdings geeignet, wie Schwerterspitzen durch Mark und Bein zu gehen. Ich sah, daß es ihn schüttelte, doch forderte er mich auf:

»Weiter – – immer – – – weiter! Ich – – – höre es – – –!«

Ich that ihm natürlich den Willen:

»Wach auf, o Mensch, vom Sündenschlaf;
Ermuntre dich, verlornes Schaf,
Denn es enteilt dein Leben!
Wach auf, denn es ist hohe Zeit,
Und es naht schon die Ewigkeit,
Dir deinen Lohn zu geben!
Zeig reuig deine Sünden an,
Daß dir die Gnade helfen kann!«

Was war das?! Seine Zähne schlugen zusammen. Ja, wahrhaftig, ich hörte sie klappern! Der Schweiß stand nicht mehr tropfenweis auf seiner Stirn, sondern er lag als eine zusammenhängende, naßkalte Schicht auf ihr. Dabei murmelte er, wie ein Betrunkener lallend:

»Zeig reuig - - - deine Sünden - - - an, daß dir - - - die Gnade - - - hel - - - helfen kann - - -!« Und plötzlich stieß er laut, schnell und voller unsäglicher Angst hervor: »Wie lange braucht man zur Gnade, wie lange! Sagt es schnell, schnell!«

»Einen Augenblick nur, wenn Ihr's ehrlich meint,« antwortete ich.

»Das ist zu wenig, viel zu wenig! ›Zeig reuig deine Sünden an!‹ Ich habe mehr Sünden auf meinem Gewissen als Sterne am Himmel stehen. Wie kann ich die in dieser Zeit beichten, wie kann, wie kann ich das!«

»Gott zählt sie nicht einzeln, wenn Ihr sie wirklich bereut!«

»Nein, alle, alle muß ich ihm aufzählen, alle! Und habe ich Zeit dazu, Zeit? Wann muß ich sterben, sagt es mir!«

»Eure Todesstunde schlägt heut. Hier steht Euer Grab schon offen!«

»Schon offen, schon offen; oh mein Himmel, oh mein Gott! Gebt mir mehr Zeit, mehr! Gebt mir einen Tag, zwei Tage, eine Woche!«

Da, da war es, was ich ihm auf Fenners Farm vorausgesagt hatte: Er flehte um eine Gnadenfrist!

»Aber ich fühle es,« fuhr er kreischend fort; »ich bekomme keine Zeit, keine Frist, keine Gnade, kein Erbarmen! Der Tod greift mir nach dem Herzen, und die Hölle mit allen ihren Teufeln wühlt mir schon im Leibe! Mr. Shatterhand, Mr. Shatterhand, Ihr seid ein gläubiger, ein frommer Mann. Ihr müßt, Ihr müßt es wissen: Giebt es einen Gott?«

Ich legte ihm die Hand auf die Stirn und antwortete:

»Ich schwöre nie; heut und hier schwöre ich bei meiner Seligkeit, daß es einen Gott giebt!«

»Und ein Jenseits, ein ewiges Leben?«

»So wahr es einen Gott giebt, so wahr auch ein Jenseits und ein ewiges Leben!«

»Und jede Sünde wird dort bestraft?«

»Jede Sünde, welche nicht vergeben worden ist.«

»Oh Gott, oh Allerbarmer! Wer wird mir meine vielen, vielen, schweren Sünden vergeben? Könnt Ihr es thun, Mr. Shatterhand; könnt Ihr?«

»Ich kann es nicht. Bittet Gott darum! Er allein kann es.«

»Er hört mich nicht; er mag von mir nichts wissen! Es ist zu spät, zu spät!«

»Für Gottes Liebe und Barmherzigkeit kommt keine Reue zu spät!«

»Hätte ich früher auf Euch gehört, früher! Ihr habt Euch Mühe mit mir gegeben. Ihr habt recht gehabt: Das Sterben währt länger, viel, viel länger als das Leben! Fast hundert Jahre habe ich gelebt; nun sind sie hin, hin wie ein Wind; aber diese Stunde, diese Stunde, sie ist länger als mein ganzes Leben; sie ist schon eine Ewigkeit! Ich habe Gott geleugnet und über ihn gelacht; ich habe gesagt, daß ich keinen Gott brauche, im Leben nicht und im Sterben nicht. Ich Unglücklicher! Ich Wahnsinniger! Es giebt einen Gott; es giebt einen; ich fühle es jetzt! Und der Mensch braucht einen Gott; ja er braucht einen! Wie kann man leben und wie sterben ohne Gott! Wie kalt, wie kalt ist's in mir, huh – – –! Wie finster, wie finster, huuuh – – –! Das ist ein tiefer – – – tiefer – – bodenloser Abgrund – – Hilfe, Hilfe! Das schlägt über mir zusammen – – über mir – – Hilfe – – – Hilfe! Das krallt sich um meine – – – Hilfe – – – Gnade – – Gnade – – Gna – – –!«

Er hatte die Augen geschlossen und die Hilferufe mit erst schriller und dann ersterbender Stimme ausgestoßen. Jetzt schloß er den Mund und bewegte kein Glied seines Körpers, kein Härchen seiner Augenwimpern mehr.

»Oh mein Gott!« seufzte Old Surehand. »Ich sah schon manchen Menschen im Kampfe fallen; aber ein wirkliches Sterben, so wie dieses, sah ich doch noch nie! Wer da nicht an Gott glauben lernt, dem wäre besser, er wäre nie geboren!«

Die Hilferufe Old Wabbles hatten die Gefährten alle herbeigerufen; sie standen rund umher. Ich schob dem Alten die Hand unter das Gewand und legte sie ihm auf das Herz; ich fühlte kaum noch dessen leisen, langaussetzenden Schlag.

»Die Hüte ab, Mesch'schurs!« bat ich. »Wir stehen vor einem hehren, heiligen Augenblick: Ein verlorener Sohn kehrt jetzt zurück ins Vaterhaus. Betet, betet, betet, daß der Inbegriff aller Liebe sich seiner erbarme, jetzt in dieser schweren, letzten Minute und jenseits in der Ewigkeit!«

Sie beteten; selbst die drei Häuptlinge beteten und - - - Old Surehand betete auch! Die Sekunden dehnten sich zu Minuten und die Minuten zu Viertelstunden. Ein dünnes Zweiglein knickte unter den Zehen eines kleinen Vogels. Das klang durch diese tiefe, heilige Stille wie sonst das Brechen eines starken Baumes, so schien es uns, und der leichte Flügelschlag des Vogels dünkte uns das Rauschen von Adlerschwingen zu sein!

Da schlug Old Wabble die Augen auf und richtete sie auf mich. Sein Blick war klar und mild, und seine Stimme klang zwar leise doch deutlich, als er sagte:

»Ich schlief jetzt einen langen, langen, tiefen Schlaf und sah im Traum mein Vaterhaus und meine Mutter drin, die ich beide hier nie gesehen habe. Ich war bös, sehr bös gewesen und hatte sie betrübt, so träumte mir; ich bat sie um Verzeihung. Da zog sie mich an sich und küßte mich. Old Wabble ist nie im Leben geküßt worden, nur jetzt in seiner Todesstunde. War das vielleicht der Geist von meiner Mutter, Mr. Shatterhand?«

»Ich möchte es Euch gönnen. Ihr werdet's bald erfahren,« antwortete ich.

Da ging ein Lächeln über seine viel durchfurchten Züge, und er sprach in rührend frohem Tone:

»Ja, ich werde es erfahren, in wenigen Augenblicken. Sie hat mir verziehen, als ich sie darum bat! Kann Gott weniger gnädig sein als sie?«

»Seine Gnade reicht so weit, so weit die Himmel reichen;

sie ist ohne Anfang und auch ohne Ende. Bittet ihn, Mr. Cutter, bittet ihn!«

Da legte er die unverletzte Hand in diejenige des gebrochenen Armes, faltete beide und sagte:

»So will ich denn gern beten, zum ersten und zum letzten Mal in diesem meinem Leben! Herrgott, ich bin der böseste von allen Menschen gewesen, die es gegeben hat. Es giebt keine Zahl für die Menge meiner Sünden, doch ist mir bitter leid um sie, und meine Reue wächst höher auf als diese Berge hier. Sei gnädig und barmherzig mit mir, wie meine Mutter es im Traume mit mir war, und nimm mich, wie sie es that, in Deine Arme auf. Amen!«

Welch ein Gebet! Er, der keine Schule genossen und nie mit seinem Gotte gesprochen hatte, betete jetzt in so geläufiger Weise, wie ein Pfarrer betet! Er hatte leise und mit Unterbrechungen gesprochen, war aber von uns allen verstanden worden. Dieser Sterbende war ein böser Mensch und zuletzt mein Todfeind gewesen, und doch liefen die Thränen, die ich nicht zurückzuhalten vermochte, mir über die Wangen herab.

»War es so richtig, Mr. Shatterhand?« fragte er.

»Ja, so war es gut.«

»Und wird Gott mir meine Bitte erfüllen?«

»Ja.«

»Ah, wenn ich das doch deutlich aus Eurem Munde hören könnte!«

»Ihr sollt es hören. Ich bin zwar kein geweihter Priester, und keine Macht der Kirche ist mir anvertraut; wenn ich damit eine Sünde begehe, so wird Gott auch mir gnädig sein; ich bin ja der einzige hier, der zu Euch reden kann! Spricht die Stimme wahr, die ich jetzt in mir höre, so seid Ihr von Gottes Gerechtigkeit gerichtet, aber von seiner Barmherzigkeit begnadigt worden. Geht also heim in Frieden! Ihr habt im Traum das irdische Vaterhaus gesehen; es steht Euch nun die Thür des himmlischen offen. Eure Sünden bleiben hier zurück. Lebt wohl!«

Ich nahm seine Hand in die meinige. Er hatte die Augen

wieder geschlossen. Ich legte mein Ohr an seinen Mund und hörte ihn noch hauchen:

»Lebt -- wohl! -- Ich --- bin -- so froh, -- so -- froh ----!«

Das Lächeln war in seinem Angesichte geblieben; es war so mild, als ob er wieder von seiner Mutter träumte. Doch war's kein Traum mehr, der ihm die Erbarmung zeigte; er sah sie jetzt in Wirklichkeit, in jener Wirklichkeit, die über allem Irdischen erhaben ist; -- er war tot! -

Was für ein sonderbares Geschöpf ist doch der Mensch! Welche Gefühle hatten wir noch vor wenigen Stunden für diesen nun Verstorbenen gehabt! Und jetzt stand ich so tief berührt vor seiner Leiche, als ob mir ein lieber, lieber Kamerad gestorben sei! Seine Bekehrung hatte alles Vergangene gut gemacht. Und ich war nicht der einzige, dem es so erging. Dick Hammerdull kam herbei, ergriff die Hand des Toten, schüttelte sie leise und sagte:

»Leb wohl, alter Wabble! Hättest du eher gewußt, was du jetzt weißt, so wärest du nicht eines so elenden Todes gestorben. Das war gewaltig dumm von dir; ich trage es dir aber nicht nach! Pitt Holbers, gieb ihm auch die Hand!«

Holbers brauchte gar nicht dazu aufgefordert zu werden, denn er stand schon bereit dazu. Er sagte dabei, und zwar gar nicht in seiner trockenen Weise, sondern tief bewegt:

»*Farewell*, alter King! Dein Königreich hat nun ein Ende. Wärest du gescheit gewesen, so hättest du mit uns anstatt mit den Tramps reiten können. Schade, jammerschade um so einen tüchtigen Boy, der du früher gewesen bist! Komm, lieber Dick! Wollen ihn in sein letztes Bette legen!«

»Nein, jetzt noch nicht!« entgegnete ich.

»Ja, müssen wir nicht weiter?« fragte Hammerdull.

»Wir haben nur noch zwei Stunden Tag; da verlohnt es sich nicht, nun erst ein anderes Lager aufzusuchen. Wir bleiben hier.«

»Aber die Utahs, und der General?!«

»Laßt sie ziehen! Sie entkommen uns nicht, nun erst recht nicht, da wir die Schmerzen zu rächen haben, welche dieser

Tote hat ausstehen müssen. Früh schien es mir, als ob wir keine Zeit hätten; jetzt habe ich mehr als genug!«

»Ich stimme meinem Bruder Shatterhand bei,« erklärte Winnetou. »Old Wabble soll nicht warm begraben werden!«

Es war also ausgemacht, daß wir heut auf der Halbinsel blieben. Einer aber von uns ließ sich nicht bereit dazu finden, Old Surehand nämlich. Er winkte mich auf die Seite und sagte: »Ich kann nicht hier bleiben, Mr. Shatterhand. Ich werde fortreiten, und zwar heimlich, damit niemand auf den Gedanken kommt, mich aufzuhalten. Jemandem aber muß ich es sagen, und das sollt Ihr sein. Verratet mich nicht, bis ich fort bin!«

»Ist es denn unbedingt notwendig, daß Ihr Euch entfernen müßt?« erkundigte ich mich. »Könnt Ihr wirklich nicht hier bleiben?«

»Ich muß fort!«

»Und allein?«

»Ganz allein!«

»Hm! Ihr seid ein tüchtiger Westmann, und ich will also nicht von den Gefahren sprechen, welche Euch begegnen können; aber wollt Ihr mir nicht wenigstens sagen, welcher Art das Unternehmen ist, welches Euch hindert, hier bei uns zu bleiben, Mr. Surehand?«

»Das kann ich nicht.«

»Darf ich auch nicht erfahren, wohin Ihr wollt?«

»Nein.«

»Hm! Ich habe nicht die Absicht, Euch Vorwürfe zu machen, aber Euer Verhalten grenzt doch etwas an Vertrauenslosigkeit.«

Da antwortete er, schnell mißmutig geworden:

»Ob ich Vertrauen zu Euch habe, müßt Ihr ebenso gut wissen wie ich, Sir. Ich habe Euch schon gesagt, daß es sich um ein Geheimnis handelt, von welchem ich nicht sprechen darf und sprechen will.«

»Auch zu mir nicht?«

»Nein!« erklang es sehr kurz und abweisend.

»*Well!* Jeder hat das Recht, seine Angelegenheiten für sich zu behalten; aber ich bin Euch von Jefferson-City aus bis hierher nachgeritten, in der Meinung, mit Euch gute Kameradschaft zu halten. Ich sage nicht, daß daraus Rechte für mich und Pflichten für Euch entstehen, doch sollte es mir leid thun, wenn Ihr Absichten hegt, welche Euch in Schaden bringen, wenn Ihr sie allein betreibt, während sie gelingen würden, wenn es Euch beliebte, nicht so verschlossen, sondern offen gegen mich zu sein. Seid Ihr denn Eurer Sache so gewiß, daß Ihr behaupten könnt, uns nicht zu brauchen?«

»Wäre ich allein hierher geritten, wenn ich geglaubt hätte, Hilfe nötig zu haben?«

»Sehr richtig! Aber, habt Ihr denn wirklich keine nötig gehabt?«

»Ihr meint natürlich meine Gefangenschaft bei den Utahs?«

»Ja.«

»Ich hätte mich wohl auch von ihnen fortgefunden!«

Jetzt war ich es, welcher einen zurückhaltenden Ton annahm:

»Ich bin überzeugt davon. Betrachten wir also die Sache für abgemacht! Reitet also in Gottes Namen; ich hindere Euch nicht!«

Ich wollte mich abwenden; da nahm er mich bei der Hand und bat:

»Seid nicht bös auf mich, Sir! Meine Worte klangen nach Undankbarkeit. Ihr wißt aber jedenfalls, daß ich nicht undankbar bin.«

»Das weiß ich!«

»Und - - und - - - ich will Euch wenigstens eins sagen: Ich bin so verschwiegen gewesen, weil ich glaubte, Ihr würdet Euch von mir wenden, wenn Ihr hörtet, wer ich bin.«

»Unsinn! Seid, wer Ihr wollt! Old Surehand ist ein braver Kerl!«

»Aber - - aber - - aber der Sohn eines - - - Zuchthäuslers!«

»*Pshaw!*«

»Wie? Ihr erschreckt da nicht?«

»Fällt mir nicht ein!«

»Bedenkt doch, Sir - - - Zuchthäusler!«

»Ich weiß, daß es in den Zuchthäusern und Gefängnissen auch schon brave Leute gegeben hat!«

»Aber, mein Vater ist sogar im Zuchthause gestorben!«

»Traurig genug! Aber das geht doch meine Freundschaft für Euch nichts an!«

»Wirklich nicht?«

»Wirklich nicht!«

»Meine Mutter war auch Zuchthäuslerin!«

»Das ist ja ganz entsetzlich!«

»Und mein Oheim auch!«

»Armer, armer Teufel, der Ihr seid!«

»Beide sind ausgebrochen und entflohen!«

»Das gönne ich ihnen!«

»Aber, Sir, Ihr fragt doch gar nicht, weshalb sie bestraft wurden!«

»Was bringt es für Nutzen, wenn ich es erfahre?«

»Wegen Falschmünzerei nämlich!«

»Das ist schlimm! Falschmünzerei wird sehr schwer bestraft.«

»Nun - - -? Ihr redet immer noch mit mir?«

»Warum nicht?«

»Mit dem Sohne und Neffen von Falschmünzern, von Zuchthäuslern?«

»Hört 'mal, Mr. Surehand, was gehen mich die Münzen und die Gefängnisse der Vereinigten Staaten an? Selbst angenommen, daß Eure Verwandten dieses Verbrechen begangen und die Strafe wirklich verdient hatten, was habt denn Ihr dafür gekonnt?«

»Ihr wendet Euch also nicht von mir ab?«

»Hört, Sir, beleidigt mich nicht! Ich bin ein Mensch, ein Christ, aber kein Barbar! Wer Strafe verdient, der mag sie tragen; ist sie vorüber, so steht er wieder da wie zuvor, wenigstens in meinen Augen. Ich bin überhaupt der Ansicht, daß wenigstens fünfzig Prozent der Bestraften nicht Verbrecher, sondern entweder kranke Menschen oder Opfer unglücklicher Verhältnisse sind.«

»Ja, Ihr denkt in jeder Beziehung human; das weiß ich ja. Und zu meiner Freude kann ich Euch sagen, daß meine Eltern und mein Oheim unschuldig gewesen sind; sie hatten nichts Böses gethan.«

»Desto größer ist das Unglück, welches sie betroffen hat. Wie Ihr habt denken können, daß ich, selbst wenn sie schuldig gewesen wären, Euch das hätte entgelten lassen, das kann ich nicht begreifen! Werdet Ihr auch jetzt noch so verschlossen sein?«

»Ich muß!«

»*Well!* So sagt mir wenigstens, wann wir uns wieder treffen werden!«

»Von heut in vier Tagen.«

»Wo?«

»Im Pui-bakeh[1], welcher fast in der Mitte des Parks von San Louis liegt. Winnetou wird ihn kennen. Er hat die Form eines Herzens; daher der Name dieses Waldes. Ich bin sicher dort.«

»Wenn Euch nichts dreinkommt!«

»Was sollte dazwischen kommen?«

»Hört, Mr. Surehand, Ihr rechnet noch mit denselben Ziffern, mit denen Ihr gerechnet habt, als Ihr Euch von Jefferson-City aus auf den Weg machtet. Inzwischen aber ist manches geschehen, und die Verhältnisse haben sich geändert. Der ›General‹ ist da, und es ist – – –«

»*Pshaw!*« fiel er mir in die Rede. »Den fürchte ich nicht! Was geht der mich überhaupt an?«

»Vielleicht mehr, als Ihr denkt!«

»Gar nichts, ganz und gar nichts, Sir!«

»Nun, ich will mich da nicht mit Euch streiten! Ferner sind die Utahs da.«

»Mir gleich!«

»Und der Medizinmann der Komantschen ist auch da!«

»Der ist mir erst recht gleichgültig! Es ist überhaupt sehr zweifelhaft, daß er sich hier befindet. Habt Ihr ihn gesehen?«

»Nein.«

[1] Walc des Herzens.

»Nach dem, was Eure Kameraden erzählten, hatte er sich doch den Tramps angeschlossen; er müßte also doch eigentlich mit hier auf der Halbinsel gewesen sein. Er hat sich also von ihnen getrennt.«

»Jedenfalls; und das war klug von ihm!«

»Wenn er wirklich klug war, so ist er zurückgeblieben.«

»Ich denke da anders. Wenn ein Mann mit seinem Weibe hier herauf nach der Wildnis reitet, müssen sehr dringende Gründe vorliegen, dies zu thun. Das werdet Ihr ebenso einsehen wie ich.«

»Allerdings.«

»Diese Gründe sind jedenfalls noch vorhanden; er ist also wohl nicht umgekehrt. Die Tramps haben nicht wissen sollen, was er hier oben will; darum hat er sich von ihnen getrennt. So wird es sein.«

»Warum aber ist er erst mit ihnen geritten?«

»Aus Rache und Feindschaft gegen uns, und um unter ihrem Schutze in das Gebirge zu kommen. Sobald er es aber erreicht hatte, hat er sich aus dem Staub gemacht. Er ist ganz gewißlich hier.«

»Mag er; mich kümmert er nicht! Also Ihr wißt nun, woran Ihr seid: Von heut an in vier Tagen warte ich am Puibahek auf Euch. Ihr könnt Euch bis dahin ja mit der Jagd auf die Utahs beschäftigen und sie für den hier begangenen Massenmord bestrafen! Hoffentlich folgt niemand von Euch meiner Fährte!«

»Da könnt Ihr ruhig sein.«

»Wollt Ihr mir das versprechen?«

»Ja; mein Wort darauf!«

»So sind wir fertig. Lebt wohl!«

»Noch nicht! Wollt Ihr Euch nicht Fleisch von uns mitnehmen?«

»Nein; ihr braucht es selbst, und es würde auffallen, wenn ich mich jetzt mit Proviant versorgte.«

»Wir thun es heimlich!«

»Danke! Ich finde unterwegs Wild genug. Also nochmals: Lebt wohl!«

»Lebt wohl, Mr. Surehand! Ich wünsche, daß wir uns glücklich wiedersehen!«

Wir trennten uns, und ich richtete es so ein, daß er unauffällig zu seinem Pferde kommen und sich entfernen konnte. Später erregte es dann allgemeine Verwunderung, als man ihn vermißte und von mir erfuhr, daß er sich, ohne Abschied zu nehmen, entfernt habe. Sie wollten alle wissen, aus welchem Grunde er heimlich fortgegangen sei, ich sagte aber nichts. Nur Winnetou sprach keine Frage aus, doch als ich später, als es dunkel geworden war, an seiner Seite saß, hielt er es für angemessen, die Bemerkung zu machen:

»Wir werden Old Surehand wieder befreien müssen!«

»Das denke ich auch,« nickte ich.

»Oder seine Leiche sehen!«

»Auch das ist möglich.«

»Hat mein Bruder nicht versucht, ihn zurückzuhalten?«

»Es war ohne Erfolg.«

»Du hättest ihm sagen können, daß du mehr weißt, als er denkt.«

»Ich hätte es gethan, aber er wollte sein Geheimnis für sich behalten.«

»So ist es recht, daß du geschwiegen hast. Vertrauen soll man nicht erzwingen.«

»Er wird bald einsehen, daß es besser gewesen wäre, offen zu sein!«

»Ja. Wie wird er staunen, wenn er erfährt, daß der Scharfsinn meines Bruders Shatterhand in so kurzer Zeit weitergekommen ist als er in vielen Jahren! Ist es durch seine Entfernung nötig geworden, uns anders zu verhalten, als wenn er bei uns geblieben wäre?«

»Nein.«

»Wir werden also den Utahs folgen?«

»Ja.«

»Ihre Fährten werden morgen früh nicht mehr zu sehen und zu lesen sein.«

»Das stört uns nicht. Der ›General‹, welcher sie anführt,

will hinauf nach der Kaskade; wir wissen also, wohin sie reiten.«

»Und sie wissen, daß wir ihnen folgen; sie werden uns also Fallen stellen, um sich dafür zu rächen, daß Old Surehand ihnen entkommen ist.«

»Darum nehme ich an, daß er ihnen wieder in die Hände fallen wird.«

»Wir werden uns beeilen. Er kann während der Nacht nicht sehr schnell reiten; wir aber können uns beeilen. Das hätte er bedenken sollen. Er wird, selbst wenn ihm nichts passiert, die Kaskade gar nicht viel eher erreichen als wir. Er hätte bleiben sollen!«

Als Old Wabble kalt geworden war und wir uns überzeugt hatten, daß er nicht etwa scheintot sei, legten wir ihn in das Grab und bedeckten auch ihn mit Reisern und mit Steinen. Es wurde ein Gebet und ein Vaterunser gesprochen und dann fertigten wir ein Holzkreuz, welches auf dem Grabe befestigt wurde. So liegt der alte König der Cowboys, der sein ganzes Leben in den Ebenen des Westens zugebracht hatte, auf der Höhe des Gebirges begraben, und zwar von denen begraben, welchen er in die Berge folgte, um ihnen die Rache und den Tod zu bringen, der ihn selbst ereilte.

Wir lagerten uns um sein vom Feuer beschienenes Grab und schliefen einen nicht so langen Schlaf wie er, nämlich nur bis zum nächsten Morgen; da brachen wir auf, sobald der Tag zu grauen begann.

Die Spuren der Utahs waren im weichen Waldboden noch zu sehen; sobald wir aber festeren Weg bekamen, verschwanden sie. Das konnte uns nicht stören. Wir suchten gar nicht nach ihnen, sondern verfolgten, ohne uns um etwas anderes zu kümmern, unsere Richtung, so schnell es uns das Terrain erlaubte.

Es ging vom See des grünen Wassers abwärts nach dem unten liegenden Park von San Louis. Gegen Mittag hatten wir ihn erreicht. Er lag in seiner ganzen Ausdehnung und Schönheit vor unsern Augen, viele, viele Meilen breit und von dementsprechender Länge. Für den Jäger konnte es keinen schönern Anblick geben, als diesen rund von himmelhohen Bergkolossen eingeschlossenen Park, in welchem Wälder und Prairien, Felsen und Gewässer in einer Weise miteinander abwechselten, als ob Jagdliebhaber ihn unter einem Aufwande von allerdings vielen, vielen Millionen haben künstlich anlegen lassen, und zwar zum Aufenthalte und gelegentlichen Abschusse aller jagdbaren Tiere des wilden Westens.

Hier hatten früher die Bisons zu Abertausenden gelebt; jetzt waren sie vertrieben. Die Kugeln der Goldsucher hatten sie verjagt. Noch vor kurzer Zeit war grad der Park von San Louis das Hauptziel dieser abenteuernden Menschen gewesen; jetzt hatten sie ihn verlassen, um sich nach den Bergen der Cores Range zu wenden, von welcher man erzählte, daß dort unerschöpfliche Goldlager entdeckt worden seien. Das erfuhren wir aber erst später; jetzt waren wir noch der Ansicht, welcher auch Toby Spencer gewesen war, daß man hier, und zwar an der Foam-Kaskade, bedeutende Funde gemacht habe. Ganz von Prospekters verlassen war der Park aber trotzdem nicht. Die Elite derselben, um mich so auszudrücken, war fort; die zur Hefe gehörigen aber hatten bleiben müssen, weil ihnen die Mittel zu einer so weiten Wanderung fehlten. Diese Menschen trieben sich nun im Park umher, um, wie die Lumpensammler der Städte, in den verlassenen Minen und Placers nachzustochern und dabei keine Gelegenheit zu versäumen, da zu ernten, wo von ihnen nicht gesäet worden war.

Old Surehand hatte uns nach dem Pui-bakeh, dem »Wald des Herzens«, bestellt. Winnetou wußte, wo dieser lag; es fiel uns aber gar nicht ein, ihn aufzusuchen. Unser Ziel war zunächst die Foam-Kaskade, wohin er jedenfalls auch geritten war.

Wir kamen während des ganzen Vormittages durch eine Gegend, welche ganz das Aussehen hatte, als ob sie aus dem schönen, deutschen Schwabenlande hierher versetzt worden sei. Zu Mittag ritten wir einem Wäldchen zu, in welchem wir den Pferden für eine Stunde Ruhe gönnen wollten. Es floß ein klarer Bach hindurch, welcher den zum Mittagsmahle nötigen Trunk zu liefern hatte.

Noch hatten wir das Wäldchen nicht ganz erreicht, so trafen wir auf eine Fährte, welche von seitwärts her nach demselben Ziele führte. Sie war höchstens eine Stunde alt und deutete auf vielleicht zwölf bis fünfzehn Pferde hin. Wir hielten natürlich an. Winnetou stieg ab und ging zunächst allein vorwärts, um zu erfahren, mit welcher Art Menschen wir da zusammentreffen würden. Er kam sehr bald zurück. Hervorragende Westmänner konnten nicht in dem Wäldchen sein, denn das Beschleichen solcher Leute hätte längere Zeit in Anspruch genommen. Sein Gesicht hatte jenen vornehm schalkhaften Ausdruck, den man bei ihm selten sah und der immer ein spaßhaftes Vorkommnis verhieß.

»Gefährlich sind diese Leute wohl nicht?« fragte Treskow, als er dieses Lächeln des Apatschen sah.

»Sogar sehr gefährlich!« antwortete dieser, schnell ernst werdend.

»Indianer?«

»Nein.«

»Also Weiße. Wieviel?«

»Dreizehn.«

»Gut bewaffnet?«

»Ja, nur der Rote nicht.«

»Ah! Es ist ein Roter dabei?«

»Ein gefangener Roter. Drum hat Winnetou sie gefährlich genannt.«

»Das wird interessant! Wo lagern sie? Ist es weit von hier?«

»Am jenseitigen Rande des Wäldchens.«

»Was mögen sie wohl sein? Jäger?«

»Diese Bleichgesichter sind keine Jäger, keine Westmänner, sondern Goldsucher. Aber warum fragt Treskow nicht nach dem Wichtigsten?«

»Nach dem Wichtigsten? Was wäre das?«

»Der Indianer.«

»Ah, der! Richtig! Kann man sehen, welchem Stamme er angehört?«

»Er gehört keinem Stamme an.«

»So! Kennt ihn Winnetou vielleicht?«

»Ich kenne ihn.«

»Wer ist's?«

»Meine Brüder kennen ihn auch, denn er ist ein guter Freund von uns.«

»Ein Indianer? Ein guter Freund von uns? Das errate ich nicht!«

»Treskow mag Old Shatterhand fragen, dem ich es ansehe, daß er es erraten hat!«

Ohne die Frage abzuwarten, antwortete ich:

»Ein Indianer, der keinem Stamme angehört, der hier im Park von San Louis ist, und dessen Freunde wir sind, das, Mr. Treskow, ist doch sehr leicht zu erraten. Das kann nur Kolma Puschi sein.«

»Alle Wetter! Unser geheimnisvoller Retter! Und den haben die Weißen gefangen genommen? Wir machen ihn natürlich los!«

»Aber nicht gleich,« fiel Winnetou ein. »Wir thun, als ob wir ihn gar nicht kennen; der Schreck ist dann um so größer.«

Ich hatte allerdings erwartet, Kolma Puschi hier im Parke zu treffen, doch jetzt noch nicht und nicht als Gefangenen. Ich nahm mir vor, mir dies als Fingerzeig dienen zu lassen und das, was ich bisher erraten und berechnet hatte, nicht mehr allein für mich zu behalten. Wir ritten um das Wäldchen herum bis wieder an den Bach, wo die Weißen mit ihrem Gefangenen lagerten.

Als sie uns kommen sahen, sprangen sie alle auf und griffen zu ihren Gewehren. Es waren lauter heruntergelumpte Kerls, denen man alles mögliche, nur nichts Gutes zuzutrauen hatte.

»*Good day*, Mesch'schurs!« grüßte ich, indem wir anhielten. »Wie es scheint, lagert sich's vortrefflich hier. Wir hatten auch die Absicht, uns da für ein Stündchen niederzulassen.«

»Wer seid ihr?« fragte einer.

»Westmänner sind wir.«

»Doch auch Indianer! Das ist verdächtig. Wir haben so einen Kerl hier, der uns bestohlen hat. Er wird sehr wahrscheinlich ein Utah sein. Gehören eure Roten zu diesem Stamme?«

»Nein; sie sind ein Apatsche, ein Komantsche und ein Osage.«

»*Well*; da hat es keine Gefahr. Diese Stämme wohnen sehr weit von hier, und so bin ich überzeugt, daß ihr euch um den roten Spitzbuben nicht kümmern werdet.«

Wir hatten uns einen Spaß machen wollen; als ich jetzt aber den Gefangenen genau betrachtete, ließ ich diesen Gedanken sogleich fallen. Ja, es war Kolma Puschi, und es wäre die größte Rücksichtslosigkeit von uns gewesen, wenn wir ihn nicht sofort befreit hätten, denn er war in einer Weise gefesselt, welche ihm große Schmerzen bereiten mußte. Ein Blick von mir hin zu Winnetou genügte, diesen von meiner Absicht zu verständigen. Wir stiegen alle von den Pferden und hobbelten sie an. Während wir dies thaten, hatten die Weißen ihre Gewehre weggelegt und sich wieder niedergesetzt. Ich trat nahe an sie heran, den Stutzen in der Hand, und sprach die Frage aus:

»Wißt Ihr genau, Gentlemen, daß Euch dieser Mann bestohlen hat?«

»Natürlich! Wir haben ihn dabei erwischt,« antwortete der vorige Sprecher.

»*Well*, so wollen wir uns Euch vorstellen. Ich heiße Old Shatterhand. Hier steht Winnetou, der Häuptling der Apatschen, und – – –«

»Winnetou?!« rief der Mann aus. »Alle Wetter! Da bekommen wir ja einen hochberühmten Besuch! Ihr seid uns willkommen, sehr willkommen! Setzt Euch nieder, Mesch'schurs! Setzt Euch nieder, und sagt, ist das der Henrystutzen, den Ihr da in den Händen habt, Mr. Shatterhand? Und auf dem Rücken der Bärentöter?«

»Ihr scheint von meinen Gewehren gehört zu haben. Ich will Euch sagen, Sir, daß Ihr mir ganz gut gefallt; nur eins gefällt mir nicht!«

»Was?«

»Daß Ihr diesen Indianer gebunden habt.«

»Warum sollte das Euch nicht gefallen? Er geht Euch doch gar nichts an!«

»Er geht uns sogar sehr viel an, denn er ist ein guter Freund von uns. Macht keine Sperenzien, Sir! Ich will in aller Freundlichkeit mit Euch sprechen. Laßt Ihr mit Euch reden, so scheiden wir in Frieden; wenn nicht, so gehen unsere Gewehre augenblicklich los! Nehmt dem Gefangenen die Fesseln ab! Wer sein Gewehr hebt, wird augenblicklich erschossen!«

Als ich das sagte, richteten sich alle unsere Läufe auf die Prospekters. Das hatten sie nicht erwartet! Gut war es, daß sie uns kannten, wenigstens den Namen nach, denn das hatte zur Folge, daß sie gar nicht daran dachten, uns Widerstand zu leisten. Der Anführer fragte mich nur:

»Ist das Euer Ernst, Mr. Shatterhand?«

»Ja; ich scherze nicht.«

»Na, so haben wir gescherzt und wollen jetzt damit aufhören!«

Er ging zu Kolma Puschi und band ihn los. Dieser stand auf, reckte seine Glieder, nahm ein auf der Erde liegendes Gewehr zu sich, zog einem der Weißen ein Messer aus dem Gürtel, kam zu uns her und sagte: »Ich danke meinem Bruder Shatterhand! Das ist meine Flinte und das mein Messer; weiter haben sie mir bisher nichts abgenommen. Bestohlen worden sind sie von mir natürlich nicht!«

»Ich bin überzeugt davon! Was meint mein Bruder Kolma Puschi, was mit ihnen geschehen soll? Wir werden seinen Wunsch efüllen.«

»Laßt sie laufen!«

»Wirklich?«

»Ja. Ich befinde mich nur seit einer Stunde in ihren Händen; sie sind es gar nicht wert, daß man ihnen wegen einer Strafe Beachtung schenkt. Ich will nicht, daß meine Brüder sich mit ihnen beschäftigen!«

»Ganz kann ich diesen Wunsch nicht erfüllen; einige

Worte muß ich ihnen sagen, ehe wir weiter reiten, denn bei ihnen bleiben, werden wir ja nicht. Ich will von ihnen erfahren, aus welchem Grunde sie einen Indianer, der ihnen auf keinen Fall etwas gethan haben kann, gefangen genommen und gefesselt haben.«

»Das kann ich meinem Bruder Shatterhand auch sagen!«

»Nein! Ich will es von ihnen selbst wissen!«

Da fuhr sich der, welcher gesprochen hatte, mit der Hand in die Haare, kratzte sich vor Verlegenheit und sagte dann:

»Hoffentlich haltet Ihr uns nicht für feige Memmen, weil wir uns nicht wehren, Sir! Es ist nicht Feigheit, sondern die Achtung vor solchen Männern, wie Ihr seid. Ich will Euch alles ehrlich sagen: Wir sind als Prospekters hier und haben ganz armselige Geschäfte gemacht. Dieser Indianer hält sich ständig hier im Parke auf, und man weiß von ihm, daß er gute Placers kennt, die er aber niemandem verrät. Wir haben ihn festgenommen, um ihn zu zwingen, uns eine gute Stelle zu sagen; dann wollten wir ihn wieder freilassen. So ist die Sache, und ich denke, daß Ihr sie uns nicht anrechnen werdet. Wir konnten unmöglich wissen, daß er ein Freund von Euch ist!«

»Schon gut! Ist es so, wie er gesagt hat?« antwortete ich ihm, mich mit der Frage dann an Kolma Puschi wendend.

»Es ist so,« sagte dieser. »Ich bitte, ihnen nichts zu thun!«

»*Well!* Wir wollen also nachsichtig sein; aber ich hoffe, daß wir auch ferner keinen Grund bekommen, uns anders zu verhalten als heut. Wer ein Placer finden will, der mag sich eins suchen. Das ist der beste Rat, den ich Euch geben kann, Gentlemen! Ich bitte Euch, nicht eher als nach zwei Stunden von hier aufzubrechen, sonst gehen unsere Gewehre doch noch los!«

Während dieser meiner Worte hatte Kolma Puschi sein Pferd bestiegen, welches sich natürlich bei denen der Prospekters befand, und wir ritten fort, ohne diesen Leuten noch einen Blick zuzuwerfen. Sie waren Menschen niederster Ranges.

Um so weit wie möglich von ihnen fortzukommen, ritten

wir Galopp, so lange es ging, und hielten dann an einem Orte an, der ebenso wie jenes Wäldchen zum Ausruhen paßte.

Ich war auf Kolma Puschis Pferd neugierig gewesen, denn wir hatten es unten am Rush-Creek nur für kurze Zeit zu sehen bekommen. Es war ein Mustang von vorzüglichem Baue, schnell und auch ausdauernd, wie wir in dieser kurzen Zeit schon merken konnten.

Während wir aßen, schwieg die Unterhaltung. Die Anwesenheit des geheimnisvollen Roten bewirkte das. Als ich mein Stück Fleisch verzehrt hatte und das Messer wieder in den Gürtel steckte, war auch er fertig. Er stand auf, ging zu seinem Pferde, schwang sich in den Sattel und sagte:

»Meine Brüder haben mir einen großen Dienst erwiesen; ich danke ihnen! Ich werde mich freuen, sie einmal wiederzusehen.«

»Will mein Bruder Kolma Puschi schon fort?« fragte ich.

»Ja,« antwortete er.

»Warum will er sich so schnell von uns trennen?«

»Er ist wie der Wind: Er muß dahin gehen, wohin er soll!«

»Ja, er ist wie der Wind, den man wohl kommen fühlt; wenn er aber fort ist, weiß man nicht, wohin er ging. Mein Bruder mag wieder absteigen und noch eine Weile bei uns bleiben, denn ich habe notwendig mit ihm zu sprechen!«

»Mein Bruder Shatterhand mag verzeihen! Ich muß fort!«

»Warum scheut sich Kolma Puschi so vor uns?«

»Kolma Puschi scheut sich vor keinem Menschen; aber das, was seine Aufgabe ist, gebietet ihm, allein zu sein.«

Es war eine Lust für mich, Winnetou in das Gesicht zu sehen. Er ahnte, was ich vorhatte, und freute sich innerlich auf die Wirkungen, welche mein Verhalten hervorbringen mußte.

»Mein roter Bruder braucht sich nicht lange mehr mit dieser Aufgabe abzugeben,« erwiderte ich; »sie ist bald gelöst.«

»Old Shatterhand spricht Worte, welche ich nicht verstehe. Ich werde mich entfernen und sage meinen Brüdern Lebewohl!«

Schon hob er die Hand, um sein Pferd anzutreiben; da sagte ich:

»Kolma Puschi wird nicht fortreiten, sondern hier bleiben!«

»Ich muß fort!« entgegnete er mit aller Bestimmtheit.

»*Well*, so sage ich nur noch das Wort: Wenn mein B r u d e r Kolma Puschi fort muß, so bitte ich meine S c h w e s t e r Kolma Puschi, daß sie noch hier bei uns bleiben möge!«

Ich hatte die beiden Worte Bruder und Schwester scharf betont. Meine Gefährten sahen mich verwundert an; Kolma Puschi aber war mit einem schnellen Sprunge von ihrem Pferde herab, kam zu mir geeilt und rief, fast außer sich:

»Was sagt Old Shatterhand? Welche Worte habe ich von ihm gehört?«

»Ich habe gesagt, daß Kolma Puschi nicht mein Bruder, sondern meine Schwester ist,« antwortete ich.

»Hältst du mich etwa für ein Weib?«

»Ja.«

»Du irrst, du irrst!«

»Ich irre nicht. Old Shatterhand weiß stets, was er sagt!«

Da rief sie, mir beide Hände abwehrend entgegenstrekkend: »Nein, nein! Diesmal weiß Old Shatterhand doch nicht, was er sagt!«

»Ich weiß es, ich weiß!«

»Nein, nein! Wie könnte ein Weib ein solcher Krieger sein, wie Kolma Puschi ist!«

»Tehua, die schöne Schwester Ikwehtsi'pas, konnte schon in ihrer Jugend gut reiten und gut schießen!«

Da fuhr sie, laut aufschreiend, einige Schritte zurück und starrte mich aus weit aufgerissenen Augen an. Ich fuhr fort:

»Kolma Puschi wird nun wohl noch hier bei uns bleiben?«

»Was -- was -- was weißt du --- du von Tehua, und was --- was --- was kannst du von Ikwehtsi'pa wissen?!«

»Ich weiß viel, sehr viel von beiden. Ist meine Schwester Kolma Puschi stark genug in ihrem Herzen, es zu hören?«

»Sprich, sprich, oh sprich!« antwortete sie, indem sie die Hände bittend faltete und ganz nahe zu mir herantrat.

»Ich weiß, daß Ikwehtsi'pa auch Wawa Derrick genannt wurde.«

»Uff, uff!« rief sie aus.

»Hat meine Schwester einmal die Namen Tibo taka und Tibo wete gehört? Ist ihr die Erzählung vom Myrtle-wreath bekannt?«

»Uff, uff, uff! Sprich weiter, weiter! Sprich ja weiter!«

»Bist du wirklich stark genug, alles zu hören, alles?«

»Ich bin stark. Nur weiter, weiter, weiter!«

»Ich habe dich zu grüßen von den beiden kleinen Babies, welche vor Jahren hießen Leo Bender und Fred Bender.«

Da fielen ihr die Arme nieder; es wollte ein Schrei aus ihrer Brust; sie brachte ihn aber nicht heraus. Sie sank langsam, langsam nieder, legte die Hände in das Gras, grub das Gesicht hinein und begann zu weinen, laut, fast überlaut und so herzbrechend, daß es mir nun doch angst um sie wurde.

Man kann sich denken, mit welchem Erstaunen meine Gefährten uns zugehört hatten, und mit welchem Ausdrucke ihre Augen jetzt an der Weinenden hingen, der ich vielleicht doch zuviel Stärke und Selbstbeherrschung zugetraut hatte. Da stand Apanatschka auf, trat an mich heran und sagte:

»Mein Bruder Shatterhand hat von Tibo taka, Tibo wete und von Wawa Derrick gesprochen. Das sind Worte und Namen, welche ich kenne. Warum weint Kolma Puschi darüber?«

»Sie weint vor Freude, nicht vor Schmerz.«

»Ist Kolma Puschi nicht ein Mann, ein Krieger?«

»Sie ist ein Weib.«

»Uff, uff!«

»Ja, sie ist ein Weib. Mein Bruder Apanatschka mag seine Kraft zusammennehmen und jetzt sehr stark sein. Tibo taka war nicht sein Vater und Tibo wete nicht seine Mutter. Mein Bruder hatte einen andern Vater und eine andere Mutter – – –«

Ich konnte nicht weiter sprechen, denn Kolma Puschi

sprang jetzt auf, faßte mich bei der Hand und schrie, auf Apanatschka zeigend:

»Ist das Leo - - - - ist das etwa Leo Bender - - - - ?!«

»Nicht Leo, sondern Fred Bender, der jüngere Bruder,« antwortete ich. »Kolma Puschi kann es glauben; ich weiß es ganz genau.«

Da wendete sie sich zu ihm, brach vor ihm nieder, schlang beide Arme um seine Knie und schluchzte:

»Mein Sohn, mein Sohn! Es ist Fred, mein Sohn, mein Sohn!«

Da rief, nein, schrie mich Apanatschka an:

»Ist sie - - sie - - sie meine Mutter, wirklich meine Mutter?«

»Ja, sie ist's,« antwortete ich.

Da faßte er sie an, hob sie empor, sah ihr in das Gesicht und rief:

»Kolma Puschi ist kein Mann, sondern ein Weib! Kolma Puschi ist meine Mutter, meine Mutter! Darum also, darum hatte ich dich gleich so lieb, so sehr lieb, als ich dich erblickte!«

Nun aber war es auch mit seinen Kräften aus; er sank mit ihr in die Knie nieder, hielt sie fest umschlungen und drückte seinen Kopf an ihre Wange. Winnetou stand auf und ging fort; ich winkte den andern; sie folgten mir. Wir entfernten uns, um die beiden allein zu lassen; sie durften nicht gestört werden. Aber es dauerte nicht lange, so kam Apanatschka zu mir und sagte in eiliger, eindringlich bittender Weise:

»Mein Bruder Shatterhand mag zu uns kommen! Wir wissen ja nichts, noch gar nichts und haben so viel, so viel zu fragen!«

Er führte mich zu Kolma Puschi zurück, welche an der Erde saß und mir erwartungsvoll entgegenblickte. Apanatschka setzte sich neben sie, schlang den Arm um sie und forderte mich auf:

»Mein Bruder mag sich zu uns setzen und uns sagen, auf welche Weise er so genau erfahren hat, daß Kolma Puschi meine Mutter ist! Ich habe Tibo wete stets dafür gehalten.«

»Tibo wete ist deine Tante, die Schwester deiner Mutter; sie wurde in ihrer Jugend Tokbela genannt.«

»Das ist richtig; oh Gott, das ist so richtig!« rief die Mutter. »Mr. Shatterhand, denkt nach, denkt ja nach, ob auch alles richtig ist, was wir von Euch erfahren! Ich könnte wahnsinnig werden, wie meine Schwester es ist, wenn Ihr Euch irrtet, wenn ich jetzt glaubte, meinen Sohn gefunden zu haben, und er es doch nicht wäre! Denkt nach; ich bitte Euch, denkt nach!«

Ihre Sprache und Ausdrucksweise war jetzt diejenige einer weißen Lady; darum verzichtete ich auf die indianische Art, sie Kolma Puschi oder »meine Schwester« zu nennen, und antwortete:

»Bitte, mir zu sagen, ob Ihr Mrs. Bender seid? Bitte?«

»Ich bin Tehua Bender,« antwortete sie.

»So irre ich mich nicht; Apanatschka ist Euer jüngster Sohn.«

»Also wirklich, wirklich, Mr. Shatterhand?«

»Er ist es. Ihr könnt Euch darauf verlassen.«

»Beweise, bitte Beweise!«

»Ihr fordert Beweise? Spricht nicht Euer Herz für ihn?«

»Es spricht für ihn; ja, es spricht für ihn! Es sprach sofort für ihn, als ich ihn zum erstenmal sah, als er durch den Eingang des Camp geritten kam. Mein Herz beteuert mir, daß er mein Sohn ist, und doch zittert es vor Angst, daß er es doch vielleicht nicht sei. Es fordert Beweise nicht aus Zweifel, sondern um beruhigt sein und das Glück, welches es hier gefunden hat, ohne Sorge für die Zukunft genießen zu können.«

»Ja, was versteht Ihr da unter Beweisen, Mrs. Bender? Soll ich Euch einen Geburtsschein bringen? Das kann ich nicht!«

»Das meine ich auch nicht; aber es muß doch andere Beweise geben!«

»Es giebt welche; nur sind sie mir in diesem Augenblicke nicht zur Hand. Würdet Ihr Eure Schwester wieder erkennen?«

»Gewiß, ganz gewiß!«

»Und Euern Schwager?«

»Ich habe keinen Schwager.«

»War Tokbela nicht verheiratet?«

»Nein. Die Trauung wurde unterbrochen.«

»Durch Euern Bruder, den Padre Diterico?«

»Ja.«

»Wie hieß der Bräutigam?«

»Thibaut.«

»Euer Bruder schoß auf ihn?«

»Ja; er verwundete ihn den Arm.«

»So ist kein Irrtum möglich. Was war dieser Thibaut?«

»Ein Taschenspieler.«

»Wußte Tokbela das?«

»Nein.«

»Ihr verlangt Beweise von mir; die kann ich Euch aber nur dann geben, wenn ich die damaligen Verhältnisse und Ereignisse kenne. Ich muß Euch nämlich aufrichtig sagen, daß mein ganzes Wissen bis jetzt nur auf Kombination beruht. Doch darf Euch das nicht ängstlich machen. Apanatschka ist Euer Sohn Fred, und ich denke, daß Ihr sehr bald auch seinen Bruder Leo sehen werdet.«

»Leo? Mein Himmel! Lebt er noch? Auch er lebt noch?«

»Ja.«

»Wo?«

»Er ist jetzt hier im Park. Er hat während langer Jahre nach Euch geforscht, doch ist all sein Suchen bisher vergeblich gewesen.«

»So habt Ihr das, was Ihr wißt, wohl von ihm erfahren, Sir?«

»Leider nein. Ich weiß kein Wort von ihm, nichts, gar nichts, als daß sein Vater im Zuchthause gestorben ist und seine Mutter und sein Oheim auch an diesem traurigen Orte gewesen sind.«

»Das weiß er? Das hat er Euch gesagt? Woher weiß er es? Von wem hat er es erfahren? Er war damals nur einige Jahre alt!«

»Das hat er mir nicht mitgeteilt. Aber sagt, ist mit dem

Oheim, welcher auch im Gefängnis war, Euer Bruder Ikwehtsi'pa gemeint?«

»Ja.«

»Schrecklich! Er, der Prediger, soll Falschmünzer gewesen sein?!«

»Leider! Man hatte Beweise, die er nicht entkräften konnte.«

»Aber wie war es möglich, daß man drei Personen unschuldig verurteilen konnte? Bei einem einzelnen Angeklagten ist das eher möglich.«

»Mein Schwager hatte alles so raffiniert überlegt und eingerichtet, daß eine Verteidigung für uns ganz unmöglich war.«

»Das war ein Bruder Eures Mannes?«

»Kein leiblicher, sondern ein Stiefbruder.«

»Hm! Also nicht bloß Halbbruder?«

»Nein. Er stammte von dem ersten Manne meiner Schwiegermutter.«

»Wie hieß er?«

»Eigentlich Etters, Daniel Etters, doch wurde er später nach seinem Stiefvater auch Bender genannt, und zwar John Bender, weil der verstorbene Erstgeborene John geheißen hatte.«

»Von diesen beiden Namen war Euch John Bender geläufiger als Dan oder Daniel Etters?«

»Ja. Der letztere Name wurde gar nie in Anwendung gebracht.«

»Ah! Darum steht *J. B.* und nicht das eigentlich richtige *D. E.* auf dem Kreuze!«

»Welches Kreuz meint Ihr?«

»Das am Grabe Euers Bruders.«

»Was? So seid Ihr schon einmal oben bei dem Grabe gewesen?«

»Nein.«

»Wie könnt Ihr da von dem Kreuze wissen?«

»Ein Bekannter hat mir davon erzählt. Er hat es gesehen und gelesen.«

»Wer war das?«

»Sein Name ist Harbour.«

»Harbour? Ja, den haben wir gekannt! Also der ist oben gewesen?«

»Das fragt Ihr mich, Mrs. Bender? Ihr habt ihn ja gesehen!«

»Ich? Wer behauptet das?«

»Ich behaupte es. Ihr seid es doch gewesen, die ihn durch das halbe gebratene Bighorn vom Tode des Verhungerns errettet habt!«

»Vermutung, Sir!« lächelte sie.

»Ja, aber eine Vermutung, welche das Richtige trifft! Warum habt Ihr Euch fern gehalten, Euch nicht von ihm sehen lassen?«

»Er hätte mich erkannt. Also er hat Euch von diesem Grabe erzählt?«

»Ja. Und dieser seiner Erzählung habe ich es zu verdanken, daß ich die Thatsachen so nach und nach erraten konnte.«

»Hat Winnetou mit raten helfen?«

»In seiner stillen, wortlosen Weise, ja. Er hat als kleiner Knabe Euren Bruder gesehen, der dann plötzlich verschwunden war.«

»Mit mir und Tokbela, ja.«

»Darf ich den Grund dieses plötzlichen Verschwindens erfahren?«

»Ja. Mein Bruder Derrick - sein indianischer Name war Ikwehtsi'pa; als Christ wurde er Diterico oder englisch Derrick genannt - war ein berühmter Prediger, hatte aber nicht studiert. Er wollte das nachträglich thun und ging deshalb nach dem Osten. Vorher hatte ich Bender gesehen und er mich; wir liebten uns; aber ehe ich seine Frau werden konnte, hatte ich mir die Kenntnisse und Umgangsformen der Bleichgesichter anzueignen. Mein Bruder war stolz; er wollte nicht wissen lassen, daß er noch zu lernen habe. Ich wurde von mehreren roten Kriegern zur Squaw begehrt; diese wären mir gefolgt und hätten Bender getötet. Das sind die zwei Gründe, daß wir von daheim fortgingen, ohne zu sagen, warum. Mein Bruder besuchte ein Kolleg, und ich kam mit Tokbela in eine Pension. Bender besuchte uns da. Er brachte seinen Bruder mit. Dieser sah mich und gab sich von da an alle Mühe, mich Bender abtrünnig zu machen. Es gelang ihm nicht, und seine Liebe zu mir verwandelte sich in Haß gegen mich. Bender war reich, Etters arm; der Arme hatte eine Anstellung im Geschäft des Reichen; er kannte alle Räume dieses Geschäftes und alle Möbel, welche in diesen Räumen standen. Als wir verheiratet waren, wohnte Tokbela bei uns. Etters brachte einen jungen Mann zu uns, welcher Thibaut hieß. Nach einiger Zeit bemerkten wir, daß Thibaut und Tokbela sich liebten. Bender erfuhr Schlimmes über Thibaut und verbot ihm, wiederzukommen. Etters nahm das übel und brachte seinen Freund doch immer wieder mit; er mußte deshalb aus dem Geschäft treten und durfte uns nun auch nicht mehr besuchen. Beide beschlossen, sich zu rächen.«

»Ich ahne! Thibaut war ja Falschmünzer!«

»Ihr vermutet das Richtige, Mr. Shatterhand. Eines Tages kam die Polizei zu uns; sie fand im Kassenschranke anstatt des guten Geldes fast lauter falsches Geld. Im Rocke meines Bruders war auch falsches Geld eingenäht, und in meinem Zimmer entdeckte man die Platten. Wir wurden alle drei verhaftet. Es wurden uns Schriften vorgelegt; sie waren gefälscht, aber ganz genau nach der Hand meines Mannes und meines Bruders; diese Schriftstücke bewiesen ihre und auch meine Schuld. Wir wurden verurteilt und eingeliefert.«

»Und Benders Geschäft?«

»Dieses wurde von Etters fortgeführt; Bender konnte das nicht hindern. Tokbela, meine Schwester, kam mit meinen beiden Knaben in dieselbe Pension, in welcher ich als Mädchen gewesen war.«

»Schrecklich! Ihr, die an die Freiheit gewöhnte Indianerin im Gefängnisse!«

»Uff! Man schnitt mir das Haar ab; ich mußte das Kleid der Verbrecher anziehen und wurde in eine kleine, enge Zelle gesteckt. Ich war unglücklich, sehr unglücklich, und weinte Tag und Nacht!«

»Thibaut machte sich indessen wieder an Eure Schwester Tokbela?«

»So ist es. Sie versprach ihm, sein Weib zu werden, wenn er uns befreie. Er bestach einen Schließer des Gefängnisses, welcher mit meinem Bruder floh.«

»Warum nicht mit Bender oder Euch?«

»Des Goldes wegen. Mein Bruder kannte einige Placers; er hatte von dort Gold geholt und es an unserm Hochzeitstage Bender geschenkt. Das wußte Etters. Darum befreiten sie nur meinen Bruder, um Gold von ihm oder durch ihn zu bekommen. Als er mit dem Schließer floh, nahm er Tokbela und meine Knaben mit. Er brachte sie nach Denver, wo er sie unter dem Schutze des Gefängnisbeamten ließ, während er in die Berge ging, um wieder Gold zu holen. Er brauchte dieses, um den Beamten zu belohnen und dann Bender und mich auch zu befreien. Der Beamte gründete mit dem Golde, welches er bekam, ein Wechselgeschäft; Tokbela und die Knaben wohnten bei ihm; er hatte die Kinder liebgewonnen. Mein Bruder aber verließ Denver, um nun auch Bender und mich zu befreien. Es gelang ihm dies nur halb; ich wurde frei, aber Bender war aus Gram um sein verlorenes Glück und seine geraubte Ehre krank geworden und im Gefängnisse gestorben. Derrick brachte mich nach Denver. Dort waren inzwischen Etters, welcher Bankerott gemacht hatte, und Thibaut eingetroffen. Sie hatten Tokbela durch Lügen dahin gebracht, Thibauts Frau zu werden. Wir kamen am Hochzeitstage an und fanden Bräutigam und Braut bereit, sich die Hände zu reichen. Derrick riß der Braut den Kranz vom Kopfe und – – –«

»Bitte, Mrs. Bender; ich muß Euch unterbrechen. Tokbela sagt im Gegenteile, er habe ihr ihn auf den Kopf gesetzt.«

»Das spricht sie im Irrtum des Wahnsinnes.«

»Ah! Ihr wußtet, daß sie wahnsinnig ist?«

»Ja. Etters und Thibaut fielen über Derrick her, und es entspann sich ein Kampf, in welchem Derrick Thibaut in den Arm schoß.«

»Das war doch nicht in der Kirche?«

»Nein, sondern in der Wohnung Tokbelas, bei dem früheren Gefängnisbeamten, dem jetzigen Bankier.«

»Bitte, es kommt mir da ein Gedanke. Hieß dieser Bankier vielleicht Wallace?«

»Nein. Wie kommt Ihr auf diesen Namen, Sir?«

»Davon später. Erzählt weiter.«

»Tokbela hatte sich über unsere Gefangenschaft gegrämt; sie war krank und schwach dadurch geworden. Der Schreck über die unterbrochene Trauung und den Kampf dabei warf sie nieder. Sie sprach irr im Fieber, und aus dem Fieber ging ihr Geist in den Wahnsinn über. Sie tobte; sie war nur dann ruhig, wenn sich Fred, mein kleinster Knabe, bei ihr befand, den sie sehr liebte. Mein Bruder that sie zu einem Irrenarzte, und den Knaben mit, ohne den sie nicht gegangen wäre. Derrick, ich und Leo wohnten beim Bankier. Etters und Thibaut waren verschwunden; so dachten wir. Das Gold war alle geworden, und Derrick mußte wieder in die Berge. Ich bat ihn, mich mitzunehmen, und er that es, denn ich war im Reiten und Schießen so gewandt gewesen wie ein roter Krieger. Wir kamen bis zum Devilshead, wo wir überfallen wurden. Etters und Thibaut waren nicht verschwunden gewesen; sie hatten sich versteckt gehalten, um uns zu beobachten, und waren uns gefolgt. Etters, den wir noch stets John Bender nannten, schoß Derrick nieder, und ich wurde im Schreck darüber entwaffnet und gebunden. Die Mörder hatten wohl geglaubt, daß wir schon am Placer gewesen seien und Gold bei uns hätten. Da sie keines fanden, waren sie so ergrimmt, daß sie beschlossen, mich nicht schnell zu töten, sondern langsam verschmachten zu lassen. Sie scharrten meinen Bruder hart am Felsen in die Erde und legten mich auf sein Grab. Dort banden sie mich so fest, daß ich nicht fortkonnte. Ich lag dort drei Tage und vier Nächte und war dem Sterben nahe, als Indianer kamen und mich befreiten.«

»Von welchem Stamme?«

»Es waren Capote-Utahs.«

»Ah! Seltsam! Weiter!«

»Diese Utahs gaben mir zu essen und zu trinken und nahmen mich dann mit. Ein junger Krieger unter ihnen, Tusahga Saritsch genannt, wollte mich zu seiner Squaw machen und ließ mich darum nicht fort von sich. In den Weidegründen der Utahs angekommen, weigerte ich mich, seine Squaw zu werden. Er wollte mich zwingen; ich war inzwischen wieder stark geworden, kämpfte mit ihm und besiegte ihn. Er verzichtete nun gern auf mich, und auch kein anderer begehrte mich, denn eine Squaw, welche Krieger besiegt, mochte keiner haben.«

»Wie steht es jetzt zwischen Euch und den Capote-Utahs?«

»Sie sind meine Freunde. Tusahga Saritsch liebt mich noch heut, wenn er auch damals auf mich als Squaw verzichtete. Ich kann von ihm verlangen, was ich will. Die Freiheit gaben sie mir damals freilich nicht gleich wieder. Erst nach zwei Jahren erhielt ich sie zurück, nachdem ich auf die Medizin geschworen hatte, mich stets als einen Krieger der Capote-Utahs zu betrachten. Ich eilte natürlich sofort nach Denver. Meine Kinder waren verschwunden. Etters und Thibaut waren zu dem Irrenarzte gekommen und hatten ihm unter Drohungen Tokbela abverlangt. Sie war mit ihnen gegangen, hatte aber getobt, als sie von Fred getrennt werden sollte; sie waren also gezwungen gewesen, den Knaben mitzunehmen. Auch der Bankier war verschwunden, und zwar mit Leo, meinem Sohne. Ich forschte nach und erfuhr bei dem Scherif, daß einige Tage nach seinem Verschwinden Polizisten gekommen seien, um ihn wegen Befreiung eines Gefangenen zu verhaften.«

»So steht zu vermuten, daß er von Etters oder Thibaut anonym denunziert worden, aber noch rechtzeitig von irgend jemand gewarnt worden ist. Er hat die Flucht ergriffen und jede Spur sorgfältig verwischt.«

»Das hat er gethan, denn ich habe viele Jahre lang ebenso vergeblich nach ihm wie nach Tokbela gesucht.«

»So kann ich Euch zu Eurer Beruhigung sagen, daß er einen andern Namen angenommen und den Knaben sorgfältig erzogen hat. Er oder nun sein Sohn, wohnt jetzt in Jefferson-City.«

»Wirklich? Das wißt Ihr, Sir?«

»Ja; ich bin bei ihm gewesen. Doch, erzählt jetzt weiter!«

»Ich bin schnell fertig. Ich suchte nach meinen Kindern, doch vergeblich. Ich ritt über alle Savannen, durch alle Thäler; ich forschte in den Städten und bei den Roten; ich fand sie nicht. Als Frau hätte ich das nicht thun können; ich legte Männerkleidung an und bin darum bis jetzt ein Mann geblieben. Als alles, alles vergebens war, kehrte ich, fast verzweifelt, zum Devils-head zurück. Die Hand Gottes treibt den Mörder zur Stätte seiner That zurück; das wußte ich, und darum ist der Himmel dieses Parks mein Zelt geworden. Der Mörder ist noch nicht gekommen, aber er wird kommen, er wird! Ich bin überzeugt davon. Dann wehe ihm! Gestorben kann er noch nicht sein, denn Gott ist gerecht; er wird ihn mir zuführen, damit ich mit ihm abrechnen und ihn bestrafen kann!«

»Würdet Ihr ihn erkennen, wenn er käme?«

»Ja.«

»Es sind aber so viele Jahre seit jener Zeit vergangen, Mrs. Bender!«

»Ich kenne ihn; ich kenne ihn! Und wenn er sich noch so sehr verändert hätte, an seinen Zähnen würde ich ihn erkennen!«

»An seinen beiden Zahnlücken in der obern Zahnreihe?«

»Uff! Das wißt Ihr? Ihr kennt ihn also auch?«

»Ich kenne ihn nicht. Oder, wenn ich richtig vermute, so kenne ich ihn doch! Euer Sohn Leo hat mir das von den Zahnlücken gesagt.«

»Leo? Er lebt? Ihr habt wirklich, wirklich mit ihm gesprochen?«

»Ja.«

»So sagt schnell, schnell, wo befindet er sich?«

»Hier im Park von San Louis. Ihr werdet ihn sehen, wenn heut nicht schon, so doch morgen oder übermorgen. Und wenn mich nicht alles trügt, so bringt Gott grad jetzt den

Mörder Euch getrieben. Er ist nach dem Schauplatz seiner That unterwegs. Thibaut kommt mit Tokbela, und Etters ist ihnen schon voran. Uebrigens kann ich Euch sagen, welchen Weg diese beiden Kerls damals mit Tokbela und Leo von Denver aus eingeschlagen haben.«

»Das habt Ihr erfahren? Von wem?«

»Von Winnetou und Schahko Matto.«

»Sagt es, Mr. Shatterhand; sagt es mir!«

»Sie sind zu den Osagen gekommen und haben sie nicht nur um den ganzen Jahresbetrag ihrer Jagd betrogen, sondern auch einige ihrer Krieger ermordet. Dann haben sie sich getrennt, und Thibaut ist mit Eurer Schwester und dem Knaben zu den Komantschen vom Stamme der Naiini. Dort hat er sich verbergen müssen, weil seine Verbrechen an den Tag gekommen waren. Er ist unterwegs von Winnetous Vater am Rande des Llano estacado gefunden und vom Tode des Verschmachtens errettet worden.«

»Das muß ich ausführlicher hören! Die beiden müssen es mir erzählen!«

Sie sprang auf und wollte fort.

»Wartet, Mrs. Bender!« bat ich. »Sie können es Euch unterwegs erzählen. Wir wollen keine Zeit verlieren; wir müssen vorwärts, hinauf nach dem Devils-head. Oder seid Ihr auch jetzt noch gewillt, Euch von uns zu trennen und Euern Weg allein fortzusetzen?«

»Nein, nein! Ich bleibe bei Euch. Das versteht sich ganz von selbst!«

»So will ich die Gefährten rufen. Wir brechen von hier auf.«

Wir waren in kurzer Zeit wieder unterwegs. Kolma Puschi kannte den Weg besser noch als Winnetou. Sie ritt mit diesem und Apanatschka und dem Osagen voran. Diese vier pflogen eine Unterhaltung, bei welcher ich nicht nötig war; ich ritt hinter ihnen her. Nach mir folgten die beiden Toasts mit Treskow. Hammerdull war vor Verwunderung ganz begeistert darüber, daß der geheimnisvolle Indianer sich als eine Squaw entpuppt hatte. Ich hörte ihn hinter mir sagen:

»Hat man jemals erlebt, daß ein Mann eigentlich eine

Frau ist? Aus diesem Kolma Puschi, dessen Mut und List wir so bewundert haben, ist eine Squaw herausgekrochen, die man noch mehr bewundern muß als vorher, da sie noch ein männlicher Indianer war! Was meinst du dazu, Pitt Holbers, altes Coon?«

»Nichts!« antwortete der Lange.

»Das ist eigentlich das Richtige. Nichts, gar nichts! Wer soll da wissen, was er dazu zu sagen hat? Von jetzt an halte ich alles für möglich. Jetzt werde ich gar nicht erschrecken, wenn umgekehrt mein alter Pitt Holbers sich in eine Squaw verwandelt!«

»Wird mir gar nicht einfallen, alter Dick!«

»Ob es dir einfällt oder nicht, das bleibt sich gleich, das ist ganz und gar egal. Was willst du dagegen machen, wenn du plötzlich zu der Erkenntnis kommst, daß du ein heimliches, verkleidetes Frauenzimmer bist?«

»Was ich da machen würde, das weiß ich ganz genau!«

»Was denn?«

»Ich würde dich augenblicklich heiraten!«

»Hallo! Ohne mich erst zu fragen?«

»Ja, ohne dich zu fragen!«

»So ließe ich mich nach der Trauung augenblicklich wieder von dir scheiden!«

»Und ich gäbe dich nicht wieder her!«

»Das würden wir wohl sehen! Denkst du etwa, ich würde die Scheidung beantragen, ohne die richtigen Scheidegründe zu haben?«

»Die giebt es nicht!«

»Mehr als genug!«

»Sag nur einen einzigen!«

»Da ist er gleich: mangelhafte Ernährung; das ist doch einer!«

»Siehst du etwa schlecht genährt aus?«

»Ich nicht, aber du! Ich gebe an, daß ich meine Frau nicht ernähren kann, und wenn man mir das nicht glaubt, so stelle ich dich zur Betrachtung hin. Wer dann dich ansieht und immer noch glaubt, daß ich für dich genug zu essen habe, der kann sich einrahmen und als Traumbild an die Wand hängen lassen!«

»Was mir an der Fülle fehlt, das gebe ich in der Länge zu!«

»Was nützt mir eine Frau, die so lang ist, daß ich ihr nicht zuweilen ›den Kopf waschen‹ kann? Du weißt wohl, was ich damit meine?«

»*Yes!*«

»Diese Prozedur ist nämlich zuweilen sehr notwendig bei dir, altes Coon. Du bist zu Zeiten ein solcher Querkopf, daß man gar nicht mehr weiß, wohin man ihn dir zu richten hat.«

»So laß ihn, wie und wo er ist! Der deinige steht auch nicht immer da, wo er zu stehen hat; das kann ich dir sehr leicht beweisen.«

»Nun, wie?«

»Denk nur an das Baby der grauen Bärenmutter! Balgt sich dieser dicke Mensch mit einem Grizzly herum, als ob er mit ihm eben aus der Schule käme! Man sieht es deiner Haut noch heute an, was für eine würdevolle Rolle du dabei gespielt hast!«

»Ob ich sie gespielt habe, oder ob sie der Bär gespielt hat, das bleibt sich ganz gleich, wenn sie überhaupt nur gespielt worden ist! Auch ist es mir ganz unbegreiflich, wie du von unserer Verheiratung weg auf diese Rolle kommen kannst! Sprich lieber von ’was Besserem, zum Beispiel davon, was wir mit dem »Generale« machen werden, wenn er in unsere Hände fällt!«

»Nichts ist leichter gesagt als das!«

»Nun?«

»Wir bezahlen ihn mit gleicher Münze. Er wird auch in einen Baum gespannt. Meiner Ansicht nach hat er das reichlich verdient.«

»Da gebe ich dir natürlich recht. Ich werde mit der größten Wonne helfen, für ihn einen Baumspalt herzurichten, in dem er noch viel besser singen soll, als Old Wabble, der arme Teufel, in dem seinigen gesungen hat. Er wird eingespannt; es bleibt dabei!«

Der Gerechtigkeitssinn der beiden Freunde hatte ganz

dasselbe getroffen, was das alte Testament und was auch das Wüstengesetz der mohammedanischen Beduinen verlangt: Auge um Auge, Zahn um Zahn, Blut um Blut. Es gab, höchstens außer Hammerdull und Holbers, keinen einzigen unter uns, der nicht eine Rechnung mit diesem sogenannten Generale auszugleichen hätte. Schahko Matto wollte ihn wegen Mord und Betrug zur Rechenschaft ziehen; Treskow suchte ihn wegen anderer Verbrechen; von Winnetou und mir will ich nicht sprechen. Und Apanatschka und Kolma Puschi? Diesen beiden war er mehr, viel mehr als uns anderen allen zusammen schuldig. Denn daß er und sonst niemand der lang gesuchte Dan Etters war, darüber gab es bei mir nicht den geringsten Zweifel. Das Fehlen der oft erwähnten Zahnlücken konnte mich nicht irre machen, da es ja falsche Zähne giebt, die es überhaupt schon bei den alten Aegyptern gab. Daß niemand, selbst Old Surehand nicht, auf diesen Gedanken gekommen war, erschien mir geradezu als unbegreiflich. Dieser Etters war mir so sicher, daß ich schon jetzt daran dachte, welche Strafe man für ihn wohl in Vorschlag bringen müsse.

Später wurde ich zu Kolma Puschi gerufen, und ich kann sagen, daß während dieses Rittes so viel gesprochen und erzählt, so viel gefragt und geantwortet wurde, wie wohl selten auf einem andern. Darüber verging der Nachmittag, und es brach der Abend herein, ohne daß wir nur daran gedacht hatten, daß es so schnell dunkel werden könne. Wir hatten vor, jetzt noch nicht anzuhalten, denn der Mond stand am Himmel und mußte uns heut, ehe er unterging, eine gute halbe Stunde leuchten. Da konnten wir noch reiten.

Die Sonne war schon längst verschwunden, als wir in eins der sanft ausgeworfenen Thäler einbogen, welche dem Park von San Louis die ihm eigentümliche Terrainbewegung geben. Da sahen wir eine Fährte von der Seite herkommen, welche die gleiche Richtung nahm. Die Untersuchung derselben zeigte, daß sie von drei Pferden stammte und höchstens eine halbe Stunde alt sein konnte. Ich dachte sofort an den Medizinmann mit seiner Squaw und dem Packpferde.

Winnetou hatte denselben Gedanken, wie ich aus dem Blicke merkte, den er mir zuwarf. Es nahte wieder eine Scene!

Wir trieben unsere Pferde mehr an und ritten schweigend weiter. Winnetou hing, weit vornübergebeugt, im Sattel, um sich die Spuren nicht entgehen zu lassen, doch waren sie schon nach zehn Minuten nicht mehr zu sehen. Der Schein des Mondes begann zwar zu wirken, doch war er zu schwach, unsern Augen in Beziehung auf diese Fährte zu Hilfe zu kommen. Ich stieg also mit Winnetou ab. Wir ließen unsere Pferde führen und gingen voran, uns von Zeit zu Zeit tief zum Boden niederbückend, ob die Eindrücke noch vorhanden seien. So verging die Zeit, und der Mond wollte untergehen. War es da nicht besser, jetzt hier zu lagern und die Spur morgen früh wieder aufzunehmen?

Noch während wir uns mit dieser Frage beschäftigten, bemerkten wir einen Brandgeruch, den uns der leise Wind entgegenbrachte. Das Feuer, von dem er kam, mußte eben jetzt erst angezündet worden sein, sonst hätten wir ihn schon eher gespürt. Wir baten die Gefährten, zu warten und gingen leise weiter. Es dauerte nicht lange, so gab es in der Thalmulde rechts eine kleine, von Baumwipfeln überschattete Bucht, in welcher wir das Feuer brennen sahen. Wir legten uns auf die Erde und krochen näher, denn wir sahen drei Pferde und zwei an dem Feuer sitzende Personen, konnten aber nicht erkennen, wer sie waren. Als wir nahe genug gekommen waren, erkannten wir sie. Winnetou flüsterte:

»Uff! Der Medizinmann und seine Squaw!«

»Ja, sie sind es; ganz so, wie wir dachten,« stimmte ich bei.

»Nehmen wir ihn gefangen?«

»Wie mein Bruder will.«

»Wenn wir ihn ergreifen, haben wir ihn zu schleppen; lassen wir ihn aber noch laufen, so ist es möglich, daß er uns doch noch entgeht. Es ist also doch besser, wenn wir ihn festnehmen?«

»Ich stimme bei. Wollen wir erst die andern holen?«

»Nein. Wir nehmen ihn gleich so fest, daß er sich nicht wehren kann.«

Wir schoben uns so weit an das Feuer heran, wie es möglich war, ohne daß wir gesehen werden mußten. Die Squaw aß, der Mann hatte sich faul in das Gras gestreckt.

»Jetzt!« sagte Winnetou leise.

Wir standen auf, sprangen hin und warfen uns auf ihn. Er stieß einen Schrei aus und bekam meine Faust zweimal an den Kopf; da war er still. Wir banden ihn mit seinem eigenen Lasso; dann ging Winnetou, die Gefährten zu holen, denn es war bequem, gleich hier an diesem Orte zu übernachten. Sie kamen und stiegen von ihren Pferden. Die Squaw bekümmerte sich nicht um uns; sie hatte auch nichts gesagt, als wir ihren Mann festnahmen. Apanatschka nahm seine Mutter bei der Hand, führte sie an das Feuer, zeigte auf die Squaw und sagte:

»Das ist Tibo wete Elen!«

Ellen war nämlich der christliche Name Tokbelas.

Kolma Puschi blickte eine ganze Weile stumm auf die Squaw nieder und sagte dann mit einem tiefen, tiefen Seufzer:

»Das soll meine liebliche, meine schöne Tokbela sein?«

»Sie ist es,« bekräftigte ich.

»Mein Gott, mein Gott, was ist da aus der schönsten Tochter unsers Volkes geworden! Wie muß da auch ich verändert sein!«

Ja, sie waren beide schön, sehr schön gewesen; aber das Alter, das Leben in der Wildnis und der Wahnsinn hatten den »Himmel« – denn Tokbela heißt »Himmel« – so entstellt, daß ihre Schwester Zeit brauchte, sie wieder zu erkennen. Kolma Puschi wollte zu ihr niederknieen, um sich mit ihr zu beschäftigen, da aber sagte Winnetou zu ihr:

»Meine Schwester hat den Mann noch nicht angesehen; sie mag sich aber einstweilen noch verbergen, denn das Bewußtsein wird ihm jetzt zurückkehren. Er soll nicht gleich bemerken, wer sich hier befindet. Hinter den Bäumen ist ein Versteck.«

Mit diesen Worten waren auch die andern gemeint, welche der Aufforderung folgten und sich verbargen, so daß Thibaut nur Winnetou und mich sehen konnte, wenn er erwachte.

Wir brauchten nicht lange zu warten, so bewegte er sich und schlug die Augen auf. Als er uns erkannte, rief er:

»Der Apatsche! Und Old Shatterhand! Uff, uff, uff! Was wollt ihr von mir? Was habe ich euch gethan, daß ihr mich bindet?«

»Daß wir Euch schon wieder binden, wollt Ihr sagen,« antwortete ich. »Wir folgen da einer alten, guten Gewohnheit, von der wir nicht lassen mögen, weil sie sich vortrefflich bewährt hat.«

»Aber man überfällt und bindet doch nur dann einen Menschen, wenn man einen Grund dazu hat! Habe ich euch einen gegeben?«

»Schon wiederholt!«

»Auch jetzt wieder?«

»Direkt eigentlich nicht, aber indirekt.«

»Indirekt? Uff, uff! Was heißt das?«

»Schweigt mit Euern ›Uffs‹, und gebärdet Euch nicht immerfort als Indianer! Der Taschenspieler Thibaut wird wohl noch wissen, was man unter direkt und indirekt zu verstehen hat! Nicht?«

»Verflucht! Taschenspieler?«

»Ja, Taschenspieler, Fälscher, Dieb, Gauner, Räuber, Falschmünzer, Mörder und sonst dergleichen. Ihr hört, es ist eine lange Reihe von Koseworten, welche alle vortrefflich auf Euch passen.«

»Oder vielmehr auf Euch!«

»*Pshaw!* Ihr wolltet für jetzt wissen, warum wir Euch schon wieder einmal gebunden haben. Ich will es Euch gern sagen: Ihr sollt nicht zu zeitig zu dem verabredeten Stelldichein erscheinen.«

»Stelldichein? Ihr faselt wohl?«

»Das weniger!«

»Wo sollte das sein?«

»Am Devils-head.«

»Wann?«

»Am sechsundzwanzigsten September.«

»Ihr pflegt zwar stets gern in Rätseln zu sprechen, wie ich schon erfahren habe, heut aber ist es mir ganz und gar unmöglich, zu erraten, was Ihr meint!«

»So will ich nicht sagen, am sechsundzwanzigsten September, sondern am Tage des heiligen Cyprian. Das werdet Ihr wohl besser verstehen.«

»Cyprian? Was geht mich dieser Heilige an?«

»Ihr sollt an seinem Namenstage am Devils-head eintreffen.«

»Wer hat das gesagt?«

»Dan Etters.«

»Donnerwetter!« fuhr er auf. »Ich kenne keinen Dan Etters!«

»So kennt er Euch!«

»Auch nicht!«

»Nicht? Er schreibt Euch doch Briefe!«

»Briefe? Habe keine Ahnung!«

»Briefe auf Leder, die Schrift mit Zinnober gefärbt. Ist das nicht wahr?«

»Hole Euch der Teufel! – Ich weiß von keinem Briefe etwas!«

»Er steckt in Eurer Satteltasche.«

»Stänkerer! Ich glaube gar, Ihr habt meine Sachen durchsucht!«

»Natürlich!«

»Wann denn?«

»Wann es mir beliebte! Nach meiner Berechnung würdet Ihr einen Tag vor dem Namensfeste des heiligen Cyprian nach dem Devils-head kommen; darum haben wir Euch ein wenig festgebunden, damit Ihr Euch verweilen sollt. Was wollt Ihr denn so zeitig dort! Habe ich recht?«

»Ich wollte, Ihr wäret mitsamt Eurem Cyprian da, wo der Pfeffer wächst!«

»Ich glaube wohl, daß Ihr das gerne wünscht, doch ist es mir leider nicht möglich, Euch diesen Wunsch zu erfüllen, denn ich werde anderswo gebraucht.«

sen. Sagt einmal, wer ist denn eigentlich der Wawa Derrick, von dem Eure Squaw zuweilen redet? Ich möchte das doch gar zu gern erfahren!«

»Fragt sie selbst!«

»Ist nicht nötig! Wawa ist ein Moquiwort; ich vermute also, daß sie eine Moquiindianerin ist und ihren Bruder meint.«

»Habe nichts dagegen!«

»Ich denke aber grad, daß Ihr gegen diesen Bruder etwas gehabt habt.«

»Denkt, was Ihr wollt!«

»Gegen ihn und gegen die Familie Bender!«

»Donnerwetter!« schrie er erschrocken.

»Bitte, regt Euch nicht auf! Was wißt Ihr denn so ungefähr von dieser Familie? Man sucht nämlich einen gewissen Fred Bender.«

Er erschrak so, daß er nicht antworten konnte.

»Dieser Fred Bender soll nämlich von Euch zu den Osagen geschleppt worden sein, bei denen ihr noch eine Rechnung stehen habt.«

»Eine Rechnung? – Ich weiß von nichts!«

»Ihr habt da mit dem famosen ›General‹ einen Handel in Fällen und Häuten etabliert, der Euch, wenn es fehlschlägt, den Kopf kosten kann.«

»Ich kenne keinen General!«

»Auch sollt Ihr bei dieser Gelegenheit mit ihm einige Osagen umgebracht haben.«

»Ihr habt eine ungeheure Phantasie, Mr. Shatterhand!«

»Oh nein! Schahko Matto ist ja, wie Ihr wißt, bei mir. Er hat Euch auch schon gesehen, aber nichts gesagt, um uns den Spaß nicht zu verderben.«

»So macht euch euern Spaß, nur mich laßt in Ruh! Ich habe nichts mit Euch zu thun!«

»Bitte, bitte! Wenn wir uns unsern Spaß machen sollen, dürft Ihr nicht dabei fehlen. Ihr habt ja die Hauptrolle dabei zu übernehmen!«

»So sagt mir nur bei allen Teufeln, was Ihr eigentlich von mir wollt!«

»So macht euch euern Spaß, nur mich laßt in Ruh! Ich habe nichts mit Euch zu thun!«

»Bitte, bitte! Wenn wir uns unsern Spaß machen sollen, dürft Ihr nicht dabei fehlen. Ihr habt ja die Hauptrolle dabei zu übernehmen!«

»So sagt mir nur bei allen Teufeln, was Ihr eigentlich von mir wollt!«

»Ich will gar nichts von Euch. Ich will Euch nur jemanden zeigen.«

»Wen?«

»Einen Indianer. Bin neugierig, ob Ihr ihn kennt. Seht ihn Euch einmal an!«

Ich winkte Kolma Puschi. Sie kam und stellte sich vor ihn hin.«

»Seht ihn Euch genau an!« forderte ich Thibaut auf. »Ihr kennt ihn.

Die beiden bohrten ihre Blicke ineinander. In Thibaut dämmerte eine Ahnung auf; das sah ich ihm an; er sagte aber nichts.

»Vielleicht kennt Ihr mich, wenn Ihr mich sprechen hört,« sagte Kolma Puschi.

»Alle tausend Teufel!« schrie er auf. »Wer - wer ist denn das?«

»Erinnerst du dich?«

»Nein - nein - - nein!«

»Denk an den Devils-head! Dort schiedest du von mir, Mörder!«

»Uff, uff! Stehen denn die Toten wieder auf? Es kann nicht sein!«

»Ja, die Toten stehen auf! Ich bin kein Mann, sondern ein Weib.«

»Es kann nicht sein! Es kann und darf nicht sein! Ich gebe es nicht zu!«

»Es kann schon sein; es ist schon so; ich bin Tehua Bender!«

»Tehua, Tehua Bender - - - !«

Er schloß die Augen und lag still.

»Habt auch Ihr ihn erkannt?« fragte ich Kolma Puschi in leisem Tone.

»Sofort!« nickte sie.

»Wollt Ihr weiter mit ihm reden?«

»Nein; jetzt nicht.«

»Aber mit Eurer Schwester?«

»Ja.«

Da nahm ich den Medizinmann unter den Armen, hob ihn empor und stellte ihn mit dem Gesichte an den nächsten Baumstamm. Da wurde er angebunden, ohne daß er etwas sagte. Er hatte genug. Das Erscheinen der von ihm Totgeglaubten war ihm durch Mark und Bein gegangen.

Diese setzte sich neben ihre Schwester, und ich war höchst neugierig, wie die Wahnsinnige sich nun verhalten werde. Würde sie sie erkennen?

»Tokbela, liebe Tokbela!« sagte Kolma Puschi, indem sie die Schwester bei der Hand ergriff. »Kennst du mich? Kennst du mich wieder?«

Die Squaw antwortete nicht.

»Tokbela, ich bin deine Schwester, deine Schwester Tehua!«

»Tehua!« hauchte die Wahnsinnige, doch ganz ausdruckslos.

»Sieh mich an! Sieh mich an! Du mußt mich doch wieder erkennen!«

Sie blickte aber gar nicht auf.

»Sagt den Namen Eures jüngsten Sohnes!« flüsterte ich Kolma Puschi zu.

»Tokbela, horch!« sagte sie. »Fred ist da. Fred Bender ist hier!«

Da richtete die Irre den Blick auf sie, sah ihr lange, lange, leider verständnislos, in das Gesicht und wiederholte aber doch den Namen:

»Fred Bender - - - Fred Bender!«

»Kennst du Etters, Daniel Etters?«

Sie schüttelte sich und antwortete:

»Etters - - - Etters - - - böser Mann - sehr böser Mann!«

»Er hat unsern Wawa Derrick ermordet! Hörst du? Wawa Derrick?«

»Wawa Derrick! Wo ist mein Myrtle-wreath, mein Myrtle-wreath?«

»Der ist weg, fort; aber ich bin hier, deine Schwester Tehua Bender.«

Da kam doch ein wenig Leben in das Auge der Squaw. Sie fragte:

»Tehua Bender? Tehua Bender? Das - - das ist meine Schwester.«

»Ja, deine Schwester! Sieh mich an! Schau mich an, ob du mich kennst!«

»Tehua - - Tehua - - Tokbela, Tokbela, die bin ich, ich, ich!«

»Ja, die bist du! Kennst du Fred Bender und Leo Bender, meine Söhne?«

»Fred Bender - - Leo Bender - - - Fred ist mein, ist mein, mein!«

»Ja, er ist dein. Du hattest ihn lieb.«

»Lieb - - sehr lieb!« nickte sie, indem sie freundlich lächelte. »Fred ist mein Boy. Fred - - - auf meinem Arm - - - an meinem Herzen!«

»Du sangst ihm gern das Wiegenlied.«

»Wiegenlied - - - ja, ja, Wiegenlied - - - !«

»Dann holte dich unser Wawa Derrick mit ihm und Leo ab, nach Denver. Hörst du mich? Wawa Derrick brachte euch nach Denver!«

Dieser Name erweckte Erinnerungen in ihr, aber keine angenehmen. Sie schüttelte traurig den Kopf, legte die Hand auf denselben und sagte:

»Denver - - Denver - - - da war mein Myrtle-wreath - in Denver.«

»Besinne dich; besinne dich! Sieh mich doch an; sieh mich doch an!«

Sie legte ihr die Hände an beide Seiten des Kopfes, drehte denselben so, daß die Irre sie ansehen mußte, und fügte hinzu:

»Sieh mich an und sag meinen Namen! Sag mir jetzt, wer ich bin!«

»Wer ich bin – – –! Ich bin Tokbela, bin Tibo wete Elen!«

»Wer bist du – – ?«

»Wer bist du – du – du – – ?« Jetzt sah sie die Schwester mit einem Blicke an, in welchem Bewußtsein und Wille lag; dann antwortete sie: »Du bist – – – bist ein Mann – – bist ein Mann.«

»Mein Gott, sie kennt mich nicht, sie kennt mich nicht!« klagte Tehua.

»Ihr fordert zu viel von ihr,« sagte ich. »Man muß abwarten, bis ein lichter Augenblick kommt; dann ist mehr Hoffnung vorhanden, daß sie sich besinnt; jetzt aber ist's vergebliches Bemühen.«

»Arme Tehua, arme, arme Schwester!«

Sie zog den Kopf der Squaw an ihre Brust und streichelte ihr die faltigen, hohlen Wangen. Diese Liebkosung war für die Unglückliche eine solche Seltenheit, daß sie die Augen wieder schloß und ihrem Gesichte einen lauschenden Ausdruck gab. Das dauerte aber nicht lange. Die Aufmerksamkeit verlor sich schnell und machte der seelenlosen Leere Platz, welche gewöhnlich auf diesem Gesicht zu finden war.

Da beugte sich Apanatschka zu seiner Mutter hinüber und fragte:

»War Tokbela schön, als sie jung war?«

»Sehr schön, sehr!«

»Ihr Geist war damals stets bei ihr?«

»Ja.«

»Und war sie glücklich?«

»So glücklich wie die Blume auf der Prairie, wenn die Sonne ihr den Tau aus dem Angesichte küßt. Sie war der Liebling des Stammes.«

»Und wer nahm ihr ihr Glück, ihre Seele?«

»Thibaut, der dort am Baume hängt.«

»Das ist nicht wahr!« rief dieser, der natürlich jedes Wort gehört hatte, welches gesprochen worden war. »Ich habe sie nicht wahnsinnig gemacht, sondern Euer Bruder ist's gewesen, als er unsere Trauung unterbrach. Ihm müßt Ihr die Vorwürfe machen, aber nicht mir!«

Da stand Schahko Matto auf, stellte sich vor ihn hin und sagte:

»Hund, wagst du noch, zu leugnen! Ich weiß nicht, wie die Bleichgesichter fühlen und wie sie sich lieben, aber wenn du dieser Squaw niemals begegnet wärest, so hätte sie ihre Seele nicht verloren und wäre so glücklich geblieben, wie sie vorher war. Es erbarmt mich ihr Auge, und ihr Gesicht thut mir weh. Sie kann dich nicht anklagen und keine Rechenschaft von dir fordern; ich werde es an ihrer Stelle thun. Gestehst du, uns damals betrogen zu haben, als wir dich als Gast bei uns aufgenommen hatten?«

»Nein!«

»Hast du unsere Krieger mit ermordet?«

»Nein!«

»Uff! Du wirst meine Antwort auf dieses Leugnen gleich zu hören bekommen!«

Der Osage trat zu uns und fragte:

»Warum wollen meine Brüder diesen Menschen mit hinauf nach dem Devils-head nehmen? Brauchen sie ihn da oben?«

»Nein,« antwortete Winnetou.

»Ist er euch notwendig in irgend einer andern Weise?«

»Nein.«

»So hört, was Schahko Matto euch zu sagen hat! Ich bin mit euch hierhergeritten, um zu rächen, was damals an uns verübt worden ist. Wir haben Tibo taka gefangen, und wir werden auch den General ergreifen. Ich bin bisher zu allem still gewesen. Jetzt weiß ich, daß ich den General nicht bekommen kann, weil die Rache anderer größer als diejenige der Osagen ist. Dafür will ich diesen Tibo taka haben; ja, ich will und muß ihn haben, heut, gleich jetzt! Ich will ihn nicht töten, wie man einen Hund abschlachtet. Ich habe gesehen, wie ihr handelt und daß ihr selbst demjenigen, welcher den Tod verdient, Gelegenheit gebt, für sein Leben zu kämpfen. Er gehört mir; ich sage es; aber er soll sich wehren dürfen! Beratet darüber! Ueberlaßt ihr mir ihn, so mag er mit mir kämpfen; seid ihr aber nicht damit einverstanden und wollt ihn schützen, so erschieße ich ihn, ohne euch zu fragen. Ich gebe euch eine Viertelstunde Zeit. Thut, was ihr wollt; aber ich halte mein Wort! Soll ich nicht mit ihm kämpfen, so erschieße ich ihn! Ich habe gesprochen. Howgh!«

Er ging ein Stück zur Seite und setzte sich dort nieder. Sein Antrag kam uns ganz unerwartet. Er mußte ernst, sehr ernst genommen werden, denn wir waren fest überzeugt, daß er jedes seiner Worte einlösen werde. Der Fall war sehr einfach: Erlaubten wir den Kampf nicht, so war Thibaut in einer Viertelstunde eine Leiche; erlaubten wir ihn, so konnte er sich wehren und sein Leben retten. Unsere Verhandlung war also kurz; sie dauerte kaum fünf Minuten; der Kampf sollte stattfinden. Thibaut weigerte sich freilich, darauf einzugehen; als er aber merkte, daß es dem Osagen Ernst mit dem Erschießen war, fügte er sich. In Beziehung auf die Waffen war Schahko Matto stolz genug, die Wahl seinem Gegner zu überlassen; dieser entschied für die Kugel. Es sollte jeder drei Schüsse auf Winnetous Kommando haben, mehr nicht; die Schüsse waren zu gleicher Zeit abzugeben, und zwar auf die Entfernung von fünfzig Schritten.

Ich steckte draußen im Thale diese Distanz ab; dann wurde an jedem Endpunkte der Linie ein Feuer angezündet, damit das Ziel gesehen werden könne. Wir banden Thibaut die Hände los; an die Füße bekam er einen Riemen, der ihm bequem zu stehen, auch langsam zu gehen, aber nicht zu fliehen erlaubte. Hierauf gaben wir ihm sein Gewehr und drei Kugeln und führten ihn an seinen Platz. Wir waren natürlich alle auf dem Plane; nur die Squaw war am Lagerfeuer sitzen geblieben.

Als Winnetou das Zeichen gab, fielen die beiden Schüsse fast wie einer; keiner hatte getroffen. Thibaut lachte höhnisch auf.

»Lacht nicht!« warnte ich ihn. »Ihr kennt den Osagen nicht! Habt Ihr für den Fall Eures Todes einen Wunsch? Habt Ihr einen Auftrag, den wir ausführen können?«

»Ich wünsche, daß, wenn ich erschossen werde, auch euch alle der Teufel holen möge!«

»Denkt an die Squaw!«

»Denkt Ihr an sie; mich geht sie nichts mehr an!«

»*Well!* Jetzt eine Frage: Der General ist Dan Etters?«

»Fragt ihn selbst, nicht mich!«

Er legte das Gewehr wieder an; Winnetou gab das Zeichen und die Schüsse krachten. Thibaut wankte, griff mit der Hand nach der Brust und sank nieder. Winnetou beugte sich zu ihm nieder und untersuchte seine Wunde.

»Wie auf zwei Schritte getroffen, genau in das Herz; er ist tot,« sagte er.

Der Osage kam langsamen Schrittes herbei, sah ihn an, ohne ein Wort zu sagen, ging zum Lagerfeuer und setzte sich dort nieder. Er war wieder nicht getroffen worden; wir aber hatten wieder ein Grab herzustellen, eine Arbeit, an welche sich Hammerdull und Holbers auf der Stelle machten. Die Squaw ahnte nicht, daß sie jetzt Witwe war; der Verlust, welcher sie jetzt betroffen hatte, war aber jedenfalls mehr ein Gewinn für sie.

Ueber die nun folgende Nacht kann ich hinweggehen; es geschah nichts, was ich erwähnen müßte; am Morgen brachen wir ebenso zeitig wie gestern auf. Apanatschka ritt neben seiner Mutter und sprach sehr viel mit ihr, doch möchte ich, falls der Ausdruck gestattet ist, sagen, daß das eine einsilbige Gesprächigkeit war. Er zeigte sich bedrückt. Es war ihm doch nicht gleichgültig, daß Tibo taka, den er für seinen Vater gehalten hatte, eines solchen Todes hatte sterben müssen. Dieses Bedrücktsein machte ihm alle Ehre!

Wir befanden uns jetzt aller Vermutung nach am Anfange des Endes, und unser Ritt wurde, je weiter wir kamen, ein desto gefährlicherer. Es war anzunehmen, daß der General uns möglichst viele Fallen gelegt habe. Es gab Orte genug, an denen wir vorüber mußten, welche zu Verstecken geeignet waren, aus denen auf uns geschossen werden konnte; aber es geschah nichts derartiges. Entweder dachte er nicht, daß wir heut kämen, oder er hatte sich den Streich gegen uns bis oben an der Foam-Kaskade oder am Devils-head aufgespart.

Um kurz zu sein, will ich nur bemerken, daß wir gegen

Abend in der Nähe der Foam-Kaskade ankamen. Man denke sich den berühmten Staubbach des Lauterbrunner Thales in der Schweiz, nur den Felsen nicht ganz so hoch und den herabstürzenden, sich in Staub auflösenden Bach von dreifacher Stärke, so hat man ein Bild von der Foam-Kaskade im Parke von San Louis. Hoch oben die Felsen mit Wald gekrönt und auch unten der tiefe Grund fast ganz mit Fels und Wald bedeckt. Es war ein Chaos von Steingetrümmer, von einem schier undurchdringlichen Wipfeldache überwölbt. Sobald wir uns unter diesem Dache befanden, wurde es tief dämmerdunkel um uns her.

»Wo geht der Weg von hier nach dem Devils-head?« fragte ich Kolma Puschi, »dort haben wir die Utahs zu suchen.«

»Hier links durch den Wald und dann die Felsen sehr steil hinauf,« antwortete sie. »Bereiten euch die Utahs Sorge?«

»Nein; doch müssen wir natürlich wissen, wo sie sind.«

»Ich gehöre noch heute zu ihnen und werde mit ihnen sprechen. Wenn ich bei euch bin, habt ihr nichts von ihnen zu fürchten.«

Wir hatten ihr natürlich unser Zusammentreffen mit Tusahga Saritsch und seinen Kriegern erzählt.

»Wir fürchten uns, wie gesagt, nicht vor ihnen, und ich möchte mich doch lieber nicht auf Eure Vermittelung verlassen,« sagte ich.

»Warum nicht?«

»Sie haben schon selbst eine Rache auf uns und hierzu dem ›Generale‹ ihre Hilfe gegen uns versprochen. Das sind zwei Instanzen gegen uns, während Ihr nur eine, nämlich Euern Einfluß, für uns aufbieten könnt. Im besten Falle giebt es eine lange Verhandlung, während welcher der General uns vielleicht gar entkommt. Nein, nein; wir verlassen uns lieber ganz auf uns selbst!«

»So kommt! Ich kenne den Wald und jeden einzelnen Felsen und werde euch führen.«

Sie ritt voran, und wir folgten ihr im Indianermarsche wohl eine halbe Stunde lang, bis es so dunkel wurde, daß wir absteigen und die Pferde führen mußten. Draußen war es wohl erst Dämmerung, im tiefen Walde hier aber schon vollständig Nacht. So ging es weiter und immer weiter, eine schier endlose Zeit, wie uns deuchte. Da hörten wir vor uns das Wiehern eines Pferdes und hielten an.

Wem gehörte dieses Pferd? Das mußten wir wissen. Die Gefährten mußten stehen bleiben, und wir, nämlich Winnetou und ich, wie gewöhnlich, gingen weiter. Es wurde schon nach kurzer Zeit vor uns heller; der Wald hörte auf, und nur wenige Schritte davon öffnete sich die Felsenwand, um einen schmalen Pfad sehen zu lassen, welcher sehr steil emporführte. Das war jedenfalls der Weg nach dem Devils-head. Auf dem lichten Raum zwischen ihm und dem Walde lagen die uns nur zu wohlbekannten Capote-Utahs als Wächter vor dem Felsensteg. Wenn wir nach dem Devils-head wollten, mußten wir hierherkommen; das wußten sie, und darum hatten sie sich da gelagert, um uns abzufangen. Diese kurzsichtigen Menschen! Sie konnten sich doch denken, daß wir ihnen nicht schnurstracks in die Hände reiten, sondern rekognoszieren würden!

Der »General« war nicht bei ihnen; dafür aber sahen wir jemand, der nicht zu ihnen gehörte, nämlich unsern Old Surehand! Es war also doch eingetroffen, was wir beide uns gedacht und vorhergesagt hatten: sie hatten ihn wieder festgenommen! Warum hatte er uns verlassen, anstatt nur die kurze Nacht noch zu warten! Ich war in diesem Augenblicke zornig auf ihn.

»Dort steht er nun am Baume, festgebunden und ein Gefangener wie vorher!« sagte ich. »Mein Bruder mag auf mich warten!«

»Wohin will Old Shatterhand gehen?« fragte er.

»Ich will die Gefährten holen.«

»Ihn zu befreien?«

»Ja. Und wenn der Häuptling der Apatschen nicht mitmacht, so springe ich allein mitten unter die roten Kerls hinein. Diese Geschichte muß ein Ende nehmen. Ich habe das ewige Anschleichen satt!«

»Uff! Winnetou wird natürlich sehr gern mit dabei sein!«

»So werden wir die Pferde in ein Versteck führen und dann kommen. Bleib du einstweilen hier!«

Ich eilte zurück, denn es war keine Zeit zu verlieren. Was wir thun wollten, mußte geschehen, so lange es noch hell war.

Ein Versteck für die Pferde war hier, wo das Terrain aus lauter Verstecken bestand, rasch gefunden; wir ließen Treskow als Wächter dort und gingen dann zu Winnetou, welcher indessen seinen taktischen Gedanken nachgehangen hatte. Die andern wurden, weit auseinandergezogen, in einem Halbkreise rund um die Roten aufgestellt, und nachdem sie ihre Weisungen erhalten hatten, konnten wir den Streich, der freilich beinahe ein Schwabenstreich war, beginnen. Ich hatte keine Geduld mehr. Mein Zorn wollte und mußte sich bethätigen, und Winnetou, der gute, war so nachsichtig gewesen, mich nicht durch Widerspruch noch mehr aufzubringen.

Der Häuptling saß natürlich, um ihn unter den eigenen Augen zu haben, ganz in der Nähe des Gefangenen. Die Roten waren still; keiner sprach ein Wort. Da waren wir beide plötzlich unter ihnen. Winnetou schnitt in einem Nu die Fesseln Old Surehands durch, und ich faßte den Häuptling mit einer Hand beim Halse und gab ihm die andere Faust auf den Schädel, daß er zusammmensank. Die Indsmen sprangen auf, griffen zu den Waffen und erhoben ihr Kriegsgeheul. Ich richtete aber schon den Lauf des Stutzens auf den Kopf des Häuptlings und überbrüllte sie:

»Seid sofort still, sonst schieße ich Tusahga Saritsch in den Kopf!«

Sie schwiegen.

»Rührt euch nicht!« fuhr ich fort. »Wenn ein Einziger die Waffe auf uns richtet, ist es des Häuptlings Tod. Es wird ihm und euch nichts geschehen, wenn ihr Frieden haltet. Ihr seid von uns eingeschlossen, und wir können euch niederschießen; daß wir es dennoch nicht thun wollen, wird euch gleich Kolma Puschi sagen!«

Die Genannte trat unter den Bäumen hervor. Bei ihrem

Anblicke nahmen die Utahs eine beruhigendere Haltung an. Sie sprach zu ihnen so, wie es den Umständen angemessen war, und brachte es zu unserer Freude so weit, daß die Roten uns vorläufig ihre Waffen ablieferten. Ihr Einfluß war wirklich größer, als ich gedacht hatte. Den Häuptling banden wir.

Das erste war natürlich, daß wir nach dem Generale fragten. Er war nach dem Devils-head geritten und wollte morgen am Vormittage wiederkommen. Dennoch schickte ich sofort den Osagen ein Stück den Felsenpfad hinan, um denselben zu bewachen und dafür zu sorgen, daß wir nicht von Douglas-Etters überrascht würden. Dieser mußte durch diesen Engpaß kommen, weil es keinen andern Weg gab, wie Kolma Puschi sagte.

Man kann sich denken, was der Häuptling für Augen machte, als er wieder zu sich kam und Old Surehand frei, sich aber gebunden sah! Ich hatte dafür gesorgt, daß er für unser Interesse gewonnen wurde. Kolma Puschi saß bei ihm und klärte ihn auf. Sie erzählte ihm, was der General alles an ihr verbrochen hatte, denn ich war nun gezwungen gewesen, ihr zu versichern, daß dieser kein anderer als Dan Etters sei. Sie sagte ihm auch, daß sein jetziger Verbündeter damals ihren Bruder erschossen und sie auf dessen Grabe festgebunden habe. Damit gewann sie ihn schon mehr als halb für sich und uns; als sie ihm aber in meinem Auftrage mitteilte, daß wir eigentlich gekommen seien, den schauderhaften Tod Old Wabbles und der Tramps an den Utahs zu rächen, von dieser Rache aber absehen würden, falls sie sich von dem Generale ab- und uns zuwendeten, da erklärte er so laut, daß wir es alle hörten:

»Wenn ihr uns das versprecht, werden wir ihn nicht länger beschützen; aber wir haben ihm versprochen, seine Brüder zu sein, und darauf habe ich das Kalumet mit ihm geraucht; darum ist es uns verboten, seine Feinde zu sein. Es ist uns also nur möglich, das zu thun, was ich euch sagen werde: Wir entfernen uns jetzt gleich von hier und ziehen durch den Wald zurück bis in den Park hinaus; am Morgen reiten wir dann weiter. Ihr seid also Herren dieses Weges, auf welchem er kommen muß, und könnt ihn ergreifen und mit ihm machen, was euch beliebt. Tusahga Saritsch hat gesprochen. Howgh!«

Weder Winnetou noch ich glaubte, ihm ganz trauen zu dürfen, aber Kolma Puschi stand für ihn ein, und so bedachten wir uns nicht lange und nahmen seinen Vorschlag an. Noch war keine halbe Stunde vergangen, so zogen sie, ihre Pferde führend und mit Feuerbränden in den Händen, durch das Dunkel des Waldes ab, und wir gaben ihnen Kolma Puschi mit, welche uns nach ihrer Rückkehr meldete, daß die Utahs wirklich fort seien und keine hinterlistige Absicht gegen uns hegten. Nun löschten wir das Feuer aus und legten uns schlafen; die Wache im Engpasse wurde aber die ganze Nacht unterhalten. Old Surehand schien, ohne gefragt zu werden, uns nicht sagen zu wollen, wie er wieder in die Hände der Utahs geraten war; wir aber wollten ihn nicht durch Fragen kränken, und so wurde die Sache totgeschwiegen.

Wir warteten fast den ganzen Vormittag, ohne daß der General kam; da stieg der Gedanke in uns auf, daß wir von den Utahs belogen worden seien. Es war ja möglich, daß er gar nicht nach dem Devils-head geritten war. Es blieb uns keine andere Wahl: wir mußten hin.

Es war das zu Pferde ein außerordentlich schwieriger Weg. Harbour hatte recht gehabt, als er ihn als solchen beschrieb. Es ging immer zwischen ganz engen Felsenwänden oder an Abgründen hin, Kolma Puschi als Führerin voran. Wir mußten die größten Anforderungen an unsere Pferde stellen. Wir waren schon über zwei Stunden so geritten, als Kolma Puschi sagte, daß es nur noch eine gute halbe Stunde dauern werde. Kaum hatte sie das gesagt, so ertönte vor uns ein Ruf. Wir sahen einen Reiter, welcher um eine Biegung herum uns entgegen kam; es war der General. Sein erster Ruf hatte unserer Führerin gegolten, an welcher sein Auge voll Entsetzen hing. Dann erblickte er mich, der ich hinter ihr ritt.

»Alle tausend Donnerwetter, Old Shatterhand!« schrie er auf.

Er lenkte sein Pferd um, wozu er grad noch Raum hatte, und verschwand.

»Ihm nach! Rasch, schnell! Was das Pferd laufen kann!« rief ich Kolma Puschi zu. »Wenn er uns jetzt entkommt, sehen wir ihn nie wieder!«

Sie spornte ihr Pferd an, und nun begann eine so halsbrecherische Jagd, daß mir noch jetzt graust, wenn ich daran denke. Wir waren hinter ihm; aber er trieb sein Pferd zu rasender Eile. Bald sahen wir ihn und bald nicht, je nachdem der Weg in gerader Richtung ging oder sich krümmte. Winnetou folgte mir. Noch nicht eine Viertelstunde hatte diese Hetze gedauert, so öffnete sich der Engweg auf einen breiten Querpaß. Der General lenkte rechts um. Kolma Puschi folgte ihm, drehte sich aber um und rief mir zu:

»Einige nach links, ihm entgegen!«

Ich lenkte also nach dieser Richtung und bedeutete Winnetou:

»Du wieder rechts! Wir zwei sind genug!«

Die beiden Wege führten, wie aus Kolma Puschis Verhalten zu schließen war, später jedenfalls wieder zusammen, und so mußten wir den Flüchtling zwischen uns bekommen. Ich ritt so schnell, wie der Weg es erlaubte, wieder zwischen Felsen hin, welche höher und immer höher wurden, und nahm, um für alles gerüstet zu sein, den Stutzen in die Hand.

Jetzt erreichte ich eine Stelle, wo links ein tiefer Abgrund gähnte und rechts eine tief eingeschnittene, natürliche Schneuße fast gradlinig in die Höhe führte. Da hörte ich den Galopp eines Pferdes, welches mir entgegenkam. Es erschien um die Rundung; der Reiter war der General. Er sah den Abgrund an der Seite, mich mit dem Gewehre vor sich und stieß einen gräßlichen Fluch aus. Fast noch im Galoppe, warf er sich vom Pferde herunter und sprang in die Schneuße. Ich konnte ihn erschießen, wollte ihn aber lebendig haben. Da erschienen auch zunächst Winnetou und Kolma Puschi, welche, wie ich auch, ihre Pferde parierten.

»Hier hinauf ist er!« rief ich. »Kommt nach, kommt nach!«

»Das ist das Devils-head,« antwortete Kolma Puschi. »Da giebt es keinen andern Weg als diesen. Er ist unser!«

Nun ging ein Klettern los, welches einem Gemsjäger Ehre gemacht hätte. Der General war uns nur wenig voraus. Sein Gewehr hinderte ihn; er warf es fort. Ich hatte nur den Stutzen übergehängt, den Bärentöter aber unten gelassen. So arbeiteten wir uns höher und immer höher. Die Schneuße wurde enger und hörte da auf, wo ein schmaler Steinsims seitwärts führte. Auf diesem klimmte der General weiter; ich folgte ihm. Es war zum Schwindeln. Der Sims hatte eine Unterbrechung; es galt einen Sprung von fast Manneslänge. Der Flüchtling wagte ihn in seiner Angst; er erreichte auch den jenseitigen Stein; aber dieser hing nicht fest mit der Felsenmauer zusammen; er brach los und stürzte, verschiedentlich aufpolternd, mit dem Generale in die Tiefe. Ich wendete mich zurück.

»Kehrt um; er ist abgestürzt!« rief ich nun den beiden zu.

Nun ging es mit ebenso großer Hast den Weg zurück, auf welchem wir heraufgeklettert waren. Unten angekommen, sprangen wir auf die Pferde und jagten zurück. Nach kurzer Zeit schon sahen wir unsere Kameraden. Sie standen bei einem Haufen abgestürzter Felsentrümmer. Der Stein hatte andere, noch viel größere, auch nicht fest eingefugte Stücke, mit herabgerissen, und unter dem größten dieser Stücke, welches sicher vierzig Zentner wog, lag der General. Sein Oberkörper, von den Rippen an, war frei; die untere Hälfte lag unter dem Steine, jedenfalls zu Mus zermalmt. Er fühlte jetzt nichts; er hatte das Bewußtsein verloren.

»Mein Himmel!« rief ich aus. »Genau wie Old Wabble! Der Unterleib eingepreßt! Welch eine Vergeltung!«

»Und hier! Seht her!« sagte Kolma Puschi, indem er auf die Felswand deutete. »Was seht Ihr da? Was steht da zu lesen, von meiner Hand eingegraben?«

Wir sahen Figuren, zwischen ihnen ein Kreuz, und unter diesem stand zu lesen: An dieser Stelle wurde der Padre Diterico von *J. B.* aus Rache an seinem Bruder *E. B.* ermordet. Darunter war eine Sonne mit den Buchstaben *E. B.* zu sehen. Es lief mir kalt über den Rücken. Ich fragte Kolma Puschi:

»Ist das das Felsengrab?«

»Ja. Diese Unterschrift ist mein Name *E. B.* Emily ist nämlich mein christlicher Name. Dieser Mann liegt grad auf dem Grabe meines Bruders, genau da, wo er mich damals festgebunden hatte, und wo ich im Kampfe mit ihm meinen Trauring verlor.«

»Einen Trauring? Ist es dieser?«

Ich zog den Ring vom Finger und reichte ihn ihr. Sie sah ihn an, las die innere Schrift und rief jubelnd aus:

»*E. B. 5. VIII. 1842.* Er ist's; er ist's! Meinen Ring habe ich wieder, meinen Ring! Wo habt Ihr ihn her, Mr. Shatterhand?«

»Dem General abgestreift, als er in Helmers Home am Rande des Llano estacado fünfzig Hiebe aufgezählt bekam.«

»Welch ein Zufall, – welch ein Zufall!«

»Das ist kein Zufall,« sagte da Old Surehand. »Wer hier nicht zu der Erkenntnis kommt, daß es einen Gott giebt, und wer hier nicht glauben und nicht beten lernt, der ist ewig verloren! Ich glaubte und betete lange, lange Jahre nicht mehr; jetzt habe ich es aber wieder gelernt.«

»Die Belohnung wird auch gleich folgen,« sagte ich. »Sagt mir nun endlich einmal aufrichtig, seit wann Ihr nicht mehr gebetet habt!«

»Seit mein Pflegevater Wallace mir erzählte, was sich in meiner Familie erreignet hat. Seit jener Zeit suche ich nach meiner Mutter, nach ihrem Bruder und ihrer Schwester.«

»Und warum seid Ihr jetzt hier herauf?«

»Es wurde bei Wallace ein Brief für mich abgegeben, der mich für den sechsundzwanzigsten September nach dem Devils-head bestellte; ich sollte aber keinem einzigen Menschen etwas davon sagen.«

»Dieser Brief war von dem Generale hier. Er hat Euch im Llano erkannt und nach Euch geforscht. Er wollte Euch verderben; er lockte Euch hierher, um Euch wahrscheinlich zu ermorden.«

»Dieser General hier? Was hat denn der mit diesen Angelegenheiten zu thun?«

»Dieser General ist Dan Etters, den Ihr suchtet.«

»Dan Etters - - - ?! Herrgott, ist's wahr?«

»Ja. Ich kann es Euch sogleich beweisen. Ihr habt doch auch gute Westmannsaugen. Seht doch seinen Mund! Er steht weit offen, und hier - - - !«

Ich griff dem Zermalmten in den Mund und zog die künstliche Gaumenplatte mit zwei Oberzähnen heraus.

»Das sind falsche Zähne,« fuhr ich fort. »Seht Ihr nun die Zahnlücken?«

Welch ein Erstaunen gab das jetzt! Ich ließ sie aber nicht zu Worte kommen und sprach weiter:

»Ich sprach davon, daß der Lohn für Eure Umwandlung schon gegeben sei. Ihr heißet Leo Bender, und hier steht Eure Mutter.«

Die hierauf folgende Scene ist unmöglich zu schildern. Ich wurde umdrängt, gefragt, gedrückt - - - ; ich floh davon und blieb fort, bis ich einen langgezogenen, ganz entsetzlichen Schrei hörte, der mich zurücktrieb. Dan Etters war zur Besinnung gekommen und ließ ein Brüllen hören, gegen welches dasjenige Old Wabbles ein Pianissimo war. Es war mit ihm kein Wort zu reden; er hörte nicht; er brüllte nur, nicht wie ein Löwe, sondern wie eine Schar wilder Tiere, in allen Höhen- und Tiefenlagen. Es war nicht auszuhalten. Wir mußten uns entfernen. Geholfen konnte ihm nicht werden, denn es war vollständig unmöglich, den Fels zu heben, um ihn unter demselben hervorzuziehen. Er mußte an Ort und Stelle sterben, grad so wie er da lag, am Schauplatze seiner Mordthat. Später, als wir ihn nicht mehr hörten, gingen wir wieder hin. Da hatte er die Zähne fest zusammengebissen und starrte uns mit unbeschreiblich tierischen, nein, viehischen Augen an.

»Dan Etters, hört Ihr mich?« fragte ich ihn.

»Old Shatterhand! - Sei verdammt!« antwortete er.

»Habt Ihr einen Wunsch?«

»Verdammt in alle Ewigkeit, du Hund!«

»Der Tod hält Euch gepackt. Ich möchte mit Euch beten!«

»Beten? Hahahahaha! Willst du nicht lieber – –«

Es war gräßlich, unmenschlich, was er sagte!

Ich fragte trotzdem weiter; andre fragten, baten, ermahnten und warnten ihn. Er hatte nur Flüche und Lästerungen zur Antwort. Um nicht das Allerschlimmste hören zu müssen, gingen wir fort. Da begann er, wieder zu brüllen. Was für Schmerzen mußten das sein, die ihm ein solches Geheul entlockten! Und doch ließ er sich nicht durch sie zur Reue führen; er wurde nur noch verstockter.

Wir nahmen unser Lager so weit von ihm, daß wir sein Geschrei nur wie ein fernes Windsgeheul hörten. Dort wurde nun erzählt, den Rest des Nachmittages, den Abend und die ganze Nacht hindurch; wovon und worüber, das läßt sich ja denken. Es gab noch gar manche Frage und manches Rätsel; aber derjenige, der sie lösen und beantworten konnte, war teuflisch genug, uns alle Auskunft zu verweigern, Dan Etters nämlich. Er wurde des Abends und auch in der Nacht öfters aufgesucht, aber wir erhielten nur Flüche und höhnisches Gelächter zur Antwort. Sogar mit Wasser erquicken ließ er sich nicht; als ich versuchte, dies zu thun, spie er mir in das Gesicht. Dann brüllte und heulte und lästerte er wieder längere Zeit, bis wir am Morgen fanden, daß er gestorben war, gestorben nicht wie ein Mensch, sondern wie – wie – wie, es fehlt mir jeder Vergleich; es kann kein toller Hund, kein Vieh, auch nicht die allerniedrigste Kreatur so verenden wie er. Old Wabble war ein Engel gegen ihn. Wir haben ihn liegen lassen, so wie er lag, und einen Steinhügel darüber gehäuft. Kann Gott seiner armen Seele gnädig sein? Vielleicht doch – doch – – doch – – – doch!

* *
*

Und nun das Ende, lieber Leser? Ich weiß, du möchtest recht ausführliche Auskunft über jede einzelne Person haben, aber wollte ich sie dir geben, so würde ich mir vorgreifen und mich um die Freude bringen, dir in einem der folgenden Bände noch mehr von ihnen erzählen zu können. Nur über Tokbela muß ich dich beruhigen. Ihr Wahnsinn ist in eine stille Melancholie übergegangen, welche sie nicht hindert, an allem, was ihre Umgebung betrifft und bewegt, innigen Anteil zu nehmen. »Ihr Geist ist wieder bei ihr.«

Auch von Dick Hammerdull und Pitt Holbers wirst du noch hören. Diese beiden lieben Kerle nämlich - - - doch ob sie sind, oder ob sie nicht sind, das ist ja ganz egal, wenn sie nur noch sind! - - -

SIR ARTHUR CONAN DOYLE

Die vergessene Welt

Roman

Aus dem Englischen von Leslie Giger

Der jähzornige, um nicht zu sagen wahnsinnige Professor Challenger, von seinen Freunden gerne als »Höhlenbewohner im Straßenanzug« bezeichnet, glaubt, es gebe im Amazonasgebiet Stellen, die von der Evolution sozusagen vergessen worden seien und wo noch prähistorische Wesen existierten.

»Ein richtiger Schmöker. Ironisch und spannend zugleich, Saurier-Fiction im besten Sinn.«
Reinhard Krol, Süddeutscher Rundfunk

»Im *Jurassic Park* kann man *Die Vergessene Welt* finden. Der Weltbestseller bedient sich dreist einer Romanvorlage von Arthur Conan Doyle.«
Michael A. Meer, Focus

JOSEPH CONRAD

»ZÜRCHER AUSGABE«
IN NEU ÜBERSETZTEN EINZELBÄNDEN

Herz der Finsternis
und Die Kongo-Tagebücher
Übersetzt und mit einem Nachwort
von
URS WIDMER

Almayers Luftschloß
Die Geschichte eines östlichen Stroms
Übersetzt und mit einem Nachwort
von
KLAUS HOFFER

Der Geheimagent
Eine einfache Geschichte
Übersetzt und mit einem Nachwort
von
EIKE SCHÖNFELD

Der Bimbo von der ›Narcissus‹
Eine Geschichte von der See
Übersetzt und mit einem Nachwort
von
WOLFGANG KREGE

Freya von den Sieben Inseln
Eine Geschichte von seichten Gewässern
Übersetzt und mit einem Nachwort
von
NIKOLAUS HANSEN

HAFFMANS VERLAG

PHILIP K. DICK IM HAFFMANS VERLAG

SÄMTLICHE SF-GESCHICHTEN IN 10 BÄNDEN

1. Und jenseits – das Wobb
2. Kolonie
3. Variante zwei (erschienen)
4. Menschlich ist ... (erschienen)
5. Das Vater-Ding
6. Foster, du bist tot
7. Autofab (erschienen)
8. Zur Zeit der Perky Pat (erschienen)
9. Black Box (erschienen)
10. Der Fall Rautavaara

SF-ROMANE

Blade Runner (erschienen)
Zeit aus den Fugen (erschienen)
Die drei Stigmata des Palmer Eldritch (Herbst '96)
Warten auf letztes Jahr
Dr. Bluthgeld oder
Wie wir nach der Bombe zurechtkamen
Marsianischer Zeitsturz
Galaktischer Topf-Heiler

GESELLSCHAFTSROMANE

Die kaputte Kugel (erschienen)

»Philip K. Dick ist für die zweite Hälfte des 20. Jahrhunderts das, was Franz Kafka für die erste war.« *Art Spiegelman*

AMBROSE BIERCE

WERKE IN 4 BÄNDEN
IM HAFFMANS VERLAG
HERAUSGEGEBEN VON
GISBERT HAEFS

Band 1
DES TEUFELS WÖRTERBUCH
Deutsch von Gisbert Haefs

Band 2
GESCHICHTEN AUS DEM BÜRGERKRIEG
Deutsch von Jan Wellem van Diekmes

Band 3
HORRORGESCHICHTEN
Deutsch von Gisbert Haefs

Band 4
LÜGENGESCHICHTEN UND FANTASTISCHE FABELN
Deutsch von Viola Eigenberz
und Trautchen Neetix